रस्साकशी

19वीं सदी का नवजागरण और पश्चिमोत्तर प्रांत

रस्साकशी

उन्नीसवीं सदी का नवजागरण और पश्चिमोत्तर प्रान्त

वीरभारत तलवार

वाणी प्रकाशन

प्रकाशन के उत्कृष्टतम 62 वर्ष

vaniprakashan.com

सजिल्द पहला संस्करण : 2017
सजिल्द दूसरा संस्करण : 2025

वाणी प्रकाशन

4695, 21-ए, दरियागंज, नयी दिल्ली-110 002
फ़ोन : + 91 11 23273167, 23275710
शाखाएँ
अशोक राजपथ, पटना-800 004, बिहार
कॉफ़ी हाउस कैम्पस, महात्मा गांधी मार्ग, प्रयागराज-211 001, उत्तर प्रदेश
महात्मा गांधी अन्तरराष्ट्रीय हिन्दी विश्वविद्यालय, वर्धा-442 001, महाराष्ट्र
sales@vaniprakashan.in
vaniprakashan@gmail.com

RASSAKASHI
Unnisween Sadi Ka Navjagran Aur Pashchimottar Prant
by Vir Bharat Talwar

ISBN : 978-93-5229-693-4
Criticism

मूल्य : ₹ 600

जी.एस. ऑफ़सेट, दिल्ली-110 095 में मुद्रित

वाणी प्रकाशन का लोगो मक़बूल फ़िदा हुसैन की कूची से

इस किताब के बारे में

इस किताब के विषय पर काम करना मैंने 1992 में शुरू किया था। उस साल जे. एन. यू. से छः महीने की छुट्टी लेकर पहली बार *सत्यार्थप्रकाश* को ध्यान से पढ़ा और उस पर नोट्स बनाए। बीच में अध्ययन रुका रहा। 1996 में मुझे भारतीय उच्च अध्ययन संस्थान, शिमला, में फेलो के रूप में जाने का मौका मिला। मैने हिंदी-उर्दू प्रदेश में नवजागरण को अपने अध्ययन का विषय बनाया। मई, 1996 से लेकर फरवरी, 1999 तक मैं शिमला में रहा। फिर भी किताब पूरी न हुई। दिल्ली लौटकर नौकरी करते हुए दो साल और इस पर लग गए। इस बीच किताब की मूल योजना में भी फेर-बदल होता गया। *सत्यार्थप्रकाश* की जो समालोचना मैंने पहले अध्याय के रूप में लिखी थी, उसे अलग किताब की शक्ल में छापने के लिए शिमला के उच्च अध्ययन संस्थान को सौंप दिया। पश्चिमोत्तर प्रांत में मुस्लिम नवजागरण से संबंधित बहुत सी सामग्री का अध्ययन करने के बाद भी उसे इस किताब में शामिल नहीं कर पाया। अब उसे अगली योजना के रूप में रख लिया है, हालांकि उसकी जानकारी इस अध्ययन में बहुत उपयोगी साबित हुई। हंटर कमीशन को दिया भारतेंदु का बयान मुझे क्या मिला, अंधे के हाथ बटेर लग गई। अंत होते-होते किताब की जो शक्ल बनी वह पहले बनाई रूपरेखा से काफी अलग निकली।

19वीं सदी के नवजागरण पर आदरणीय रामविलास शर्मा और सुधीरचंद्र ने काम किया है। इस विषय के विभिन्न पक्षों पर पॉल ब्रास, चार्ल्स एच. हिमसेथ, केनेथ डब्ल्यू. जोंस, जे.टी.एफ. जोर्डन और लूसी कैरोल का लेखन काफी महत्त्वपूर्ण है। मुझे इनके अध्ययन से काफी मदद मिली। क्रिस्टोफर आर. किंग और वसुधा डालमिया का काम भी उपयोगी लगा। पॉल ब्रास के अलावा आखिरी दोनों के लेखन का संबंध हिंदी आंदोलन से खासकर है। इन लेखकों ने अपने अध्ययन क्षेत्र से संबंधित काफी सामग्री जमा की थी। पर मैंने पाया कि अभी बहुत सी महत्त्वपूर्ण सामग्री छूटी हुई है। इस नई मिली सामग्री से मुझे इतिहास के और तफसील में जाने का मौका मिला। यह सामग्री *भारत जीवन, हिंदी प्रदीप* और *ब्राह्मण* की फाइलों में, *कविवचनसुधा, हरिश्चंद्र मैगज़ीन* तथा *हरिश्चंद्र चंद्रिका* के कुछ अंकों में और उस जमाने की बहुत सी उन छोटी-छोटी किताबों में मिली जो अभी तक अनुपलब्ध थीं या जिनका उपयोग नहीं हुआ अथवा बहुत कम हुआ। जैसे शिवनाथ शर्मा के कई प्रहसन, खासकर *नागरी निरादर,* भारतेंदु की रचनाओं में *गोमहिमा* और *भ्रूणहत्या,* अंबिकादत्त व्यास का नाटक *गोसंकट* तथा हिंदी-उर्दू विवाद से संबंधित रतनचंद्र प्लीडर और सोहन प्रसाद के नाटक। इन सबके अलावा राजा शिवप्रसाद की कई किताबें मुझे पहली बार देखने को मिलीं जिनमें खासकर उनका ग्रंथ *इतिहासतिमिरनाशक,* उनकी

आत्मकथा, उनके बनाए *गुटका* अथवा *हिंदी सेलेक्शन* की लंबी भूमिका, दयानंद सरस्वती से हुआ उनका पत्राचार और थियोसॉफी पर दिया गया उनका व्याख्यान महत्वपूर्ण हैं। नई मिली सामग्री में सबसे महत्वपूर्ण हंटर कमीशन की प्रांतीय रिपोर्टें, कमीशन के सामने आए गवाहों के बयान और कमीशन को हिंदी के पक्ष में दिए गए कई मेमोरियल थे जिन पर कई बड़े-बड़े शिक्षाविदों की नजर भी अभी तक नहीं पड़ी है। इस सारी सामग्री से मुझे उस युग के समूचे परिवेश और विभिन्न ऐतिहासिक संदर्भों को समझने में बड़ी मदद मिली। इसके बिना मैं अपने सामने मौजूद सवालों का अध्ययन नहीं कर सकता था। मुझे जितनी नई सामग्री मिली, उन सबका उपयोग मैं कर नहीं पाया। कुछ और सामग्री भी मेरी जानकारी में आई, जिसे मैं जमा नहीं कर सका। आखिर कहीं-न-कहीं तो अपने लिए एक सीमारेखा खींचनी पड़ती है!

कविवचन सुधा, हरिश्चंद्र मैग्जीन और *हिंदी प्रदीप* की फाइलें देखने से पता चलता है कि भारतेंदु और बालकृष्ण भट्ट की लिखी बहुत सी टिप्पणियां अभी तक असंकलित पड़ी हैं। उन्हें सामने रखे बिना इन लेखकों का अध्ययन अधूरा रहता है। प्रतिभा अग्रवाल ने लिखा है कि अपनी पत्रिकाओं की ज्यादातर सामग्री भारतेंदु को खुद लिखनी पड़ती थी। *कविवचनसुधा* और *हरिश्चंद्र मैग्जीन* में उनकी लिखी हुई संपादकीय टिप्पणियां, समाचारों के रूप में छपी सामग्री और बिना लेखक के नाम के छोटे-मोटे लेख मिलते हैं। इस विस्तृत सामग्री को *भारतेंदु ग्रंथावली* (काशी ना.प्र.सभा) या *भारतेंदु समग्र* (हिंदी प्रचारक संस्थान) में पूरी तरह आज तक नहीं समेटा गया। *भारतेंदु समग्र* में *कविवचन सुधा* की कई संपादकीय टिप्पणियों को, जिनके साथ लेखक का नाम नहीं था, पूरा न देकर अशंतः दिया गया है। 24 फरवरी, 1872 के अंक में लॉर्ड मेयो की हत्या पर जो शोक लेख छपा था, उसके साथ लेखक का नाम न होने पर भी, किसी को संदेह नहीं कि भारतेंदु ही इसके लेखक हैं। *भारतेंदु समग्र* में वह लेख शामिल है। कई बार संपादक के नाम *प्रेरित पत्र* भी भारतेंदु खुद ही लिख दिया करते थे, बिना अपना नाम दिए। इसकी गवाही राधाचरण गोस्वामी ने भी दी है। कई किताबों की समीक्षा विभिन्न छद्मनामों से करने के अलावा अपने यात्रा-संस्मरण भी उन्होंने अपनी पत्रिका में बिना नाम के या *यात्री* छद्मनाम से छापे। रामविलास शर्मा इस सारी सामग्री से परिचित थे। इसमें से कुछ का उपयोग उन्होंने किया, कुछ का नहीं किया। अपनी किताब *भारतेंदु हरिश्चंद्र* (1965) में उन्होंने *कविवचनसुधा* में छपी बिना नामवाली भारतेंदु की संपादकीय टिप्पणियों का खूब इस्तेमाल किया। अंगरेजी शासन के खिलाफ भारतेंदु की जो छवि उन्होंने बनाई, वह मुख्यतः इन्हीं टिप्पणियों के आधार पर बनाई गई है। गौरतलब है कि ये सारी की सारी टिप्पणियां—जिनमें शासन की आलोचना का तीखा स्वर मिलता है, एक खास वर्ष के अंदर लिखी गई थीं—1874 में। इसकी वजह क्या थी? रामविलासजी का ध्यान इस ओर नहीं गया। *गोमहिमा* ग्रंथ के अंत में भारतेंदु ने जो अपील छापी, उसे भी उनके संग्रहों में शामिल नहीं किया जाता। राजा शिवप्रसाद और कुछ अंगरेज हाकिमों (?) को लक्ष्य करके लिखे गए उनके दो मशहूर विवादास्पद लेख *भुतही इमली का कनकौआ* और *मर्सिया* भारतेंदु के किसी भी नए-पुराने संकलन में नहीं मिलते। भारतेंदु की लिखी इतनी ज्यादा सामग्री को, उपलब्ध होने पर भी, उनके संकलनों में शामिल नहीं करना, क्या बेवजह है? यही सवाल बालकृष्ण भट्ट के बारे

में भी उठता है। *हिंदी प्रदीप* में छपी उनकी कई संपादकीय टिप्पणियां कुछ संग्रहों में शामिल कर ली गई हैं, लेकिन कई अभी तक किसी संकलन में नहीं आई हैं। इसके विपरीत *ब्राह्मण* में छपी मिश्रजी की लगभग सभी टिप्पणियां *प्रतापनारायण मिश्र ग्रंथावली* में शामिल हैं।

यों तो इस अध्ययन में प्रसंगवश उस पूरे इलाके को ध्यान में रखा गया है जिसे आजकल हिंदी-उर्दू (या सिर्फ हिंदी ?) प्रदेश कहते हैं, लेकिन अध्ययन का केंद्र पश्चिमोत्तर प्रांत ही है। नवजागरण की नजर से यही प्रांत महत्वपूर्ण था। 19वीं सदी में पश्चिमोत्तर प्रांत का मतलब आगरा, मेरठ, रोहेलखंड, कानपुर, इलाहाबाद, बनारस और बलिया-गोरखपुर वगैरह के इलाकों से था जिसकी राजधानी पहले आगरा, फिर इलाहाबाद हुई। 1857 में हड़पे गए अवध प्रांत से जोड़कर इसे पहले *पश्चिमोत्तर प्रांत और अवध* कहा गया; बाद में संयुक्त या युक्तप्रांत। 1947 के बाद इसे उत्तर प्रदेश का नाम मिला।

पुराने लेखकों की रचनाओं से उद्धरण देते हुए मैंने उनकी भाषा से छेड़-छाड़ नहीं की, लेकिन वाक्यरचना और अर्थ को स्पष्ट रखने के खयाल से जहां-जहां जरूरी लगा, वहां-वहां अर्धविराम, पूर्णविराम और दूसरे आवश्यक निशान लगा दिए हैं। 'हिंदी नवजागरण' शब्द को अस्वीकार करने के बावजूद इस किताब में उसका प्रयोग मैंने उसी अर्थ में किया है जिस अर्थ में वह प्रचलित हैं ताकि कोई भ्रम न हो। *भद्रवर्ग* शब्द का प्रयोग मैंने उस अर्थ में किया है जिस अर्थ में बंगला में *भद्रलोक* का प्रयोग होता है। यानी शहरों में रहनेवाले शरीफ (संभ्रांत) लोग जिनमें सैयद, शेख, मुगल, पठान और द्विजहिंदू आते थे। ये शरीफ लोग शहरों में बस गए जमींदार-भूस्वामी, सरकारी दफ़्तरों-कचहरियों के बाबू, व्यापारी-महाजन और मध्यवर्गीय पेशों से जुड़े डॉक्टर, वकील, इंजीनियर, शिक्षक, लेखक, प्रकाशक और संपादक वगैरह थे। 19वीं सदी के औपनिवेशिक समाज में उभरा यह सबसे जागरूक और सक्रिय वर्ग था जो आधुनिक पूंजीवादी विचारधारा का होकर भी सामंती व्यवस्था और शक्तियों से कई तरह से जुड़ा हुआ था।

अपने अध्ययन में मुझे कई पुस्तकालयों से मदद मिली—भारतीय उच्च अध्ययन संस्थान (राष्ट्रपति निवास, शिमला), नेहरू मेमोरियल एंड म्यूज़ियम लाइब्रेरी (तीनमूर्ति, दिल्ली), नेशनल लाइब्रेरी और भारतीय नाट्य संस्थान (कलकत्ता), भारत कला भवन (काशी हिंदू विश्वद्यिालय, बनारस), काशी नागरीप्रचारिणी सभा और हिंदी साहित्य सम्मेलन (इलाहाबाद)। इन सबके सहयोग के लिए मैं आभारी हूं—खासकर भारत कला भवन में लक्ष्मीदत्त व्यास, भारतीय नाट्य संस्थान की निर्देशिका प्रतिभा अग्रवाल और हिंदी साहित्य सम्मेलन में सत्यप्रकाश मिश्र ने जिस तत्परता के साथ मेरी मदद की, उसके लिए खास तौर से शुक्रिया अदा करना चाहता हूं। अपने दूरस्थ हितैषी प्रोफेसर नित्यानंद तिवारी, कलकत्ता और इलाहाबाद के पुस्तकालयों में मौजूद दुर्लभ सामग्री की जानकारी रखनेवाले आलोचक श्रीनारायण पांडे और राजा शिवप्रसाद के खानदान के कुंअर परमानंद सिंह का भी आभारी हूं जिन्होंने कई तरह से इस अध्ययन में मेरी मदद की। मार्कंडेयजी ने मेरे अध्ययन के कुछ हिस्सों को पहली बार *कथा* में छापा, जिस पर आई प्रतिक्रियाओं ने मुझे उत्साहित किया। इसके लिए मैं उनका आभारी हूं। विक्रम सिंह रावत और जसबीर सिंह ने बड़ी मेहनत और धीरज से इसकी पांडुलिपि को कंप्यूटर पर टाइप किया, इसके लिए वे प्रशंसा के पात्र हैं।

शिवानी के अनमोल सहयोग के बिना यह किताब लिखी नहीं जा सकती थी पर उनके लिए धन्यवाद शब्द बहुत छोटा रहेगा।

भारतीय भाषा केंद्र
जवाहरलाल नेहरू विश्वविद्यालय
25 जनवरी, 2001

वीरभारत तलवार

दूसरे संस्करण की भूमिका

रस्साकशी के पहले संस्करण को हिंदी आलोचकों ने जिस ढंग से ग्रहण किया अथवा नहीं किया और हिंदीभाषी प्रदेशों में नवजागरण की अवधारणा और उसके विभिन्न पक्षों को लेकर जो बहस हुई और सवाल उठाए गए, उन पर मैं *रस्साकशी* के अगले खंड में विचार करूंगा। पहलेवाले संस्करण में रह गई कुछेक तथ्यात्मक भूलों को इस संस्करण में सुधार दिया गया है और यहां-वहां शब्दों एवं वाक्यरचना को भी ठीक कर दिया गया है। पहले संस्करण से पैदा हुई बहस के दौरान आज के हिंदू राष्ट्रवाद की जड़ें भारतेंदु युग में देखने-दिखाने पर सवाल उठाया गया था। ऐसा सवाल इतिहासकारों ने नहीं उठाया, सिर्फ साहित्यकारों ने उठाया, खासकर भारतेंदु के भक्तों ने। किताब के पहले संस्करण में दो जगहों पर, पृ.सं. 188 और 192 पर, इसकी चर्चा की गई थी। उस विवेचन को मैं सही समझता हूं। फिर भी, स्पष्टता के लिए उसकी कुछ व्याख्या की जरूरत अनुभव करता हूं। इसलिए पहले संस्करण के उन दो अंशों को हटाकर, एक ही जगह पर अपनी धारणा को मैने फिर से, पहले की तुलना में ज्यादा संतुलित ढंग से, स्पष्ट कर दिया है। इसके अलावा किताब में और कोई संशोधन नहीं किया गया है। उर्दू को देवनागरी लिपि में लिखने का सुझाव 19वीं सदी में हुए भाषा-लिपि आंदोलन के संदर्भ में सिर्फ राजभाषा के प्रसंग में दिया गया था, इसे स्पष्ट कर दिया गया है। उपसंहार का सबसे आखिरी पैराग्राफ आवश्यकता न होने के कारण हटा दिया गया है।

पहली जनवरी, 2006
जवाहरलाल नेहरू विश्वविद्यालय
नई दिल्ली- 110067

वीरभारत तलवार

विषयक्रम

अध्याय एक

शिक्षा पर औपनिवेशिक राज्य का नियंत्रण और स्त्रीशिक्षा

हंटर आयोग के सामने भारतेंदु हरिश्चंद्र का बयान

''स्कूलों का प्रबंधन और निरीक्षण पूरी तरह से सरकार के हाथों में रहना चाहिए। सरकारी अफसर जो कुछ करें, देशी लोग सिर्फ उस पर निगाह रक्खें, उसकी समीक्षा और आलोचना करें और सुधार के उपाय सुझाएँ।''

—भारतेंदु हरिश्चंद्र

''भारतीय लोग सिर्फ तभी उन्नति कर सकते हैं जब वे सरकार और उसके हाकिमों की दखलअंदाजी के बिना, अपने बच्चों की शिक्षा का प्रबंध खुद करें और अपनी शिक्षा संस्थाओं को स्वैच्छिक योगदान से, अपने नियंत्रण में, खुद चलाएँ।''

—सैयद अहमद

सन् 1882 में भारत की औपनिवेशिक सरकार ने शिक्षा संबंधी समस्याओं का पता लगाने के लिए डब्ल्यू. डब्ल्यू. हंटर की अध्यक्षता में एक शिक्षा आयोग बनाया जो हंटर आयोग के नाम से मशहूर हुआ। इस आयोग ने चार्ल्सवुड के शिक्षा संबंधी 1854 के डिस्पैच को पूरी तरह लागू करने और शिक्षा की योजना में सरकार जिस तरह के बदलाव लाना चाहती थी, उसके बारे में टोह लेने के लिए, कई सवालों की सूची तैयार की जिस पर सार्वजनिक जीवन और शिक्षा के क्षेत्र में काम करनेवाले कुछ प्रभावशाली व्यक्तियों से उनकी राय पूछी गई। युक्तप्रांत (पश्चिमोत्तर प्रांत और अवध) की जिन बड़ी हस्तियों से आयोग ने सवाल पूछे, उनमें सर सैयद अहमद, राजा शिवप्रसाद, राजा जयकिशन दास, राजा उदयप्रताप सिंह, पं. लक्ष्मीशंकर मिश्र, बाबू तोताराम और बाबू दुर्गाप्रसाद वगैरह के साथ बाबू हरिश्चंद्र भी थे। आयोग के सत्तर सवालों का जवाब देते हुए भारतेंदु हरिश्चंद्र ने जो विचार व्यक्त किए, खासकर शिक्षा के नियंत्रण, संचालन तथा स्त्री शिक्षा के प्रश्न पर, उन पर हिंदी के आलोचकों ने बहुत कम गौर किया है। 19वीं सदी के नवजागरण में शिक्षा का सवाल बुनियादी सवालों में था। नवजागरण में भारतेंदु हरिश्चंद्र की भूमिका को समझने के लिए आयोग के सामने रखे

गए उनके शिक्षा संबंधी विचारों का अध्ययन करना जरूरी है। भारतेंदु का यह बयान श्रीनारायण पांडे की किताब *भारतेंदु हरिश्चंद्र : नए संदर्भ की तलाश* (शब्दभारती, इलाहाबाद) के अंत में शामिल है। यहां दिए गए उद्धरण उसी किताब से हैं।

शुरू में पूछे जाने पर भारतेंदु ने अपना परिचय देते हुए खुद को हिंदी और उर्दू के साथ संस्कृत का कवि भी बतलाया, लेकिन ब्रजभाषा का नाम नहीं लिया जिसमें उन्होंने खड़ीबोली हिंदी, उर्दू और संस्कृत, तीनों से ज्यादा कविताएं लिखी थीं। उन्होंने शिक्षा में अपनी दिलचस्पी, बनारस शहर में खुद एक प्राथमिक पाठशाला खोलने और बनारस एजूकेशन कमेटी में अपने सदस्य रह चुकने की बात बताई। आयोग के सवालों का जवाब देते हुए उन्होंने, जहां भी जरूरत पड़ी, सरकारी दस्तावेजों से आंकड़े और टिप्पणियां उद्धृत कीं। शिक्षा विभाग की बनाई पाठ्य-पुस्तकों पर अपनी राय संक्षेप में देने से उन्होंने इनकार कर दिया। इसकी वजह शायद राजा शिवप्रसाद—जिनके मातहत ये किताबें बनाई गई थीं—के बारे में किसी विवाद में न पड़ने की उनकी सावधानी रही होगी। सभी सवाल अंग्रेजी में पूछे गए थे जिनके जवाब भारतेंदु ने अच्छी-खासी अंग्रेजी में दिए। तबीयत खराब रहने के कारण आयोग के सामने जाकर बयान देने के बजाय उन्होंने जवाब घर से लिखकर भिजवाए।

आयोग के सवालों के जवाब में भारतेंदु ने पश्चिमोत्तर प्रांत में प्राइमरी शिक्षा की सरकारी व्यवस्था को मजबूत बुनियाद पर टिकी मानते हुए इंग्लैंड की तरह भारत में भी इसे अनिवार्य कर देने की माँग की। उन्होंने शिक्षा विभाग की रिपोर्टों (रिटर्न) में पिछले तीन-चार सालों से विद्यार्थियों की जाति का जिक्र नहीं होने की शिकायत की। डोम-मेहतर जैसी जातियाँ सरकारी स्कूलों में बहुत कम हैं और मुसलमान लोग सरकारी स्कूलों की शिक्षा से नफरत करते हैं (जो अंशतः सत्य था), यह कहने के साथ-साथ उन्होंने यह भी माना कि गाँवों में ऊँची जातियों के हिंदू जमींदार अपनी गरीब रैयत और शूद्र-अछूत जातियों के बच्चों को पढ़ने नहीं देते ताकि उनके अज्ञान से फायदा उठाया जा सके। भारतेंदु उदारतापूर्वक कहते हैं कि ऐसे मामले कम हैं। भारतेंदु के बयान से पता चलता है कि उस समय युक्तप्रांत के स्कूलों में नागरी लिपि के अलावा कैथी या महाजनी लिपि भी चलती थी। भारतेंदु ने सरकार के एजूकेशन बोर्ड की काफी आलोचना की। उन्होंने कहा कि इस बोर्ड के सदस्यों को—जो भद्रवर्ग के लोग होते थे—आमतौर पर शिक्षा संबंधी मामलों का कोई अनुभव नहीं है और न ही उनके पास इस काम के लिए वक्त है। बोर्ड का अध्यक्ष कायदे के मुताबिक मजिस्ट्रेट या उसके बराबर का कोई अफसर होता है जिस पर पहले से ही काम का इतना बोझ रहता है कि वह चाहकर भी शिक्षा की निगरानी के लिए वक्त नहीं निकाल सकता। भारतेंदु के मुताबिक गाँवों में शिक्षक का ओहदा इतना असरदार नहीं था जितना पटवारी या मुख्तार का, भले ही शिक्षक को तनख्वाह इनसे ज्यादा मिलती हो। देहात में चलनेवाले पाठ्यक्रम को आमतौर पर सही बतलाते हुए भारतेंदु ने उसमें रामायण के कुछ हिस्से, भारत की खेतिहर प्रणाली, नैतिकता और चरित्र संबंधी कुछ पाठ, लगान-मालगुजारी के

नियम, पटवारी के कागजों का ब्यौरा और जिले का नक्शा भी शामिल कर लेने का सुझाव दिया ताकि देहातियों की जरूरतें इस शिक्षा से पूरी हो सकें। इसी तरह भारतेंदु ने कहा कि कुछ चीजें शहरी स्कूलों के पाठ्यक्रम में भी जोड़ी जा सकती हैं। कौन-सी चीजें, इसका उन्होंने खुलासा नहीं किया।

प्रांत की देशी भाषा कौन सी है—यह पूछे जाने पर भारतेंदु ने कहा कि यह कहना मुश्किल है कि इस प्रांत की देशी भाषा किसे माना जाए क्योंकि यहाँ कई बोलियाँ चलती हैं। बनारस शहर तक में कोई एक बोली नहीं चलती। इसलिए प्रांत की भाषा का मतलब सिर्फ उस भाषा से लिया जाए जिसे सभी वर्गों के लोग शहरों में बोलते हैं, खासकर सार्वजनिक जगहों पर बोलते हैं—जैसे शाही दरबार में, अदालतों और आम सभाओं वगैरह में और जिस भाषा में किताबें लिखी जाती हैं। इस नजर से युक्त प्रांत की भाषा एक तो ब्रजभाषा कही जा सकती है, दूसरी खड़ीबोली। हिंदी और उर्दू खड़ीबोली के ही दो साहित्यिक रूप हैं। सैयद अहमद ने हिंदी को *गँवारू* बोली कहा था, इसका जिक्र करते हुए भारतेंदु ने पलटकर उर्दू को *वेश्याओं और नाचने-गानेवालियों की जुबान* बतलाया। भारतेंदु ने उर्दूभाषा की फारसी लिपि के दोष गिनाते हुए नागरीलिपि को अदालतों में लागू करने और दफ्तरों-अदालतों में उर्दू की जगह हिंदीभाषा को चलाने की माँग रखी और इसके पक्ष में कई तर्क दिए। भारतेंदु के मुताबिक उस वक्त सार्वजनिक जीवन के कई क्षेत्रों में, जैसे खरीद-बिक्री संबंधी नोटिसों और मनोरंजन कार्यक्रम के इश्तहारों में हिंदी का इस्तेमाल होना शुरू हो गया था। भारतेंदु ने मौलवियों की कठिन उर्दू और पंडितों की संस्कृतनिष्ठ हिंदी का विरोध करते हुए माना कि हिंदीभाषा से सभी फारसी शब्दों को हटाने की माँग गलत है।

भारतेंदु ने प्राइमरी शिक्षा के लिए देहातियों से फीस न लेने को कहा क्योंकि सरकारी शिक्षा के लिए वे पहले से ही स्थानीय कर (सेस) दे रहे थे। लेकिन शहरी कॉलेजों में पहले से ही महँगी फीस (आर्ट क्लास तीन रु., बी.ए. पाँच रु. और इंटर डेढ़ रु.) को कुछ और बढ़ाने के लिए भारतेंदु राजी हो गए। उन्होंने युक्त प्रांत के गाँवों में जगह-जगह स्कूल खुलवाने में राजा शिवप्रसाद की भूमिका की सराहना की। सरकारी स्कूलों-कॉलेजों से पढ़कर निकले शिक्षित बेरोजगारों का जिक्र करते हुए उन्होंने सरकारी नौकरियों में भरती के प्रचलित तौर-तरीकों की निंदा की जिनके तहत दफ्तरों में पहले से लगे लोगों के भाई-भतीजों और बेटे-दामादों को—चाहे वे कितने ही नालायक क्यों न हों—नौकरी पर रख लिया जाता था (इस प्रथा का सबसे ज्यादा फायदा उस वक्त यू.पी. के भद्रवर्गीय मुसलमान उठा रहे थे)। इसका विरोध करते हुए भारतेंदु ने सरकारी शिक्षा संस्थाओं से पढ़कर निकले लड़कों (जो ज्यादातर हिंदू थे) को सरकारी नौकरियाँ देने की माँग की।

भारतेंदु ने अपने वक्त में शिक्षा-विभाग में बड़े पैमाने पर हुई छँटनी और कई स्कूल बंद किए जाने पर अफसोस जाहिर किया। सरकार ने ऐसा वित्तीय साधनों की कमी के कारण किया था। सरकारी रिपोर्ट के मुताबिक पश्चिमोत्तर प्रांत के लोगों ने शिक्षा में खास दिलचस्पी नहीं ली थी। भारतेंदु ने जोर देकर कहा कि लोग दिलचस्पी ले रहे हैं। उन्होंने

सुझाव दिया कि स्कूल की एक क्लास में ज्यादा से ज्यादा 25 से 30 विद्यार्थी और कॉलेज की एक क्लास में 10 से 15 विद्यार्थी होने चाहिए। किसी वजह से स्कूलों से निकाल दिए गए लड़कों को दूसरे स्कूलों में दाखिला लेने से रोका न जाए क्योंकि कई बार हेडमास्टर मामूली गलतियों पर भी लड़कों को कड़ी सज़ा दे देते हैं। उन्होंने यह भी कहा कि पश्चिमोत्तर प्रांत के कॉलेजों में बी.ए. की क्लास में पढ़ाने के लिए यूरोपीय प्रोफेसरों को तुरंत बहाल करना चाहिए क्योंकि उच्च गणित, भौतिक विज्ञान, अंग्रेजी या दर्शनशास्त्र पढ़ाने के लिए लायक देशी शिक्षक नहीं मिलते।

शिक्षा पर औपनिवेशिक राज्य के नियंत्रण का सवाल : पृष्ठभूमि

अपने बयान में भारतेंदु ने औपनिवेशिक राज्य द्वारा शिक्षा के नियंत्रण और संचालन पर जो विचार व्यक्त किए, वे गौरतलब हैं। 1880 के दशक में अंग्रेज सरकार चाह रही थी कि शिक्षा संस्थाओं पर वह अपना नियंत्रण कुछ कम करके उनके प्रबंध और संचालन की जिम्मेदारी कमोबेश देशी लोगों के हाथों में सौंप दे। ऊपरी तौर पर आकर्षक दिखनेवाली उसकी इस इच्छा के पीछे लोकतांत्रिक भावना या स्वायत्तता देने की मंशा उतनी नहीं थी जितनी कि वित्तीय साधनों की कमी थी। दरअसल भारत में औपनिवेशिक शासन ने समय-समय पर अपना नियंत्रण ढीला करके भारतीयों को कई बार शासन में हिस्सा लेने के जो सीमित अधिकार दिए, उनके पीछे अक्सर महत्वपूर्ण कारण राजनीतिक तौर पर कुछ भारतीयों को अपना जूनियर पार्टनर बनाने के अलावा खास तौर पर आर्थिक मजबूरियाँ थीं। जैसे 1830 के दशक में भारत में अंग्रेजी शिक्षा देने के फैसले के पीछे राजनीतिक लक्ष्य के अलावा एक बड़ा कारण यह भी था कि भारत में शासन चलाने के लिए सभी पदों पर इंग्लैंड से अंग्रेजों को बुलाना महँगा पड़ता था और उन्हें तनख्वाह भी ज्यादा देनी पड़ती थी। भारतीयों को प्रशासनिक पदों पर कम खर्च में बहाल किया जा सकता था जिसके लिए उन्हें अंग्रेजी शिक्षा देने की जरूरत आन पड़ी।[1] अपना वित्तीय बोझ कम करने के इरादे से ही संवैधानिक सुधारों के तहत केंद्र के अधीनवाले कई विभाग पहले ही प्रांतीय सरकारों को सौंप दिए गए थे। बाद में 1882 में जिला बोर्डों और नगरपालिकाओं में भारतीयों को सीधे चुनाव के जरिए प्रतिनिधित्व देकर स्थानीय विकास और निर्माण से संबंधित कई जिम्मेदारियाँ सौप दी गईं जिनके लिए आर्थिक संसाधन इन्हीं संस्थाओं को स्थानीय तौर पर जुटाने थे (वित्तीय साधनों की कमी के विवरण के लिए देखें, फ्रांसिस रोबिंसन की किताब *सेपरेटिज़्म एमंग इंडियन मुस्लिम्स*)। औपनिवेशिक सरकार *की* ऐसी मजबूरियों के राजनीतिक नतीजे भी निकले जिनका फायदा भारतीय राजनीतिज्ञों ने पहले भी और बाद में भी—अपने हक में हमेशा उठाया। वित्तीय साधनों की कमी के कारण ही हंटर आयोग की नियुक्ति के समय सरकार शिक्षा संस्थाओं पर अपना नियंत्रण कम करके उन्हें किसी हद तक और किसी रूप में देशी लोगों या उनकी संस्थाओं को सौंपने का विचार कर रही थी। यह तथ्य रिपोर्ट के *इंट्रोडक्शन* के अलावा उन सवालों से भी उभर आता है जिनकी सूची हंटर आयोग ने

भारतेंदु को दी। सवालों की उस सूची से पता चलता है कि देशी लोगों को शिक्षा संस्थाओं का प्रबंध सौपने के तहत कुछ मामलों में वह स्कूल-कॉलेजों का पूरा खर्च उठाने की जगह उन्हें कुछ अनुदान देने भर की जिम्मेदारी रखना चाहती थी। सरकार के मन में यह जिज्ञासा भी थी कि स्थानीय विकास और निर्माण के कुछ दूसरे कामों की तरह क्या शिक्षा संस्थाओं को भी जिला बोर्डों और नगरपालिकाओं के अधीन किया जा सकता है ताकि उनका खर्च स्थानीय साधनों से चलाया जा सके? वह यह भी पता लगाना चाहती थी कि अंग्रेजी शासन से पहले की या शासन से बाहर चलनेवाली देशी शिक्षा संस्थाओं को राष्ट्रीय शिक्षा प्रणाली का अंग बनाया जा सकता है या नहीं? अगर यह मुमकिन हो तो क्या इसके लिए उसे कुछ खर्च भी करना पड़ेगा? सवालों की सूची से कुल मिलाकर ऐसा लगता है कि दूसरे उद्देश्यों के अलावा सरकार शिक्षा के क्षेत्र में अपना आर्थिक बोझ कम करने के लिए देशी लोगों की स्थानीय पहलकदमी को बढ़ावा देने की संभावना पर प्रभावशाली हिंदुस्तानियों की राय जानना चाहती थी। हंटर आयोग की नियुक्ति इन्हीं उद्देश्यों के लिए की गई थी।

भारतेंदु के जवाब

आयोग ने अपने सवाल नं. 4 में पश्चिमोत्तर प्रांत की देशी शिक्षा संस्थाओं के बारे में पूछा। जवाब में भारतेंदु ने अपने वक्त के सात किस्मों के देशी स्कूलों के बारे में बताया जिनकी कुल संख्या प्रांत में सभी सरकारी स्कूलों से कहीं ज्यादा थी : (1) चटसाल जहाँ मुख्यतः लाभ-हानि का हिसाब करना सिखाया जाता था और नागरी के अलावा कैथी या महाजनी लिपि भी सिखाई जाती थी। (2) संस्कृत स्कूल जहाँ पंडित दर्शन, तर्क, ज्योतिष तथा व्याकरण, न्याय और साहित्य पढ़ाते थे। (3) धार्मिक स्कूल जहाँ वेद, मीमांसा और वेदांत आदि पढ़ाए जाते थे। (4) बही-खाता रखने और महाजनी सिखाने के स्कूल जिन्हें मुनीम चलाते थे। (5) मकतब जहाँ मौलवी साहब हिंदू और मुसलमान बच्चों को पुराने ढंग से फारसी सिखाते थे जिसमें कुछ किताबें रटाई जाती थीं। (6) अरबी स्कूल जहाँ विद्वान मौलवी अरबी साहित्य, अरबी व्याकरण, तर्कशास्त्र, दर्शन, चिकित्सा पद्धति और धर्मशास्त्र पढ़ाते थे। इन स्कूलों में ज्यादातर मुसलमान बच्चे मकतब से फारसी की शिक्षा पूरी करने के बाद आते थे। (7) कुरआन स्कूल जो अभिजात मुस्लिम परिवारों के द्वारा चलाए जाते थे। इनमें मस्जिद का मुल्ला बच्चों को कुरआन की आयतें याद कराता और नमाज पढ़ना सिखाता। भारतेंदु ने बताया कि इन सभी स्कूलों में फीस नहीं लगती (पर यह नहीं बताया कि पढ़नेवाले बच्चों के अभिभावक या पूरा समाज मिलकर शिक्षक और उसके परिवार के भरण-पोषण के लिए अनाज, दूसरी वस्तुएँ अथवा खर्च देते थे)। उन्होंने कहा कि इन स्कूलों में सरकारी स्कूलों जैसा चुस्त अनुशासन नहीं होता। गाँवों से आनेवाले शिक्षक अपनी खेती या दूसरा रोजगार भी करते रहते और वक्त निकालकर पढ़ाने भी जाते। ये शिक्षक खुद बहुत शिक्षित नहीं होते, हालाँकि मकतब और अरबी स्कूलों के मौलवी विद्वान होते थे। ये स्कूल ज्यादातर शहरों में थे, गाँवों में कम थे।

आयोग ने पूछा था कि क्या इन देशी स्कूलों को राष्ट्रीय शिक्षा प्रणाली का अंग बनाया जा सकता है ? भारतेंदु ने इन परंपरागत स्कूलों के प्रति जरा भी सहानुभूति नहीं दिखाई : "मैं नहीं समझता कि इन्हें किसी भी हाल में राष्ट्रीय शिक्षा प्रणाली का अंग बनाया जा सकता है।" I do not think such schools can be turned to any account as a part of the system of national education. (पृ. 14) इन स्कूलों को कोई सरकारी मदद नहीं मिलती थी। आयोग ने पूछा कि क्या इन्हें सरकारी मदद दी जाए ? भारतेंदु ने विरोध करते हुए कहा, "मेरा विचार है कि इन्हें सरकारी मदद देना सार्वजनिक धन का दुरुपयोग होगा और सरकारी हस्तक्षेप से पब्लिक को कोई फायदा नहीं होगा।" (पृ. 15) अपने विचार के समर्थन में भारतेंदु ने डायरेक्टर, पब्लिक इंस्ट्रक्शन, का एक पत्र उद्धृत किया जिसमें इन स्कूलों की दुर्दशा का वर्णन करते हुए कहा गया था कि इन स्कूलों में सुधार लाने की गुंजाइश बहुत कम है।

आयोग ने पाँचवें सवाल में पूछा कि लड़कों को घर में शिक्षित करने के बारे में आपके अनुभव और विचार क्या हैं ? भारतेंदु ने कहा कि घर में शिक्षा दिए जाने की उपयोगिता और मूल्य बहुत कम है क्योंकि ट्यूटर रखकर घर में जो शिक्षा दी जाती है, वह लिबरल (आधुनिक) किस्म की नहीं होती और न ही वह शिक्षा के यूरोपीय सिद्धांत के मुताबिक दी जाती है।" The instruction is not liberal in its character, nor it is imparted on European principles. (पृ. 16) उन्होंने कहा कि मेरा अपना ज्ञान और अनुभव भी यही कहता है कि घर में शिक्षित हुए लड़के सरकारी स्कूलों में शिक्षित हुए लड़कों का मुकाबला नहीं कर सकते। अपने बयान के समर्थन में उन्होंने कलकत्ता विश्वविद्यालय का परीक्षाफल पेश किया जिसमें सरकारी स्कूलों से निकले विद्यार्थियों के अंक ज्यादा थे।

छठा सवाल देहातों में शिक्षा के लिए स्थानीय पहलकदमी के बारे में था। आयोग ने पूछा कि देहाती इलाकों में प्राथमिक शिक्षा के प्रसार के लिए सरकार भारतीयों के अपने प्रयत्नों पर—सरकारी अनुदान के साथ या उसके बिना भी—किस हद तक निर्भर करे ? भारतेंदु—वह समय अभी नहीं आया है कि सरकार देहाती इलाकों में प्राथमिक शिक्षा देने के लिए हिंदुस्तानियों के निजी प्रयत्नों पर निर्भर करे। सरकार अगर शिक्षा देने से पीछे हट गई—चाहे अप्रत्यक्ष रूप से ही सही—तो शिक्षा के काम को भारी नुकसान पहुँचेगा। इस देश के लोग लंबे समय से हिंदू राजाओं और मुसलमान सम्राटों के निरंकुश शासन में रहते आए हैं जिससे गुलामी और पर-निर्भरता उनके स्वभाव में बस गई है। अंग्रेज सरकार के उपकारी शासन से उनके अंदर स्वतंत्र विचार और आजादी का भाव पैदा होने में अभी बहुत समय लगेगा... It will take very long time before the benign rule of the English Government can inspire their nature with free thought of independence. (पृ. 17)

भारतेंदु ने कहा कि "भारत में सभ्यता का युग अभी शुरू ही हुआ है," लिहाजा शिक्षा के क्षेत्र में सरकार द्वारा हाथ खींच लेना अभी सही नहीं होगा; खासकर जब हम

देखते हैं कि इंग्लैंड और दूसरे यूरोपीय देशों में—जो सभ्यता के हर क्षेत्र में हमसे बहुत आगे हैं—प्राथमिक शिक्षा अनिवार्य है। अगर हम शिक्षा विभाग के रिटर्न को देखें तो यह जाहिर हो जाएगा कि इस देश ने शिक्षा के मामले में सरकारी हस्तक्षेप से कितनी प्रगति की है। If we turn to the returns of the Education Department, we shall be able to see what progress has been made by this country in education by direct Government interference. (पृ. 17) हिंदुस्तानियों की मनोवृत्ति बतलाते हुए भारतेंदु ने कहा कि इस देश की जनता हालाँकि प्राइमरी शिक्षा के लिए कर देती है, लेकिन उसे यह भी पता नहीं रहता कि उसके गाँव में जो स्कूल है, वह अब भी चलता है या बंद हो चुका है। ये लोग शिक्षा पर कर अपनी भलाई के ख्याल से नहीं देते बल्कि इसलिए देते हैं कि इसे सरकार ने माँगा है। "सिर्फ सीधे सरकारी हस्तक्षेप से ही इस देश की उन्नति हो सकती है।" It is only by direct Government interference alone that this country can prosper. (पृ. 17)

आठवें सवाल में पूछा गया कि किस किस्म के स्कूलों को सहायता और प्रबंध के लिए नगरपालिकाओं के अधीन कर देना चाहिए? भारतेंदु का जवाब गौरतलब है, क्योंकि आज भी बहुत से शहरों में फटेहाल घरों और दलित जातियों के गरीब बच्चे जिन घटिया स्कूलों में पढ़ते हैं, सिर्फ वही स्कूल नगरपालिकाओं के जिम्मे हैं। यही हालत भारतेंदु के वक्त में भी थी। भारतेंदु ने यथास्थिति कायम रखने को कहा। पर दूसरे स्कूलों को—जहाँ भद्रवर्ग के बच्चे पढ़ते हों—नगरपालिका के अधीन करने से मना किया। The municipal committee have made in their hands the management of the free or ragged schools which were established some years ago in cities and large towns for education of the children of the lower classes. These schools they may retain, but I think it would be a mistake to takeover to them any other school for management. (पृ. 19) भारतेंदु ने तर्क दिया कि नगरपालिका के पास दूसरे स्कूलों को चलाने लायक पैसे नहीं होंगे।

इसके बाद आयोग ने अपने दिल का सवाल पूछा—क्या आप कोई ऐसी स्थिति सोचते हैं जिसमें सरकार को उच्च शिक्षा का कोई संस्थान बंद करना पड़े तो शिक्षा के उद्देश्यों को हानि पहुँचाए बिना कोई प्राइवेट संस्था—सरकारी अनुदान के साथ या उसके बिना भी—उसे अपने हाथों में ले ले?

सवाल जितना खुलकर पूछा गया, उतना ही खुलकर भारतेंदु ने जवाब भी दिया—हिंदुस्तान की जनता हमेशा बादशाही हुकूमत में रही है। उसमें मूर्तिपूजा की ऐसी प्रवृत्ति घर कर चुकी है कि वह अपने इर्द-गिर्द हमेशा कोई ऐसी सत्ता देखना चाहती है जिसकी वह पूजा कर सके। उन्हें एक राजा, शासक या मालिक की जरूरत पड़ती है जिसके हुक्म को वह हमेशा, बिना कोई सवाल किए, बजा लाए। हमारी भाषा में पब्लिक जैसा कोई शब्द नहीं है। हम इसकी जगह सरकार शब्द बोलते हैं। हमारे पास नेशनलिज़्म या पैट्रियाटिज़्म के प्रतिरूप या पर्यायवाची शब्द नहीं है। "हमसे अपने बच्चों के लिए ऊँची शिक्षा देना तो दूर रहा, प्राइमरी शिक्षा देने के लिए कहना भी एक गलती होगी। मेरी समझ में भारत ने सभ्यता में बहुत कम उन्नति की है और वह अपने बच्चों की शिक्षा की जिम्मेदारी पूरी करने

लायक अभी नहीं बन सका है।'' We have no equivalents for 'Nationality' or 'Patriotism'. To expect us to provide even primary education, to say nothing of high education, to our progeny, is a mistake. Hitherto, at least as I think, India has made but little progress in civilization, and is not yet prepared to take upon herself the responsible duty of providing education to her children. (पृ. 32)

भारतेंदु ने शिक्षा संस्थाएँ निजी हाथों में सौपने का विरोध करते हुए कहा कि विश्वविद्यालय और शिक्षा विभाग की परीक्षाओं के नतीजों में हम आए दिन देखते हैं कि सरकारी स्कूलों में शिक्षित हुए विद्यार्थी हमेशा आगे रहते हैं। प्राइवेट स्कूलों में शिक्षित होनेवाले विद्यार्थियों की संख्या उनमें बहुत कम है। प्राइवेट स्कूलों की शिक्षा का स्तर सरकारी स्कूलों के मुकाबले घटिया होता है। इस देश के लोगों को, खासकर इन प्रांतों (पशिश्चमोत्तर प्रांत और अवध) के लोगों को शिक्षा के प्रसार का काम सौंपना, समय से पहले कदम उठाना है जिसका नतीजा बुरा निकलेगा। To entrust to the people of this country, and especially in these provinces, the task of diffusion of education, would be pre-mature measure sure to end in evil result. (पृ. 32) अपने जवाब में भारतेंदु ने भारत में अंग्रेजी राज की प्रगतिशील भूमिका पर जोर देते हुए लिखा—अंग्रेज सरकार का वरदान रूपी शासन और उसके द्वारा संचालित सुंदर शिक्षा प्रणाली समय के साथ-साथ भारत के नौनिहालों को आत्म-निर्भरता, स्वतंत्रता और सभ्यता के साँचे में ढालती जाएगी। The blessed rule of English Government and a salubrious system of education administered by it, will in course of time cast the children of India in a mould of civilization, freedom and self-help. (पृ. 32) फिलहाल भारत के ये नौनिहाल अपने पालन-पोषण के लिए अपनी अभिभावक ब्रिटिश सरकार पर निर्भर करते हैं। ब्रिटिश शासन के अभिभावकत्व को काफी नरम बताते हुए भारतेंदु ने भारत की उन उपद्रवी संतानों की निंदा की जो इस अभिभावकत्व के जुए को बहुत जल्दी उतार फेंकने को आतुर हो सकती हैं। लेकिन जब वे पर्याप्त समझदारी हासिल कर लेंगी, तब उन्हें जरूर अपनी गलती पर पछतावा होगा। Some of India's truant children may wish to throw off the yoke of the mild parental sway too early, but when they acquire sufficient maturity of understanding, they will have reason to regret their folly. (पृ. वही)

(भारत की ये उपद्रवी संतानें कौन थीं?)

आयोग ने पूछा (प्रश्न 17) कि क्या आपके प्रांत में ऐसे समर्थ लोग नहीं हैं जो संघबद्ध होकर, सरकारी अनुदान लेकर खुद स्कूल-कॉलेजों की स्थापना करें? भारतेंदु : प्रांत में ऐसा कोई समर्थ व्यक्ति नहीं है। लोग जो अपने घरों के झगड़े तक खुद निपटा नहीं पाते, वे देश का शासन क्या चलाएँगे? I can not for a moment think that it can be possible for natives to combine together in body to partake in the administration of the country. (पृ. 33)

आयोग ने एक बार फिर से पूछा कि अगर सरकार समयबद्ध तरीके से किसी उच्च शिक्षा संस्था से अलग होने का फैसला करे तो अंतरिम काल के लिए निजी तौर पर क्या

प्रयत्न हो सकते हैं जिससे वह शिक्षा संस्था मजबूती से खड़ी रह सके?

जवाब में भारतेंदु ने अपने प्रांत में बहुत सी बंद हो गई शिक्षा संस्थाओं का जिक्र करने के बाद अंत में कहा कि पहले सरकार हमें अगली आधी सदी तक शिक्षा देती रहे ताकि हममें कुछ समझदारी आ जाए और हम खुद अपने बारे में फैसला करने लायक बन जाएँ—उसके बाद ही हमसे उपरोक्त सवाल किए जाएँ। (पृ. 35)

शिक्षा के प्रबंध में स्थानीय पहलकदमी का जायजा लेने के वास्ते आयोग ने एक बार फिर पूछा कि सरकार अगर स्कूल-कॉलेजों के सीधे प्रबंध से काफी हद तक हट जाए तो इसका शिक्षा के प्रसार पर क्या असर पड़ेगा? स्थानीय उद्देश्यों के लिए संघबद्ध होने तथा पहलकदमी करने की भावना के विकास पर क्या असर पड़ेगा?

जवाब में भारतेंदु ने अपने विचारों को दृढ़तापूर्वक दोहराया : भारत में आज तक पब्लिक ने कुछ नहीं किया है। मैंने पहले भी कहा कि हमारी भाषा में पब्लिक जैसा कोई शब्द नहीं है। सरकारी हस्तक्षेप उठ जाने से शिक्षा के काम की मौत ही हो जाएगी। (पृ. 51) निराश स्वर में भारतेंदु ने कहा कि जब कुछ समय पहले बरेली कॉलेज बंद किया गया और सौ से भी ज्यादा देशी भाषा के मिडल स्कूल और इतने ही लड़कियों के स्कूल भी बंद कर दिए गए, तब हमारे देशी लोगों ने इन संस्थाओं को जिंदा रखने के लिए क्या किया?

एक दूसरे जवाब में भारतेंदु ने कहा कि अगर सरकार स्कूलों और कॉलेजों के प्रबंध से खुद को अलग कर लेगी तो हम देशी लोग वही करेंगे जो हमने औरंगजेब द्वारा विश्वनाथजी का मंदिर तोड़ने पर किया था या महमूद गजनवी द्वारा सोमनाथ का मंदिर लूटने पर किया था। (पृ. 35)

स्थानीय उद्देश्यों के लिए संघबद्ध होने और स्थानीय पहलकदमी की भावना विकसित करने के बारे में भारतेंदु ने कहा कि स्थानीय जरूरतों के लिए एकजुट होने की या स्थानीय आत्म-निर्भरता की भावना की इस वक्त भारत में कोई उम्मीद नहीं की जा सकती। देशी लोगों से इस दिशा में कदम उठाने की उम्मीद करना भयानक भूल होगी। No growth of spirit of reliance upon local exertions and combination for local purpose can be expected at present in India. It will be blunder to expect Natives to take any steps in this direction. (पृ. 51)

सवाल नं. 38 के जवाब में भारतेंदु ने कहा कि स्कूल-कॉलेजों से सरकारी प्रबंध उठ जाने से शिक्षा का स्तर नीचे गिर जाएगा और देशी लोगों में इस गिरावट को रोकने की क्षमता सिर्फ तभी आ सकती है जब किसी तरह से हमारे अंदर भी राष्ट्रीयता (नेशनालिटी) की भावना पैदा हो जाए जो यूरोपीय लोगों में है। (पृ. वही)

आयोग ने पूछा (प्रश्न 35) कि सरकारी शिक्षा विभाग की मौजूदा प्रणाली या मौजूदा पाठ्यक्रमों की व्यवस्था से निजी संस्थाओं के विकास में किसी भी तरह की अनावश्यक बाधा तो नहीं पड़ती? भारतेंदु का जवाब : मैं नहीं सोचता कि शिक्षा विभाग की मौजूदा व्यवस्था निजी संस्थाओं के विकास में किसी भी तरह से बाधक है। इसके उल्टे, वह उनके लिए एक अच्छा मॉडल पेश करती है। (पृ. 50)

आयोग ने साफ शब्दों में पूछा (प्रश्न 36) कि भारत में शिक्षा की संपूर्ण प्रणाली में, आपके विचार से, राज्य की और दूसरी एजेंसियों की क्या भूमिका हो सकती है ? इसके बारे में बहुत बार राय जाहिर कर चुके भारतेंदु ने दोटूक जवाब दिया—स्कूलों का प्रबंध और देखभाल पूरी तरह से सरकार के हाथों में ही रहना चाहिए। सरकारी अफसर जो कुछ करते हैं, देशी लोग सिर्फ उस पर निगाह रखें, उसकी समीक्षा और आलोचना करें और उसमें सुधार के उपाय बतलाएँ। The management and supervision of schools should rest entirely in the hands of the Government. The public should be left to watch, review and criticise what is done by the Government officials and suggest means of improvements. (पृ. 51)

आयोग ने एक सवाल (प्रश्न 60) शिक्षा में धार्मिक तटस्थता के सिलसिले में पूछा। क्या यह जरूरी नहीं कि धार्मिक तटस्थता के सिद्धांत को सच्चे अर्थों में लागू करने के लिए सरकार स्कूल-कॉलेजों के सीधे प्रबंध से हट जाए ? भारतेंदु : सरकार के सीधे हस्तक्षेप के कारण ही आज धार्मिक तटस्थता के सिद्धांत का कड़ाई से पालन हो रहा है। अगर सरकार हट जाएगी तो नतीजा उल्टा निकलेगा और डर है कि मिशनरियाँ छा जाएँगी।

एक सवाल के जवाब में भारतेंदु ने बी.ए. की कक्षाओं में पढ़ाने के लिए यूरोपीय प्रोफेसर बहाल करने के लिए कहा। जब उनसे पूछा गया कि क्या यूरोपीय प्रोफेसर देशी प्रबंध के अधीन पढ़ाएँगे ? तो भारतेंदु ने कहा कि सर सैयद अहमद खाँ को छोड़ दें तो कोई देशी व्यक्ति ऐसा नहीं है जो यूरोपीय प्रोफेसरों को अपने प्रबंध के अधीन रख सके। अगर कोई देशी व्यक्ति अपने हाथ में प्रबंध ले भी ले, तो शायद ही कोई यूरोपीय प्रोफेसर उसके अधीन पढ़ाना चाहेगा—जब तक कि उसका वेतन बहुत ज्यादा न हो। (पृ. 64) क्या देशी लोगों का प्रबंध सरकारी प्रबंध का मुकाबला कर सकता है ? भारतेंदु ने कहा—देशी लोगों के प्रबंध में चलनेवाले स्कूल कभी भी सरकारी प्रबंधवाले स्कूलों का मुकाबला नहीं कर सकते। The schools under natives management can never be expected to compete with those schools under the management of Government. (पृ. 64)

19वीं सदी में नवजागरण की चेतना फैलाने में शिक्षा की भूमिका सबसे बुनियादी थी। उस शिक्षा पर पूरी तरह से औपनिवेशिक राज्य के नियंत्रण की भारतेंदु की वकालत हैरत में डालती है। हिंदी के कुछ आलोचकों ने हिंदीभाषी समाज के नवजागरण के नेता के रूप में भारतेंदु की जो भव्य छवि बना रखी है, उससे भारतेंदु के इन विचारों का मेल नहीं बैठता। आयोग के सामने शिक्षा व्यवस्था संबंधी अपने विचार काफी विस्तार के साथ भारतेंदु ने रखे थे। यह चलते ढंग से दी गई कोई टिप्पणी नहीं थी जिसे आसानी से टाल दिया जाए।

बेशक, अंग्रेजी राज की शिक्षा प्रणाली में भारतेंदु की यह अगाध और संपूर्ण आस्था 19वीं सदी के शिक्षित भद्रवर्ग के विचारों और हितों के बिल्कुल अनुरूप थी जो भारत में सभ्यता, ज्ञान और स्वातंत्र्य भावना लाने में अंग्रेजी शिक्षा की सबसे बड़ी भूमिका मानता था।

साथ ही भारतेंदु के इन विचारों से हिंदी-उर्दू प्रदेश के हिंदीभाषी समाज की असलियत का भी पता चलता है जो नवजागरण की चेतना के लिहाज से 1880 के दशक में भी इतना पिछड़ा हुआ था कि भारतेंदु जैसे लेखक भी उसके जागरण में अंग्रेजी शासन द्वारा नियंत्रित-संचालित शिक्षा की ऐतिहासिक भूमिका को कम-से-कम अगले पचास सालों तक अनिवार्य मानते थे। यहाँ तक तो बात अपने ऐतिहासिक संदर्भ में और शिक्षित भद्रवर्गीय दृष्टिकोण के संदर्भ में समझ में आती है। इसके बाद भी जो समझ में नहीं आता, वह भारतेंदु द्वारा अंग्रेजी शासन से नियंत्रित-संचालित शिक्षा प्रणाली को नवजागरण लानेवाली शिक्षा की एकमात्र एजेंसी मानना है। भारतेंदु ने न सिर्फ देशी शिक्षा परंपरा के सभी तरह के स्कूलों को एक ही बार में खारिज कर दिया, बल्कि औपनिवेशिक सरकार के अलावा भारतीयों के किसी भी तरह के शिक्षा संबंधी निजी प्रयत्नों का विरोध किया—ये प्रयत्न चाहे सरकारी स्कूलों को ही मॉडल मानकर क्यों न चले हों। यह एक आश्चर्यजनक बात थी क्योंकि 19वीं सदी के सभी समाज-सुधारक और देशी शिक्षाविद् भारतीय नवजागरण में यूरोप के आधुनिक ज्ञान-विज्ञान और शिक्षा प्रणाली की भूमिका को महत्वपूर्ण मानते हुए भी सिर्फ सरकारी शिक्षा के भरोसे कभी नहीं रहे। उन्होंने शुरू से—1880 के बहुत पहले से—शिक्षा में सरकारी प्रयासों के अलावा निजी प्रयत्नों को महत्व दिया था। इन्हीं निजी प्रयत्नों से भारत में शिक्षा प्रणाली के उन तत्वों की नींव पड़ी थी जिनके आधार पर आगे चलकर उपनिवेशवाद-विरोधी राष्ट्रीय शिक्षा प्रणाली की अवधारणा विकसित हुई—भले ही यह अवधारणा कमजोर और अपर्याप्त रही हो। नवजागरण के नेताओं ने सरकार द्वारा दी जानेवाली पश्चिमी ढंग की शिक्षा को अपनाने के बावजूद भारतीय धर्म, सभ्यता और संस्कृति की जरूरतों के लिहाज से, इसके सकारात्मक पक्षों को बचाने और आगे बढ़ाने के उद्देश्य से, शिक्षा संस्थाओं पर भारतीयों के नियंत्रण और प्रबंध पर हमेशा जोर दिया था।

नवजागरण में शिक्षा के निजी प्रयत्न

भारतेंदु का यह कहना आश्चर्यजनक था कि भारत में पब्लिक जैसी कोई चीज नहीं है और भारतीय लोग अपने बच्चों को प्राइमरी शिक्षा भी देने लायक नहीं हुए हैं। किसी भी लिहाज से यह हकीकत नहीं थी। भारतेंदु के सामने दयानंद सरस्वती ने भारत की प्राचीन शिक्षा पद्धति के आधार पर अंग्रेजी शिक्षा प्रणाली से अलग देशी शिक्षा प्रणाली के विचार और सिद्धांत पेश किए थे। हिंदुओं की धार्मिक और सामाजिक प्रथाओं का विरोध करते हुए उन्होंने स्त्रियों और शूद्रों-दलितों समेत समाज के सभी वर्गों को शिक्षित करने के आंदोलन को जन्म दिया था। एक देशी शिक्षाविद् की तरह उन्होंने शिक्षा के पठन-पाठन की विधि, परीक्षा प्रणाली और पाठ्यक्रम तक पर विचार किया। वे आधुनिक ज्ञान-विज्ञान के विरोधी नहीं थे, पर उनकी शिक्षा प्रणाली पुनरुत्थानवादी थी। आर्यसमाज ने उस प्रणाली का पूरी तरह पालन कभी नहीं किया, गुरुकुलों में भी नहीं। लेकिन उत्तर भारत में शिक्षा के क्षेत्र में दयानंद का असली ऐतिहासिक महत्व प्राचीन शिक्षा पद्धति के उद्धार में नहीं बल्कि

औपनिवेशिक राज्य के नियंत्रण से मुक्त होकर शिक्षा के क्षेत्र में समाज को आत्मनिर्भर बनाने की प्रेरणा देने में था। भारतेंदु के उल्टे उनका दृढ़ विश्वास था कि अपने बच्चों की सही शिक्षा का प्रबंध हमें खुद करना चाहिए, न कि औपनिवेशिक राज्य पर छोड़ देना चाहिए। *आर्यसमाज* ने अपने अनुभवों से समझ लिया था कि अपनी विचारधारा और मूल्यों के अनुरूप समाज बनाने के लिए शिक्षा संस्थाओं को अपना साधन बनाना जरूरी है। जब भारतेंदु हंटर आयोग से शिक्षा के निजी प्रयत्नों के प्रति विरोध प्रकट कर रहे थे, उस समय, मई 1882 की *आर्य मैगज़ीन* पत्रिका में निजी प्रयत्नों से ऐसी शिक्षा संस्था खोलने का संकल्प लिया जा रहा था जिसमें स्कूल के भारतीय वातावरण में अंग्रेजी भाषा और आधुनिक ज्ञान-विज्ञान की पढ़ाई के साथ-साथ अपने धर्म और संस्कृति की शिक्षा भी अनिवार्य रूप से दी जाए। ऐसी संस्था पर सरकार का कोई नियंत्रण न हो। यही संकल्प आगे एंग्लो-वैदिक स्कूल-कॉलेजों के रूप में साकार हुआ। 8 नवंबर, 1883 में लाहौर की एक सार्वजनिक सभा में इस शिक्षा संस्था को बनाने का प्रस्ताव पास किया गया। जिस पब्लिक के अस्तित्व से भारतेंदु को इनकार था, उसी पब्लिक ने कॉलेज खोलने के लिए उस सभा में उत्साह के साथ 6000 रु. दिए।[2]

भारतेंदु के प्रांत और शहर में यह बात नामुमकिन थी। एंग्लो-वैदिक स्कूल और कॉलेज के लिए धन जमा करनेवाली उप-समिति ने अपनी शिक्षा के स्वरूप को स्पष्ट करते हुए लिखा, ''हम एक ऐसी शिक्षण संस्था की स्थापना करना चाहते हैं जिसमें वर्तमान शिक्षा पद्धति के गुणों व लाभों को कायम रखते हुए उसकी त्रुटियों को दूर कर दिया गया हो। इस शिक्षण संस्था का मुख्य उद्देश्य यह होगा कि राष्ट्रभाषा और अन्य लोकभाषाओं के अध्ययन को प्रोत्साहित कर शिक्षित वर्ग और अशिक्षित जनता के बीच के भेदों को दूर कर सबको परस्पर संबद्ध कर दिया जाए, प्राचीन संस्कृत के अध्ययन पर जोर देकर नैतिक और आध्यात्मिक ज्ञान का प्रसार किया जाए, अनुशासित जीवनचर्या द्वारा शक्तिमान व सही आदतों के निर्माण में सहायता की जाए, अंग्रेजी साहित्य के गंभीर परिचय को प्रोत्साहित किया जाए और भौतिक व व्यावहारिक विज्ञानों के ज्ञान के प्रसार द्वारा देश की भौतिक उन्नति में सहायक हुआ जाए।''[3]

नवजागरण के लिए भारतेंदु यूरोपीय ज्ञान-विज्ञान और अंग्रेजी भाषा की शिक्षा को जितना जरूरी मानते थे, आर्यसमाजी उससे कम नहीं मानते थे। आर्यसमाजियों ने आधुनिक ज्ञान-विज्ञान पर जोर देने के बावजूद इसके लिए सिर्फ सरकारी स्कूलों को एकमात्र जरिया नहीं माना, न सरकारी स्कूलों को पूरी तरह से ठीक माना। उन्होंने भारतीय परिवेश और भारतीय संस्कृति की अपनी समझ—सही या गलत—के मुताबिक अलग ढंग की शिक्षा संस्थाओं के लिए निजी प्रयत्न करना जरूरी समझा। भारतेंदु ने अंग्रेजी शिक्षा के राजनीतिक लक्ष्य पर कभी विचार नहीं किया। दरअसल 19वीं सदी के किसी भी समाज-सुधारक ने इस पर विचार नहीं किया। लेकिन देहाती स्कूलों के पाठ्यक्रम में रामायण के अंश तथा कुछ और बातें जोड़ देने की सिफारिश करने के बावजूद भारतेंदु ने शिक्षा के सवाल को भारतीय सभ्यता-संस्कृति के व्यापक परिप्रेक्ष्य में देखा ही नहीं। वे यह मानकर चले कि भारत

सभ्यता के मामले में बहुत पिछड़ा हुआ है और सरकारी शिक्षा अपने-आप हमारे अंदर स्वतंत्रता और राष्ट्रीयता की भावना पैदा करती जाएगी। भारतेंदु ने शिक्षा के पाठ्यक्रम में देशी भाषाओं के साहित्य को जगह देने का बहुत आग्रह किया था। पर इसके लिए भी वे सरकारी स्कूल-कॉलेजों पर ही भरोसा करते थे। यह भरोसा कितना बेबुनियाद था, यह इस तथ्य से समझा जा सकता है कि युक्त प्रांत में इंटरमीडिएट की परीक्षाओं में स्वैच्छिक विषय के रूप में हिंदी को सरकारी मान्यता 1923 तक नहीं मिली।[4] ये आर्यसमाजी थे जिन्होंने अपने स्कूल-कॉलेजों में संस्कृत के अलावा हिंदी साहित्य के अध्ययन को महत्व दिया। बाद में हिंदी साहित्य के अध्ययन का जो गढ़ बना, वह सरकार द्वारा नियंत्रित-संचालित इलाहाबाद विश्वविद्यालय नहीं, बल्कि भारतीयों के अपने प्रयत्नों से बना काशी हिंदू विश्वविद्यालय था। यह सही है कि आगे चलकर आर्यसमाजी शिक्षा संस्थाएँ—चाहे गुरुकुल हों या डी.ए.वी. स्कूल-कॉलेज—अपने मूल सिद्धांत से काफी हटती गईं। अंतर्वस्तु के लिहाज से डी.ए.वी. स्कूल-कॉलेजों का सरकारी स्कूल-कॉलेजों से ज्यादा फर्क नहीं रह गया। इसका एक खास कारण उनका शहरी मध्यवर्गीय आधार था जिसके सदस्य अपने प्राचीन आर्य-गौरव से कहीं ज्यादा ऊँची सरकारी नौकरियाँ पाने के इच्छुक थे। लेकिन 19वीं सदी के आखिरी दो दशकों में उन्होंने निजी प्रयत्नों से आधुनिक शिक्षा की एक आत्म-निर्भर प्रणाली विकसित करने की जो कोशिशें कीं, उनके महत्व को नज़रअंदाज नहीं किया जा सकता। इसके लिए उनका उत्साह, लगन और कार्यक्षमता सराहनीय थी। आर्यसमाजी शिक्षा संस्थाओं का सबसे महत्वपूर्ण पक्ष उनका देशी प्रबंध ही था। 1885 में लाहौर से बी.ए. पास करनेवाले लाला हंसराज ने प्रस्तावित डी.ए.वी. स्कूल-कॉलेज के लिए अपनी सेवाएँ बिना वेतन लिए देने की पेशकश की। इस स्कूल-कॉलेज की स्थापना के लिए उन राजा-महाराजाओं ने धन नहीं दिया जो सरकारी स्कूल-कॉलेजों के लिए दोनों हाथों से धन देकर सरकार के प्रति अपनी वफादारी का इजहार करते थे। धन दिया शिक्षित मध्यवर्ग के लोगों ने। "देवियां गहने उतारकर कॉलेज के फण्ड में प्रदान कर देती थीं ··· मुसलमान भी कालेज के लिए चंदा दे रहे थे।" धन जुटाने के लिए आर्यसमाज ने नए-नए ढंग निकाले। वे व्यापक जनता के पास गए। उस समय रिवाज चल पड़ा कि पुत्र-जन्म, विवाह आदि के मौकों पर डी.ए.वी. स्कूल को कुछ दान अवश्य दिया जाए। 'आटा-फंड' द्वारा भी डी.ए.वी. कॉलेज के लिए पैसे जमा करने में बहुत मदद मिली।[5]

अपनी शिक्षा संस्थाओं के प्रबंध और संचालन के लिए 1886 में पंजाबी आर्यों ने दयानंद एंग्लोवैदिक कॉलेज ट्रस्ट एंड मैनेजमेंट सोसायटी कायम की। इसका मकसद ऐसी शिक्षा संस्थाएँ खोलना था जिनमें हिंदी, संस्कृत और अंग्रेजी साहित्य के साथ-साथ विज्ञान और शिल्प (इंजीनियरिंग) की शिक्षा दी जाए। मैनेजिंग कमेटी को हक था कि वह शिक्षा, कानून, विद्वत्ता, कुलीनता और चिकित्सा तथा इंजीनियरिंग में प्रवीणता तथा वैज्ञानिकता के आधार पर विशिष्ट हितों का प्रतिनिधित्व करनेवाले व्यक्तियों को कमेटी के सदस्य के रूप में नियुक्त करे। इन सदस्यों के लिए आर्यसमाजों का सभासद होना जरूरी नहीं था। सोसायटी

ने उस वक्त भी अपने प्राइमरी स्कूलों में शिक्षा का माध्यम हिंदी को बनाया और ऊँची शिक्षा के लिए अंग्रेजी माध्यम तय किया। 1 जून, 1886 को कायम हुए पहले डी.ए.वी. स्कूल के लिए पंजाबियों का उत्साह ऐसा था कि पहले हफ्ते में ही 300 विद्यार्थी भरती हो गए। जून के अंत में विद्यार्थियों की संख्या 550 तक पहुँच गई। ठेठ देशी प्रयत्नों से, पब्लिक की मदद से चलनेवाले इस स्कूल का मासिक खर्च, भवन-किराया, चौकीदार, शिक्षकों का वेतन वगैरह मिलाकर कुल 305 रु. बैठा।[6] भारतेंदु को विश्वास नहीं था कि देशी लोगों द्वारा नियंत्रित-संचालित स्कूलों के लड़के सरकारी स्कूलों के लड़कों की बराबरी कर सकेंगे। यह बात उस वक्त आमतौर पर सही होने के बावजूद लाहौर में नवजागरण का ऐसा असर था कि डी.ए.वी. स्कूल में एक साल के बाद "जब चार विद्यार्थी कलकत्ता यूनिवर्सिटी की मैट्रिकुलेशन की परीक्षा में बैठाए गए तो वे चारों उत्तीर्ण हो गए और उनमें से एक प्रथम श्रेणी में पास हुआ और दो द्वितीय श्रेणी में।"[7]

नवजागरण के लिए अपनी शिक्षा संस्थाएँ खोलने के जैसे प्रयत्न भारतेंदु के जीवनकाल में पंजाब में शुरू हुए, वैसे प्रयत्न बंगाल में पिछले पचास सालों से चल रहे थे। भारतेंदु द्वारा शिक्षा के लिए निजी प्रयत्नों को अविश्वास से देखना इसलिए भी आश्चर्यजनक था क्योंकि बंगाल में हुए इन प्रयत्नों से, खासकर उसमें विद्यासागर की भूमिका से, वे जरूर वाकिफ रहे होंगे। वैसे तो बंगाल में पहला स्कूल 1814 में खुल गया था, लेकिन 1830 के दशक में वहां अंग्रेजी शिक्षा की मांग बहुत बढ़ गई थी। 1831 की शिक्षा विभाग की एक रिपोर्ट के मुताबिक कंपनी की सरकार उतने स्कूल खोलने में असमर्थ थी जितने लोग चाहते थे। लिहाजा हर जिले में सरकार से स्वतंत्र अंग्रेजी ढंग के स्कूल निजी प्रयत्नों से खोले जाने लगे। बहुत से धनी लोगों ने अपने-अपने मुहल्ले में अपने पैसों से स्कूल खोले। देहाती इलाकों तक के लोगों ने संघबद्ध होकर ऐसे स्कूल खोले।[8] बंगाल के नवजागरण का अध्ययन करते हुए अरविंद पोद्दार ने नोट किया कि बंगाल में हालाँकि मातृभाषा में शिक्षा देने की बात सरकार शुरू से करती रही और 1854 में चार्ल्सवुड के मशहूर डिस्पैच में अंग्रेजी और देशी भाषाओं, दोनों में शिक्षा देने का निर्देश दिया गया था, फिर भी सरकारी स्कूलों में अंग्रेजी के मुकाबले मातृभाषा बँगला की जगह काफी नीचे थी। भारतीयों के सांस्कृतिक विकास के लिहाज से सरकारी स्कूलों में कई कमियाँ थीं। इन कमियों को पूरा करने का बीड़ा उठाया ईश्वरचंद्र विद्यासागर ने, जिनसे बाद में भारतेंदु का संपर्क हुआ। बंगाल में शिक्षा के क्षेत्र में विद्यासागर का एक महत्वपूर्ण काम ठीक वही था जिसकी भारतेंदु को देशी लोगों से कोई उम्मीद नहीं थी—शिक्षा का प्रबंध और संचालन। बारह सालों तक संस्कृत विद्या पढ़ने के बाद, आधुनिक ज्ञान-विज्ञान के संदर्भ में उसकी निरर्थकता को समझकर, यूरोपीय बुद्धि-विवेकशीलता (रैशनलिटी) और आधुनिक मानवतावादी विचारों के संपर्क में आनेवाले—लेकिन अपनी वेश-भूषा, रहन-सहन और उद्देश्यों में पक्के भारतीय—विद्यासागर पहले कलकत्ता संस्कृत कॉलेज के सहायक सचिव बने, फिर प्रिंसिपल बने। संस्कृत कॉलेज के प्रिंसिपल के रूप में विद्यासागर ने जो भूमिका निभाई वह इसका सजीव उदाहरण था कि

देशी लोग शिक्षा संस्थाओं के प्रबंध-संचालन में कैसी योग्यता और कार्य-कुशलता दिखा सकते हैं। इस भूमिका का वर्णन करते हुए अरविंद पोद्दार ने लिखा है कि विद्यासागर के प्रिंसिपल बनने से पहले तक कलकत्ता संस्कृत कॉलेज में सिर्फ ब्राह्मण और वैद्य जाति के लड़के ही दाखिला ले सकते थे। प्रिंसिपल बनने के छः महीने के अंदर विद्यासागर ने, जो खुद ब्राह्मण थे, पहले कायस्थों के लिए और फिर सभी जातियों के लिए संस्कृत कॉलेज के दरवाजे खोल दिए। कॉलेज के ब्राह्मण शिक्षकों ने और नगर के संस्कृत पंडितों ने इस स्वच्छंदता की कड़ी निंदा की, लेकिन विद्यासागर ने अपना फैसला नहीं बदला। विद्यासागर से पहले संस्कृत कॉलेज में समय का कोई अनुशासन नहीं था। शिक्षक और विद्यार्थी जब चाहे कॉलेज में आते, जब चाहे चले जाते। विद्यासागर ने कॉलेज में पढ़ाई के घंटे नियत किए और आने-जाने का पक्का समय बांधकर शिक्षक और विद्यार्थियों को वक्त का पाबंद बनाया। उन्होंने संस्कृत सीखनेवालों के लिए पुराने ढंग की किताबों की जगह सरल संस्कृत पाठ्यपुस्तकें तैयार कराईं। साथ ही संस्कृत के विद्यार्थियों के लिए भी अंग्रेजी भाषा और आधुनिक यूरोपीय ज्ञान की पढ़ाई को अनिवार्य कर दिया। कंई पुरानी पाठ्यपुस्तकें हटा दीं और नई लगाईं। इस सिलसिले में उन्होंने अगर पुराने संस्कृत दार्शनिक संप्रदायों को बहुत अर्थवान नहीं पाया तो इसी नजर से बिशप बर्कले की रचनाओं को भी पाठ्यक्रम से हटा दिया। संस्कृत कॉलेज के प्रबंध और संचालन में विद्यासागर ने जो सुधार किए—जिनमें वे सफल भी हुए—उनके पीछे एक दृष्टि थी, एक विज़न था। वह विज़न, अरविंद पोद्दार के शब्दों में, छात्रों की ऐसी पीढ़ियाँ तैयार करना था जो संस्कृत शास्त्रों में पारंगत होकर भी शास्त्र के दुराग्रहों और मूर्खतापूर्ण रूढ़ियों से मुक्त होंगी।[9]

बंगाल में शिक्षा के क्षेत्र में विद्यासागर की दूसरी महत्वपूर्ण भूमिका बँगला भाषा को शिक्षा का माध्यम बनाने में थी जिसके लिए उन्होंने सरकार का सहयोग लिया और जहाँ सहयोग नहीं मिला, वहाँ निजी प्रयत्नों से यह कर दिखाया। यूरोपियन ज्ञान-विज्ञान और अंग्रेजी भाषा को भारतीयों के आधुनिक विकास के लिए अनिवार्य ठहरानेवाले विद्यासागर ने शिक्षा का माध्यम बँगला को बनाने पर जोर इसलिए दिया क्योंकि वे महसूस करते थे कि आधुनिक ज्ञान-विज्ञान और नवजागरण को देहाती इलाकों तक ले जाने का काम अंग्रेजी के माध्यम से नहीं किया जा सकता। इसके लिए बँगला ही शिक्षा का माध्यम हो सकती थी। विद्यासागर शुरू से बँगला माध्यमवाले स्कूल खोलना चाहते थे। 1844 में बंगाल में बँगला माध्यम से शिक्षा देने के लिए एक सौ स्कूल खोलने की लार्ड हार्डिंग की योजना को सफल बनाने के लिए विद्यासागर ने काफी प्रयत्न किए। 1854 के बाद सरकार ने पहला मॉडल बंगाली स्कूल खोला। उसकी पूरी योजना विद्यासागर ने बनाकर दी थी। बँगला के माध्यम से आधुनिक शिक्षा देने की विद्यासागर की योजनाओं को सरकारी साधनों का सहारा मिल जाने से 1855 से 1856 के बीच विद्यासागर ने नदिया, हुगली, बर्दवान और मिदनापुर जिलों में कुल बीस मॉडल बँगला स्कूल कायम किए।[10] 19वीं सदी में विद्यासागर एक मिसाल थे कि देशी लोग शिक्षा के प्रबंध और संचालन में क्या कुछ कर सकते हैं।

सिर्फ बंगाल और पंजाब में नहीं, खुद भारतेंदु के अपने प्रांत में भी ऐसे समाज-सुधारक मौजूद थे जो शिक्षा पर औपनिवेशिक राज्य के नियंत्रण के खिलाफ और हिंदुस्तानियों की शिक्षा के लिए हिंदुस्तानियों के निजी प्रयत्नों के समर्थक थे। ऐसे लोगों में सैयद अहमद खाँ सबसे आगे थे। भारतेंदु की तुलना में सैयद अहमद यूरोपियन सभ्यता, ज्ञान-विज्ञान और भारत में अंग्रेजी शासन के कहीं ज्यादा बड़े समर्थक और प्रशंसक थे। लेकिन हिंदुस्तानियों में नवजागरण लाने के लिए उन्होंने शिक्षा पर सरकारी नियंत्रण को कभी पसंद नहीं किया। सरकारी अफसर के रूप में किए गए राजा शिवप्रसाद के शिक्षा संबंधी प्रयासों को अगर हम छोड़ दें, तो 19वीं सदी के हिंदी-उर्दू प्रदेश में, राजा शिवप्रसाद के सबसे बड़े प्रतिद्वंद्वी सैयद अहमद शिक्षा आंदोलन के सबसे बड़े सूत्रधार थे। सैयद अभिजात और भद्रवर्गीय (अशराफ) मुसलमानों के हितों का प्रतिनिधित्व करते थे (शुरू में उन्होंने अभिजात और भद्रवर्गीय हिंदुओं का भी प्रतिनिधित्व किया था)। अपनी पुरानी मुगल सल्तनत की यादों में डूबे हुए और सिर पर बैठी फिरंगी हुकूमत की हकीकत का सामना कैसे किया जाए, इसे समझ पाने में असमर्थ, उस वक्त के भद्रवर्गीय मुस्लिम समाज को एक नया ऐतिहासिक मोड़ देने का काम सैयद अहमद ने ठाना। काम काफी मुश्किल और चुनौती भरा था। इस काम के लिए, नवजागरण के दूसरे भारतीय नेताओं की तरह, उन्होंने भी शिक्षा को अपना सबसे मजबूत हथियार समझा। गदर के महज डेढ़ साल के अंदर 1859 में उन्होंने पहला स्कूल मुरादाबाद में खोला—मुरादाबाद पंचायती मदरसा। इसमें एक साल के अंदर 175 छात्र पढ़ने लगे। दूसरा स्कूल 1864 में गाजीपुर में खोला—इंगलिश हाई स्कूल जो बाद में विक्टोरिया हाई स्कूल कहलाया। अरबी-फारसी और उर्दू के अलावा यहाँ संस्कृत की पढ़ाई भी होती थी, पर हिंदी की नहीं।[11] 1867 में उन्होंने देशी भाषा का एक विश्वविद्यालय खोलने की योजना बनाई जिसके साकार नहीं होने पर 1875 में अलीगढ़ स्कूल कायम किया। 1877 में यह अलीगढ़ कालेज में तब्दील हुआ और काफी बाद में अलीगढ़ विश्वविद्यालय बना। सैयद अहमद के खोले स्कूल-कॉलेजों में हिंदू लड़कों की संख्या भी हमेशा काफी बड़ी रही। उनकी शिक्षा योजनाओं को साकार करने में पश्चिमोत्तर प्रांत के जितने मुसलमानों ने आर्थिक मदद दी, उससे ज्यादा हिंदुओं ने दी। शुरू में सैयद अँगरेजी भाषा को शिक्षा का माध्यम बनाने के विरोधी थे। उनका विश्वास था कि सिर्फ मातृभाषा के जरिए ही आधुनिक ज्ञान को आत्मसात् किया जा सकता है। इसी मकसद से उन्होंने 1863 में आधुनिक यूरोपियन ज्ञान-विज्ञान की किताबों का उर्दू में अनुवाद करने के लिए *सांइटिफिक सोसायटी* कायम की। 1867 में अपने नेतृत्ववाले एक और संगठन *ब्रिटिश इंडिया एसोसिएशन* के जरिए उन्होंने सरकार को उत्तर भारत में सभी विषयों की ऊंची शिक्षा देशी भाषा (उर्दू) के माध्यम से देने के वास्ते एक देशी विश्वविद्यालय खोलने की योजना भिजवाई। दूसरे कारणों के अलावा, सरकार ने इसे इसलिए भी नामंजूर कर दिया कि विश्वविद्यालय जैसी संस्था में आधुनिक विषयों की ऊँची शिक्षा देने के लिए उर्दू में काफी किताबें नहीं थीं।[12] उसी वक्त प्रस्तावित विश्वविद्यालय में उर्दू की जगह हिंदी को माध्यम बनाने की माँग हिंदी आंदोलन के

नेताओं ने उठाई (जबकि ऊँची शिक्षा की किताबें हिंदी में और भी कम थीं)। सरकारी असहयोग और हिंदी नेताओं के विरोध के कारण सैयद ने अपनी योजना छोड़ दी। इसके बाद तीन महीने इंग्लैंड में रहकर वहाँ के पब्लिक स्कूलों और आक्सफोर्ड-कैंब्रिज की शिक्षा प्रणाली का अध्ययन करने से उनके शिक्षा संबंधी विचारों में बदलाव आया। उन्होंने भारत में औपनिवेशिक सरकार की शिक्षा प्रणाली की काफी कड़ी आलोचना करते हुए भारत सचिव को एक मेमोरेण्डम भेजा—Stricture upon the present educational system in India. इसमें की गई आलोचना असल में इंग्लैंड में प्रचलित आधुनिक शिक्षा प्रणाली से प्रेरित थी। भारत लौटने के बाद सैयद उर्दू की जगह अब अंग्रेजी को शिक्षा का माध्यम बनाने को राजी हो गए—हालाँकि वे खुद अंग्रेजी नहीं जानते थे (अंग्रेजी के मामले में उनकी मदद उनके बेटे महमूद करते थे)। ऑक्सफोर्ड और कैम्ब्रिज के मॉडल पर उन्होंने अपना अलीगढ़ कॉलेज तैयार किया जिसमें उनका विज़न भद्रवर्गीय मुस्लिम परिवारों के लड़कों की एक ऐसी आधुनिक पीढ़ी तैयार करना था जो अंग्रेज सरकार से सहयोग करते हुए, ऊँची नौकरियाँ हासिल कर शासन में भागीदार बने और भारत के उन भद्रवर्गीय मुसलमानों का नेतृत्व करे जिन्हें वहाबी आंदोलन और गदर के वक्त से अंग्रेजों ने भारत में अपना राजनीतिक दुश्मन नंबर एक मान लिया था। अलीगढ़ कॉलेज कायम करने में उन्हें अपने संपन्न मुसलमान और हिंदू समर्थकों के अलावा ज्यादातर सरकारी मदद का सहारा लेना पड़ा क्योंकि उनके आधुनिक और विवेकसंगत धार्मिक विचारों के कारण परंपरावादी उलेमा उनके सख्त विरोधी थे। इन उलेमाओं के असर से ज्यादातर मुसलामानों ने उनकी आर्थिक मदद नहीं की। कुरआन पर लिखी अपनी तर्कपूर्ण और बुद्धि-सम्मत टीका को अलीगढ़ कॉलेज के कोर्स में नहीं लगाने और लड़कों को अपने धार्मिक विचारों की शिक्षा नहीं देने का आश्वासन देने के बावजूद देवबंदी उलेमाओं ने सैयद के नए धार्मिक विचारों का विरोध करना छोड़ा नहीं।[13] सरकारी मदद के साथ सरकारी दबाव भी आते रहे और सैयद को अपने शिक्षा संबंधी बहुत से विचारों को छोड़ते रहना पड़ा। इन सबके बावजूद शिक्षा संस्थाओं पर सरकारी नियंत्रण और प्रबंध के हक में वे कभी नहीं रहे।

हंटर आयोग के सवालों का जवाब देते हुए सैयद अहमद ने परंपरागत देशी शिक्षा संस्थाओं का उतना निराशापूर्ण चित्र नहीं खींचा, जितना भारतेंदु ने खींचा। एक किस्म की ऐसी संस्थाओं की उन्होंने तारीफ की और इस शिक्षा प्रणाली को पूरी तरह से खारिज करने के बजाय, लोगों की जरूरतें पूरी होने के कारण, उनके बारे में सकारात्मक ढंग से विचार करने और उनका स्तर सुधारने की सिफारिश की।[14] भारतेंदु ने मुसलमानों को सरकारी स्कूलों से दूर रहनेवाली कौम बताया था। यह हालत पुरानी थी और हंटर आयोग के समय तक इसमें कुछ बदलाव आया था। सैयद अहमद ने अंग्रेजी शिक्षा व्यवस्था से मुसलमानों की बेरुखी को माना। वे एक अरसे से इसके कारणों की गहराई से खोज करते आ रहे थे। अलीगढ़ कॉलेज की योजना बनाने से पहले उन्होंने इश्तेहार देकर एक निबंध प्रतियोगिता करवाई थी जिसके विषय में एक मुद्दा यह था कि मुसलमान अंग्रेजी शिक्षा से दूर क्यों हैं?

इस विषय पर अलग-अलग विचारवाले जागरूक मुसलामनों के कुल 32 निबंध आए जिनमें से तीन को इनाम दिया गया और पत्रिका में छापा गया। इन निबंधों में व्यक्त विचारों को सामने रखकर सैयद ने हिंदी-उर्दू प्रदेश के मुसलमानों की शिक्षा-समस्या को समझने का प्रयत्न किया। आधुनिक शिक्षा से भद्रवर्गीय मुसलमानों की विरक्ति के पीछे उन्होंने मुसलमानों की धार्मिक प्रथाओं, सामाजिक रिवाजों, राजनीतिक परंपरा और अंग्रेजी शिक्षा के प्रति उनके पूर्वाग्रहों को देखा, साथ ही सरकारी शिक्षा प्रणाली में मौजूद कुछ कमियों को भी महसूस किया। उन्होंने मुस्लिम समाज की इस हालत को बदलने का बीड़ा उठाया। विभिन्न संस्थाएँ बनाकर, पत्रिका निकालकर, लेख लिखकर और घूम-घूमकर भाषण देकर उन्होंने आधुनिक शिक्षा के प्रति भद्रवर्गीय मुसलमानों का नज़रिया बदलने की कोशिश की। भारतेंदु की तरह सैयद अहमद ने आयोग से यह नहीं कहा कि हिंदुस्तानियों में शिक्षा का प्रसार तभी हो सकता है जब अंग्रेज सरकार कुछ करे। इसके उलटे, अंग्रेजी शिक्षा के प्रति मुसलमानों की बेरुखी के सिलसिले में उन्होंने हंटर आयोग से कहा कि इसका हल खुद मुसलमानों को ही करना होगा—The remedy therefore lies in no hands but those of the muhammadans themselves, and the evils can be removed by their efforts alone.[15]

सैयद अहमद के शिक्षा संबंधी कई विचार, उनके कई दूसरे विचारों की तरह, आर्यसमाजियों से काफी मिलते-जुलते थे, हालाँकि उन्हें आर्यसमाजियों जैसी सफलता नहीं मिली। आयोग के एक सवाल के जवाब में उन्होंने अफसोस जाहिर किया कि इस देश में शिक्षा के प्रबंध में निजी प्रयत्न बहुत कम हुए हैं जबकि देशी लोगों को इस काम में सबसे आगे रहना चाहिए था।[16] अपने बयान में उन्होंने शिक्षा के निजी प्रयत्नों को जरूरी मानते हुए सरकार को इसमें मदद करने के लिए कहा। निजी प्रयत्नों से शिक्षा संस्थाएँ खोलनेवालों को सरकारी अनुदान देने की व्यावहारिक माँग करते हुए उन्होंने आयोग से अनुदान देने की शर्तें और उदार बनाने को कहा ताकि स्थानीय स्तर पर निजी स्कूल मजबूती से खड़े रह सकें।

27 जनवरी, 1884 को गुरुदासपुर (पंजाब) के एक मदरसे में दिए गए उनके भाषण से शिक्षा के मामले में हिंदोस्तान को आत्मनिर्भर बनाने के उनके दृढ़ विचारों का पता चलता है। भारतेंदु ने आयोग से कहा था कि अंग्रेजों के आने से पहले यहाँ शिक्षा की कोई ढंग की व्यवस्था नहीं थी। सैयद अहमद ने अपने भाषण में अंग्रेजी राज्य से ठीक पहले की तो नहीं, लेकिन काफी पहले की, हिंदुओं और मुसलमानों, दोनों की शिक्षा और ज्ञान की पुरानी परंपरा को याद किया और उन्हें गौरवपूर्ण बताया। उन्होंने हिंदुओं के गणित, तर्कशास्त्र, दर्शन और नीतिशास्त्र की शिक्षा और ज्ञान को याद किया और यूनानियों से सीखी हुई विद्या का अरबी मुसलमानों ने जो अभूतपूर्व विकास और प्रसार किया था, उसकी सराहना की। यह भी कहा कि सिर्फ विरासत पर गर्व करना काफी नहीं, वर्तमान में भी हमें ऐसा ही गौरवपूर्ण काम करना चाहिए। अपने भाषण में उन्होंने इस हकीकत पर जोर दिया कि कोई भी सरकार—अगर वह चाहे भी तो—पूरे देश के लिए शिक्षा का प्रबंध कभी नहीं कर सकती : ''मेरे विचार से अगर कोई कौम अपने बच्चों को शिक्षित करना चाहती है तो यह

तब तक नामुमकिन है जब तक कि वह खुद उसके लिए प्रयत्न न करे। यह अफसोस की बात है कि हम चाहते हैं कि हर जगह सरकार ही स्कूल खोले।''[17] सैयद के ये विचार भारतेंदु के उन विचारों से कितने अलग और उलटे थे कि भारत में शिक्षा की उन्नति सिर्फ सरकारी प्रयत्नों से ही हो सकती है। नवजागरण की भावना के खिलाफ पड़नेवाले ऐसे विचारों का विरोध करते हुए सैयद अहमद ने दृढ़ता से कहा कि भारतीय लोग सिर्फ तभी उन्नति कर सकते हैं जब वे सरकार और उसके हाकिमों की दखलअंदाजी के बिना ही, अपने बच्चों की शिक्षा का प्रबंध खुद करें और अपनी शिक्षा संस्थाओं को स्वैच्छिक योगदान से, अपने नियंत्रण में, खुद चलाएँ—Indians will progress only when they themselves, without the interference of the Government and its officers, arrange for the education of their young boys and of their voluntary contribution, and themselves administer and control it.[18]

सैयद ने कहा कि सरकार जो सेक्युलर शिक्षा देती है, वह ठीक है। लेकिन हमारी शिक्षा में धार्मिक शिक्षा भी शामिल होनी चाहिए। धार्मिक शिक्षा देना सरकार का काम नहीं है। लिहाजा अपनी शिक्षा का इंतजाम हमें खुद करना चाहिए—Therefore, the people of our country and the people of our nation should not burden the Government with education and should take it in their own hands.[19]

यह समझना गलत होगा कि सैयद सिर्फ धार्मिक शिक्षा देने के वास्ते शिक्षा संस्थाओं को सरकारी नियंत्रण से मुक्त रखना चाहते थे। उनकी प्रेरणा के स्रोत इंग्लैंड के पब्लिक स्कूल थे जो विभिन्न सामाजिक उद्देश्यों या वर्गीय जरूरतों के मुताबिक शिक्षा का प्रबंध अपने ढंग से करते थे। धार्मिक शिक्षा (रामायण के अंश वगैरह) देने के लिए भारतेंदु जहाँ अंग्रेज सरकार से सिफारिश करते थे, वहाँ सैयद इसे सरकार द्वारा देने का विरोध करते थे। इसके अलावा चरित्र निर्माण, नेतृत्व के विकास और कौमी भावना—सामुदायिक एकजुटता की भावना—के विकास के लिए भी वे शिक्षा संस्थाओं पर भारतीयों का नियंत्रण-प्रबंधन चाहते थे।

शिक्षा संबंधी औपनिवेशिक और राष्ट्रवादी विचारों के अपने अध्ययन के सिलसिले में कृष्णकुमार ने इस धारणा को गलत बताया है कि रानाडे, विद्यासागर, दयानंद सरस्वती और बंकिमचंद्र के शिक्षा संबंधी विचार अपने सामाजिक उद्देश्यों और ब्यौरों में अंग्रेज शासकों के विचारों से अलग थे।[20] इस आलोचना को पूरी तरह सही नहीं माना जा सकता। यह भारतीय नवजागरण में शिक्षा के लिए हुए निजी प्रयत्नों का महत्व कम करके आँकना है। भारतीय समाज-सुधारक शिक्षा के प्रश्न पर तीन मुद्दों को अहमियत देते थे—आधुनिक ज्ञान-विज्ञान की शिक्षा, व्यापक जनता की शिक्षा और देशी भाषाओं के माध्यम से शिक्षा। इन मुद्दों पर औपनिवेशिक शासक मुँह-जुबानी जोर देते थे, पर इन्हें अमल में लाने से कतराते थे। इसे कृष्णकुमार ने भी माना है। समाज-सुधारकों का एक मुद्दा भारतीय वातावरण और सकारात्मक परंपराओं के साथ शिक्षा का मेल बैठाने का था, जिसकी फिक्र औपनिवेशिक शासन को नहीं थी। यह सही है कि गाँधीजी को छोड़कर किसी भी भारतीय समाज-

सुधारक ने आधुनिक पश्चिमी शिक्षा को पूरी तरह से खारिज नहीं किया। वे उसमें शामिल ज्ञान-विज्ञान के विषयों के प्रति हमेशा आकर्षित रहे। इसी के नतीजे में वे प्रगति और आधुनिकता की यूरोपीय धारणाओं में कमोबेश यकीन करते रहे। इन सबके बावजूद उन्होंने औपनिवेशिक शिक्षातंत्र से अलग रहकर अपने ढंग से शिक्षा देने के जो प्रयास किए, उनके महत्व से इनकार नहीं किया जा सकता। इन प्रयत्नों के बिना भारत में राष्ट्रीय शिक्षा की धारणा का, चाहे वह कमजोर और धुँधली-सी क्यों न रही हो, विकास नामुमकिन था। औपनिवेशिक शिक्षा और उससे जुड़ी संस्कृति के साथ अपने विरोध के कारण ही सुधारकों ने अपनी भारतीय पहचान की खोज शुरू की। शिक्षा के क्षेत्र में इस पहचान की मुख्य अभिव्यक्ति, कृष्णकुमार के मुताबिक, शिक्षा संस्थाओं पर अपने नियंत्रण के रूप में हुई।[21] शिक्षा के साथ संस्कृति का संबंध सिर्फ पाठ्यक्रम के विषयों तक सीमित नहीं होता। वह स्कूल या कॉलेज के पूरे वातावरण से जुड़ा होता है, शिक्षा के माध्यम और संस्था के अधिकारियों से भी जुड़ा होता है। ताज्जुब नहीं कि 19वीं सदी में शिक्षा के क्षेत्र में जिस एक बात पर सभी सुधारकों ने समान रूप से जोर दिया, वह शिक्षा संस्थाओं पर भारतीयों के नियंत्रण और संचालन की थी। भारतेंदु ठीक इसी विचार के विरोधी थे और इस दृष्टि से वे भारतीय नवजागरण की सामान्य धारा से कटे हुए थे।

भारतीय नवजागरण की खासियत यूरोपीय संपर्क से हासिल आधुनिक ज्ञान-विज्ञान को आत्मसात् करके, भारतीय सभ्यता और संस्कृति के मुआफिक एक आधुनिक समाज बनाने की आत्मनिर्भर कोशिशों में थी। नवजागरण की यह विशेषता 19वीं सदी के हिंदी-उर्दू प्रदेश में अपने सबसे कमजोर रूप में दिखाई देती है। यहाँ हुए मुस्लिम नवजागरण के दौरान पहले 1862 में कायम हुआ देवबंद का दारुल उलूम और बाद में 1877 में कायम हुआ अलीगढ़ कॉलेज, दोनों इस कोशिश मे अपने-अपने ढंग से जितने सफल हुए, उतने ही विफल भी रहे। देवबंद का दारुल उलूम अगर आधुनिक ज्ञान-विज्ञान से सही संबंध नहीं जोड़ सका तो अलीगढ़ कॉलेज अपनी सभ्यता और परिवेश से कटा रहा। लेकिन इस प्रदेश के हिंदुओं के बीच, हिंदीभाषी समाज में, 19वीं सदी में ऐसा कोई महत्वपूर्ण प्रयत्न हुआ ही नहीं। औपनिवेशिक शिक्षातंत्र के बाहर शिक्षा के किसी भी वैकल्पिक प्रबंध को और उसमें निजी प्रयत्नों की किसी भी भूमिका को नहीं देख पाना भारतेंदु की सिर्फ अपनी सीमा नहीं थी। यह उस वक्त के पश्चिमोत्तर प्रांत के हिंदीभाषी समाज की वास्तविक स्थिति को और उसके तथाकथित नवजागरण की असली कमजोरी को प्रकट कर देता है। यह हालत अगले दस सालों के बाद भी बनी रही जिसका जिक्र भारतीय नवजागरण के महत्वपूर्ण नेता महादेव रानाडे के एक भाषण में मिलता है। 1895 में अखिल भारतीय नवजागरण की प्रतिनिधि संस्था इंडियन सोशल कान्फ्रेंस के सालाना जलसे में भाषण देते हुए रानाडे ने पश्चिमोत्तर प्रांत में आधुनिक शिक्षा का प्रसार न हो पाने का कारण वहाँ की पिछड़ी हुई परिस्थितियों को माना। उन्होंने कहा कि वहाँ न तो आर्यसमाज के पैर जम सके और न ब्राह्मोसमाज ही कोई असर डाल सका। वहाँ के लोग बहुत धीमी गति से चलते हैं। बढ़िया

प्राकृतिक स्थिति और आबोहवा के बावजूद पश्चिमोत्तर प्रांत की परिस्थितियों की मौजूदा विशेषता वहाँ के लोगों का आलस और पिछड़ापन है।[22] हालाँकि रानाडे ने अपनी आलोचना में पश्चिमोत्तर प्रांत के किसी वर्ग विशेष का नाम नहीं लिया, लेकिन जाहिर है कि लोगों से उनका मतलब वहाँ के भद्रवर्ग से था जो 19वीं सदी में, कुछ अपवादों को छोड़ दें तो, सभी जगह नवजागरण का मुख्य आधार था। रईस और सार्वजनिक जीवन में प्रभावशाली होने के बावजूद, शुद्ध हिंदी की यूनिवर्सिटी खोलने और शिल्पकला का कॉलेज बनाने की लालसा पूरी करना तो दूर रहा, भारतेंदु अपने जीवन में एक स्कूल के बाद दूसरा स्कूल तक नहीं खोल सके। भारतेंदु का चौखंबा स्कूल इस तथ्य का स्पष्ट उदाहरण है कि हिंदी प्रदेश में आत्मनिर्भरता की भावना और शिक्षा के लिए होनेवाले निजी प्रयत्न कितने कमजोर थे। 17 साल से भी कम उम्र भारतेंदु ने अपने छोटे भाई की मदद से अपने घर में 4-5 लड़कों को हिंदी-अंग्रेजी पढ़ाना शुरू किया। 1867 में लड़कों की संख्या तीस तक पहुंची तो बाकायदा एक मास्टर रखकर इस घरेलू स्कूल को चौखंबा स्कूल के रूप में कायम कर दिया गया जिसका मुख्य उद्देश्य अंग्रेजी शिक्षा का प्रसार करना था। भारतेंदु ने स्कूल के संरक्षकों में राजा शिवप्रसाद, सैयद अहमद खाँ और भूदेव मुकर्जी जैसी शिक्षा क्षेत्र की बड़ी-बड़ी हस्तियों को रखा था। राजा शिवप्रसाद ने अपनी एक रिपोर्ट में स्कूल चलाने के लिए भारतेंदु की तारीफ की। ऐसी ही तारीफ सैयद अहमद खाँ ने भी अपनी एक टिप्पणी में की। इस प्रोत्साहन के बावजूद भारतेंदु अपने स्कूल को प्राइमरी से बढ़ाकर मिडल तक भी नहीं पहुंचा सके। इसकी एक वजह आर्थिक थी। बहुत-से राजाओं, रईसों और अंग्रेज हाकिमों से संपर्क रखनेवाले भारतेंदु अपने प्राइमरी स्कूल के लिए एक मजबूत आर्थिक आधार बनाने में विफल रहे। शायद इसके लिए उन्होंने गंभीरता से कभी प्रयत्न भी नहीं किया। 1880 से सरकार स्कूल को मासिक सहायता देने लगी—पहले 20 रु., फिर 45 रु.। बनारस म्यूनिसिपैलिटी ने भी स्कूल को हर साल 200 रु. अनुदान देना शुरू किया। इसके बाद भी स्कूल प्राइमरी का प्राइमरी ही रहा। भारतेंदु की मृत्यु के बाद राजा शिवप्रसाद के सुझाव पर स्कूल का नाम हरिश्चंद्र चौखंभा स्कूल रखा गया। भारतेंदु के न रहने पर स्कूल सरकारी सहायता से 1888 में प्राइमरी से मिडल हुआ, फिर हाई स्कूल में विकसित हुआ। सरकारी सहायता रुक गई तो स्कूल फिर से मिडल हो गया। हिंदी समाज में भारतेंदु का नाम जपने और उनके नाम पर तरह-तरह की संस्थाएँ बनाने और पत्रिकाएँ चलानेवालों की कमी नहीं थी। फिर भी उपेक्षा और आर्थिक दिक्कतों की वजह से 1907 तक यह मिडल स्कूल भी बंद होने की हालत में पहुँच गया। बाबू गोविंददास और दूसरे लोगों ने सरकार से स्कूल बचाने की फरियाद की। सरकार ने धन दिया, म्यूनिसिपैलिटी ने जमीन दी। स्कूल फिर धीरे-धीरे तरक्की करने लगा।[23] हरिश्चंद्र चौखंभा स्कूल का यह इतिहास हिंदी नवजागरण में शिक्षा के प्रयत्नों पर अपने आप में एक टिप्पणी है जिस पर अलग से कुछ कहने की जरूरत नहीं।

भारतेंदु नवजागरण में शिक्षा को इतनी अहमियत देते थे तो अपना स्कूल चलाने और उसका विस्तार करने के लिए उन्होंने पैसों का कभी इंतजाम क्यों नहीं किया ? क्या हिंदीभाषी

समाज के संपन्न और जागरूक तबकों में सार्वजनिक शिक्षा के लिए धन देने की कोई परंपरा न थी? ऐसी बात नहीं थी। हंटर आयोग ने जब एक सरकारी रिपोर्ट का हवाला देते हुए भारतेंदु से पूछा (प्रश्न सं. 21) कि यह शिकायत कहां तक सही है कि आपके प्रांत के धनी वर्गों के लोग शिक्षा के लिए पर्याप्त धन देना नहीं चाहते? तो भारतेंदु ने तत्परता से इसका खंडन करते हुए कहा कि शिकायत बिल्कुल बेबुनियाद है। अपने जवाब में उन्होंने ठोस तथ्यों का हवाला देते हुए पश्चिमोत्तर प्रांत के विभिन्न कॉलेजों—आगरा कॉलेज, बनारस कॉलेज, म्योर कॉलेज (इलाहाबाद)—को प्रांत के धनी लोगों द्वारा दिए गए चंदे की बड़ी-बड़ी रकमों, वजीफों और मेडलों की पूरी सूची पेश कर दी। यह सूची काफी लंबी है। हिंदीभाषी समाज के ये धनी लोग, जिनमें जमींदार, व्यापारी, रईस और सरकारी अफसर शामिल थे, सरकारी स्कूल-कॉलेजों को चलाने के लिए हजारों-लाखों रुपए का चंदा खुशी-खुशी दे देते थे। पर यही लोग अपने प्रांत में निजी प्रयत्नों से, नवजागरण की भावना से प्रेरित होकर, शिक्षा संस्थाएं खोलने और चलाने के लिए पैसे नहीं देते थे। हिंदीभाषी भद्रवर्ग का यह चरित्र उन प्रांतों—बंगाल, महाराष्ट्र या पंजाब—के भद्रवर्ग के चरित्र से बिल्कुल उलटा था जहाँ नवजागरण का जोर रहा। हिंदीभाषी भद्रवर्ग की इस मनोवृत्ति का कारण क्या था? कारण भारतेंदु ने अपने जवाब में बतलाया, "कोई चाहे तो कह सकता है कि इसकी वजह सिर्फ ऊँचे एंग्लोइंडियन हाकिमों को खुश करना है।" Some will go so for as to say that they subscribed was only to please some high Anglo-Indian officials. (पृ. 36) इस भद्रवर्ग को नवजागरण के मूल्यों में, आधुनिक शिक्षा के प्रयत्नों में उतनी सच्ची और गंभीर दिलचस्पी नहीं थी जितना वह इसका दिखावा करता था—सरकार की निगाहों में रहने के लिए। इस मनोवृत्ति की भारतेंदु आलोचना या निंदा नहीं करते। वे इस पर शर्मिंदा नहीं होते। वे इसके औचित्य की व्याख्या करते हुए अपना पक्ष ही साबित करते है कि हमारे लोगों में गुलामी की प्रवृत्ति है (जिस पर भारतेंदु पहले से जोर दे रहे थे) और अगर सरकार थोड़ा सा भी दखल दे तो बड़े-बड़े काम आसानी से हो जा सकते हैं।... but this will go only to prove the slavish disposition of the people, and to show that great things can be easily accomplished by a little Government interference. (पृ. 36)

गुलामी की ठीक इसी मनोवृत्ति को दूर करने और भारतीयों को आत्मनिर्भर बनाने के लिए भारतीय नवजागरण प्रयत्न कर रहा था—जबकि भारतेंदु इस मनोवृत्ति को एक तथ्य मानकर, इसके साथ मेल बैठाते हुए चलते दिखाई देते हैं। अपने इसी दृष्टिकोण के मुताबिक बलियावाले भाषण में उन्होंने यूरोपीय देशों के मुकाबले हिंदुस्तानियों की मनोवृत्ति को पेश किया और हिंदुस्तानियों के विकास में अंग्रेजी राज की भूमिका को दिखाते हुए कहा कि हम हिंदुस्तानी तो रेलगाड़ी हैं जबकि अंग्रेज रेल का इंजन। "यद्यपि फर्स्ट क्लास, सेकेंड क्लास आदि गाड़ी बहुत अच्छी-अच्छी और बड़े-बड़े महसूल की इस ट्रेन में लगी है पर बिना इंजिन के ये सब नहीं चल सकतीं। वैसे ही हिंदुस्तानी लोगों को कोई चलानेवाला हो तो क्या नहीं कर सकते?"[24]

पश्चिमोत्तर प्रांत के हिंदीभाषी भद्रवर्ग के भारतेंदु द्वारा किए गए इस साहित्यिक वर्णन के मुकाबले वास्तविकता कहीं ज्यादा बुरी थी क्योंकि सरकार ने स्कूल खोले थे, फिर भी लोगों ने उनमें ज्यादा दिलचस्पी नहीं ली जबकि दूसरे प्रांतों में स्कूलों और विद्यार्थियों की संख्या लगातार बढ़ रही थी। पश्चिमोत्तर प्रांत में सरकारी अनुदान मिलने पर भी शिक्षा संस्थाओं और उनमें पढ़नेवाले विद्यार्थियों की संख्या में गिरावट आ रही थी। युक्तप्रांत में चल रही इस उलटी प्रक्रिया का जिक्र करते हुए हंटर आयोग ने अपनी रिपोर्ट में बतलाया कि 1870-71 से 1880-81 के बीच सरकारी अनुदान लेनेवाली निजी शिक्षा संस्थाएँ 75 से घटकर 35 रह गईं। सरकारी सहायता से चलनेवाले कॉलेज 5 से घटकर 2 रह गए, सेकेंडरी स्कूल 203 से घटकर 66 रह गए।[25] 19वीं सदी में हिंदी-उर्दू प्रदेश का यह पिछड़ापन नवजागरण के एक और प्रधान मुद्दे—स्त्रीशिक्षा—पर और भी खुलकर सामने आया।

स्त्रीशिक्षा

हंटर आयोग ने भारतेंदु से पूछा कि सरकार के शिक्षा विभाग ने लड़कियों के लिए स्कूल खोलने में कितनी प्रगति की है ? उनमें किस ढंग की शिक्षा दी जाती है ? उसमें सुधार के क्या उपाय हो सकते हैं ?

भारतेंदु ने कहा : मुझे बहुत अफसोस है कि पिछले आठ-नौ सालों से सरकार ने लोकशिक्षा के इस अंग की उपेक्षा ही की है। यह सच है कि इस देश में लोगों में अपनी लड़कियों को पब्लिक स्कूल में भेजने की इच्छा नहीं है। (यहां 'इस देश' से भारतेंदु का मतलब पश्चिमोत्तर प्रांत से है, पूरे भारत से नहीं। 1882 में बंगाल, मद्रास और बम्बई के प्रांतों में बहुत सी लड़कियां स्कूलों में पढ़ रही थीं, कुछ कॉलेजों में भी पढ़ रहीं थीं।) भारतेंदु ने कहा कि हमारी सरकार का यह कर्त्तव्य है कि वह स्त्रीशिक्षा के प्रति लोगों के इस मानसिक अज्ञान को दूर करे। It is the duty of our Government to remove this ignorance from their minds. (पृ. 53)

उन्होंने कहा कि मुझे इससे इनकार नहीं कि सरकार ने लड़कियों के जिन स्कूलों को बंद कर दिया है, उनमें से ज्यादातर में बहुत कम लड़कियां, सिर्फ कहने-भर को हाजिर होती थीं। फिर भी सरकार को चाहिए था कि वह इन स्कूलों को चलाती रहती क्योंकि इससे जनता को प्रेरणा देने का उद्देश्य पूरा होता। (पृ. 53) "मैंने पहले भी कहा कि सरकार ने एक ही बार में लड़कियों के 200 स्कूल बंद कर दिए, स्कूल इंस्पेक्टरों का ओहदा खत्म कर दिया और बाकी बचे स्कूलों का प्रबंध जिला कमेटियों को सौंप दिया। मुझे अफसोस है कि ये कमेटियां इतना भी नहीं जानतीं कि ये स्कूल जिले के किन हिस्सों में हैं; उनमें कैसी शिक्षा दी जाती है। उनकी निगरानी डिप्टी इंस्पेक्टरों के हवाले कर दी जाती है जो इस काम को शायद ही संतोषप्रद ढंग से कर सकते हैं। उनके दौरों से शायद ही कोई फायदा होता है। उनकी जगह यूरोपीय इंस्पेक्टरों को बहाल करने की सख्त जरूरत है, बशर्ते वह मिशनरी न हो।" (पृ. 54) (स्कूलों की निगरानी तक का काम, भारतेंदु की नजर में हिंदुस्तानी नहीं कर सकते थे जबकि यूरोपियन इसे

बखूबी कर सकते थे।) भारतेंदु ने यह भी कहा कि सरकार स्त्रीशिक्षा के लिए मिशनरियों को काफी धन देती है लेकिन वे उसका बड़ा हिस्सा ईसाई लड़कियों की शिक्षा पर खर्च करते हैं और उनका मुख्य उद्देश्य धार्मिक शिक्षा देना है। (पृ. वही)

भारतेंदु ने ऊपर पूछे गए सवाल का जवाब ठीक ढंग से नहीं दिया। वे सवाल के इन हिस्सों पर चुप रहे कि इन स्कूलों में किस ढंग की शिक्षा दी जाती है और उसमें क्या-क्या सुधार हो सकते हैं। इनके जवाब उन्होंने एक दूसरे सवाल के सिलसिले में दिए।

41वें प्रश्न में आयोग ने पूछा कि आपके प्रांत में लड़कियों की शिक्षा के लिए क्या कोई प्रबंध है? अगर है तो वह किस किस्म का है? जवाब में भारतेंदु ने बताया कि लड़कियों की देशी शिक्षा के लिए बहुत ही कम पब्लिक स्कूल हैं। पूरे प्रांत में ऐसे सिर्फ एक या दो स्कूल हैं। इस किस्म का एक बड़ा स्कूल बनारस में विजयानगरम महाराजा की मदद से चलता है जिसमें पाँच सौ लड़कियां यूरोपियन महिलाओं की देख-रेख में पढ़ती हैं। पर यह याद रखना चाहिए कि करीब-करीब सभी लड़कियों को हाजिरी के लिए पैसे मिलते हैं और उनमें से ज्यादातर निम्न वर्गों से आती हैं। उनकी पाठ्यपुस्तकें वही हैं जो लड़कों के सरकारी स्कूलों में चलती हैं और पढ़ाई अपर प्राइमरी स्टैंडर्ड तक होती है। (पृ. 52)

इसके बाद भारतेंदु ने लड़कियों के पाठ्यक्रम की आलोचना करते हुए कहा कि ये पाठ्यपुस्तकें कई कारणें से आपत्तिजनक हैं। मैं मिस रोज़ ग्रीनफील्ड से पूरी तरह सहमत हूं कि बड़ी लड़कियों को *प्रेमसागर* (लल्लूलाल का बनाया) ग्रंथ पढ़ने के लिए नहीं देना चाहिए। *विद्यांकुर* और *इतिहासतिमिरनाशक* उनके नैतिक चरित्र का विकास नहीं कर सकते। चरित्र निर्माण (मोरालिटी) और घरेलू प्रबंध वगैरह के बारे में बतानेवाली अच्छी पाठ्यपुस्तकें उनके पाठ्यक्रम में लगानी चाहिए। भारतेंदु ने आगे कहा कि इस देश (पश्चिमोत्तर प्रांत) के लोगों में अपनी लड़कियों को पब्लिक स्कूलों में भेजने में बहुत कम रुचि है। वे आमतौर पर इसका विरोध करते हैं। लेकिन हमारे यहाँ गृहशिक्षा का चलन है। शरीफ घरों के लोग अपनी लड़कियों को—चाहे वे जिस उम्र की हों—पब्लिक स्कूलों में भेजना नहीं चाहते—चाहे वह स्कूल सरकारी हो या निजी। लड़कियों को पढ़ाने के लिए वे (शरीफ लोग) आमतौर पर घर में कोई ट्यूटर रख लेते हैं। यह गृहशिक्षा अक्सर धार्मिक किस्म की होती है और पश्चिमी ज्ञान-विज्ञान से इसका कोई संबंध नहीं होता। धार्मिक किताबों से उन्हें चरित्र संबंधी सिद्धांतों और घरेलू कर्त्तव्यों के पाठ पढ़ाए जाते हैं। मुसलमान अपनी लड़कियों को कुरआन पढ़ाते हैं। (पृ. 53)

आयोग ने सहशिक्षा के बारे में भारतेंदु के विचार पूछे। भारतेंदु ने तुरंत इसका विरोध किया, ''मैं इस देश में लड़के-लड़कियों के मिले-जुले स्कूलों की योजना बनाने का समर्थन नहीं कर सकता। एक ही स्कूल में लड़कों के साथ अपनी लड़कियों को पढ़ाने के लिए हिंदुस्तानियों को कभी राजी नहीं किया जा सकता।'' इस तरह की योजना उनकी मर्यादा और परदा-प्रथा संबंधी भावनाओं के विरोध में पड़ती है। इसके अलावा भारत जैसे गर्म जलवायुवाले देश में लड़कियों का मासिकधर्म ठंडे यूरोपीय मुल्कों के मुकाबले जल्दी

शुरू हो जाता है। इसलिए माताएँ यह बिल्कुल पसंद नहीं करेंगी कि उनकी लड़कियां—चाहे जिस उम्र की हों—लड़कों के साथ मिलें-जुलें। पहले ही स्त्रीशिक्षा के प्रति लोगों में सहानुभूति नहीं है, सहशिक्षा की योजना से वह असंभव ही हो जाएगी। (पृ. 54)

स्त्रीशिक्षा पर आयोग ने आखिरी सवाल (प्रश्न सं. 46) पूछा कि भारत में यूरोपीय महिलाओं ने इनके लिए कितना काम किया है? क्या इस दिशा में उनके प्रयत्नों को और आगे बढ़ाया जा सकता है?

भारतेंदु ने बताया कि सिविल, मिलिटरी या शिक्षा विभाग की यूरोपीय महिलाओं ने स्त्रीशिक्षा में बहुत कम दिलचस्पी ली है। अगर वे इसमें दिलचस्पी लें, तो भारत में स्त्रीशिक्षा की उन्नति हो सकती है और इसके अच्छे परिणाम निकल सकते हैं। मिशनरी महिलाएं जरूर दिलचस्पी लेती हैं, लेकिन जनाने में उनके जाने से शायद ही कोई लाभ निकला है। वे अपने धार्मिक सिद्धांतों और स्वतंत्र विचारों को दिमाग में बैठाने की कोशिश करती हैं जिससे देशी स्त्रियों में शिक्षा की चाह पैदा होने के बजाय इससे विरक्ति पैदा होती है। (पृ. 55)

हंटर आयोग के सामने भारतेंदु ने स्त्रीशिक्षा संबंधी अपने जो विचार रखे, उनसे साफ हो जाता है कि लड़कों की शिक्षा की ही तरह भारतेंदु स्त्रीशिक्षा के लिए भी—जिसके प्रति हिंदीभाषी समाज में काफी विरोध था—पूरी तरह औपनिवेशिक राज्य और यूरोपियों पर निर्भर करते थे। हिंदुस्तानियों के किसी प्रयत्न की भूमिका यहां भी नहीं थी।

भारत में स्त्रीशिक्षा का प्रारंभिक विकास औपनिवेशिक सरकार नहीं कर सकती थी। दरअसल 19वीं सदी में भारत के किसी भी प्रांत में स्त्रीशिक्षा का विकास औपनिवेशिक सरकार ने नहीं किया। यह विकास भारतीयों के निजी प्रयत्नों से हुआ या भारत से प्रेम रखनेवाले कुछ यूरोपियों के निजी प्रयत्नों से। इसकी वजह समझने के लिए बहुत गहराई में जाने की जरूरत नहीं है। भारतीयों के लिए स्त्रियाँ उनका वैसा ही पवित्र मामला था, जैसे उनका धर्म। इसमें कोई बाहरी दखल नहीं दे सकता था। अंग्रेजों के आने से ठीक पहले स्त्रियाँ न सिर्फ संस्कृत में, बल्कि लोकभाषाओं में भी शिक्षा नहीं पा सकती थीं। हिंदी भाषा और नागरीलिपि का आंदोलन चलानेवाले कट्टर वैष्णव समाज-सुधारक मदनमोहन मालवीय (जो शुरू में विधवा विवाह और स्त्रियों के वोट देने के अधिकार के भी विरोधी थे) के काशी हिंदू विश्वविद्यालय के वेद-विभाग में 20वीं सदी में भी दशकों तक स्त्रियों को वेद-अध्ययन का हक नहीं था। स्त्रीशिक्षा का सवाल भारतीय समाज का एक ऐसा अंतर्विरोध था जो भारतीयों के निजी प्रयत्नों के बिना, सिर्फ विदेशी सरकार के हस्तक्षेप से कभी हल नहीं हो सकता था। आर्यसमाज के इतिहासकारों ने स्त्रीशिक्षा के इतिहास के प्रसंग में लिखा है कि 19वीं सदी में आखीर तक अंग्रेज सरकार ने स्त्रीशिक्षा के मुद्दे पर कोई गंभीर दिलचस्पी नहीं दिखाई। इसका कारण राजनीतिक था। विदेशी सरकार को अच्छी तरह पता था कि ज्यादातर हिंदू (और मुसलमान भी) अपनी लड़कियों को आधुनिक ढंग से शिक्षा दिए जाने के खिलाफ हैं। इसलिए सरकार ने 1857 के गदर के बाद से धार्मिक मामलों में अपनाई

जानेवाली अपनी तटस्थता की नीति को इस मामले में भी अख्तियार करना वाजिब समझा। उसे डर था कि स्त्रीशिक्षा के लिए जोर देने से हिंदू लोग ब्रिटिश शासन के विरोधी न बन जाएँ। इस तथ्य की पुष्टि एक तरह से भारतेंदु के जवाबों से भी होती है जिसमें एक ओर ऊँची जातिवाले हिंदुओं द्वारा अपनी लड़कियों को सरकारी स्कूलों में नहीं भेजने की बात कही गई और दूसरी ओर सरकार द्वारा भी लड़कियों के लिए खोले गए लगभग सभी स्कूलों को बंद कर देने की सूचना दी गई। मजे की बात है कि इसके बाद भी भारतेंदु स्त्रीशिक्षा के लिए औपनिवेशिक सरकार का मुँह ताक रहे थे।

आयोग के सामने रखे गए भारतेंदु के स्त्रीशिक्षा संबंधी विचार अंतर्विरोधों से भरे हुए हैं। भारतेंदु ने अफसोस जताया कि सरकार ने स्त्रीशिक्षा की उपेक्षा की है। लेकिन दूसरे ही वाक्य में वे कहते हैं कि "यह सच है कि इस देश (पश्चिमोत्तर प्रांत) के लोगों में अपनी लड़कियों को पब्लिक स्कूलों में भेजने की इच्छा नहीं है।" लोगों में पढ़ाने की इच्छा नहीं थी (सवर्ण हिंदुओं में, न कि निम्नवर्गों में जो अपनी लड़कियों को स्कूल भेजते थे, चाहे पैसे के लालच से ही), तो फिर स्त्रीशिक्षा की उपेक्षा का दोष पहले नंबर पर लोगों का था, न कि सरकार का। यह कहना भी अजीब था कि लोगों के इस मानसिक अज्ञान को दूर करने का कर्त्तव्य औपनिवेशिक सरकार का है। धर्म, समाज और परंपरा से जुड़े स्त्रीशिक्षा जैसे विषय पर पश्चिमोत्तर प्रांत की जनता के मानसिक अज्ञान को दूर करने के लिए भारतेंदु जैसे नवजागरण के लेखकों और नेताओं के कर्त्तव्य को एकदम भुलाकर इसे औपनिवेशिक सरकार का कर्त्तव्य मान लेना और उसी से आग्रह करना—क्या यह विचार आश्चर्यजनक नहीं? लोगों में अपनी लड़कियों को पब्लिक स्कूलों में भेजकर शिक्षित करने की इच्छा न होने पर भी सरकार ने अपनी तरफ से पहल करके लड़कियों की शिक्षा के लिए पश्चिमोत्तर प्रांत में दो सौ से ज्यादा स्कूल खोले थे जिन्हें लड़कियों के अभाव में आखिरकार बंद कर देना पड़ा। इस पर भी भारतेंदु कहते हैं कि लगभग खाली क्लासोंवाले यह दो सौ स्कूल सरकार इस खयाल से चलाती रहे कि इससे जनता को प्रेरणा मिलेगी! बनारस में विजयानगरम महाराजा के द्वारा चलाए जा रहे स्कूल में निम्न वर्गों की 500 लड़कियाँ आकर पढ़ती थीं। शरीफ कहलानेवाली कुछेक जनेऊधारी जातियों के लोग अगर अपनी लड़कियों को स्कूल भेजना नहीं चाहते थे तो यह उनका अपना मामला था जिसका संबंध उनकी परंपरा, मर्यादाओं और परदा प्रथा से था—जिनका जिक्र भारतेंदु ने सहशिक्षा के प्रसंग में किया था। इसमें सुधार की पहली जिम्मेदारी इन जातियों के नेताओं की थी न कि औपनिवेशिक सरकार की?

हालाँकि भारतेंदु स्त्रीशिक्षा में एक ही रुकावट का जिक्र करते हैं—लड़कियों को स्कूल भेजने में शरीफों की अनिच्छा, लेकिन पश्चिमोत्तर प्रांत में स्त्रीशिक्षा के रास्ते में महज वही एक रुकावट नहीं थी। दरअसल स्त्रीशिक्षा का विकास सुधार के कई दूसरे प्रश्नों और आंदोलनों से जुड़ा हुआ था जिनके बिना पश्चिमोत्तर प्रांत में, खासकर इसके पूर्वी इलाकों में, स्त्रीशिक्षा का विकास मुश्किल था। जैसे लड़के-लड़कियों के विवाह की उम्र बढ़ाने का

और विधवा-विवाह का प्रश्न। पश्चिमोत्तर प्रांत में, खासकर उसके पूर्वी जिलों में इन मुद्दों पर आंदोलन हुए ही नहीं। इन सुधार आंदोलनों का स्त्रीशिक्षा के विकास के साथ कैसा संबंध था, इसे पंजाब में आर्यसमाज के आंदोलन में देखा जा सकता है। आर्यसमाज ने लड़कियों के विवाह की उम्र 16 से 25 साल तक तय की थी। चार्ल्स हिमसेथ ने लिखा है कि इस सुधार आंदोलन के असर से पंजाबी आर्यों में लड़कियों का विवाह इसी के मुताबिक होने लगा जिससे वहाँ ज्यादा लड़कियों को पढ़ने का मौका मिला और ज्यादा देर तक पढ़ने का मौका मिला। The literacy rates among Arya women were considerably above those of the general population.[26] हिमसेथ ने 1911 की जनगणना के आंकड़े दिए हैं कि पंजाब में प्रति हजार 80 आर्य स्त्रियां साक्षर थीं जबकि वहां की आम आबादी में प्रति हजार सिर्फ 6 स्त्रियां साक्षर थीं। इसी तरह पुरुषों में प्रति हजार 230 आर्य पुरुष साक्षर थे जबकि आम आबादी में सिर्फ 63 पुरुष साक्षर थे।[27]

इसके विपरीत पश्चिमोत्तर प्रांत में स्त्रीशिक्षा की राह में रुकावटों को दूर करने वाले सामाजिक-धार्मिक सुधार बहुत कम हुए। स्त्री-अध्यापिकाओं को तैयार करने का प्रश्न भी महत्वपूर्ण था। हिंदी नवजागरण से जुड़े लेखकों ने तो इन समस्याओं पर और भी कम सोचा। लड़कियों के ब्याह की अधिकतम उम्र 12 साल शास्त्र-अनुमोदित थी, इसलिए प्रतापनारायण मिश्र इसे आदर्श मानते थे। लेकिन वास्तविक समाज में लड़कियों के ब्याह की असली उम्र 19वीं सदी में इससे भी कम प्रचलित थी। इसका कुछ पता 1918 में अलीगढ़ में हुई समाज-सुधारकों की एक सभा में पुरुष सभापति द्वारा विधवाओं के दिए आंकड़ों से चलता है जिसके मुताबिक उस वक्त युक्तप्रांत में महज एक वर्ष की उम्रवाली विधवाओं की संख्या 113 थी, 2 वर्ष की उम्रवाली विधवाएं 70, दो से तीन साल के बीच की 151, तीन से चार साल के बीच की 603, चार से पांच साल के बीच की 1131, पांच से दस साल के बीच की 13,069 और 10 से 15 साल के बीच की विधवाएं 38,849 थीं।[28] यह हालत 20वीं सदी के दूसरे दशक के अंत में थी। 19वीं सदी के आखिरी दशकों में हालत कैसी रही होगी, अंदाजा लगाया जा सकता है। भारतेंदु ने अपने लेखन में एक-दो जगह लड़के-लड़कियों का ब्याह छुटपन में कर देने का विरोध किया है, लेकिन इससे ज्यादा इस पर उन्होंने कुछ नहीं लिखा और न ही लड़कियों के ब्याह की उम्र क्या हो, इस पर कुछ लिखा। इन सारी स्थितियों का नतीजा यह था कि 1881-82 में जहां मद्रास और बम्बई के प्रांतों में हर 400 स्त्रियों में एक स्त्री शिक्षित थी, बंगाल में हर 976 स्त्रियों में एक स्त्री शिक्षित थी, वहां पश्चिमोत्तर प्रांत में हर 2169 स्त्रियों में एक स्त्री शिक्षित थी।[29]

भारतेंदु ने पब्लिक स्कूलों में चलनेवाले लड़कियों के पाठ्यक्रम की आलोचना की। यह पाठ्यक्रम वही था जो लड़कों के स्कूल में भी चलता था। भारतेंदु ने 'बड़ी लड़कियों' को हिंदी गद्य की पहली चर्चित किताब *प्रेमसागर* को पढ़ाने पर एतराज किया। लड़कों के स्कूली पाठ्यक्रम के बारे में जब आयोग ने उनसे पूछा था, तब भारतेंदु ने सरकारी पाठ्यक्रम को बिल्कुल दुरुस्त बताया और *प्रेमसागर* की कोई आलोचना नहीं की। *प्रेमसागर* अगर

आपत्तिजनक ग्रंथ था तो वह लड़कों के लिए भी आपत्तिजनक होना चाहिए था। बलियावाले भाषण में भारतेंदु ने शरीफ मुसलमान घरों के लड़कों को मकतब में फारसी सिखाने के उद्देश्य से पढ़ाई जानेवाली किताबों, मीर हसन की मसनवी और इंदरसभा की आलोचना की है कि ये किताबें लड़कों को गलत रास्ते पर डालती हैं। जाहिर है कि कुछ किताबें भारतेंदु की नजर में लड़कों के लिए भी अनैतिक थीं। लेकिन जो *प्रेमसागर* उन्हें हिंदू घरों की लड़कियों के लिए अनैतिक लगा वह उन्हीं घरों के बड़े या छोटे, किसी भी उम्र के लड़कों के लिए अनैतिक नहीं लगा। यह इकतरफा नैतिकतावादी दृष्टि, खासकर हिंदुओं के संदर्भ में—कि एक ही चीज पुरुषों के लिए नैतिक है, पर स्त्रियों के लिए नहीं—भारतेंदु के साहित्यिक जीवन में भी दिखाई देती है। भारतेंदु रसिक जन थे। ब्रजभाषा में उन्होंने काफी शृंगारिक कविताएँ लिखीं। अपनी पत्रिकाओं— *कविवचन सुधा, हरिश्चंद्र मैग्जीन* और *हरिश्चंद्र चंद्रिका*— में शृंगारिक रचनाएं छापने में उन्हें कभी दिक्कत महसूस नहीं हुई। ये पत्रिकाएं जरूर उन्होंने सिर्फ पुरुषों के लिए निकाली होंगी क्योंकि जब उन्होंने एलान करके स्त्रियों के लिए *बालाबोधिनी* पत्रिका निकाली, तो चार साल तक छपे उसके किसी भी अंक में शृंगार रस की दूर-दूर तक कोई गंध नहीं मिलती। क्या स्त्रियों के लिए शृंगारिक साहित्य नहीं हो सकता ? जरूर हो सकता है क्योंकि भारतेंदु ने अपनी दोनों 'प्रेमिकाओं' के लिए शृंगारिक पद लिखे थे। उन्हें शायद 'शरीफ घरों' में रहनेवाली स्त्रियों की चिंता थी जिन्हें वे ऐसे साहित्य से बचाकर रखना चाहते थे। अन्यथा अपनी तीनों पत्रिकाओं में शृंगारिक रचनाएं छापनेवाले भारतेंदु की *बालाबोधिनी* पत्रिका में एक भी शृंगारिक रचना क्यों नहीं मिलती ? घरेलू स्त्रियों के प्रति ऐसी संकीर्ण नैतिकतावादी दृष्टि, जो उन्हें कभी पूर्ण मनुष्य का दर्जा नहीं देती, हिंदी में स्त्रीशिक्षा संबंधी साहित्य में लंबे समय तक बनी रही।

भारतेंदु ने लड़के-लड़कियों की शिक्षा में सिर्फ शृंगारिक रचनाओं की दृष्टि से ही भेद नहीं किया, आधुनिक ज्ञान-विज्ञान की दृष्टि से भी भेद किया। लड़कियों के पाठ्यक्रम से उन्होंने राजा शिवप्रसाद की बनाई दो किताबों *विद्यांकुर* और *इतिहासतिमिरनाशक* को हटाने के लिए कहा। तर्क दिया कि इन किताबों से लड़कियों के चरित्र का विकास नहीं होता। भारतेंदु ने इन्हें लड़कों के पाठ्यक्रम से हटाने के लिए नहीं कहा। वास्तव में इन किताबों का संबंध ज्ञान के विकास से था। इनसे ज्ञान का विकास होता था, इसीलिए भारतेंदु ने इन्हें लड़कों के पाठ्यक्रम से हटाने के लिए कभी नहीं कहा। ये दोनों किताबें 19वीं सदी के स्कूली पाठ्यक्रम में हिंदी में लिखी गई महत्वपूर्ण पाठ्यपुस्तकें थीं। *इतिहासतिमिरनाशक* इतिहास पर आधुनिक ढंग से लिखी गई किताब थी तो *विद्यांकुर* आधुनिक पदार्थ विज्ञान और समाजशास्त्र की। भारतेंदु एक ओर आधुनिक ज्ञान-विज्ञान की शिक्षा को हिंदुस्तानियों के लिए बिल्कुल जरूरी ठहराते थे, दूसरी ओर लड़कियों को इसी ज्ञान-विज्ञान से दूर रखना चाहते थे। समाज-सुधारकों की इसी किस्म पर व्यंग्य करते हुए बहुत बाद में, 1920 में, उमा नेहरू ने अपने एक लेख में लिखा कि भारतीय पुरुष तो पश्चिम का पूरा अनुकरण करते हैं और उसी के आधार पर विकास का अपना मॉडल बनाते हैं, लेकिन चाहते हैं कि उनकी स्त्रियां पूर्वीय ही दिखें।

वास्तव में 19वीं सदी के पश्चिमी शिक्षाप्राप्त सुधारकों का एक बड़ा हिस्सा स्त्रियों को अपने धर्म का वाहक और अपनी सभ्यता-संस्कृति का मूर्तिमान रूप समझता था जिसे पश्चिमी शिक्षा के प्रभाव में आकर भ्रष्ट होने से बचाना था। यही वजह है कि वे लड़कियों को आधुनिक शिक्षा देना नहीं चाहते थे या किसी हद तक देने का समर्थन करने के बावजूद उनकी धार्मिक और नैतिक शिक्षा को बहुत जरूरी मानते थे। उनका यह विचार परिवार और समाज में स्त्रियों की परंपरागत भूमिका के समर्थन पर टिका था। हिंदी-उर्दू प्रदेश के सुधारकों की स्थिति थोड़ी और पीछे थी। बलियावाले भाषण में भारतेंदु ने स्त्रियों की आधुनिक शिक्षा का विरोध करते हुए कहा, "लड़कियों को भी पढ़ाइए, किंतु उस चाल से नहीं जैसे आजकल पढ़ाई जाती है जिससे उपकार के बदले बुराई होती है।"[30] यह समझना मुश्किल है कि 19वीं सदी के आखिरी दशकों में हिंदीभाषी समाज की कुछ लड़कियों ने अगर स्कूल में पढ़ना शुरू कर दिया था तो उससे समाज में कौन-सी बुराई फैल रही थी? स्त्रियों की आधुनिक शिक्षा के खिलाफ प्रचलित यह एक सामान्य रूढ़िवादी तर्क था जिसे भारतेंदु दोहरा दे रहे थे। अपने उसी भाषण में, स्त्रियों को किस ढंग से शिक्षा दी जाए, इसे बतलाते हुए उन्होंने कहा, "ऐसी चाल से उनको शिक्षा दीजिए कि वह अपना देश और कुल-धर्म सीखें, पति की भक्ति करें और लड़कों को सहज में शिक्षा दें।" स्त्रीशिक्षा संबंधी ऐसे ही विचार उनके नाटक *नीलदेवी* की भूमिका में भी मिलते हैं।

भारतेंदु ने लड़कियों की शिक्षा के लिए आधुनिक ज्ञान-विज्ञान की जगह चरित्रनिर्माण, धार्मिक और घरेलू प्रबंध के बारे में बतानेवाली किताबें पाठ्यक्रम में लगाने के लिए कहा। इस लिहाज से हिंदी-उर्दू प्रदेश के हिंदू और मुसलमान भद्रवर्ग का दृष्टिकोण एक जैसा था। मुस्लिम भद्रवर्ग भी स्त्रियों के लिए सिर्फ इसी ढंग की शिक्षा की इजाजत देता था। भारतेंदु के समकालीन और सैयद अहमद के साथी डिप्टी नजीर अहमद ने 1869 में स्त्रीशिक्षा के लिए *मिरातुल उरूस* (स्त्री-दर्पण) किताब लिखी जिसमें दो बहनों की कहानी के जरिए भद्रवर्गीय स्त्रियों को मां, बहन, बेटी और पत्नी के रूप में अपने परंपरागत कर्त्तव्यों को और भी कुशलता के साथ पूरा करने की शिक्षा दी गई है। इसी तरह 19वीं सदी के मुस्लिम नवजागरण की सबसे महत्वपूर्ण संस्था देवबंद दारुल उलूम से संबंधित मौलाना अशरफ अली थानवी ने *बहिश्ती जेवर* किताब लिखी जो एक ऐसा वृहद कोश था जिसमें भद्रवर्गीय मुस्लिम स्त्री को धर्म, पारिवारिक कानूनों, घरेलू संबंध, इस्लामी दवा-दारू वगैरह की शिक्षा दी गई थी। उर्दू में लिखी गई ये दोनों किताबें भद्रवर्गीय मुस्लिम परिवारों में हर लड़की को उसके ब्याह के समय उपहार के रूप में दी जाती थीं। उस वक्त हिंदी के कुछ लेखकों ने भी इसी ढंग की कुछ किताबें बनाईं, जैसे *देवरानी-जेठानी की कहानी* और *भाग्यवती*। भारतेंदु की पत्रिका *बालाबोधिनी* इसी चाल पर चली।

भारतेंदु लड़कियों को सिर्फ नैतिक चरित्र, घरेलू प्रबंध और धर्म संबंधी शिक्षा देने की सिफारिश करते हैं। उनका अंतर्विरोध यह है कि एक ओर तो वे सरकार से लड़कियों के लिए स्कूल चलाने को कहते हैं, दूसरी ओर लड़कियों को सिर्फ उपरोक्त किस्म की शिक्षा

देने का आग्रह करते हैं। इस किस्म की शिक्षा तो शरीफलोग अपने घरों में ट्यूटर रखकर दिलवा रहे थे, जैसा कि भारतेंदु ने खुद आयोग को बताया। मजे की बात है कि उन्होंने लड़कों की गृहशिक्षा का ठीक इसी कारण से विरोध किया था कि उसमें सिर्फ नैतिक और धार्मिक किस्म की शिक्षा दी जाती है। तब उस शिक्षा की यह कमी बताई गई थी कि उसमें आधुनिक ज्ञान-विज्ञान की शिक्षा नहीं होती और वह शिक्षा के यूरोपीय सिद्धांतों के मुताबिक नहीं होती। वही गृहशिक्षा लड़कियों के मामले में आदर्श बन गई।

भारतेंदु ने लड़कियों को स्कूल भेजने में शरीफलोगों की अरुचि का जिक्र करते हुए कहा कि हमारे यहाँ लड़कियों की गृहशिक्षा का चलन है। यह भी जोड़ दिया कि मुसलमान भी ऐसा ही करते हैं। उन्होंने यह खुलकर नहीं कहा कि लड़कियों के लिए सरकारी स्कूलों के बजाय गृहशिक्षा ही ठीक है। इसके उलटे उन्होंने लड़कियों के और स्कूल नहीं खोलने और पहले के स्कूलों को बंद कर देने के लिए सरकार को उलाहना दिया। इस उलाहने में कोई दम नहीं लगता क्योंकि वे लड़कियों को जिस ढंग की शिक्षा देने की मांग कर रहे थे, वह स्कूलों के बजाए घरों में दी जाती थी। उस गृहशिक्षा की भारतेंदु ने कहीं भी कोई आलोचना नहीं की, जैसे कि उन्होंने लड़कों की गृहशिक्षा के प्रसंग में की थी। या फिर यह कहना ज्यादा सही होगा कि वे सरकारी स्कूलों में भी लड़कियों को वही शिक्षा देने के हिमायती थे जो उन्हें घरों में दी जाती थी? भारतेंदु लड़कियों को जैसी शिक्षा देना चाहते थे, वैसी शिक्षा देने के लिए खुद उन्होंने भी लड़कियों का कोई स्कूल नहीं खोला। यह सब देखते हुए कलकत्ता के बेथुन कॉलेज में आधुनिक ज्ञान-विज्ञान की शिक्षा में पास करनेवाली लड़कियों को लेडी वाइसराय के जरिए इनाम के तौर पर उनका साड़ियां भिजवाना ऐसा ही लगता है जैसा उस जमाने में अंग्रेजों के संपर्क में रहनेवाले बहुत से रईस और प्रभावशाली लोग अपनी सार्वजनिक छवि चमकाने के लिए अक्सर किया करते थे।

स्त्रीशिक्षा के मामले में भारतेंदु न तो सरकारी स्कूलों से संतुष्ट नजर आते हैं, न ईसाई मिशनरियों की स्त्रीशिक्षा को पसंद करते हैं। मिशनरी महिलाओं द्वारा शरीफ घरों के जनाने में जाकर शिक्षा देने का उन्होंने यह कहकर विरोध किया कि वे धार्मिक सिद्धांतों और स्वतंत्र विचारों को दिमाग में बैठाने की कोशिश करती हैं जिससे देशी स्त्रियों में शिक्षा की चाह पैदा होने के बजाय उससे विरक्ति होती है। भारत के दूसरे प्रांतों में, खासकर बंगाल में स्त्रीशिक्षा का प्रारंभिक विकास ईसाई मिशनरियों ने किया था। यह सच है कि ईसाई मिशनरियों के सभी सेवाकार्य आखिरकार उनके धर्मांतरण के मकसद से होते थे। लेकिन जिन लोगों ने अपनी लड़कियों को पढ़ाने के लिए दूसरी किसी भी संस्था के अभाव में मिशनरी महिलाओं को अपने जनाने में बुलाने का साहसपूर्ण फैसला किया था—वे सब के सब ईसाई धर्म के प्रति आकर्षित नहीं थे और न वे सब ईसाई बन गए। उनके इस साहस भरे कदम का संबंध उनकी नवजाग्रत चेतना से था जिसके लिए उन्हें काफी विरोध झेलना पड़ा। आर्यसमाज के इतिहासकारों ने बंगाल में स्त्रीशिक्षा के विकास में मिशनरियों के योगदान की सराहना करते हुए उन लोगों के बारे में लिखा है जिन्होंने अपनी लड़कियों को

पढ़ाने के लिए जनाने में ईसाई मिशनरी महिलाओं को आमंत्रित किया था, लेकिन बाद में अपने रूढ़िवादी रिश्तेदारों के विरोध के कारण यह शिक्षाकार्य बंद करना पड़ा। इन इतिहासकारों ने एक ईसाई महिला अध्यापिका के बारे में श्रीमती विल्सन का संस्मरण उद्धृत किया है जो एक कुलीन परिवार में कुछ महीनों तक नियमित रूप से पढ़ाने जाती रही। लेकिन एक दिन परिवार के मुखिया ने कहा कि "अब उसे पढ़ाने के लिए आने की जरूरत नहीं है क्योंकि ब्राह्मणों तथा अपने अन्य मित्रों के द्वारा ईसाई महिला को उसके घर में प्रवेश करने और लड़कियों को पढ़ाने के बारे में उस पर कसे जानेवाले व्यंग्य बाणों को सहने की सामर्थ्य उसमें नहीं है।"[31] इस घटना की मार्मिकता को वे लोग समझ सकते हैं जो 19वीं सदी के पिछड़े हुए हिंदूसमाज में स्त्रीशिक्षा के लिए किए गए संघर्ष को सहानुभूति से देखते हैं। मिशनरी महिलाओं द्वारा जनाने में आकर लड़कियों को शिक्षित करने के खिलाफ होनेवाली सामाजिक आलोचना को भारतेंदु ने पर्याप्त तर्कसंगत दृष्टिकोण मान लिया। लेकिन आर्यसमाजियों ने उसे तत्कालीन समाज के 'रूढ़िवाद' के रूप में ठीक ही पहचाना। यह रूढ़िवाद ही था जिसके कारण एक विदेशी, विजातीय और विधर्मी व्यक्ति को हिंदू घर के अंदर जाने देने का लोग विरोध कर रहे थे। यहां सवाल ईसाई मिशनरियों के इरादे को सही या गलत ठहराने का नहीं है। सवाल 19वीं सदी के सुधारकों के उस संघर्ष पर ध्यान देने का है जो उन्होंने अपनी लड़कियों को हर हालत में शिक्षित करने के सिलसिले में किया था। उनका साहस और संघर्ष भारत में स्त्रीशिक्षा के विकास का महत्वपूर्ण और अभिन्न अंग है। ब्राह्मण और रूढ़िवादी रिश्तेदार सिर्फ धर्मांतरण के डर से जनाने में जाकर शिक्षा देने का विरोध नहीं कर रहे थे। असल में वे स्त्रीशिक्षा का विरोध कर रहे थे क्योंकि उस समय आधुनिक स्त्रीशिक्षा देने का और कोई विकल्प नहीं था।

भारतेंदु ने जब आयोग से कहा कि ईसाई महिलाओं द्वारा जनाने में जाकर शिक्षा देने से देशी स्त्रियों में शिक्षा के प्रति चाह पैदा होने के बजाय विरक्ति पैदा होती है, तब देशी स्त्रियों का मानो वे खुद ही प्रतिनिधित्व कर रहे थे। ऐसा प्रतिनिधित्व करना उन्होंने खुद ही तय कर लिया था। किसी देशी स्त्री ने नहीं कहा कि ईसाई महिलाओं के आने से उनमें शिक्षा की चाह पैदां होने के बजाय विरक्ति होती है। इसमें शक है कि स्त्रियां वैसा ही सोचती होंगी जैसा भारतेंदु ने उनके बारे में दावा किया। ज्यादा संभावना इस दावे के गलत होने की है। एक रूढ़िवादी समाज में, जहां परदा प्रथा कट्टरता से लागू थी और जहां घर के अंत:पुर (जनाने) में सिमटकर रहनेवाली भद्रवर्गीय महिलाओं के पास बाहर का कोई अनजान व्यक्ति पहुंच नहीं सकता था, वहां पढ़ाने के लिए आई ईसाई महिलाओं से मिलकर, उनसे बातें कर और नई-नई बातें जानकर उन्हें जरूर अच्छा लगता होगा। शिक्षित भद्रवर्गीय पुरुषों को यूरोपीय लोगों के संपर्क में आकर जैसे अपने महत्व और गौरव का अनुभव होता था, उसे ध्यान में रखें तो घरों में बंद रहनेवाली स्त्रियों को यूरोपीय स्त्रियों का साहचर्य कैसा लगता होगा, इसका कुछ अंदाज लगाया जा सकता है। एक पितृसत्तात्मक परिवार के मुखिया की हैसियत से भारतेंदु ने घरेलू औरतों की भावनाओं का जो प्रतिनिधित्व किया, उसे

सही मानना मुश्किल है। लड़कियों की जनाना शिक्षा का नारीवादी दृष्टिकोण से अध्ययन किया जाए तो ज्यादा महत्वपूर्ण नतीजे सामने आ सकते हैं।

भारतेंदु ने जिन दो कारणों से जनाने में मिशनरी महिलाओं के जाने का विरोध किया, उनमें से एक गौरतलब है। भारतेंदु ने आरोप लगाया कि मिशनरी महिलाएं हमारी स्त्रियों के दिमाग में धार्मिक सिद्धांत और स्वतंत्र विचार बैठाने की कोशिश करती हैं। (पृ. 55) स्वतंत्र विचारों से भारतेंदु को इतना डर क्यों था ? उन्होंने आयोग से सरकार की सुंदर शिक्षाप्रणाली की तारीफ की थी कि इससे भारतीयों मे स्वतंत्र विचारों का विकास होगा। इन भारतीयों में क्या भारत की स्त्रियां नहीं थीं ? अगर पश्चिमी संपर्क से पुरुषों में स्वतंत्र विचारों का पैदा होना वांछनीय था, तो स्त्रियों में उनका पैदा होना इतना बुरा क्यों था ?

स्त्रीशिक्षा के मामले में भारतेंदु ने सरकारी स्कूलों और मिशनरी महिलाओं, दोनों को नापसंद करने के बाद *स्त्रीशिक्षा* के लिए जिनकी ओर उम्मीद और विश्वास के साथ देखा, वह उन्हीं के जैसे नवजागरण के नेता नहीं थे, बल्कि सिविल, मिलिटरी या शिक्षाविभाग की यूरोपीय महिलाएं थीं जिन्होंने पहले भी *स्त्रीशिक्षा* के लिए कुछ नहीं किया था। फिर भी भारतेंदु ने बड़े साफ शब्दों में अपना यकीन जाहिर किया कि अगर इन विभागों की यूरोपीय महिलाएं दिलचस्पी लें, तो भारत में *स्त्रीशिक्षा* की उन्नति हो सकती है और उसके अच्छे परिणाम निकल सकते हैं। Should these ladies do so, the cause of female education in India might prosper and good results might be acheived. (पृ. 55)

सत्य है ! हिंदीभाषी समाज के नवजागरण में स्त्रीशिक्षा पर उपरोक्त वाक्य से बढ़कर और क्या टिप्पणी हो सकती है ?

अगर हम स्त्रीशिक्षा के मामले में भारतेंदु के समय दूसरे प्रांतों में हो रहे और पहले हो चुके प्रयत्नों पर नजर डालें, तो तस्वीर और साफ होकर उभरती है। इस सिलसिले में सबसे खास बात है औपनिवेशिक सरकार से एक पैसे की भी मदद पाए बिना, निजी प्रयत्नों से लड़कियों के लिए आधुनिक शिक्षा के स्कूल खोलने के प्रयत्न। इन प्रयत्नों में नवजागरण के भारतीय नेता शामिल थे तो भारत की जनता से प्रेम रखनेवाले कुछ यूरोपीय भी शामिल थे जिन्होंने किसी भारतीय के अनुरोध पर नहीं बल्कि अपनी इच्छा से, उत्साहपूर्वक इस काम में हाथ बंटाया। यह पहले ही कहा जा चुका है कि स्त्रीशिक्षा के मामले में अंग्रेजी शासन की नीति इसमें दखल न देने की थी। 19वीं सदी के शुरू में देश में स्त्रीशिक्षा की कोई परंपरा नहीं थी और व्यापक जनमत इसके खिलाफ था। स्त्रीशिक्षा का काम 1820 के करीब सबसे पहले बंगाल और बंबई में ईसाई मिशनरियों की पत्नियों ने शुरू किया। उन्होंने तीन तरह से स्त्रीशिक्षा के लिए प्रयत्न किए—1. भारतीय लड़कियों के स्कूल खोलकर, 2. अनाथालय कायम कर, और 3. भद्रवर्गीय परिवारों के जनाना में जाकर। लेकिन भारत में स्त्रीशिक्षा के इतिहास में सबसे महत्वपूर्ण नाम जे.ई.डी. बेथून (1801-51) का है। बेथून 1848 में

पहली बार भारत आए। भारत में आने के साथ ही उन्होंने यहां स्त्रीशिक्षा के विस्तार और उन्नति के साधनों पर विचार करना शुरू कर दिया। वे ईस्ट इंडिया कंपनी की शिक्षा परिषद के अध्यक्ष थे। बेथून इस नतीजे पर पहुंचे कि भारतीय परिवारों में ईसाई मिशनरियों द्वारा शिक्षा देने का काम कभी लोकप्रिय नहीं हो सकता। इसलिए भारतीय कन्याओं के लिए धर्मनिरपेक्ष स्कूल खोलने चाहिए। इन स्कूलों में किसी भी तरह की धार्मिक शिक्षा न दी जाए। लेकिन ईस्ट इंडिया कंपनी की सरकार इस मामले में बेथून की कोई मदद करने को तैयार नहीं हुई। लिहाजा बेथून ने अपने प्रयत्न और भारतीयों की मदद से निजी स्कूल खोलने का फैसला किया। खास बात यह थी कि बेथून ने अपने स्कूल में सारी शिक्षा देशी भाषा बंगला के माध्यम से देना तय किया। 1849 में बेथून ने कलकत्ता में हिंदू बालिका विद्यालय की स्थापना की जो भारत में *स्त्रीशिक्षा* के इतिहास की एक महत्वपूर्ण घटना साबित हुई। भारत में ईसाई मिशनरियों के अलावा किसी अन्य व्यक्ति द्वारा स्थापित की जानेवाली स्त्रीशिक्षा की यह पहली संस्था थी। कलकत्ता के नवजाग्रत भद्रवर्गीय बंगालियों ने इस काम में दिल खोलकर बेथून की मदद की। बंगाली जमींदारों ने स्कूल खोलने के लिए बेथून को धन दिया और जमीन भी दी। कलकत्ता संस्कृत कॉलेज के पंडित मदनमोहन तर्कालंकार ने न सिर्फ अपनी दोनों बेटियों को बेथून के स्कूल में पढ़ने के लिए भेजा, बल्कि खुद स्कूल में रोज जाकर बिना वेतन लिए लड़कियों को बंगला पढ़ाने की जिम्मेदारी ली। उन्होंने बंगला भाषा में प्रारंभिक शिक्षा देने के लिए किताबें भी तैयार कीं। आर्यसमाज के इतिहासकारों ने बेथून के इस काम की प्रशंसा करते हुए लिखा "इस स्कूल को उन्होंने अपनी वैयक्तिक स्थिति में खोलने का और इसका सारा व्यय स्वयमेव वहन करने का निश्चय किया। यह सचमुच अद्भुत कार्य था कि सात समुद्र पार से आया एक अंग्रेज भारतीय कन्याओं की शिक्षा के विकास के लिए सर्वथा निःस्वार्थ भाव से प्रेरित हो, अपनी निजी पूंजी लगाकर, एक कन्या विद्यालय की स्थापना करे।"[32] जैसे डॉक्टर नार्मन बेथून ने चीन में जाकर चीनी क्रांति के लिए काम किया, वैसे ही जे.ई.डी. बेथून ने भारत आकर यहां स्त्रीशिक्षा के लिए काम किया। पचास साल की उम्र में बेथून की कलकत्ता में मौत हो गई। इतिहासकारों के मुताबिक अपनी वसीयत में उन्होंने कलकत्ता की अपनी सारी भूमि और संपत्ति इस स्कूल को दान कर दी जिसका मूल्य उस वक्त करीब दस हजार पौंड (डेढ़ लाख रु.) था। यही स्कूल कुछ सालों के बाद बेथून कालेज के रूप में विकसित हुआ। 4 मार्च, 1879 में कायम हुआ बेथून कॉलेज देश का पहला महिला कॉलेज बना जो आज भी चल रहा है। जिस वक्त भारतेंदु हंटर आयोग को पश्चिमोत्तर प्रांत के भद्रवर्ग द्वारा अपनी लड़कियों को स्कूल में न भेजने का कारण समझा रहे थे और उनकी आधुनिक शिक्षा को गैर-जरूरी बता रहे थे, उसके कुछ ही महीनों के अंदर 1883 में कादंबिनी और चंद्रमुखी बोस, बेथून कॉलेज की दो लड़कियां, कलकत्ता विश्वविद्यालय की परीक्षा पास कर भारत की पहली स्नातिका बनीं। शायद इन्हीं लड़कियों को भारतेंदु ने इनाम के तौर पर बनारसी साड़ियां भिजवाई थीं। मजे की बात है कि इनमें से एक लड़की चंद्रमुखी बोस खुद भारतेंदु के पश्चिमोत्तर प्रांत की

रहनेवाली थी, हालांकि वह बंगाली ईसाई थी। शिक्षित होने के बाद चंद्रमुखी ने जब सरकारी नौकरी की, तो भारतेंदु के मित्र बाबू रामकृष्ण वर्मा ने अपने पत्र *भारत जीवन*, सितंबर 1884, में उसकी निंदा की "बेथून स्कूल में मिस चंद्रमुखी बोस एम.ए. 75 रु. नौकरी पर असिस्टैण्ट सुपरिंटेण्डेण्ट नियत हुई है— हम इसे अच्छा नहीं समझते।" मालविका कार्लेकर के मुताबिक भारत में किसी भी विश्वविद्यालय से स्नातिका की उपाधि लेनेवाली ये सबसे पहली लड़कियाँ थीं जबकि उस समय तक इंग्लैंड में भी किसी विश्वविद्यालय ने स्त्रियों के लिए अपने दरवाजे नहीं खोले थे। बेथून की मृत्यु के बाद बंगाल के शिक्षित मध्यवर्ग ने 1851 में बेथून की याद में बेथून सोसायटी कायम की, जिसने बंगाल में स्त्रीशिक्षा के आंदोलन को आगे बढ़ाया। बहुत से ऐसे लोग निकल आए जिन्होंने बेथून से प्रेरणा लेते हुए लड़कियों के स्कूल खोलने में पहल की और सरकारी सहायता न मिलने पर भी पब्लिक से चंदा जमा करके स्कूल खोले। मसलन हुगली के जमींदार बाबू जयकृष्ण मुखर्जी जो सुधारकों के समर्थक थे। उन्होंने ईस्ट इंडिया कंपनी की शिक्षा परिषद को एक कन्या पाठशाला खोलने की योजना बनाकर भेजी। उन्होंने सरकार से स्कूल खोलने का सिर्फ आधा खर्च माँगा, आधा खुद देने का प्रस्ताव रखा। कंपनी ने इसे मंजूर नहीं किया तो जयकृष्ण मुखर्जी ने खुद स्कूल खोला।[33]

बेथून ने *स्त्रीशिक्षा* के जिस आंदोलन को जन्म दिया, उसी की अगली कड़ी थे—ईश्वरचंद्र विद्यासागर। 1850 में वे बेथून के हिंदू बालिका विद्यालय के सचिव बने। संस्कृत कॉलेज के प्रबंध-संचालन में सुधार लाने, बँगला माध्यम के स्कूल खोलने, विधवा विवाह का आंदोलन खड़ा करने और बहुविवाह प्रथा का विरोध करनेवाले विद्यासागर *स्त्रीशिक्षा* आंदोलन के भी अगुआ बने। अरविंद पोद्दार के मुताबिक बंगाल में लड़कियों के लिए स्कूल खोलने का जो भी व्यक्ति प्रयत्न करता, सरकार उसकी मदद नहीं करती, लेकिन विद्यासागर जरूर करते। बंगाल के *स्त्रीशिक्षा* आंदोलन में विद्यासागर की सबसे महत्वपूर्ण भूमिका यह थी कि उन्होंने इसे कलकत्ता महानगर की सीमाओं से बाहर ले जाकर देहाती इलाकों में फैलाया जहाँ सदियों से स्त्रियां अज्ञान और जड़ता के अँधेरे में जी रही थीं। *स्त्रीशिक्षा* के क्षेत्र में विद्यासागर की सक्रियता और कार्यक्षमता का उदाहरण देते हुए अरविंद पोद्दार ने लिखा, "सरकारी सहायता मिलेगी या नहीं, इसकी परवाह किए बिना उन्होंने नवंबर 1857 से मई 1858 के बीच लड़कियों के लिए कुल 35 स्कूल खोले—सबके सब गाँवों में—जिनमें 1300 लड़कियों ने दाखिला लिया, जो उस जमाने के बंगाल में एक नामुमकिन कल्पना थी।"[34]

लड़कियों को स्कूल न भेजने की इच्छा जैसी समस्या का हल बंगाली भद्रवर्ग ने 1850 में ही कर लिया था। लड़कियों को सिर्फ धार्मिक और घरेलू प्रबंध की शिक्षा दी जाए या लड़कों की तरह आधुनिक ज्ञान-विज्ञान की भी—यह प्रश्न पूरे भारतीय नवजागरण में मौजूद था, जो हिंदी-उर्दू प्रदेश में लंबे समय तक चलता रहा। बंगाल में इसे हल करने के

क्रांतिकारी प्रयत्न 1860 के दशक में शुरू हो चुके थे और 1870 के दशक में स्त्रियों की आधुनिक शिक्षा का आंदोलन भी शुरू हो गया। इसमें *ब्राह्मोसमाज* के वे युवा सुधारक सबसे आगे थे जो केशवचंद्र सेन के नेतृत्व और विचारों से संतुष्ट नहीं थे। मालविका कार्लेकर ने अपने एक शोध निबंध में इनके प्रयत्नों की छानबीन की है। उन्होंने लिखा है कि केशवचंद्र सेन लड़कियों की ऊँची शिक्षा और आधुनिक ज्ञान-विज्ञान की शिक्षा के समर्थक नहीं थे। उनके संगठन के कुछ सदस्यों ने—जिनमें द्वारिकानाथ गांगुली सबसे मुख्य थे—उनके विचारों का विरोध किया। द्वारिकानाथ गांगुली ने शिवदास शास्त्री, दुर्गामोहन दास और आनंदचरण खास्तिगीर के साथ मिलकर 1874 में *समदर्शी* ग्रुप बना लिया जो 1878 में बननेवाले *साधारण ब्राह्मोसमाज* का मूल आधार ग्रुप था। इसी ग्रुप ने हिंदू महिला विद्यालय की स्थापना की जिसने लड़कियों को भी लड़कों की तरह आधुनिक ज्ञान-विज्ञान की शिक्षा देने का आंदोलन खड़ा किया। मालविका कार्लेकर ने लिखा है कि द्वारिकानाथ गांगुली ने इस आंदोलन में सबसे आगे बढ़कर हिस्सा लिया। द्वारिकानाथ पुरुषों के साथ महिलाओं के अधिकारों की समानता के जबरदस्त समर्थक थे। वे न सिर्फ स्कूल में पढ़ाते थे, बल्कि स्कूल का हर तरह का काम, झाड़ू-पोचा तक, करते थे। उन्होंने लड़कियों को आधुनिक ज्ञान-विज्ञान की शिक्षा देने के लिए पहले से चली आ रही किताबों से असंतोष प्रकट करते हुए नई किताबें बनाईं। कलकत्ता विश्वविद्यालय में परीक्षा देकर पहली स्नातिका बननेवाली कांदबिनी पहले इसी स्कूल की छात्रा थी जिसके बौद्धिक विकास में द्वारिकानाथ ने खास दिलचस्पी ली। द्वारिकानाथ के स्कूल से पढ़ने के बाद कादंबिनी ने बेथून कॉलेज में अपनी बी.ए. तक पढ़ाई पूरी की और द्वारिकानाथ के प्रोत्साहन से 1883 में उसने मेडिकल कॉलेज में दाखिला लिया। वह देश की पहली भारतीय महिला डॉक्टर बनी जिसकी तीन सौ रु. महीना तनख्वाह पर लेडी डफ़रिन अस्पताल में नियुक्ति हुई। मेडिकल कॉलेज में दाखिला लेने के बाद उसने अपने विधुर शिक्षक द्वारिकानाथ गांगुली से प्रेम विवाह किया जब वह 21 साल की थी और गांगुली 40 साल के। उनका विवाह—जो बहुत सफल रहा—स्त्री-पुरुष के बीच अर्थपूर्ण संबंधों का एक नया उदाहरण था जिसकी 19वीं सदी में कोई दूसरी मिसाल नहीं मिलती। 1885 में इंडियन नेशनल कांग्रेस बनने पर द्वारिकानाथ गांगुली ने उसमें स्त्रियों को प्रतिनिधित्व देने की माँग उठाई। इसके नतीजे में कांग्रेस के 1889 के अधिवेशन में देश से छः स्त्री-प्रतिनिधियाँ शामिल हुईं जिनमें से एक डॉक्टर कादंबिनी थी।[35]

भारतेंदु के दूसरे समकालीन ज्योतिबा फुले (1828-90) ने स्त्रीशिक्षा के मामले में महाराष्ट्र में युगांतरकारी काम किया। उन्होंने शिक्षा को भद्रवर्ग के कब्जे से निकालकर, धार्मिक रूढ़ियों से मुक्त कर, गरीब मेहनतकश जनता तक पहुँचाया। नवजागरण के दौर में फुले अकेले ऐसे सुधारक थे जिन्होंने सरकारी शिक्षा के वर्गीय चरित्र को समझा और शिक्षा पर ऊँची जातियों के वर्चस्व को तोड़ने का बीड़ा उठाया। हंटर आयोग को दिए अपने बयान में उन्होंने 'ब्राह्मणों का वर्चस्व' सीमित करने के लिए निम्नवर्गों के बीच प्राथमिक शिक्षा के

प्रसार पर जोर दिया था। वे भारत की गरीब जनता के बीच स्त्रीशिक्षा के प्रवर्तक थे। बेथून से भी पहले, 1848 में—जब मार्क्स-एंगेल्स *कम्युनिस्ट मेनीफेस्टो* लिख रहे थे—फुले ने ब्राह्मणों के गढ़ पुणे में पहली बार कन्या पाठशाला खोली जिसमें माँग और महार जैसी दलित जातियों की लड़कियों को भी शिक्षित किया गया। जब उन्होंने कन्या पाठशाला खोली तो उनके सामने एक बड़ी भारी दिक्कत थी कि दलित बच्चियों को पढ़ाने के लिए कोई हिंदू महिला अध्यापिका बनने को तैयार नहीं थी। तब फुले ने सबसे पहले अपनी पत्नी सावित्रीबाई को पढ़ाया, फिर उसकी मदद से लड़कियों का स्कूल चलाया। सावित्रीबाई—एक शूद्र स्त्री—इस देश की शायद पहली अध्यापिका थी। बंबई प्रांत में लड़कियों के लिए खोले गए इस पहले निजी स्कूल को चलाने में फुले और सावित्रीबाई को रूढ़िवादियों के कड़े विरोध का सामना करना पड़ा। इस विरोध की झलक देते हुए फुले के मराठी जीवनीकार धनंजय कीर ने लिखा है, "एक हिंदू स्त्री का शिक्षिका का काम करना उस जमाने में समाजद्रोही और धर्मद्रोही बात मानी गई। पुणे में संताप का वातावरण फैल गया। इस बात को ब्राह्मणों ने अपवित्र, अभूतपूर्व और अद्भुत माना। सावित्रीबाई को पाठशाला जाते देखकर ब्राह्मण और उनके चेले-चाँटे उन पर कीचड़, गंदगी फेंकते थे, उन्हें पत्थर मारते थे।··· सावित्रीबाई ने रास्ते में क्षणभर रुककर अत्याचार करनेवाले अपने निंदकों से कहा, "मैं अपना कर्त्तव्य निभा रही हूँ! भगवान तुम्हें क्षमा करें।"[36] 19वीं सदी में सामाजिक सुधारों का रास्ता ऐसा ही काँटों-भरा था। विरोध, अपमान और धमकियों के बावजूद फुले ने न केवल लड़कियों का स्कूल जारी रखा बल्कि 1852 में दलितों का एक निजी स्कूल भी स्थापित किया और दोनों स्कूलों का व्यय अपनी ओर से वहन करते रहे।[37] यह बात ध्यान में रखनी चाहिए कि शूद्र परिवार में जन्मे फुले स्त्रियों की आधुनिक शिक्षा के समर्थक थे और उनकी प्राथमिक कन्या पाठशाला में बच्चियों को व्याकरण के साथ अंकगणित भी पढ़ाया जाता था।

भारतेंदु के तीसरे समकालीन दयानंद सरस्वती स्त्रीशिक्षा के घनघोर समर्थक थे। वे लड़कियों को सामान्य और विशेष, दोनों तरह की शिक्षा देना चाहते थे। उनके अनुयाइयों की संख्या युक्तप्रांत में, खासकर इसके पछाँही जिलों में कम न थी। पर उनके दूसरे विचारों की तरह स्त्रीशिक्षा संबंधी विचारों को भी क्रांतिकारी व्यवहार में उतारने का जैसा काम पंजाब के आर्यसमाजियों ने किया, वैसा युक्तप्रांत के आर्यसमाजियों ने नहीं। पंजाबी आर्यों की कन्या गुरुकुल योजना में सरकार का कोई दखल नहीं था। वे सरकारी शिक्षा विभाग के पाठ्यक्रम और नियमों से कोई संपर्क नहीं रखते थे। अपना स्वतंत्र पाठ्यक्रम निश्चित करते थे और अपनी संस्था के नियम खुद बनाते थे। स्त्रीशिक्षा के लिए आर्यसमाजियों की दूसरी तरह की संस्थाएँ—पुत्री पाठशालाएँ और कन्या विद्यालय—सरकारी शिक्षा विभाग द्वारा स्वीकृत पाठविधि के अनुसार कन्याओं को शिक्षा देती थीं। ये स्कूल सरकार के सभी नियमों का पालन करते थे और अपने लिए ज्यादा-से-ज्यादा सरकारी अनुदान हासिल करने की कोशिश करते थे। सरकारी स्कूलों के पाठ्यक्रम के मुताबिक ये लड़कियों को आधुनिक

ज्ञान-विज्ञान की शिक्षा देते थे, साथ ही, अपने शिक्षा प्रबंध के अधीन, उन्हें आर्य संस्कृति और सभ्यता से संबंधित विषयों की भी शिक्षा देते थे।

पंजाब के नवजागरण में आर्यों के निजी प्रयत्नों से बनी स्त्रीशिक्षा की सबसे महत्वपूर्ण संस्था जालंधर का *कन्या महाविद्यालय* था जिसे लाला मुंशीराम (स्वामी श्रद्धानंद) की मदद से लाला देवराज ने 1890 में कायम किया था। लड़कियों का यह स्कूल पंजाबी आर्यों द्वारा दयानंद के स्त्रीशिक्षा संबंधी विचारों का ऐसा क्रांतिकारी और सृजनात्मक विकास था जिसने खुद आर्यसमाजियों के अंदर भी जबरदस्त वैचारिक विवाद को जन्म दिया। यह स्कूल भारत में स्त्रीशिक्षा के इतिहास में हुआ ऐसा अभूतपूर्व प्रयत्न था जिसे सरकारी और गैर-सरकारी, सभी क्षेत्रों में स्त्रीशिक्षा की एक आदर्श संस्था मान लिया गया। आर्यसमाज के इतिहासकारों के मुताबिक इसे बनाने का पहला विचार 1886 में लाला मुंशीराम को तब आया जब उन्होंने अपनी बेटी को मिशनरी स्कूल में सीखा भजन—एक बार ईसा-ईसा बोल, तेरा क्या लगेगा मोल—घर में गाते हुए सुना। लाला देवराज को आर्यसमाजी विचारों के कारण अपने सनातनी पिता का घर छोड़ना पड़ा था। उस समय पंजाब में स्त्रीशिक्षा का चलन बहुत कम था। सबसे पहले देवराज की माँ ने ईसाई पाठशाला में काम करनेवाली माई लाडो नाम की बहन को एक रुपया मासिक और खाना देकर अपने घर में छोटी सी कन्या पाठशाला शुरू की। 1889 में बाकायदा कन्या पाठशाला खोलने के लिए एक छोटा-सा कमरा किराए पर लेकर आठ छात्राओं के साथ इसकी शुरूआत की गई। स्कूल का कुल खर्च दस रु. मासिक आया। पंडित श्रीपति नामक अध्यापक को दो रु. और एक अध्यापिका को चार रु. मासिक पर रखा गया। जालंधर में लड़कियों का पहला निजी स्कूल चलाना आसाान न था। स्कूल के बारे में श्री सामदेव विद्यालंकार ने लाला देवराज की जीवनी में लिखा है, ''एक बूढ़ा पंडित पढ़ने के लिए आनेवाली लड़कियों को वहाँ भेजने के लिए उनके माता-पिता से बहस करता हुआ घर-घर घूमा करता था।... श्री देवराज मिठाई, खिलौने आदि जेबों में भरकर बड़े सवेरे घर से निकल पड़ते थे और परिचित बंधुओं की लड़कियों को लालच देकर विद्यालय में आने के लिए उत्साहित करते हुए बहुत से घरों का चक्कर लगा आया करते थे। एक दिन जो लड़की आती, दूसरे दिन उसका कोई संबंधी आता, उसे उठा ले जाता और श्री देवराज को दस-पाँच जली-कटी सुना जाता। शहर में निकलने पर अपशब्दों के साथ आप पर रोड़े-पत्थर भी बरसाए जाते थे। जिस समाज में लड़कियों की शिक्षा का अर्थ उनको दुश्चरित्र बनाना और उनकी मर्यादा के विपरीत समझा जाता हो, उसमें उनकी शिक्षा के परिश्रम को सफल बनाना लोहे के चने चबाने से भी ज्यादा कठोर और दुष्कर कार्य था।''[38]

लाला देवराज ने अपनी लगन और उत्साह से न सिर्फ स्कूल का अभूतपूर्व विकास किया बल्कि स्कूल के साथ लड़कियों का होस्टल भी खोला जो पूरे उत्तर भारत में लड़कियों का पहला छात्रावास था, जबकि सरकार इसे असंभव काम समझती थी। युक्तप्रांत का भद्रवर्ग अपने ही शहर के स्कूल में अपनी लड़कियों को पढ़ने नहीं भेजता था जबकि

जालंधर कन्या विद्यालय के होस्टल में पंजाब के विभिन्न शहरों से आकर लड़कियाँ रहती थीं। स्कूल नवजागरण के किन मूल्यों से जुड़ा हुआ था, उसका पता इस बात से चलता है कि स्कूल में सिर्फ खादी कपड़े पहने जाते थे और ज्यादातर लड़कियों ने आभूषण पहनने छोड़ दिए थे।

द्वारिकानाथ गांगुली की ही तरह स्त्रीशिक्षा के लक्ष्य के लिए लाला देवराज के समर्पण की उत्कट भावना, उनके स्कूल की नई संस्कृति, उसकी उपलब्धियों और उससे निकली नए किस्म की स्त्रियों के बारे में मधु किश्वर ने अपने एक शोधपूर्ण निबंध में काफी तफसील से लिखा है। उन्होंने लिखा है कि सरकारी नियंत्रण और अनुदान से मुक्त यह स्कूल स्त्रीशिक्षा के इतिहास में एक नए ढंग का प्रयोग था जिसने अपने विकास की नई-नई मंजिलें हासिल कीं। स्कूल को चलाने में देवराज के साथ ज्यादातर स्त्रियों ने ही काम किया। यानी यह ऐसा स्कूल था जिसके प्रबंध में भी स्त्रियों की भागीदारी मुख्य थी। जब स्कूल के साथ होस्टल खुला और लड़कियों को ऊँची शिक्षा देने की योजना बनी तो पंजाब में हलचल मच गई। बहुत से आर्यसमाजी भी स्त्रीशिक्षा के इस विस्तार और विकास से सहमत नहीं हो सके। स्कूल की लड़कियाँ न सिर्फ रोजाना कसरत करतीं और तरह-तरह के खेल खेलती थीं, बल्कि उन्हें अध्यापिका बनने की भी ट्रेनिंग दी जाती थी। जो पत्र लिखने उन्हें सिखाए जाते थे, उनमें नौकरी या रोजगार के लिए आवेदन करना भी शामिल होता था। स्कूल ने पाठ्यक्रम और शिक्षा देने के तरीकों में नए प्रयोग किए। देवराज ने *हँसी-खेल में शिक्षा* की विधि निकाली जिसमें तरह-तरह के खेलों के माध्यम से शिक्षा दी जाने लगी। वनस्पतिशास्त्र की शिक्षा स्कूल के अहाते में लगे वृक्षों और पौधों तथा फूलों के व्यावहारिक ज्ञान से दी जाती। विभिन्न विषयों पर उन्होंने जो नई पाठ्यपुस्तकें तैयार कराईं, वे इतनी प्रभावशाली थीं कि देश के विभिन्न प्रांतों में उन्हें अपनाने के लिए उनके अनुवाद किए गए और खुद सरकार के शिक्षा विभाग ने उन्हें अपना मॉडल बनाया। स्कूल की तरफ से *पांचाल पंडिता* पत्रिका निकलती थी जो बाद में *जालविद सखा* के नाम से निकलने लगी। हिंदी और अंग्रेजी में निकलनेवाली यह मासिक पत्रिका पंजाब में शिक्षित स्त्रियों की सबसे मुख्य पत्रिका बन गई। उससे भी खास बात यह कि इसमें स्कूल की लड़कियाँ और अध्यापिकाएँ लिखती थीं और यह स्त्रियों के सृजनात्मक साहित्य का एक मंच बन गई। मधु किश्वर ने लिखा है कि यह स्कूल न रहकर एक आंदोलन बन गया था जिसने 19वीं सदी के पश्चिमी शिक्षा प्राप्त तमाम सुधारकों के स्त्री संबंधी आदर्श *विक्टेरियन वुमेन* की सीमाएँ पार कर लीं। स्त्री का नया आदर्श स्कूल की पत्रिका *पांचाल पंडिता* में छपनेवाली कल्पित स्त्रियों की कहानियों के जरिए पेश किया जाता था जिसमें एक ऐसी स्त्री की छवि उभारी जाती थी जो शरीर से स्वस्थ है, बुद्धिमान है और पुरुषों के साथ स्वतंत्रतापूर्वक और आत्मविश्वास के साथ बातचीत करती है। 19वीं सदी के भारत में स्त्री की यह छवि एक नई बात थी। पत्रिका में यूरोप के स्त्री आंदोलन का नेतृत्व करनेवाली और दूसरी महान स्त्रियों के बारे में लगातार लेख छपते थे। जैसे इंग्लैंड के स्त्री मताधिकार आंदोलन की नेत्री लूसी स्तोन ब्लैकवेल के

बारे में, जिसे पत्रिका में सुवीरा की उपाधि दी गई। इसी तरह एलिजाबेथ फ्राई की कहानी देकर अंत में लिखा गया कि आज भारत की स्त्रियों के सामने एलिजाबेथ फ्राई से भी ज्यादा कठिन काम करने को है—भारतीय परिवारों को बदलने का, जो वास्तव में कैदखाने हैं। स्कूल की सबसे बड़ी उपलब्धि थी लड़कियों के अंदर अपने व्यक्ति होने की, अपनी पहचान की, भावना पैदा कर देना। स्कूल की लड़कियाँ न सिर्फ जालंधर में बल्कि पूरे भारत में विभिन्न शहरों में घूम-घूमकर स्त्रीशिक्षा का और नवजागरण की विचारधारा का प्रचार करने के लिए व्याख्यान देने जाती थीं और स्कूल के लिए धन इकट्ठा करके लाती थीं। शुरू में देवराज उन्हें अपने साथ ले जाते थे, बाद में वे अकेले भी जाने लगीं। स्कूल की लड़कियों ने समाज-सुधार के आंदोलन में सक्रिय भाग लिया। देवराज की माँ, पत्नी और बेटी, सब स्त्रीशिक्षा की प्रचारक और कार्यकर्ता बन गईं। स्कूल ने अपनी ही बनाई सीमाएँ तोड़कर लड़कियों को अंग्रेजी शिक्षा देना शुरू किया ताकि स्त्री और पुरुष के मानसिक स्तर और विकास में फर्क ना रहे। इसे आर्यसमाजी भी बर्दाश्त नहीं कर पाए। स्कूल की स्त्रीशिक्षा ने परिवार और समाज में स्त्री की परंपरागत भूमिका की धारणा को ठुकरा दिया और स्त्री की एक नई धारणा पेश की कि स्त्री की सार्थकता सिर्फ माँ बनने में नहीं है। स्कूल की छात्राओं को कांग्रेस के अधिवेशनों में ले जाया जाता था और स्कूल से निकली लड़कियाँ पंजाब में पहली स्त्री-राजनीतिक कार्यकर्ता बनीं। स्कूल की एक छात्रा सावित्री अपनी पढ़ाई पूरी करने के बाद उसी स्कूल में अध्यापिका बनी, फिर प्रिंसिपल बनी। उसने विवाह नहीं किया जो भारतीय स्त्री के लिए एक नई बात थी।[39]

इन सबके मुकाबले पश्चिमोत्तर प्रांत में स्थिति क्या थी ? हिंदीभाषी भद्रवर्ग में लड़कियों को स्कूल भेजने की अनिच्छा के कारण और स्त्रियों की दुर्दशा में सुधार के किसी भी प्रभावशाली आंदोलन के अभाव में यहाँ न सिर्फ स्त्रीशिक्षा की औसत दर सबसे कम रही, बल्कि देश के कुछ दूसरे प्रांतों के मुकाबले यहाँ स्त्रीशिक्षा आगे बढ़ने के बजाय और पीछे जा रही थी। इस तथ्य को नोट करते हुए हंटर आयोग ने अपनी रिपोर्ट में लिखा है कि 1870-71 में युक्तप्रांत में लड़कियों के 640 स्कूलों में 13,853 लड़कियाँ पढ़ती थीं। 1875-76 में 400 स्कूल रह गए जिनमें 9,000 लड़कियाँ पढ़ती थीं। 1880-81 में सिर्फ 160 स्कूल रह गए जिनमें 3,757 लड़कियाँ पढ़ती थी।[40] इस आश्चर्यजनक उलटी प्रक्रिया के कारणों की व्याख्या अभी तक नहीं हुई है। लेकिन और कारणों के अलावा, हंटर आयोग के मुताबिक, इसका कारण यह भी था कि इन स्कूलों में पढ़ाने के लिए भद्रवर्ग अपने घर की स्त्रियों को अध्यापिका की नौकरी पर भेजने के लिए राजी नहीं था।[41] भद्रवर्ग की विधवाएँ भी इस काम के लिए नहीं मिलीं जबकि पंजाब में आर्यसमाजी परिवारों की स्त्रियाँ इस काम के लिए आगे आईं और बंगाल में लड़कियों को अध्यापिका बनने का प्रशिक्षण देनेवाले दो नार्मल स्कूल पहले से चल रहे थे जिनमें 1881-82 में कुल 41 लड़कियाँ प्रशिक्षित हो रही थीं। पश्चिमोत्तर प्रांत में छोटी-छोटी लड़कियाँ परदे में स्कूल जातीं। स्त्री-अध्यापिकाओं के अभाव में क्लास में पढ़ाई के दौरान शिक्षक और छात्राओं के बीच परदा रहता। 19वीं सदी

के आखिरी दशकों में पूरे भारत में जितनी लड़कियाँ शिक्षित थीं, स्कूल जा रही थीं और प्रतिवर्ष उनकी वृद्धि की जो दर थी—इन सभी मामलों में पश्चिमोत्तर प्रांत सबसे पीछे था और बनारस—जो हिंदी नवजागरण का गढ़ था— इसमें और भी पीछे था।[42]

19वीं सदी के भारतीय नवजागरण में आधुनिक शिक्षा के आंदोलन ने, खासकर स्त्रीशिक्षा के आंदोलन ने, विभिन्न प्रांतों में गहरी सामाजिक उथल-पुथल को, मानवीय भावनाओं के महान नाटकीय दृश्यों को जन्म दिया। तत्कालीन दस्तावेजों के आधार पर मराठी लेखक जी.पी. देशपांडे ने ज्योतिबा फुले के जीवन पर लिखे नाटक *सत्यशोधक* में सामाजिक रूढ़ियों के खिलाफ उभरी नई चेतना का कठिन संघर्ष दिखलाया है। नाटक के एक दृश्य में एक आदमी अपने सिर पर भरा हुआ बोरा लादकर फुले की पाठशाला में आता है। उसे देखकर ज्योतिबा को ताज्जुब होता है। कुछ देर साँस लेकर वह आदमी जब बोरे का मुँह खोलता है तो उसमें से आटा-चावल जैसी कोई चीज नहीं, बल्कि उसकी लड़की निकलती है जिसे वह रूढ़िवादी ताकतों के डर से खुलेआम स्कूल नहीं भेज पा रहा था। जालंधर के कन्या महाविद्यालय से पढ़कर निकली एक पुरानी छात्रा ने बचपन में पढ़ाई के लिए जाति से निकाल दिए जाने की प्रवृत्ति के खिलाफ अपने संघर्ष को याद करते हुए 1934 में लिखा, ''जब किसी कन्या के हाथ में *अक्षर दीपिका* का होना इतना बड़ा अपराध माना जाता था कि इससे उसकी सगाई तक टूट सकती थी, तब श्रद्धेय चाचाजी (लाला देवराज) ने कन्या महाविद्यालय की स्थापना करके बड़ी दूरदर्शिता का काम किया। 1909 में जब मैं यहाँ पढ़ने के लिए आई थी तो परिवारवालों ने जातिबहिष्कार का भय दिखाया था।''[43]

सिर्फ शिक्षा के प्रसंग में ही नहीं, विधवा विवाह के सवाल पर, पुरानी विवेकहीन रूढ़ियों को तोड़ने के प्रश्न पर और धार्मिक सुधारों के मामले में भी समाज में ऐसी ही उथल-पुथल मची थी, तीखा असर छोड़नेवाली तनावपूर्ण नाटकीय घटनाएँ घटीं थीं जिनसे इन घटनाओं और उथल-पुथल में भाग लेनेवाले मानवीय चरित्रों के अपार साहस और दृढ़ संकल्प का पता चलता है। अपने बलियावाले भाषण में सुधारों के लिए साहस भरे संघर्ष की जरूरत पर जोर देते हुए भारतेंदु ने कहा था कि जब तक सौ दो सौ मनुष्य बदनाम न होंगे, जात से बाहर न निकाले जाएँगे, दरिद्र न हो जाएँगे, वरंच जान से न मारे जाएँगे, तब तक कोई भी देश न सुधरेगा। लेकिन हिंदीभाषी समाज में न तो भारतेंदु को अपने किसी सुधार के लिए जाति से बहिष्कृत होना पड़ा, न उनके अनुयायियों को। जब हिंदी नवजागरण के नेता इस विषय पर सिर्फ भाषण दे रहे थे, ये घटनाएँ वास्तविक रूप से दूसरे प्रदेशों में घट रही थीं और पहले भी घट चुकी थीं। धार्मिक-सामाजिक सुधार के किसी भी मुद्दे पर 19वीं सदी के हिंदीभाषी समाज में इस तरह की कोई भी उथल-पुथल क्यों नहीं मिलती? क्यों हिंदीभाषी समाज में कोई विद्यासागर या ज्योतिबा फुले नहीं मिलता? यहाँ के नवजागरण में शिक्षा के आंदोलन ने क्यों किसी द्वारिकानाथ गांगुली और देवराज को, किसी कादंबिनी

और सावित्रीबाई को पैदा नहीं किया? आर्यसमाज आंदोलन का भी जैसा क्रांतिकारी सुधारक रूप पंजाब में दिखता है, वैसा हिंदी-उर्दू प्रदेश में, खासकर बनारस जैसे पूर्वी उत्तरप्रदेश के जिलों और बिहार में क्यों नहीं दिखता? हिंदी-उर्दू प्रदेश में भी सैयद अहमद को अपने धार्मिक और शैक्षिक विचारों के लिए जैसे विरोध का सामना करना पड़ा, धार्मिक उलेमाओं के फ़तवों और रूढ़िवादी ताकतों के बहिष्कार का सामना करना पड़ा, उतना भी हिंदी नवजागरण के किसी नेता को, भारतेंदु समेत, नहीं सहना पड़ा जबकि उस वक्त का हिंदीभाषी समाज काफी रूढ़िवादी था। क्या कारण है कि 19वीं सदी के आखिरी दशकों में और 20वीं सदी के शुरू में भी, जब दूसरे प्रदेशों में प्राइमरी स्कूलों में विद्यार्थियों की संख्या लगातार बढ़ रही थी, तब युक्त प्रांत में वह संख्या और भी नीचे जा रही थी? एक छोटा-सा सवाल यह भी है कि हिंदी नवजागरण और भारतेंदु का अध्ययन करनेवाले हिंदी आलोचक हंटर आयोग को दिए गए भारतेंदु के विस्तृत बयान को क्यों कभी नहीं छूते? शिक्षा पर औपनिवेशिक राज्य के नियंत्रण के सवाल पर भारतीय नवजागरण के सभी नेताओं से भारतेंदु का इतना फ़र्क और विरोध क्यों है?

हिंदी नवजागरण की भव्य रूपरेखाएँ खींचने और उसमें तरह-तरह के रंग भरने के बजाय इन सवालों पर विचार करना क्या ज्यादा अर्थपूर्ण नहीं होगा?

अध्याय दो

इतिहास का खलनायक और हिंदी की नई चाल

"हिंदी नए चाल में ढली, 1873 ई." —भारतेंदु हरिश्चंद्र

1863-64 में राजा शिवप्रसाद की हिंदी—

"तमाशा यह कि लिखना-पढ़ना वह कुछ नहीं जानता था। केवल नाम-भर लिख सकता था और आँख भी एक ही रखता था। एक सीतला में जाती रही। लेकिन आदमी की पहचान भगवान ने इसे ऐसी दी थी कि विक्रम भोज और अकबर के बाद शायद इसी के दरबार में नवरत्न गिने जा सकते थे। जब उसकी लाश को गंगाजल से नहलाकर चंदन के विमान पर, जो सोने के फूलों से सजा हुआ था, जलाने को ले चले— चार रानियाँ अच्छी से अच्छी पोशाकें और ज़ेवर पहने हुए उसके साथ गईं। रानी कुंदन राजपूत राजा संसारचन्द काँगड़ेवाले की बेटी महाराज का सिर गोदी में लेकर चिता पर बैठ गई। बाकी तीनों, जिनमें दो सोलह-सोलह बरस की निहायत खूबसूरत थीं, पाँच-सात लौंडियों के साथ उसके चौगिर्द जा बैठीं। इन सबके चिहरे पर रंज का निशान कुछ भी न था, बरन खुशी का असर मालूम होता था। अजब एक समां देखने वालों के दिल को क़लक़ दिलाने का था। निदान चिता में आग लगाई गई और देखते ही देखते वह राख की ढेर हो गई। कहते हैं कि जब चिता जलती थी, एक टुकड़ा बादल का नमूदार हुआ और कुछ बूँदें पानी की बरसा गया, मानों खुद आसमान महाराज के मरने से रोया।" —इतिहासतिमिरनाशक

राजा शिवप्रसाद 'सितारेहिंद' खड़ीबोली के न सिर्फ पहले महत्वपूर्ण लेखक थे, बल्कि 19वीं सदी में बोलचाल की साफ-सुथरी, मुहावरेदार और प्रवाहपूर्ण हिंदी लिखनेवाले सबसे प्रभावशाली गद्य-लेखक थे। 1850 के दशक में और बाद में भी पश्चिमोत्तर प्रांत (आगरा, कानपुर, इलाहाबाद और बनारस वगैरह के इलाके, जिनके साथ अवध प्रांत को जोड़कर पहले युक्तप्रांत नाम दिया गया, फिर उत्तरप्रदेश) में हर तरफ अरबी-फारसीनिष्ठ उर्दू छाई हुई थी क्योंकि प्रांत की राजभाषा उर्दू थी। 1854 में सरकार ने सार्वजनिक शिक्षा के लिए मदरसे (स्कूल) खोलने की योजना बनाई तो उन मदरसों में भी शिक्षा का माध्यम उर्दू

को बनाने के आसार दिख रहे थे। प्रांत के शिक्षाविभाग में ज्यादातर अफसर मुसलमान थे और उनमें हिंदी का कोई नामलेवा न था। उस वक्त राजा शिवप्रसाद ने, जो शिक्षाविभाग के बनारस सर्किल में पहले ज्वायंट इंस्पेक्टर, फिर इंस्पेक्टर ऑफ स्कूल्स बने, हिंदी के पक्ष में अपनी आवाज उठाई। विरोधी माहौल के बावजूद उन्होंने न सिर्फ शिक्षा का माध्यम हिंदी को बनवाया बल्कि हिंदी में शिक्षा दी जा सके, इसका भी पूरा इंतजाम कर दिखाया। ज्ञान-विज्ञान के आधुनिक विषयों, जैसे—भूगोल, इतिहास, पदार्थविज्ञान वगैरह पर पहली बार आसान मुहावरेदार हिंदी में पाठ्यपुस्तकें तैयार की गईं। इन विषयों के विवेचन के लिए उस वक्त हिंदी में पारिभाषिक शब्दावली नहीं थी। राजा शिवप्रसाद ने अपनी बनाई पाठ्यपुस्तकों में पहली बार अनेक पारिभाषिक शब्दों का प्रयोग किया, जैसे—मानचित्र (नक्शा), अनुक्रमणिका (इंडेक्स), आधार (बेस) अथवा न्यूनकोण, समकोण और समबाहु त्रिभुज इत्यादि। ये पारिभाषिक शब्द तब से लेकर आज तक हिंदी में उसी तरह चले आ रहे हैं और इनका विकल्प ढूँढ़ने की कभी जरूरत नहीं पड़ी। विडंबना देखिए कि हिंदी साहित्य के इतिहास में शिवप्रसाद को हिंदीसमर्थक के रूप में उतना याद नहीं किया जाता जितना हिंदी-विरोधी के रूप में। हिंदी साहित्य में जितना बदनाम राजा शिवप्रसाद को किया गया, उतना और किसी को नहीं। जैसा विरोध उनका हुआ, वैसा और किसी का नहीं। अपने समकालीनों और नए आनेवालों से उनका फ़र्क यह नहीं था कि औरों की तरह वे मुस्लिम विरोधी नहीं थे या हिंदूवादी नहीं थे। उलटे, हिंदी साहित्य और इतिहासलेखन में वे हिंदूवादी चेतना के प्रवर्तक थे। अदालतों से फारसी लिपि हटाने के आंदोलन के भी वे प्रवर्तक थे। औपनिवेशिक सत्ता के गलियारों में और भद्रवर्गीय बुद्धजीवियों की प्रतिनिधि संस्था बनारस इंस्टिच्यूट में सैयद अहमद के वे सबसे मुख्य प्रतिद्वंद्वी थे। गोरक्षा आंदोलन के भी वे समर्थक हुए। इन सबके बावजूद 19वीं सदी में हुए नागरी, हिंदी और गोरक्षा आंदोलन में उनकी छवि खलनायक के रूप में उभारी गई। 19वीं सदी के दौरान हिंदी-उर्दू प्रदेश में कई मिथक बने जो 20वीं सदी में भी जारी रहे और लोगों के सामान्य बोध का अंग बन गए। इन्हीं मिथकों में एक मिथक राजा शिवप्रसाद का खलनायकत्व है जिसे हिंदी साहित्य का विद्यार्थी एक स्वयंसिद्ध तथ्य मानकर चलता है।

राजा शिप्रसाद का जन्म 3 फरवरी 1823 को बनारस में हुआ और 71 साल के बाद बनारस में ही 23 मई 1895 को उनकी मृत्यु हो गई। भारतेंदु हरिश्चंद्र सेठ अमीचंद के घराने में पैदा हुए थे तो शिवप्रसाद जगत-सेठ के घराने में। ये दोनों घराने उत्तरी-पूर्वी हिंदुस्तान के सबसे धनी महाजनों के थे जिनका संबंध पहले मुगल शासकों से रहा, फिर अंग्रेज शासकों से। जैन धर्मावलंबी शिवप्रसाद ओसवाल जाति के थे जो वैश्यों में अग्रवालों के बनिस्पत कुछ नीचे समझे जाते हैं। अपनी आत्मकथा में राजा साहब ने बतलाया कि उनके पुरखे जैनी होने से पहले 11वीं सदी में राजस्थान के रणथम्भौर में रहते थे। वहीं उन्होंने जैन धर्म अपनाया। एक पुरखे अमरदत्त ने शाहजहाँ को एक ऐसा हीरा नजर किया कि बादशाह ने खुश होकर उन्हें राय या राजा की उपाधि दी और अपने साथ दिल्ली ले आए। उनके

खानदान में हुए राजा फतेहचंद को गल्ला सस्ता करने के एवज में मुगल सम्राट मुहम्मद शाह ने जगत-सेठ का खिताब दिया। शाहजहाँ से लेकर मुहम्मदशाह तक, बल्कि आलमशाह और वजीर आसफुद्दौला तक इस खानदान के सेठ बादशाही जवाहरखाने की निगरानी का काम करते रहे। इसके अलावा भाई-भतीजे और बेटों में कोई बादशाह का मनसबदार था, कोई सूबों के सायर का इजारेदार। नादिरशाही में घर के कई आदमी कत्ल हो गए तो इस खानदान के राजा डालचंद दिल्ली छोड़कर मुर्शिदाबाद आ गए जहाँ पहले से उनके खानदान के कुछ लोग आकर बस गए थे। इसी तरह भारतेंदु के पुरखे भी, जिनका दिल्ली के शाही घरानों से घनिष्ठ संबंध था, शहजादे शुजा के बंगाल का सूबेदार बनने (1650 ई.) के वक्त दिल्ली से बंगाल चले आए थे। कहा जाता है कि बंगाल के सूबेदार नवाब कासिम अली खाँ के अत्याचारों से रैयत तंग आ चुकी थी। शरीफ घरानों में भी हमेशा डर समाया रहता कि नवाब न जाने कब उनके घरों की स्त्रियों को बेइज्जत कर डाले। लाचार जगत-सेठ उन्हीं दिनों क्लाइव से जा मिले जब सेठ अमीचंद भी उनसे आकर मिल गए थे। उन्होंने अंग्रेजों को रुपए की मदद देकर नवाब पर चढ़ाई करवा दी। नवाब को खबर हुई तो उसने राजा डालचंद और जगत-सेठ महताब राय को पकड़ मँगवाया और कैद कर लिया। महताब राय और उसके एक चचेरे भाई को नवाब ने कत्ल करवा दिया लेकिन डालचंद चकमा देकर भाग निकले। शिवप्रसाद ने अपनी आत्मकथा *सवानेह उमरी* में लिखा है कि उनके परदादा राजा डालचंद बहुत योग्य, बहादुर और विद्वान थे, कई भाषाओं के जानकार थे और उन्होंने कई किताबें बनाई थीं। इनके बेटे उत्तमचंद का ब्याह नवाब आसफुद्दौला के खजांची राजा बछराज की बेटी से हुआ। इन्होंने बनारस के ठठेरी बाजार में एक जैन मंदिर बनवाया। कोई बेटा न होने की वजह से अपनी बहन रतन कुँवरी के बेटे गोपीचंद को गोद ले लिया। गोपीचंद के सभी लड़के मर जाते थे, इसलिए वे रोज नंगे पाँव बनारस के औसानगंज में जागेश्वर महादेव के मंदिर में जाते थे। शिव के प्रताप से जब एक बेटा जिंदा रहा तो उसका नाम उन्होंने शिवप्रसाद रखा। जाहिर है कि जैनधर्मी इस परिवार का हिंदूकरण काफी हद तक हो चुका था। शायद मुस्लिम शासकों के हाथों कई पुरखों के कत्ल होने की घटनाओं ने उन्हें कट्टर मुस्लिम विरोधी बना दिया था, जैसा शिवप्रसाद की किताब *इतिहासतिमिरनाशक* से भी जाहिर होता है। यह भी एक वजह थी कि अपने पुरखों की तरह शिवप्रसाद ने भी भारत में अंग्रेजी हुकूमत के जमने का स्वागत किया।

बचपन में दादी साहिबा और माता-पिता ने खाने-पीने, उठने-बैठने, बड़े-छोटों से वाजिब सुलूक और समय पर अपना काम करने के जो सबक कड़ाई से सिखाए थे, उसके दो नतीजे निकले—बड़े होने पर शिवप्रसाद को अंग्रेजों की सभ्यता ने, उनके गुणों, रहन-सहन की शैली, काम करने के ढंग और उनकी अनुशासनप्रियता ने बहुत आकर्षित किया। दूसरे, अपनी जिम्मेदारियों को निपुणता के साथ समय पर पूरा करने की आदत पड़ी। पाँच साल से 18-19 साल की उम्र तक वे हिंदी-उर्दू के अलावा संस्कृत, फारसी और अंग्रेजी का अध्ययन करते रहे। अंग्रेजी की अच्छी जानकारी रखनेवाले वे बनारस के पहले रईस थे।

बनारस कॉलेज से शिक्षा पूरी कर 19 साल की उम्र से उन्होंने नौकरी करनी शुरू की। पहले भरतपुर राज्य में दीवान हुए। फिर सरकारी विदेश विभाग में विलियम एडवर्ड के मातहत काम किया। 1840 में एडवर्ड शिमला में पहाड़ी रियासतों के सुपरिंटेंडेंट बने तो शिवप्रसाद शिमला एजेंसी के मीर मुंशी हुए। वहाँ पहली बार उन्होंने लड़के-लड़कियों के स्कूल खोले और पहली पाठ्यपुस्तक बनाई। शिक्षा के बंदोबस्त में उनकी लियाकत देखकर 1856 में उन्हें पश्चिमोत्तर प्रांत के बनारस डिवीजन में ज्वाइंट स्कूल इंस्पेक्टर बना दिया गया। उनकी योग्यता की कदर करते हुए इसी नौकरी में उनका वेतन बढ़ाकर एक हजार रुपए कर दिया गया। बाद में वे इंस्पेक्टर ऑफ स्कूल्स हुए और 1878 में रिटायर होने तक इसी पद पर काम करते रहे। उनकी वफादारी के अलावा शिक्षा विभाग में उनकी कर्मठता और उपलब्धियों का सम्मान करते हुए 1870 में उन्हें सितारेहिंद (सी.एस.आई.) की उपाधि दी गई। 1874 में राजा की उपाधि। 1877 में खानदानी राजा होने की मान्यता मिली। 1883 में वाइसराय की लेजिस्लेटिव काउंसिल के सदस्य और इलाहाबाद तथा कलकत्ता विश्वविद्यालय के फेलो मनोनीत हुए। 'वहाबी' तखल्लुस से उर्दू में शायरी करने के अलावा उन्होंने करीब 32 किताबें बनाईं—18 हिंदी में और 14 उर्दू में। कई अंग्रेजी किताबों का हिंदी और उर्दू में अनुवाद किया। शिक्षाविभाग में उनके महत्वपूर्ण कामों की सराहना करते हुए बनारस के अंग्रेज विद्वान एम.ए. शेरिंग ने, जो *हरिश्चंद्र मैग्जीन* के सलाहकारों में से एक थे, लिखा कि पश्चिमोत्तर प्रांत के लोगों की शिक्षा के लिए जितना काम अकेले राजा शिवप्रसाद ने किया, उतना और किसी ने भी नहीं किया। जीवन के आखिरी दिनों में उन्होंने उर्दू में अपनी आत्मकथा *सवानेह-उमरी* लिखी।

शिवप्रसाद का मुस्लिम विरोध सिर्फ खानदानी वजहों से नहीं था।

19वीं सदी में, पश्चिमोत्तर प्रांत व अवध में कचहरियों से जुड़े हिंदू-मुसलमानों का ऐसा साँझा भद्रवर्ग था, जो अब सिर्फ इतिहास की चीज बनकर रह गया है। अपनी किताब *सेपरेटिज़्म एमंग इंडियन मुस्लिम* (विकास, 1975) में फ्रांसिस रोबिंसन ने इस प्रभावशाली भद्रवर्ग का वर्णन किया है जो सरकारी कामकाज के अलावा अपने सार्वजनिक जीवन और बौद्धिक कार्यकलापों में भी हर जगह उर्दू भाषा का इस्तेमाल करता था। इसी वजह से इसे उर्दूभाषी भद्रवर्ग (एलीट) कहा जाता है। इस भद्रवर्ग में सरकारी मुलाजिम और कचहरी से जुड़े शहरी मुसलमान और हिंदू, दोनों, समान रूप से शामिल थे। उनके वर्गहित एक थे। उनकी घरेलू संस्कृति अपने-अपने धर्म के मुताबिक थी पर सार्वजनिक जीवन में उनका सांस्कृतिक रूप एक जैसा था—उर्दू भाषा, मुस्लिम पहनावा, कभी-कभी मुस्लिम खान-पान भी, नाच-गान और शेरो-शायरी। (हिंदी आलोचक रामचंद्र शुक्ल के पिता चंद्रबली शुक्ल, जो क्वींस कॉलेज में पढ़े थे और मिर्जापुर में सदर कानूनगो थे, इसी भद्रवर्ग के सदस्य थे।) हर शहर में उनकी साँझी बौद्धिक संस्थाएँ थीं, जैसे—बनारस इंस्टिच्यूट, गाजीपुर इंस्टिच्यूट, बलिया इंस्टिच्यूट और अलीगढ़ साइंटिफिक सोसायटी वगैरह। सर सैयद अहमद

और राजा शिवप्रसाद, दोनों इस उर्दूभाषी भद्रवर्ग के सदस्य थे। रोबिंसन ने 19वीं सदी के उत्तरार्द्ध में इस वर्ग की आपसी एकता के टूटने और उनके बीच बढ़ते जानेवाले अलगावों का लंबा विश्लेषण किया है। उसके मुताबिक इस भद्रवर्ग की एकता में पहली दरार 1867 में पड़ी जब सैयद अहमद ने पश्चिमोत्तर प्रांत की देशी भाषा में एक विश्वविद्यालय खोलने का प्रस्ताव सरकार के सामने रखा। इससे यह बहस उठ खड़ी हुई कि इस प्रांत की देशी भाषा कौन-सी है—उर्दू या हिंदी? रोबिंसन के मुताबिक साँझे उर्दूभाषी भद्रवर्ग से शिवप्रसाद और दूसरे हिंदुओं के अलग होने की शुरुआत इसी घटना से हुई क्योंकि सैयद अहमद ने, जो साँझे उर्दूभाषी भद्रवर्ग के सबसे प्रभावशाली नेता थे, प्रांत की सार्वजनिक भाषा के रूप में सिर्फ उर्दू को मान्यता दी। लेकिन भद्रर्गीय हिंदू-मुसलमानों के बीच विरोध का भाव असल में इससे भी पहले दिखाई देता है जिस पर रोबिंसन ने गौर नहीं किया। सबूत है राजा शिवप्रसाद की किताब *इतिहासतिमिरनाशक* जो पहली बार 1864 में छपी। रोबिंसन की उर्दूभाषी भद्रवर्ग की धारणा में एक और खामी यह है कि वे इसमें हिंदू-मुस्लिम, दोनों समुदायों को बराबरी का साँझीदार समझते हैं। हकीकत यह थी कि इस वर्ग में मुसलमान अशराफ़ ही बड़े भाई साहब बने हुए थे। उन्होंने हिंदू भद्रवर्ग की संस्कृति को बहुत कम अपनाया था। ज्यादातर मामलों में हिंदू भद्रवर्ग उनके पीछे-पीछे चलता था। समान आर्थिक-राजनीतिक हित होने के बावजूद इस वर्ग के अंदर सामाजिक गैर-बराबरी और सांस्कृतिक भेद कमोबेश कायम था। भद्रवर्गीय मुसलमानों द्वारा अपने सबसे पक्के सहयोगी कायस्थों की उर्दू का मजाक उड़ाना इसकी एक मिसाल थी। रोबिंसन की धारणा की तीसरी खामी यह है कि इसमें भारतीय नवजागरण के दौरान उभरी इतिहासलेखन की उस प्रवृत्ति पर ध्यान नहीं दिया गया जिसमें मुस्लिम शासनकाल को अँधेरे और यातना का काल मानते हुए मुस्लिमपूर्व हिंदूकाल को हर तरह से गौरवान्वित किया जा रहा था। इस प्रवृत्ति के उदाहरण भारतीय नवजागरण के नेताओं में कम से कम 1858 से मिलने शुरू हो जाते हैं। रॉयल एशियाटिक सोसायटी बनने, पुरातात्विक खोजें होने और प्राचीन संस्कृत ग्रंथों का पता लगने के साथ ही अंग्रेजी इतिहासलेखन पद्धति के प्रभाव से भारत में इतिहासलेखन की जो आधुनिक पद्धति शुरू हुई, उसमें मुस्लिम शासन को हर तरह से बुरा बतलाने और मुस्लिमपूर्व हिंदू अथवा प्राचीन आर्य-इतिहास को गौरवपूर्ण मानने की प्रवृत्ति ने इतनी मजबूती से पैर जमाए कि लंबे समय तक वह भारतीय इतिहासलेखन और स्कूली पाठ्यपुस्तकों में मौजूद रही और आज भी बहुत से लोगों के सामान्य बोध का अंग बनी हुई है। इतिहासलेखन की इस हिंदूवादी चेतना की पहली अभिव्यक्ति हिंदी में *इतिहासतिमिरनाशक* में हुई जिसमें मध्यकालीन मुस्लिम शासकों के अत्याचारों के भयानक विवरण एक के बाद एक लगातार मिलते हैं। इसमें भारतीय समाज और इतिहास में तुर्कों, मुगलों या पठानों के किसी भी तरह के योगदान को नामंजूर किया गया। इसमें कहा गया कि "इन मुसलमानों ने इस देश को उसी हालत में दबा रखा और यूरोप और अमेरिका को वहाँ वालों के बुद्धिबल ने कहाँ से कहाँ पहुँचा दिया ···। मुसलमान जहाँ गए, यही हाल हुआ। इनकी अमलदारी में कोई देश उन्नति

की सीढ़ी पर नहीं चढ़ा।"[1] इस ग्रंथ में मुसलमानों की विशेषता यह बतलाई गई कि "अपनी किताब (कुरान शरीफ) में लिखी हुई बात के सिवाय किसी नई की तहकीक करना अत्यंत बुरा और लौंडी-गुलाम बनाना यही सारी दुनिया का विभव मान लिया। हिंदुओं का नाश करना और उनके मूर्ति मंदिरों को तोड़ना तो यह बड़ा धर्म समझते थे।"[2]

प्रमुख कारणों के अलावा जिन छोटे-छोटे कारणों ने साँझे उर्दूभाषी भद्रवर्ग के अंदर अलगाव को बढ़ाया, उनमें से एक कारण खुद राजा शिवप्रसाद का ग्रंथ *इतिहासतिमिरनाशक* भी था जिसके प्रभाव से इस साँझे वर्ग के हिंदू सदस्यों की चेतना मुसलमानों से मुँह फेरकर अपनी पुरानी मुस्लिमपूर्व संस्कृति की ओर लौटती थी। रामचंद्र शुक्ल के जीवनीकार चंद्रशेखर शुक्ल ने लिखा है कि शुक्लजी के पिता चंद्रबली शुक्ल ने, जो उर्दूभाषी भद्रवर्ग की मुस्लिम सामाजिक संस्कृति में पूरी तरह रँगे हुए थे, जब *इतिहासतिमिरनाशक* ग्रंथ पढ़ा तो इससे "उनमें भारत के अतीत के गौरव की भावना जगी।"[3]

इतिहासतिमिरनाशक पश्चिमोत्तर प्रांत में सरकारी स्कूलों के हिंदी माध्यम वाले पाठ्यक्रम में लगा दी गई। शिक्षा विभाग के निदेशक मिस्टर केंपसन ने, जो शिवप्रसाद के अफसर थे और उन्हीं की तरह मुस्लिम विरोधी भी, इस किताब के पहले खंड का अंग्रेजी में खुद अनुवाद किया और उर्दू अनुवाद को, जो खुद राजा शिवप्रसाद ने किया, उर्दूभाषी मुस्लिम विद्यार्थियों के पाठ्यक्रम में भी रख दिया। 1884 में सैयद अहमद की बनाई संस्था मुस्लिम एजूकेशनल कॉन्फरेंस के सख्त एतराज करने पर ही इसे स्कूली पाठ्यक्रम से हटाया गया।

सत्ता के गलियारों में सैयद अहमद शिक्षित मुस्लिम भद्रवर्ग के सबसे प्रभावशाली प्रतिनिधि थे तो शिवप्रसाद उनके सबसे मुखर हिंदू प्रतिद्वंद्वी। सैयद जब बनारस के सदरआला थे तो बनारस इंस्टिच्यूट में दानों के बीच नोंक-झोंक चलती रहती थी। एक ही वर्ग (उर्दूभाषी एलीट) के होने के बावजूद उनके बीच अंदरूनी विरोध और होड़ साफ नज़र आती थी। सैयद ने अलीगढ़ कॉलेज खोला तो उनके कई हिंदू मित्रों और समर्थकों ने आर्थिक मदद की। शिवप्रसाद ने भी एक हजार रुपए चंदा देने की पेशकश करके अपनी वर्गीय एकता का इजहार किया। साथ ही यह शर्त जोड़कर कि कॉलेज अलीगढ़ में नहीं हिंदू तीर्थ इलाहाबाद में खोला जाए[4]—उस पैंतरेबाजी का भी इजहार कर दिया जो कभी परदे में, कभी खुले में, भद्रवर्ग के इन दोनों प्रतिनिधियों के बीच चलती रहती थी।

उर्दूभाषी हिंदू-मुस्लिम भद्रवर्गीय एकता की राजनीतिक अभिव्यक्ति तब हुई जब 1888 में युक्तप्रांत में कांग्रेस का विरोध करने और सरकार का समर्थन करने के लिए सैयद अहमद ने युनाइटेड इंडियन पैट्रियॉटिक एसोसिएशन कायम किया। भींगा के राजा उदयप्रताप सिंह और बनारस के राजा ईश्वरी नारायण सिंह के साथ-साथ राजा शिवप्रसाद भी इसमें शामिल हो गए।[5] इन तीनों ने ही 1867-68 में लिपि के सवाल पर सैयद अहमद से मतभेद जाहिर किया था और उर्दूलिपि के विरोध में नागरीलिपि का पक्ष लिया था।

इतिहासलेखन के बाद मुस्लिम प्रभुत्व के विरोध का सबसे मुख्य प्रतीक देवनागरीलिपि

बनी। इसे प्रतीक बनाया राजा शिवप्रसाद ने। भारतेंदु मंडली, काशी नागरीप्रचारिणी सभा और हिंदी साहित्य सम्मेलन जैसी संस्थाओं ने नागरीलिपि के जिस आंदोलन को आगे जारी रखा, उसके प्रवर्तक शिवप्रसाद ही थे, हालाँकि इन लोगों और संस्थाओं ने शिवप्रसाद को इसका श्रेय कभी नहीं दिया।

19वीं सदी में चूँकि सरकारी काम-काज की भाषा उर्दू और लिपि फारसी थी, लिहाजा कचहरी और दफ्तरों में नौकरी चाहनेवाले सभी हिंदू और मुसलमान इसे सीखते थे। युक्तप्रांत के कायस्थ और पंजाब के आर्यसमाजी अपने धार्मिक लेखन में भी इसी लिपि का प्रयोग करते थे, भले ही उनकी उर्दू में संस्कृत शब्द भी आ जाते हों। आम हिंदू फारसीलिपि को बहुत मुश्किल से सीख पाते थे। फारसीलिपि न सिर्फ उर्दू के अरबी-फारसीकरण में सहायक थी, बल्कि यह प्रशासन और अदालतों में भद्रवर्गीय मुसलमानों के वर्चस्व को भी कायम रखने का जरिया थी। कुछ ही पुश्त पहले फारस या अरब देशों से आए उच्चवर्गीय मुस्लिम परिवारों में इस लिपि का आम चलन था। उनके धार्मिक ग्रंथ इसी लिपि में थे जिसे अपने बच्चों को वे सबसे पहले सिखाते थे। युक्तप्रांत के हिंदुओं में सिर्फ कायस्थ और कश्मीरी ब्राह्मण ही इसे बचपन से सीखते थे क्योंकि सरकारी नौरकरियाँ उनका खानदानी पेशा था। हिंदुओं की दूसरी द्विज जातियों के लड़कों को, जो सरकारी स्कूल-कॉलेजों से हिंदी और अंग्रेजी में आधुनिक शिक्षा पाकर निकलते थे, सरकारी नौकरियाँ इसलिए नहीं मिल पाती थीं कि वे उर्दू और फारसीलिपि नहीं जानते थे। भद्रवर्गीय मुसलमानों के लड़के बिना सरकारी स्कूल-कॉलेजों में गए, बिना अंग्रेजी पढ़े—सिर्फ घर में थोड़ी सी धार्मिक शिक्षा उर्दू में हासिल कर—सरकारी नौकरियाँ पा लेते थे। युक्तप्रांत में 1900 ई. तक यह अजीबोगरीब बात दिखाई देती है कि सरकारी दफ्तरों और अदालतों में सभी ओहदों पर मुसलमानों की भरमार थी जबकि शिक्षा के मामले में वे पिछड़े हुए थे। 1860-61 में सरकारी प्राइमरी-सेकेंडरी स्कूलों में शिक्षा पानेवाले कुल विद्यार्थियों में 90 प्रतिशत विद्यार्थी हिंदू थे और 10 प्रतिशत मुस्लिम। 1870-71 में 84 प्रतिशत हिंदू थे और 15.9 प्रतिशत मुस्लिम। 1880-81 में 81 प्रतिशत विद्यार्थी हिंदू थे और 16.6 प्रतिशत मुस्लिम। 1900 ई. में 81 प्रतिशत विद्यार्थी हिंदू थे, 15.4 प्रतिशत मुस्लिम। सरकारी कॉलेजों में शिक्षा पानेवालों में 1860-61 में 85.7 प्रतिशत विद्यार्थी हिंदू थे, सिर्फ 8.4 प्रतिशत मुस्लिम। 1870-71 में 92 प्रतिशत हिंदू थे, 7.3 प्रतिशत मुस्लिम। 1880-81 में 75. 2 प्रतिशत हिंदू थे, 12.6 प्रतिशत मुस्लिम और 1900 ई. में 78 प्रतिशत हिंदू थे, 16.2 प्रतिशत मुस्लिम।[6] शिक्षा के क्षेत्र में मुसलामानों के पिछड़ेपन के सैयद अहमद ने तीन मुख्य कारण बताए—राजनीतिक, सामाजिक और धार्मिक। राजनीतिक रूप से भद्रवर्गीय मुसलमान फिरंगियों को अपना दुश्मन समझते थे जिनके स्कूलों में वे अपने बच्चे भेजना नहीं चाहते थे। सामाजिक रूप से वे सरकारी स्कूलों में अपने बच्चों को उन लोगों के बच्चों के साथ नहीं बैठा सकते थे जो उनकी रैयत थे या जिन्हें वे अपनी हैसियत से काफी नीचे समझते थे। धार्मिक प्रथा के अनुसार वे अपने बच्चों की पढ़ाई *कुरआन* से शुरू करते थे जो

सरकारी स्कूलों में नहीं पढ़ाया जाता था। घर में *कुरआन* की पढ़ाई पूरी होने तक बच्चे की उम्र स्कूल जाने की उम्र पार कर जाती थी। धार्मिक पूर्वाग्रहों के कारण अंग्रेजी भाषा और यूरोपीय ज्ञान सीखना वे लगभग ईसाई बन जाने जैसा ही समझते थे। सैयद अहमद इस बात को अच्छी तरह समझ रहे थे कि मुसलमानों के इन पूर्वाग्रहों को अगर समय रहते दूर न कर लिया गया तो पहले ही राजसत्ता से हटा दिए गए ये भद्रवर्गीय मुसलमान आगे आनेवाले समय में और भी पिछड़ जाएँगे। इसलिए सैयद ने मुसलमानों में धार्मिक-सामाजिक सुधार लाने के अलावा उनकी शिक्षा के लिए अलग से विशेष प्रयास करने पर जोर दिया और सरकार से विशेष सुविधाओं की माँग की ताकि स्कूल-कॉलेजों में उन्हें धार्मिक और आधुनिक, दोनों तरह की शिक्षा एक साथ दी जा सके।

राजा शिवप्रसाद शुरू से ही सैयद के शिक्षा संबंधी विचारों का विरोध करते आ रहे थे। 1857 में जब सैयद इंग्लैंड में थे और वहाँ के पब्लिक स्कूलों से प्रभावित होकर उन्होंने भारत में चल रही शिक्षा प्रणाली की कटु आलोचना करते हुए लेख लिखा, तब शिवप्रसाद ने उसके खिलाफ तीखी प्रतिक्रिया की थी।[7] यह आलोचना सिर्फ सरकारी शिक्षाविभाग के ऊँचे अफसर होने के नाते नहीं की गई थी। सरकारी नौकरी में रहते हुए और उसके बाद भी शिवप्रसाद ने मुस्लिम शिक्षा के लिए सैयद के विशेष प्रयासों और विशेष सुविधाओं के सिद्धांत का हमेशा विरोध किया। सैयद का उपरोक्त लेख लिखे जाने से पहले भी 1864 में शिवप्रसाद ने, शिक्षा के क्षेत्र में पिछड़े होने के बावजूद भद्रवर्गीय मुसलमानों को सरकारी नौकरियों में तरजीह देने की सरकारी नीति के खिलाफ असंतोष प्रकट किया था। यह असंतोष सरकार को भेजी गई प्रांतीय शिक्षा संबंधी उनकी एक रिपोर्ट में दिखाई देता है। अपनी रिपोर्ट में शिवप्रसाद ने लिखा, ''यह जाना-माना तथ्य है कि दुनिया की दूसरी कोई कौम शिक्षा और ज्ञान की इतनी विरोधी नहीं है जितनी कि कट्टर मुसलमानों की कौम। फिर भी सरकार ने उन्हें हुकूमत के सबसे अच्छे ओहदों पर पूरा कब्जा जमाने की छूट दे रखी है ...।''[8] जाहिर है कि मुस्लिम शिक्षा संबंधी सैयद अहमद की माँगों का विरोध करते हुए शिवप्रसाद नौकरियों में उनके कब्जे के खिलाफ हिंदू भद्रवर्ग के हितों की लड़ाई लड़ रहे थे। 1882 में हंटर कमीशन के मैदान में यह लड़ाई और भी खुलकर लड़ी गई। आयोग ने शिवप्रसाद से पूछा कि क्या युक्तप्रांत में मुसलमानों की अंग्रेजी शिक्षा का अलग से विशेष प्रयास होना चाहिए? शिवप्रसाद ने बड़े विस्तार से इसका विरोध किया—''मैं नहीं समझता कि किसी भी वर्ग की अंग्रेजी शिक्षा के लिए अलग से विशेष प्रयास की जरूरत है। यह विशेष बर्ताव की थ्योरी मेरे मित्र सैयद अहमद की चलाई हुई है। उन्होंने अलीगढ़ में शिक्षा संस्था खोली, पर वहाँ हिंदू और मुसलमान, दोनों साथ-साथ पढ़ते हैं। खुद उनके बेटे सैयद महमूद इंग्लैंड जाने से पहले बनारस कॉलेज में पढ़े थे, हिंदुओं के साथ-साथ। मैं ऐसे बहुत से प्रतिष्ठित मुसलमानों को जानता हूँ जिन्होंने सरकारी स्कूल-कॉलेजों में अंग्रेजी पढ़ी है, जैसे राजा अमीर हसन खाँ (अवध के प्रमुख तालुकेदार) या कलकत्ता के नवाब अब्दुल लतीफ खाँ। जिसने भी अंग्रेजी शिक्षा पानी चाही, उसने पाई है। बहुत से मुसलमानों ने

बी.ए. और एम.ए. किया है और बहुत से मुसलमानों ने बैरिस्टरी पास की है। अगर और भी ज्यादा मुसलमान पढ़ाई में आगे नहीं आ रहे तो इसके लिए हर ईसाई चीज के खिलाफ उनकी कुदरती नफ़रत की प्रवृत्ति ही जिम्मेदार है। उन्होंने ईसाइयत पर हमला किया था। वे उसे खत्म नहीं कर पाए। उलटकर अब ईसाइयत ही उन्हें अपनी हदों का एहसास करा रही है। अगर ईसाई शासक इस देश में न आए होते तो हिंदू लोग मुसलमानों के हाथों हमेशा के लिए उसी तरह खत्म हो जाते जैसे फारस के अग्नि-पूजक पारसी खत्म हो गए।''[9]

मुसलमानों के लिए शिक्षा का अलग से बंदोबस्त करने की माँग या सुझाव का विरोध करते हुए शिवप्रसाद ने अंग्रेजी शिक्षा के प्रति उनके उपेक्षा भाव पर जोर दिया और इस उपेक्षा भाव के पीछे रहस्य क्या है, इसका उद्‌घाटन किया। ''मैं आपको एक मिसाल देता हूँ।'' शिवप्रसाद ने हंटर आयोग से कहा, ''जौनपुर के मछलीशहर में मौलवी अब्दुल शकूर, मौलवी अब्दुल जहूर और मौलवी अब्दुल लतीफ, ये तीन भाई रहते थे। ये तीनों सरकारी अदालतों में सब-ऑर्डिनेट जज (मुंसिफ) रह चुके थे। तीनों को पेंशन मिलती थी। जब मैं उनसे मिलने गया तो मैंने उन्हें अपने बच्चों को अरबी-फारसी के अलावा अंग्रेजी पढ़ाने की सलाह दी। वे मुझ पर हँसने लगे। कहने लगे कि अंग्रेजी पढ़कर बच्चे बर्बाद हो जाएँगे। उन्होंने कहा कि उन्हें टर-टर की जुबान पंसद नहीं। जब मैंने टर-टर का मतलब पूछा तो बोले, 'देखो—कलक्टर, इंस्पेक्टर, डायरेक्टर, पोस्टमास्टर और बैरिस्टर, सबमें टर-टर ही तो है। इसके अलावा अंग्रेजी पढ़कर कोई दुनियावी फायदा भी नहीं।' मार्शमैन की उर्दू गाइड ने उन तीनों को सब-ऑर्डिनेट जजी दिला दी थी। उन्हें मुझ पर तरस आया कि जिंदगी-भर अंग्रेजी सीखकर भी मुझे गाँव-गाँव भटकना पड़ता है जबकि वे तकिया-मसनद लगाकर आराम से फैसले सुनाते और बीच-बीच में हुक्का गुड़गुड़ाते रहते हैं। अब हाईकोर्ट ने वकालत की परीक्षा के लिए अंग्रेजी का ज्ञान जरूरी कर दिया है जिसके बिना मुंसिफ (सब-ऑर्डिनेट जज) नहीं बना जा सकता। इससे मुसलमानों की पार्टी (सैयद अहमद की पार्टी) झुँझला उठी है। अब इसके लिए वे सरकारी शिक्षा को दोष देने लगे हैं। वे कहते हैं कि सरकारी स्कूल-कॉलेजों में कुरान नहीं पढ़ाया जाता, अलीगढ़ में पढ़ाया जाता है। वे भूल जाते हैं कि सरकारी स्कूल-कॉलेजों में सिर्फ पाँच घंटे पढ़ाई होती है। बाकी उन्नीस घंटे छात्रों के पास होते हैं जिसमें वे अपने घर में या जहाँ चाहे कुरान पढ़ सकते हैं। अगर कुरान नहीं पढ़ाए जाने के कारण ही वे सरकारी स्कूलों में नहीं जाते तो फिर वे बैरिस्टरी पढ़ने के लिए इंग्लैंड क्यों जाते हैं? रूढ़िवादी हिंदुओं, खासकर ऊँची जातिवाले हिंदुओं के मुकाबले उन्हें कहीं ज्यादा फायदे हैं। अगर किसी के लिए कोई खास लिहाज करना है तो वह इन गरीब हिंदुओं के प्रति करना चाहिए।''[10]

जाहिर है, ब्रिटिश शासन की नई परिस्थितियों के मुताबिक खुद को बदलने में मुस्लिम भद्रवर्ग को जिस कशमकश और मानसिक तनाव का अनुभव हो रहा था, शिवप्रसाद उसके प्रति जरा भी संवेदनशील नहीं थे। पूर्वाग्रहों से ग्रस्त मुसलमानों की शिक्षा के लिए विशेष सुविधाओं की माँग का समर्थन करने के बजाय शिवप्रसाद ने उर्दू के जरिए उन्हें

आसानी से ऊँचे ओहदे मिल जाने की विशेष सुविधा पर हमला बोला। सरकारी स्कूल-कॉलेजों की महँगी शिक्षा का दाम चुकानेवाले हिंदू भद्रवर्ग के हित नागरीलिपि के साथ जुड़े हुए थे। अदालतों और दफ्तरों में अगर फारसीलिपि की जगह नागरीलिपि को लागू किया जाता तो इससे हुकूमत में हिंदुओं की हिस्सेदारी बढ़ती, जबकि मुसलमानों के सामने इससे दिक्कतें पैदा हो जातीं। भारतेंदु ने इस मुद्दे को इसी तरह देखा था जब उन्होंने *कविवचन सुधा,* 8 अगरस्त,1873, में लिखा कि इस परिवर्तन से मुसलमानों को ही ज्यादा भुगतना पड़ेगा, लेकिन समाज में उनकी संख्या थोड़ी है और बहुमत के हितों के लिए थोड़े लोगों के हितों को छोड़ा जा सकता है।

मुसलमान भी अच्छी तरह जानते थे कि वे संख्या में थोड़े हैं। युक्तप्रांत की कुल आबादी में हिंदू 85 प्रतिशत थे और मुसलमान सिर्फ 14 प्रतिशत। 19वीं सदी के उत्तरार्द्ध में युक्तप्रांत में भद्रवर्गीय मुसलमानों को शिक्षा में पिछड़े होने के बावजूद आबादी में अपने अनुपात से कहीं ज्यादा सरकारी नौकरियाँ मिली हुई थीं। इसका एक कारण सरकारी नौकरियाँ मिलने के उस वक्त के तौर-तरीके थे। उस वक्त सरकारी नौकरियों के लिए किसी खास शैक्षणिक योग्यता की जरूरत नहीं होती थी। पहले से सरकारी ओहदों पर बैठे लोग अपने बेटों, भाई-भतीजों और दामादों को अपने अफसर से सिफारिश करके नौकरी पर लगवा देते थे, चाहे वे लायक हों या नालायक (19वीं सदी में स्त्रीशिक्षा के लिए डिप्टी नजीर अहमद के मशहूर उर्दू उपन्याय *मिरातुल उरूस* में घर की छोटी बहू अपने कम शिक्षित पति को रिश्तेदारों की सिफारिश से इसी तरह एक अच्छी नौकरी पर रखवाती है), जबकि सरकारी स्कूल-कॉलेजों से पढ़कर निकले हिंदू भद्रवर्ग के लड़कों को, सिफारिश के अभाव में, सरकारी नौकरियाँ नहीं मिलती थीं। दूसरा कारण फारसीलिपि वाली उर्दूभाषा थी जिसे आसानी से सीख लेने के कारण मुसलमानों को सरकारी नौकरियाँ भी आसानी से मिल जाती थीं, जबकि कायस्थों और कश्मीरी ब्राह्मणों को छोड़कर बाकी हिंदुओं को लिपि सीखना भी मुश्किल था और नौकरी भी मुश्किल से मिलती थी। 1882 ई. में कुल आबादी में सिर्फ 14 प्रतिशत होने पर भी कमिश्नर और डिप्टी कमिश्नर के दफ्तरों में 42 प्रतिशत अफसर मुसलमान थे। पुलिस विभाग में 37 प्रतिशत, शिक्षा विभाग में 27 प्रतिशत, जिला अदालतों में 42 प्रतिशत, हाईकोर्ट में 56 प्रतिशत और दूसरे सरकारी महकमों में 42 प्रतिशत नौकरियों पर मुसलमानों का कब्जा था। यानी 14 प्रतिशत मुसलमानों का प्रांत की 35 प्रतिशत नौकरियों पर कब्जा था। 1886-87 में युक्तप्रांत के 14 प्रतिशत मुसलमानों के पास 235 ऊँचे ओहदे थे। 90 डिप्टी कलक्टर हिंदू थे, 51 मुसलमान। 101 तहसीलदार हिंदू थे, 122 मुसलमान। 20 सब-ऑर्डिनेट जज हिंदू थे, 15 मुसलमान।[11]

युक्तप्रांत की सार्वजनिक शिक्षा में हिंदी और नागरीलिपि को जगह दिलाने मे शिवप्रसाद पहले ही सफलता पा चुके थे। उनकी भाषानीति के कट्टर विरोधी रामचंद्र शुक्ल ने भी उनकी इस ऐतिहासिक भूमिका को मान्यता दी। अपनी सरकारी नौकरी के बीस सालों में शिवप्रसाद ने युक्तप्रांत की शिक्षा व्यवस्था में हिंदी और नागरी को इस तरह जमा दिया जिसे

फिर उलटना या हिलाना संभव नहीं रहा। लेकिन शिवप्रसाद की ऐतिहासिक भूमिका यहीं तक सीमित नहीं थी। 19वीं सदी के अंग्रेजी राज में माल के महकमे के साथ-साथ अदालतें ही राज्य मशीनरी का सबसे केंद्रीय अंग थीं जिनसे जुड़े अफसर सार्वजनिक जीवन के अलावा आर्थिक और राजनीतिक शक्तियों को भी प्रभावित करते थे। शिवप्रसाद ने इन्हीं अदालतों में नागरीलिपि प्रतिष्ठित करने के आंदोलन को जन्म दिया।

19वीं सदी में पश्चिमोत्तर प्रांत और अवध के प्रशासन और सार्वजनिक जीवन में मुस्लिम भद्रवर्ग की प्रभुत्वशाली स्थिति को उलटने के लिए और हिंदू भद्रवर्ग को उसके बराबर उभारने के लिए शिक्षाक्षेत्र के बाद अदालतों में नागरीलिपि को चलाने का सवाल सबसे ज्यादा अहमियत रखता था। शिवप्रसाद ने उर्दूभाषा का विरोध नहीं किया। शिक्षाविभाग में बहुत व्यावहारिक कारणों से उन्होंने भाषा का रूप ऐसी बोलचाल का रखा जिसमें हिंदी और उर्दू, दोनों मिलकर एक हो जाती थीं। लेकिन वे जानते थे कि नागरीलिपि को लागू किए बिना अदालतों में चलनेवाली राजभाषा उर्दू के अरबी-फारसी शब्दाडंबर से छुटकारा नहीं मिल सकता। अदालती उर्दू की कठिन अरबी-फारसी तकनीकी शब्दावली के समर्थक वे कभी नहीं रहे। अदालतों में फारसीलिपि की जगह नागरीलिपि लागू करने की माँग करके उन्होंने ब्रिटिश प्रशासन में हिंदू-मुस्लिम भद्रवर्ग के बीच चले आ रहे शक्ति-समीकरण को हिंदुओं के पक्ष में बदलने की पहली गंभीर कोशिश की। सरकारी नौकरी में रहते हुए, 1868 ई. में उन्होंने युक्तप्रांत की सरकार को एक मेमोरेंडम दिया—*मेमोरेंडम : कोर्ट कैरेक्टर इन दी अपर प्रोविंसेज़ ऑफ इंडिया।* इसमें पहली बार अदालतों में फारसी की जगह नागरीलिपि लागू करने की माँग की गई थी। मेमोरेंडम में अदालती भाषा का सवाल नहीं उठाया गया, सिर्फ उसकी लिपि बदलने की माँग की गई। शिवप्रसाद ने हाट-बाजार से लेकर घरों के जनाने तक में प्रचलित बोलचाल की मिली-जुली जुबान का जिक्र करते हुए दावा किया कि उसमें हिंदी और उर्दू का कोई फर्क नहीं है। इसी भाषा के लिए उन्होंने नागरीलिपि की माँग उठाई। सरकारी नौकरी में रहते हुए शिवप्रसाद इस मेमोरेंडम का सार्वजनिक प्रकाशन नहीं कर सकते थे। बावजूद इसके उन्होंने इसकी कई प्रतियाँ—'प्राइवेट सर्कुलेशन' के नाम पर छपवाईं और पूरे प्रांत में बँटवाईं।

इस मेमोरेंडम ने शिक्षित समाज में तीखी बहस को जन्म दिया जिससे साँझे उर्दूभाषी भद्रवर्ग की एकता को एक और चोट पहुँची। पहली चोट महज एक साल पहले हिंदू-मुसलमान, दोनों की उच्च शिक्षा के लिए उर्दू माध्यम का विश्वविद्यालय खोलने के सैयद के प्रस्ताव से पहुँची थी। फारसीलिपि बनाम देवनागरीलिपि के विवाद ने भद्रवर्गीय हिंदू-मुसलमानों के बीच की दूरी को और बढ़ा दिया। लिपि बदलने की माँग ने उर्दूभाषी भद्रवर्ग के हिंदुओं और मुसलमानों को वर्ग के बजाय अपने-अपने धार्मिक समुदायों के आधार पर गोलबंद होने के लिए जबर्दस्त दबाव डाला।

इस मेमोरेंडम ने युगांतरकारी भूमिका अदा की। इसकी माँग में भविष्य की उथल-पुथल के बीज छुपे हुए थे। आगे होनेवाने हिंदी आंदोलन की विचारधारा पहली बार इसी

मेमोरेंडम में दिखाई देती है। अंग्रेजी में लिखे गए इस मेमोरेंडम में हिंदी शब्द का इस्तेमाल लिपि और भाषा, दोनों के अर्थ में किया गया। मेमोरेंडम में हिंदी भाषा और लिपि को भारत के मुस्लिमपूर्व इतिहास और हिंदुत्व से जोड़ते हुए कहा गया कि, ''जब मुसलमानों ने हिंदोस्तान पर कब्जा किया, उन्होंने पाया कि हिंदी इस देश की भाषा है और इसी लिपि में यहाँ के सभी कारोबार होते हैं। ··· (मुसलमानों ने यहाँ आकर फारसी भाषा और लिपि चलाई)। लेकिन उनकी फारसी शहरों के कुछ लोगों को, ऊपर-ऊपर के दस-एक हजार लोगों को, छोड़कर आम लोगों की जुबान कभी नहीं बन सकी। आम लोग फारसी शायद ही कभी पढ़ते थे। पटवारी आज भी अपने कागज हिंदी (लिपि) में ही रखता है। महाजन, व्यापारी और कस्बों के लोग अब भी अपना सारा कारोबार हिंदी में ही करते हैं। कुछ लोग मुसलमानों की कृपा पाने के वास्ते अगर पूरे नहीं, तो आधे मुसलमान जरूर हो गए हैं। लेकिन जिन्होंने ऐसा नहीं किया, वे अब भी तुलसीदास, सूरदास, कबीर, बिहारी इत्यादि की रचनाओं का आदर करते है।'' लिपि के इस हिंदू आधार को स्पष्ट कर देने के बाद उन्होंने भाषा के रूप की चर्चा की, ''इसमें कोई शक नहीं कि हर जगह, हिंदी की सभी बोलियों में, फारसी के शब्द काफी पाए जाते हैं। बाजार से लेकर हमारे जनाने तक में, वे घर-घर में बोले जाते हैं। भाषा का यह नया मिला-जुला रूप ही उर्दू कहलाता है। ··· मेरा निवेदन है कि अदालतों की भाषा से फारसीलिपि को हटा दिया जाए और उसकी जगह हिंदी (नागरी) लिपि को लागू किया जाए।''

शिवप्रसाद के मुताबिक पहले कैथी समेत हिंदीलिपि अपने विभिन्न रूपों में चलती थी। बाहर से आए मुसलमानों ने इस लिपि को न सीखकर फारसीलिपि का चलन रखा। लेकिन जनता ने फारसीलिपि को नहीं अपनाया। शिवप्रसाद ने ब्रिटिश शासन पर आरोप लगाया कि उसी ने यहाँ की जनता पर फारसीनिष्ठ उर्दू और फारसीलिपि को थोपा है। भाषा और लिपि के इन मुसलमानी तत्वों से आर्यों की संस्कृति में बुराइयाँ पैदा हुईं। फारसीलिपि पढ़नेवाले हिंदू के विचार विकृत हो जाते हैं और उसकी हिंदू जातीयता खत्म हो जाती है, ''आजकल की फारसी में आधी अरबी मिली हुई है। सरकार की इस नीति को विवेकपूर्ण नहीं माना जा सकता जिसने हिंदुओं के बीच सामी तत्वों को खड़ा कर उन्हें अपनी आर्यभाषा से वंचित कर दिया है; न सिर्फ आर्यभाषा से बल्कि उन सभी चीजों से जो आर्य हैं। क्योंकि भाषा से ही विचारों का निर्माण होता है और विचारों से प्रथाओं तथा दूसरे तौर-तरीकों का। फारसी पढ़ने से लोग फारसीदाँ बनते हैं। इससे हमारे सभी विचार दूषित हो जाते हैं और हमारी जातीयता (नेशनलिटी) की भावना खत्म हो जाती है।''

"The Persian of our day is half Arabic, and I cannot see the wisdom of the Policy which thrusts a semitic element into the bosoms of Hindus and alienates them from their Aryan speech; not only speech, but all that is Aryan; because through speech, ideas are formed, and through ideas the manners and customs. To read Persian is to become Persianized, all our ideas become corrupt and our nationality is lost."

मेमोरेंडम में पहले नागरीलिपि का प्राचीन हिंदू आधार दिखाया गया। फिर फारसीलिपि

को हिंदू राष्ट्रीयता का नाश करनेवाला बताया। यह लिपि हिंदुओं को मुसलमान बनाती है। मुसलमानों के आने से ही इस देश का पतन हुआ। फारसी की जगह नागरीलिपि को लागू करने से हिंदू जातीयता की रक्षा हो सकेगी। शिवप्रसाद ने लिखा, "वह दिन अभिशापपूर्ण था जब मुसलमान इस देश में आए। आज हमारे बीच जितनी भी बुराइयाँ है, वह इन्हीं 'प्रिय मुसलमान भाइयों' की बदौलत हैं। मैं फिर कहता हूँ कि हिंदू जातीयता का भाव नष्ट करनेवाली और हिंदुओं को आधा मुसलमान बनानेवाली नीति को बुद्धिमत्तापूर्ण नहीं माना जा सकता।"

"Cursed by the day which saw the Muhammadans across the Indus; all the evils which we find amongst us we are indebted for to our 'beloved brethern' the Muhammadans. I again say I do not see the wisdom of the Policy which is now trying to turm all the Hindus into semi-Muhammadans and destroy our Hindu Nationality."

राजा शिवप्रसाद ने सरकार से कहा कि जैसे राजकाज से फारसीभाषा को हटाया, उसी तरह अब उसकी लिपि को भी हटा देना चाहिए। इससे कई फायदे होंगे—जनता को अदालती कार्रवाई समझ में आ सकेगी, शिक्षा पूरी करने में कम समय लगेगा, देशी भाषाओं का विकास होगा और 'हिंदू जातीयता' की भावना फिर से कायम हो सकेगी।

जिसे हिंदी नवजागरण कहा जाता है, उसकी शुरुआत 1868 के इसी मेमोरेंडम से हुई थी।

राजा शिवप्रसाद का मेमोरेंडम फारसीलिपि के जरिए प्रशासन और नौकरियों पर कब्जा जमाकर बैठे मुस्लिम भद्रवर्ग के साथ हिंदू भद्रवर्ग का शक्ति-समीकरण बदलने के लिए इस वर्ग की ऐतिहासिक आकांक्षा को प्रतिबिंबित करता था। इसके साथ ही वह इन भद्रवर्गों के बीच चल रहे संघर्ष के सांस्कृतिक पहलू पर भी जोर देता था। वसुधा डालमिया ने सही नोट किया कि यह मेमोरेंडम पश्चिमोत्तर प्रांत में मुस्लिम सांस्कृतिक श्रेष्ठता का विरोध करता था। तुलसी, सूर और बिहारी की कविता को आदर देकर यह उस वक्त उर्दू के माध्यम से छाई हुई मुस्लिम साहित्यिक संस्कृति के खिलाफ हिंदुत्व से जुड़ी साहित्यिक संस्कृति को प्रतिष्ठित करता था। (शिवप्रसाद ने सूर-तुलसी के साथ कबीर का भी नाम लिया जिससे पता चलता है कि मुसलमानों के खिलाफ द्विज हिंदू भद्रवर्ग ने कबीर को शुरू से ही अपनी विरासत में हड़प लेने की कोशिश की थी।) यह मेमोरेंडम सार्वजनिक जीवन में हिंदू भद्रवर्ग की सांस्कृतिक अभिलाषाओं को मान्यता देने की माँग करता था। मेमोरेंडम में व्यक्त 'हिंदू जाति' की चेतना अपने आप काफी स्पष्ट है।

19वीं सदी में पश्चिमोत्तर प्रांत में हिंदी का संबंध 'हिंदू जाति' से जोड़ दिया गया। राजा शिवप्रसाद ने भी हिंदीभाषा और लिपि का संबंध हिंदू जातीयता की भावना से जोड़ा। जाहिर है, उर्दूभाषा और उसकी फारसीलिपि का संबंध तब मुस्लिम जातीयता से होगा। जातीयता की ये दोनों भावनाएँ बहुत से अंतर्विरोधों की शिकार थीं। अंतर्विरोधों के बावजूद इन दोनों 'जातीयताओं' की भावनाएँ एक साथ, एक ही प्रांत के अंदर पनप रही थीं। दूसरे प्रांतों से अलग पश्चिमोत्तर प्रांत की यही वह बुनियादी विशेषता थी जो 19वीं सदी के हिंदी नवजागरण का चरित्र तय कर रही थी। नागरीलिपि और हिंदीभाषा को लेकर आगे जितने भी आंदोलन

हुए—चाहे वह 1873 में भारतेंदु और दूसरे लोगों द्वारा छोटे लाट को दिया गया मेमोरियल हो या 1882 में हंटर कमीशन को भेजे गए दर्जनों मेमोरियल हों अथवा 1897 में मदन मोहन मालवीय के नेतृत्व में काशी नागरीप्रचारिणी सभा का लेफ्टीनेंट गवर्नर मैकडॉनल्ड को दिया गया आखिरी और निर्णायक मेमोरियल हो—इन सबमें बार-बार उन्हीं बुनियादी तर्कों को दोहराया गया या उन्हें और विस्तार दिया गया, जिन्हें सबसे पहले राजा शिवप्रसाद ने अपने मेमोरेंडम में दिया था।

इस मेमोरेंडम ने पश्चिमोत्तर प्रांत के सार्वजनिक और राजनीतिक जीवन के विकास की दिशा स्पष्ट कर दी। इसने भद्रवर्गीय हिंदुओं और मुसलमानों के बीच होड़ का ऐसा मुद्दा खड़ा कर दिया जिसने साँझे उर्दूभाषी भद्रवर्ग की बौद्धिक संस्थाओं में खलबली मचा दी। जहाँ हिंदू प्रभावशाली स्थिति में थे, जैसे इलाहाबाद और बनारस इंस्टिच्यूट में, वहाँ इंस्टिच्यूट की कार्रवाई को फारसी की जगह अब नागरीलिपि मे लिखने की माँग उठ खड़ी हुई। सबसे पहले इलाहाबाद इंस्टिच्यूट ने—जहाँ रूढ़िवादी बंगाली भी काफी संख्या में थे—इस माँग के समर्थन में प्रस्ताव पास किया। बनारस के महाराजा ईश्वरी नारायण सिंह ने, जो राजा शिवप्रसाद के घनिष्ठ थे—अपने राजा-काज में नागरी और हिंदी का इस्तेमाल करने की सरकार से इजाजत माँगी जो उन्हें शायद नहीं मिली। गौरतलब है कि महाराजा ईश्वरी नारायण सिंह, जो राजनीति में हर तरह से सैयद अहमद के साथ थे, बनारस इंस्टिच्यूट के संरक्षक थे और 1873 में उन्होंने खुद पीछे रहकर भारतेंदु को भी हिंदी का एक मेमोरियल तैयार करने में मदद जुटाई थी।[12] मुरादाबाद के डिप्टी कलक्टर राजा जयकिशन दास एक ओर स्वामी दयानंद के बहुत निकट थे, तो दूसरी ओर सैयद अहमद के पारिवारिक दोस्त थे। नागरीलिपि का मुद्दा उठने के बाद उन्होंने सैयद की अलीगढ़ साइंटिफिक सोसायटी के कार्यवाहक सचिव के पद से अपना इस्तीफा दे दिया हालाँकि इसके बाद भी, जब सैयद के पोते की मुसलमानी हुई तो वे उनके सबसे करीब खड़े होनेवालों में थे।[13] मेमोरेंडम से शुरू हुए हिंदी (नागरी) आंदोलन ने साँझे उर्दूभाषी भद्रवर्ग के बीच जो दरार पैदा की, वह दिन-ब-दिन गहरी और चौड़ी होती चली गई। 32 साल के बाद 1900 ई. में सरकार ने जब प्रांतीय राजभाषा के लिए नागरी को भी मंजूरी दे दी तो इस भद्रवर्ग का बँटवारा पूरी तरह हो गया। इस बँटवारे में एक तरह से 1947 में होनेवाले बँटवारे के बीज छुपे हुए थे। पर इसका गुमान उस दौर में किसी को भी नहीं हुआ। पश्चिमोत्तर प्रांत का वह साँझा उर्दूभाषी भद्रवर्ग, जिसमें 19वीं सदी के उत्तरार्द्ध में दरार पड़ गई थी और वह गहरे तनाव का शिकार हो चुका था, 20वीं सदी में आकर तेजी से टूटने लगा और कुछ दशकों के बाद हमेशा के लिए खत्म हो गया। अब हिंदी बोलनेवाले हिंदुओं का भद्रवर्ग था, उर्दू बोलने-लिखनेवाले मुसलमानों का भद्रवर्ग था। पर उनका कोई साँझा भद्रवर्ग नहीं रहा। हाँ, एक छोटा सा नया अंग्रेजीदाँ वर्ग जरूर साँझा बना। जिसे हम हिंदी नवजागरण के नाम से पुकारते हैं, वह एक तरह से पुराने साँझे वर्ग के टूटकर दो धार्मिक समुदाय बनने की कहानी है; औपनिवेशिक सत्ता में हिस्सा लेने और अपनी सांस्कृतिक श्रेष्ठता कायम करने की होड़ की कहानी है। हिंदी और नागरी

को प्रतीक बनाकर लड़ी गई इस लड़ाई के पहले नायक राजा शिवप्रसाद ही थे। लेकिन उन्हीं के सामने उभरी नई पीढ़ी ने, भारतेंदु के नेतृत्व में लड़ाई की कमान अपने हाथ में ले ली और उन्हें नायक के पद से नीचे धकेल दिया। इतना ही नहीं, उन्हें उस दौर का खलनायक घोषित कर दिया गया। उन्हें इतिहास का खलनायक बनानेवालों के दिल इतने बड़े कभी नहीं हुए कि उन्हें नागरीलिपि आंदोलन शुरू करने का भी श्रेय दे सकें। भारतेंदु के जीवनीकार शिवनंदन सहाय ने नागरीलिपि आंदोलन के सिलसिले में भारतेंदु का और नागरीप्रचारिणी सभा का नाम लिया, लेकिन राजा शिवप्रसाद का नहीं।

नागरीलिपि की अपनी माँग पर शिवप्रसाद आजीवन अडिग रहे। रिटायर हो जाने के बाद 1882 में हंटर कमीशन के सामने उन्होंने सरकार की जिस एक बुराई की ओर ध्यान खींचा, वह सरकारी दफ्तरों और अदालतों की लिपि का मुद्दा था। आयोग ने जब उनसे प्रांत में शिक्षा के विकास के लिए सुझाव माँगे तो उन्होंने विस्तार से सरकार की लिपिसंबंधी नीति की आलोचना की, ''युक्तप्रांत में बाकी सब कुछ ठीक चल रहा है सिवाय एक चीज के जो सारी गड़बड़ियों, रुकावटों और शिकायतों की जड़ है। मेरा मतलब लिपि से है जो फारसी है।'' लिपि का संबंध सिर्फ शिक्षा से नहीं बल्कि हर तरह के विकास से होता है—इस पर जोर देते हुए उन्होंने कहा, ''बंगाल की तरक्की का रहस्य उसकी बांग्ला लिपि में है जो अदालतों, दुकानों और गाँवों में समान रूप से चलती है। सर एशले इडेन ने बिहार में फारसी की जगह हिंदी चलाकर बहुत महान काम किया है। मैं नहीं समझता कि युक्तप्रांत बिहार से ज्यादा मुसलमान प्रांत है। वहाबी आंदोलन इतना सक्रिय पटने में ही था।'' नागरीलिपि के पक्ष में जिन तर्कों को आगे चलकर मदन मोहन मालवीय ने 1897 के मेमोरेंडम में दिया, उनमें से ज्यादातर तर्क हंटर कमीशन के सामने शिवप्रसाद के बयान मिलते हैं। जैसे—युक्तप्रांत में सार्वजनिक शिक्षा का विकास न हो पाने के कारण क्या थे? इसके लिए सरकार की लिपि संबंधी गलत नीति को दोषी ठहराते हुए शिवप्रसाद ने स्पष्ट शब्दों में कहा कि नागरीलिपि अपनाए बिना युक्तप्रांत में सार्वजनिक शिक्षा को व्यापक नहीं बनाया जा सकता। Hindi must be taken for a National and popular education.[14] सरकारी दफ़्तरों-अदालतों की लिपि अगर प्राइमरी शिक्षा की लिपि से अलग हो तो इससे कैसी समस्याएँ पैदा होती हैं, इसकी मिसाल देते हुए उन्होंने आयोग को बताया कि गाँवों के हल्काबंदी और तहसीली स्कूलों से पढ़ाई में इनाम और वज़ीफा पाए लड़कों को भी जब किसी अदालती नोटिस, सम्मन या किसी और सरकारी कागज को पढ़ने के लिए कहा जाता है तो वे अपना अज्ञान प्रकट करते हैं। उसे पढ़वाने के लिए जिन लोगों को कोसों चलकर किसी फारसीलिपि जाननेवाले को ढूँढ़ना पड़ता है, वे उन स्कूली लड़कों को, उनकी शिक्षा और सरकार को कोसते हैं। ''इस समय हमारी जनशिक्षा (पापुलर एजूकेशन) पटवारी का ओहदा पा लेने भर-से ज्यादा शिक्षा हासिल करने के लिए प्रेरित नहीं करती। अगर लोग यह समझ जाएँ कि फारसीलिपि न जानने पर भी एक पढ़ा-लिखा व्यक्ति पेशकार, तहसीलदार, नाजिर या कानूनगो बन सकता है, तो सरकार को यह शिकायत

करने का मौका नहीं मिलेगा कि इस प्रांत के लोग शिक्षा के मामले में बहुत सुस्त हैं। पंजाब में भी प्राइमरी शिक्षा इसलिए ज्यादा नहीं चली क्योंकि वहां मुसलमानों ने फारसीलिपि और फारसी किताबों पर काफी जोर दे रखा था। बंगाल की सफलता का राज इसी में है कि एक ही जातीय लिपि अदालतों, दुकानों, महलों, खेतों, शहरों और गाँवों में चलती है।" युक्तप्रांत में नागरीलिपि को लागू करने का लक्ष्य शिवप्रसाद को इतना प्यारा था कि साठ साल की उम्र में उन्होंने हंटर आयोग से कहा, "अगर युक्तप्रांत की अदालतों में हिंदीलिपि लागू कर दी जाए तो मैं फिर से, इस बुढ़ापे में भी स्कूल इंस्पेक्टर की ड्यूटी लेने को तैयार हूँ और अगर मैं शिक्षा के क्षेत्र में युक्तप्रांत के लड़कों की संख्या बंगाल से ज्यादा न बढ़ा दूँ, तो मेरी पेंशन बंद कर दी जाए।"[15] गौरतलब है कि इस काम के लिए शिवप्रसाद ने अलग से तनख्वाह नहीं माँगी बल्कि पहले से मिल रही पेंशन में ही इसे करने का प्रस्ताव रखा। नागरीलिपि में शिक्षा के प्रसार के जरिए अपने प्रांत का विकास करने और उसे बंगाल से भी आगे ले जाने की उनकी भावनाओं की नोटिस हिंदी में कभी नहीं ली गई।

हंटर आयोग को दिए गए इसी बयान में शिवप्रसाद ने भाषा से लिपि के सवाल को अलग रखने की अपनी समझ को साफ करते हुए भारतेंदु-मंडली द्वारा हिंदीभाषा को संस्कृतनिष्ठ बनाने की कोशिशों की खुलकर आलोचना की। "मैं पहला व्यक्ति हूँ जिसने सरकारी नीति की इस असंगति पर ध्यान दिया था। 1868 में मैंने पश्चिमोत्तर प्रांत में अदालतों की लिपि के सवाल पर एक मेमोरेंडम लिखा था जिसे मैं जानकारी के लिए यहाँ भी दे रहा हूँ, एपेंडिक्स सी के रूप में। मेरा मकसद सिर्फ लिपि के बारे में बोलना था। मैंने लड़ाई जीत ली होती, हालाँकि सारे मुसलमान अफसर मेरे खिलाफ खड़े हो गए थे। लेकिन अब मुझे यह पुकार मचानी पड़ रही है कि मुझे मेरे मित्रों से बचाओ! मेरे मित्रों, प्रांतवासियों, बेवकूफ़ हिंदुओं ने हिंदी और उर्दू का सवाल खड़ा कर दिया है और लिपि के सवाल को दरकिनार कर दिया है। उन्होंने उन फारसी शब्दों के खिलाफ धर्मयुद्ध छेड़ दिया है जो घर-घर में बोले जाते हैं और जिनका इस्तेमाल अब हमारी स्त्रियाँ, बच्चे, देहाती और शहरी लोग भी करते हैं। वे कठिन और अप्रचलित शब्दों का इस्तेमाल चाहते हैं जिन्हें मैं भी नहीं समझ पाता और अगर आपको मेरा यकीन न हो तो आप बाबू हरिश्चंद्र की पत्रिका *कविवचन सुधा* का कोई भी अंक उठाकर खुद देख लें।"[16] इस तरह उन्होंने लिपि बदलने के आंदोलन को भाषा के आंदोलन से अलगाया। हिंदीभाषा का आंदोलन एक भाषा के रूप में उर्दू से हिंदी के अलगाव पर जोर देता था। इसके अलावा वह हिंदी की शुद्धता पर भी जोर देता था। शुद्ध हिंदी के आंदोलन से अपनी असहमति जाहिर करते हुए उन्होंने आयोग से कहा, "भाषा लोगों के फैसले से तय नहीं होती। वह स्वाभाविक, प्राकृतिक रूप से तय होती है जिसे कुछ परिस्थितियों में सुधारा और निखारा जा सकता है। लेकिन भाषा का रूप तय करना सरकार का काम नहीं। सरकार को उसे उसी रूप में लेना होगा जिस रूप में वह समाज में मौजूद है। लोगों को उसी जुबान में लिखने दिया जाए जिसे वे अपनी बोलचाल की जुबान समझते हैं। पांडित्य को अलग रखना चाहिए। आसान, सही, मुहावरेदार, निखरी हुई और प्रवाहपूर्ण हिंदुस्तानी (हिंदुस्तान सूबे की जुबान) को बढ़ावा देना चाहिए।"

उर्दूपरस्त शिवप्रसाद ?

शिवप्रसाद के खिलाफ चले विरोधी अभियान की शुरूआत भारतेंदु हरिश्चंद्र ने की थी जिन्होंने अपने विद्यार्थी जीवन में शिवप्रसाद को अपना गुरु मानते हुए उनसे अंग्रेजी पढ़ी थी। उनकी मंडली के लेखकों ने, खासकर बालकृष्ण भट्ट ने, इस अभियान में सबसे आगे बढ़कर हिस्सा लिया। भारतेंदु के जीवनीकारों ने इसे आगे बढ़ाया। साहित्य के इतिहासकारों ने इसे दोहराया और शिक्षकों ने इसे पढ़ाया।

शिवप्रसाद पर पहला आरोप उर्दूपरस्ती का लगाया गया। कहा गया कि "उनके ग्रंथ शुद्ध उर्दू के ग्रंथ थे, केवल अक्षर ही हिंदी का था।"[17] उनकी किताबें पढ़कर या बिना पढ़े ही, हिंदी के कई लेखकों ने, जिनमें दिनकर और अमृतलाल नागर तक शामिल हैं, इस या उस ढंग से कमोबेश यही आरोप दोहराया। इसमें सच्चाई कितनी है, यह दो उदाहरणों से साफ हो जाएगा। दूसरों के मुकाबले ज्यादा संजीदा और जिम्मेदार लेखकों—रामचंद्र शुक्ल, हजारीप्रसाद द्विवेदी और लक्ष्मीसागर वार्ष्णेय ने शिवप्रसाद की कई रचनाओं जैसे *आलसियों का कोड़ा, विद्यांकुर, भूगोल हस्तामलक* और *वीरसिंह वृत्तांत* की भाषा को ठेठ, चलती हुई सरल हिंदी कहा। लेकिन ठीक इन्हीं किताबों के बारे में हिंदी के एक शोधार्थी ने हिम्मत के साथ लिख मारा कि "इन पुस्तकों की लिपिमात्र देवनागरी थी। भाषा उर्दू-फारसी के अत्यंत समीप कही जाएगी।"[18] उर्दूपरस्ती का सबसे ज्यादा इलजाम *इतिहासतिमिरनाशक* पर लगाया जाता है। *हिंदी साहित्य कोश* खंड एक के पृ. सं. 459 पर राजा शिवप्रसाद का परिचय देते हुए इस ग्रंथ के बारे में लिखा गया कि इसमें "अरबी-फारसी गर्भित शुद्ध उर्दू का प्रयोग किया गया है।" जबकि हजारीप्रसाद द्विवेदी के मुताबिक अरबी-फारसी मिश्रित भाषा के अलावा इस ग्रंथ में "संस्कृत के शब्द भी आए हैं... इसमें हिंदी और उर्दू को निकट लाने का प्रयत्न भी है। कभी-कभी उसकी भाषा विशुद्ध हिंदी के निकट पहुँच जाती है।"[19] लक्ष्मीसागर वार्ष्णेय भी यही कहते हैं। इन दो उदाहरणों से पता चलता है कि किस गैर-जिम्मेदारी और लापरवाही से शिवप्रसाद की भाषा पर इल्जाम लगाए जाते रहे हैं। इससे यह भी जाहिर होता है कि उनकी भाषा पर कोई एक ठप्पा लगाना आसान नहीं। यही वजह है कि रामचंद्र शुक्ल तक को उनकी भाषा के बारे में परस्पर विरोधी बातें कहनी पड़ीं। उन्होंने लिखा कि संवत् 1917 (1860 ई.) के पीछे उनका झुकाव उर्दू की ओर होने लगा। साथ ही यह भी कहना पड़ा कि "राजा शिवप्रसाद ने उर्दू की ओर झुकाव हो जाने पर भी साहित्य की पाठ्यपुस्त *गुटका* (संवत् 1924 यानी 1867 ई.) में भाषा का आदर्श हिंदी ही रखा।"[20] वास्तव में सवाल हिंदी-उर्दू का नहीं, हिंदी की विभिन्न शैलियों का था। शिवप्रसाद हिंदी ही लिख रहे थे और उस जमाने में जैसी निखरी हुई, साफ-सुथरी हिंदी उन्होंने लिखी, वैसी और किसी ने नहीं। लेकिन अंग्रेजी कहावत है कि पहले कुत्ते को पागल करार दो, फिर गोली मार दो। इसी कहावत के मुताबिक भारतेंदु मंडली के लेखकों ने पहले उनकी हिंदी को उर्दू बताया, फिर लगे उसी को पीटने। उनके सबसे विवादास्पद

ग्रंथ *इतिहासतिमिरनाशक* की भाषा बहुत आकर्षक है। इसमें हर जगह एक-सी भाषा नहीं मिलती। कुछ जगहों पर संस्कृतमिश्रित भाषा है तो कुछ जगहों पर अरबी-फारसी शब्दों से बोझिल भाषा। लेकिन ज्यादातर जगहों पर वैसी ही साफ-सुथरी बोलचाल की जुबान है जो शिवप्रसाद के गद्य की खास पहचान है। दो नमूने देखिए :

1. "हैदरअली से अंगरेजों का जो सुलहनामा हुआ था, उसमें शर्त थी कि बचाव के लिए दोनों एक-दूसरे की मदद करेंगे। लेकिन जब मरहठों ने हैदरअली पर चढ़ाव किया तो अंगरेजों ने उसे कुछ भी मदद न दी। इस बात की उसके जी में बड़ी लाग थी। वह सन् 1780 में एक लाख फौज लेकर चढ़ आया और अंगरेजी अमलदारी में हर तरफ लूटमार मचा दी।"[21]
2. "ग़ज़नी में कर्नल पामर था। अगर वह शहर में किसी को रहने न देता, कुछ न होता। लेकिन वह शहरवालों पर रहम कर गया। बर्फ़ के मौसिम में उन्हें बाहर निकालना इन्साफ न समझा और यही उसके हक्क में जहर हुआ। शहरवालों ने शहरपनाह तोड़कर बलवाइयों को भीतर घुसा लिया।"[22]

यह भाषा उस समाज के लिए ज्यादा स्वाभाविक और जीवंत हिंदी थी जहाँ सरकारी दफ़्तरों, अदालतों और सार्वजनिक जीवन में उर्दू छाई हुई थी। इसमें आए सुलहनामा, शर्त और अमलदारी जैसे शब्द उस समाज के लोग अपनी बोलचाल में कई दफा बोलते होंगे। 'जी में बड़ी लाग थी' और 'यही उसके हक्क में जहर हुआ' जैसे मुहावरों ने इस भाषा को बड़े स्वाभाविक तरीके से जानदार और आकर्षक बना दिया है। *इतिहासतिमिरनाशक* में भाषा का आम रूप यही है। उस पर जिस कठिन अरबी-फारसी शब्दावली के प्रयोग का इलजाम लगाया जाता है, वह कुल मिलाकर दस प्रतिशत भी उसमें नहीं है।

सिक्खों का उदय और अस्त की भाषा जरूर कठिन उर्दू है जो बोलचाल की उर्दू से भी उतनी ही दूर है जितनी बोलचाल की हिंदी से। 'बाद की किताबों' के नाम पर जो आरोप लगाया जाता है, वह शिवप्रसाद की दर्जनों किताबों में से सिर्फ इन्हीं दो-तीन किताबों पर लागू होता है। हिंदी साहित्य के इतिहासकारों और आलोचकों ने उनकी 90 प्रतिशत जानदार आसान हिंदी को किनारे कर सिर्फ उनके 10 प्रतिशत लेखन की भाषा के आधार पर उन्हें उर्दूपरस्त कहकर बदनाम कर दिया।

19वीं सदी में भाषाई सांप्रदायिक राजनीति के सबसे ज्यादा शिकार शिवप्रसाद हुए। रामचंद्र शुक्ल ने लिखा है, "राजा शिवप्रसाद मुसलमानी हिंदी का स्वप्न ही देखते रहे कि भारतेंदु ने स्वच्छ आर्य हिंदी की शुभ्र छटा दिखाकर लोगों को चमत्कृत कर दिया।"[23] एक की हिंदी मुसलमानी थी, दूसरे की आर्य थी। आर्य के आगे-पीछे 'स्वच्छ' और 'शुभ्र' का विशेषण, जबकि मुसलमानी होने के कारण पहली हिंदी 'खिचड़ी हिंदी' कही जाती थी। इस भाषाई सांप्रदायिकता के शिकार शिवप्रसाद अकेले नहीं थे। अयोध्याप्रसाद खत्री और देवकीनंदन खत्री भी राह के रोड़े समझे गए। शिवनंदन सहाय ने भाषा के स्वरूप को लेकर देवकीनंदन खत्री पर भी वैसा ही हमला किया, जैसा शिवप्रसाद पर। खत्री के लोकप्रिय

उपन्यास *चंद्रकांता* की भाषा को हिंदी मानने से इनकार करते हुए उन्होंने हिकारत के साथ लिखा, "वह उर्दू का फिसाने अजाएब या अलिफलैला ही कहा जाए तो कुछ अनुचित नहीं होगा।"[24] भारतेंदु के समर्थक जिन किताबों की भाषा को उर्दू बताकर विरोध कर रहे थे—*इतिहासतिमिरनाशक* और *चंद्रकांता*—ये दोनों ही उस जमाने में हिंदी की सबसे ज्यादा पढ़ी जानेवाली किताबें थीं। मशहूर है कि चंद्रकांता ने उर्दूभाषियों को भी हिंदी सीखने के लिए मजबूर किया था और हिंदी पढ़नेवालों की तादाद बढ़ाई थी। हिंदी के तीन प्रभावशाली और लोकप्रिय गद्यलेखक राजा शिवप्रसाद, देवकीनंदन खत्री और प्रेमचंद, एक ही भाषा-परंपरा में हुए। जैसे प्रेमचंद की तारीफ रामचंद्र शुक्ल मुश्किल से कर पाते थे, उसी तरह देवकीनंदन खत्री भी लोकप्रियता के बावजूद हिंदी आंदोलनकारियों को अपनी भाषानीति के कारण पसंद नही आए। बिहार के अयोध्याप्रसाद खत्री ने ब्रजभाषा के बजाय खड़ीबोली उर्दू को खड़ीबोली हिंदी के ज्यादा करीब बतलाते हुए उर्दूमिश्रित आसान हिंदी में कविता लिखने की माँग की तो भारतेंदु-समर्थकों ने उनका विरोध किया और मजाक उड़ाया। हिंदी पत्रकारिता और साहित्य में जब भारतेंदु की तूती बोलती थी, देवकीनंदन और अयोध्याप्रसाद, यही दो लेखक थे जिन्होंने भारतेंदु की संस्कृतनिष्ठ हिंदी का खुलकर विरोध करने का साहस किया था। *चंद्रकांता* के मुकाबले भारतेंदु की किताबें नहीं बिकती थीं। हिंदुत्व और हिंदी के मिले-जुले आंदोलन में भारतेंदु जैसे देशहितैषी की पुस्तकें नहीं खरीदने के लिए जब कुछ हिंदुओं को अकृतज्ञ ठहराया गया, तब उस उन्मादपूर्ण आंदोलन की कमजोरी पर देवकीनंदन खत्री ने उँगली रखी थी, "यदि बाबू हरिश्चंद्र अपनी भाषा को थोड़ा सरल करते तो हमारे भाइयों को अपने समाज पर कलंक लगाने की आवश्यकता न पड़ती और स्वाभाविक शब्दों के मेल से बनी हिंदी की पैसिंजर भी मेल बन जाती।"[25] खड़ीबोली हिंदी में अच्छी कविता हो सकती हैं—इस पर शक जाहिर करते हुए भारतेंदु ने कविता के लिए ब्रजभाषा का समर्थन किया था। खड़ीबोली हिंदी में कविता करने के विरोधी लोग भारतेंदु को प्रमाण मानकर उद्घृत करते थे। अयोध्याप्रसाद ने इस विवेकहीन व्यक्तिपूजा का विरोध किया था। "भारतेंदु ईश्वर नही थे और वे भाषाशास्त्र के बारे में कुछ भी नहीं जानते थे।"[26] खत्री ने भारतेंदु का अंतर्विरोध दिखाया कि वे खड़ीबोली के एक रूप (उर्दू) में कविता करते हैं, उसी बोली के दूसरे रूप में कविता करना मुश्किल समझते हैं। ब्रजी की तुलना में उर्दू को हिंदी के नजदीक बताना भाषाशास्त्र की दृष्टि से सही था। असल में इसी नजदीकी के कारण खड़ीबोली हिंदी में कविता लिखने का विरोध किया जा रहा था। ब्रजभाषा में कविता लिखने का समर्थन इसलिए किया जा रहा था क्योंकि वह उर्दू शब्दों और उसकी काव्यपरंपरा से अलग और दूर थी। काव्यभाषा के प्रति हिंदी साहित्यकारों की इस दृष्टि की पुष्टि राधाकृष्णदास के इस बयान से होती है कि "खड़ीबोली को मुसलमान जाति ने अपनी उर्दू बनाकर ग्रहण कर लिया, इसलिए हिंदुओं ने विशेष आग्रह ब्रजभाषा की ओर किया।" इसका दृढ़तर प्रमाण देते हुए उन्होंने आगे लिखा, "श्री वल्लभाचार्यजी के संप्रदाय में अब तक यह प्रथा है कि भगवत्सेवा के समय ब्रजभाषा का बोला जाना ही उचित समझा जाता है, यावनी शब्दों

का प्रयोग निषिद्ध है।"[27] ब्रजनिवासी ब्राह्मण लल्लूलाल द्वारा लिखे *प्रेमसागर* में 'यावनी' शब्दों को बिल्कुल छोड़ देने के पीछे भी शायद यही कारण रहा होगा। भाषाई आंदोलन में यह धार्मिक आग्रह कितना प्रबल था, इसका एक उदाहरण काशी नागरीप्रचारिणी सभा के गृहप्रवेश समारोह में दिखाई देता है। नागरी और हिंदी का आंदोलन करनेवाली इस संस्था के समारोह में सुधाकर द्विवेदी ने सर लाटुश का स्वागत "धनि भाग आज या भवन में नाथ तिहारे पग पड़े" कहकर किया। वहाँ मौजूद अयोध्याप्रसाद खत्री ने चंद्रधर शर्मा गुलेरी से शिकायत की—ऐड्रेस गँवारी बोली में क्यों किया गया? यदि वह खड़ी बोली में होता तो हम मुसलमानों को भी अनुकूल कर सकते थे। गुलेरीजी ने अपने संस्मरण में लिखा, "बाबू साहब को उन कठिनाइयों का ज्ञान न था जो खड़ीबोली में एड्रेस देने पर सभा को पड़तीं, क्योंकि सबके सामने पालिसी में 'सरल भाषा के पक्षपाती' बनने वालों को निखालिस उर्दू शब्द काम में लाने पड़ते और काशी नाम को कुछ गौरव से रहित करना पड़ता।"[28]

गौरतलब है कि बिहार में नागरी आंदोलन ने वैसा मुस्लिम विरोधी रूप नहीं अपनाया जैसा वह पश्चिमोत्तर प्रांत में था। वहाँ खत्री के खड़ीबोली आंदोलन को भी समर्थन मिला। बिहार आंदोलन के एक प्रमुख नेता महेश प्रसाद की भारतेंदु के जीवनकाल (1881) में छपी लंबी कविता *स्वप्न* की भाषा ऐसी थी :

थी अँधेरी रात और सुनसान था
और फैला दूर तक मैदान था
जंगल भी वहाँ था
जानवर का गुमाँ था;
बादल था गरजता
बिजली थी चमकती;

कविता कमजोर थी, पर उसकी भाषा पूरी तरह से हिंदी थी। पश्चिमोत्तर प्रांत में हिंदी आंदोलन का जो राजनीतिक संदर्भ था, उसमें ऐसी हिंदी को स्वभावतः ठुकरा दिया गया। आगे जाकर हिंदी आंदोलनकारियों ने जब वहाँ कविता के लिए खड़ीबोली को अपनाया तो सबसे पहले उसको यावनी शब्दों से शुद्ध किया। हिंदी आंदोलन के एक सिपाही अयोध्या सिंह 'हरिऔध' ने *प्रियप्रवास* लिखा जो हिंदी का पहला महाकाव्य माना गया :

दिवस का अवसान समीप था
गगन भी कुछ लोहित हो चला
तरु शिखा पर थी अब राजती
कमलिनी-कुल-वल्लभ की प्रभा।

बोलचाल की प्रचलित हिंदी से दूर इस भाषा पर संस्कृत का दबदबा स्पष्ट है। यह हिंदी का शुद्धीकरण था। जैसे आर्यसमाजी नेता मुसलमान बने हिंदुओं को शुद्ध कर रहे थे, वैसे ही हिंदी आंदोलनकारी मुसलमानों के संपर्क में पड़ गई हिंदी को शुद्ध कर रहे थे।

पश्चिमोत्तर प्रांत में शिवप्रसाद हिंदू-मुसलमान, दोनों के बच्चों को एक ही भाषा में

पढ़ाना चाहते थे, पर उसकी लिपि देवनागरी रखना चाहते थे। अपने तमाम मुस्लिम-विरोध और हिंदूवाद के बावजूद वे यह सोच नहीं पाए कि एक ही प्रांत में एक ही मोहल्ले के बच्चों की पढ़ाई अलग-अलग लिपियोंवाली दो भाषाओं में क्यों होगी? उनके प्रतिद्वंद्वी सैयद अहमद भी हिंदू-मुस्लिम बच्चों की पढ़ाई दो अलग-अलग भाषाओं में नहीं सोचते थे। वे उर्दू के बोलचालवाले रूप के समर्थक थे लेकिन लिपि फारसी रखना चाहते थे—हिंदू-मुस्लिम, दोनों के लिए। यानी हिंदू-मुसलमान, दोनों की शिक्षा का विकास एक हिंदू नेतृत्व (नागरीलिपि) में करना चाहता था, दूसरा मुस्लिम नेतृत्व (फारसीलिपि) में। अभी दोनों समुदायों के भद्रवर्ग के अंदर अलग-अलग रास्तों पर जाने की भावना नहीं जन्मी थी, सिर्फ एक-दूसरे को अपने नेतृत्व में चलाने की होड़ थी। अलगाव का रास्ता चुना अगली पीढ़ी ने। उसने हिंदी को हिंदुओं और उर्दू को मुसलमानों की भाषा के रूप में मानने पर जोर दिया। अपनी परंपरा के प्रति भ्रांत धारणाएँ हमें कितना उलझाती हैं, इसका सबूत यह है कि हिंदी जातीयता के जिन सिद्धांतकारों को यह बात परेशान करती रहती है कि एक ही जाति की दो भाषाएँ कैसे हो सकती हैं, उनका भी ध्यान शिवप्रसाद की भाषानीति से ज्यादा भारतेंदु और रामचंद्र शुक्ल पर टिकता है जो हिंदू-उर्दू की एकता के बनिस्पत उनके अलगाव पर ज्यादा जोर देते थे।

यह ठीक-ठीक बताना मुश्किल है कि क्यों शिवप्रसाद ने अपनी आखिरी दो किताबों में अरबी-फारसीनिष्ठ भाषा का प्रयोग ज्यादा किया। उनकी भाषानीति का आदर्श उनकी किताबों की भूमिकाओं में मिलता है, खासकर *गुटका* में। जूनियर सिविल सर्वेंट्स और फौजी अफसरों के हिंदी पाठ्यक्रम के लिए बनाया गया गद्य-पद्य संग्रह *गुटका* अथवा *हिंदी सेलेक्शन* 1867 में छपा। यह शिवप्रसाद का बड़प्पन था या जनतांत्रिक उदारता थी कि इस संग्रह में उन्होंने तुलसीदास, बिहारी लाल और अपनी रचनाओं के अलावा लल्लूलाल, इंशा अल्ला खाँ और राजा लक्ष्मण सिंह की रचनाओं को भी शामिल किया जिनकी भाषा पर उन्हें एतराज था। इंशा की *रानी केतकी की कहानी*, लल्लूलाल के *प्रेमसागर* और लक्ष्मण सिंह के *शकुंतला* (अनुवाद) को शामिल करने का उनका मकसद "हिंदी में प्रचलित नई और पुरानी ज्यादा से ज्यादा लेखन शैलियों से पाठकों को परिचित कराना" था। लल्लूलाल और लक्ष्मण सिंह पर उनकी संपादकीय टिप्पणियाँ देखने लायक हैं। उन्होंने अपनी भाषानीति के कट्टर विरोधी राजा लक्ष्मण सिंह को उनकी संस्कृतनिष्ठ शुद्ध हिंदी के लिए नहीं कोसा, बल्कि उनकी साहित्यिक क्षमता पर सवाल उठाया, "मूल कृति की काव्यात्मकता अनुवाद में लगभग गद्यात्मक हो गई है। शैली की कोमलता करीब-करीब गायब हो गई है और रचना का सौंदर्य, जो भाषा पर अधिकार और कवि सुलभ सुरुचि से पैदा होता है, बिल्कुल खो गया है।"[29] लल्लूलाल हिंदी के पहले लेखक थे जिन्होंने अपने ग्रंथ *प्रेमसागर* में सचेत रूप से प्रचलित अरबी-फारसी शब्दों का बहिष्कार किया था। शिवप्रसाद ने खड़ीबोली के साहित्यिक विकास का इतिहास लिखते हुए हिंदी और उर्दू दोनों को, विदेशी विजातीय शब्दों से शुद्ध करने की कोशिशों की निंदा की। दोनों के बीच की खाई को कम करने पर

जोर दिया। *बागोबहार* के लेखक मीर अम्मन और *प्रेमसागर* के लल्लूलाल, दोनों को बनावटी भाषा लिखनेवाला बतलाया। "लल्लूलाल ने फारसी का इस कदर बहिष्कार किया कि अपने बॉस गिलक्राइस्ट के लिए साहेब शब्द का इस्तेमान नहीं किया। वे यह भी भूल गए कि खुद उनके नाम का आधा हिस्सा लाल शब्द फारसी का है।"[30] मीर अम्मन लखनऊ के दूसरे कई लेखकों के मुकाबले आसान उर्दू लिखते थे। लेकिन शिवप्रसाद उससे संतुष्ट नहीं हुए। सराहना नहीं कर पाए। आसान हिंदी की ही तरह बोलचाल की आसान उर्दू का समर्थन करनेवाले शिवप्रसाद हिंदी में पहले व्यक्ति थे जिन्होंने उर्दू में कठिन अरबी-फारसी शब्द भरने और हिंदी शब्दों को निकालने का सहज भाव से विरोध किया। शिक्षाविभाग में डिप्टी इंस्पेक्टर नजीर अहमद इनकम टैक्स एक्ट का उर्दू में तर्जुमा करते हुए जब कठिन अरबी-फारसी लफ्जों का सहारा ले रहे थे तो शिवप्रसाद होशियारी से बीच में कूदकर उनके सिर पर सवार हो गए ताकि अनुवाद की उर्दू बोलचाल की जुबान से ज्यादा दूर न हो।[31] शिवप्रसाद ने उर्दू में कई किताबें बनाईं और सबमें बोलचाल की आसान, प्रवाहपूर्ण उर्दू लिखी। इसीलिए वे सरकारी कामकाज की उर्दूभाषा की भी आलोचना कर सके। "सरकार ने सरकारी कामों से फारसी भाषा को हटा दिया, पर वह फारसीलिपि और फारसीदाँ अमलों—कायस्थों और मुसलमानों से पिंड न छुड़ा सकी।" सरकारी मुलाजिमों का यही वर्ग था जिसने उर्दू को अरबी-फारसी की बैसाखी पर टिका रखा था। ऐसी उर्दू के अस्तित्व पर ही शिवप्रसाद ने सवाल खड़ा किया। "यहाँ-वहाँ कुछ हिंदी क्रियाएँ डाल दीं, हिंदी वाक्य रचना की परवाह किए बिना। बाकी शब्दों और वाक्य रचना को, जहाँ तक हो सका, फारसी ही रहने दिया। दूसरी तरह से लिखने में उन्हें खुद दिक्कत महसूस होती है। इससे एक नई भाषा उठ खड़ी हुई है—कोर्ट जार्गन! (अदालती शब्दाडम्बर!)"[32]

शिवप्रसाद ने उस प्रवृत्ति का लगातार विरोध किया जो हिंदी-उर्दू का अलगाव दूर करने के बजाय उसे और बढ़ावा दे रही थी। 19वीं सदी के खास राजनीतिक-सांस्कृतिक संदर्भ में भाषा के स्वरूप पर और किसी व्यक्ति ने इतनी गंभीरता और एकाग्रता से नहीं सोचा जितना शिवप्रसाद ने। गदर के बाद युक्तप्रांत में जब हिंदी में पहली बार इतिहास-भूगोल जैसे आधुनिक विषयों की पढ़ाई शुरू हुई, जिनकी पहले से कोई परंपरा नहीं थी, तब इन पाठ्यपुस्तकों की भाषा का स्वरूप कैसा हो, यह सवाल बहुत महत्वपूर्ण था। राधाकृष्णदास भले ही इसे न मानें, लेकिन हकीकत यह थी कि शिवप्रसाद ने आधुनिक ज्ञान-विज्ञान की किताबें जिस आसान हिंदी में लिखीं, उनके बिना हिंदी में स्कूली शिक्षा उस वक्त चल ही नहीं सकती थी, उसका लोकप्रिय होना तो दूर रहता। देवकीनंदन खत्री का यह ख्याल बेबुनियाद नहीं था कि "यदि 'राजा शिवप्रसादी हिंदी' प्रकट न हुई होती, तो सरकारी पाठशालाओं में हिंदी के चंद्रमा की चाँदनी मुश्किल से पहुँचती।" इतिहास जैसे विषय को शिवप्रसाद कितनी जानदार और जमीन से जुड़ी भाषा में लिख सकते थे, *इतिहासतिमिरनाशक* इसकी अच्छी मिसाल है। भूगोल जैसे नए विषय को भी, जिसे स्कूलों में पहली बार अंग्रेजों ने लगाया—शिवप्रसाद ने स्कूली बच्चों के लिए अपनी वैसी ही मोहक बोलचाल की जुबान

में पेश किया "अनाड़ियों को इस बात के सुनने से बड़ा आश्चर्य होगा कि पृथ्वी बिना किसी आधार के अधर में किस तरह रह सकती है। उनको इस बात पर अच्छी तरह ध्यान देना चाहिए कि जो वे किसी चीज को पृथ्वी का आधार मानेंगे तो फिर उस आधार के ठहराव के लिए भी कोई दूसरा आधार अवश्य मानना होगा और फिर उसी तरह एक के लिए दूसरे का आधार बराबर ठहराते चले जाना पड़ेगा। यहाँ तक कि आखिर थककर यही कहेंगे कि सबसे पिछले आधार का कोई भी दूसरा आधार नहीं है। वह ईश्वर की शक्ति से आप ही अधर में ठहर रहा है। निदान जब यही बात है तो इतना बखेड़ा न करके पहले ही से यह बात क्यों न कह देवें कि जैसे सूर्य-चंद्र और तारे अधर में हैं, उसी तरह पृथ्वी भी ईश्वर की शक्ति से, बिना आधार के अधर में ठहर रही है।"[33] आज भूगोल का विकास काफी हो चुका है, इसलिए ईश्वरशक्ति का ज़िक्र उसमें नहीं आएगा। लेकिन जहाँ तक भाषा का सवाल है, यह भाषा आज की एन.सी.ई.आर.टी. की किताबों से ज्यादा जानदार है। शिवप्रसाद ने यह भाषा उस वक्त लिखी, जब भारतेंदु सात साल के बच्चे थे। पदार्थविज्ञान, वनस्पतिशास्त्र, जीवविज्ञान और ज्यामिति वगैरह की मिली-जुली किताब *विद्यांकुर* की भाषा का नमूना देखिए—"ऐसी कोई चीज या जगह नहीं है जिसमें कुछ न कुछ गर्मी न हो। गर्मी का सुभाव है कि अगर दो चीज ऐसी इकट्ठी हों, जिनमें से एक जियादा गर्म हो और दूसरी कम, तो जो जियादा गर्म होगी, उसमें से इतनी गर्मी निकलकर उस कम गर्म में चली जाएगी कि दोनों बराबर गर्म हो जाएं। जब चाहे आजमाकर देख लो।"[34] बिना किसी शोर-शराबे के, हिंदी में पहली बार उन्होंने आधुनिक ज्ञान-विज्ञान के बहुत से पारिभाषिक शब्द बनाए जो आज भी हिंदी में चल रहे हैं और उनका कोई विकल्प नहीं है।

आज अंग्रेजी से हिंदी में होनेवाले ज्यादातर अनुवादों की बनावटी और भ्रष्ट भाषा के मुकाबले 19वीं सदी में शिवप्रसाद द्वारा अंग्रेजी कहानियों के किए गए अनुवाद *सैंडफोर्ड और मरटन की कहानी* की भाषा देखने लायक है—"फ्रांसिस्को पुकार-पुकार कर लोगों से यही वादा करता था कि जो मेरे लड़के को इस आफत से बचाए, बेखटके मेरी आधी दौलत बाँट लेवे। वह लड़का भी छत की मुँडेर पर खड़ा हुआ, हाथ फैलाकर सबसे मदद माँगता था। निदान सब तरफ हाय-हाय मच गई और प्रलय की-सी सूरत बनी कि अचानक एक जवान दौड़कर भीड़ को चीरता हुआ वहाँ पहुँचा और तुरंत एक काठ की सीढ़ी लेकर खिड़की की राह से मकान के भीतर कूद पड़ा। लोग उसे सिड़ी बावला समझे और जला जानकर उसके जान देने पर अचरज करने लगे।"[35]

किताबों में ही नहीं, अपने व्यक्तिगत पत्रों में भी उन्होंने ऐसी ही साफ-सुथरी भाषा लिखी। दयानंद सरस्वती को लिखे एक पत्र की कुछ पंक्तियाँ—"जब दर्शन पाया, कुछ बात हुई। अधूरी रह गई। इच्छा थी, फिर दर्शन करूँ। बन नहीं पड़ा। अब सुना, आप बाहर पधारने वाले हैं। इसलिए उस दिन के अपने प्रश्न और आपके उत्तर, अपने स्मरणानुसार नीचे लिख रहा हूँ। यदि भूल हो, आप सुधार दें।"[36]

थोड़े-थोड़े शब्दों से बने पूर्ण वाक्य। कहीं कोई भटकाव नहीं, अटकाव नहीं।

इसमें शक नहीं कि पूरी 19वीं सदी में राजा शिवप्रसाद जैसा प्रभावशाली गद्य-लेखक दूसरा कोई नहीं हुआ। उनके गद्य की भाषा अपने समय से बहुत आगे थी। उन्होंने कई शैलियों में लिखा—संस्कृतनिष्ठ, ठेठ हिंदी और उर्दूमिश्रित—किसी में भी उनका कोई सानी नहीं था। उनका विरोध करनेवालों की भाषा उनके गद्य के घुटनों तक भी नहीं पहुँवती थी। भारतेंदु के उन्मादी समर्थकों ने उन पर कीचड़ उछाला। शिवनंदन सहाय ने लिखा कि शिवप्रसाद ने अगर कभी अच्छी हिंदी लिखी भी होगी तो भारतेंदु से प्रेरणा लेकर।[37] जब शिवप्रसाद ने *कविवचन सुधा* की भाषा को कठिन और अप्रचलित संस्कृत शब्दों से भरी बतलाया, तब बालकृष्ण भट्ट ने शिवप्रसाद के खिलाफ तुम-ताम के साथ यह हिकारतभरी टिप्पणी की—"हरिश्चंद्र या इस समय के लिखनेवाले तुम्हें किस गिनती में लगाते हैं कि जो तुम न समझ सके, वह प्रमाणिक हिंदी न हुई।"[38] खुद भारतेंदु शिवप्रसाद की हिंदी के बारे में क्या सोचते थे ? कमरे के अंदर व्यक्तिगत बातचीत में वे उन्हें 'हिंदी का स्तंभ' मान सकते थे, पर सार्वजनिक रूप से कहने या लिखने को तैयार नहीं थे। शिवप्रसाद की गद्यभाषा पर उन्होंने लिखकर कभी टिप्पणी नहीं की। अपने समर्थकों के बीच उन्होंने शिवप्रसाद की छवि एक हिंदीद्वेषी की बना रखी थी जबकि खुद को वे हिंदी की नई चाल के प्रवर्तक समझते थे। लेकिन राजा शिवप्रसाद के देहांत (1895) के 17 साल बाद, भारतेंदु के परम मित्र बदरीनारायण चौधरी 'प्रेमघन' ने हिंदी साहित्य सम्मेलन के अध्यक्षीय भाषण में शिवप्रसाद के गद्य के बारे में भारतेंदु की निजी राय को जाहिर किया। 'प्रेमघन' ने भारतेंदु से कहा था कि, "मैंने सबकी हिंदी लिखी पढ़ी, परन्तु जो स्वाद मुझे राजा साहब की लिखावट में मिलता है, दूसरों में कदापि नहीं।" भारतेंदु ने जवाब दिया—"...सचमुच, उनके कलम में जादू का असर है।"[39] 'प्रेमघन' ने शिवप्रसाद के बारे में अपनी राय लिखी—"जैसी अनोखी और पुष्ट भाषा उन्होंने लिखी, आज तक फिर कोई नहीं लिख पाया।" 'प्रेमघन' ने शिवप्रसाद का ऐतिहासिक मूल्यांकन करते हुए कहा कि फारसी और उर्दू के उस दौर में शिवप्रसाद ने हिंदीभाषा को ऐसा रूप दिया जिससे वह उर्दू से टक्कर लेने में समर्थ हुई। उनके लेख पढ़कर लोगों को साहित्य का आनंद तो मिला ही, वे यह भी समझ सके कि उर्दू को छोड़ हिंदी में भी लेख-लालित्य दिखलाया जा सकता है। 'प्रेमघन' ने शिवप्रसाद की संस्कृतनिष्ठ, ठेठ हिंदी और उर्दूमिश्रित—तीन शैलियों को समान रूप से सुहावनी और मनलुभावनी कहा। 'प्रेमघन' के मुताबिक बहुत से लोगों ने शिवप्रसाद जैसी भाषा लिखने के लिए यह समझ लिया कि फारसी-अरबी शब्द भर देने से ही इबारत दिलचस्प हो जाएगी। ऐसी भाषा में बहुतेरों ने इधर नई-नई किताबें बनाईं, लेकिन उनमें "राजा साहब की उर्दू मिली भाषा की शतांश भी रोचकता और पुष्टता नहीं।"[40]

हरिश्चंद्री हिंदी

1873 ई. में भारतेंदु से हिंदी नए चाल में ढली—यह हिंदी साहित्य के इतिहास का सबसे बड़ा झूठ है। इस झूठ को लेखकों ने इतनी बार दोहराया है कि हिंदी साहित्य का विद्यार्थी इस

झूठ को आँख मूँदकर सच मानता है। रामविलास शर्मा हिंदी के पहले आलोचक हैं जिन्होंने लिखा, ''भाषा की दृष्टि से यह कहना ठीक न होगा कि हिंदी नई चाल में ढली सन् 1873 में; यह ढलाई का काम सन् 1873 से बहुत पहले संपन्न हो चुका था।'' 1857 के आस-पास राजा शिवप्रसाद *भूगोलहस्तामलक* में जैसी हिंदी लिख रहे थे, उसका ज़िक्र करते हुए उन्होंने लिखा कि ''...भारतेंदु को यह हिंदी भी विरासत में मिली थी।''[41] लेकिन डॉ. शर्मा अपने इस दृष्टिकोण का सुसंगत ढंग से विकास नहीं करते और बहुत जल्दी विवाद के उसी पुराने दायरे में लौट जाते हैं। डॉ. शर्मा का उपरोक्त बयान भी आधा सच है। उन्होंने अपने कथन का आधार 1857 में छपे *भूगोलहस्तामलक* के दूसरे संस्करण को बनाया। *भूगोलहस्तामलक* की भाषा शिवप्रसाद ने *बैतालपच्चीसी* की चाल पर रखी थी जो अरबी-फारसी के सरल और प्रचलित शब्दों से मिश्रित हिंदी थी। यह हिंदी भारतेंदु की पहचान नहीं है। भारतेंदु ने शिवप्रसाद की धार्मिक विषयों से संबंधित किताबों (*मानवधर्मसार* वगैरह) की हिंदी को अपनाया था जिनमें संस्कृत के सरल और प्रचलित शब्दों से मिश्रित हिंदी लिखी गई थी। वास्तव में शिवप्रसाद की संस्कृतनिष्ठ हिंदी भी भारतेंदु के मुकाबले ज्यादा सरल, साफ-सुथरी और प्रवाहपूर्ण है। भारतेंदु की संस्कृतनिष्ठ हिंदी बेढंगी और ऊबड़-खाबड़ है।

जिन दिनों भारतेंदु ब्रिटिश शासन के कृपापात्र बने हुए थे और शिवप्रसाद के पूरे विरोधी नहीं हुए थे, वे शिवप्रसाद की भाषानीति का सैद्धांतिक समर्थन करते थे। *हरिश्चंद्र मैग्जीन* के पहले अंक (15 अक्टूबर, 1873) में उन्होंने अंग्रेजी में लिखे *हिंदी भाषा* नामक लेख में शिवप्रसाद की भाषानीति का खुला समर्थन किया। इस लेख में हिंदी लागू करने के लिए सरकार को दिए गए मेमोरियल और उससे पैदा हुए विवाद का जिक्र किया गया है। फिर समस्या को निष्पक्ष होकर देखने का आग्रह किया। लेख में हिंदी-उर्दू के भेद पर जोर देने के बजाय उनकी एकता पर जोर दिया गया :

> Call it Hindee or Urdoo as you may, it is only the simple vernacular, without pendantry, derived from the dead or foreign languages, spoken by, and intelligible to, the mass of the population of these provinces.

कहा गया कि हिंदी के दावेदार अगर इस प्रांत की किसी चालू बोली को लिखने के लिए अपनाना चाहते हैं तो उन्हें ध्यान रखना चाहिए कि इस प्रांत में जितने शहर हैं, उतनी बोलियाँ भी हैं। अगर वे किसी ऐसी भाषा को कायम करना चाहते हैं जो असल में बोली नहीं जाती तो इससे मुश्किलें बढ़ेंगी ही। हिंदी और उर्दू के दावेदार पहले इन बोलियों के मानक (स्टैंडर्ड) रूप को तय कर लें कि वह क्या है। लेख में प्रांत की भाषा को दरिद्र बतलाते हुए उसका विकास करने के लिए दूसरी भाषाओं से शब्दों को अपनाने के सवाल पर भी विचार किया गया। इस सिलसिले में पूछा गया कि शब्द किसी एक ही भाषा से क्यों लिए जाएँ? इस सिलसिले में सिद्धांत तो यही होना चाहिए कि उपयोगी और सबकी समझ में आने वाले शब्दों को लिया जाए—चाहे वे जहाँ से भी मिलें। विदेशी शब्दों से रक्षा करने के नाम पर अपनी भाषा में मृत संस्कृत की पदावली ठूँस देना ठीक नहीं। But do not, while prentending to guard against the introduction of foreign words, fill the language with obsolete Sanscrit idioms. One is as distasteful as the other.

भाषा के प्रति इस सैद्धांतिक रुख को—जिस पर शिवप्रसाद की भाषानीति का असर साफ दिखता है—जल्द ही भारतेंदु ने छोड़ दिया। *हरिश्चंद्र मैग्जीन* के अगले अंक से शिवप्रसाद का नाम संपादक मंडल से हटा दिया गया। ऐसे लेख छपने शुरू हो गए जिनमें उर्दू को विदेशी भाषा कहते हुए हिंदी के संस्कृतनिष्ठ रूप को प्रधानता दी गई।

लेकिन, भारतेंदु जब शिवप्रसाद के समर्थक थे और जब उनके विरोधी हो गए—दोनों हालतों में, उनके अपने लेखन की भाषा हमेशा, शुरू से संस्कृतनिष्ठ रही। शिवप्रसाद की भाषा-परंपरा से अपने अलगाव को स्पष्ट करने और अपनी भाषा को असली हिंदी बताने के लिए ही उन्होंने 1873 से हिंदी के नए चाल में ढलने की घोषणा की। हिंदी के इतिहासकारों ने उसकी सच्चाई की कभी जाँच नहीं की। हकीकत है कि 1873 से पहले और 1873 के बाद, भारतेंदु की भाषा में कोई बुनियादी फर्क नहीं मिलता। उनका झुकाव हमेशा से कुछ-कुछ पूरबी उच्चारणवाले जनपदीय प्रयोगों के साथ संस्कृतनिष्ठ हिंदी लिखने की ओर रहा जिसमें अरबी-फारसी के शब्द कम से कम होते थे। भारतेंदु का आधे से कुछ कम साहित्य तो ब्रजभाषा में है। बाकी आधे साहित्य में दो तरह की रचनाओं की भाषा में फ़र्क दिखाई देता है। सामयिक पत्रकारिता या ऐतिहासिक-धार्मिक विषयों पर लिखे लेखों और साहित्यिक आलोचना में संस्कृतनिष्ठ हिंदी मिलती है। लेकिन नाटक, प्रहसन और यात्रा-संस्मरण जैसे कलात्मक साहित्य की भाषा दूसरे किस्म की है। भारतेंदु की भाषा में जिस स्वच्छंदता और उमंग की चर्चा की जाती है, वह सिर्फ इसी दूसरे किस्म की रचनाओं में दिखाई देती है, पहले किस्म की रचनाओं में नहीं। असल में उनकी भाषा का सबसे जीवंत रूप उनकी हास्य या व्यंग्यपूर्ण रचनाओं *(अंधेर नगरी, प्रेम जोगिनी, स्वर्ग में विचार सभा)* और उनके यात्रा संस्मरणों में मिलता है अथवा जहाँ वे समाज के किन्ही तबकों की या किन्हीं लोककला-रूपों की नकल उतार रहे होते हैं—जैसे *उर्दू का स्यापा* (1884), *इंदर सभा* की तर्ज पर *बंदर सभा* (1874) और *मुशायरा* जैसी रचनाओं में।

ऐसी जीवंत भाषावाला लेखन उनके पूरे साहित्य का दसवाँ हिस्सा भी नहीं है। उनके नाटकों की नाटकीय भाषा को भी समेट लें, जो इतनी संस्कृतनिष्ठ नहीं है, तो भी ऐसी रचनाएँ उनके लेखन का कुल 25 प्रतिशत भाग होगा।

शुक्लजी और दूसरे आलोचकों का यह कहना कि भारतेंदु ने आधुनिक विषयों को लिखने लायक साफ-सुथरी हिंदी की राह निकाली, तथ्यों से मेल नहीं खाता। सबसे पहले पत्रकारिता को लें। पत्रकारिता में लेखक को हाल में घटी घटनाओं पर तुरंत प्रतिक्रिया करनी होती है। इसलिए इसकी भाषा किसी लेखक की बिना सजी-संवरी, प्राकृतिक भाषा होती है। *कविवचन सुधा* और *हरिश्चंद्र मैग्जीन* में उन्होंने पत्रकारिता की कैसी भाषा विकसित की ? लार्ड मेयो की हत्या पर भारतेंदु ने 24 फरवरी, 1872 की *कविवचन सुधा* में

संपादकीय लिखा—"आज दिन हम उसके मरण का वृत्तांत लिखते हैं जिसकी भुजा की छाँह में सब प्रजा सुख से कालक्षेप करती थी।" इसमें राजभक्ति जरूर शिवप्रसाद की परंपरा की है, लेकिन भाषा बिल्कुल नहीं—न वाक्य-रचना की दृष्टि से, न शब्द-प्रयोग की दृष्टि से। भारतेंदु ने मृत्यु या मौत के लिए मरण शब्द लिखा, हाल के लिए वृत्तांत लिखा। कालक्षेप करना क्या होता है ? क्या ठीक से संस्कृत जाने बिना इसे समझा जा सकता है ? इसी लेख में "कई मनुष्य भी संग के उनको बुलाने हेतु दौड़ गए।" "स्कंध देश से रुधिर का प्रवाह बड़े वेग से चल रहा था" और "सबलोग अपना उचित कर्म परित्याग करके विषन्नवदन प्रिंसेप घाट की ओर दौड़े जाते थे।" पत्रकारिता के लिए ऐसी हिंदी की राह निकाली भारतेंदु ने। यह हिंदी नए चाल में ढलने से पहले की थी। नए चाल में ढलने के बाद की देखें। 6 जुलाई, 1874 की *कविवचन सुधा* में भारतेंदु ने एक समाचार छापा—*राजभक्ति का मूल कहाँ है ?* इसमें लिखा, "सम्प्रति राजकोट में एक अन्याय हुआ है। उसे हम लोग अपने पाठकगण के अवलोकन निमित्त प्रकाश करते हैं। गत अक्टोबर मास में जॉकी नामक एक भृत्य राजकोट के पार्श्ववर्ती एक कूप के किनारे बैठकर दन्तधावन करता था।" हिंदी की नई चाल के नाम पर हिंदी से उसके अपने प्रचलित शब्दों को निकालकर कैसे एक बनावटी संस्कृतनिष्ठ भाषा गढ़ी जा रही थी—वह भी पत्रकारिता के क्षेत्र में, इसे ऊपर के उद्धरण में देखा जा सकता है। आजकल के लिए संप्रति, देखने के लिए की जगह अवलोकन निमित्त, प्रकट करने या जाहिर करने की जगह प्रकाश करते हैं। नौकर के लिए भृत्य शब्द, पिछवाड़े की जगह पार्श्ववर्ती, कुएँ की जगह कूप और दाँत माँजने जैसी रोजमर्रे की क्रिया के लिए दन्तधावन! अपनी पत्रिका के विज्ञापनों तक में भारतेंदु ने ऐसी ही भाषा चलाई। प्रिंस ऑफ वेल्स के आने पर कविता भेजने के लिए छपे एक विज्ञापन की पंक्ति "सब भाषा की कविता इसमें सन्निवशित हो सकेगी।"[42] यह नई चाल से पहले का विज्ञापन था। नई चाल के बाद का—"...केवल इतने ही से ऐतद्देशीय वस्त्र आदि की वृद्धि होनी कठिन है।"[43] पत्रिका का ग्राहक बनाने के लिए पाठकों से अपील निकाली—"...अपना नाम इस श्रेणी में होने के लिए श्रीयुत हरिश्चंद्र को अपनी मनीषा प्रकाशित करेंगे।"[44] भारतेंदु ने आलोचनात्मक लेख लिखा, *नाटक* (1883)—"नाटकादि दृश्यकाव्य प्रणयन करना हो तो प्राचीन समस्त रीति ही परित्याग करें, आवश्यक नहीं है क्योंकि जो सब प्राचीन रीति व पद्धति आधुनिक सामाजिक लोगों की मतपोषिका होंगी, वह सब अवश्य ग्रहण होंगी।"[45] प्रणयन करने, परित्याग करने और मतपोषिका के लिए हिंदी के अपने प्रचलित शब्द थे, पर भारतेंदु ने उनका इस्तेमाल नहीं किया। धर्मशास्त्र हमेशा संस्कृत में लिखे जाते रहे। इसलिए शिवप्रसाद ने *मनुस्मृति* का हिंदी अनुवाद *(मानव धर्मसार)* करते हुए उसकी भाषा संस्कृतनिष्ठ रखी। वह संस्कृतनिष्ठ भाषा भी आसान और साफ-सुथरी थी, "आपात काल आ के पड़े तो क्षत्रिय आदि से ब्राह्मण पढ़े। जब तक पढ़े, तब तक उस गुरु के पीछे चले और सेवा करे।"[46] मुसलमानों के धार्मिक नेताओं पर भारतेंदु ने *पंच पवित्रात्मा* लेख लिखा। उम्मीद की जा सकती है कि इसकी भाषा अपने संदर्भ के मुताबिक, अरबी-फारसी

शब्दों से मिश्रित होगी। लेख पढ़ने से साफ हो जाता है कि भारतेंदु ने बहुत सजग रहकर न सिर्फ अरबी-फारसी शब्दों का बहिष्कार किया, बल्कि हिंदी के शब्दों का भी बहिष्कार किया—''पैगम्बर मुहम्मद जब ईश्वर का स्पष्ट आदेश लाभ करके ज्वलंत उत्साह के साथ पौत्तलिकता के और पापाचार के विरुद्ध खड़े हुए ··· उन्होंने किसी की मुखापेक्षा नहीं किया, किसी का अणुमात्र भय नहीं किया, बुद्धि-विचार-तर्क की तृतसीमा में भी नहीं गए ··· उनके कई एक पितृव्य और समस्त ज्ञाति संबंधी निज अवलम्बित धर्म के विरुद्ध वाक्य सुनकर भयानक क्रोधांध हुए। ··· विपरीत लोगों के प्रस्तराघात से उनका शरीर क्षत-विक्षत हुआ था। किसी प्रांतराघात से उनका दो दाँत भग्न और ओठ विदीर्ण तथा ललाट और बाहु आहत हुआ था। किसी शत्रु ने उनको आक्रमण करके उनका मुखमंडल कंकड़मय मृत्तिका में घर्षण किया था ··· किसी ने उनका गला लक्ष्य करके करवलाघात किया था।''[47]

यह सच है कि भारतेंदु ने सब जगह ऐसी भाषा नहीं लिखी है, लेकिन *कविवचन सुधा* में इस तरह की भाषा भरी पड़ी है। उनकी मंडली के कई लेखकों ने इसे अपनाया। आगे चलकर साहित्य, पत्रकारिता और ज्ञान-विज्ञान में यही हिंदी जमकर बैठी। यह बात कहानी, उपन्यास और नाटकों जैसी विधाओं पर लागू नहीं होती जिनमें जीवन का यथार्थ चित्रण करने के लिए अक्सर रोजमर्रे की बोलचाल की जुबान लिखी जाती है।

कई बार भारतेंदु ऐसी हिंदी समझ-बूझकर भी गढ़ते थे। बनारस से भारतेंदु के दोस्त बालेश्वर प्रसाद *काशी पत्रिका* निकालते थे जिसमें भारतेंदु का *सत्य हरिश्चंद्र* नाटक छपा था। बालेश्वर प्रसाद डिप्टी कलक्टर बन गए तो पत्रिका का संपादन क्वींस कॉलेज में गणित और विज्ञान के प्रोफेसर पं. लक्ष्मीशंकर मिश्र के हाथ में आया जो पश्चिमोत्तर प्रांत के सार्वजनिक जीवन में प्रभावशाली व्यक्ति और सैयद अहमद के मित्रों में थे। उन्होंने पत्रिका की भाषा में हिंदी-उर्दू के बीच खाई कम करने की नीति चलाई। रायकृष्णदास के मुताबिक पलड़ा उर्दू का भारी रखा गया। उन्हीं दिनों पत्रिका में *मर्चेंट ऑफ वेनिस* का भारतेंदु का किया अनुवाद *वेनिस का सौदागर* किस्तों में छप रहा था। पत्रिका की बदली हुई भाषानीति से बौखलाकर भारतेंदु ने अपनी प्रतिक्रिया अनूठे ढंग से की। उधर अनुवाद छप रहा था, इधर अपने पासवाली पांडुलिपि में ''पात्रों का भारतीयकरण और भाषा का हिंदीकरण अपनी प्रिय बैंजनी स्याही में करने लगे।''[48] जब तक पत्रिका में वेनिस का सौदागर पूरा हुआ, भारतेंदु ने बदले हुए रूप में उसे *दुर्लभ बंधु* के नाम से 1880 में छपा दिया। रायकृष्णदास ने पत्रिका के छपे अनुवाद से किताब में छपी भाषा का फर्क दिखाने के लिए एक ही अंश को दोनों जगहों से उद्धृत किया :

काशी पत्रिका में	***किताब रूप में***
शाइलेक	शैलाक्ष
मतलब	अभिप्राय
हालत नाजुक	दशाहीन
ट्रिपोलिस	त्रिपुल

मेक्सिको	मौक्षिक
आदमी	मनुष्य
यानी डाकुओं का डर सभी जगह है	डाकुओं का भय सभी स्थल में है
छ हजार मुद्रा	छ सहस्र मुद्रा

रायकृष्णदास ने इस भाषाई परिवर्तन को *काशी पत्रिका* की उर्दूपरस्त नीति की प्रतिक्रिया बताया। *पंच पवित्रात्मा* और *कविवचन सुधा* के दर्जनों संपादकीयों तथा दूसरे लेखों की भाषा किसकी प्रतिक्रिया में थी? बेशक, एक व्यापक अर्थ में यह प्रतिक्रिया ही थी। पर इस प्रतिक्रिया से हिंदी भाषा को क्या मिला? क्या इससे उसका भला हुआ? भाषा गढ़ने की ऐसी प्रवृत्ति के कारण ही भारतेंदु ने 19वीं सदी के जनवादी अंग्रेज कोशकार फैलन के हिंदी शब्दकोश को—जिसमें बनारस के कूचे-गलियों और धूल-माटी से जीवंत शब्दों को उठाया गया था—शिक्षा विभाग के पैसों से छापने लायक नहीं समझा। "गवर्नमेण्ट की तो कृपादृष्टि चाहिए, योग्यायोग्य के विचार की आवश्यकता नहीं। फालेन साहब की डिक्शनरी के हेतु आधे लाख रुपए से विशेष व्यय किया गया तो यह कौन सी बड़ी बात है। सेत सेत सब एक से, जहाँ कपूर कपास।"[49] यानी फैलन की डिक्शनरी उसके गोरे होने के कारण छपी, भाषाई योग्यता के कारण नहीं। रामविलास शर्मा ने जनवादी नजरिए और जानदार भाषा के लिए फैलन को हाथोंहाथ लिया है। पर उनके दूसरे हाथ में भारतेंदु हैं। इस हाथ को पता नहीं कि उस हाथ में क्या है!

शिवप्रसाद की तुलना में भारतेंदु की भाषा न सिर्फ संस्कृतनिष्ठ है, बल्कि बनावटी और लद्धड़ भी है। उनके वाक्यों में "अमान्य नहीं करते", 'अपनी-अपनी गाड़ियों में आरोहण करके', 'चित्त को आकर्षण किया', और "अपनी हानि दृष्टि न पड़ी" जैसे प्रयोगों के पीछे कोई साहित्यिक दृष्टि या भाषा का सौन्दर्यबोध नहीं दिखता। इन वाक्यों में उर्दू के नहीं, बल्कि हिंदी के शब्दों को हटाकर संस्कृत शब्दों को घुसाया गया है। शब्दों की ही तरह कई जगह भारतेंदु के वाक्य अटपटे लगते हैं—"जिस प्रकार अमेरिका उपनिवेषित होकर स्वाधीन हुआ, वैसे ही भारतवर्ष भी स्वाधीनता लाभ कर सकता है, परन्तु भारतवर्ष उपनिवेषित होने से इसके विपक्ष भी बहुत आपत्ति है।"[50]

जिस ढंग की संस्कृतनिष्ठ हिंदी भारतेंदु ने पत्रकारिता में चलाई, वैसी ही इतिहास जैसे आधुनिक विषयों में भी चलाई। बहुत मेहनत से लिखे गए उनके ऐतिहासिक निबंध *उदयपुरोदय* (1877) की कुछ पंक्तियाँ देखिए—"वापा के चरमकाल का विवरण सर्वापेक्षा आश्चर्य है। कथित है कि एक परिणत वसथ में उन्होंने स्वरीय राज संतानगण को परित्याग करके खुरासान राज्य में गमन किया था और तद्देश्य अविकार करके मलेच्छवंशीय अनेक रमणी का पाणिग्रहण किया था। इन सब रमणी के गर्भ से बहुसंख्यक संतान समुत्पन्न हुए थे।"[51] क्या यह हिंदी है? अगर यही हिंदी है तो लोग हिंदी में इतिहास पढ़ना छोड़ देंगे। राजा शिवप्रसाद और देवकीनंदन खत्री ने भारतेंदु की संस्कृतनिष्ठ भाषा की आलोचना गलत नहीं की थी।

विरोध : व्यक्तिगत और सैद्धांतिक

राज-काज, अदालतों और सार्वजनिक जीवन में उर्दू के बल पर अपना कब्जा बनानेवाले मुस्लिम भद्रवर्ग के खिलाफ उभर रहे भद्रवर्गीय हिंदुओं ने जब हिंदी भाषा को अपनी धार्मिक-सामुदायिक पहचान का प्रतीक बनाया तो उनके लिए लाजमी था कि वे खड़ीबोली के एक नए रूप (उर्दू) से खड़ीबोली के दूसरे रूप (हिंदी) के अलगाव पर जोर देते। हिंदी से चालू अरबी-फारसी शब्दों को निकालने और उसे ज्यादा से ज्यादा संस्कृतनिष्ठ बनाने के पीछे यह ऐतिहासिक लाचारी थी। इस राजनीति का नेतृत्व कर रहे दोनों समुदायों के भद्रवर्गीय नेता ब्रिटिश शासन के साथ थे और दबाव डालकर उसे अपने-अपने पक्ष में झुकाना भी चाहते थे। 19वीं सदी के औपनिवेशिक भारत में राज्य के सहयोग के बिना किसी भी पक्ष के लिए अपनी श्रेष्ठता कायम करना मुमकिन न था।

इस होड़ के अलावा एक होड़ खुद हिंदू भद्रवर्ग के अंदर चल रही थी। यह होड़ नेतृत्व अपने हाथ में लेने की थी। जब तक भारतेंदु ने खुद को हिंदी-आंदोलन के नेता के रूप में पेश नहीं कर दिया, शिवप्रसाद मुस्लिम भद्रवर्ग के खिलाफ उभर रहे हिंदू भद्रवर्ग के सबसे मुख्य प्रतिनिधि बने रहे। सैयद अहमद के लिए पहली चुनौती शिवप्रसाद थे, भारतेंदु नहीं। शरीफ घरों के रईसों को, जो जन-आंदोलनों की धूल और कीचड़ में नहीं उतरते, अपने वर्ग या समुदाय का नेता बनने के लिए शासन का सहयोग पाना जरूरी होता है। ब्रिटिश शासन द्वारा मिली मान्यता व्यक्ति को उसके समुदाय की निगाह में ऊँचा उठाती थी, उसका प्रभाव बढ़ाती थी। शिक्षित मुस्लिम समाज में सैयद अहमद का नेतृत्व अपने गुणों और योग्यता के अलावा मुख्य रूप से ब्रिटिश शासन से मिली मान्यता पर टिका था। ऐसी मान्यता शिवप्रसाद भी चाहते थे, भारतेंदु भी। पर सैयद जैसी सरकारी मान्यता शिक्षित हिंदू भद्रवर्ग में सिर्फ शिवप्रसाद को मिली। उनके बाद ही रायबहादुर पं. लक्ष्मीशंकर मिश्र या बाबू प्रमददास मित्र आते थे। योग्यता के अलावा अपनी पारिवारिक पृष्ठभूमि के कारण सत्ता के गलियारे में भारतेंदु बहुत कम उम्र में सबको पीछे छोड़ते हुए आगे जा पहुँचे थे। उनका परिवार क्लाइव के समय से ही भारत में अंग्रेजों का राज कायम करने और बनाए रखने में महत्वपूर्ण भूमिका अदा करता आ रहा था। अंग्रेजों के खैरख्वाह बनारस के महाराजा के साथ भारतेंदु परिवार के कई तरह के संबध हमेशा से रहते आए थे। यही कारण है कि 1857 के गदर को बर्बरता से कुचलनेवाले अंग्रेजों ने भारतेंदु हरिश्चंद्र को महज बीस साल की उम्र में बनारस का ऑनरेरी मजिस्ट्रेट बना दिया और फिर म्यूनिसपिल कमिश्नर भी बना दिया। उन्हें पंजाब यूनिवर्सिटी में एफ.ए. संस्कृत का परीक्षक भी नियुक्त किया। अभी तक भारतेंदु शिवप्रसाद की काफी इज्जत करते थे। उन्हें राजा की उपाधि मिलने पर भारतेंदु ने धूमधाम से इसका जश्न मनाया था। जगतसेठ और सेठ अमीचंद के ये दोनों उत्तराधिकारी अंग्रेजों के समान रूप से कृपापात्र थे। लेकिन अपनी स्वच्छंदता की प्रवृत्ति से भारतेंदु ने बहुत जल्द न सिर्फ शिवप्रसाद को, बल्कि अंग्रेजों को भी नाराज कर दिया। भारतेंदु जिस वैभवसंपन्न वर्ग

के सारे सुख भोगते थे और जिस शासन के साथ अपने संबंधों के कारण मजिस्ट्रेट और कमिश्नर बने हुए थे, उसी वर्ग और शासन का कई बार वे मजाक भी उड़ाते थे। यह अगर उनकी अवसरवादिता नहीं थी तो उनका अंतर्विरोध जरूर था। राजे-महाराजों से अच्छे संबंध रखते हुए उन्होंने *कविवचन सुधा* में उनका मजाक उड़ाया (*लेवी प्राणलेवी,* 1870)। अपनी पत्रिका की सौ-सौ प्रतियाँ खरीदनेवाली सरकार के लेफ्टीनेंट गवर्नर (?) पर *मर्सिया* लिखा और अपने गुरु शिवप्रसाद पर व्यंग्य करते हुए *भुतही इमली का कनकौआ* लिखा। भुतही इमली उस मुहल्ले का नाम था जिसमें शिवप्रसाद रहते थे। सत्ता की कृपा चाहनेवालों के बीच जैसी होड़ और उठापटक होती है, उसी के मुताबिक, सत्ता के गलियारों में ऊपर चढ़ते हुए भारतेंदु को रोकने के लिए शिवप्रसाद ने इन्हीं लेखों का हवाला देकर अंग्रेज हाकिमों के कान जरूर भरे होंगे। हाकिमों ने जवाबी कार्रवाई करते हुए भारतेंदु को दी गई कुछ सुविधाएँ वापस ले लीं, तो यह नौजवान रईस इसे पूरी तरह पचा नहीं पाया। यहीं से भारतेंदु के संबंध ब्रिटिश शासन से तो उतने नहीं, पर शिवप्रसाद से जरूर बिगड़ने शुरू हो गए। दोनों एक-दूसरे के सभ्य विरोधी बन गए। ऊपर-ऊपर दोनों अच्छे संबंध रखते थे। भारतेंदु अपने स्कूल के सालाना जलसे में शिवप्रसाद को मुख्य अतिथि के रूप में बुलाते थे। शिवप्रसाद भी भारतेंदु की तारीफ करते। लेकिन भीतर-भीतर दोनों एक दूसरे की काट का तरीका ढूँढ़ते रहते। इस संघर्ष में दोनों अपने-अपने ढंग से सफल रहे। 'प्रेमघन' के शब्दों में इस संघर्ष का निचोड़ यह रहा कि "उन्होंने (शिवप्रसाद ने) इनकी वृद्धि में बड़ी हानि की और इन्होंने (भारतेंदु ने) उन्हें देश की आँखों से गिरा दिया।"[52] शिवप्रसाद सरकारी अफसर थे, सरकार में ही उनकी चल सकती थी, लिहाजा उन्होंने भारतेंदु की तमाम राजभक्ति के बावजूद उन्हें सरकार की निगाह में चढ़ने नहीं दिया। भारतेंदु सरकारी नौकरी में नहीं थे, लेकिन गैरसरकारी हलकों में असर रखते थे। उन्होंने शिवप्रसाद के तमाम ऐतिहासिक योगदान के बावजूद इन हल्कों की निगाह में उन्हें गिरा दिया। बालकृष्ण भट्ट ने *निज वृत्तांत* में इसकी पुष्टि की, "···हरिश्चंद्र को गवर्नमेण्ट की ओर से फीका कर देने के पहिले कारण राजा हुए। पीछे तो यह भी खुल खेले ··· ।[58]

अपने व्यक्तिगत विरोध को भारतेंदु ने साहित्यिक और राजनीतिक विरोध में बदलने की कोशिश की। *कविवचनसुधा* बंद हो जाने पर भारतेंदु ने इसे पं. चिंतामणि को सौंप दिया था। इसके बाद *बालाबोधिनी* की सरकारी खरीद बंद हो गई तो इसे भी *कविवचनसुधा* में मिला लेने के लिए चिंतामणि को पत्र लिखा। पत्र में कुछ और बातें भी लिखी थीं जिनके कारण भारतेंदु ने किसी को भी यह पत्र छापने की इजाजत नहीं दी। उनकी मौत के बाद उनकी मर्जी के खिलाफ शिवनंदन सहाय ने पत्र छाप दिया। उसमें दो बातें गौरतलब थीं। *कविवचनसुधा* के बंद होने, कहीं से मदद न मिलने और दैव के रुष्ट होने की चर्चा करने के बाद भारतेंदु ने अपनी खास शैली में लिखा, "हाय! पश्चिमोत्तर देश के हेतु मैं सिर पटक दूँ, क्या करूँ? कुछ सूझता ही नहीं। न जाने क्या हिंदुओं से ऐसा अपराध बना है जो करुणामय होकर भी ईश्वर उनसे ऐसा विमुख है।"[54]

बालाबोधिनी की सरकारी खरीद बंद होने की सूचना देते हुए आगे लिखा, ''सरकार ने इस नए वर्ष से इसका लेना बंद किया। इसका कारण हमारी हिंदी है जो सर्वदा विरोधियों के हृदय में खटकती है। यह सच है कि बड़ों को नेत्र नहीं होते, केवल कान होते हैं। अन्यथा हिंदी की यह दुर्दशा नहीं होती।''

भारतेंदु *कविवचनसुधा* के बंद होने को एक ओर ''न जाने हिंदुओं से क्या अपराध बना है'' कहकर अपनी संपादकीय नीति और स्वच्छंद आलोचनावृत्ति के कारण आई विपत्ति को हिंदुओं का मामला बनाकर उसका संप्रदायीकरण कर रहे थे तो दूसरी ओर *बालाबोधिनी* के बंद होने को, ''इसका कारण हमारी हिंदी है जो सर्वदा विरोधियों के हृदय में खटकती है'' कहकर उर्दू-समर्थकों, सरकार और शिवप्रसाद—तीनों की ओर इशारा कर रहे थे। लेकिन उनका मुख्य निशाना शिवप्रसाद थे जो अगली पंक्ति से जाहिर होता है कि ''बड़ों के नेत्र नहीं होते, केवल कान होते हैं।'' सरकार के कान भरनेवाले के रूप में शिवप्रसाद पहले से मशहूर थे। सरकार भारतेंदु की राजभक्ति को प्रत्यक्ष न देखकर शिवप्रसाद से सुनी बातों के मुताबिक चल रही थी। भारतेंदु ने अपना पक्ष 'हिंदी' के पक्ष के रूप में रखा। हिंदी के साथ 'हमारी' शब्द जोड़कर अपने पक्ष को सबका पक्ष बना दिया। विरोधी पक्ष बनाया कान फूँकनेवाले शिवप्रसाद को जिनके कारण 'हिंदी की दुर्दशा' हो रही थी।

अपने व्यक्तिगत विरोध को बारीकी से हिंदू समुदाय का विरोध बताने की कोशिश भारतेंदु ने उस समय भी की जब *मर्सिया* लेख छपने के बाद सरकार ने पत्रिका की एक सौ प्रतियाँ खरीदना बंद कर दिया। राजा शिवप्रसाद और छोटे लाट (लेफ्टीनेंट गवर्नर) विलियम म्योर, दोनों एक आँख का चश्मा (क्विजिंग ग्लास) लगाते थे। सरकारी हाकिमों को समझा दिया गया कि लेख का निशाना विलियम म्योर हैं। शिक्षा विभाग के निदेशक केम्पसन ने नाराज होकर भारतेंदु को चिट्ठी लिखी और उनकी पत्रिका की सरकारी खरीद बंद कर दी। भारतेंदु ने उन्हें समझाने-बुझाने की कोशिश की, पर सफल नहीं हुए।[55] बहस चलती रही कि लेख का निशाना वास्तव में कौन है? जो नुकसान पहुँचना था, वह तो पहुँच ही चुका था। लिहाजा भारतेंदु ने शिवप्रसाद पर कुछ और खुलकर चोट की। 27 जुलाई, 1874 के अंक में एक गुप्त संदेश दिया। मकसद था कि शिवप्रसाद समझ लें कि हाँ, लेख उन्हीं पर लिखा गया था। ''अब आप सोचिए और विश्राम जानिए कि वह आप ही को कहा गया था ··· क्योंकि जिसमें विशेष हमें न कहना पड़े। कारण इतना ही है कि आपका नष्ट होना किसी विशेष व्यक्ति का नष्ट होना नही हैं किंतु एक समाज का नष्ट होना है।'' इन पंक्तियों के पीछे भारतेंदु की यह धारणा झलकती है कि ऊँचे सरकारी ओहदे पर बैठे शिवप्रसाद एक व्यक्तिविशेष नहीं, बल्कि एक समुदाय के प्रतिनिधि भी हैं। अपनी हैसियत का इस्तेमाल उन्हें उस समुदाय के लोगों को आगे बढ़ाने में करना चाहिए था जिसके वे प्रतिनिधि माने जाते हैं। लेकिन शिवप्रसाद ने उलटा काम किया। वे ऐसे चंद्रमा निकले जिसमें सिर्फ दाग ही दाग हैं। इससे पूरे समुदाय को नुकसान पहुँचा। शिवप्रसाद संबंधी ऐसी धारणा की पुष्टि अगली पंक्तियों में दी गई मिसाल से होती है कि बंबई के महाराजा लाइबेल केस में दोष

एक पर ही ठहराया गया पर उसके कारण इस मत (वैष्णव) मात्र की लोग हँसी करते हैं। ''यही दशा आपकी है।'' भारतेंदु ने अपने पक्ष को पीड़ित हिंदू के रूप में रखा और अंत में टिप्पणी की, ''हिंदुओं में आप दूसरे के उपदेष्टा हैं। जब मंदिर ही में नास्तिकपन घुसेगा तो फिर शरण कहाँ मिलेगी ? हिंदू तो सब भाँति दबे ही जाते हैं तो आप लोग और भी उन्नति के बदले उन्हें क्यों दबाए देते हैं ?''

भारतेंदु की पत्रिका हिंदुओं की उन्नति के लिए थी। शिवप्रसाद सरकार में हिंदुओं के प्रतिनिधि थे। पत्रिका में छपे लेख *मर्सिया* के खिलाफ सरकार के कान भरकर उन्होंने भारतेंदु के साथ नहीं, हिंदुओं के साथ विश्वासघात किया। पत्रिका की खरीद बंद कराके उन्होंने सब तरफ से दबे हिंदुओं को और दबाने का काम किया।

यह गौरतलब है कि भारतेंदु ने सरकारी हाकिमों को अपने लेख की जो सफाई दी, उसमें यह नहीं कहा कि लेख शिवप्रसाद पर है। तब उहोंने कहा था कि जो राजा मरा, वह राजा अंग्रेजी फैशन था।

भारतेंदु ने अपनी पत्रिकाओं के प्रति और खुद के प्रति सरकारी नाराजगी को आधार बनाकर हिंदी और हिंदुओं के साथ शिवप्रसाद के विश्वासघात की धारणा विकसित की। उनके जीवनीकारों ने इसी धारणा का विकास किया। उन्होंने लिखा है कि विलियम म्योर के समय में भारतेंदु ने ''हिंदी को राजभाषा बनाने के लिए बहुत कुछ उद्योग किया था। ... सभाएँ की थीं, प्रार्थनापात्र भेजे थे, समाचारपत्रों में आंदोलन किया था।'' लेकिन सरकार पर चूँकि शिवप्रसाद का असर था और शिवप्रसाद 'कल के छोकरे' भारतेंदु की लोकप्रियता से जलते थे तथा उनकी शुद्ध हिंदी के भी विरोधी थे, लिहाजा भारतेंदु को सफलता नहीं मिली। ''यही एक प्रधान कारण उस समय हिंदी राजभाषा न होने का भी हुआ।''[56] बनारस के कई लोगों ने पहल कर हिंदीभाषा के लिए एक मेमोरेंडम विलियम म्योर को दिया था। भारतेंदु मेमोरेंडम देनेवालों में शामिल थे। इसका जिक्र और लेखकों ने भी किया है, पर यह मेमोरेंडम क्या था, कब दिया गया था, इस सबकी जानकारी नहीं मिलती। *लेवी प्राणलेवी* (1870) पर सरकार की नाराजगी के बावजूद उस वक्त भारतेंदु का ब्रिटिश शासन से ज्यादा बिगाड़ नहीं हुआ था। मेमोरेंडम की तैयारी में काशीनरेश ने भी महत्वपूर्ण भूमिका निभाई थी जो एक ओर शिवप्रसाद के घनिष्ठ थे, दूसरी ओर अंग्रेजों के दोस्त थे। इसलिए मेमोरेंडम की असफलता की सारी जिम्मेदारी शिवप्रसाद के 'जादू' पर डालना वाजिब नहीं लगता। हिंदी को राजभाषा बनाने के लिए 1882 में हंटर आयोग को सैकड़ों मेमोरेंडम देने का जो व्यापक आंदोलन चला, उसके मुकाबले 1872-73 का अकेला मेमोरेंडम कुछ भी नहीं था। जब 1882 का आंदोलन सफल नहीं हुआ, तो 1872-73 के आंदोलन को बढ़ा-चढ़ाकर आँकना गलत है। इस बात का एक भी सबूत नहीं मिलता कि भारतेंदु के तथाकथित आंदोलन से उस वक्त की सरकार हिंदी को राजभाषा बनाने के लिए तैयार थी, पर शिवप्रसाद के कारण ऐसा नहीं हो सका। उल्टे इस बात के संकेत मिलते हैं कि यदि हिंदी-उर्दू का विवाद न उठाकर सिर्फ नागरीलिपि को लागू करने की माँग उठाई जाती—जिसका समर्थन

शिवप्रसाद भी करते थे और भारतेंदु भी—तो सरकार उसे मान सकती थी। शिवप्रसाद और राधाकृष्णदास, दोनों ने दावा किया है कि यदि भाषा का झगड़ा न होता, सिर्फ लिपि का मुद्दा होता, तो संभव था कि सफलता मिल जाती।[57]

भारतेंदु के उर्दूविरोध और शुद्ध हिंदी आंदोलन का कुछ-न-कुछ संबंध शिवप्रसाद के साथ उनके व्यक्तिगत विरोध से भी था। शिवप्रसाद से उनके बिगाड़ की तारीखों और उसके आसपास की कुछ घटनाओं पर गौर करें तो इसके संकेत मिलते हैं। यहाँ मुद्दा भारतेंदु के सिर्फ भाषासंबंधी सिद्धांत का है जिसका संबंध उनके हिंदी आंदोलन और उसकी विचारधारा से है। शुरू में भारतेंदु शिवप्रसाद की भाषानीति के विरोधी नहीं थे। उनकी एंग्लो-वर्नाकुलर पत्रिका *हरिश्चंद्र मैग्जीन* सितंबर/अक्टूबर, 1873 से शुरू हुई। आधी पत्रिका ब्रजभाषा की रचनाओं से भरी रहती। बाकी आधी में आधा हिस्सा अंग्रेजी लेखों से भरा होता। पत्रिका का मुखपृष्ठ, शीर्षक, विषयसूची, अता-पता, सभी कुछ अंग्रेजी में होता। सिर्फ एक-चौथाई हिस्सा खड़ीबोली हिंदी की रचनाओं को मिलता। पत्रिका के संपादकमंडल में रेवरेंड एम.ए. शेरिंग और दयानंद सरस्वती के साथ बाबू शिवप्रसाद भी रखे गए थे।[58] पत्रिका के पहले अंक अक्तूबर, 1873 में भारतेंदु का अंग्रेजी लेख Hindee Bhasha छपा जिसमें शिवप्रसाद की भाषानीति का समर्थन करते हुए उर्दू के प्रति उदारता इस हद तक दिखाई गई कि नागरी बनाम फारसीलिपि के सवाल को भी लोगों की इच्छा और रुचि पर छोड़ दिया गया। *भुतही इमली का कनकौआ* और *मर्सिया* लेख *कविवचनसुधा* के किस अंक में छपे, इसका ठीक-ठीक पता नहीं चलता। फरवरी, 1874 की *हरिश्चंद्र मैग्जीन* में बड़े सूखे ढंग से शिवप्रसाद को संपादकमंडल से हटा दिए जाने की सूचना यह कहते हुए दी गई कि उनका नाम गलती से जाता रहा। (चार महीनों तक!) इससे लगता है कि *भुतही इमली* वाला लेख *कविवचनसुधा* में जनवरी, 1874 में छपा होगा। शिवप्रसाद की शिकायत पर सरकारी कार्रवाई होने से शिवप्रसाद को *हरिश्चंद्र मैग्जीन* के संपादकमंडल से फरवरी में हटा दिया गया। फिर *मर्सिया* लेख मार्च में या अप्रैल के शुरू में छपा क्योंकि 20 अप्रैल के अंक में भारतेंदु ने इस पर अपनी सफाई दी थी। यानी शिवप्रसाद से उनके संबंध पहले ही बिगड़ चुके थे जिसके चलते पहले उन्हें संपादकमंडल से हटाया गया, फिर *मर्सिया* लेख में हमले का निशाना बनाया गया। हर हालत में, फरवरी 1874 से *हरिश्चंद्र मैग्जीन* में कुछ महत्वपूर्ण परिवर्तन होते दिखाई देते हैं। पहला परिवर्तन—इसी अंक से शिवप्रसाद को हटाना। दूसरा परिवर्तन—15 फरवरी के अंक में एक अंग्रेजी लेख *कॉमन हिंदुस्तानी* (बांगला मैग्जीन से लेकर) छापना जिसमें महज चार महीने पहले छपे लेख *हिंदी भाषा* की सभी मान्यताओं को उलट दिया गया। इस लेख में उर्दूभाषा का घोर विरोध किया गया। हिंदी-उर्दू के अलगाव पर जोर दिया गया। हिंदी में अरबी-फारसी शब्दों के इस्तेमाल की निंदा की गई और कहा गया कि कामन हिंदुस्तानी जैसी कोई चीज अगर है तो वह सिर्फ हिंदी है, न कि उर्दू। लेख में कहा गया कि उर्दू इस देश के किसी भी कबीले या कौम की भाषा नहीं है, सिवाय कुछ अंग्रेजी अफसरों और उनके देशी दोस्तों को छोड़कर।

संस्कृत से निकली हिंदी इस देश में सबसे ज्यादा बोली और समझी जाती है। यही जनता की भाषा है। दुर्भाग्य की बात है कि युक्तप्रांत में अंग्रेजों ने लोगों पर एक विदेशी भाषा (उर्दू) को थोप रखा है। फारसीलिपि में लिखी जानेवाली उर्दू फारसी का भद्दा रूप और हिंदी का वाहियात रूप है। इस उर्दू विरोध के साथ—जो पहले भारतेंदु की पत्रिका या उनकी किसी भी रचना में नहीं मिलता—नागरी लागू करने की माँग उठाने का भी जिक्र है। इस माँग के सिलसिले में शिवप्रसाद को कोई श्रेय नहीं दिया गया। उलटे लेख में शिवप्रसाद पर हमला किया गया। उनकी किताब *इतिहासतिमिरनाशक* की भाषा को हिंदी की हत्या करना कहा गया, "One of the Inspectors in the North-West, a native gentleman of education and ability, has been writing a number of books in Persian Urdu in the Hindi character, and getting them introduced into the Hindi schools of the province.... why kill the Hindi language inch by inch by introducing a book like the **Timir Nasaka** (the destroyer of darkness) into schools?" आगे चलकर हिंदी साहित्य में शिवप्रसाद की भाषा पर आरोपों की जो गंगा बहाई गई, उसकी गंगोत्री यहाँ थी। इस लेख के छपने के बाद अगले अंकों में ऐसी कई रचनाएँ छपीं जिनमें उर्दू के सख्त विरोध के साथ शिवप्रसाद का भी मजाक उड़ाया गया।

वसुधा डालमिया ने सही नोट किया है कि *मर्सिया* पर हुई कार्रवाई के बाद भारतेंदु की भाषानीति में बदलाव आया। इससे पहले वे हिंदी-उर्दू की एकता और निकटता पर जोर दे रहे थे। अब वे हिंदी-उर्दू के अलगाव और दूरी पर जोर देने लगे। उनका यही रुख उर्दू विरोधी हिंदी आंदोलन का सैद्धांतिक आधार बना। यह भी गौरतलब है कि उन्होंने नए चाल में हिंदी के ढलने की जो तारीख बतलाई, वह भी 1873-74 की है जब उनकी भाषानीति में परिवर्तन हो रहा था, न कि उनकी गद्यभाषा में। नए चाल की हिंदी को 'हरिश्चंद्री हिंदी' कहकर उन्होंने अपना भाषाई नेतृत्व कायम करने का ऐलान किया। हरिश्चंद्र से हिंदी की नई चाल शुरू होने की घोषणा को सभी इतिहासकारों ने दोहराया, लेकिन किसी ने भी यह पता लगाने की कोशिश नहीं की कि 1873-74 की तारीख में खास बात क्या थी? हिंदी की नई चाल उसी वक्त क्यों शुरू हुई? यह कहना सरासर गलत है कि 1868 से हिंदी में लिख रहे भारतेंदु 1873-74 से किसी नए ढंग की हिंदी लिखने लग गए थे। हिंदी-आलोचकों ने इसे साबित करने के लिए एक भी सबूत पेश नहीं किया, मानों भारतेंदु का कह देना ही सबसे बड़ा प्रमाण था।

1873-74 का समय इसलिए भी महत्वपूर्ण है क्योंकि इस वक्त न सिर्फ भारतेंदु की भाषानीति में फर्क आया, बल्कि शिवप्रसाद की भाषा भी उर्दू की ओर ज्यादा झुकने लगी। एक-दूसरे की प्रतिक्रिया में दोनों के बीच ध्रुवीकरण बढ़ता गया। 1874 का वर्ष इसलिए भी महत्वपूर्ण है क्योंकि अंग्रेजी शासन के खिलाफ एक वर्ष में भारतेंदु ने जितने लेख लिखे, उतने पूरे जीवन में नहीं लिखे।

कई हिंदी-आलोचकों ने कहा कि बाद में शिवप्रसाद जो उर्दूनिष्ठ हिंदी लिखने लगे, उसकी वजह सरकारी नीतियों का दबाव था। यह बात एक तरह से सच थी। लेकिन यह

किस तरह से, किस हद तक सच थी, इसके अंदर जो तनाव और विरोधाभास हैं, उन्हें स्पष्ट करने का प्रयास नहीं किया जाता। राजा शिवप्रसाद जो कुछ भी लिखते थे, वह सारा का सारा सरकारी नीतियों से तय नहीं होता था। मसलन *राजा भोज का सपना* जैसी प्रभावशाली और अनूठी कहानी अपने कथ्य के तकाजे के मुताबिक संस्कृतमिश्रित सरल हिंदी में लिखी गई। इस पर किसी सरकारी नीति का असर नहीं दिखता, हालाँकि यह भी हिंदी के पाठ्यक्रम में शामिल थी। सरकारी नीति की बात सिर्फ उन्हीं विषयों की रचनाओं पर लागू होती थी जो हिंदू-मुसलमान, दोनों विद्यार्थियों को समान रूप से पढ़ाई जाती थीं। जैसे—इतिहास, भूगोल और विज्ञान की किताबें। चूँकि ये किताबें शिक्षाविभाग के मातहत तैयार की जाती थीं, इसलिए ऊँचे अफसर इन किताबों के एक-एक शब्द को, विषयवस्तु के अलावा सरकारी भाषानीति के हिसाब से भी, जाँचते थे। शिक्षाविभाग में शिवप्रसाद इस बात पर अड़े हुए थे कि हिंदू और मुसलमान बच्चों की किताबें एक ही हों और वे एक ही भाषा में लिखी जाएँ। इससे यह समस्या और गंभीर हो जाती थी कि ऐसी भाषा का स्वरूप क्या हो? सारे मामले में खास बात यह थी कि शिवप्रसाद के बॉस मि. मैथ्यू केम्पसन उतने ही मुस्लिम विरोधी थे, जितने शिवप्रसाद। उनका मुस्लिम विरोध सैयद विरोध के रूप में भी दिखलाई दिया। वे शुरू से ही प्रशासन में, खासकर ऊँचे ओहदों पर, मुसलमानों की मौजूदगी का विरोध करते आ रहे थे। वे प्रशासन में ऐसे सुधारों के हिमायती थे जिनसे मुसलमानों की भर्ती पर कुछ रोक लग सके। जब 1869 में सैयद अहमद ने इंग्लैंड से युक्तप्रांत की सरकारी शिक्षा प्रणाली की आलोचना करते हुए लिखा तो केम्पसन ने उस लेख को अपनी आलोचना के रूप में देखा और उसकी कड़ी प्रतिक्रिया की।[59] जब सैयद अहमद ने मुसलमानों की शिक्षा के लिए अलीगढ़ में सरकारी नियंत्रण से मुक्त अपना कॉलेज खोलने के लिए युक्तप्रांत के शिक्षाविभाग से आर्थिक मदद माँगी तो केम्पसन ने तुरंत उनके प्रस्ताव को यह कहते हुए ठुकरा दिया कि सैयद अहमद विश्वसनीय व्यक्ति नहीं हैं। 1857 में अपनी जान पर खेलकर अंग्रेजों को बचानेवाले सैयद को केम्पसन ही अविश्वसनीय व्यक्ति कह सकते थे। केम्पसन ने सरकार को लिखा कि सैयद अहमद को मुसलमानों का प्रतिनिधि नहीं माना जा सकता और उनका कॉलेज खोलने संबंधी प्रस्ताव राज्य में शिक्षा संबंधी आम उद्देश्यों को हानि पहुँचाएगा। सैयद और शिवप्रसाद के संघर्ष में केम्पसन पूरी तरह शिवप्रसाद के साथ थे। अलीगढ़ कॉलेज के लिए जमीन और सरकारी मदद सिर्फ तभी मिल सकी जब सैयद अहमद ने केम्पसन के रवैये से निराश होकर मुरादाबाद में अपने बॉस रह चुके जॉन स्ट्राची को—जो अब भारत सरकार के वित्तीय सचिव थे और आगे युक्तप्रांत के छोटे लाट बने—मदद करने के लिए कहा। स्ट्राची ने ऊपर के हाकिमों से सैयद की सिफारिश की और वायसराय से खुद कहके अलीगढ़ कालिज के लिए जमीन ही नहीं, बल्कि आर्थिक मदद भी दिलाई।[60]

शिक्षाविभाग में शिवप्रसाद और केम्पसन, दोनों 1878 में एक साथ रिटायर हुए। रॉबिन्सन ने लिखा है कि केम्पसन शिवप्रसाद की कर्मठता और योग्यता के प्रशंसक थे और

सरकार को भेजी जानेवाली रिपोर्टों में उनके विचारों को प्रमुखता देते थे।[61] तथ्य यह था कि शिवप्रसाद नहीं, केम्पसन शिवप्रसाद से प्रभावित थे। केम्पसन हिंदी के समर्थक थे। सरकारी फाइलों से जाहिर होता है कि युक्तप्रांत की देशी भाषा के रूप में केम्पसन हिंदी को बढ़ावा देना चाहते थे, न कि उर्दू को। उर्दू को वे मुसलमानों की देन समझते थे जिसे आम हिंदू मुश्किल से समझ पाते हैं।[62] इसलिए यह धारणा एक तरह से बेबुनियाद है कि शिवप्रसाद हाकिम के दबाव से उर्दू की ओर झुके। लेकिन एक दूसरी तरह से, एक बड़े परिप्रेक्ष्य में यह बात सही भी थी। असल में यह नीति युक्तप्रांत के शिक्षाविभाग की नहीं बल्कि भारत के वाइसराय और उसके सलाहकारों की थी कि अंग्रेजी राज की सुरक्षा के लिए मुसलमानों को संतुष्ट रखना जरूरी है। अंग्रेजों ने सत्ता मुसलमानों के हाथ से छीनी थी, लिहाजा मुस्लिम अभिजात वर्ग को वे अपना बड़ा प्रतिद्वंद्वी समझते थे। इसी समय हंटर ने भी बंगाल में हुए फ़रायजी आंदोलन के अनुभव के आधार पर अपनी किताब *दी इंडियन मुसलमान* में मुसलमानों को अशिक्षित और धर्मोन्मादी बताते हुए उन्हें ब्रिटिश शासन के अनुकूल बनाने के लिए उनकी शिक्षा और रोजगार के वास्ते विशेष प्रयत्न करने पर जोर दिया। यह सिफारिश खुद वाइसराय मेयो के विचारों से मेल खाती थी जो बंगाल में वहाबी आंदोलन की असली वजह मुसलमानों का अशिक्षित होना समझते थे।[63] इसी समय एक मुसलमान ने बंगाल के अंग्रेज चीफ जस्टिस की हत्या कर दी। कुछ दिन बाद एक मुसलमान कैदी ने खुद लार्ड मेयो की हत्या कर दी (जिसके विरोध में भारतेंदु ने लेख लिखा)। इन सबसे घबराई भारत सरकार ने युक्तप्रांत सरकार को कड़े निर्देश दिए कि मुसलमानों को संतुष्ट रखने के लिए उनकी हर तरह से मदद की जाए। उन्हें शिक्षित होने के लिए विशेष सुविधाएँ दी जाएँ। इन सुविधाओं में उनकी भाषा उर्दू को प्रोत्साहन देना भी शामिल था। केम्पसन ने इन निर्देशों के प्रति अपनी असहमति जताई थी। मुसलमानों की शिक्षा के लिए विशेष सुविधाएँ देने के सिद्धांत को उन्होंने अनावश्यक और राजनीति से प्रेरित कहकर इसकी आलोचना की। लेकिन भारत सरकार के हुक्म की उदूली वे नहीं कर सकते थे। जाहिर है कि शिवप्रसाद पर शिक्षाविभाग के हाकिमों के दबाव का सवाल नहीं था बल्कि एक व्यापक राजनीतिक परिप्रेक्ष्य था जिसमें उस वक्त भारत सरकार अपनी राजनीतिक सुरक्षा के लिए मुसलमानों को संतुष्ट रखना जरूरी समझ रही थी। इस समझ के दबाव में केम्पसन जैसे अंग्रेज हाकिमों को भी अनिच्छापूर्वक काम करना पड़ रहा था। सरकारी नौकरी में रहते हुए शिवप्रसाद इसका विरोध नहीं कर सकते थे। शायद यही कारण है कि उन्होंने अदालतों से फारसीलिपि हटाने की माँग की, लेकिन उर्दूभाषा को हटाने की माँग नहीं उठाई और उनके *बनारस अखबार* ने उर्दू विरोधी माँग से हमदर्दी जाहिर नहीं की।[64]

फिर भी, कम-से-कम एक उदाहरण ऐसा जरूर है जहाँ हुकूमत ने शिवप्रसाद की भाषा में सीधे दखलअंदाजी की। उनकी किताब *हिंदी व्याकरण* के दूसरे संस्करण (1876) की भूमिका से पता चलता है कि सरकार ने उन्हें अपनी चार पुरानी किताबों *बालबोध, विद्यांकुर, छोटा भूगोल हस्तामलक* और *इतिहासतिमिरनाशक* से कई संस्कृत शब्द हटा

देने के लिए कहा जिन्हें, सरकार के मुताबिक, मुस्लिम बच्चे समझ नहीं पाते। जैसे—बहुधा, विद्यार्थी, वर्णन, शीतलता, दृष्टि, ऊर्धभाग, अखंडित, शृंखलायुक्त और प्रत्यक्ष इत्यादि। सालों पहले लिखी गई किताबों से इन शब्दों को, जो बहुत कठिन भी नहीं थे, हटाने का निर्देश सरकार की बढ़ती हुई मुस्लिम तुष्टीकरण की नीति का नतीजा था। सरकारी स्कूलों की शिक्षा और पाठ्यक्रम पर सरकारी नियंत्रण का होना स्वाभाविक था। सरकारी नौकरी में रहते हुए शिवप्रसाद सरकारी आदेशों की अवहेलना नहीं कर सकते थे। भारतेंदु मंडली और बाद के आलोचकों ने शिवप्रसाद की साफ-सुथरी, जानदार भाषा को सराहने और उसका उचित मूल्यांकन करने का काम तो नहीं किया, लेकिन सरकारी नीति के तहत लिखे हुए का इस्तेमाल उनके खिलाफ प्रचार चलाने में खूब किया।

वफादारी की होड़

हिंदी में यह आम धारणा बन गई है कि राजा शिवप्रसाद तो अंग्रेजी राज के भक्त और चापलूस थे जबकि भारतेंदु ऐसे नहीं थे। वे सिर्फ देश और प्रजा के हितैषी थे। भारतेंदु के जीवनकाल में शिवराम पण्डा ने लिखा, "भारतेंदु ने देशहित के लिए म्यूनिसिपैलिटी की कमिश्नरी, ऑनरेरी मजिस्ट्रेटी की परवाह नहीं की—कहीं कोई ऐसा भी देशाभिमानी है?"[65] ऐसी धारणाएँ ऐतिहासिक सच्चाई से दूर हैं। कहने का मतलब यह नहीं है कि भारतेंदु स्वाभिमान से शून्य थे। लेकिन 19वीं सदी में उच्च सरकारी अधिकारियों के संपर्क में रहनेवाले भारतेंदु जैसे भद्रवर्ग के प्रभावशाली नेताओं का स्वाभिमान ऐसा सरल-सपाट नहीं था। सत्ताधारियों के कृपापात्र बने रहने की उनकी आकांक्षा उनके स्वाभिमान और विद्रोही प्रवृत्तियों को बहुत दूर तक नियंत्रित करती थी। यह नहीं भूलना चाहिए कि जो लोग इन प्रशासनिक पदों को छोड़ना भारतेंदु की महानता बतला रहे थे, वे ही लोग इन पदों पर उनके बैठने से भी प्रभावित हुए थे क्योंकि इन पदों तक पहुँचना भद्रवर्ग में सार्वजनिक जीवन की उपलब्धि समझी जाती थी। इसलिए राधाकृष्णदास की यह बात सही नहीं लगती कि भारतेंदु ने इन पदों को इसलिए छोड़ा कि "जिस व्रत को उन्होंने धारण किया था, उसमें हाकिम-समागम से बहुत कुछ बाधा पड़ती थी।"[66] यह बात तथ्यों से मेल नहीं खाती। *लेवी प्राणलेवी* (नवंबर, 1870) पर सरकारी नाराजगी झेलने के बाद भी अगले चार सालों तक भारतेंदु मजिस्ट्रेट और कमिश्नर के पद पर बने रहे। इन पदों से उन्होंने इस्तीफा तभी दिया जब अगले तीन सालों के अंदर उनके दो और लेखों *मर्सिया* और *भुतही इमली का कनकौआ* से सख़्त नाराज होकर सरकार ने उनकी पत्रिकाओं की खरीद बंद कर दी। *लेवी प्राणलेवी* में उन्होंने मुख्य रूप से सरकार का नहीं, राजा-महाराजाओं का मजाक उड़ाया था, लेकिन उसके एक छोटे से प्रसंग को लेफ्टीनेंट गवर्नर के भी खिलाफ अभद्रता का सबूत बनाकर उछाला गया। फिर भी सिर्फ एक लेख के आधार पर सरकार ने उन्हें अपने खैरख़्वाहों की फ़ेहरिस्त से निकाल नहीं दिया। नाराजगी के बावजूद अगले ही साल लेफ्टीनेंट गवर्नर ने भारतेंदु को लोकल रेट्स एक्सपेंडीचर कमेटी का सदस्य नामजद किया। इस

सरकारी मान्यता का समाचार खुद भारतेंदु ने अपनी पत्रिका *कविवचनसुधा* के 28 सितंबर 1871 के अंक में दिया। डेढ़ साल के बाद 1873 में उन्हें पंजाब विश्वविद्यालय में संस्कृत परीक्षक भी नियुक्त किया गया। शिवप्रसाद के खिलाफ लिखे गए *मर्सिया* की कुछ बातें लेफ्टीनेंट गवर्नर पर भी बैठती थीं। शिवप्रसाद उस लेख से निश्चय ही तिलमिलाए थे। उस लेख पर कड़ा एतराज जताते हुए शिक्षाविभाग ने, जिसमें शिवप्रसाद उच्च अधिकारी थे, उनकी पत्रिका की सरकारी खरीद बंद कर दी। स्वाभिमानी भारतेंदु ने समझा-बुझाकर सरकार को मनाने की पूरी कोशिश की। यह कोशिश बिल्कुल स्वाभाविक थी। इस प्रसंग में उनके जीवनीकार ने सही लिखा कि, "भारतेंदु के समान सुविज्ञ व्यक्ति सरकारी राज के सुखदायक लाभों को न समझे, यह तो कभी स्वप्न में ध्यान में नहीं आता।"[67] अगले अंक में भारतेंदु ने *मर्सिया* लेख पर अपनी सफाई दी जो बहुत विश्वसनीय नहीं लगती। सरकार उनकी सुनने को तैयार नहीं हुई। चिढ़कर भारतेंदु ने शिवप्रसाद पर खुलकर हमला करना शुरू कर दिया और सरकारी पदों से इस्तीफा दे दिया। उस वक्त सरकार से उनके संबंध ऐसे तनावपूर्ण बन गए थे कि इस्तीफा न देते तो मुमकिन था, सरकार खुद उन्हें हटा देती। इस संभावना की पुष्टि इस बात से होती है कि सरकार ने भी उनका इस्तीफा तुरंत मंजूर कर लिया। इन पदों को छोड़ने के बाद भारतेंदु ने हाकिम समागम छोड़ दिया हो, इसका कोई सबूत नहीं मिलता। उलटे ऐसे तथ्य मिलते है जब उन्होंने सरकार को प्रसन्न करने का और हाकिम समागम का कोई मौका नहीं खोया। आखिर उनकी जैसी ऊँची हैसियतवाला व्यक्ति राजाओं, रईसों और हाकिमों से समागम नहीं करता तो किससे करता? मजिस्ट्रेटी या कमिश्नरी छोड़ देने से भारतेंदु अंग्रेजी राज के दुश्मन नहीं हो गए थे। वाइसराय बनारस आए (1877) तो उन्होंने खुद बाबू हरिश्चंद्र को बुलाया और भारतेंदु गए। देर तक बातें कीं। इंग्लैंड से प्रिंस बनारस आए तो उनके सम्मान में भारतेंदु ने अभिनंदन ग्रंथ तैयार करवाया। यह बात गौरतलब है कि *मर्सिया* लेख पर हुए कांड के बाद कुछ समय तक वे शासन के प्रति काफी आलोचनात्मक रहे, लेकिन फिर कभी किसी बड़े अंग्रेज अधिकारी को निशाना बनाकर व्यंग्यात्मक रचना नहीं लिखी।

सरकार की नाराजगी भारतेंदु को भारी पड़ी। उनकी पत्रिकाओं के ग्राहक बहुत कम थे। सरकारी खरीद के बिना वे उन्हें निकाल नहीं सकते थे। लिहाजा पत्रिकाएँ बंद कर देनी पड़ीं, दूसरों को सौंप देनी पड़ीं। पत्रिका निकालने की लालसा उनके मन में बनी रही। बहुत दिनों तक वे सरकारी कृपा की जरूरत और अपने स्वाभिमान के बीच दुविधा में पड़े रहे। आखिरकार अपनी मृत्यु से चार-पाँच साल पहले उन्होंने फिर सरकार की शरण लेने का फैसला किया। डॉ. लाजरस के जरिए उन्होंने अपनी सिफारिश करवाई कि पुरानी बातों को भूलकर सरकार उन्हें पत्रिका निकालने में फिर से मदद करने की कृपा करे। डॉ. लाजरस विजयानगरम राज के सुपरिंटेंडेंट और ऑनरेरी मजिस्ट्रेट थे। वे बनारस के मशहूर प्रकाशन संस्थान मेडिकल हॉल के मालिक भी थे। राजा शिवप्रसाद और भारतेंदु समेत बनारस के प्रभावशाली भद्रवर्गीय बुद्धजीवियों के ग्रंथ इस संस्थान से छपते थे। भारतेंदु के कहने पर 15

जुलाई, 1880 को डॉ. लाजरस ने उनकी सिफारिश करते हुए सरकार को पत्र लिखा। पत्र में भारतेंदु की भद्रवर्गीय स्थिति, शिक्षासंबंधी उनके कामों और सरकार के प्रति उनकी असंदिग्ध वफ़ादारी को प्रमाणित करने के बाद लाजरस ने पुराने इतिहास की सफाई देते हुए लिखा, ''देशीय भाषाओं पर विस्तृत अधिकार रखते हुए और उच्चकोटि के कवि होते हुए यह अपनी रचना में हास्य का पुट अवश्य देते थे। दुर्भाग्य से ऐसे ही लेख से तत्कालीन हाकिम इन पर क्रुद्ध हो गया और यह कोपदृष्टि अब तक उन पर बनी रही। बनारस के प्रत्येक नगरवासी बाबू हरिश्चंद्र का सच्चा आदर करते हैं और वे भी इस पर प्रसन्न होंगे यदि यह कोपदृष्टि हटा ली जाए (और) सरकार उन पर पुनः विश्वास कर ले।''[68]

19वीं सदी के उत्तरार्ध में खासकर गदर के बाद से, ब्रिटिश शासन के प्रति अपनी वफादारी का इजहार करते रहना भद्रवर्ग की राजनीतिक संस्कृति का प्रमुख अंग था। अपने शहर आने पर अंग्रेज हाकिमों को 'एड्रेस' देना इसी संस्कृति की खासियत थी जिसका विस्तार सार्वजनिक जीवन में प्रभावशाली देशी लोगों तक भी कर दिया जाता था। वफादारी की यह राजनीतिक संस्कृति अकारण या किसी भय से नहीं थी बल्कि भद्रवर्ग के भौतिक स्वार्थों पर टिकी हुई थी। *भारत जीवन* के संपादक, भारतेंदु के मित्र रामकृष्ण वर्मा अपने पत्र में भारतवासियों पर वाइसराय लॉर्ड रिपन के उपकारों का बखान करते रहते थे। रिपन के रिटायर होते समय, 17 नवंबर, 1884 के अंक में उन्होंने लिखा कि रिपन अपने कार्यकाल में आखिरी दिन तक भारतवासियों की भलाई में लगे रहे। जाते-जाते भी वे ''ज्वालाप्रसाद को विलायत सिविल सर्विस परीक्षा में भेजने की सुविधा कर गए।'' उन दिनों सिविल सर्विस की परीक्षा इंग्लैंड में होती थी और शायद उसमें बैठने के लिए कुछ भारतीयों को सरकारी खर्चे से भेजा जाता था। मुंशी ज्वालाप्रसाद मुरादाबाद के डिप्टीकलक्टर राजा जयकिशन दास के लड़के थे। आर्यसमाजी सुधारक और नागरी आंदोलन के नेता जयकिशन दास पश्चिमोत्तर प्रांत में शिक्षित भद्रवर्ग के एक प्रभावशाली सदस्य थे। इस वर्ग के सदस्य जब 'भारतवासियों' शब्द का प्रयोग करते थे तो उनका मतलब अक्सर भद्रवर्ग से ही होता था। औपनिवेशिक शासन ने शहरों के शिक्षित भद्रवर्ग की आर्थिक उन्नति के कई नए रास्ते खोल दिए थे जो उन्हें पहले सुलभ नहीं थे। लिहाजा शासन के प्रति अपनी वफादारी का इजहार करते रहना उनके लिए कोई दिखावा नहीं, बल्कि अपने वर्गीय हितों की आवश्यकता थी। नागरी आंदोलन के ज्यादातर नेता इसी भद्रवर्ग से आए थे और 1880 के दशक तक पश्चिमोत्तर प्रांत में बनारस इस वर्ग का एक प्रमुख गढ़ रहा, बाद में इलाहाबाद हो गया। यह भद्रवर्ग की राजनीतिक संस्कृति ही थी कि वाइसराय पद से रिटायर होने के बाद जब लॉर्ड रिपन एक दिन के लिए बनारस आए (काशीनरेश के साथ चकिया में शिकार खेलना, टाउनहॉल में 'एड्रेस' लेना और नदेसर कोठी में रात्रि-भोज उनका कार्यक्रम था), तो बनारस के प्रतिष्ठित रईस डॉ. छुन्नूमल ने, जो काशीनरेश के राजकीय चिकित्सक थे, यह सार्वजनिक सुझाव रखा कि ''श्रीयुत की गाड़ी को प्रसिद्ध लोग अपने हाथों से खींचकर टाउनहॉल तक ले जाएँ।''[69] भारतेंदु के मित्र रामकृष्ण वर्मा ने इस सुझाव

को 'प्रेम का चिह्न' कहते हुए इसका समर्थन किया। आज फूहड़ और अश्लील लगनेवाले ऐसे प्रस्ताव उस वक्त के भद्रवर्ग में आदर और गंभीरता के साथ लिए जाते थे। यह सच है कि राजा शिवप्रसाद बहुत नग्न ढंग से भारतीयों की निंदा और अंग्रेजों की तारीफ करते थे। लेकिन भाटों की परंपरा पर चलते हुए भारतेंदु ने ड्यूक ऑफ एडिनबरा की नववधू की मुँहदिखावनी लिखने से लेकर महारानी की जीवनरक्षा के लिए अपने स्कूल के बच्चों से गीत गवाने तक, अंग्रेजों की तारीफ में समय-समय पर जो पद्य बनाए, आज की दृष्टि से वे भी उतने ही कुरुचिपूर्ण और भद्दे थे। वफादारी का इजहार करनेवाले ये सारे क्रिया-कलाप प्रभुत्वशाली अंग्रेज शासकों की निगाह में चढ़ने और उनकी कृपा पाते रहने के मकसद से ही किए जाते थे। सार्वजनिक जीवन में चमकने और सत्ता की निगाहों में ऊपर उठने के लिए शिवप्रसाद और भारतेंदु में जो होड़ थी, उसका एक प्रतिनिधि उदाहरण ड्यूक ऑफ एलबेनी की मृत्यु को लेकर होनेवाली शोकसभा का किस्सा है। भारतेंदु के जीवनीकार के मुताबिक अप्रैल, 1884 में महारानी के चौथे बेटे ड्यूक ऑफ एलबेनी की बेवक्त मौत हो जाने पर भारतेंदु ने बनारस में एक शोकसभा का आयोजन किया। "उस समय सभा करने के लिए मजिस्ट्रेट साहब से बनारस का टाउनहॉल माँगा गया था और उन्होंने सहर्ष देना स्वीकार कर लिया था। पर लोग कहते हैं कि राजा शिवप्रसाद साहिब के कान फूँक देने पर सभा के दिन साहिब बहादुर ने टाउनहॉल नहीं दिया। बिचारे नगर के सब प्रतिष्ठित जन वहाँ जा-जाकर फिर गए। यह बात उन लोगों को बहुत बुरी लगी। दूसरे दिन कई लोगों ने कॉलिज ही में एक कमेटी की और निश्चय किया कि कॉलिज ही में सभा की जाय। साहिब मजिस्ट्रेट एक सज्जन पुरुष थे। परन्तु जब एक प्रतिष्ठित मनुष्य ने उनसे जाकर मिथ्या निंदा कर दी तो उस बात पर विश्वास कर लेना कोई आश्चर्य न था। जब उनको इस अवसर में यथार्थ वृत्तांत ज्ञात हो गया तो उन्होंने अपनी भूल स्वीकार की और उनके आग्रह से मंगलवार 15 अप्रैल को टाउनहॉल ही में सभा हुई। बाबू प्रमददास मित्र सभापति बनाए गए। राजा साहिब भी वहाँ जा पड़े और उन्होंने कुछ कहना भी चाहा, परन्तु लोगों ने यह सोचकर कि न जाने क्या कह बैठें, उनको मुँह खोलने की आज्ञा न दी। इस बात से कुढ़कर वह काशिराज के निकट गए और वहाँ अपने अपमानित होने की कथा कह सुनाई।"[70]

यह घटना अँगरेज सत्ताधारियों के निकट बने रहने और सार्वजनिक जीवन में नेतृत्व हथियाने के लिए शिवप्रसाद और हरिश्चंद्र की होड़ को जितना दिखाती है, उतना ही 19वीं सदी के हिंदीभाषी भद्रवर्ग के राजनीतिक चरित्र को भी दिखलाती है। शिवप्रसाद ने पूरी कोशिश की कि यह शोकसभा हरिश्चंद्र के नेतृत्व में न होने पाए। हरिश्चंद्र ने पूरी कोशिश की कि यह शोकसभा उन्हीं के नेतृत्व में हो और उसमें शिवप्रसाद को मंच पर जगह न मिले। सभा के आयोजकों की उपलब्धि यह रही कि "ड्यूक की ओर से तथा भारतेश्वरी की आज्ञानुसार वाइसराय की ओर से (मजिस्ट्रेट साहब के द्वारा) काशी निवासियों के राजभक्ति प्रदर्शन का धन्यवाद सभापति के नाम आया।"

भारत में अँगरेजी राज की मौजूदगी, उसकी जरूरत और उसके शुभ नतीजों के बारे

में शिवप्रसाद और भारतेंदु के नजरिए में कोई बुनियादी फर्क न था। इस सिलसिले में *कविवचनसुधा* 25 जनवरी, 1872 के अंक में भारतेंदु की एक संपादकीय टिप्पणी *धिक! धिक! धिक!* गौरतलब है जिसमें उन्होंने लोकतांत्रिक आंदोलन का विरोध करते हुए न सिर्फ भारत में बल्कि इंग्लैंड में भी महारानी के राज्य को बनाए रखने की कामना प्रकट की थी। प्रिंस ऑफ वेल्स के बीमार पड़ने से विलायत की अँगरेजी प्रजा की 'क्रूरता, असभ्यता, कृतघ्नता और राज्य सिंहासन से विरोध' जैसी कई 'बुराइयाँ' प्रकट हुईं—इसका उदाहरण देते हुए भारतेंदु ने लिखा, "जिस समय युवराज क्लेशित थे, एक बजाज ने अपनी दुकान पर लिख दिया कि यहाँ प्रिंस के मरनी का शोकसूचक वस्त्र बिकता है। छि: ! और सुनिए, 10 तारीख को लंदन में वेलिंगटन में एक दुष्टों की सभा हुई जिसमें बहुत से लोग एकत्र होकर प्रजासत्ताक राज का विचार करते थे। हम नहीं कहते कि पुलिस ने क्यों नहीं इसमें हाथ डाला। अभी इंग्लैंड की प्रजा इस योग्यता को नहीं पहुँची है कि आप राज्य करे, इससे ऐसा सोचना केवल झख मारना है और हिंदुस्तान को तो प्रजाराज्य सर्वथा बुरा और लज्जा का कारण है। ईश्वर हम लोगों की महारानी की जय और ऐसे शत्रुओं की क्षय नित्य करें।" इस टिप्पणी से जाहिर है कि इंग्लैंड में उभरनेवाली राजतंत्र विरोधी भावनाओं से भारतेंदु की कोई सहानुभूति नहीं थी। 1872 में फ्रांस में हुई पेरिस कम्यून की क्रांति को भी वे नहीं समझते थे जिसे कुचलने के लिए जर्मनी ने फ्रांस पर चढ़ाई की थी। यह बात *कविवचनसुधा,* 24 फरवरी, 1872 में छपे उस विज्ञापन से स्पष्ट है जिसमें भारतेंदु ने फ्रांस में चल रहे युद्ध पर नाटक लिखनेवाले को इनाम देने की घोषणा की थी।

सैयद अहमद ने 1886 में कांग्रेस के खिलाफ देशभक्तों का (यानी राजभक्तों का) एक मोर्चा बनवाया था जिसमें शिवप्रसाद भी शामिल हुए थे। बहुत जल्दी नेतृत्व को लेकर मतभेद हो जाने के कारण शिवप्रसाद इससे अलग हो गए। दो-तीन साल बाद वे 1888 की इलाहाबाद कांग्रेस में बाकायदा डेलीगेट बनकर शामिल हुए। लेकिन वे कांग्रेस के साथ चल नहीं सके। भारतेंदु कांग्रेस का सदस्य बनने के लिए जिंदा नहीं रहे। कांग्रेस की पृष्ठभूमि में सुरेंद्रनाथ बैनर्जी की इंडियन एसोसिएशन संस्था थी। उसकी शाखा खोलने के लिए बैनर्जी पश्चिमोत्तर प्रांत में आए तो उनको खास सफलता नहीं मिली। उस समय बनारस में भारतेंदु मंडली अपने जोर पर थी। बैनर्जी भारतेंदु से पहले से परिचित थे और बनारस में उनसे मिले भी। इसके बावजूद बनारस में एसोसिएशन की कोई शाखा नहीं खुली। जाहिर है कि ब्रिटिश शासन की राजनीतिक आलोचना करनेवाले सुरेंद्रनाथ बैनर्जी को भारतेंदु रात्रिभोज तो दे सकते थे, पर राजनीतिक समर्थन नहीं। वैसे ही जैसे सैयद अहमद उनका अलीगढ़ में भाषण करवा सकते थे, पर साथ ही विरोध भी करते थे। ताज्जुब नहीं कि बनारस में कांग्रेस का संगठन देर से बना, 1890 के आसपास और शुरू में उसके ज्यादातर सदस्य बंगाली ही बने।

भारतेंदु मंडली के लेखक अपने साहित्यिक प्रयासों में—किताबें छपवाने, पत्रिका निकालने और संस्थाएँ खड़ी करने में—अक्सर राजे-महाराजाओं से आर्थिक और दूसरी

तरह की मदद माँगते थे जो उन्हें मिलती भी थी। *हिंदी प्रदीप* के आर्थिक कष्टनिवारण के लिए उदयपुर और रीवा के महाराजाओं ने रुपए दिए। प्रतापनारायण मिश्र को दुख हुआ कि अलवर नरेश ने उनकी पत्रिका की मदद नहीं की। *भारतजीवन* के संपादक रामकृष्ण वर्मा का अनेक रजवाड़ों में आना-जाना था। भारतेंदु के नाटक *नीलदेवी* और *भारत जननी* की छपाई का खर्च डुमराव के महाराज ने उठाया। इन राजे-महाराजाओं के अंग्रेज सरकार से घनिष्ठ संबंध थे। एडिनबरा के ड्यूक की तारीफ में भारतेंदु ने बनारस के ब्राह्मणों से पद और श्लोक बनवाकर जो संग्रह तैयार किया था, उसके लिए उन ब्राह्मणों को अच्छा-खासा पारितोषिक दिया गया और यह पारितोषिक भारतेंदु ने अपने घर से नहीं बल्कि महाराजा विजयानगरम और महाराजा रीवा से लेकर दिया।[71] ये राजे-महाराजे ऐसे व्यक्ति पर सार्वजनिक रूप से कृपा कर ही नहीं सकते थे जो ब्रिटिश विरोधी हो। अंग्रेजों के हिमायतियों से भारतेंदु मंडली को तब तक दिक्कत नहीं होती थी जब तक उनके अपने (तथाकथित हिंदू) हितों पर चोट न पड़े। राजा शिवप्रसाद का विरोध अगर इसलिए था कि वे अंग्रेजों के हिमायती और चापलूस थे जिसके लिए उन्हें 'राजा' की उपाधि मिली, तो फिर भारतेंदु जैसे देशभक्त ने इसकी खुशी में जश्न क्यों मनाया? भारतेंदु के प्रिय लेखक इटावा के तहसीलदार राजा लक्ष्मण सिंह को भी राजा की उपाधि अंग्रेजों ने ही 1877 के दिल्ली दरबार में दी थी। इस उपाधि के अलावा 1857 के गदर में अंग्रेजों की भारी मदद करने के एवज में उन्हें हजार रुपए का खिलअत और माफी की जमीन भी दी गई थी।[72] इसके लिए राजा लक्ष्मण सिंह भारतेंदु मंडली की आँख के काँटा नहीं बने क्योंकि वे न तो शुद्ध हिंदी आंदोलन के विरोधी थे, न सत्ता के करीब होने में भारतेंदु के लिए रुकावट। महात्मा गाँधी को 'मिस्टर गाँधी' लिखने वाले रामचंद्र शुक्ल लॉर्ड रिपन को 'महात्मा' लिखते थे।[73] गदर को दबाने में महत्वपूर्ण भूमिका अदा करनेवाले जॉन लारेंस तक को भारतेंदु ने 'महात्मा' कहकर संबोधित किया और गदर में उसकी भूमिका को प्रशंसा के साथ याद किया, ... "जॉन लारेन्स ने 1857 ई. के गदर में अपनी अद्भुत शक्ति के प्रभाव से पंजाब को शांत रखा था, इसलिए आज तक भारत साम्राज्य अव्याहत है। ... जिसमें भारतवर्ष का मंगल हो, इनकी यही चेष्टा और इच्छा रहती थी। ऐसे हितकारी मित्र को खोकर जो भारतवर्ष शोकाकुल न होगा, यह कहना बाहुल्य है।"[74] द्वितीय भारतेंदु कहलानेवाले प्रतापनारायण मिश्र ने 1857 में "बलवा करके भारतीय नेशन पर कलंक लगानेवाले नमकहरामों को" कोसते हुए भद्रवर्गीय राजभक्ति की सफाई दी, "वह अपराध प्रजा का न था। किसी प्रतिष्ठित हिंदू-मुसलमान का न था। केवल थोड़े-से अदूरदर्शी नमकहरामों के कारण हमारे भारतीय नेशन मात्र को कलंक लगाना बुद्धिमत्ता से दूर है।" इतना कहने पर भी जब उन्हें लगा कि वह कलंक धुला नहीं, तो उन्होंने आगे जोड़ा, "यदि मान ही लें कि वह अपराध हिंदुस्तानियों ही का था, तो भी इसका क्या उत्तर है कि उस घोर समय में हमारी सर्कार को सचमुच सहायता किसने दी थी? हमीं ने!! क्योंकि हम राजभक्त हैं! राजभक्ति हमारा सनातन धर्म है।"[75]

प्रतापनारायण मिश्र ने राजभक्ति को हिंदुओं का सनातन धर्म कहा तो भारतेंदु राजभक्ति

को भारत की मिट्टी का गुण मानते थे जिसमें मुसलमानों के चलते कमी हो गई थी। "मुसलमानों के अत्याचार से यह राजभक्ति हिंदुओं के दिल से निकल गई। राजभक्ति क्या, इन दुष्टों के पीछे सभी कुछ निकल गया।"[76]

बेशक भारतेंदु ब्रिटिश शासन की कुछ नीतियों की आलोचना भी करते थे। लेकिन आलोचना करना किसी का विरोधी होना नहीं होता। यह कहना बेबुनियाद है कि शिवप्रसाद और भारतेंदु का द्वंद्व राजभक्ति और देशभक्ति का द्वंद्व था। इनकम टैक्स जैसे मुद्दे को छोड़कर, जिस पर हिंदुस्तानी भद्रवर्ग के अलावा खुद अंग्रेज भी सरकार का विरोध कर रहे थे, ब्रिटिश शासन से संबंधित ऐसे महत्वपूर्ण मुद्दे बहुत कम थे जिन पर शिवप्रसाद से भारतेंदु का नजरिया बुनियादी तौर से भिन्न रहा हो। उदाहरण के लिए इल्बर्ट बिल को लें, जो अपने समय का सबसे विवादास्पद राजनीतिक मुद्दा था और जिस पर दोनों ने अपने विचार प्रकट किए। रिपन के शासनकाल में आए इल्बर्ट या ज्यूरीडिक्शन बिल में यह प्रावधान था कि अब से हिंदुस्तानी मजिस्ट्रेट और जज भी उन मुकदमों की सुनवाई कर सकेंगे जिनमें अंग्रेज अभियुक्त हों। पहले नियम यह था कि अंग्रेज जज तो हिंदुस्तानियों के अपराधों का फैसला कर सकते हैं, पर हिंदुस्तानी जज अंग्रेजों के अपराधों का फैसला नहीं कर सकते। इल्बर्ट बिल इस नस्ली भेदभाव को खत्म कर दोनों के बीच समानता लाने की दिशा में एक कदम था जिसका हिंदुस्तानियों ने खूब समर्थन किया। लेकिन भारत और इंग्लैंड में रहनेवाले अंग्रेजों ने, खासकर रूढ़िवादी अंग्रेजों ने इसका कड़ा विरोध किया। इस विवादास्पद बिल से अंग्रेजों और भारतीयों के बीच विरोध और तनाव काफी बढ़ गया था। वायसराय की लेजिस्लेटिव काउंसिल के सदस्य की हैसियत से राजा शिवप्रसाद ने बिल पर बहस के दौरान अंग्रेजों के मुकाबले भारतीयों की योग्यता की निंदा की। इस तरह उन्होंने इस बिल का समर्थन नहीं किया। उनके इस रुख की निंदा करते हुए कई राष्ट्रवादी बंगालियों ने कलकत्ता में उनका पुतला जलाया। बिल पर भारतेंदु का रुख क्या था? 1883 में मारीशस के गवर्नर पोप हेनरी ने उन्हें एक पत्र लिखकर पूछा कि क्या आप लार्ड रिपन की इस अच्छी नीति के समर्थन में कलम नहीं उठाएँगे? भारतेंदु ने कलम नहीं उठाई। बाद में लंदन के सेंट जेम्स हॉल में हुई एक सभा में जब किसी मलेसन साहब ने दावा किया कि बनारस के बाबू हरिश्चंद्र ने भी इस बिल से अपनी असहमति जाहिर की है, इस बारे में उनके दो-एक पत्र भी मेरे पास हैं—तब भारतेंदु को अपनी सफाई देना जरूरी हो गया। शिवनंदन सहाय के मुताबिक उस वक्त भारतेंदु ने हिंदी-अंग्रेजी पत्रों के माध्यम से अपनी सफाई देते हुए फ्रेडरिक पिन्काट को इल्बर्ट बिल के सिलसिले में लिखी अपनी दो-तीन चिट्ठियों का हवाला दिया। जो विचार उन्होंने पिन्काट को लिखे थे, उन्हीं का सारांश बताते हुए अपनी सफाई में लिखा—"यदि बिल पास हो तो हिंदुओं को बहुत लाभ न होगा और जो पास न हो तो अंग्रेजों को भी बहुत लाभ न होगा। प्रत्येक अंग्रेज तथा हिंदू को, जो देश की भलाई की मनोकामना रखते हैं, यही चेष्टा करनी उचित है कि यह विरोध और जातीय झगड़ा निवृत्त हो जाए।"[77] जाहिर है कि भारतेंदु ने बिल के समर्थन या विरोध पर कोई साफ रुख

अख्तियार करने के बजाय गोलमोल बातें कीं जिससे उनके अंग्रेज मित्र भी खुश रहें और भारतीय नाराज न हों। हिंदुस्तानी जब भी अंग्रेजों से बराबरी का हक माँगते या उन्हें मिलता, तो जाहिर है, बहुत से अंग्रेज इसका विरोध करते। इसे 'जातीय झगड़े' कहकर इस झगड़े से बचने और शांति कायम करने के उनके उपदेश को देशभक्ति या प्रजापक्ष की हिमायत मानना मुश्किल है। उस वक्त हिंदी अखबारों ने बिल का जैसा उत्साहपूर्ण समर्थन किया, उससे भारतेंदु के गोलमोल रुख का कोई मेल नहीं दिखता। भारतेंदु के इस गोलमेल रुख ने उन लोगों को जरूर हैरानी में डाला होगा जिन्होंने इल्बर्ट बिल आने से आठ साल पहले *हरिश्चंद्र चंद्रिका* में इसी मुद्दे पर उनके विचार पढ़े थे। उस समय, दिसबंर, 1874 के अंक में भारतेंदु ने अपनी संपादकीय टिप्पणी *अँगरेजों से हिंदुस्तानियों का जी क्यों नहीं मिलता?* में अँगरेजों के 'जाति-पक्षपात' का तीखा विरोध करते हुए इसी मुद्दे को उठाया था, ''क्या कारण है कि हिंदू मजिस्ट्रेट अँगरेज को दण्ड न दे सके पर अँगरेज हिंदू को दे?'' 1882 में जिस समस्या को भारतेंदु ने 'जातीय झगड़े' के रूप में देखा और जिससे बचने का उपदेश दिया, 1874 में उसे उन्होंने 'हिंदू भक्ष्य , अंगरेज भक्षक' संबंध के रूप में देखा और उसके हल की माँग की थी। भारतेंदु के रुख में आए इस आश्चर्यजनक बदलाव का कारण तब समझ में आता है जब हम इस पर ध्यान देते हैं कि 1874 का साल वही समय था जब उनकी पत्रिकाओं की सरकारी खरीद बंद हो गई थी और उन्होंने सरकारी पदों से इस्तीफा दे दिया था। 1882 में हालत दूसरी थी। वे सरकार से मेल-मिलाप चाहते थे। गौरतलब है कि भारतेंदु ने बिल के बारे में अपने विचार पिन्काट को व्यक्तिगत पत्रों में लिखे, लेकिन भारत में, अपनी या किसी और की पत्रिका में नहीं लिखा। उन्होंने बिल को अँगरेजों और हिंदुओं के बीच का झगड़ा बताया जबकि बिल अँगरेजों के मुकाबले सभी भारतीयों के हकों के बारे में था। बिल पर बहस ठंडी हो जाने और समय बीत जाने के बाद ही *कालचक्र* में वे इसके पक्ष में चार शब्द लिख सके।

अँगरेजों की मिस्रविजय का जश्न मनाने के लिए बनारस टाउनहॉल में हुई सभा (22 सितंबर, 1882) में शिवप्रसाद और भारतेंदु, दोनों की राजभक्ति समान रूप से दिखाई देती है। यह सभा ब्रिटिश साम्राज्य की भारतीय सेना के मिस्र में जाकर फतह हासिल करने पर काशीवासियों की खुशी का इजहार करने के लिए भद्रवर्गीय नागरिकों की बौद्धिक संस्था बनारस इंस्टिच्यूट ने बुलाई थी। सभा में भारतेंदु हरिश्चंद्र ने अपनी वीररस की रचना *विजयिनी विजय वैजयन्ती* का पाठ किया जिसमें कहा गया था कि भीष्म, द्रोण, पृथ्वीराज और हम्मीर को मिस्रविजय करनेवाले वीरों के कारनामे देखकर अपने मन की आग ठंडी कर लेनी चाहिए। सभापति राजा शिवप्रसाद ने मिस्रविजय के सामरिक महत्व पर भाषण दिया और भारतेंदु को उनकी अच्छी कविता के लिए धन्यवाद दिया। आखिर में बनारस के कलक्टर मि. बुलौक ने ब्रिटिश शासन के प्रति काशीवासियों की राजभक्ति के लिए बाबू शिवप्रसाद और बाबू हरिश्चंद्र को धन्यवाद दिया।

सरकार से सितारेहिंद और राजा का खिताब मिलना अक्सर शिवप्रसाद के खुशामदी

होने के सबूत के तौर पर पेश किया जाता है। यह सही है कि ब्रिटिश शासन भूतपूर्व स्थानीय शासकों और अपने वफादार सामंतों को अपनी मान्यता के तौर पर तरह-तरह के खिताब देता था ताकि प्रजा की निगाहों में इन शासकों और सामंतों का रुतबा ऊँचा रहे। इनके अलावा वह योग्य और कर्मठ प्रशासकों तथा विद्वानों को भी सम्मानित करता था। सबसे प्रमुख सम्मान स्टार ऑफ इंडिया की उपाधि थी जिसके तहत सी.एस.आई. और सी.आई.ई. की उपाधि दी जाती थी। इसके बाद रायबहादुर, खान बहादुर, सरदार और राजा की उपाधियाँ थीं। ये सभी उपाधियाँ प्रतीकात्मक थीं जबकि कुछ प्रभावशाली वफादारों को विशेषाधिकार भी दिए जाते थे, जैसे भारतेंदु को ऑनरेरी मजिस्ट्रेटी का ओहदा। ब्रिटिश शासन ने कई बार अपने कुछ 'जिम्मेदार आलोचकों' को भी सम्मानित किया, जैसे कांग्रेस के दो महत्वपूर्ण नेता एस. सुब्रमणियम अय्यर और फिरोजशाह मेहता को नाइटहुड दिया गया। यह उपाधि आगे जाकर रवींद्रनाथ ठाकुर को भी दी गई। विद्वानों और कर्मठ प्रशासकों में शिवप्रसाद के अलावा भारतेंदु के आदरणीय डॉ. राजेंद्रलाल मित्र को भी राजा की उपाधि दी गई जबकि राजेंद्रलाल 1887 में कांग्रेस स्वागत समिति के अध्यक्ष भी बने थे।[78] 1877 में प्रिंस ऑफ वेल्स के आने पर ब्रिटिश शासन ने कई लोगों के अलावा एक मेडल भारतेंदु को भी दिया जिसे भारतेंदु ने सहर्ष स्वीकार किया।[79]

यह सच है कि शिवप्रसाद अँगरेजों की हर बात की बहुत ज्यादा तारीफ करते थे और उनके मुकाबले भारतीयों के तौर-तरीकों की हमेशा निंदा करते थे। *इतिहासतिमिरनाशक* में कई हिंदू-मुस्लिम राजाओं को अँगरेजों की बहादुरी और समझबूझ के आगे डरपोक और भगोड़ा दिखाने के अलावा उन्होंने हिंदुस्तानियों द्वारा अँगरेजी तौर-तरीकों को अपनाने की भी सराहना की। हंटर आयोग के सामने युक्तप्रांत के शिक्षित हिंदुओं को 'मूर्ख' कहा। वे भारतीय समाज-सुधारों के समर्थक थे पर इसके बारे में उनका रवैया लोगों के बीच सुधार का काम करनेवाले किसी आंदोलनकारी जैसा न होकर ऊँचे बैठे एक बुद्धजीवी का था जो बुराइयों के लिए समाज को कोसता रहता है। मुस्लिम शासन के दौरान राजपूतों में लड़कियों के पैदा होते ही उन्हें मार डालने की प्रवृत्ति अंग्रेजी राज में भी जारी थी। शिवप्रसाद समझते थे कि वह बुरी प्रथा मुस्लिम शासन के कारण शुरू हुई और अंग्रेजी राज की सभ्यता की रोशनी में इसे अब तक खत्म हो जाना चाहिए था। इसके लिए शिवप्रसाद ने हिंदुस्तानियों को उनकी मूर्खता के लिए कोसते हुए लिखा, "हमको शर्म आती है अपने मुल्कवालों की इस बेवकूफी पर कि मेंह खुल जाने पर भी बारानी नहीं उतारते, सूर्य अस्त हो जाने पर भी दफ्तर बंद नहीं करते, सुबह हो गई लेकिन चिराग जल रहा है। बीमारी दूर हुई पर तो भी दवा खाए जाते हैं अर्थात्, अपनी आत्मजा कन्या की बालहत्या सिर पर लिए जाते हैं। सच है, यह मसल इसी मुल्क के लिए है—साँप निकल गया, लकीर पीटे जाते हैं।"[80] यही बात सैयद अहमद के साथ भी थी जिन्होंने सभ्य और सुशिक्षित अँगरेजों के मुकाबले सभी तरह के हिंदुस्तानियों को स्वस्थ और सुंदर आदमी के सामने गंदे जानवरों जैसा बताया था।[81]

19वीं सदी के आखिरी दो दशकों में समय तेजी से बदल रहा था। अँगरेजी राज से

क्या हिंदू, क्या मुसलमान, सभी हिंदुस्तानियों के अंतर्विरोध बढ़ रहे थे। समय के बदले रुख को ये दोनों नेता, सैयद अहमद और शिवप्रसाद, पहचान नहीं सके। वे अपनी मान्यताओं और यथार्थबोध के पुराने दायरों को लाँघ न सके। बढ़ते हुए जन-असंतोष को समझने में असमर्थ दोनों नेता पहले की ही तरह अँगरेजी सभ्यता और शासन का गुणगान करते रहे। इसी कारण ये दोनों अपने-अपने समाज में निंदा के पात्र बने। इसके विपरीत मृत्यु के बाद भारतेंदु के उन विचारों और कामों को, जिन्हें कभी डिसलायल्टी समझा गया या समझने का भ्रम हुआ था और जिनके लिए खुद भारतेंदु और उनके जीवनीकारों ने सफाइयाँ दीं थीं कि वे डिसलॉयल नहीं हैं—नए उभर रहे राष्ट्रवाद के संदर्भ में अब प्रशंसा की नजरों से देखा जाने लगा।

शिवप्रसाद विरोधी आंदोलन

1880 के दशक में हिंदी पत्र-पत्रिकाओं में शिवप्रसाद का विरोध एक आंदोलन की तरह चला। हिंदी पत्रकारिता में शिवप्रसादविरोध का सिलसिला 1874 में भारतेंदु की टिप्पणी *खिताब का भाव बहुत उतरेगा* से शुरू होता है। कुछ ही महीने पहले शिवप्रसाद को खिताब मिलने पर हरिश्चंद्र ने उसकी खुशी में धूमधाम से जश्न मनाया था।[82] संबंधों में बिगाड़ हो जाने पर अब भारतेंदु उसी खिताब के लिए राजा शिवप्रसाद की छीछालेदर करने पर उतर आए। 20 जुलाई, 1874 की *कविवचनसुधा* में शिवप्रसाद को निशाना बनाते हुए उन्होंने लिखा कि बंगाल का अकाल खत्म होते ही खिताब का भाव बहुत सस्ता हो जाएगा। लोग तैयार रहें। ''केवल थोड़ा-सा कागज रँगने और झूठी मीठी रिपोर्ट कर देने पर खिताब मिल जाएगा, पर ढंगबाजी शर्त है।'' यह शिवप्रसाद के प्रति भारतेंदु का बदला हुआ रूप था। खिताब को ही लेकर छः साल बाद बालकृष्ण भट्ट ने शिवप्रसाद पर कटाक्ष किया। एक पत्रिका में सरकार से भारतेंदु को उपाधि देने के लिए कहने का सुझाव छपा। शिवप्रसाद को ध्यान में रखकर *हिंदी प्रदीप,* दिसंबर, 1880 में बालकृष्ण भट्ट ने लिखा, ''बाबू हरिश्चंद्र ने कब झूठी लल्लोपता के लिए सरकार की हां में हां मिलाया है जो खिताब दिया जाए ?''

1880 के दशक में युक्तप्रांत में शुरू हुए गोरक्षा आंदोलन में भारतेंदु और उनकी मंडली के लेखक काफी सक्रिय थे। काशीनरेश ईश्वरी नारायण सिंह इस आंदोलन से गहरे जुड़े हुए थे। उन्होंने गोरक्षा की माँग इंग्लैंड की संसद तक पहुँचाने के लिए कुछ और लोगों के साथ शिवप्रसाद को अपने खर्चे पर इंग्लैंड भेजना तय किया। भारतेंदु समर्थक पत्र *सारसुधानिधि* ने इसमें शिवप्रसाद को शामिल करने का विरोध किया। ''क्या महाराज को कोई दूसरा आदमी नहीं ढूँढ़े मिलता ?'' बालकृष्ण भट्ट ने *सारसुधानिधि* के इस विरोध को वाजिब ठहराते हुए शिवप्रसाद को ''स्वार्थी, प्रवीण और गौराङ्गों के दासानुदास'' बतलाया और लिखा कि ''इन्हें इस काम में अगुआ करना बड़ी भूल है।'' इसका कारण बतलाया, ''सब तो सही, पर सी.एस.आई. साहब इतनी Spirit हिम्मत कहाँ से लाएँगे कि जिनके ये दासानुदास बने बैठे हैं, उनके समाज में जी खोलकर गोवध के मुताल्लिक जितना ups and downs ऊँचा-नीचा संकेत इस वर्तमान राज्य की 'पालिसी' नीति के विरुद्ध है, सब वहाँ वालों के नजर के सामने आइना कर दिखावेंगे।" लिखा कि इस काम में बड़े दबंग आदमी की जरूरत है जिसमें "खुशामदी और खुदगर्जी की बू तक न आई हो और जो सर्वसाधारण के हित Public Good के लिए अपना सब कुछ खोए बैठा हो।" इस प्रसंग में सुरेंद्रमोहन बैनर्जी जैसे आदमी को भेजने का सुझाव दिया। *सारसुधानिधि* ने गोरक्षा के सवाल पर शिवप्रसाद के इंग्लैंड जाने को राजी हो जाने के पीछे एक दूसरा ही खेल देखा। "राजा साहब की भीतरी मंशा यही है कि हम वहाँ से अपने दो लड़कों को ले जाकर बैरिस्टरी करा लावें, बिन एक पैसा अपनी टेंट का खर्च किए।"[83]

ब्रिटिश शासन जब भी हिंदी या हिंदू हितों के प्रतिनिधि के रूप में शिवप्रसाद को मान्यता देता, भारतेंदु मंडली उसका तुरंत विरोध करती। शिवप्रसाद सरकार की हाँ में हाँ मिलानेवाले समझे जाते थे। स्थानीय स्वशासन (लोकल सेल्फ गवर्नमेंट) बिल पर विचार करने के लिए बनारस के भूतपूर्व कमिश्नर मि. कर्माइकेल की अगुआई में एक प्रांतीय कमेटी का गठन हुआ और शिवप्रसाद उसके सदस्य बनाए गए तो *हिंदी प्रदीप* ने तुरंत इसका विरोध किया, "वह हमारे, प्रजा के, प्रतिनिधि नहीं हैं, सरकार के हैं।"[84]

1882 में वाइसराय ने राजा शिवप्रसाद को अपनी लेजिस्लेटिव काउंसिल का सदस्य बनाया। काउंसिल का सदस्य बनने से लेकर इस्तीफा देने तक शिवप्रसाद लगातार भारतेंदु मंडली के हमलों का निशाना बने रहे। ये लोग चाहते थे कि काउंसिल में हिंदू समुदाय के हितों की आवाज उठानेवाला कोई व्यक्ति जाए। जैनी होते हुए भी शिवप्रसाद हिंदुओं के नेता बनते थे, पर वे सरकारी नीतियों के खिलाफ जाकर 'हिंदू हितों' की वकालत करेंगे, इसका विश्वास नहीं था। उनको काउंसिल का सदस्य बनाने की खबर आई तो *हिंदी प्रदीप* ने सैयद अहमद और शिवप्रसाद की तुलना करते हुए एक दिलचस्प टिप्पणी छापी। सैयद अहमद पहली बार 1878 में, दूसरी बार 1880 में लेजिस्लेटिव काउंसिल के सदस्य रह चुके थे। "सैयद साहब में इतना विशेष था कि ये अपने बढ़ने के साथ ही साथ अपनी कौम को भी बराबर फायदा पहुँचाते गए। हमारे राजा साहब में इसके विरुद्ध पाया गया। दास्यभाव दोनों का एक-सा है। राजा साहब में निपट बनियापन का-सा दास्यभाव है और सैयद साहब में मुसलमान होने के सबब कुछ उत्तेजना लिए है। मुसलमानों को फ़ख्र है कि एक आदमी ऐसा उनके बीच मौजूद है ··· । राजा साहब निरा दास्यभाव रखकर हाकिमों की हाँ में हाँ मिलाते, अपनी बुद्धिपाटव की सम्पूर्ण कुटिलता केवल जोड़ का तोड़ मिलाने और स्वार्थसाधन में लगाते इस पद को प्राप्त हुए (20 रु. की किरानी की नौकरी से काउंसिल की मेम्बरी तक)—जिसकी खुशी उनके चंद चेलों को ही होगी। हमलोगों को तो कोउ नृप होंहि, हमें का हानि। पैट्रियॉटिक फीलिंग वतनदोस्ती का खून जब जोश में आता है, तब इतना अवश्य कह उठते हैं, चलो अच्छा हुआ, एक लायक इधर का हिंदू तो काउंसिल का मेम्बर किया गया। राह तो खुली। यही सही।"[85]

1883 के मार्च-अप्रैल में काउंसिल में इल्बर्ट बिल पर बहस हुई जिसमें अँगरेजों

और हिंदुस्तानियों के बीच नस्ल के आधार पर होनेवाले एक भेदभाव को खत्म करने का प्रावधान था। स्थानीय स्वशासन की संस्थाओं ने बिल का समर्थन किया। लेकिन, "जगतसेठ के नाती राजा शिवप्रसाद सी.एस.आई. ने, जो हम लोगों के अभाग्य से उस सभा के एक सभासद हो गए हैं, इस बिल के विरुद्ध दो-चार वाक्य अंगरेजों की खुशामद के मारे बोले।" यह खबर देते हुए प्रतापनारायण मिश्र ने आगे लिखा कि जैसे जगतसेठ ने अपने स्वामी नवाब मुर्शिदाबाद का बंटाढार किया, वैसे ही उनके नाती शिवप्रसाद लार्ड रिपन का बंटाढार करेंगे। "आपकी इस करतूत का यह यश फैला है कि सब थू-थू करते हैं। यहाँ तक कि लोगों ने कलकत्ता आदि नगरों में इनका पुतला बनाके म्यूनिसिपल मेहतरों से सब क्रियाकर्म कराके होली में फूंका है।"[86] कलकत्ता में शिवप्रसाद का पुतला फूँकनेवाले लोग द्विज हिंदू थे जिन्होंने शिवप्रसाद को अछूत या मलेच्छ जैसा मानकर मेहतरों से सब क्रियाकर्म करवाके अपनी जातिगत घृणा का भी इजहार किया। इस जातिगत घृणाभाव को स्वाभाविक रूप से अपना मौन समर्थन देते हुए प्रतापनारायण मिश्र ने शिवप्रसाद का विकल्प ढूँढ़ने के लिए *उचित वक्ता* का यह सुझाव दोहराया कि राजा साहब की जगह सच्चे देशहितैषी भारतेंदु हरिश्चंद्र को सदस्य मनोनीत करने का निवेदन लॉर्ड रिपन से करना चाहिए।

अगले साल खबर आई कि शिवप्रसाद काउंसिल की सदस्यता से इस्तीफा देना चाहते हैं। इससे भारतेंदु मंडली में कुछ उम्मीद जगी, पर यकीन नहीं आया कि उनका मनपसंद प्रतिनिधि सरकार रख लेगी। हिंदू समुदाय की हीन और लाचार दशा का भाव *ब्राह्मण* में प्रकट हुआ। जब शिवप्रसाद ने सचमुच काउंसिल से इस्तीफा दे दिया तो *ब्राह्मण* ने खुशी जाहिर की। लेकिन वाइसराय ने इस्तीफा अभी तक मंजूर नहीं किया था। इसलिए संपादक ने निवेदन किया, "अपनी प्रजा और राजा साहब, दोनों के लाभ पर दृष्टि कर अवश्य अंगीकार करें।"[87] बालकृष्ण भट्ट ने, जो नफरत की हद तक शिवप्रसाद का विरोध करते थे, इस सारे मामले पर शक जाहिर किया। वाइसराय द्वारा इस्तीफा मंजूर नहीं करने की खबर को 'किंवदंती' कहते हुए उन्होंने इसे भी राजा की चाल बताया। 'हम पूरा विश्वास करते हैं कि यह भी गुरुओं की गुरुआई है। समाज में अपना गौरव बनाए रखने को, खासकर बनारस के लोगों के बीच, राजा ही ने शायद इस अफवाह को उड़ा दिया। नहीं तो लार्ड रिपन साहब को ऐसा क्या मीठा है कि राजा भागते फिरते और लॉर्ड रिपन उन्हें धाय-धाय के पकड़ते। ठौर-ठौर पुतला जलाया गया, इस मुलाहिजे से रिपन साहब क्या इन्हें नहीं छोड़ना चाहते?"[88]

शिवप्रसाद का इस्तीफा मंजूर हो गया। उनकी जगह भारतेंदु को लेजिस्लेटिव काउंसिल का सदस्य बनाने के लिए कई हजार दस्तखत जमा करके सरकार को भेजे गए। इसके लिए भारतेंदु से भी सहमति जरूर ली गई होगी। सरकार ने इसे मंजूर नहीं किया।

शिवप्रसाद का विरोध करने में *हिंदी प्रदीप* सबसे आगे था। उसके हर दूसरे-तीसरे अंक में शिवप्रसाद के खिलाफ कुछ-न-कुछ जरूर छपता। कोई खास मुद्दा न होने पर बालकृष्ण भट्ट उनके खिलाफ आम प्रचलित बातों को ही रस ले-लेकर दोहराते। "खैरख्वाही

के मद में नाम लिखाय जिन्दगी का मजा लूटो। बड़े-बड़े ओहदे, लंबे-चौड़े खिताब हासिल करो। हाकिमों से सुर्खरुई, प्रजा से बदनामी और सरकार से नेकनामी की गठरी लादो। अपना मतलब खातिरखाह साधो, लोक में निंदा हो तो हो। खुशामद को सिद्धांतपक्ष में रख सी.एस.आई. बनो। राजा कहलाओ।''[89]

हिंदी प्रदीप की आदत बन गई कि शिवप्रसाद को कभी किसी बात का श्रेय न दिया जाए। उनकी हर बात में छेद खोजे जाएँ, उन्हें ज्यादा-से-ज्यादा नीचा दिखाया जाए। उसने लिखा कि हंटर आयोग के सामने गवाही देनेवाले ज्यादातर लोग शिक्षाक्षेत्र के नहीं थे, ''राजाजी अलबत्ता पूछे गए जो इस किस्म की हर एक बातों में टांग अड़ाने को मुस्तैद बैठे रहते हैं।'' जाहिर है, *हिंदी प्रदीप* को तथ्यों से कोई मतलब नहीं था। वह शिवप्रसाद के खिलाफ अपमानजनक भाषा लिखने पर उतर आया था। शिवप्रसाद न सिर्फ पश्चिमोत्तर प्रांत के शिक्षाविभाग में भूतपूर्व इंस्पेक्टर ऑफ स्कूल्स थे, बल्कि प्रांत में शिक्षा के प्रसार में उनकी भूमिका सबसे महत्वपूर्ण थी। शिक्षा आयोग के सामने उनकी गवाही को, ''हर एक बात में टांग अड़ाना'' कहना उनका अंधविरोध था। आयोग के सामने जिन लोगों को बुलाया गया, उनमें से ज्यादातर शिक्षा के क्षेत्र से किसी-न-किसी रूप में जुड़े हुए थे। इनमें बाबू हरिश्चंद्र भी थे। शिवप्रसाद की गवाही में छेद खोजते हुए *हिंदी प्रदीप* ने तीन-चार मुद्दे ढूँढ़ निकाले। हल्काबंदी मदरसों के बारे में उसने शिवप्रसाद की इस राय को खुशामद ठहराया कि ''जो तरीका अब है, वह Sound basis अच्छी नींव पर कायम किया गया है।'' अगर यह राय खुशामद थी तो ऐसी खुशामद भारतेंदु समेत सभी गवाहों ने की थी। उसके लिए सिर्फ शिवप्रसाद को निशाना बनाना गलत था। शिवप्रसाद ने आयोग से स्कूल-इंस्पेक्टरों, सब-इंस्पेक्टरों और शिक्षकों की तनख्वाह बढ़ाने के लिए कहा था। *हिंदी प्रदीप* ने इसकी आलोचना में लिखा कि ''यह राय राजा साहब की कभी न हुई होगी जब खुद इंस्पेक्टर थे।'' ''न हुई होगी'' जैसे शब्द बताते हैं कि *हिंदी प्रदीप* ने अँधेरे में तीर मारा था। शिवप्रसाद ने कहा कि जहाँ मिशन स्कूल या रिआया की ओर से अच्छा स्कूल हो, वहाँ गवर्नमेंट का जिला स्कूल नहीं रहना चाहिए। यह बात सही थी कि सरकार सिर्फ वहीं स्कूल खोले जहाँ कोई और स्कूल न हो। पर शिक्षा के लिए पूरी तरह से सरकार पर निर्भर रहने की प्रवृत्ति हिंदीभाषी भद्रवर्ग के अंदर इस कदर घुसी हुई थी कि *हिंदी प्रदीप* ने भी उसी को दोहराया—कम-से-कम शिवप्रसाद का विरोध करने के लिए। शिवप्रसाद द्वारा संपादित पाठ्यपुस्तक *गुटका* की यह कहकर आलोचना की गई कि इसमें शामिल इंशा अल्ला खाँ की *रानी केतकी की कहानी* (कहानी ठेठ हिंदी की) और राजा लक्ष्मण सिंह का हिंदी अनुवाद *शकुंतला* 'सदुपदेश' नहीं है।

मुस्लिम भद्रवर्ग को संतुष्ट रखने की राजनीति के तहत 1883 के मार्च में सरकारी हुकुम निकला कि दस रुपए से ज्यादा तनख्वाहवाली सभी सरकारी नौकरियों के लिए अंग्रेजी के अलावा उर्दू का ज्ञान भी जरूरी होगा। इस फ़रमान से हिंदू भद्रवर्ग को चोट पहुँचना लाजिमी था क्योंकि इसका सीधा मतलब था कि सरकारी स्कूलों में हिंदी पढ़ा

व्यक्ति, अंग्रेजी का ज्ञान रखने पर भी, सरकारी नौकरी तब तक नहीं पा सकता जब तक वह उर्दू-फारसीदां भी न हो। इससे मुस्लिम भद्रवर्ग के लड़कों को विशेष सुविधाएं मिल गईं। इस फ़रमान के खिलाफ हिंदी पत्र-पत्रिकाओं में काफी मार्मिक और प्रभावशाली लेख छपे। *हिंदी प्रदीप* ने इसके खिलाफ व्यंग्यपूर्ण रूपक बाँधते हुए सरकार और मुस्लिम भद्रवर्ग को कठघरे में खड़ा करते हुए उनके साथ राजा शिवप्रसाद को भी लपेट लिया। हिंदी की पढ़ाई को एक तरह से खत्म कर देनेवाले इस आदेश को *हिंदी महामेध* का नाम देते हुए लिखा कि "हिंदी महामेध महायज्ञ का समारम्भ पश्चिमोत्तर और अवध गवर्नमेंट के सदर मुकाम प्रयाग से होगा। इसमें उपदेष्टा का काम बड़ी हिम्मत का है। उस पर कोई होशियार आदमी होना चाहिए। उसके लिए बेहतर होगा कि सैयद अहमद खां तशरीफ लाएं। यज्ञ में गुण प्रशंसक और पुराण सुनानेवाले की भी जरूरत पड़ेगी तो कोई ख़िताबी राजा बुला लिए जाएंगे वा खुद पहुंच जाएंगे। ··· हिंदी के टुकड़े-टुकड़े कर यज्ञकुंड में होम किए जाएंगे। ··· उचित होगा कि हिंदी मेधयज्ञ की मांगता में बड़े-बड़े हिंदुस्तानी रईसों की थोड़ी-थोड़ी नाक काट ली जाए।"[70] भद्रवर्गीय हिंदी लेखकों-पत्रकारों में इतनी क्षमता न थी कि वे अपनी भाषा के लिए सरकार के खिलाफ एक लड़ाकू आंदोलन खड़ा कर सकें। कई कारणों से वे सरकार के खिलाफ खुलकर आना भी नहीं चाहते थे। इस हालत में हिंदी का नुकसान होने पर वे शिवप्रसाद को दोषी ठहराते थे। शिवप्रसाद का दोष यह था कि वे हिंदी के ऐसे लेखक थे जिनकी सत्ता तक पहुँच थी। हिंदू भद्रवर्ग चाहता था कि सत्ता तक उनकी पहुँच का फायदा उन्हें भी मिले। जैसे सैयद अहमद ने मुस्लिम समुदाय को फायदा पहुँचाया, वैसे ही शिवप्रसाद भी पहुँचाएँ। पर यह समझना गलत था कि सैयद अहमद अपने समुदाय या वर्ग के लिए बहुत-कुछ हासिल करने में सफल रहे। अपने जीवन में वे न तो अलीगढ़ में विश्वविद्यालय बनवा सके, न अलीगढ़ कॉलेज को अपनी मूल योजना और विचारों के मुताबिक चला सके। सरकार ने 'मुस्लिम हितों' के नाम पर जो कुछ किया, वह सिर्फ सैयद अहमद के कारण नहीं किया। उसकी एक ऐतिहासिक पृष्ठभूमि और संदर्भ था जिसमें कुछ मुस्लिम संगठनों के हिंसात्मक विरोध और जेहाद के कारण उन्हें संतुष्ट रखने को सरकार तरजीह देती थी। सरकार शिवप्रसाद का जितना इस्तेमाल कर सकती थी, उससे कहीं ज्यादा वह सैयद अहमद का कर रही थी। हिंदी के लेखकों की यह धारणा सही न थी कि सैयद अहमद तो सरकार पर दबाव डालकर मुसलमानों का भला करने में खूब समर्थ हुए ज़बकि शिवप्रसाद नहीं। ऐसी तुलना करते हुए पश्चिमोत्तर प्रांत में हिंदी माध्यम से शिक्षा का प्रसार करने और नागरीलिपि का आंदोलन शुरू करने में राजा शिवप्रसाद ने जो महत्वपूर्ण भूमिका निभाई, उसे जान-बूझकर भुला दिया जाता था।

इतिहासतिमिरनाशक की आलोचना

भारतेंदु विभिन्न छद्म नामों से या बिना किसी नाम के भी अपनी पत्रिकाओं में लेख-टिप्पणी और पत्र लिखा करते थे। *हरिश्चंद्र मैग्जीन* के जिस अंक में शिवप्रसाद को संपादक मंडल

से हटाने की घोषणा छपी, उसी अंक में उनकी भाषानीति पर हमला करनेवाले अंग्रेजी लेख के अलावा 'एन ऑर्थोडॉक्स हिंदू ऑफ काशी' के नाम से लिखी गई *इतिहासतिमिरनाशक* के तीसरे खंड की आलोचना भी अंग्रेजी में छपी। *इतिहासतिमिरनाशक* का पहला खंड 1864 में छपा था और आखिरी (तीसरा) 1873 में। पहले दो खंडों की आलोचना भारतेंदु ने कभी नहीं की। शिवप्रसाद से संबंध बिगड़ने के बाद उन्होंने तीसरे खंड को आलोचना का निशाना बनाया। शुरू में कुछ तारीफ की—इस विषय पर लिखा गया अपने ढंग का पहला ग्रंथ, आधुनिक यूरोपीय इतिहासकारों के ग्रंथों का विद्वत्तापूर्ण उपयोग और शिवप्रसाद की आकर्षक लेखन शैली। इसके बाद तीन मुद्दों पर किताब की खुलकर आलोचना की—पहला मुद्दा : लेखक ईसाई मिशनरियों की तरह हिंदू संस्थाओं की आलोचना करता है जिससे सनातनी हिंदुओं की भावनाओं को चोट पहुँचती है। जैसे उसने शांत और विरक्त बौद्ध भिक्षुओं के मुकाबले निर्लज्जतापूर्वक, आवाज करते हुए भोज खानेवाले पेटू ब्राह्मणों को 'संडे-मुसंडे' कहा। लेखक ने यह भी लिखा है कि मेरी किताब पढ़ने से पाठकों को पुराणों में विश्वास जाता रहेगा। ''इस भयानक उद्देश्य को सामने रखकर लेखक ने बड़ा गलत काम किया है—एक ऐसी क्रांति जिससे हर चीज के अराजक हो जाने का खतरा है। पुराने शास्त्रों से हिंदुओं का विश्वास उठ जाएगा तो हिंदुओं के पास रहेगा क्या ?'' आलोचना का दूसरा मुद्दा : लेखक सिक्के का सिर्फ एक पहलू दिखाता है। दूसरे पहलू को छुपाकर ईमानदारी नहीं बरतता। उसने मुस्लिम शासन का वर्णन करते हुए अकबर, जहाँगीर और शाहजहाँ में सिर्फ बुराइयाँ ही दिखाईं, जबकि इन्होंने अपने समय में अच्छे काम भी किए थे। धार्मिक मामलों में उन्होंने सहिष्णुता का प्रचार किया था जो उस समय तक सभ्य यूरोप में भी नहीं थी। लेखक ने मुसलमान शासकों के अत्याचारों का जो वर्णन किया है, वह सच्चा है, फिर भी स्कूली पाठ्यक्रम की किताब में इसे नहीं रखना चाहिए था। इसमें दो समुदायों के बीच नफरत बढ़ेगी जबकि उपकारी ब्रिटिश शासन के तहत हम सबको मिलकर उन्नति करनी चाहिए। आलोचना का तीसरा मुद्दा : बाबू शिवप्रसाद ने सल्तनतकाल में लागू बाईस किस्म के टैक्सों की फ़ेहरिस्त देकर मुसलमानों के दमन-शोषण का वर्णन किया है। लेखक भूल जाता है कि मध्यकालीन दमन और शोषण की मिसाल लगनेवाले वे टैक्स ब्रिटिश शासन में आज भी बदले हुए नामों से जारी हैं। ऊपर से कई ऐसे नए टैक्स भी लग गए जिनकी पहले के अर्धसभ्य शासक कल्पना भी नहीं कर सकते थे। ब्रिटिश शासन ने टैक्स लगाने में पिछली सभी सरकारों को पीछे छोड़ दिया है। लेकिन शिवप्रसाद इस मामले में भी ब्रिटिश शासन की तारीफ करना सही समझते हैं। अपनी आलोचना के अंत में आलोचक ने भी ब्रिटिश शासन को बनाए रखने की कामना का भरपूर समर्थन किया।

विवादास्पद होने के बावजूद *इतिहासतिमिरनाशक* 19वीं सदी के सबसे मशहूर ग्रंथों में एक था। हिंदी में आधुनिक इतिहासलेखन की शुरुआत इसी से हुई। इस आधुनिक इतिहासलेखन की दो खास विशेषताएँ थीं—एक ओर यह इतिहास के प्रामाणिक तथ्यों और स्रोतों का उपयोग करने पर जोर देता था, दूसरी ओर मध्यकालीन मुस्लिम शासन को

अंधकार और अत्याचार के युग के रूप में चित्रित करता था जिससे अंग्रेजों ने आकर मुक्ति दिलाई। साथ ही राष्ट्र को किसी खास समुदाय के राजनीतिक संगठन (राज्य) के रूप में देखने की दृष्टि भी इसी इतिहासलेखन से पहली बार सामने आई। इन तीनों विशेषताओंवाले इतिहासलेखन की परंपरा को एलीफिंस्टन, मार्शमैन, स्मिथ और हेनरी इलियट जैसे साम्राज्यवादी इतिहासकारों ने तैयार किया था और अंग्रेजी शिक्षाप्राप्त भद्रवर्गीय बुद्धिजीवियों ने इसको अपना लिया। बंकिमचंद्र के लेख *भारत कलंक* में यह इतिहासदृष्टि दिखाई देती है। पार्थ चटर्जी ने 1808 में लिखी गई मृत्युंजय विद्यालंकार की इतिहास-पुस्तक *राजाबलि* से 1858 में तारिणीचरण चट्टोपाध्याय के लिखे *भारतवर्ष का इतिहास* (खंड 1) की तुलना करते हुए पुराने और आधुनिक इतिहासलेखन के फ़र्क को बहुत अच्छी तरह से दिखलाया है। हेनरी इलियट ने भारत में अँगरेजी राज को उचित ठहराने के लिए मुस्लिमशासन के बारे में चुन-चुनकर ऐसी सामग्री को एक जगह संजोया था जिससे मुस्लिमशासन ऐसे बोझ के समान दिखे जिससे निजात पाने के लिए लोग बेताब थे। शिवप्रसाद ने हेनरी इलियट के मातहत नौकरी की थी और उनसे काफी प्रभावित हुए थे। सैयद अहमद ने भी हेनरी इलियट को कई फारसी ग्रंथ उपलब्ध कराए थे। इसके बावजूद, बकौल इक्तिदार आलम खां और शीरीं मुसवी, अलीगढ़ तहरीक के कई बुद्धिजीवियों ने, खासकर जकाउल्ला खां, हाली और शिबली ने हेनरी इलियट और दूसरे साम्राज्यवादी इतिहासकारों की मुस्लिमविरोधी और सांप्रदयिकता को बढ़ानेवाली इतिहासदृष्टि की आलोचना की थी।[71] लेकिन हिंदू बुद्धिजीवियों ने उसको आंख मूंदकर अपनाया। उस समय के दूसरे कई भद्रवर्गीय हिंदुओं की तरह राजा शिवप्रसाद का इतिहासग्रंथ भी उसी इतिहासदृष्टि की देन था।

मुस्लिम और अंगरेजी राज के संदर्भ में *इतिहासतिमिरनाशक* की आलोचना करते हुए भारतेंदु ने जो कुछ लिखा, उसमें गलत कुछ भी नहीं था। लेकिन जो चीज भारतेंदु की आलोचना के उद्देश्य को संदिग्ध बनाती है, वह यह कि जिन बातों के लिए भारतेंदु ने शिवप्रसाद की आलोचना की, ठीक वही बातें खुद उनके इतिहासलेखन में भी हू-ब-हू मिलती हैं। फर्क सिर्फ 'आर्य कीर्ति' यानी हिंदू वीरता का है जिसका वर्णन शिवप्रसाद कम करते हैं। मुसलमान राजाओं का वृत्तांत देनेवाले भारतेंदु के ग्रंथ *बादशाह दर्पण* (1884) में अंगरेजी राज की कुछ बुराइयों का ज़िक्र भूमिका तक सीमित है। भारतेंदु ने समझदारी यह दिखलाई कि अंगरेजी शासन पर अलग से कुछ नहीं लिखा; किताब अंगरेजी शासनकाल तक आने से पहले ही खत्म हो जाती है। उन्होंने इल्ज़ाम लगाया था कि शिवप्रसाद मुस्लिमशासन की अच्छाइयों को नहीं देखते। इन अच्छाइयों को अपने लेखन में भारतेंदु ने भी उतना ही देखा जितना शिवप्रसाद ने। इसके उलटे, भारत में मुस्लिमशासन को 'अंधकार युग' मानने की धारणा भारतेंदु में स्पष्ट रूप से मिलती है। शिवप्रसाद की आलोचना करते हुए मुगल शासकों की जिस धार्मिक सहिष्णुता की बात भारतेंदु करते हैं, उस धार्मिक सहिष्णुता के दर्शन खुद उनके लेखन में कहीं नहीं होते। उलटे उन्होंने अकबर की धार्मिक सहिष्णुता को भी उसकी चालबाजी बतलाया जिसका मकसद हिंदुस्तान को मुसलमान

बनाना था। वास्तव में भारतेंदु ने नहीं, शिवप्रसाद ने अकबर की धार्मिक सहिष्णुता की तारीफ की थी। *इतिहासतिमिरनाशक* के तीसरे खंड की आलोचना करते हुए उसके पहले खंड को जानबूझकर भुला दिया गया। पहले खंड में अकबर की तारीफ करते हुए शिवप्रसाद ने लिखा था, "अकबर ने अपनी नेकमिजाजी से यह पक्का मंसूबा बांधा कि न तो मजहब का कुछ ख्याल करे और न रंग और कौम का। जो लोग इस देश में बसते हैं, सबको जान-दिल से अपना कर ले।" अकबर की धार्मिक नीति की सराहना करते हुए शिवप्रसाद ने लिखा कि अकबर के शासन में हिंदुओं को भी ऊँचे पद मिलते रहे, इसलिए हिंदू अकबर को इतना मानते थे। पहले खंड में लिखी गई अकबर की तारीफ को तीसरे खंड में उलट नहीं दिया गया था। सिर्फ अकबर की कुछ बुराइयों को भी उसमें जोड़ दिया गया जो पहले खंड में नहीं थीं—जैसे—एक मातहत सरदार की सुंदर स्त्री को हथियाने की उसकी कोशिश। पहले खंड में शिवप्रसाद ने अकबर द्वारा किए गए धार्मिक-सामाजिक सुधारों का भी खुलकर ज़िक्र किया जिन्हें भारतेंदु ने अपनी किताब में संक्षेप में दोहराया।

भारत में अंगरेजी राज कायम होने का इतिहास न लिखकर भारतेंदु ने अंगरेजी राज की उन बुराइयों का वर्णन करने से खुद को बचा लिया जिनका वर्णन न करने का दोषी उन्होंने शिवप्रसाद को ठहराया। अत्याचारों से भरे मुस्लिमशासन से अंगरेजों ने आकर मुक्ति दिलाई—अंगरेजों द्वारा प्रचारित यह इतिहसबोध 19वीं सदी के कई हिंदू इतिहासकारों की तरह राजा शिवप्रसाद और भारतेंदु, दोनों में समान रूप से मिलता है। अंगरेजी राज से निराशा प्रकट करने के बावजूद भारतेंदु ने लिखा, "भारत कृतघ्न नहीं है। यह सदा मुक्त कंठ से स्वीकार करेगा कि अंगरेजों ने मुसलमानों के कठिन दंड से हमको छुड़ाया।"[92]

मुस्लिम शासकों के अत्याचारों के ज्यादा विवरण नहीं देने की सलाह देनेवाले भारतेंदु ने खुद अपने लेखन में ऐसे विवरणों से कोई परहेज नहीं किया। शिवप्रसाद की आलोचना में हिंदू-मुस्लिम एकता बढ़ाने की जरूरत भले ही बताई हो, लेकिन एक मुसलमान द्वारा लॉर्ड मेयो की हत्या किए जाने पर मुस्लिम समुदाय विरोधी जो उद्गार उन्होंने प्रकट किए, वे बताते हैं कि ऐसी किसी एकता की उन्हें ज्यादा परवाह नहीं थी। इतिहासलेखन के लिए सैयद अहमद के एक फारसी ग्रंथ से सामग्री लेने के बावजूद उनके लेख *मुसलमान राजत्व का संक्षिप्त इतिहास* में हिंदुओं पर मुस्लिम शासकों के अत्याचारों के विवरण उसी तरह भरे पड़े हैं जैसे *इतिहासतिमिरनाशक* में। औपनिवेशिक शिक्षित भद्रवर्ग अंग्रेजी सभ्यता के आगे हिंदू और मुस्लिम सभ्यता की हीनता को मानकर चलता था। सैयद अहमद, राजा शिवप्रसाद और भारतेंदु इसमें समान रूप से विश्वास करते थे। *इतिहासतिमिरनाशक* में बहादुर अंग्रेजों के खिलाफ हिंदुओं की वीरता का वर्णन भले ही न मिलता हो, मुस्लिम शासकों के खिलाफ हिंदुओं की वीरता के चित्र मिल जाते हैं। 19वीं सदी के हिंदू इतिहासलेखन में मुस्लिम शासकों के खिलाफ क्षात्रधर्म में वीरगति पानेवाले हिंदुओं के अलावा चतुर हिंदू रमणियों के साहसपूर्ण कारनामों का वर्णन भी एक गहरे विश्वास की तरह मौजूद रहता था। इसमें खासकर रानी पद्मावती की कहानी और सिंधदेश

की राजकुमारियों की साहसिक गाथा मशहूर थी। इनमें से बादवाली कथा का स्रोत एलिफिन्सटन और हेनरी इलियट के इतिहासलेखन में था। शिवप्रसाद, भारतेंदु, काशीनाथ खत्री, रामकृष्ण वर्मा, राधाकृष्णदास—सबने इन कथाओं को दोहराया। इतिहासलेखन की यह प्रवृत्ति भारतेंदु में इतनी प्रबल थी कि यह उनके कलात्मक साहित्य में भी मिलती है। उनका नाटक *नीलदेवी* इस प्रवृत्ति की प्रतिनिधि रचना थी। राधाकृष्णदास के मुताबिक *नीलदेवी* लिखते समय भारतेंदु ने उनसे कहा था, ''भारतवर्ष में अब ऐसे ही नाटकों की विशेष आवश्यकता है जो आर्य संतानों को अपने पुर्वपुरुषों का गौरव स्मरण करावें। अतएव तुम कोई नाटक इस चाल का लिखो।''[93] भद्रवर्गीय आर्य संतानों को पूर्वपुरुषों के गौरव का स्मरण अंगरेजों के खिलाफ नहीं, सिर्फ मुसलमानों के खिलाफ कल्पित या वास्तविक संघर्षों से ही होता था। लिहाजा राधाकृष्णदास ने *नीलदेवी* की तरह *महारानी पद्मावती* नाटक लिखा। इसमें, रामचंद्र शुक्ल के मुताबिक, ''मुसलमानों के दोष और हिंदुओं के गुण खूब जी खोलकर दिखाए गए हैं। कहीं-कहीं अलाउद्दीन ऐसे विजयी और चतुर को बिल्कुल काठ का उल्लू बना दिया है।''[94] इस नाटक के लिखने की प्रेरणा कैसे मिली ? यह सिर्फ भारतेंदु से नहीं मिली थी। नाटक के दूसरे संस्करण की भूमिका में राधाकृष्णदास ने एक दिलचस्प जानकारी दी। ''एक दिन मैं *इतिहासतिमिरनाशक* नाम की पुस्तक पढ़ रहा था। उसमें श्रीमती महाराणी पद्मावती का वृत्तांत पढ़कर मेरे चित्त में सहसा यह बात उत्पन्न हुई कि इस विषय पर हिंदी नाटक लिखा जाय तो अत्यंत उत्तम हो।''[95] *इतिहासतिमिरनाशक* के खिलाफ भारतेंदु ने चाहे जो लिखा हो, राधाकृष्णदास से भारतेंदु ठीक उसी बात का आग्रह कर रहे थे जिसकी प्रेरणा राधाकृष्णदास को *इतिहासतिमिरनाशक* से मिल रही थी। 19वीं सदी के ये तीनों लेखक इतिहासबोध की एक ही परंपरा में हुए थे।

हरिश्चंद्र मैग्जीन में *इतिहासतिमिरनाशक* की आलोचना का एक मुद्दा यह भी था कि इसका लेखक पुराणों पर से हिंदुओं के विश्वास को हिला देने का उद्देश्य रखता है। आलोचना में इस मुद्दे को सही संदर्भ में नहीं देखा गया। पुराणों पर शिवप्रसाद ने आर्यसमाजियों की तरह हल्ला नहीं बोला था। हिंदी में इतिहासलेखन के लिए प्रामाणिक स्रोतों के सवाल को *इतिहासतिमिरनाशक* में पहली बार उठाया गया था। भारतीय संदर्भ में इतिहासलेखन के लिए शिवप्रसाद को जिस खास समस्या से जूझना पड़ा, वह पुराणों को ही इतिहास समझने की प्रचलित हिंदू धारणा थी। *इतिहासतिमिरनाशक* में पहली बार पुराणों को इतिहास से अलग करके आधुनिक इतिहासलेखन की नींव डाली गई—हालांकि इतिहासलेखन संबंधी बहुत सी दूसरी समस्याएँ और पूर्वाग्रह बने रहे। भाटों के बनाए इतिहास और सही तारीखों की जाँच-पड़ताल की समस्याओं का ज़िक्र करते हुए शिवप्रसाद ने लिखा कि हिंदू लोग पुराणों को अपना शास्त्र मानते हैं और इसलिए उनमें वर्णित इतिहास को अप्रामाणिक मानने को राजी न होंगे। उनके नजदीक जो कहीं किसी का सिर पर्वत समान लिखा है तो उनका नाक-कान अवश्य कंदरा के बराबर मानना चाहिए। ''ऐसी समझवालों से हमारी विनती है कि हमको किसी के मत के खंडन और मंडन से प्रयोजन नहीं। हम तो अपने देश

का इतिहास लिखते हैं जिसका प्रमाण आज तक मौजूद है।" इस उद्धरण में मत से तात्पर्य धार्मिक विश्वासों से है। उदाहरण दिया कि काशी में औरंगजेब का आना और विश्वेश्वर का मंदिर तोड़ना इतिहास की बात है जिसके सबूत आज तक भी मौजूद हैं। लेकिन विश्वेश्वर का अपने पंडे को स्वप्न देकर ज्ञानवापी में कूद पड़ना केवल हिंदुओं का विश्वास है जो इतिहासग्रंथों में लिखने योग्य कदापि नहीं। शिवप्रसाद के सामने समस्या धार्मिक संस्कारों में पगे स्कूल के हिंदू विद्यार्थियों को इतिहास की आधुनिक धारणा से परिचित कराने की थी जिसे भारतेंदु ने बिल्कुल महसूस नहीं किया। उलटे उसे पुराणों पर धार्मिक हमला समझ लिया।

इतिहासतिमिरनाशक की निंदा इसलिए भी की जाती थी कि इसमें किसी प्राचीन आर्य गौरव का वर्णन नहीं मिलता। नवजागरण की पुनरुत्थानवादी प्रवृत्ति से इसका मेल नहीं बैठता था। इसके बावजूद दयानंद सरस्वती ने इससे अपने मतलब का प्रमाण *सत्यार्थ प्रकाश* में उद्धृत किया। अंग्रेज इतिहासकारों ने भले ही पश्चिमी सभ्यता की श्रेष्ठता को साबित करने के लिए भारतीय इतिहास के किसी भी काल की सभ्यता की महानता से इनकार किया और शिवप्रसाद ने भी उनका अनुकरण किया, लेकिन इससे इतिहासलेखन के अंदर की एक दूसरी विशेषता भी प्रकट होती थी—प्राचीन इतिहास पर चढ़े भव्यता और अतिमानवीयता के खोल को उतारकर उसके यथार्थ भौतिक रूप को दिखलाना। जैसे, मनुष्यों की हजारों-लाखों बरसों की पौराणिक आयु का खंडन करते हुए शिवप्रसाद ने सिकंदर के बत्तीस बरस की उम्र में मरने का हवाला दिया और लिखा कि पिछले तीन हजार बरसों से मनुष्य की उम्र आज जैसी ही होती थी। महाभारत युद्ध में अपनाए गए कई अनैतिक, भ्रष्ट तौर-तरीकों और क्रूरतापूर्ण कामों की तुलना अपने समय के युद्धों से करते हुए कई बातों में द्वापरकाल से कलियुग की सभ्यता को श्रेष्ठ कहा। राजसूय यज्ञ में युधिष्ठिर को विभिन्न देशों के राजाओं से जो चीजें भेंट में मिली थीं, वो वैसी ही थीं जैसे अब भी छोटेमोटे पहाड़ी राजा गवर्नर जनरल को नजर करते रहते हैं। प्राचीन आर्य जो कुछ आप खाते-पीते थे, वही अपने पूजनीय देवताओं को भी खिलाते थे। "गाय, बैल, घोड़ा, भेंड़, बकरी इत्यादि की बलि देते थे और उनका मांस भूनकर खाते थे। सोमरस, जिससे नशा होता था, स्त्रियों समेत पीते थे।"[96] यह इतिहासलेखन न उस समय के सनातनियों को पच सकता था, न कट्टर आर्यसमाजियों को। शिवप्रसाद ने लिखा कि यह कदापि न समझना चाहिए कि प्राचीन काल में अर्थात् सतयुग में पाप या कुकर्म कभी नहीं होता था। "यदि हिंदुओं के कहने के मुताबिक *मनुस्मृति* केवल सतयुग के लिए बनाई गई थी, तो ऐसा कोई कुकर्म नहीं है जिसके लिए उसमें दण्ड न ठहराया गया हो। और दण्ड उसी कुकर्म के लिए ठहराया जाता है जो उस समय होता हो। लेजिस्लेटिव काउंसिल से समुद्र सोखने, तारा तोड़ने, वायु रोकने अथवा पहाड़ चुराने की सजा के लिए कभी कोई कानून जारी न होगा। जब होगा तो उन्हीं अपराधों के दंड के लिए होगा जो इस समय लोग करते हैं।"[97] वैदिक ब्राह्मणों को लिखना नहीं आता था और न उस समय कागज, कलम और दवात होती थी। "लिखने की विद्या इस देश में पीछे से फैली।" इस इतिहासदृष्टि से पुनरुत्थानवाद की जमीन खिसकती थी।

इतिहासतिमिरनाशक में वह प्रगतिशील सामाजिक दृष्टिकोण भी दिखाई देता है जो भारतेंदु मंडली के लेखकों में बहुत कम मिलता है। शिवप्रसाद ने ऊँच-नीचवाली जातिप्रथा पर चोट करते हुए शूद्रों के उभार का समर्थन किया। प्राचीनकाल के शूद्रों पर कई बंदिशें थीं। "यह काठ की हाण्डी कब तक गर्म हो सकती थी? शूद्रों में होशियारी आई और थोड़े-से ब्राह्मणों के सुख-चैन और मजा उड़ाने के लिए सारी प्रजा अथवा शूद्रों का गुलामी में पड़े रहना असह्य हुआ। दस्तूर है कि जिस नियम की नेंव थोड़ों के फाइदे के लिए बहुतों के नुकसान पर रहती है, कदापि चिर स्थाई नहीं होती।" इतिहास में शूद्रों के उभार को शिवप्रसाद ने वेदविरोधी बौद्धधर्म के उत्थान के साथ जोड़कर पश्चिमोत्तर प्रांत में नवजागरण के अंदर पहली बार एक अलग धारा का संकेत दिया, हालाँकि यह धारा लंबे समय तक कमजोर ही रही। हिंदी नवजागरण के लेखकों में शिवप्रसाद अकेले थे जिन्होंने भारतीय समाज के पतन को ब्राह्मणों के विशेषाधिकारों से जोड़कर देखा। दयानंद सरस्वती के विरोधी होने पर भी उन्हीं की तरह धर्म, शिक्षा और रोजगार पर कुछ-एक जातियों के वर्चस्व का उन्होंने विरोध किया और इन पर शूद्रों के अधिकारों का समर्थन किया। इस दृष्टिकोण का आधार शायद उनकी जैन पृष्ठभूमि में भी था।

भारतेंदु मंडली से जुड़े लेखक-पत्रकार *इतिहासतिमिरनाशक* का लंबे समय तक विरोध करते रहे। इसका पता *हिंदी प्रदीप* सितंबर, 1882 में छपे अल्मोड़ा के ह.रा.पा. के पत्र से पता चलता है। पत्रलेखक ने लिखा कि हमारे स्कूलों में प्रचलित *इतिहासतिमिरनाशक* कैसा अधम और निष्कृष्ट ग्रंथ है, इसे सब जानते हैं। क्या इसे उठाने का प्रयत्न नहीं हो सकता? "बिहार में यह अनर्गल पुस्तक गर्दनिया दे निकाल बाहर कर दी गई है। क्या यहाँ भी ऐसा यत्न नहीं हो सकता? कलकत्ते तक इस नीच पुस्तक की दुर्गन्धि पहुँच गई है। गत सप्ताह *उचित वक्ता* में राजा के इस ग्रंथ का यथोचित आदर किया गया है। देश के सच्चे हितैषियों को चाहिए कि इस पुस्तक को शिक्षा विभाग से निर्मूल करने के अर्थ आंदोलन करके इसके स्थान पर पंडित केशवराम भट्ट संपादक *बिहारबंधु* का बनाया *हिंदुस्तान का पूरा इतिहास* रखने के लिए सरकार से निवेदन करें।"

हिंदी की नई चाल

हिंदी की नई चाल (हरिश्चंद्री हिंदी) का दावा करते हुए भारतेंदु ने जिस 'आर्यभाषा' को आगे बढ़ाया, वह साहित्य और पत्रकारिता के अलावा आगे जाकर शिक्षा और पाठ्यपुस्तकों की भाषा का भी आदर्श बन गई। भाषा के इस रूप के चल निकलने के पीछे 19वीं सदी के पश्चिमोत्तर प्रांत में भद्रवर्गीय हिंदू-मुस्लिम संघर्ष का ऐतिहासिक संदर्भ था। संस्कृतनिष्ठ हिंदी को अपनी धार्मिक पहचान का प्रतीक बनाकर हिंदू समुदाय को उसके पीछे गोलबंद करने की कोशिश की गई। इससे दो मकसद पूरे होते थे—पहला, मुसलमानों से हिंदुओं का ज्यादा-से-ज्यादा अलगाव, दूसरे, संस्कृतनिष्ठ भाषा के जरिए ही भद्रवर्गीय द्विज जातियों का नेतृत्व ज्यादा स्वाभाविक रूप से कायम हो सकता था। भाषा का यह रूप मिश्र, भट्ट,

मालवीय, उपाध्याय, पाठक, द्विवेदी, शुक्ल, सिंह, अग्रवाल और दास वगैरह के पारिवारिक-सामाजिक परिवेश और संस्कारों के ज्यादा निकट था। 19वीं सदी में भारत के दूसरे प्रांतों में भी भद्रवर्गीय नेतृत्व में भाषा को संस्कृतनिष्ठ बनाने की प्रवृत्ति चल रही थी। बंगाल में बँगला और बंबई प्रांत में गुजराती और मराठी को भी संस्कृतनिष्ठ बनाया जा रहा था। लेकिन पश्चिमोत्तर प्रांत से इनका एक बुनियादी फ़र्क था। जहाँ बँगला, गुजराती या मराठी का संस्कृतकरण प्रचलित अरबी-फारसी शब्दों को हटाए बगैर हो रहा था, वहाँ हिंदी का संस्कृतकरण अरबी-फारसी शब्दों के बहिष्कार के साथ हुआ। इस फ़र्क का ऐतिहासिक कारण इनके नवजागरण के संदर्भ में था।

भारतेंदु युग के लेखकों के हँसमुख गद्य की तारीफ की जाती है जो वाजिब है। उस गद्य की जिंदादिली, उमंग और स्वच्छंदता को उचित ही सराहा जाता है। लेकिन यह उस गद्य का सिर्फ एक पक्ष था। उसके दूसरे पक्ष की हमेशा अनदेखी की गई। उन लेखकों ने न सिर्फ कई प्रचलित अरबी-फारसी शब्दों को हटाकर उनकी जगह संस्कृत शब्दावली का इस्तेमाल किया, बल्कि कई आसान हिंदी शब्दों को भी हटाकर कठिन और अप्रचलित संस्कृत के शब्द ठूँसे। मिसाल के लिए, 'बड़ी बहादुरी दिखाई' की जगह 'बड़ी शूरता प्रकाश की' (*बादशाह दर्पण*) और 'उसी तरह साबित नहीं होते' की जगह 'तादृश्य प्रमाणीभूत नहीं होते' (*खत्रियों की उत्पत्ति*)। ये शब्दप्रयोग भारतेंदु ने किए। यह भाषानीति राजनीतिक-सांस्कृतिक दुराग्रहों का नतीजा थी। इन लेखकों के ठेठ जनपदीय प्रयोगों के साथ ऐसे संस्कृत प्रयोगों का मेल जरा नहीं बैठता। उन्होंने अपने समय के खड़ीबोली उर्दू गद्य के असरदार और लोकप्रिय रूप की भी अनदेखी की। उनकी वाक्यरचना कहीं बेडौल और कहीं संस्कृत उपमाओं और पदावली के भार से लदा-फँदी होती थी। बालकृष्ण भट्ट ने एक ओर प्रचलित अंग्रेजी नामों के अलावा भाव-अभिव्यक्ति के अंग्रेजी शब्दों को भी हिंदी में बेवजह ठूँसने की शुरुआत की, जैसे पोलिटिकल, अप्स एंड डाउनस्, पैट्रियॉटिक फीलिंग, स्पिरिट वगैरह। दूसरी ओर वे "लार्ड रिपन उन्हें धाय धाय के पकड़ते" जैसी जनपदीय हिंदी लिखते और तीसरी ओर वे हिंदी के नाम पर संस्कृत पदावली से अलंकृत भाषा भी लिखते थे, "जबकि यह देश नीतिसंपन्न अंग्रेजों के हस्तगत हुआ और उन दुर्गुण राशि भूपालों से अब कुछ प्रयोजन न रहा जिनकी फारसी, अरबी पर विशेष ममता थी और सकल गुणाकर प्रसून मधुकर उदण्ड प्रतापशाली अंगरेजों के साथ ही साथ उनकी भाषा अंगरेजी ने भी आकर यहाँ देखा—यहाँ की मातृभाषा हिंदी जो इस निखिल दुर्दशा दलित देश को नहीं छोड़ना चाहती और दुख की दशा में भी 'जननी जन्मभूमिश्च स्वर्गादपि गरीयसी' का गीत गाती ही जाती है, क्यों न अपने मनोरथ की सफलता को पहुँचे और भाषा तृतीय सन्निपात सज्जनित पीड़ा में व्यथित एतद्देशीय प्रजा जो अंधी, बहरी, गूँगी-सी हो गई है, उसकी चिकित्सा के लिए सरकार सद्वैद्य बन यथोचित उपाय और औषधि कर स्वाधीन देश को आरोग्य न बनावे और यह मंत्र पढ़के विंघ्नोत्सरण क्यों न कर दे।"[98]

उस समय नई उभर रही पीढ़ी के साहित्यकारों पर इस हरिश्चंद्री हिंदी का कैसा असर

पड़ रहा था, इसकी एक मिसाल राधाकृष्णदास हैं। उनकी भाषा के कुछ नमूने :

1. "मुझको इस बात को प्रकाशित करने में बड़ा ही आनंद होता है कि सर्वसज्जन महाशयों ने इस क्षुद्र लेख को सानंद ग्रहण किया।"
2. "जैसा ही तो कागज और छपाई उत्तम, वैसी ही भाषा तथा लेख प्रणाली उज्ज्वल।"
3. "अमीचन्द इस वाक्य के व्याघात से मूर्च्छित होकर गिर पड़े।"[99]

इस तरह की भाषा साहित्यिक रचनाओं में ही नहीं, उनकी निजी चिट्ठियों तक में दिखाई देती है। उभर रहे युवा कवि श्रीधर पाठक ने राधाकृष्णदास को अपनी एक चिट्ठी में लिखा, "...आपने यंत्रादि सामग्री अवश्य संपादित कर ली होगी। क्योंकि बिना निज के यंत्र के एतद्विध पत्र का निर्वाह नितांत असाध्य है।"[100]

1890 तक संस्कृतनिष्ठ हिंदी को हिंदुत्व का ऐसा पवित्र प्रतीक बना दिया गया कि आसान हिदी 'यावनी भाषा' समझी जाने लगी। भारतेंदु के बाद मदनमोहन मालवीय हिंदी आंदोलन के बड़े नेता हुए। वे हिंदी के लेखक और संपादक भी थे। वे हिंदी का भ्रष्ट रूप किसको समझते थे, इसे नीचे के उदाहरणों में देखा जा सकता है। महमूद सीरीज़ की नई रीडरों (स्कूली किताबों) की भाषा की निंदा करते हुए उन्होंने उस निंदनीय भाषा के कुछ उदाहरण दिए :

1. "बहुत पुराने जमाने की बात है कि अयोध्या में दशरथ नाम के राजा राज करते थे। उनके राज्य में रैयत बड़ी खुशी के साथ अपनी जिंदगी बिताती थी। बादशाह इतने अच्छे थे कि वे किसी को किसी चीज की तकलीफ न होने देते थे।"
2. "दूसरे दिन सुबह में वसुदेव ने कंस को वह लड़की देते हुए कहा—देवकी के हमल से यही लड़की पैदा हुई है।"
3. "गंगा नदी हिंदुस्तान की सभी नदियों में ज्यादा इज्जत और खातिर की नजरों से देखी जाती है।"

इन उद्धरणों की भाषा पर मालवीयजी ने आपत्ति की, "यह भाषा और कोई भाषा हो, हिंदी नहीं हो सकती।"[101]

मालवीयजी ने जिसे हिंदी मानने से इनकार किया, दरअसल वही जन-साधारण की असली हिंदी थी और है। एक खातिर शब्द को छोड़ दें तो स्कूली किताबों के लिए भी यही भाषा आज भी आदर्श है। मालवीयजी ने इसे हिंदी मानने से इनकार क्यों किया? ऊपर दिए गए उद्धरण राम, कृष्ण और गंगा जैसे हिंदू धार्मिक विषयों पर लिखे गए पाठों से लिए गए हैं। जिस कारण से मथुरा के वल्लभाचारी व्यास गोसाईं कृष्णकथा में यावनी (उर्दू) शब्दों को आने नहीं देते, उसी कारण से कट्टर वैष्णव मालवीयजी भी राम, कृष्ण और गंगा से जुड़ी भाषा में रैयत, लड़की और पैदा होना जैसे मामूली उर्दू शब्दों को भी बर्दाश्त नहीं कर पाए। दशरथ को बादशाह कहना और गंगा को खातिर की नजरों से देखना ब्राह्मणनेता की धार्मिक रुचि को पचते नहीं। उन्हें संतोष तब होता जब रैयत की जगह प्रजा, लड़की की जगह कन्या, बादशाह की जगह नरेश, पैदा होने की जगह उत्पन्न होना और नजरों की

जगह दृष्टि कहा जाता। द्विज घरों में बच्चे बचपन से ही गायत्री मंत्र, विष्णु स्तोत्र, श्रीराम स्तोत्र वगैरह संस्कृत श्लोकों को सुनते-पढ़ते हुए बड़े होते थे। सभी हिंदीभाषियों की ओर से लड़ने का दावा करनेवाले भद्रवर्गीय ब्राह्मणवादी नेताओं ने उर्दू का विरोध करते हुए हिंदी को नहीं, बल्कि अपनी धर्मभाषा संस्कृत को प्रतिष्ठित करने की कोशिश की। चूँकि संस्कृत को सीधे-सीधे प्रतिष्ठित करना अब मुमकिन नहीं था, लिहाजा उन्होंने उसे हिंदी के सिर पर बैठा दिया। रामचंद्र शुक्ल ने जब कहा कि हम हिंदू हैं और हमारी भाषा हिंदी में हमारे आचार-विचार और प्राचीन गौरव की बातें आएँगी ही, कुढ़नेवाले कुढ़ते रहें'[102] तो वे हिंदी को उसी नजर से देख रहे थे जिस नजर से मालवीयजी देखते थे। उनकी यह बात गलत नहीं थी कि किसी भी भाषा में उसके बोलनेवाले समाज के आचार-विचार और प्राचीन गौरव की बातें स्वाभाविक रूप से आती हैं। लेकिन जिस बात का एहसास उन्हें कभी नहीं हुआ, वह यह थी कि जिस आचार-विचार और प्राचीन गौरव की वे बात कर रहे हैं, वह मुट्ठीभर द्विज जातियों के धर्म और संस्कृति की थी। करोड़ों हिंदीभाषी जनता को उनके आचार-विचारों से कुछ भी लेना-देना नहीं था।

19वीं सदी के आखिरी तीस सालों में और 20वीं सदी के शुरू के दशकों में हिंदीभाषा का जो कायाकल्प किया गया उससे यह नई हिंदी एक छोटे से शिक्षित और साहित्यिक वर्ग की बोली बनकर रह गई। उर्दू के अरबी-फारसीकरण से (जिसकी प्रक्रिया काफी पहले से चल रही थी) और हिंदी के संस्कृतकरण से दोनों भाषाओं के बीच का फासला तो बढ़ा ही, अपने-अपने समाज की आम भाषा से, यहाँ तक कि शहरी मध्यवर्ग की बोलचाल की भाषा से भी, फासला बढ़ा। हिंदी-उर्दू विवाद के राजनीतिक पक्ष का अध्ययन करनेवाले पॉल ब्रास ने मशहूर भाषावैज्ञानिक समाजशास्त्री गुम्पर्ज़ और ज्योतिन्द्र दास के एक अध्ययन का हवाला दिया है जिसमें हिंदू-मुस्लिम भद्रवर्गीय लड़ाई के भाषाई और सामाजिक नतीजों के बारे में कहा गया कि "As the Hindu Muslim conflict grew, literary Hindi and Urdu began to grow more and more distinct, not only from each other, but also from the spoken every-day idiom of the urban middle class."[103] इसके ऐतिहासिक संदर्भ की अनदेखी करने के बावजूद रामविलास शर्मा ने अपने एक लेख में इस नतीजे की पुष्टि की है।[104]

जैसे अरबी-फारसीनिष्ठ उर्दू साधारण मुसलमानों की पहुँच से दूर हो गई, वैसे ही संस्कृतनिष्ठ हिंदी भी मामूली लोगों की हिंदी से दूर हो गई। भद्रवर्गीय नेतृत्व ने भाषा को प्रतीक बनाकर मुस्लिम भद्रवर्ग के मुकाबले अपनी अलग पहचान जरूर कायम कर ली, लेकिन खुद अपने व्यापक समुदाय के अंदर भी एक संकट पैदा कर लिया जिसका हल आज तक नहीं निकल पाया। साधारण हिंदीभाषी जनता संस्कृतनिष्ठ हिंदी का न व्यवहार करती थी, न उससे आत्मीयता और लगाव महसूस करती थी। इससे नई चाल की हिंदी का सामाजिक आधार बहुत छोटा रहा। पॉल ब्रास ने मैथिली भाषा आंदोलन से संबंधित अपने अध्ययन में मिथिला के ब्राह्मणों और कर्ण कायस्थों की संस्कृति और उनकी मैथिली से वहाँ के गैरब्राह्मणों-गैरकायस्थों की संस्कृति और मैथिली के फ़र्क का ज़िक्र करते हुए लिखा है

कि इस फ़र्क के कारण ही ब्राह्मण और कर्ण कायस्थों के नेतृत्व में हुए मैथिली भाषा आंदोलन से बाकी मैथिलियों ने कोई लगाव महसूस नहीं किया।[105] इस संकीर्ण जनाधार की वजह से ही तीन-चार बार उठने पर भी मैथिली भाषा आंदोलन कभी सफल नहीं हो सका। 19वीं सदी में निकलनेवाली हिंदी पत्र-पत्रिकाओं का जीवन इस नई हिंदी के संकुचित जनाधार का एक और सबूत था। आज राजभाषा मान ली जाने पर, केंद्र में कुछ हद तक और कई राज्यों में पूरी तरह से राजभाषा बन जाने पर भी हिंदी में निकलनेवाली पत्र-पत्रिकाओं का जीवन न सिर्फ अनिश्चित है बल्कि शिक्षित जनता में भी उनकी खपत और लोकप्रियता बहुत कम है। यह समस्या नई चाल की हिंदी के साथ शुरू से रही। नागरीप्रचारिणी सभा के कहने पर लिखे गए *हिंदीभाषा के सामयिक पत्रों का इतिहास* में राधाकृष्णदास ने बताया कि 1900 ई. से पहले हिंदी में सभी तरह की कुल 139 पत्र-पत्रिकाएँ निकलीं जिनमें से 78 पत्र-पत्रिकाएँ कुछ ही अंकों के बाद बंद हो गईं। जो पत्रिकाएँ निकलती रहीं, वे सभी महत्वपूर्ण नहीं थीं और उनका क्षेत्र भी सीमित था (जैसे वैद्यकी की पत्रिका)। गौरतलब है कि जो 78 पत्र-पत्रिकाएँ बंद हो गईं, उनमें से कई उस वक्त के सबसे बड़े साहित्यकारों-पत्रकारों द्वारा निकाली गई महत्वपूर्ण पत्रिकाएँ थीं। ये साहित्यकार-पत्रकार हिंदी आंदोलन के नेता भी थे। पर इनकी पत्रिकाएँ कभी भी नियत समय पर नहीं निकलती थीं। इनके ग्राहक बहुत कम थे। जो ग्राहक बनते, वे बार-बार कहने पर भी अपना सदस्यता शुल्क समय से नहीं भेजते थे या फिर भेजते ही नहीं थे। जाहिर है कि इन पत्रिकाओं के साथ शिक्षित लोगों का भी लगाव बहुत ज्यादा नहीं था। राधाकृष्णदास के मुताबिक भारतेंदु हरिश्चंद्र की पत्रिकाएँ *कविवचन सुधा* व *हरिश्चंद्र चंद्रिका* नियत समय पर नहीं निकलती थीं। सरकारी खरीद बंद होते ही उनकी पत्रिकाएँ निकलनी बंद हो गईं क्योंकि उनके ग्राहक बहुत कम थे। हिंदी आंदोलन के दूसरे नेता बाबू तोताराम का पत्र *भारत बंधु* (1870, अलीगढ़) ग्राहकों की कमी से बंद हो गया। *उचित वक्ता* (1878, कलकत्ता) बहुत अच्छा पत्र था पर बरसों बंद रहा। *सार सुधानिधि* जैसा कोई दूसरा साहित्यिक पत्र हिंदी में नहीं था। "यह पत्र कभी बंद न होता यदि इसके ग्राहक लोग नियत मूल्य दिए जाते।" कानपुर से पहला दैनिक समाचारपत्र *भारतोदय* (1855, सं. बाबू सीतारामजी) अपने निकलने के एक साल के अंदर ही बंद हो गया। भारतेंदु के प्रिय मित्र बदरीनारायण चौधरी 'प्रेमघन' की पत्रिका *आनंद कादम्बिनी* (1881, मिर्जापुर) थोड़े ही दिनों में बंद हो गई। दूसरे भारतेंदु कहलानेवाले प्रतापनारायण मिश्र की पत्रिका *ब्राह्मण* (1883, कानपुर) ग्राहकों की 'अनुदारता' की वजह से हमेशा अब बंद-तब बंद की हालत में रहती थी। भारतेंदु के तीसरे मित्र राधाचरण गोस्वामी की पत्रिका *भारतेंदु* के कुल जमा एक सौ ग्राहक थे। राधाकृष्णदास ने लिखा, "हिंदी समाज में पैसा देकर पत्र लेनेवाले बहुत कम होते हैं।" इस सांस्कृतिक पिछड़ेपन का कारण क्या था? शिक्षित लोग भी इन पत्रिकाओं को खरीदना क्यों नहीं चाहते थे? इसका एक कारण यह भी था कि नई चाल की हिंदी को हिंदी के साहित्यकारों ने भले ही अपना लिया हो, साधारण शिक्षित जनता ने उसे नहीं अपनाया था। संस्कृतनिष्ठ हिंदी

आंदोलन के नेता होने पर भी राधाकृष्णदास जब साहित्य पर विचार करने बैठते तो उन्हें इस सच्चाई से रूबरू होना पड़ता कि साहित्य में चलनेवाली हिंदीभाषा 'विद्वान वर्ग' में ही "अच्छी भाँति लिखी और बोली जाती है।"[106] नई हिंदी के इस सीमित प्रचलन की पुष्टि उनकी इस बात से भी होती है कि सूरदास, कबीर, तुलसी और मीरा आदि की कविता का प्रचार गाँव-गाँव में है और उसे सब सहज में समझ लेते हैं लेकिन जहाँ तक आज के हिंदी गद्य की (कविता की नहीं) बात है, "सच पूछिए तो आजकल के गद्य की हिंदी सर्वसाधारण की समझ में नहीं आती।"[107] 1880 के दशक में खड़ीबोली हिंदी में साहित्यक लेखन अभी शुरू ही हुआ था कि उसे समझने के लिए शब्दकोश की जरूरत पड़ने लगी। हुगली में दयानंद और ताराचरण तर्करत्न के बीच हुए शास्त्रार्थ का भारतेंदु द्वारा संपादित संकलन 1888 में खड्गविलास प्रेस से छपा। इसके आखिरी कवर पर एक प्राइमरी कोश का यह विज्ञापन छपा—"प्रचलित हिंदी पुस्तकों के प्राय: सभी कठिन शब्दों के अर्थ इससे मालूम हो जाएँगे।" राधाकृष्णदास ने नई हिंदी का ज़िक्र अगर 'विद्वानवर्ग' के बीच बोली और लिखी जानेवाली भाषा के रूप में किया, तो 19वीं सदी की शिक्षा प्रणाली का अध्ययन करनेवले कृष्णकुमार ने उसे 'भद्रवर्ग की बोली' के रूप में पहचाना। शिक्षा के क्षेत्र में इसके पड़नेवाले असर का अध्ययन करते हुए कृष्णकुमार ने लिखा है कि युक्तप्रांत के स्कूलों में प्राथमिक शिक्षा दूसरे प्रांतों के मुकाबले पहले से ही पिछड़ी हुई थी।[108] स्कूली किताबों में नई हिंदी के घुसने की एक खास वजह इंडियन प्रेस द्वारा हिंदी साहित्यकारों से स्कूली किताबें तैयार करवाना था। 20वीं सदी में शुरू से ही हिंदी पाठ्यपुस्तकों के प्रकाशन पर इलाहाबाद के इंडियन प्रेस का करीब-करीब एकाधिकार रहा। *सरस्वती* पत्रिका के प्रकाशक होने के नाते उनके पास पाठ्यपुस्तकों की सामग्री और लिखनेवाले लेखकों की कोई कमी नहीं होती थी। इंडियन प्रेस की इस हैसियत की वजह से संस्कृतनिष्ठ हिंदी का स्कूली किताबों में तेजी से प्रवेश हुआ। 20वीं सदी में स्कूल कॉलेजों में पढ़े हुए, खासकर हिंदी विभागों में हिंदी साहित्य पढ़नेवाले लोग ही अपने लिखने और बोलने में इस तरह की हिंदी का इस्तेमाल करते थे। हिंदी पत्र-पत्रिकाओं या साहित्यिक प्रकाशनों का चलन इसी छोटे से समूह के बीच था जो साक्षरता की दृष्टि से पिछड़े हुए युक्तप्रांत में बहुत ही छोटा था।

छायावाद के दौर में यह नई हिंदी कविता की आम भाषा बन गई। कवि लोग कोशों से कठिन संस्कृत शब्द ढूँढ़-ढूँढ़कर हिंदी कविता में बिछाने लगे। निराला की तुलसीदास कविता में—

> कल्मषोत्सार कवि के दुर्दम
> चेतनोर्मियों के प्राण प्रथम।

और

> खुले तिर्यक दृग
> पहनाकर ज्योतिर्मय स्त्रक

जैसी पंक्तियाँ मिलती हैं। जब हिंदी आलोचक इस भाषा की 'उदात्तता' की तारीफ करते हैं

तब उन्हें यह खबर नहीं रहती कि वे किस भाषाा की उदारत्तता की तारीफ कर रहे हैं—हिंदी की या संस्कृत की? ''यानी रात बहुत थे जागे, सुबह हुई, आराम किया।'' जैसे मामूली शब्दों से बनी गैर-मामूली कविता लिखने का हिंदी में कभी रिवाज ही नहीं रहा। 1950 से केंद्र में हिंदी को राजकाज की भाषा के रूप में मान्यता मिल गई। उसके बाद से आज तक, संस्कृत धातुओं, प्रत्यय और उपसर्गों से गढ़ी हुई पारिभाषिक शब्दावली के गहनों से लदकर हिंदी का प्राकृतिक सौंदर्य और उसकी आत्मा अपना दम तोड़ती रही। साहित्य, शिक्षा, पत्रकारिता और राज-काज की भाषा मामूली लोगों की बोलचाल से आज भी जितनी दूर है, उतनी वह पहले कभी नहीं रही। हिंदी के उभरते आलोचकों और शिक्षकों की भाषा में दर्जनों किस्म के विमर्शों के साथ संदिग्ध-प्रस्थान, उचित वैचारिकी और वैध अनुकूलन जैसे शब्द और पद इस भाषा का चरित्र बतलाते हैं। संकीर्ण और संकुचित जन-आधार पर खड़ी यह भाषा बताती है कि अंगरेजी अवधारणाओं और पारिभाषिक शब्दों को गढ़े हुए संस्कृत शब्दों में उल्था करना ही हिंदीभाषा के विकास का मतलब रह गया है। आज हिंदी लेखकों के सामने हिंदी और उर्दू के बीच की दूरी पाटने की समस्या नहीं रही। हिंदी लेखक आज हिंदी और अंगरेजी के बीच की दूरी पाटने में लगा हुआ है—चाहे अनुवाद के जरिए, चाहे अंग्रेजी शब्दावली को जस का तस हिंदी में ठूँस कर। 'डी-कॉलोनाइज़ेशन' के समर्थक 'कॉलोनाइज़ेशन' (उपनिवेशीकरण) से बेखबर रहकर, ब्राह्मणवाद के विरोधी ब्राह्मणवाद से बेखबर रहकर, भद्रवर्गीय वर्चस्व के विरोधी भद्रवर्ग के वर्चस्व से और सांप्रदायिकता के विरोधी सांप्रदायिकता से बेखबर रहकर अंगरेजी शब्दों के अनुवाद की-सी संस्कृतनिष्ठ, निर्जीव हिंदी को सिर-माथे पर रखे हुए हैं जिसमें प्रचलित उर्दू शब्द अब ढूँढ़ने से ही मिलते हैं। उर्दू समेत सभी भारतीय भाषाओं को पीछे धकेलकर सिर्फ अंगरेजी और संस्कृत आज हिंदी के विकास की एकमात्र स्रोत-भाषाएँ हो गई हैं। यह तथ्य हिंदी साहित्य में भद्रवर्ग के भाषाई वर्चस्व के अलावा आम मेहनतकश जनता के जीवन से इस हिंदी के अलगाव को दिखलाता है।

ताज्जुब नहीं कि हिंदी के ख़िलाफ खड़ी इस नई हिंदी के विरोध में सबसे जागरूक और व्यवस्थित चिंतन करनेवाले डॉ. धर्मवीर एक दलित जाति से आए। उनके विरोध में अपनी मातृभाषा के छीने जाने का दर्द है। इस देश में हजारों सालों तक संस्कृत ही ज्ञान की एकमात्र भाषा रही और सैकड़ों मेहनतकश जातियों को संस्कृत बोलने-सीखने की मनाही रही। आज जब उनकी अपनी भाषा हिंदी ज्ञान और राज-काज की भाषा बनी, तो उसे भी संस्कृतनिष्ठ बनाकर मानों शूद्रों और दलितों से उनकी हिंदी भी छीनी जा रही है।[109] संस्कृत के पुजारी हिंदी को नहीं चाहते। वे उसे सिर्फ तभी चाहते हैं जब वह संस्कृत का वेश धारण करके आए। संस्कृत किसी भी भारतीय भाषा के विकास का एक स्रोत हो सकती है, पर वही एकमात्र स्रोत नहीं हो सकती। तब तो और भी नहीं, जब वह खुद उस भाषा की प्रकृति

को ही बदल और कुचल दे रही हो।

पुनर्विचार की जरूरत

राजा शिवप्रसाद पर उर्दूपरस्ती का इलजाम लगाकर उन्हें किनारे कर देने के इतिहास का विरोध करते हुए डॉ. बच्चन सिंह ने लिखा है, "आज पुनर्विचार करने पर राजा साहब की नीति ही साधु और विवेकपूर्ण प्रतीत होती है।"[110]

उर्दूविरोधी हिंदी आंदोलन का समर्थन नहीं करने के कारण हिंदी आंदोलनकारियों ने शिवप्रसाद को सरकारी पिट्ठू कहा। चूँकि सरकारी नीति उर्दू का विरोध न करने की थी, इसलिए सरकारी नीति का विरोध करना ही मानो राष्ट्रवाद हो गया। राज्यसत्ता के साथ खड़े आदमी को कितना बदनाम किया जा सकता है, शिवप्रसाद इसकी एक मिसाल हैं। शिवप्रसाद हिंदी आंदोलन की सांप्रदायिक राजनीति के शिकार हुए। यू.पी. के सार्वजनिक जीवन में राजनीति हमेशा से बहुत ज्यादा रही है। शायद मुगलों के समय से ही। यह बहुत ज्यादा राजनीति ही थी कि शिक्षा विभाग में शिवप्रसाद के युगप्रर्वतक कामों को, उनकी बनाई पाठ्यपुस्तकों और नागरीलिपि के लिए उठाई आवाज को इतना महत्व नहीं दिया गया जितना उनके सरकारी पिट्ठू होने या न होने को। यह बहुत ज्यादा राजनीति ही थी कि उनके द्वारा शुरू किए गए आंदोलन के इतिहास से उन्हीं का नाम मिटा देने की कोशिशें की जाती रहीं। इस राजनीति से उड़ी धूल ने शिवप्रसाद के महत्वपूर्ण योगदान को तो ढक ही दिया, इतिहास के कुछ महत्वपूर्ण सवाल भी इस धूल में छिप गए। 19वीं सदी में पश्चिमोत्तर प्रांत के हिंदी नवजागरण में भाषा और लिपि के सवाल पर कौन सी राजनीति सही थी? लिपि का आंदोलन उठाना या भाषा का आंदोलन उठाना? 1867 से लेकर 1967 तक उर्दू-नेताओं ने बीच-बीच में ऐसे संकेत दिए कि वे उर्दू के लिए नागरीलिपि को भी मान्यता दे सकते हैं—हालाँकि इसमें शक है कि वे ऐसी मान्यता आसानी से देते। इसके बावजूद सारा विवाद सिर्फ लिपि तक सीमित रखना ही क्या ज्यादा उचित नहीं होता? उर्दू विरोधी हिंदी आंदोलन ने हिंदी-उर्दू के अलगाव को क्या और भी स्थाई करने में भूमिका अदा नहीं की? हिंदीभाषा को प्रतीक मानकर हिंदुओं को गोलबंद करने की भद्रवर्गीय राजनीति का क्या कोई धर्मनिरपेक्ष विकल्प संभव नहीं था? साहित्य-संस्कृति के क्षेत्र में फारसीलिपि और कठिन अरबी-फारसी शब्दावली पर टिके मुस्लिम अलगाववाद को मित्रतापूर्ण ढंग से दूर करने के उपाय क्या हैं?

कुछ लोगों को आज इन सवालों पर सोचना बेकार लग सकता है। ये सवाल 19वीं सदी के हिंदी नवजागरण को समझने के सिलसिले में बड़ी अहमियत रखते हैं। इनका जवाब ढूँढ़ना इसलिए भी जरूरी है क्योंकि 19वीं सदी में पश्चिमोत्तर प्रांत के हिंदू-मुस्लिम भद्रवर्ग ने जिस संघर्ष को जन्म दिया, वह 21वीं सदी में आकर भी खत्म होता नहीं दिखता।

कठिन अरबी-फारसी शब्दावली का विरोध करते हुए भी राजा शिवप्रसाद ने हिंदी-उर्दू को दो अलग भाषाएँ न मानकर राज-काज की भाषा और शिक्षा के माध्यम के लिए

सिर्फ उनकी लिपि एक करने की माँग उठाई। खड़ीबोली आंदोलन के नेता अयोध्याप्रसाद खत्री भी यही चाहते थे कि मुसलमान फारसीलिपि को छोड़ दें, हिंदू हिंदी और उर्दू को अलग मानना छोड़ दें। भारतेंदु मंडली ने इन दोनों के विचारों का विरोध किया। हिंदी-उर्दू का झगड़ा चलता रहा। पूरी एक सदी के बाद, 1967 में लखनऊ में हिंदी-उर्दू लेखकों की बैठक में यशपाल ने उर्दू को दूसरी राजभाषा या इलाकाई जबान का दर्जा दिलाने की माँग का विरोध करते हुए सुझाव रखा था कि साहित्यिक और सांस्कृतिक कामों में उर्दू-फारसी लिपि भले ही जारी रहे, लेकिन शासन और शिक्षा के माध्यम के रूप में एक ही भाषा हिंदी-उर्दू रहनी चाहिए और उसकी लिपि देवनागरी। एक दुर्लभ संयोग था कि वहाँ मौजूद उर्दू-लेखकों की ओर से ख्वाजा अहमद अब्बास ने इस दृष्टिकोण का समर्थन किया था।[111] कहने की जरूरत नहीं कि शासन और शिक्षा के माध्यम के मुद्दे पर यह वही दृष्टिकोण था जिसकी माँग राजा शिवप्रसाद करते आए थे। रामविलास शर्मा ने राजा शिवप्रसाद की माँग का ऐतिहासिक महत्व समझते हुए लिखा कि हिंदी-उर्दू का भेद अस्थाई है : ''यदि यहाँ एक लिपि का चलन होता तो कठिन से कठिन अरबीमिश्रित भाषा लिखने से भी हिंदी-उर्दू के भेदवाली वर्तमान स्थिति उत्पन्न न होती।''[112] लेकिन डॉ. शर्मा अपने इस नजरिए को 19वीं सदी के हिंदी नवजागरण पर सुसंगत ढंग से लागू नहीं करते।

साहित्यिक प्रयोग में नहीं बल्कि सरकारी भाषा के रूप में अगर हिंदी-उर्दू को दो भाषाएँ न मानकर सिर्फ उनकी लिपि एक करने की लड़ाई लड़ी जाती तो आज हिंदीभाषा से बहुत से प्रचलित अरबी-फारसी शब्द उस तरह गायब नहीं होते जैसे खुद मुसलमान हमारे मुहल्लों से गायब हो गए हैं। अरबी-फारसी के सैकड़ों प्रचलित शब्द हम रोज अपनी बोलचाल में सौ दफ़े बोलते हैं, लेकिन उन्हें अपनी लिखित हिंदी में नहीं आने देते। यही हाल उर्दू लिखनेवालों का है जो अपनी भाषा में मामूली हिंदी शब्दों से भी बचते हैं। सरकारी काम-काज की भाषा में अगर सवाल सिर्फ लिपि का रहता तो हिंदी में जमीन के बंदोबस्त, हुकूमत, माल के महकमे और अदालतों से संबंधित बहुत से पुराने प्रचलित पारिभाषिक शब्द पहले की तरह जारी रहते। हमें अंगरेजी शब्दावली को सामने रखकर संस्कृत-धातुओं के आधार पर उनके तथाकथित हिंदी प्रतिरूप गढ़ने नहीं पड़ते। इस मामले में राजा शिवप्रसाद आज भी प्रासंगिक हैं। उनके विचारों और योगदान पर फिर से विचार करने की जरूरत है। उनके 'सरकारी पिट्ठू' होने की वजह से इस पुनर्विचार में रुकावट नहीं पड़नी चाहिए। यह उनकी बदनसीबी थी कि उनकी बदनामी ने उनकी उपलब्धियों को ढँक दिया।

अध्याय तीन

धर्म और समाज सुधार

''19वीं सदी में लंबे दौर तक राजनीतिक सुधार का काम एक ऐसा काम रहा जिसका उसमें शामिल भारतीयों के निजी जीवन से कुछ भी लेना-देना नहीं था। इसमें छद्म किस्म की एक पेशेवर दौड़धूप रहती थी जिसका पारिवारिक या व्यक्तिगत जीवन से संबंध नहीं होता था। इसके उलट, धार्मिक और सामाजिक सुधारों का शिक्षित भारतीयों के व्यक्तिगत जीवन से घनिष्ठ संबंध था।'' —चार्ल्स एच. हिमसेथ

''बाबू साहब आर्यसमाजी और ब्राह्मसमाजी हैं और थियोसॉफी में अव्वल दर्जा कायम करते हैं, घर में बहूजी भूतपूजनी समाज की प्रेसिडेण्ट हैं। बाहर पंडितजी साहब विधवाविवाह, बाल्य विवाह, समाज संशोधन पर जोश-खरोश में भरे नए-नए लेक्चर झाड़ा करते हैं, घर में पंडितजी साहब के पाँच वर्ष की एक कन्या है। पंडिताइन को पानी नहीं पचता। कन्या पाँच वर्ष की हो गई, सगाई कहीं पक्की अब तक न हुई।'' —बालकृष्ण भट्ट

''...जो बात और भी ध्यानपूर्वक लक्ष्य करने की है वह यह है कि यह 'मध्यदेश' वैदिक युग से लेकर आज तक अतिशय रक्षणशील और पावित्र्याभिमानी रहा है।''

—हजारीप्रसाद द्विवेदी

19वीं सदी के पश्चिमोत्तर प्रांत में बंगाल या महाराष्ट्र जैसा नवजागरण नहीं हुआ। आधुनिक शिक्षाप्राप्त भद्रवर्ग 19वीं सदी के नवजागरण का मुख्य सामाजिक आधार था। यह आधार पश्चिमोत्तर प्रांत में न सिर्फ बहुत छोटा था बल्कि बहुत बाद में अस्तित्व में आया। बंगाल और बंबई के प्रांतों में 1820-30 से आधुनिक शिक्षाप्राप्त भद्रवर्ग का विकास हो रहा था। हिंदू कालेज (कलकत्ता) और एलीफिंस्टन कालेज (बंबई) से आधुनिक ज्ञान-विज्ञान की शिक्षा लेकर निकले विद्यार्थियों ने ही नवजागरण के विभिन्न संगठन बनाए और आंदोलनों का नेतृत्व किया था। पश्चिमोत्तर प्रांत में 1870-80 तक ऐसा वर्ग बहुत कम विकसित हुआ था। आधुनिक शिक्षा पानेवाले भद्रवर्ग के सदस्य यहाँ गिनती के थे। प्रांत का सबसे पुराना क्वींस कालेज बनारस में था। 1860 के दशक में भी बनारस में ''अंग्रेजी शिक्षा का बड़ा अभाव था। रईसों में केवल राजा शिवप्रसाद अंग्रेजी पढ़े थे, अतएव इनका बड़ा नाम था।''[1]

शहर में 1880 तक एम.ए. पास सिर्फ एक व्यक्ति थे—लक्ष्मीशंकर मिश्र जो क्वींस कालेज में भौतिकविज्ञान के शिक्षक थे। रसायनशास्त्र पढ़ानेवाले एकमात्र हिंदुस्तानी थे शीतलाप्रसाद त्रिपाठी। शायद यह भी एक कारण था कि भारतेंदु ने हंटर आयोग से उच्चशिक्षा के लिए यूरोपीय प्रोफेसरों को बहाल करने को कहा।

हंटर आयोग की रिपोर्ट के मुताबिक पश्चिमोत्तर प्रांत में अंग्रेजी शिक्षा का प्रचार बहुत कम होने की असली वजह यहाँ पहले से ईस्ट इंडिया कंपनी के किसी भी बड़े दफ्तर या फर्म का न होना था। अंग्रेजी शिक्षा की जरूरत इन्हीं संगठनों में काम करने के लिए पड़ती थी। जाहिर है, अंग्रेजी के माध्यम से आधुनिक विषयों की शिक्षा का मामला कोई अलग-थलग मामला न था, वह औपनिवेशिक शासन के अधीन समाज के आर्थिक-सामाजिक बदलावों से जुड़ा हुआ था। यही वजह थी कि कलकत्ता और बंबई विश्वविद्यालय 1857 में कायम हो चुके थे जबकि पश्चिमोत्तर प्रांत में पहला विश्वविद्यालय इलाहाबाद में 1887 में खुला। 1891 में पश्चिमोत्तर और अवध प्रांत की कुल साढ़े चार करोड़ की आबादी में 97 प्रतिशत लोग निरक्षर थे, सिर्फ तीन प्रतिशत साक्षर थे। इन साक्षरों में भी अंग्रेजीशिक्षाप्राप्त लोगों की संख्या पूरे प्रांत में सिर्फ 43 हजार 364 थी। इसमें से आधी संख्या प्रांत में बाहर से आए बंगालियों और अंग्रेजों की थी। प्रांत के अपने निवासियों में अंग्रेजी शिक्षाप्राप्त हिंदू 17 हजार 465 थे यानी कुल अंग्रेजी शिक्षाप्राप्त लोगों में 27 प्रतिशत और मुसलमान 4 हजार 184 यानी 9.66 प्रतिशत। सैयद अहमद के प्रयत्नों से मुसलमान अंग्रेजी शिक्षा में आगे बढ़ते गए। पॉल ब्रास के मुताबिक सामान्य शिक्षा में मुसलमान 1881 तक हिंदुओं से पीछे थे। 1911 से वे हिंदुओं से आगे रहने लगे और 1931 तक काफी आगे हो गए।[2] राजनीतिक दृष्टि से महत्वपूर्ण बात यह थी कि मुसलमानों में अंग्रेजी शिक्षा की दर 1911 से 1931 तक हिंदुओं से लगातार ज्यादा रही और 1931 के बाद अंग्रेजी शिक्षा में वे हिंदुओं से काफी आगे हो गए। लड़कियों की शिक्षा में भी मुसलमान हिंदुओं से आगे हो चुके थे। हिंदुओं के बीच 19वीं सदी में कोई सैयद अहमद पैदा नहीं हुआ। अंग्रेजी शिक्षाप्राप्त मुसलमानों का पेशेवर मध्यवर्ग 1947 में बड़ी संख्या में पाकिस्तान चला गया जिससे पश्चिमोत्तर प्रांत में रह गए मुसलमान राजनीतिक और बौद्धिक दृष्टि से काफी कमजोर हो गए।

सिर्फ अंग्रेजी शिक्षा में ही नहीं, सामान्य शिक्षा में भी पश्चिमोत्तर प्रांत काफी पिछड़ा हुआ था। प्रांत की शिक्षा के मामले में हंटर आयोग ने इसके दो 'काले धब्बों' का ज़िक्र किया—एक, यहाँ के भद्रवर्ग ने शिक्षा के प्रति दिलचस्पी बहुत कम दिखाई। दूसरे, स्त्रियों को शिक्षित करने के प्रति घोर निष्क्रियता। प्रांत के एक प्रभावशाली व्यक्ति रायबहादुर लक्ष्मीशंकर मिश्र ने—जो बाद में नागरीप्रचारिणी सभा के अध्यक्ष बने—आयोग को बताया कि सरकारी अनुदान से स्कूल-कालेजों को चलाने का प्रबंध इस प्रांत में असफल रहा क्योंकि "ऐसी शिक्षा संस्थाओं को चलाने के लिए हमें एक शिक्षित भद्रवर्ग की जरूरत है जो हमारे प्रांत में मौजूद नहीं है।"[3] अलीगढ़ आंदोलन से जुड़े सैयद अहमद के सहयोगी मौलवी सामी उल्लाह खाँ ने आयोग से शहरों और देहातों में, दोनों जगह, आधुनिक शिक्षा

प्रचलित न हो पाने का ज़िक्र किया। शिक्षा विभाग में लंबा अनुभव रखनेवाले बाबू अविनाश चंद्र ने शिक्षा के मामले में बंगाल की तुलना में पश्चिमोत्तर प्रांत के कई दशक पीछे रह जाने का कारण बताते हुए कहा कि इस प्रांत के प्रभावशाली वर्गों के लोग खुद शिक्षित नहीं हैं, इसलिए वे शिक्षा के प्रचार-प्रसार संबंधी प्रयत्नों का महत्व नहीं समझते—The influencial classes in these provinces, not being themselves educated, do not appriciate the advantages of education.[4] उन्होंने बताया कि इस प्रांत में ऊँची जाति के जमींदारों द्वारा अपने बच्चों को सरकारी स्कूलों या बोर्डिंग में नहीं भेजने का मुख्य कारण जाति जाने का यह डर है कि स्कूल में उनके बच्चे निचली जातियों—उनके रैयतों और कामगारों—के बच्चों के संपर्क में आएंगे।

शुरू में बंगाल और बंबई प्रांत में भी ऐसी रुकावटें आई थीं जिन्हें हल किए बरसों बीत चुके थे। इसका एक हल तथाकथित ऊँची जाति के लोगों द्वारा अपने वर्ग के बच्चों के लिए प्राइवेट स्कूल खोलना था। पश्चिमोत्तर प्रांत में इस ढंग के कुछ प्रयत्न हुए भी—कायस्थ पाठशाला (1875, इलाहाबाद), बंगाली टोला स्कूल (बनारस) और एंग्लो-मुहम्मडन स्कूल (1874, अलीगढ़)। फिर भी इस मसले का व्यापक हल नहीं निकला। आयोग ने इस निष्क्रियता पर हैरानी जताते हुए लिखा कि इस प्रांत में शिक्षा की राह में सबसे बड़ी रुकावट प्रभावशाली वर्गों का यह विचार है कि जो कुछ भी करना है, वह सरकार करे; हम नहीं कर सकते। क्या राजा शिवप्रसाद, क्या भारतेंदु और क्या बालकृष्ण भट्ट—सब इसी विचार के थे। आयोग को ताज्जुब था कि ये लोग अपने घरों की स्त्रियों तक की शिक्षा के लिए सरकार का मुँह देखते हैं।

19वीं सदी की औपनिवेशिक सरकार भारतीयों को अंग्रेजी में आधुनिक शिक्षा चाहे जिस मकसद से देती रही हो, भारतीयों के लिए इसे पाने का मतलब सरकारी नौकरियाँ मिलने की उम्मीद के अलावा यूरोपीय ज्ञान-विज्ञान और आधुनिक विचारों के संपर्क में आना था। इसके जरिए वे न सिर्फ भारत में ब्रिटिश शासन के आर्थिक-राजनीतिक पक्षों को, उसकी कार्यप्रणाली और नतीजों को बेहतर ढंग से समझ सकते थे बल्कि देश की नई परिस्थितियों के बीच अपना रास्ता खोज निकालने की क्षमता भी हासिल कर सकते थे। नई शिक्षा से उन्हें शासन के विभिन्न अंगों की जानकारी के अलावा पश्चिम में उभरे लोकतंत्र, व्यक्ति की वैयक्तिकता, प्रेस के जरिए सामाजिक जागरूकता लाने के तौर-तरीकों, मौलिक नागरिक अधिकारों और धर्म बनाम नैतिकता के प्रश्नों के साथ-साथ अपनी परंपरा को विवेक की कसौटी पर जाँचने-परखने की अवधारणा भी मिली जो भारतीय नवजागरण का मूल आधार बनी। इसी सिलसिले में शिक्षित भारतीयों पर बेंथम, जॉन स्टुअर्ट मिल, जेम्स मिल, स्पेंसर और कोम्ते जैसे दार्शनिकों का असर पड़ा। इन दार्शनिकों की रचनाएँ 19वीं सदी के सुधारकों और लेखकों के बीच लोकप्रिय थीं और उन्होंने कई भारतीय भाषाओं में इनका अनुवाद भी किया। भारतीय सुधारकों पर इस प्रभाव का विस्तृत अध्ययन अभी कम हुआ है। चार्ल्स एच. हिमसेथ के मुताबिक 19वीं सदी के भारतीय सुधारकों के बीच

युटिलीटेरियन दर्शन सबसे लोकप्रिय था जो समाज को आगे बढ़ाने के लिए अनुपयोगी हो चुकी प्रथाओं और मूल्यों से उसे मुक्त करने को कहता था। बेंथम और मिल से प्रभावित राजा राममोहन राय—जो विवेकसम्मत समाज बनाने के लिए बर्बर धार्मिक प्रथाओं के खिलाफ लड़े थे, भारत में लोकतंत्र, नागरिक अधिकार , स्त्री के संपत्ति संबंधी अधिकार और प्रेस की स्वतंत्रता जैसे आधुनिक मुद्दों को उठानेवाले पहले व्यक्ति थे। जॉन स्टुअर्ट मिल की किताब *ऑन लिबर्टी* (1959) ने भारतीय सुधारकों के बीच इस विचार को काफी फैलाया कि सामाजिक अत्याचार कई बार राजनीतिक गुलामी से कहीं ज्यादा दमनकारी होते हैं। बाद के सुधारक कोम्ते से ज्यादा प्रभावित हुए जिसके विचारों की जानकारी उन्हें मिल की किताब *ऑगस्ट कोम्ते एंड पॉजिटिविज्म* (1865) से मिलती थी। हिमसेथ ने लिखा है कि कोम्ते ने पारंपरिक जीवन-शैली के छिन्न-भिन्न होने से पैदा होनेवाले बदलावों के प्रति एक आलोचनात्मक रुख रखने और प्रगति के नियमों की खोज करने पर जोर दिया था जिसे सुधारकों ने अपने समाज के संदर्भ में बहुत उपयोगी पाया। कोम्ते ने धर्म की उन्नति को सबसे मूल बताया जिससे पैदा हुई नैतिक चेतना सामाजिक विकास का आधार बनती है। कहने की जरूरत नहीं कि उसके इस विचार की गूँज 19वीं सदी के सभी प्रमुख सुधारकों के लेखन और भाषणों में सुनाई पड़ती है। हिमसेथ ने सही ध्यान दिलाया कि 19वीं सदी का यूरोप एक गहरी बौद्धिक क्रांति और राजनीतिक उथल-पुथल से गुजर रहा था। दार्शनिकों, वैज्ञानिकों और राजनीतिक सिद्धांतकारों की नई-नई खोजों और मान्यताओं ने वहाँ जीवन और समाज को देखने-समझने का दृष्टिकोण बुनियादी तौर पर बदल दिया था। 19वीं सदी के भारत का संपर्क एक जीवंत यूरोप से हुआ था।

आधुनिक शिक्षा और ज्ञान-विज्ञान का भारतीय सुधारकों पर सबसे महत्वपूर्ण असर परंपरा की जगह विवेक को प्रमाण मानने के रूप में सामने आया। कुछ सुधारकों ने, जैसे विद्यासागर ने, विवेकसम्मत मूल्य को भी परंपरा के प्रमाण से पुष्ट करना जरूरी समझा। इसके बावजूद, उनका असली मकसद परंपरा नहीं, विवेकसम्मत मूल्य ही था। पश्चिम के संपर्क से मिले इस आधुनिक दृष्टिकोण का परंपरागत हिंदू दृष्टिकोण से फर्क बताते हुए सर पी.एस. शिवस्वामी अय्यर ने लिखा है, "आधुनिक दृष्टिकोण और परंपरागत हिंदू दृष्टिकोण में अंतर यह है कि हिंदू किसी नियम के मूल की खोज किसी शास्त्र में या किसी प्रमाणित परंपरा में करके संतुष्ट हो जाता है और उसके विवेकसम्मत होने या न होने का प्रश्न नहीं उठता।"[5] वहीं आधुनिक दृष्टिकोण का व्यक्ति उस नियम के सिर्फ शास्त्रसिद्ध होने से संतुष्ट नहीं होता। वह उसकी नैतिकता की जाँच करता है, उसे लेकर तर्क-वितर्क करता और उसे विवेक की कसौटी पर कसता है। हालाँकि इससे मिलती-जुलती बात बुद्ध ने भी कही थी, पर एक सुसंगत दृष्टिकोण के रूप में यह सिद्धांत 19वीं सदी के ऐतिहासिक संदर्भ में जितना महत्वपूर्ण हो उठा, उतना और किसी काल में नहीं।

यह समझना भ्रामक होगा कि भारतीय नवजागरण सिर्फ पश्चिमी विचारों के संपर्क की सीधी-सरल देन था। वास्तव में यह दो विचारदृष्टियों की टकराहट से पैदा हुई बेचैनी का

नतीजा था। नई शिक्षा में दीक्षित होनेवाले हर युवा भारतीय को नए पश्चिमी ज्ञान और अपनी परंपरा के बीच जैसा तीखा द्वंद्व महसूस होता था, वैसा पहले किसी भी दौर में नहीं हुआ। कई सुधारकों ने नई शिक्षा से अपने जीवन में मचनेवाली खलबली और उसके क्रांतिकारी प्रभावों की चर्चा की है। नए विचारों की भूमिका पश्चिमी ज्ञान के साथ हुई टक्कर से निपटने, उससे उबरने और उस पर काबू पाने की कोशिशों में दिखाई दी। यह कई पक्षोंवाली द्वंद्वभरी जटिल प्रक्रिया थी। जिसका प्रभाव लिया जा रहा था, उसका विरोध भी किया जा रहा था। नवजागरण के पीछे एक चुनौती ईसाई मिशनरियों की थी। सुधारकों ने एक ओर अपने परंपरागत धर्म के उन कमजोर पहलुओं की आलोचना की जिन पर ईसाई पादरियों के हमले सबसे आसानी से कारगर होते थे। इस सिलसिले में अपने धर्म को उन्होंने यूरोपीय पादरियों की दृष्टि से—ईसाई नैतिक मान्यताओं के संदर्भ में—देखा। इसके चलते कोई उनके सुधारों को सिर्फ ईसाईमत की देन बतलाए तो यह बहुत सरलीकृत विचार होगा। उनका मकसद ईसाईमत का मुकाबला करना और उसे परास्त करना था जिसमें सुधारक सफल भी हुए। लेकिन ऐसा करते हुए उन्होंने न सिर्फ ईसाई दृष्टिकोण की कुछ मान्यताअें को कबूल किया, बल्कि मुकाबले में उन्हीं के हथियारों और तौर-तरीकों का इस्तेमाल किया जो ईसाई मिशनरियों के थे, जैसे—प्रेस, पैंफलेट, प्रचारकार्य, सेवा समितियाँ, सार्वजनिक प्रार्थनासभाएँ तथा उनमें आयोजित धार्मिक प्रवचन। नवजागरण के पीछे सबसे मुख्य दबाव औपनिवेशिक शासन से पैदा हुए उन बदलावों का था जो चली आ रही परंपराओं से टकराते थे। बदली हुई परिस्थितियों से मेल बैठाने की चुनौती का सामना करने के लिए यूरोपीय ज्ञान-विज्ञान से मिली आलोचनात्मक विवेकदृष्टि को अपनी परंपराओं की जाँच-पड़ताल करने और उनके पुनर्गठन के काम में लाया गया। इसके साथ ही वह पश्चिम का प्रतिरोध करने में भी काम आई। इसकी सबसे अच्छी मिसाल विद्यासागर थे जिन्होंने आधुनिक दृष्टिकोण से एक ओर संस्कृत के दार्शनिक संप्रदायों का विरोध किया तो दूसरी ओर उसी दृष्टिकोण से बर्कले का भी विरोध किया।

दयानंद सरस्वती ऐसे अकेले महत्वपूर्ण सुधारक थे जिन्हें आधुनिक शिक्षा नहीं मिली थी, फिर भी वे आधुनिक सुधार आंदोलन के प्रभावशाली नेता हुए। यहाँ दो बातें ध्यान में रखनी चाहिए। दयानंद के सुधार आंदोलन के कार्यकर्ता और अनुयायी समाज के सबसे शिक्षित लोग थे। आर्यसमाज आंदोलन का सामाजिक आधार हर जगह पश्चिमी शिक्षाप्राप्त शहरी मध्यवर्ग रहा। उनके जीवनीकार जे.टी.एफ. जोर्डन ने इसे बहुत अच्छी तरह स्पष्ट किया है कि जब तक दयानंद साधु-संन्यासियों के मठों-अखाड़ों में घूमते रहे या गाँवों की द्विज जातियों के बीच संस्कृत पाठशालाएँ खोलकर अपने विचारों के ग्राहक तलाशते रहे, उन्हें रत्ती भर भी सफलता नहीं मिली। सुधारों की चेतना जगाने और उन्हें लागू कराने में उन्हें सफलता सिर्फ तभी मिली जब वे कलकत्ता,बंबई और लाहौर जैसे महानगरों में अंग्रेजी शिक्षाप्राप्त भद्रवर्ग के बीच गए। यह भी ध्यान में रखना चाहिए कि कलकत्ता के ब्राह्मसमाजियों, मेरठ और बरेली के ईसाई मिशनरियों और सैयद अहमद खाँ जैसे आधुनिक

सुधारकों के साथ दयानंद का वैचारिक आदान-प्रदान होता रहता था। कई ग्रंथों को इनसे लेकर पढ़ने या उनका अनुवाद सुनने का मौका उन्हें मिला था। अपने सुधार आंदोलन में संगठन और प्रचारसंबंधी आधुनिक तौर-तरीके उन्होंने कलकत्ता के शिक्षित भद्रवर्ग से सीखे थे। यह भी ध्यान में रखना चाहिए कि दयानंद के दृष्टिकोण में बुद्धि-विवेकशीलता की जो सीमाएँ थीं, उनका संबंध उनके आधुनिक शिक्षा से वंचित रहने से भी था। उनके दृष्टिकोण को पूरी तरह से आधुनिक नहीं माना जा सकता। उनकी तर्कशीलता स्थूल ढंग की थी और बुद्धि-विवेकशीलता की कसौटी को उन्होंने वैदिकमत तक सीमित कर दिया था।

कुल मिलाकर 19वीं सदी का नवजागरण हर दृष्टि से बड़े शहरों के आधुनिक शिक्षाप्राप्त भद्रवर्ग का सांस्कृतिक आंदोलन था जिसका संबंध व्यापक अशिक्षित जनता से और गैर-द्विज जातियों से बहुत कम था। राजनीतिक-सांप्रदायिक कारणों से बाद में उसका संबंध शुद्धि-आंदोलन के जरिए कुछ हद तक दलितों-शूद्रों से बना, पर यह संबंध बहुत सीमित और सतही था। धार्मिक उपासना के रूप में कुछ सुधारकों पर भक्ति का असर व्यक्तिगत रूप से पड़ा। कुछ मुद्दे दोनों में समान रूप से शामिल होने पर भी 19वीं सदी के नवजागरण का मध्यकालीन भक्ति आंदोलन की परंपरा से कुछ भी लेना-देना नहीं था। अपनी ऐतिहासिक परिस्थितियों, सामाजिक आधार वर्ग, प्रेरणा, ऐतिहासिक लक्ष्य और कार्यपद्धति—हर दृष्टि से 19वीं सदी का नवजगारण भक्ति आंदोलन से बिल्कुल अलग था।

पश्चिमोत्तर प्रांत में भी नवजागरण का मुख्य सामाजिक आधार अंग्रेजी शिक्षाप्राप्त शहरी भद्रवर्ग ही था, जो बहुत सीमित था और देर से पनपा था। यह भद्रवर्ग समरूप भी नहीं था और इसके अंदर कई फाँकें थीं। *हरिश्चंद्र मैग्जीन* (15 अक्टूबर, 1873) में ए.के.एम. (शायद अक्षय कुमार मित्र जो मैग्जीन के संरक्षकों में से एक थे) का एक लेख छपा—*दी प्रेजेंट स्टेट ऑफ दी मिडल क्लास मैन ऑफ दी नॉर्थ वैस्ट प्रोविंसेज।* इस लेख से प्रांत के तत्कालीन शिक्षित हिंदू मध्यवर्ग की बनावट का और उसकी उन चारित्रिक विशेषताओं का पता चलता है जिनका असर उसके नवजागरण पर पड़ा। लेख में अभिजातवर्ग से अलग शिक्षित मध्यवर्ग को ब्रिटिश भारत में सबसे महत्वपूर्ण भूमिका निभानेवाला वर्ग बताया गया। यह वर्ग ब्राह्मण, क्षत्रिय, वैश्य और शूद्र वर्ग के उन लोगों से मिलकर बना था जो ब्रिटिश राज की नई परिस्थितियों में अपना पुश्तैनी धंधा छोड़कर बिल्कुल नए पेशों में आ रहे थे। लेखक को इस वर्ग की नई राजनीतिक भूमिका की अचूक पहचान है, "मध्यवर्ग के ये लोग दासों और कृषकों के वर्ग को धनी भूस्वामियों और जमींदारों की लूट और उनकी तरह-तरह की लेवियों से बचा रहे हैं—अपने वोट और एकता के जरिए और पूरे राष्ट्र के प्रतिनिधि की तरह खड़े हो रहे हैं।" शिक्षित मध्यवर्ग की इस भूमिका का वर्णन उस वक्त बंगाल में सुरेंद्रनाथ बनर्जी के नेतृत्व में उभरे ब्रिटिश इंडिया एसोसिएशन और नेशनल फंड जैसे राजनीतिक संगठनों के आधार पर और *अमृतबाजार पत्रिका* तथा इंडियन लीग के जरिए शिशिर कुमार घोष द्वारा नील विद्रोह और नागरिक अधिकार के मुद्दों पर अंग्रेजी शासन की तीखी आलोचना को ध्यान में रखकर किया गया था। बंगाली मध्यवर्ग की इस

भूमिका के मुकाबले लेखक पश्चिमोत्तर प्रांत के मध्यवर्ग को बुरी हालत में पाता है, ''उनमें उस हैसियत को पाने की न तो उत्कट इच्छा है, न एकता, न सहानुभूति—जो दूसरे प्रांतों के इस वर्ग ने हासिल कर रखी है।'' दूसरे प्रांतों में कमियाँ न हों, ऐसी बात नहीं थी। पर पश्चिमोत्तर और अवध प्रांत में ये कमियाँ आमतौर पर इतनी व्यापक थीं कि इन्हीं कारणों से ''इन लोगों ने अभी तक कोई सार्वजनिक आंदोलन खड़ा नहीं किया, हालाँकि अपवाद रूप में कुछ व्यक्तियों ने सहानुभूति, वीरता और एकता दिखलाई है।'' लेखक के मुताबिक पश्चिमोत्तर प्रांत के धनी जमींदारों ने सार्वजनिक हितों से संबंधित किसी भी मामले में सक्रिय दिलचस्पी नहीं दिखाई। शहरी शिक्षितों द्वारा बनाई गईं अलीगढ़, इलाहाबाद और बनारस इंस्टिच्यूट जैसी सार्वजनिक संस्थाओं से भी यह साबित नहीं हो सका कि मध्यवर्ग ने सभ्यता की ओर कोई उल्लेखनीय प्रगति की है। देहातों में भू-स्वामियों का हाल तो और बुरा है। अगर कोई *अवध ताल्लुकेदार बिल* और *पाबना रैयत बिल* को लेकर बंगाल के साथ पश्चिमोत्तर एवं अवध प्रांत की तुलना करे तो पाएगा कि बंगाल के किसान भी सरकारी कानूनों के जानकार हैं जबकि यहाँ विधानसभा में जल्द ही पेश होनेवाले लैण्ड रेवेन्यू बिल के बारे में यहाँ के राजाओं और जमींदारों को भी जानकारी नहीं है। ''उन्हें यह खबर नहीं है कि बिल में कौन-से प्रावधान रखे गए हैं और उनसे क्या लाभ-हानि हैं।'' यहाँ के लोग योग्य और मेधावी हैं जिन्हें पूरी शिक्षा मिले तो वे काफी कुछ कर सकते हैं, फिर भी यहाँ प्रगति की रफ़्तार धीमी है। ''इसकी एक अहम वजह जातिभेद की प्रथा है'' जो उन्हें सभ्यता के वरदान हासिल करने से रोकती है। लेखक के मुताबिक चमार और तेली जाति के कुछ लोगों ने उन्नति करके अभिजात लोगों जैसी समृद्धि हासिल कर ली है लेकिन ''इस प्रांत में जातिप्रथा का कड़ाई से पालन होने के कारण निम्न श्रेणियों से आए लोगों को मध्यवर्ग में शुमार किए जाने की उम्मीद फिलहाल नहीं दिखती।'' पश्चिमोत्तर प्रांत में उभर रहे इस शिक्षित मध्यवर्ग को समरूप बनानेवाले तत्व बहुत कम या कमजोर थे। यह मध्यवर्ग अपने परंपरागत पेशों और पुश्तैनी धंधों के लिहाज से तो बदला था, लेकिन अपने सामाजिक तौर-तरीकों और रीति-रिवाजों की दृष्टि से बिल्कुल नहीं बदला था जिसके कारण उसकी एकवर्गीय संस्कृति का विकास नहीं हो पा रहा था। "The middle class of the Norht Western provinces has undergone a change as regards its occupation, but not in social manners and customs which are the only objects in these days of civilization to be surmounted over." कई खानों में बँटे मध्यवर्ग की यह बनावट इस तथ्य को समझने में बहुत मदद करती है कि क्यों पश्चिमोत्तर प्रांत में एकजातीयता का सहज विकास नहीं हो पाया था और उसकी सामुदायिक चेतना के निर्माण के लिए धार्मिक प्रतीक आगे क्यों जरूरी बन गए। लेखक ने इस मध्यवर्ग की सबसे बड़ी विशेषता उसके धार्मिक और सांस्कृतिक दकियानूसीपन को बतलाया जिसके कारण वह हर तरह की नवीनता का विरोध करता था—चाहे वह सामाजिक और नैतिक सुधार का मामला हो या कोई बौद्धिक प्रश्न हो।—"The people of North Western provinces are conservative and are quite against the innovations of anything whether of social, moral or intellectual reforms and hence the progress is slow."

ऐसा वह वर्ग था जिसे पश्चिमोत्तर प्रांत में नवजागरण लाना था। यह समझना सही न होगा कि लेखक बंगाली होने के नाते पश्चिमोत्तर और अवध प्रांत के हिंदुस्तानियों को पिछड़ा बता रहा था। खुद पश्चिमोत्तर और अवध प्रांत के लेखक-बुद्धजीवी भी अपने पिछड़ेपन से अनजान नहीं थे। क्या भारतेंदु, क्या बालकृष्ण भट्ट और क्या अयोध्याप्रसाद हरिऔध, सबने इस प्रांत के पिछड़नेपन का रोना रोया है।[6] तत्कालीन पत्र-पत्रिकाओं में प्रांत के पिछड़ेपन पर विलाप स्थाई स्तंभ की तरह छपता था। ''बंगाल, बम्बई, मद्रास दिन-दूनी रात-चौगुनी उन्नति किए जाते हैं तो हमारे पश्चिमोत्तर भाई लोग क्यों कीचड़ में बिलमाय रहे हैं।'' ये पंक्तियां बनारस के प्रमुख पत्र *भारत जीवन* के संपादक बाबू रामकृष्ण वर्मा की थीं। 14 अप्रैल, 1884 के अंक में पहली मर्दुमशुमारी, (1881) की रिपोर्ट पर टिप्पणी करते हुए उन्होंने संपादकीय में लिखा, ''रिपोर्ट देखिए तो जान पड़े कि आलस्य, मूर्खता, बेकारी और अंधपरंपरा ने घेर रखा है।'' लोगों के अज्ञान का जिक्र करते हुए बताया कि यहाँ कई लोग समझते हैं कि अंग्रेजों ने रेलगाड़ी इसलिए चलाई है कि जरूरत पड़ने पर देश छोड़कर भाग सकें। रिपोर्ट में प्रांत के एक-तिहाई पुरुषों को बेरोजगार बताया गया। व्यापारियों में ज्यादा संख्या कर्जखोर महाजनों की थी। प्रांत की चार करोड़ की आबादी में पुस्तकों से संबंधित धंधों में सिर्फ 2753 लोग थे। प्रति सौ पुरुषों में सिर्फ ढाई पुरुष पढ़ना जानते थे। दस हजार स्त्रियों में सिर्फ उन्नीस ककहरा पहचानती थीं। पिछड़ेपन का सबसे बड़ा सबूत, संपादक के मुताबिक, विधवाओं की संख्या थी। ''भारत की कुल 2 करोड़ विधवाओं में से 36 लाख 22 हजार 107 पश्चिमोत्तर और अवध प्रांत में थीं। इनमें से 28 हजार 379 विधवाएं 15 से 19 साल के बीच की थीं।'' पिछड़ेपन का यह बोध 19वीं सदी के हिंदी लेखकों के प्रादेशिक आत्मबिंब का अभिन्न अंग था। एक तरह से यह अपने बारे में उनकी सजगता और बेचैनी लगती है। वे अपने पिछड़ेपन पर विलाप करते थे, पर उसे तोड़कर उससे बाहर निकलने की हिम्मत बहुत कम करते थे।

पश्चिमोत्तर प्रांत में आधुनिक सुधार आंदोलन

19वीं सदी के उत्तरार्ध में युक्तप्रांत के हिंदुओं के बीच तीन तरह की संस्थाएं नवजागरण लाने का काम कर रही थीं—1. ब्राह्मोसमाज, 2. आर्यसमाज और, 3. जाति सभाएँ, खासकर कायस्थ महासभा। किसी हद तक चौथी संस्था नेशनल सोशल कान्फरेंस थी जिसके वार्षिक सम्मेलनों में ऊपर की तीनों संस्थाओं के प्रतिनिधि और दूसरे सुधारक भाग लेते थे। पश्चिमोत्तर प्रांत में धार्मिक-सामाजिक सुधारों को लाने की कोशिश इन्हीं संस्थाओं ने की। दूसरे प्रांतों की तरह यहाँ भी इनका विरोध हुआ। विरोध करनेवालों में वे लेखक सबसे पहली कतार में थे जिन्हें हिंदी नवजागरण का अग्रदूत कहा जाता है।

1830 में बना ब्राह्मोसमाज भारतीय नवजागरण का सबसे पहला संगठन था जिसने धार्मिक-सामाजिक सुधारों को पूरे भारत में फैलाने की कोशिश की। बंगाल से बाहर इसकी शाखाएँ पंजाब, महाराष्ट्र, मद्रास, मैंग्लोर और तेलुगुभाषी शहरों में भी खुलीं। लेकिन

बिहार, पश्चिमोत्तर और अवध प्रांत में हजार कोशिशों के बावजूद इसे अनुयाई नहीं मिले। ब्राह्मोसमाज का इतिहास लिखते हुए शिवनाथ शास्त्री ने लिखा है कि पचास सालों तक काम करते रहने के बावजूद इन प्रांतों के देशी लोगों के बीच ब्राह्मोसमाज की जड़ें जम नहीं पाईं। यहाँ इसका असर बाहर से आकर बसे शिक्षित बंगालियों तक सीमित रहा। बिहार में ब्राह्मोसमाज की शाखाएँ भागलपुर (1863), मुंगेर (1867) बाँकीपुर और गया (1866) में कायम हुईं, पर स्थानीय बिहारी इसमें बहुत कम शामिल हुए।[7] पश्चिमोत्तर प्रांत में इसका प्रभाव शुरू से नौकरी या रोजगार के सिलसिले मे आए बंगालियों तक ही सीमित रहा, हालाँकि इस प्रांत में नवजागरण का संदेश लेकर आनेवाला यह पहला संगठन था जो 1866 से यहाँ काम कर रहा था। इलाहाबाद, लखनऊ, कानपुर और आगरा जैसे बड़े शहरों में भी स्थानीय लोग इसमें शामिल नहीं हुए। इसके मुकाबले पंजाब में ब्राह्मोसमाज का असर ज्यादा पड़ा। वहाँ बंगालियों के अलावा शिक्षित पंजाबियों ने भी इसके नए विचारों और सुधारों को उत्साह से अपनाया। वहाँ शिवनारायण अग्निहोत्री ब्राह्मोसमाज के प्रभावशाली नेता हुए। लाहौर इस आंदोलन का गढ़ बना। मुलतान, रावलपिंडी और शिमला में भी उसकी शाखाएँ खुलीं। पंजाबी ब्राह्मोसमाजियों में से कई बाद में बंगालियों से अपने अंतर्विरोध के कारण आर्यसमाज आंदोलन में शामिल हो गए। वहाँ आर्यसमाज को कायम करने में भी पंजाबी ब्राह्मोसमाजियों ने काफी मदद की।

पश्चिमोत्तर प्रांत में स्थानीय लोगों पर ब्राह्मो का असर नहीं के बराबर होने पर भी भारतेंदु और बालकृष्ण भट्ट वगैरह ने इसका कड़ा विरोध किया। शायद इसकी वजह इस आंदोलन का नयापन और बाहर के शिक्षित समाज में इसकी मशहूरी थी। पश्चिमोत्तर प्रांत में भी जो बंगाली इससे जुड़े हुए थे उनमें से कई प्रभावशाली बौद्धिक थे, जैसे इलाहाबाद में रामानंद चटर्जी जो आगे *मार्डन रिव्यू* के संपादक, इंडियन प्रेस के संस्थापक और कायस्थ पाठशाला के प्रिंसिपल बने। *काशी धर्मसभा* के जरिए ब्राह्मोसमाज द्वारा प्रस्तावित नए विवाह विधान का विरोध करनेवाले भारतेंदु ने *वैदिकी हिंसा हिंसा न भवति* में ब्राह्मोसमाजी जैसे लगते एक चरित्र पर और ब्राह्मो लोगों द्वारा प्रचारित विधवाविवाह के विचार पर कटाक्ष किया है। *कविवचनसुधा* के एक अंक में उन्होंने ब्राह्मोसमाज को हिंदू समाज के खिलाफ उभरा 'नया औरंगजेब' बतानेवाली टिप्पणी छापी। ब्राह्मोसमाज ने हिंदूधर्म की पतनशील प्रवृत्तियों की आलोचना करके हिंदूधर्म का बुरा नहीं बल्कि कुछ भला ही किया था—इसे भारतेंदु ने काफी बाद (*स्वर्ग में विचारसभा का अधिवेशन*) में जाकर स्वीकार किया। तब भी उन्होंने इसका खुलकर समर्थन नहीं किया, सिर्फ इस पर लगाए गए कुछ इलजामों से इसको बरी कर दिया। पंजाब में शिवनारायण अग्निहोत्री और उनकी पत्नी, दोनों ब्राह्मोसमाजी थे। उनकी पत्नी शिक्षित परिवारों में जाकर ब्राह्मोमत की शिक्षा देती थीं। पश्चिमोत्तर प्रांत में कोई स्त्री ऐसा करेगी, इसकी कल्पना भी नहीं की जा सकती थी। शिवनारायण अग्निहोत्री ने ब्राह्मण होकर भी जनेऊ पहनने की प्रथा का खंडन किया और खुद अपना जनेऊ उतारकर फेंक दिया। *हिंदी प्रदीप* (अक्टूबर, 1879) में बालकृष्ण भट्ट ने उनका विरोध करते हुए

लिखा, ''उक्त महाशय ने यज्ञोपवीत प्रतिमापूजन की जड़ और सिवा ताली बाँधने के और कोई लाभ न समझ जनेऊ उतारकर फेंक दिया है, इस साहस के कर्म से उक्त महाशय ने कौन-सा बड़ा लाभ समझा ?'' जनेऊ में कौन-सा ऐसा धार्मिक मूल्य छिपा हुआ था कि उसे पहनना बालकृष्ण भट्ट इतना पवित्र और विवेकसम्मत कार्य समझते थे ? उसकी धार्मिक निस्सारता को दिखाने के लिए उसे तोड़कर फेंक देने के साहसपूर्ण कार्य को भट्टजी ने सुधार नहीं, 'भ्रष्टता' का नमूना माना, ''जो लोग अंधकार और नए उजाले के बीच रास्ता टटोल रहे है, उन्हें अपने नमूने से इधर भी भ्रष्टता, उधर भी भ्रष्टता का सत्य दिखाया।'' आज बहुत से शिक्षित लोग जनेऊ नहीं पहनते, इसे पहनना बेकार मानते हैं। यहाँ तक पहुँचने के लिए सवा सौ साल पहले जो संघर्ष हुआ था, उसे हम भूल चुके हैं। वह संघर्ष जितना साहसपूर्ण था, उतना ही विवेकपूर्ण भी। तब हिंदी नवजागरण के अग्रदूत समझे जानेवाले लेखक उस संघर्ष के विरोध में खड़े थे।

19वीं सदी के धार्मिक आंदोलन में एक आंदोलन थियोसॉफिकल सोसाइटी का था जो असल में किसी विवेकसम्मत सुधार की जगह सभी पुराने धर्मों की महानता की वकालत करता, उन्हें वैज्ञानिक साबित करने की कोशिश करता था। रूसी महिला ब्लैवेत्सकी और एक अमरीकी कर्नल अल्काट ने 1875 में इसे पहले न्यूयॉर्क में कायम किया था, फिर भारत में आकर इसकी शाखाएँ खोलीं। उन दिनों अमेरिका में प्रेतविद्या की चर्चा थी। ब्लैवेत्सकी मृत आत्माओं को बुलाने का दावा रखती थीं। भारत आकर पहले उन्होंने आर्यसमाजियों से उन्हीं जैसी बातें कीं, वैदिकमत का समर्थन किया। लेकिन तंत्र-मंत्र, जादू-टोना में इनका विश्वास होने के कारण आर्यसमाज ने जल्द ही इनसे संबंध तोड़ लिया। ब्लैवेत्सकी ने कई जगह चमत्कार दिखाकर और तिब्बत के धर्मगुरुओं से गुप्त संदेश प्राप्त होने की कहानियाँ फैलाकर लोगों का ध्यान खींचा। शिमला में ह्यूम के घर पर श्रीमती ह्यूम के खोए हुए सोने के काँटे का ठीक पता बताकर बहुत मशहूरी पाई हालाँकि पीछे यह भेद खुल गया कि ऐसा उन्होंने ह्यूम के घर के एक नौकर की मदद से किया था। ईसाईमत का विरोध करने और भारत के पुराने धर्मों का बढ़ा-चढ़ाकर गौरव-गान करते रहने से नई पीढ़ी के कई सनातनी युवक इनकी ओर आकर्षित हुए। इनमें से एक बनारस के डॉ. भगवानदास भी थे जो 16 साल की उम्र में थियोसॉफिस्ट बन गए थे। पश्चिमोत्तर प्रांत के पूरबी जिलों में ब्राह्मोसमाज जैसी सुधारक संस्थाएँ तो असर डालने में असफल रहीं, लेकिन थियोसॉफिकल सोसायटी का असर यहाँ खूब पड़ा। मजे की बात है कि राजा शिवप्रसाद ने, जिनकी स्थिति हिंदी नवजागरण में हमेशा बदनामी और विरोध से घिरी रही, थियोसॉफिकल सोसायटी के धार्मिक आंदोलन का कड़ा विरोध किया। लेकिन भारतेंदु हरिश्चंद्र ने इसके खिलाफ कभी आवाज नहीं उठाई, बल्कि उसके नेताओं से अच्छे संपर्क बनाकर रखे।

कर्नल अल्काट बनारस में सोसायटी का प्रचार करने आए तो 8 अगस्त, 1885 को बनारस इंस्टिच्यूट में आयोजित एक सभा में राजा शिवप्रसाद ने अल्काट के विचारों का खंडन करते हुए एक व्याख्यान दिया। उन्होंने ब्लैवेत्सकी के चमत्कारों की पोल खोलते हुए

उनके पीछे भागनेवाले शिक्षितों की 'अधकचरी समझ' की भी कड़ी आलोचना की। मुल्क के 'भेड़ियाधसान' का ज़िक्र करते हुए व्यंग्य किया कि यह देश सिद्धों का है और जो बात जितनी नामुमकिन होती है, उतना ही उस पर विश्वास करने की यहाँ लोकप्रवृत्ति पाई जाती है। "हस्तचालन और नखदर्पण का बाजे लड़के भी दावे रखते होंगे और कोई ऐसा मुहल्ला या गाँव न होगा जिसमें कोई पीर-फकीर, सिद्ध-जोगी व तंत्र-मंत्र का जाननेवाला न निकले।"[8] दस रुपए में सोसायटी का सदस्य बनकर अल्काट से प्राचीन हिंदूधर्म का ज्ञान प्राप्त करनेवालों के अंतर्विरोधों को उजागर करते हुए उन्होंने कहा कि "क्या तमाशा है कि हमारे नौजवान नवीन शिक्षित यूनिवर्सिटी के ग्रेजुएट इधर तो कन्वेण्टेड सिविल सर्विस अर्थात् कलक्टर और कमिश्नर के उहदों के लिए सिर फोड़ते हैं, प्राण देते हैं, उधर कर्नल अल्काट से दस रुपए पर ब्रह्मविद्या मोल लेना चाहते हैं।" सभा में अपने विरोधियों और थियोसॉफिस्टों द्वारा 'हूट' किए जाने पर भी शिवप्रसाद डटे रहे। दूसरी ओर बनारस की एक यात्रा में अल्काट की मुलाकात भारतेंदु से हुई। अल्काट को भारतेंदु के नेतृत्व में चलनेवाली संस्था *ब्रह्मामृतवर्षिणीसभा* की बैठक में बुलाया गया। उन्होंने उस संस्था की तारीफ की और उसे भारत से बाहर, खासकर लंका में फैलाने के लिए कुछ पते दिए। बाद में भारतेंदु ने उन्हें अपने घर में निमंत्रित किया और अपने संग्रहालय की कुछ पुरानी अनमोल चीजें भेंट कीं।[9] ब्राह्मोसमाज और आर्यसमाज के प्रभावों का मुकाबला करनेवाले भारतेंदु ने बनारस में थियोसॉफिकल सोसायटी के बढ़ते प्रभावों की चिंता कभी नहीं की। शायद इसका कारण सोसायटी द्वारा हिंदूधर्म की हर एक बात की तारीफ करना था जो ब्राह्मो और आर्यों को नामंजूर थी। थियोसॉफिस्ट बननेवाले भगवानदास, जो बनारस के सबसे समृद्ध अग्रवाल घराने के थे और इलाहाबाद में डिप्टी कलक्टर हुए, भारतेंदु के स्कूल में शिक्षित हुए थे।

कायस्थ महासभा के आंदोलन पर हिंदी लेखकों की कोई टिप्पणी नहीं मिलती, पर नेशनल सोशल कांफ्रेंस को ये लेखक सख़्त नापसंद करते थे। विभिन्न क्षेत्रीय सुधार आंदोलनों को जोड़कर पूरे भारत के पैमाने पर सुधारों को फैलाने के उद्देश्य से 1887 में बनी इस संस्था का सालाना जलसा कांग्रेस के साथ उसी के पंडाल में होता था। विभिन्न धर्मों के माननेवाले सुधारक इसमें एक साथ शामिल होते थे, इसलिए यह सिर्फ सामाजिक सुधारों का आंदोलन करती थी, धार्मिक सवालों में नहीं उलझती थी। बालकृष्ण भट्ट घृणा की हद तक इस संस्था का विरोध करते थे। अपनी पत्रिका में उन्होंने रानाडे, भंडारकर और आगरकर जैसे धर्मनिरपेक्ष सुधारकों को 'होटलिए' कहते हुए लिखा, "हम कई बार लिख चुके हैं, बराबर कहते आए हैं कि यह सोशल कांफ्रेंस बड़ी बला है। थोड़े-से होटलिए बाम्बे और पूना के मरहठ्ठे इसके जन्मदाता हैं जिनका प्रयोजन केवल हिंदू समाज को छिन्न-भिन्न करने और हिंदूधर्म को जहाँ तक हो सके, तहस-नहस कर देने का है क्योंकि वे ही इसमें अधिक सिर उठाए हुए हैं। इसलिए इस बला का जहाँ तक हो सके, अभी ही मूलोच्छेद हो जाना चाहिए।"[10] छुआछूत का सैद्धांतिक स्तर पर विरोध करने के बावजूद बालकृष्ण भट्ट जैसे पूरबी ब्राह्मण

अपनी रोजाना जिंदगी में खान-पान संबंधी पारंपरिक मर्यादाओं का पूरा पालन करते थे। वे होटल में ठहरने और खाने को कितनी नफरत से देखते थे—यह उनकी टिप्पणी से जाहिर है। सोशल कांफ्रेंस उन्हें हिंदूधर्म और समाज को तहस-नहस करनेवाली संस्था लगी क्योंकि इसके नेताओं ने बारह साल से छोटी पत्नी के साथ संभोग करने को जुर्म ठहरानेवाले सहवास बिल (एज ऑफ कंसेण्ट बिल) का समर्थन किया था; जातिप्रथा को तोड़कर विवाह करने, अपनी आजीविका खुद कमाने और अपना धर्म बदलकर भी हिंदू विधवाओं की मदद करनेवाली पंडिता रमाबाई को अपना समर्थन दिया था। हिंदी नवजागरण के लेखकों और अंग्रेजी शिक्षाप्राप्त मराठी सुधारकों के बीच रुचिभेद और दृष्टिभेद का यह प्रतिनिधि उदाहरण है। 1890 के दशक में बालकृष्ण भट्ट राजनीति में तिलकपंथी हो रहे थे। तिलक सोशल कांफ्रेंस के सुधारकों के जबरदस्त विरोधी थे। रानाडे वगैरह कांग्रेस के अंदर तिलक के राजनीतिक प्रतिद्वंद्वी भी थे। तिलक राजनीतिक आंदोलन के साथ सुधार आंदोलन का तालमेल बैठाने का विरोध कर रहे थे। वे सारा जोर राजनीतिक आंदोलन पर देने की वकालत कर रहे थे। इसी सिलसिले में उन्होंने कांग्रेस के साथ सोशल कांफ्रेंस का जलसा करने का विरोध किया। तिलक की इस राजनीतिक लाइन का समर्थन करते हुए बालकृष्ण भट्ट ने उसी टिप्पणी में आगे लिखा, ''अब भी जो कांफ्रेंस कांग्रेस से अलग कर दी जाए तो अच्छा, नहीं आगे चलकर वह और अधिक हानि पहुँचावेगी।'' तिलक की इस राजनीतिक लाइन ने भारत के राष्ट्रीय आंदोलन को कितना एकांगी बनाया, यह कहने की जरूरत नहीं। बाद में गांधीजी ने स्त्री, दलित तथा दूसरे कई मुद्दों पर सुधार के कार्यक्रम शामिल करके राष्ट्रीय आंदोलन की इस एकांगिता को दूर करने की भरसक कोशिश की। पर तब तक बहुत देर हो चुकी थी और ये समस्याएँ आजादी के बाद भी मुँह बाए खड़ी रहीं।

प्रतापनारायण मिश्र सोशल कांफ्रेंस की प्रतिष्ठा से आकर्षित होकर 1889 में इसके सम्मेलन में गए। वहाँ जब सहवास बिल और मृत पति की संपत्ति में विधवा के हक का समर्थन करते हुए प्रस्ताव पास किए गए तो मिश्रजी भड़क उठे। सबसे ज्यादा नाराज वे इस प्रस्ताव से हुए कि विधवा हो गई स्त्री के केश उसकी मर्जी के खिलाफ काटना जुर्म माना जाए और केश काटने से पहले उसकी मर्जी मनमाने ढंग से नहीं बल्कि मजिस्ट्रेट के सामने ली जाए। कांफ्रेंस में हिंदू समाज में सुधारों के सवाल पर स्वामी सत्यानंद (शिवनारायण अग्निहोत्री) और पंडिता रमाबाई का भाषण देना भी उन्हें बहुत नागवार लगा क्योंकि ये लोग हिंदूधर्म की पारंपरिक मर्यादाओं का पालन नहीं करते थे। कांफ्रेंस से लौटकर मिश्रजी ने *ब्राह्मण* (15 जनवरी, 1890) में एक लेख लिखकर सोशल कांफ्रेंस के नेताओं की योग्यता पर शक जाहिर किया। लिखा कि समाज में नए विचारों और सुधारों का प्रचार सफलतापूर्वक वे ही लोग कर सकते हैं, ''जिनके चरित्र समाज की रीति-नीति से विरुद्ध न हों।'' ऐसे लोग जो विलायत हो आए हैं या अपने पुरखों के धर्म का पालन नहीं करते, ''वे अपनी विद्याबुद्धि एवं लोकहितैषिता के लिए चाहे जैसे समझे जाएँ, पर समाज की दृष्टि में आदर नहीं पा सकते हैं।'' सुधारों के लिए रानाडे जैसे नेताओं को अयोग्य ठहराते हुए उन्होंने इस काम की

जिम्मेदारी ब्राह्मण पंडितों, मौलवियों और बिरादरी के चौधरियों को सौंप देने का सुझाव दिया।

पश्चिमोत्तर प्रांत में ब्राह्मोसमाज या सोशल कांफ्रेंस इतने प्रभावशाली संगठन न थे जितना आर्यसमाज था। इसलिए हिंदी नवजागरण के लेखकों की मुख्य लड़ाई आर्यसमाज से हुई और प्रभाव भी उन पर अगर पड़ा तो इसी का पड़ा। मजे की बात है कि आर्यसमाज के इतिहासकारों ने 19वीं सदी के सभी प्रमुख हिंदी लेखकों को (एक राजा शिवप्रसाद को छोड़कर) कमोबेश अपना समर्थक बता रखा है। तथ्य यह है कि 19वीं सदी में हिंदी के ज्यादातर महत्वपूर्ण लेखक, खासकर पूरब के लेखक, मूलत: आर्यसमाज के विरोधी थे, भले ही उन्होंने सामान्य रूप से उसकी कुछ तारीफ भी की हो। आर्यसमाज के इतिहासकारों ने सबसे ज्यादा प्रतापनारायण मिश्र को अपना समर्थक बतलाया।[11] मिश्रजी कानपुर में आर्यसमाज की स्थापना के समय उसके सदस्य बने थे। क्यों बने थे, पता नहीं, क्योंकि अपने लेखन में आर्यसमाज का जितना विरोध मिश्रजी ने किया, उतना दूसरे किसी लेखक ने नहीं किया। आर्यसमाज की सबसे बड़ी विरोधी संस्था श्रीभारत धर्म महामंडल की कानपुर में स्थापना भी मिश्रजी ने ही की भी।

पश्चिमोत्तर प्रांत में आर्यसमाज

19वीं सदी के भारतीय नवजागरण में आर्यसमाज सबसे प्रभावशाली और व्यापक संगठन था। हिंदूधर्म के मार्टिन लूथर कहे जानेवाले गुजराती संन्यासी दयानंद सरस्वती (1824-1883) ने धर्म के क्षेत्र में चारों ओर फैले भ्रष्टाचार, पाखंड, अज्ञान, रूढ़िवाद और विवेकहीनता को उखाड़ फेंकने का बीड़ा उठाया था। समय के प्रवाह में 'दूषित' हो चुके और सैकड़ों संप्रदायों में बँट चुके हिंदूधर्म को उन्होंने 'शुद्ध' वैदिक आधार पर पुनर्गठित करने का आह्वान किया। धर्म को पौराणिक किस्से-कहानियों और अवतारलीला के दलदल से निकालकर उन्होंने उसे तर्कशीलता, बुद्धि-विवेक, चारित्रिक अनुशासन और दृढ़ नैतिकता पर खड़ा करने का प्रयत्न किया, हालाँकि कुछ मामलों में यह नैतिकता काफी संकीर्ण और तर्कशीलता स्थूल थी। वे शहरों में आधुनिक शिक्षाप्राप्त भद्रवर्ग के बीच गए और उन्हें आर्यसमाज में संगठित किया। आर्यसमाज ने अपने सदस्यों के धार्मिक जीवन को एक नई व्यवस्था दी। इसने ईश्वर को मंदिरों, मठों और मूर्तियों से आजाद कर ईश्वर और मनुष्य के बीच खड़े सभी बिचौलियों को परे हटा दिया। इसने पचासों किस्म के अनुष्ठानों, प्रथाओं को निरर्थक घोषित किया और उनमें किसी भी तरह के धार्मिक मूल्य को मानने से इनकार कर दिया। शिक्षा, ज्ञान और वेद-शास्त्रों पर ब्राह्मणों के एकाधिकार को खारिज कर शूद्रों और स्त्रियों समेत सभी को शिक्षा हासिल करने और धार्मिक साधना करने का समान अधिकारी माना। इसने 'हरि इच्छा' का तर्क ठुकराकर अपने सही या गलत कामों के लिए व्यक्ति को खुद जिम्मेदार ठहराया। औपनिवेशिक समाज में पैदा हुई नई परिस्थितियों के बीच इसने शिक्षित भद्रवर्ग को एक नई धार्मिक और सांस्कृतिक पहचान दी जो उसे भारतीय परंपरा से

अलग-थलग किए बिना तर्क और नैतिकता पर आधारित आधुनिकता से जोड़ती थी। इसने धर्म की सामाजिक उपयोगिता पर जोर दिया और धार्मिक संगठनों की शक्ति को स्कूल, कालेज और अस्पताल खोलने जैसे सामाजिक सेवा-कार्यों की ओर मोड़ा। इसके साथ ही दयानंद और उनके आर्यसमाज में पुनरुत्थानवादी प्रवृत्तियाँ भी प्रबल थीं। प्राचीन आर्य गौरव को फिर से लौटाने और आर्यों का चक्रवर्ती साम्राज्य फिर से कायम करने के लिए इसने 'शुद्ध' वैदिक धर्म की फंडामेंटलिस्ट धारणा पेश की। सिक्ख, जैन, ईसाई वगैरह सभी धर्मों और संप्रदायों के खिलाफ, खासकर इस्लाम के खिलाफ, प्रचार चलाने, उन पर अपनी श्रेष्ठता कायम करने और उनके विरुद्ध हिंदुओं को संगठित करने की राजनीति शुरू की। दयानंद सरस्वती और उनके आर्यसमाज में परंपरा और आधुनिकता, पुनरुत्थान और सुधार, कट्टरता और उदारता, प्रतिक्रियावादी और प्रगतिशील प्रवृत्तियाँ एक साथ सक्रिय थीं। इतिहास के दौरान आर्यसमाज का स्वरूप बदलता गया। उसका प्रखर सुधारवादी रूप मंद पड़ता गया और आक्रामक सांप्रदायिक रूप जोर पकड़ता गया। आर्यसमाज के अंदर मौजूद परस्पर विरोधी प्रवृत्तियों के प्रति एक आलोचनात्मक दृष्टिकोण रखने की जरूरत थी ताकि उसकी सांप्रदायिक और पुनरुत्थानवादी प्रवृत्तियों के खिलाफ लड़ते हुए उसकी आधुनिक, प्रगतिशील प्रवृत्तियों को आगे बढ़ाया जाता। पर ऐसा नहीं हुआ। काफी बाद में जाकर प्रेमचंद ने, जो आर्यसमाज के बाकायदा सदस्य रहे थे—पहली बार आर्यसमाज के आंदोलन को आलोचनात्मक दृष्टि से देखते हुए उसके विकास की दिशा पर सवाल उठाया। लेकिन तब तक बहुत देर हो चुकी थी और आर्यसमाज अपनी सृजनात्मकता को खो चुका था।

दयानंद ने अपना सबसे ज्यादा प्रचारकार्य पश्चिमोत्तर प्रांत में चलाया, लेकिन जैसी सफलता उन्हें पंजाब में मिली, पश्चिमोत्तर प्रांत में उसकी आधी भी नहीं मिली। पश्चिमोत्तर प्रांत के पछाँही जिलों में एक हद तक सफलता मिली भी, लेकिन पूरबी जिलों में बिल्कुल नहीं के बराबर। भारतीय नवजागरण के सबसे प्रखर और प्रभावशाली संगठन का असर बनारस और इलाहाबाद जैसे हिंदीलेखकों के गढ़ में सबसे कम पड़ा। इन इलाकों में परंपरागत सनातनधर्म की जड़ें बहुत मजबूत थीं। उसे हिंदू नरेशों का संरक्षण मिला हुआ था और वह काफी संगठित था। आर्यसमाज पौराणिक धर्मों को करीब-करीब अधर्म जैसा मानकर चलता था। वह सनातन और पौराणिक धर्मों पर आधारित जीवन के हर पक्ष की—मूर्तिपूजा, श्राद्ध, मुंडन, तीर्थयात्रा, गोदान, ग्रह-नक्षत्रों के असर, समुद्रपार यात्रा की मनाही, व्रत, ब्राह्मणों को दान-दक्षिणा, लीला-अवतार, होली जैसे त्यौहार और गंगास्नान जैसे पुण्यकर्म—सबकी कड़ी आलोचना करता था और इनमें किसी भी तरह के धार्मिक मूल्य को अस्वीकार करता था। वह मथुरा, वृंदावन और अयोध्या को केंद्र बनाकर फैली वैष्णव भक्तिधारा को गलदश्रुपूर्ण भावुकता मानता था, उसे पुरुषार्थपूर्ण धर्म से विचलन समझता था। बल्लभाचार्य के पुष्टि संप्रदाय को बेलाग शब्दों में भगंदर और दूसरे यौनरोग फैलानेवाला 'कुष्ठी संप्रदाय' कहता था। इन सबसे हिंदी साहित्य के लेखकों-विद्यार्थियों को कैसी चोट पहुँचती होगी, इसका अंदाजा लगाया जा सकता है। धार्मिक सुधारों की बात तो दूर रही,

हिंदी नवजागरण के लेखकों के लिए आर्यसमाज के सामाजिक सुधारों को भी गले उतारना आसान नहीं था। खासकर ब्राह्मणों के वर्चस्व का विरोध करने, जाति-पाँति छोड़कर सभी आर्यों के साथ भोजन करने, शूद्रों-दलितों को संस्कृत समेत सभी तरह की विद्या और वेदपाठ का अधिकारी मानने और विधवाविवाह का समर्थन करने से संबंधित विचार उन्हें काफी परेशानी में डालते थे।

परंपरागत हिंदूधर्म पर ऐसे हमले बंगाल में ब्राह्मोसमाज ने भी किए थे। हिंदूधर्म के प्रति ब्राह्मो लोगों की घृणा आर्यों के मुकाबले ज्यादा मुखर थी। लेकिन वहाँ अरसे से पश्चिमी शिक्षा के प्रचार-प्रसार से एक ऐसा शहरी शिक्षित भद्रवर्ग विकसित हो चुका था जो चारों ओर रूढ़िवादी बंगालियों की बड़ी संख्या के बीच रहकर भी अपना अलग समाज कायम करके रख सका। पश्चिमोत्तर प्रांत में हालत ऐसी नहीं थी। इसके उलटे, पंजाब में आधुनिक शिक्षा का फैलाव पश्चिमोत्तर प्रांत जैसा ही था या शायद उससे भी कम। फिर भी वहाँ आर्यसमाज को एक मजबूत सामाजिक आधार मिला। इसकी कई वजहें थीं। वहाँ सदियों से बहुसंख्यक मुसलमानों के साथ रहते हुए पंजाबी लोग पूर्तिपूजा के खंडन और एकेश्वरवाद के प्रति इतने असहिष्णु नहीं थे। वहाँ ब्राह्मणों की आर्थिक-सामाजिक हैसियत ऐसी न थी कि वे अपना वर्चस्व कायम रख सकें। इनके अलावा वहाँ एक खास ऐतिहासिक संदर्भ था जिसमें आर्यसमाज का एक सीमित लेकिन प्रभावशाली सामाजिक आधार विकसित हुआ। प्रकाश टंडन ने अपनी मशहूर किताब *पंजाबी सेंचुरीज* में वहाँ आर्यों के उभार का जो विवेचन किया है, उसे आर्यसमाज के सभी महत्वपूर्ण अध्येताओं ने मान्यता दी है। प्रकाश टंडन के मुताबिक वहाँ आर्यसमाज का मुख्य सामाजिक आधार खत्री जाति थी जो महाराजा रणजीत सिंह के राज्य में और उससे भी पहले से बैंकिंग तथा व्यापार में महत्वपूर्ण भूमिका निभाती रही थी। ब्रिटिश हुकूमत कायम होने के बाद पंजाब के किसी भी दूसरे समुदाय के मुकाबले इसने नई अंग्रेजी शिक्षा को सबसे तेजी से अपनाया। अपनी शिक्षा की बदौलत नए प्रशासनिक पदों का दावा करने और आर्थिक विकास के नए अवसरों का फायदा उठाने में यह सबसे आगे थी। अपनी हैसियत के अनुरूप इसे अब एक नई धार्मिक पहचान की जरूरत पड़ी जो उसकी सामाजिक और सांस्कृतिक श्रेष्ठता को कायम कर दे। सौ साल पुराना सिक्खधर्म, जो मुख्यतः देहातों में जाट किसानों के बीच फैला था, इसे कुछ देने में असमर्थ था और वह धर्म खुद नए सिरे से रूढ़ियों और अज्ञान में फँस रहा था। ईसाईधर्म फिरंगियों का होने की वजह से नामंजूर था। 1860 के दशक में ब्रिटिश प्रशासन में बहाल होकर आए बंगाली कर्मचारियों के साथ ब्राह्मोसमाज पंजाब में पहुँचा तो शिक्षित पंजाबी खत्री सबसे पहले उसी की ओर झुके। लेकिन बंगाली बाहर से आए थे और प्रशासनिक पदों के लिए स्थानीय खत्रियों से ही उनकी होड़ थी। इसके अलावा ईसाई हाकिमों से घनिष्ठ संपर्कों के कारण भी बंगालियों को शक और विरोध की निगाह से देखा गया। इससे पंजाबी खत्रियों में ब्राह्मोधर्म फैलने की संभावना कम हो गई। प्रकाश टंडन ने लिखा है कि ठीक इसी ऐतिहासिक संदर्भ में 1877 में दयानंद पंजाब में आए तो शिक्षित खत्रियों को उनकी

विचारधारा में अपनी धार्मिक और सांस्कृतिक जरूरतें पूरी होती दिखाई दीं।

आर्यसमाज ने शिक्षित शहरी खत्रियों के अंदर सिक्खों और ईसाइयों के मुकाबले धार्मिक श्रेष्ठता की भावना भरी। आर्यसमाज के जरिए उन्हें हिंदूधर्म का ज्यादा साफ-सुथरा रूप हासिल हुआ जिसकी विवेकसम्मत नैतिकता ने उन्हें पौराणिक धर्म के उन अंधविश्वासों और रूढ़ियों से निजात दिलाई जो शिक्षा से पैदा हुई उनकी सुरुचियों के खिलाफ थीं। जैसे पूरब में कलकत्ता ब्राह्मोसमाज का केंद्र था, वैसे पश्चिम में लाहौर नवजागरण का महत्वपूर्ण केंद्र बन गया।

लेकिन दयानंद का मुख्य लक्ष्य तो पश्चिमोत्तर प्रांत था जहाँ उन्हें सनातन धर्म के गढ़ बनारस को जीतने की चाह थी। अपने जीवनकाल में वे बनारस नौ दफा आए और महीनों वहाँ रहे। *सत्यार्थप्रकाश* ग्रंथ ज्यादातर उन्होंने यहीं रहकर लिखवाया था और अपना वैदिक यंत्रालय भी पहले यहीं खोला था। फिर भी, महर्षि के चौदह बार दिए व्याख्यानों के बावजूद 1880 में बनारस के बुलानाले पर कायम हुई आर्यसमाज की एकमात्र शाखा को छोड़कर वहाँ आर्यसमाज की दूसरी शाखा खुलने की नौबत कभी नहीं आई। बनारस की शाखा पश्चिमोत्तर प्रांत में आर्यसमाज की सबसे कमजोर शाखाओं में थी। जहाँ तक सनातन धर्म के दूसरे गढ़ इलाहाबाद की बात है, वहाँ भी आर्यसमाज मुख्यत: पंजाब से आकर बस गए खत्रियों और कुछ उर्दूभाषी कायस्थों तक ही सीमित रहा, स्थानीय आबादी इसके असर में बहुत कम आई।[12]

सीमित सफलता मिलने के बावजूद युक्तप्रांत के महत्वपूर्ण और सबसे शिक्षित लोग आर्यसमाज के निष्ठावान सदस्य थे जो इसकी बौद्धिक प्रतिष्ठा का कारण बना। नए खुले इलाहाबाद विश्वविद्यालय से एम.ए. करनेवाले पहले व्यक्ति बाबू लक्ष्मण स्वरूप, जो बाद में डिप्टी-कलक्टर बने, युक्तप्रांत में आर्य प्रतिनिधिसभा के पहले प्रधान हुए। आगरा के रायबहादुर पंडित सुंदरलाल जो पोस्टमास्टर जनरल के ऊँचे पद पर थे, मुरादाबाद के डिप्टी-कलक्टर और सैयद अहमद के खास दोस्त राजा जयकिशन दास जिन्होंने हंटर कमीशन के सामने हिंदी के पक्ष में गवाही दी और लखनऊ में हिंदी-उर्दू ग्रंथों के सबसे बड़े प्रकाशक मुंशी नवल किशोर जिनके प्रकाशन की अंतर्राष्ट्रीय ख्याति थी—आर्यसमाज के सदस्यों में शामिल थे। फर्रुखाबाद के रईस बाबू दुर्गाप्रसाद जो बड़े शिक्षाविद थे, चीन की यात्रा पर जानेवाले कानपुर के मशहूर लेखक गदाधर सिंह जिन्होंने काशी नागरीप्रचारिणी सभा को अपना सारा पुस्तकालय दे दिया, इलाहाबाद के पास सिरसा के काशीनाथ खत्री जिन्होंने हिंदी में सुधारों पर सबसे ज्यादा लिखा, पंजाब से आकर बनारस में बस गए सर्जन और काशीनरेश के राजकीय चिकित्सक डॉ. छन्नूमल और उनके भानजे रामनारायण मिश्र जो नागरीप्रचारिणी सभा के संस्थापकों में थे—ये सभी आर्यसमाज के सदस्य थे।

जे.टी.एफ. जोर्डन और आर्यसमाज का इतिहास लिखनेवालों ने युक्तप्रांत में आर्यसमाज की स्थिति के बारे में विस्तृत और महत्वपूर्ण जानकारी दी है। उनके मुताबिक युक्तप्रांत में पहला उल्लेखनीय आर्यसमाज जाटबहुल इलाके रुड़की में 1878 में बना। इंजीनियरिंग

कालेज होने के कारण वहाँ एक शिक्षित भद्रवर्ग मौजूद था। वहाँ दयानंद को बुलानेवाले उमराव सिंह इंजीनियरिंग कालेज में प्रोफेसर थे। समाज के अध्यक्ष शंकरलाल भी कालेज में प्रोफेसर थे। संगठन की दृष्टि से युक्तप्रांत में सबसे बड़ा आर्यसमाज मेरठ (1878) और फर्रुखाबाद (1881) में बना। दोनों पछाहीं जिले थे। 1878 की सदस्य सूची से पता चलता है कि मेरठ आर्यसमाज के शुरुआती 81 सदस्यों में से एक हेडमास्टर था, 7 अध्यापक और 26 सरकारी मुलाजिम थे। पाँच का संबंध प्रिंटिंग प्रेस, समाचारपत्र और पुस्तक प्रकाशन से था। एक विद्यार्थी, दो मास्टर, एक मिस्त्री, एक चित्रकार, एक जमींदार और दो रईस थे। बाकी 35 सदस्यों के व्यवसाय के बारे में कोई उल्लेख नहीं मिलता, लेकिन उनके नामों के साथ जुड़े लाला, मुंशी इत्यादि संबोधनों से संकेत मिलता है कि वे महाजनी, दुकानदारी, पुरोहिती के कामों से जुड़े होंगे। ज्यादातर सदस्य शिक्षित समुदाय से थे। पेशे के लिहाज से ज्यादातर सरकारी नौकरियों में थे, उसके बाद निजी व्यवसायों में। मेरठ समाज के सरकारी नौकरीवाले सदस्य ज्यादातर गंगा नहर विभाग के इंजीनियरिंग ब्रांच में क्लर्क, नक्शानवीस या एकाउंटेंट थे। बाकी राजस्व विभाग में कानूनगो, नकलनवीस और पटवारी थे। जातियों के हिसाब से 41 प्रतिशत वैश्य (जिनमें खत्री शामिल थे), 34 प्रतिशत कायस्थ, 22 प्रतिशत ब्राह्मण और 3 प्रतिशत क्षत्रिय थे। युक्तप्रांत के गुप्तचर विभाग में उप-अधीक्षक सी. ई. डब्ल्यू. सैंड्स ने आर्यसमाज की राजनीतिक गतिविधियों की छानबीन करते हुए अपनी रिपोर्ट (1910) में लिखा कि मेरठ में सिंचाई विभाग के कई कर्मचारी पंजाब से आए थे जो अपने साथ आर्यसमाज की विचारधारा लेकर आए। युक्तप्रांत के पश्चिमी जिलों में नहरों और सिंचाई विभाग के विस्तार के साथ-साथ आर्यसमाज के प्रभाव का भी विस्तार होता गया।[13] ब्राह्मणों के वर्चस्व का विरोधी आर्यसमाज आगे चलकर मेरठ डिवीजन के जाटों, कायस्थों और बनियों के बीच बहुत लोकप्रिय हुआ। गौरतलब है कि दयानंद मेरठ कई बार आए और उन्होंने पूरी जाट जाति को सामूहिक रूप से क्षत्रिय वर्ण में शामिल कर लेने की सिफारिश की थी।

फर्रुखाबाद आर्यसमाज ने दयानंद के निर्देश पर हंटर कमीशन को हिंदी के पक्ष में मेमोरियल भिजवाने में और गोरक्षा आंदोलन में काफी सक्रिय भूमिका निभाई। इसके शुरुआती 87 सदस्यों में 61 अध्यापक, 5 विद्यार्थी, 2 वकील, 4 व्यापारी, 5 जमींदार-साहूकार और 3 सरकारी कर्मचारी थे।[14] जोर्डन ने 1877-78 के बीच किस्तों में छप रहे दयानंद के ग्रंथ *वेद भाष्य* के ग्राहकों की सूची उद्धृत की है जिससे पता चलता है कि उस वक्त पश्चिमोत्तर प्रांत में *वेद भाष्य* के कम-से-कम सौ ग्राहक थे जो तीस शहरों में थे। इन ग्राहकों में 45 प्रतिशत कायस्थ, 22 प्रतिशत वैश्य, 23 प्रतिशत ब्राह्मण और 10 प्रतिशत क्षत्रिय थे। जोर्डन के मुताबिक, ''यह अनुपात उस समय शिक्षित हो रहे समुदायों का भी अनुपात था।''[15] साफ है कि पछाहीं जिलों में आर्यसमाज का सामाजिक आधार शिक्षित शहरी मध्यवर्ग था जिसमें ब्राह्मणों और क्षत्रियों के होने के बावजूद ज्यादातर मँझोली जातियों के लोग थे, जैसे कायस्थ और वैश्य। इनमें से ज्यादातर सरकारी कर्मचारी थे, उसके

बाद महाजन और व्यापारी। एक अच्छी-खासी संख्या शिक्षा संस्थाओं से जुड़े अध्यापकों की थी।

दयानंद सरस्वती की मृत्यु (1883) तक भारत में कुल आर्यसमाजों की संख्या 85 थी जिसमें से 50 अकेले युक्तप्रांत में थे। युक्तप्रांत में यह संख्या बढ़कर 1886 में 90, 1896 में 216 और 1912 में 492 हो गई। भारत के और किसी भी प्रांत में आर्यसमाज के फैलने की रफ्तार इतनी तेज नहीं रही। इसके मुकाबले पंजाब में भी आर्यसमाजों और उसके सदस्यों की संख्या कम थी जबकि उस वक्त पंजाब आज के पंजाब से कई गुना बड़ा और तत्कालीन युक्तप्रांत से भी बड़ा था। लेकिन सदस्यों की छोटी संख्या के बावजूद आर्यसमाज पंजाबी आर्यों के जीवन में जितने बदलाव लाया, उतने युक्तप्रांत के आर्यों में नहीं। आर्यसमाज ने परिवर्तन की जितनी लहरें पंजाब में पैदा कीं, उतनी युक्तप्रांत में नहीं। धर्म, शिक्षा और सामाजिक क्षेत्रों में आर्यसमाजी सिद्धांतों का जैसा सृजनात्मक विकास वहाँ हुआ, वैसा युक्तप्रांत में नहीं। इसी फर्क को ध्यान में रखते हुए आर्यसमाज के इतिहासकारों ने लिखा, "आर्यसमाज की दृष्टि से उत्तरप्रदेश के किसी भी नगर की स्थिति लाहौर के समान नहीं थी।" इस फर्क की वजह क्या थी? युक्तप्रांत में आर्यसमाज सिर्फ संख्या की दृष्टि से आगे था, रचनात्मकता और गुणों की दृष्टि से नहीं। युक्तप्रांत में भी यह सिर्फ पछाहीं जिलों में आगे था, उसके मुकाबले पूरबी जिलों में कुछ भी नहीं था। 1901 में युक्तप्रांत की साढ़े-चार करोड़ की हिंदू आबादी में कुल 65 हजार लोग आर्यसमाजी थे। इनमें से 56 हजार 380 आर्यसमाजी सिर्फ सोलह पछाहीं जिलों में थे यानी मेरठ, सहारनपुर, बिजनौर, बदायूँ, फर्रुखाबाद, कानपुर, बुलंदशहर, अलीगढ़, मुजफ्फरनगर, एटा, आगरा, मुरादाबाद, बरेली, मैनपुरी, शाहजहाँपुर और मथुरा के जिलों में। प्रांत के पूरबी जिलों में आर्यसमाजियों की कुल संख्या दस हजार से भी कम थी। धार्मिक-सामाजिक सुधारों में साहस और सक्रियता किसी हद तक जैसी पछाहँ के जिलों में दिखाई दी, वैसी पूरबी जिलों में नहीं।[17] पूरब में चारों ओर सनातनियों से घिरे मुट्ठीभर आर्यसमाजियों ने सुधार की हिम्मत बहुत कम दिखाई। बनारस के गिने-चुने आर्यसमाजियों में नागरीप्रचारिणी सभा के संस्थापकों में से एक रामनारायण मिश्र आर्यों की उस श्रेणी में थे जो अपने परिवेश के असर से बहुत जल्द राष्ट्रीय स्वयंसेवक संघ की तरफ खिसक गए। बनारस में गुरु गोलवलकर के आने पर वे उनकी स्वागत समिति के अध्यक्ष बने।[18] उत्तराखंड के कुमाऊँ में आर्यसमाज कहीं ज्यादा सक्रिय रहा क्योंकि नैनीताल में 1875 में कायम होने के बाद इसने वहाँ दलितों-शूद्रों पर होनेवाले सामाजिक अत्याचारों के खिलाफ डोला-पालकी आंदोलन में महत्वपूर्ण भूमिका निभाई। लेकिन अवध प्रांत के जिलों में एक-चौथाई सदी बीत जाने पर भी इसका कोई प्रभाव नहीं पड़ा। 1911 तक अवध के किसी भी जिले में आर्यसमाज कायम नहीं हो सका।[19] इसी तरह बिहार में दानापुर को छोड़कर—जहाँ ब्राह्मोसमाजियों की मदद से 1878 में आर्यसमाज कायम हुआ था—और कहीं इसका उल्लेखनीय असर नहीं पड़ा। पटना, छपरा और मुंगेर में इसके कुछ अनुयाई बने, पर उनकी गतिविधियाँ कभी महत्वपूर्ण नहीं रहीं।

हिंदी नवजागरण : एक भ्रामक नाम

हिंदी नवजगारण एक भ्रामक नाम है क्योंकि यह अपनी ऐतिहासिक अंतर्वस्तु को प्रकट नहीं करता। इससे गलतफहमी होती है कि यह भारतीय नवजागरण जैसी ही कोई धारा थी। इस समझ के तहत विवेचन करनेवालों को भारतीय नवजागरण से जहाँ इसका मेल नहीं दिखता, भिन्नता या विरोध दिखने लगता है, तो वे इसे जबरदस्ती उसी के जैसा दिखाने का प्रयत्न करते हैं या फिर ऐसी सफाई देने लगते है जो एक तरह की लीपा-पोती होती है। ऐतिहासिक तथ्य बताते हैं कि यह एक ऐसी धारा थी जो नवजागरण के विरोध में शुरू हुई थी और जिसके आंदोलन के केंद्रीय मुद्दे कुछ और ही थे। ब्राह्मोसमाज के सुधारों के खिलाफ बंगाल के रूढ़िवादियों ने 1830 के दशक में *धर्म सभा* और 1860 के दशक में *सनातनधर्मरक्षिणी सभा* कायम की थी। महाराष्ट्र में प्रार्थना समाज के खिलाफ भी रूढ़िवादी मराठी ब्राह्मणों ने अपनी सभा बनाई। पश्चिमोत्तर प्रांत में ब्राह्मों और आर्यों के सुधार आंदोलन के खिलाफ *काशी धर्मसभा, प्रयाग हिंदूसमाज, मध्य हिंदूसमाज* और *श्रीभारत धर्म महामंडल* जैसी सनातनी संस्थाएँ उठ खड़ी हुईं। 19वीं सदी के ज्यादातर हिंदी लेखक—जिनके साहित्य में मिलनेवाली चेतना को 'हिंदी नवजागरण' कहा जाता है—वास्तव में इन्हीं सनातनी संस्थाओं से जुड़े हुए लेखक थे। जिस तरह सुधार की संस्थाएँ आंदोलनकारी थीं, उसी तरह उनके विरोध में बनी परंपरावादियों की संस्थाएँ भी अपना आंदोलन चलाती थीं। हिंदी नवजगारण के लेखकों की सामाजिक-धार्मिक चेतना ब्राह्मों और आर्यों के सुधार आंदोलन के समर्थन में नहीं, उनके विरोध और उनकी प्रतिक्रिया में उभरी थीं, हालाँकि सभी लेखकों में इस विरोध की मात्रा और किस्म एक जैसी नहीं थी। विरोध और प्रतिक्रिया के बावजूद उनकी चेतना पर अपने चारों ओर के सुधार आंदोलनों का दबाव भी था जिसके कारण वे किसी हद तक इन सुधार आंदोलनों से प्रभावित भी हुए। यही कारण है कि हिंदी नवजागरण के महत्वपूर्ण लेखकों की सुधार चेतना में दुविधा और अंतर्विरोध भरे मिलते हैं।

हिंदी नवजागरण का सामाजिक आधार हिंदीभाषी भद्रवर्ग था जो ब्राह्मो, आर्यसमाज या कायस्थ महासभा के सामाजिक आधार—पश्चिमी शिक्षाप्राप्त भद्रवर्ग से—अलग था। हिंदीभाषी भद्रवर्ग कहने का मतलब यह नहीं है कि इसके सदस्य अंग्रेजी नहीं जानते थे। कई सदस्य, खासकर इसके नेता, अंग्रेजी जानते थे, जैसे आज भी बहुत से हिंदी लेखक अंग्रेजी जानते हैं। पर इस वर्ग के ज्यादातर सदस्य सिर्फ हिंदी माध्यम से या किसी हद तक उर्दू माध्यम से शिक्षित हुए थे। इस भद्रवर्ग ने शिक्षासंस्थाओं और अदालतों से उर्दू हटाकर हिंदी और नागरी लाने का लंबा आंदोलन चलाया और अपनी साहित्यिक अभिव्यक्ति का माध्यम उर्दू या अंग्रेजी की जगह हिंदी को बनाया, इसलिए भी इसे हिंदीभाषी भद्रवर्ग कहना वाजिब है। क्रिस्टोफर किंग ने सही नोट किया कि इस भद्रवर्ग के कई प्रतिनिधि शिक्षा विभाग से जुड़े हुए लोग थे।[20] ज्यादा तनख्वाह देनेवाले सरकारी महकमों में—जहाँ उर्दू का बोलबाला था (बाद में अंग्रेजी का होता गया)—नौकरियों में मुसलमानों और कायस्थों के काबिज होने का पुराना सिलसिला जारी था। लिहाजा हिंदी माध्यम से शिक्षित होनेवाले

ब्राह्मण, राजपूत और वैश्य जातियों के हिंदू—जिन्होंने नई सरकारी शिक्षा प्रणाली का सबसे ज्यादा फायदा उठाया—अक्सर शिक्षा विभाग में ही नौकरी पाते थे जहाँ हिंदी में काम करने की गुंजाइश थी। हिंदी और नागरी का आंदोलन खड़ा करनेवालों में ज्यादातर शिक्षा विभाग से, कुछ लोग व्यापार से और बाकी प्रेस-पत्रकारिता से जुड़े हुए थे। अंग्रेजी शिक्षाप्राप्त भद्रवर्ग से इसका फर्क ब्रिटिश शासन के प्रति रवैये को लेकर नहीं था। मूलत: एक ही वर्गस्थितिवाले ये दोनों तरह के लोग ब्रिटिश शासन के सामने अपनी शिकायतें रखते हुए और उसकी नरम आलोचना करते हुए भी शिक्षा, ज्ञान और सभ्यता के प्रचार में उसकी भूमिका को उपयोगी मानते थे, उसका समर्थन करते थे। फर्क सुधारों को लेकर था। यहाँ इस पर जोर देना जरूरी है कि नवजागरण के संदर्भ में मूल विभाजन अंग्रेजी और हिंदी भाषा के आधार पर नहीं, सुधारों या रूढ़ियों का पक्ष लेने के आधार पर था। अंग्रेजी पढ़े-लिखे लोग जैसे सुधारकों में थे, वैसे रूढ़िवादियों में भी थे। सुधार आंदोलन के ज्यादातर समर्थक अंग्रेजी शिक्षाप्राप्त भद्रवर्ग से आते थे। वे पश्चिमीकरण की चुनौती का मुकाबला करने के लिए शास्त्रों और परंपराओं को आलोचनात्मक दृष्टि से देखने और धर्म को बुद्धि-विवेकसम्मत बनाने का आग्रह करते थे। ऐसे लोग आर्यसमाज की ओर गए। अंग्रेजी पढ़े-लिखे रूढ़िवादी और हिंदीभाषी भद्रवर्ग के सब नहीं, तो ज्यादातर सदस्य पश्चिमीकरण की चुनौती के जवाब में शास्त्रों की नई व्याख्या सुनने या उनकी बुनियादी आलोचना करने के लिए तैयार नहीं थे। वे इनकी रक्षा के लिए उन सनातनी संस्थाओं में सक्रिय हुए जो सुधार आंदोलन के खिलाफ खड़ी हुई थीं। हालाँकि राजनीतिक कारणों से ब्राह्मो और आर्यसमाज जैसी उग्र सुधार संस्थाएँ भी हिंदी आंदोलन को पूरा समर्थन देती थीं, बल्कि उसका नेतृत्व भी करती थीं। इसके बावजूद थोड़े से आर्यसमाजियों को छोड़कर—जिन्होंने हिंदी को अपने साहित्यिक लेखन का माध्यम बनाया, जैसे काशीनाथ खत्री वगैरह—ज्यादातर आर्यसमाजी नौकरी के मकसद से उर्दू या अंग्रेजी माध्यम से शिक्षित होना पसंद करते थे। हिंदी-नागरी का समर्थन करते हुए भी वे अपने बच्चों को उर्दू या अंग्रेजी शिक्षा दिलाते थे जैसे आज भी कई भद्रवर्गीय हिंदी लेखक-अध्यापक अपने बच्चों को अंग्रेजी स्कूलों में पढ़ाते हैं। यह भी ध्यान में रखना चाहिए कि पश्चिमोत्तर प्रांत में आर्यसमाज का हिंदी-नागरी आंदोलन में सक्रिय होना और अपने उग्र धार्मिक सुधारों को मंद करते जाना—दोनों बातें एक खास ऐतिहासिक संदर्भ में एक-दूसरे से जुड़ी हुई थीं।

हिंदी नवजागरण का मुख्य क्षेत्रीय आधार पश्चिमोत्तर प्रांत के पूरबी जिलों में था। बनारस और इलाहाबाद इसके दो मुख्य केंद्र थे, कुछ हद तक कानपुर भी। इस क्षेत्र की मुख्य विशेषता यह थी कि दिल्ली से सटे पछाहीं जिलों के उलट—जहाँ ब्राह्मणों की आर्थिक-सामाजिक हैसियत नीची थी और जमीन पर जाटों का दबदबा था—पूरबी जिलों में न सिर्फ काशी और प्रयाग जैसे प्राचीन हिंदू तीर्थ थे, बल्कि इन जिलों में ब्राह्मणों की आबादी भी काफी थी। काशीनरेश के संरक्षण मे यहाँ न सिर्फ सनातन धर्म और रूढ़िवादी पंडितों की परंपरा को पर्याप्त संरक्षण मिला हुआ था बल्कि गोरखपुर, आजमगढ़, बस्ती, बलिया और देवरिया जैसे जिलों में

ब्राह्मण जमींदार इतने शक्तिशाली थे जितने वे प्रांत भर में और कहीं नहीं थे।

मुख्यतः इसी पूरब के हिंदीभाषी भद्रवर्ग के साहित्यिक प्रयासों को कुछ आलोचकों ने हिंदी नवजागरण का नाम दिया है। लेकिन उन्होंने इसके वास्तविक चरित्र और इसके ऐतिहासिक संदर्भ को कभी स्पष्ट नहीं किया। वे साम्राज्यवादविरोधी संघर्ष के अपने मनगढ़ंत चौखटे के अंदर इसकी भव्य तस्वीरें बनाते रहे जबकि वास्तव में 19वीं सदी में इसका ऐतिहासिक संदर्भ साम्राज्यवाद-विरोध उतना नहीं था जितना ब्राह्मों और आर्यों के सुधारों का विरोध था। औपनिवेशिक शासन में हिस्सेदारी के लिए तत्कालीन मुस्लिम भद्रवर्ग से उनकी होड़ भी इसी संदर्भ का हिस्सा थी। हिंदी नवजागरण से संबंधित अध्ययनों की दूसरी कमी यह है कि इसे मुख्यतः साहित्यिक लेखन तक ही सीमित करके देखा जाता रहा है जबकि वास्तव में यह इस प्रांत की खास ऐतिहासिक परिस्थितियों में भाषा, लिपि और धर्म के आधार पर विभिन्न हिंदू बिरादरियों को एक जातीय समुदाय में बदलने का राजनीतिक-सांस्कृतिक आंदोलन था। हिंदी नवजागरण का मुख्य आंदोलन किसी धार्मिक या सामाजिक सुधार के लिए नहीं था। 19वीं सदी के उत्तरार्ध में बनारस-इलाहाबाद को केंद्र बनाकर जो तीन बड़े आंदोलन चले, वे नागरीलिपि, हिंदीभाषा और गोरक्षा के सवाल पर थे। बंगाल या महाराष्ट्र के नवजागरण से हिंदी नवजागरण का यह बुनियादी फर्क था जिसकी वजह पश्चिमोत्तर प्रांत की खास ऐतिहासिक-राजनीतिक परिस्थितियाँ थीं। बंगाल और महाराष्ट्र में यूरोपीय धर्म, सभ्यता और संस्कृति से भारतीय परंपरा की टकराहट मुख्य अंतर्विरोध था जिसने वहाँ धार्मिक-सामाजिक सुधारों को जन्म दिया। यह अंतर्विरोध 19वीं सदी के पश्चिमोत्तर प्रांत में इतना विकसित और व्यापक नहीं था। इसलिए यहाँ धार्मिक-सामाजिक सुधारोंवाली धारा गौण रही। मुख्य लड़ाई हिंदू-मुस्लिम भद्रवर्ग के बीच विशेषाधिकारों पर कब्जा करने और अपनी सांस्कृतिक श्रेष्ठता कायम करने की रही। हिंदी नवजागरण के तहत हुए तीनों बड़े आंदोलन इसी संघर्ष को प्रतिबिंबित करते हैं। इसलिए आर्यसमाज और जाति सभाओं के धार्मिक-सामाजिक सुधार आंदोलन से अलग जो आंदोलन भारतेंदु मंडली और दूसरे हिंदी लेखकों की भागीदारी से हुआ, उसका सही नाम हिंदी आंदोलन होना चाहिए क्योंकि हिंदी भाषा और लिपि का सवाल ही उसका सबसे केंद्रीय मुद्दा था, धार्मिक या सामाजिक सुधार नहीं।

हिंदी आलोचकों ने हिंदी नवजागरण के लेखकों की साहित्यिक रचनाओं पर तो ध्यान दिया, पर वे जिन संगठनों से जुड़े हुए थे, उन संगठनों के उद्देश्यों और क्रिया-कलापों का अध्ययन नहीं किया। बहुतों को इसकी खबर तक नहीं। नवीजतन इन लेखकों में जो अपेक्षाकृत रूढ़िवादी या सुधार-विरोधी विचार मिलते हैं, उनकी उचित व्याख्या नहीं की जाती या फिर उन्हें नजरअंदाज करने की कोशिश होती रही है। वास्तव में 19वीं सदी के हिंदी लेखक जिन संगठनों में सक्रिय थे, वे नवजागरण के तात्कालिक विरोध में बनी संस्थाएँ थीं जिन्हें 19वीं सदी खत्म हो जाने के बाद याद रखना जरूरी नहीं समझा गया, हालाँकि उनमें से एकाध संस्थाएँ आज भी जिंदा हैं। ऐसा नहीं है कि हिंदी आलोचकों या

जीवनीकारों ने इन संस्थाओं का ज़िक्र बिल्कुल नहीं किया। कुछेक का ज़िक्र उन्होंने किया था पर वास्तविक ऐतिहासिक संदर्भ से काटकर किया या उसी भद्रवर्ग की दृष्टि से किया जिसने उन्हें बनाया था। वास्तव में ये संगठन ब्राह्मों और आर्यों द्वारा हिंदूधर्म की आलोचना करने और उसे सुधारने के प्रयासों के खिलाफ, परंपरागत धर्म की रक्षा के लिए बनाए गए थे या फिर शासन और सार्वजनिक जीवन में मुसलमानों का मुकाबला करने के लिए। इस ऐतिहासिक संदर्भ के बिना, सुधार आंदोलनों के विरोध और उनके प्रभाव के बीच द्वंद्व में फँसे हिंदी नवजागरण के चरित्र को पूरी तरह समझा नहीं जा सकता।

भारतेंदु काल में उभरे संगठन

परंपरा की रक्षा करते हुए, कभी-कभी आलोचना के दबाव से, परंपरा के अंदर कुछ सुधार लाना भी जरूरी होता है। परंपरागत धर्म की रक्षा के लिए हिंदीभाषी भद्रवर्ग ने कई संस्थाएँ बनाईं। भारतेंदु ने वैष्णव संप्रदायों के बीच भेदभाव और छुआछूत दूर कर उन्हें एक धार्मिक समुदाय के रूप में संगठित करने के लिए *तदीय समाज* संस्था बनाई, हालाँकि वह पूरी तरह असफल रही। बनारस में इसी ढंग की बनी दूसरी संस्था *ब्राह्मामृतवर्षिणी सभा* थी जिसके भारतेंदु मुख्य सलाहकार थे। इसने आगे चलकर गोरक्षा आंदोलन में सक्रिय भूमिका निभाई। बनारस की सबसे प्रभावशाली संस्था *काशी धर्मसभा* थी जो 1870 में दयानंद के उभार और हिंदूधर्म संबंधी उनकी आलोचना का मुकाबला करने के लिए बनाई गई थी। खुद काशीनरेश इसके अध्यक्ष थे। बनारस में सनातनधर्म के अधिकारी विद्वान समझे जानेवाले पंडित, जैसे—बाल शास्त्री, पं. बस्तीराम, बापूदेव शास्त्री, राजाराम शास्त्री और सखाराम शर्मा वगैरह इसके प्रमुख सदस्य थे। 1869 में वेदों में मूर्तिपूजा के सवाल पर दयानंद से शास्त्रार्थ इन्हीं पंडितों ने किया था। ब्राह्मण न होने पर भी भारतेंदु काशी में सनातनधर्म के विद्वान, प्रचारक और रक्षक नेता समझे जाते थे और इसी हैसियत से वे काशी धर्मसभा के सेक्रेटरी थे। सभा की बैठकें अक्सर उन्हीं के घर पर होती थीं। इस सभा ने कई विवादास्पद धार्मिक प्रश्नों पर अपनी व्यवस्था दी थी। राजनीतिक हिंदुत्व की असरदार संस्थाएँ इलाहाबाद में बनीं। इलाहाबाद 19वीं सदी के आखिरी दो दशकों में राष्ट्रीय राजनीति के साथ-साथ हिंदू राजनीति का भी गढ़ बनता गया। यहाँ *प्रयाग हिंदूसमाज, मध्यभारत हिंदूसमाज* और *श्रीभारत धर्म महामंडल* जैसी हिंदी नवजागरण की महत्वपूर्ण सनातनी संस्थाएँ उभरीं जिनसे मदनमोहन मालवीय, बालकृष्ण भट्ट, प्रतापनारायण मिश्र, अंबिकादत्त व्यास, बालमुकुंद गुप्त, रामकृष्ण वर्मा (संपादक : *भारत जीवन*) और पं. दुर्गाप्रसाद मिश्र (संपादक : *भारतमित्र*) जैसे हिंदी नवजागरण के प्रभावशाली नेता, लेखक और पत्रकार जुड़े हुए थे। सबसे पहले 1880 में *प्रयाग हिंदूसमाज* का गठन हुआ। इसके कायम होने के पीछे प्रयाग में हर साल लगनेवाले महत्वपूर्ण माघ मेले के इंतजाम को लेकर हुआ सांप्रदायिक झगड़ा था। माघ मेले का इंतजाम शहर कोतवाल के हाथों में रहता था जो अक्सर कोई मुसलमान होता था। इलाहाबाद के म्योर कालेज में संस्कृत के प्रोफेसर पं.

आदित्यराम भट्टाचार्य जो मदनमोहन मालवीय के राजनीतिक गुरु थे और उनके थियोसॉफिस्ट भाई पं. बेनीमाधव भट्टाचार्य जो ऑनरेरी मजिस्ट्रेट भी बने, इन दोनों ने और लोगों के साथ मिलकर माघ मेले का इंतजाम मुसलमान कोतवाल के हाथ से छीनकर शहर के भद्रवर्गीय हिंदुओं के हाथ में सौंपने का आंदोलन चलाया। इसमें बालकृष्ण भट्ट भी शामिल थे जिन्होंने हिंदू मेले के इंतजाम में मुसलमान अधिकारी के होने का विरोध करते हुए *हिंदी प्रदीप,* दिसंबर, 1881, में लेख लिखा। बेली के मुताबिक, मेले में छोटे-छोटे हिंदू दुकानदारों और फूल-माला बेचनेवालों पर लगाए गए कुछ टैक्सों और पाबंदियों के कारण शहर के हिंदू व्यापारी और महाजन भी इस अभियान में शामिल हो गए थे।[21] हिंदू हितों की रक्षा करने और हिंदुओं को राजनीतिक रूप से गोलबंद करने के लिए प्रयाग हिंदूसमाज का गठन किया गया था जिसमें सभी हिंदू संप्रदायों को शामिल करने की नीति अपनाई गई, हालाँकि प्रधानता सनातनियों की ही रही। प्रयाग हिंदूसमाज ने म्यूनिसिपैलिटियों और कुछ दूसरी जगहों से उर्दू को हटाने और हिंदी को लाने का आंदोलन भी चलाया जिसका असर बनारस में भी पहुँचा। इस समाज के द्वारा हिंदी लेखकों-पत्रकारों को संगठित करते हुए एक *हिंदी उद्धारिणी प्रतिनिधि मध्यसभा* के गठन का भी निश्चय किया गया जिसके नेतृत्व में "...राजा-महाराजाओं से चंदा माँगकर तथा भिन्न-भिन्न नगरों में विश्वसनीय सज्जनों के द्वारा हिंदी उद्धार व हिंदीमोचन नाम से चंदा इकट्ठा किया जाएगा।"[22] बेली हमें बताते हैं कि राजनीतिक हिंदुत्व की इस संस्था ने बाद में हिंदी की पाठ्यपुस्तकें बनाने में भी मदद की। *हिंदी प्रदीप,* नवबंर, 1882 में बालकृष्ण भट्ट ने प्रयाग हिंदू समाज का प्रचार करते हुए इसके उद्देश्यों पर प्रकाश डाला। भट्टजी ने लिखा कि जैसे सभी मुसलमान आपस में संगठित हैं, सभी अंग्रेज (ईसाई) संगठित हैं, उसी तरह सभी हिंदुओं को भी संगठित होना चाहिए। हिंदू एक ही जाति है—आर्य जाति, और एक ही धर्म—स्मार्तधर्म। इसी बुनियादी एकता पर नगर-नगर, गाँव-गाँव में हिंदूसमाज बनने चाहिए। प्रयाग हिंदूसमाज ने अपने पाँच उद्देश्य तय किए—

1. सब देश के हिंदुओं में एका हो और हर एक हिंदू जाति और संप्रदायों के बीच प्रीत बढ़े, इसका यत्न करना।
2. भाषा में सस्ते पुस्तक और पत्रों के प्रचार को उत्साह देना, जिसमें गाँव और नगर के लोगों को समाज की नीति व राजनीति की शिक्षा मिले।
3. समाज में नियुक्त विद्वानों के द्वारा समाज और राजनीति संबंधी प्रस्तावों पर समय-समय पर व्याख्यान दिलवाना।
4. ऐसी कुरीति को, जिनसे लोगों का चरित्र बिगड़ने का डर है, मृदु उपाय से दूर करना।
5. हिंदुओं के प्रयोजन की बातें सरकार से इत्तला करना। जो किसी बात को सरकार बिना जाने-बूझे कर बैठे जिससे कि हिंदुओं की हानि पाई जाती हो, उसको बचाना।

जाहिर है, समाज का उद्देश्य हिंदुओं को राजनीतिक रूप से संगठित करना था जिसका मकसद मुस्लिम भद्रवर्ग की राजनीतिक-प्रशासनिक हैसियत और ताकत के खिलाफ खड़े होना था। समाज के अध्यक्ष मदनमोहन मालवीय के एक रिश्तेदार वैद्य लक्ष्मीनारायण

व्यास थे और कार्यालय अहियापुर में व्यासजी के बाग में खुला।

हिंदी नवजागरण का एक दूसरा संगठन *मध्यभारत हिंदूसमाज* (या *मध्य हिंदूसमाज*) 1884 के दशहरे के दिन बनाया गया। इसका मकसद प्रयाग हिंदूसमाज के उद्देश्यों को स्थानीय दायरे से आगे बढ़ाकर प्रांतीय स्तर तक ले जाना था। बेली ने इसे 1909 में बननेवाली हिंदूसभा और 1923 में बननेवाली हिंदू महासभा की पश्चिमोत्तर प्रांत में पहली कड़ी बतलाया। इसके पहले अध्यक्ष बेराव के अधिपति वैष्णवप्रवर श्री महावीरप्रसाद हुए जिन्हें वेली ने गलती ये महावीरप्रसाद द्विवेदी समझ लिया है। कालाकाँकर के राजा रामपाल सिंह और इलाहाबाद के सेठ-महाजन इसके संरक्षकों में शामिल थे। यह बिहार और राजस्थान में भी कुछ फैला और 1892 तक इसके अधिवेशन कांग्रेस के साथ होते रहे। इस संगठन ने मुख्य रूप से हिंदी, नागरी और गोरक्षा का मुद्दा उठाया। बालकृष्ण भट्ट इसके सक्रिय प्रतिनिधि थे और इसके कुछ सदस्यों ने, जैसे संन्यासी श्रीमन स्वामी ने, 1892-93 के हिंसक गोरक्षा आंदोलन में महत्वपूर्ण भूमिका अदा की।[23] इसने स्त्रीशिक्षा जैसे सुधारों का समर्थन किया लेकिन बाल-विवाह रोकने के मकसद से 1891 में जब सहवास बिल (एज ऑफ कंसेंट बिल) बना तो उसका कड़ा विरोध किया।[24] हिंदी पत्र-पत्रिकाओं के ज्यादातर संपादक इसके सदस्य थे। इसके एक सदस्य *भारतमित्र* के संपादक हरमुकुंद शास्त्री ने हिंदी के उद्धार के लिए एक मध्य प्रतिनिधि सभा कायम करने का सुझाव दिया जिसके प्रतिनिधि हिंदी के पक्ष में एक मेमोरियल तैयार करके सरकार को दें। ऐसा ही सुझाव समाज के एक और सदस्य *उचित वक्ता* के संपादक ने भी दिया। 1884 में 27 से 29 दिसंबर तक हुए इसके सम्मेलन में राजा जयकिशन दास की अध्यक्षता में "हिंदी (अर्थात् देवनागरी) अक्षर और हिंदू जाति की उन्नति" करने के उद्देश्य से हुई बैठक में एक सभा केवल हिंदी संपादकों की कायम हुई। इस सभा ने हिंदी पत्र-पत्रिकाओं के प्रकाशन-वितरण की समस्याओं पर विचार किया और एक प्रस्ताव पास किया जिसमें एक-दूसरे के खिलाफ न लिखने और पत्रों का आपस में विनिमय करने के अलावा यह भी कहा गया कि "सरकार की समालोचना तीव्र नहीं, मध्यम भाव से की जाए।"[25] (*भारत जीवन* के संपादक ने प्रयाग हिंदूसमाज और मध्यहिंदू समाज को एक में मिला दिया है। दोनों समाज आपस में जुड़े हुए थे, पर एक नहीं थे।) इसके वार्षिक सम्मेलन में सैकड़ों प्रतिनिधि भाग लेते थे। *भारत जीवन*, 4 जनवरी, 1886 में इसके दूसरे वार्षिक सम्मेलन की रिपोर्ट छपी जिससे पता चलता है कि सम्मेलन के सभापति राजा रामपाल सिंह थे और सम्मेलन में भाग लेनेवालों में हिंदी के सभी महत्वपूर्ण पत्रों— *भारत जीवन, पीयूष प्रवाह, प्रयाग समाचार, हिंदी प्रदीप* और *हिंदोस्तान* के संपादक शामिल थे। जिन पत्रों के संपादक नहीं पहुँच सके, जैसे *सज्जन कीर्ति सुधाकर, उचित वक्ता, कविवचनसुधा, क्षत्रिय पत्रिका, ब्राह्मण* और *भारतेंदु*—उनके प्रतिनिधियों ने हिस्सा लिया। सम्मेलन में सबसे प्रभावशाली भाषण भारतेंदु के मित्र और *पीयूष प्रवाह* के संपादक पं. अंबिकादत्त व्यास ने दिया, जिन्होंने *गोसंकट* नाटक लिखा था। रिपोर्ट के मुताबिक, "···जिस समय व्यासजी ने ये शब्द कहे कि 'क्या कोई भी माई का लाल इस

भारतवर्ष में नहीं है जो यों कहकर हमारा कलेजा दूना करे और ललकारे कि हां, एका करो', तो उसी समय सभास्थित लोगों के हृदय में ऐसी तरंग उठी कि अनेक लोग पुकार उठे कि 'हां, एका करो'। सरकार की समालोचना मध्यमभाव से करने का प्रस्ताव पास करनेवाले हिंदी संपादकों को अचानक एका की इतनी जरूरत किसके खिलाफ आन पड़ी थी, इसका अंदाजा लगाया जा सकता है। मध्य हिंदू समाज ने हिंदी को हिंदुत्व का अभिन्न अंग मानकर पश्चिमोत्तर प्रांत में हिंदी भाषा के आधार पर एक हिंदू जाति (नेशनलिटी) की धारणा विकसित करने में महत्वपूर्ण भूमिका अदा की। इसके आंदोलन ने कैसे निष्ठावान कार्यकर्ता पैदा किए, इसका उदाहरण *भारत जीवन* (8 फरवरी, 1886) में छपा रामनाथ शुक्ल का पत्र है। जिला बस्ती, खास महल्ला एक्का के निवासी वल्लभीय कवि रामनाथ शुक्ल ने, जो खुद को भिखारियों का भिखारी कहते थे, हिंदी भाषा और हिंदू जाति की उन्नति के लिए सभी हिंदुओं से भिक्षा माँगने का व्रत लिया।

हिंदी नवजागरण की सबसे बड़ी संस्था *श्रीभारत धर्ममहामंडल* थी जिसका नेतृत्व मदनमोहन मालवीय करते थे। बालमुकुंद गुप्त और प्रतापनारायण मिश्र के अलावा हिंदी के कई साधारण लेखक इसी संस्था से जुड़े हुए थे। इसकी स्थापना 1887 में हरिद्वार में महारानी विक्टोरिया की जुबिली मनाने के लिए बुलाए गए सनातनधर्मियों के सम्मेलन में हुई थी। इसके संस्थापकों में *मथुरा समाचार* के संपादक पं. दीनदयालु शर्मा और बालमुकुन्द गुप्त भी शामिल थे। दयानंद सरस्वती के उग्र धार्मिक सुधारों के खिलाफ विद्वत्तापूर्ण भाषण देनेवाले पं. दीनदयालु शर्मा कट्टर हिंदू सनातनी थे और बालमुकुंद गुप्त शुरू से उनके पत्र में लिखते आ रहे थे। प्रतापनारायण मिश्र के आग्रह से मंडल की शाखा कानपुर में खुली।[26] ब्राह्मों और आर्यों द्वारा पौराणिक धर्मों की आलोचना करने, जात-पाँत का ख्याल न रखकर सब कुछ खाने-पीने तथा विधवाविवाह का प्रचार करने से चिढ़े हुए प्रतापनारायण मिश्र ने 1888 में *श्रीभारत धर्ममहामंडल* की आवश्यकता और सफलता के बारे में *ब्राह्मण* में लेख लिखा। इस संगठन ने सामाजिक सुधार के भी कुछ मुद्दों को उठाया, जैसे—बालविवाह और स्त्रीशिक्षा, पर इन्हें असरदार ढंग से नहीं उठाया। असल में ये मुद्दे इनकी प्रधान चिंता थी भी नहीं। आर्यों और ब्राह्मों के हमलों से परंपरागत धर्म की रक्षा के लिए बने इस संगठन की सदस्यता पाने के लिए विधवाविवाह का विरोधी होना एक जरूरी शर्त थी।[27] कहने की जरूरत नहीं कि यह संगठन जातिप्रथा का पूरा समर्थन करता था। काशीनरेश और महाराजा कपूरथला जैसे कई हिंदू नरेशों ने *श्रीभारत धर्ममहामंडल* की मदद की। इसके वार्षिक सम्मेलनों के अवसर पर निकलनेवाले जुलूसों में वैभव का प्रदर्शन भरपूर होता था और सजे हुए हाथी-घोड़ों पर बैठे साधु-संन्यासियों की सवारियाँ निकलती थीं।

पश्चिमोत्तर प्रांत में हिंदी नवजागरण के सिलसिले में धार्मिक और सामाजिक सुधारों के बीच फर्क को ध्यान में रखना जरूरी होगा। ब्राह्मों या आर्यों के आंदोलन में धार्मिक और सामाजिक सुधार अभिन्न रूप से जुड़े हुए थे। उन्होंने सिर्फ बालविवाह, स्त्रीशिक्षा या विधवाविवाह का ही सवाल नहीं उठाया, बल्कि धार्मिक उपासना को भी बदलने की

कोशिश की थी। धर्म के दर्शन, उपास्य के स्वरूप और उसके साथ उपासक के संबंधों में बुनियादी परिवर्तन किया था और कई धार्मिक संस्कारों और अनुष्ठानों को खारिज कर दिया था। महाराष्ट्र में *प्रार्थना समाज* का आंदोलन भी इसी ढंग का था, फिर भी धार्मिक सुधारों पर उसका आग्रह इतना प्रबल नहीं रहा जितना ब्राह्मों या आर्यों का था। *नेशनल सोशल कांफ्रेंस* धार्मिक प्रश्नों से बिल्कुल तटस्थ रही। यह संस्था पूरी तरह से सामाजिक सुधारों का आंदोलन चलाती रही। इन सबके मुकाबले पश्चिमोत्तर प्रांत में हिंदी नवजागरण की सनातनी संस्थाएँ बुनियादी धार्मिक सुधारों के सख्त खिलाफ थीं। वे कुछ सामाजिक सुधारों को समर्थन देने के लिए राजी थीं। भारतेंदु एक अपवाद थे जिन्होंने आर्यों और ब्राह्मों की देखादेखी वैष्णवधर्म के सुधार में थोड़ी दिलचस्पी दिखाई, पर वे भी इसमें ज्यादा दूर तक जाने के लिए तैयार नहीं हुए। सामाजिक सुधारों के सिलसिले में ये संस्थाएँ कुछ एक सुधारों के पक्ष में थीं, कुछ एक के खिलाफ। पर किसी भी सुधार के मामले में इनका उत्साह ब्राह्मों या आर्यों जैसा बिल्कुल नहीं था।

19वीं सदी में विभिन्न प्रांतों में ऐसे कई प्रभावशाली रूढ़िवादी नेता हुए जो सुधारों के, खासकर धार्मिक सुधारों के, खिलाफ थे। इसके बावजूद वे सुधार आंदोलन की आँच के असर में आए और उन्हें महसूस हुआ कि कुछ सुधारों का समर्थन करना जरूरी है। इस लिहाज से भारतेंदु की तुलना किसी हद तक बंगाल के राधाकांत देव और पंजाब के श्रद्धाराम फिल्लौरी से की जा सकती है। राममोहन राय और विद्यासागर के सुधारों के खिलाफ आवाज उठानेवाले रूढ़िवादी बंगालियों के सबसे बड़े नेता राजा राधाकांत देव (1784-1867) कलकत्ता के शोभा बाजार के राजा नवकृष्ण के वंशज थे जिन्हें अपने ससुर गोपीकांत सिन्हा से 'हिंदू गोष्ठीपति' का पद विरासत में मिला था। भारतेंदु और राधाकांत देव, दोनों अपनी-अपनी बिरादरी के चौधरी और सनातन हिंदूधर्म के रक्षक नेता थे। दोनों के पुरखों ने क्लाइव की मदद की थी। राधाकांत ने ब्राह्मोसमाज के धार्मिक सुधारों के खिलाफ धर्मसभा की स्थापना की तो भारतेंदु ने आर्यों के खिलाफ काशी धर्मसभा की। विद्यासागर के विधवाविवाह आंदोलन के विरोध में राधाकांत ने हजारों दस्तखतों के साथ सरकार को पेटीशन दी तो भारतेंदु ने दयानंद के मूर्तिपूजाखंडन के खिलाफ *दूषण मलिका* तैयार की। दोनों उदाहरणों में विषय की समानता नहीं है, पर विरोध का उत्साह दोनों में एक जैसा था। राधाकांत भारतेंदु के मुकाबले ज्यादा प्रभावशाली व्यक्ति थे। उनके बारे में अरविंद पोद्दार ने अपनी किताब *रेनेसाँ इन बंगाल : क्रेस्ट्स एंड कंफ्रंटेशंस* में लिखा है कि वे सभी तरह के सार्वजनिक कामों में अगुआ रहते थे। यूरोपीय वैज्ञानिक प्रयोगों को देखने मेडिकल कालेज में और हर शाम होनेवाले दार्शनिक व्याख्यानों को सुनने हिंदू कालेज में जाते थे। वे परंपरागत धर्म और सामाजिक प्रथाओं के कट्टर समर्थक थे पर बंगालियों को आधुनिक शिक्षा दिलाने में उन्होंने काफी मदद की। खास बात यह कि ज्ञान-विज्ञान के सभी विषयों में वे शिक्षा का माध्यम मातृभाषा बँगला को रखने के समर्थक थे। कलकत्ता बुक सोसायटी, एशियाटिक सोसायटी ऑफ बंगाल, रॉयल एशियाटिक सोसायटी और ब्रिटिश इंडियन

सोसायटी जैसी संस्थाओं से जुड़े हुए राधाकांत देव सुधार विरोधी होने पर भी सुधारकों से अच्छे संबंध रखते थे जैसा कि भारतेंदु भी रखते थे। कई सार्वजनिक कामों में उन्होंने अपने विरोधी ब्राह्मोसमाजियों की मदद की। वे लेखक भी थे। प्राचीन संस्कृत साहित्य पर लिखी गई उनकी टिप्पणियों के अलावा उनका सबसे महत्वपूर्ण काम सात खंडों में बनाया संस्कृत कोश *शब्द कल्पद्रुम* था जिसके दूसरे संस्करण का विज्ञापन *हरिश्चंद्र मैग्जीन* के पहले अंक में छपा था। बंगाल के नवजागरण में ब्राह्मोविरोधी राधाकांत देव की जगह तलाशते हुए अरविंद पोद्दार ने उचित ही उनके अंदर दो विरोधी संस्कृतियों की टकराहट से पैदा हुए द्वंद्व को नोट किया जिससे मिलती-जुलती झलक भारतेंदु में रामचंद्र शुक्ल ने देखी थी।

श्रद्धाराम फिल्लौरी की सामाजिक हैसियत राधाकांत देव जैसी नहीं थी। सुधारों का विरोध करने के लिए सनातनपंथियों को भी सुधारक बनना पड़ता था, इसकी एक शानदार मिसाल श्रद्धाराम फिल्लौरी थे। 1860 और 70 के दशकों में पंजाब में सनातन हिंदूधर्म पर तीन तरफ से कड़े हमले हो रहे थे—ब्राह्मोसमाज, विद्रोही सुधारक कन्हैयालाल अलखधारी और ईसाई मिशनरियों के। इनके साथ आर्यसमाज के हमले भी शुरू हो गए। इन हमलों से सनातनधर्म की रक्षा करने का बीड़ा उठाया श्रद्धाराम फिल्लौरी ने। जालंधर जिले के फिल्लौर कस्बे के निवासी इस विद्वान ब्राह्मण ने अपने प्रभावशाली और तर्कपूर्ण व्याख्यानों से सभी विरोधियों का मुकाबला किया। उनके मुकाबले की संक्षिप्त कहानी केनेथ डब्ल्यू जोंस ने बताई है। नई युवा पीढ़ी को सनातन हिंदूधर्म की ओर खींचने के लिए श्रद्धाराम ने विरोधियों से शास्त्रार्थ करने के अलावा 1867 में लुधियाने में—जो कन्हैयालाल अलखधारी का गढ़ था—एक संस्कृत पाठशाला खोली। धर्म संबंधी आलोचना का जवाब देते हुए उन्होंने *धर्मरक्षा* नामक ग्रंथ लिखा जिसमें ब्राह्मो सुधारक नवीनचंद्र राय की एक किताब की ब्यौरेवार आलोचना की गई। कई जगह मंदिर बनवाने के साथ-साथ हिंदूधर्म से बाहर गए लोगों की शुद्धि करके उन्हें वापस लाने का काम भी किया। सनातनधर्म की रक्षा के प्रचार के लिए उन्होंने *हिंदूधर्मप्रकाशिका सभा* की स्थापना की।[28]

ब्राह्मों, आर्यों तथा दूसरे आधुनिक सुधारकों के धार्मिक सुधारों का विरोध करने के लिए श्रद्धाराम को खुद सुधारक बनना पड़ा और उन्हीं ब्राह्मों-आर्यों की भाषा में बोलना पड़ा। उनका विरोध मुख्यत: धार्मिक सुधारों को लेकर था, सामाजिक सुधारों से नहीं। सामाजिक सुधारों में कुछ एक मुद्दों—जैसे जातिप्रथा—को छोड़कर बाकी सभी मामलों में उनका कहना था कि सुधारक तो हम भी हैं, बल्कि असली सुधारक हम ही हैं। 1887 में छपा उनका उपन्यास *भाग्यवती* सामाजिक सुधारों की चेतना का महत्वपूर्ण उदाहरण है। उत्साही सुधारकों की भाषा में लिखे गए इस उपन्यास में स्त्रीशिक्षा का जबर्दस्त समर्थन मिलता है। इसके साथ ही बालविवाह का तर्कपूर्ण खंडन और विवाह में गाली गाने, बारातियों द्वारा पैसे लुटाने, बारात में हाथी-घोड़े सजाने, आतिशबाजी और नाच-गानों में पैसे फूँकने तथा गोटा-किनारी, तिल्ले और कलाबत्तू से लदे भारी-भरकम कपड़े बनवाने जैसी प्रथाओं की खुलकर आलोचना की गई। सामाजिक सुधारों के मामले में श्रद्धाराम और

भी आगे गए। उपन्यास में विधवाविवाह का समर्थन किया, हालाँकि बहुत खुलकर नहीं। खुलकर न करने की वजह उनकी वैचारिक हिचकिचाहट नहीं बल्कि शिक्षाविभाग की पाबंदियाँ थीं। शिक्षाविभाग के द्वारा सरकारी स्कूलों में पढ़ाने के लिए लिखवाए गए इस उपन्यास के बारे में लेखक ने खुद लिखा है, "ग्रंथकार ने विधवाविवाह को प्रबल युक्ति प्रमाणों से सिद्ध किया था।… विधवाविवाह न होने के दुख आर्त हृदय से वर्णन किए थे…। विधवाविवाह करने की उत्तम रीति भी बताई थी। परंतु पाठशालाओं में विधवाविवाह की शिक्षा देना सरकार ने अनुचित मानकर उस प्रसंग को निकाल दिया।"[29]

राधाकांत देव और श्रद्धाराम फिल्लौरी की तरह पश्चिमोत्तर प्रांत में भारतेंदु और कुछ दूसरे महत्वपूर्ण लेखक इसी तरह के सनातनपंथी थे जो ब्राह्मों और आर्यों का विरोध करते हुए भी, उनके दबाव और प्रभाव से, कुछ चुने हुए सामाजिक सुधारों का समर्थन करते थे। भारतेंदु की तुलना में श्रद्धाराम फिल्लौरी की सुधार चेतना ज्यादा विकसित थी। पश्चिमोत्तर प्रांत के मुकाबले पंजाब में ब्राह्मणवाद और जातिप्रथा का दबाव कम था। वहाँ लंबे समय से इस्लाम का प्रभाव होने के अलावा ब्राह्मणों की संख्या कम थी, शास्त्रों में पारंगत ब्राह्मण और भी कम थे। मंदिर और संस्कृत विद्यालय बहुत कम थे तथा खान-पान संबंधी नियम काफी ढीले थे।[30] इसलिए वहाँ सामाजिक सुधार और परिवर्तन की संभावनाएँ पश्चिमोत्तर प्रांत के पूरबी जिलों की तुलना में हमेशा ज्यादा रहीं। जहाँ नवजागरण का आंदोलन ज्यादा प्रबल रहा, वहाँ सनातनपंथियों पर उसका दबाव भी ज्यादा पड़ा। पश्चिमोत्तर प्रांत के मुकाबले पंजाब में ब्राह्मों, आर्यों, कन्हैयालाल अलखधारी और ईसाई मिशनरियों का आंदोलन ज्यादा प्रबल था। इन सबका मुकाबला श्रद्धाराम सिर्फ रूढ़िवाद के बल पर नहीं कर सकते थे। उन्हें सुधारक होना ही था। पश्चिमोत्तर प्रांत के पूरबी जिलों में आधुनिक सुधार आंदोलन का इतना दबाव नहीं था।

आर्यसमाज के धार्मिक सुधारों का विरोध

पश्चिमोत्तर प्रांत में आर्यसमाज ही वह भूत था जिससे लड़ने के लिए हिंदी नवजागरण का जन्म हुआ। इससे लड़ने के सिलसिले में कुछ हद तक उसे खुद को भी बदलना पड़ा। प्रांत के पूरबी इलाकों में आर्यसमाजी होना ऐसा साहस या बदनामी का काम था कि आर्य और नमस्ते कहने से भी लोग दूर भागते थे। आर्यसमाज के असर को कबूलना पारंपरिक समाज में ऐसा दोष समझा जाता था जिसे धो डालना जरूरी था। राधाकृष्णदास के शुरुआती लेखन पर आर्यसमाजी असर के भ्रम का खंडन करना रामचंद्र शुक्ल को इसीलिए जरूरी लगा था। 15 साल की उम्र में राधाकृष्णदास ने अपने नाटक *दुःखिनी बाला* (1880) में विधवाविवाह न होने के बुरे नतीजे दिखाने के लिए विधवा नायिका को पराए मर्द से गर्भवती होते दिखाया और विधवाविवाह के समर्थन में एक पात्र से कहलवाया कि "जो वेद में लिखा है, वह करना चाहिए क्योंकि हम वैदिक हिंदू हैं।" इस पर रामचंद्र शुक्ल ने सफाई दी कि वेद और वैदिक शब्द से लोगों को इनके आर्यसमाजी होने की धारणा हो सकती है, वह थोड़ी ही देर

में 'पुराण' और 'हिंदू' शब्द से उड़ जाती है।[31]

आर्यसमाजियों की अपनी पत्रिकाओं को छोड़कर हिंदी की करीब-करीब सभी पत्रिकाएँ आर्यसमाजी सुधारों के विरोध में थीं। विरोध के मुद्दे कैसे थे? 10 अगस्त, 1885 के *भारतजीवन* में एक व्यंग्यपूर्ण प्रेरित पत्र छपा—"हमारे सिविलाइजेशन के पराकाष्ठा पर आरूढ़ दयानंदी भाइयों को कोई अच्छी चीज दिखलाना वैसा ही है जैसे अंधे के आगे रोवै, अपना दीदा खोवै।" साथ में यह चुनौती भी दी—"एक दयानंद क्या, सैकड़ों दयानंद भी जन्म ले के इस पवित्र और सनातन, शुद्ध, श्रुति स्मृति पुराणोपपुराण प्रतिपादित मत का खंडन नहीं कर सकते।" दयानंद श्राद्ध और तर्पण का खंडन करते थे, इसे धूर्त ब्राह्मणों का हथकंडा मानते थे। पत्रलेखक ने 'हमारे रिफार्मर साहिब' के धर्म सुधार की हवा निकालते हुए एक दिलचस्प हवाला दिया। आर्यसमाजी अखबार *भारत दुर्दशा प्रवर्तक* में किसी 'मुरहे' ने ललकारा था कि अगर श्राद्ध और तर्पण में दी गई चीजें पितरों तक पहुँचती हैं तो जो सनातनी उनके पत्र को स्वर्गीय पिताजी तक पहुँचा देगा, उसे सवा लाख रुपया इनाम मिलेगा। बनारस के एक सनातनी ने जवाब में छपवाया कि उसने उनका पत्र उनके स्वर्गीय पिताजी तक पहुँचा दिया है, लिहाजा सीधी तरह सवा लाख रुपया दे दिया जाए। मशहूर आर्यसमाजी मुंशी समर्थदान ने हिंदुओं पर दयानंद के उपकारों का जिक्र किया था—इस पर पत्रलेखक ने हिंदूधर्म और समाज पर दयानंद के किए उपकारों की अपनी सूची पेश की—1. चमारों को वेद पढ़ाया, 2. एक स्त्री को ग्यारह खसम कराए, 3. चमारों का छुआ खिलाया, 4. वेद में रेलतार का अर्थ किया और 5. ब्राह्मणों को 'पोप' कहा। किसी अंग्रेज विद्वान को उद्धृत करते हुए अंत में यह भी लिखा कि "दयानंदजी के मनुष्य होने में संदेह होता है।"

दयानंद के सुधारों के खिलाफ हिंदी लेखकों-पत्रकारों की प्रतिक्रिया का एक प्रतिनिधि उदाहरण खुद *भारत जीवन* का संपादकीय था—"अनेक आधुनिक शिक्षित महाशय हमारे धर्मोन्नति के लिए आर्यसमाज स्थापन कर रहे हैं। ब्राह्मणों को न मानो, ये तो पोप हैं, प्रतिमापूजन न करो, यह तो पत्थर मिट्टी है, पितृश्राद्ध मत करो, क्या मुर्दे खाने आते हैं? इत्यादि उपदेश देते हैं और हमारे मुख्य सनातन परंपरागत धर्म के जड़ पर कुल्हाड़ी मारते हें, तिस पर भी यही कहते हैं कि हम आपके धर्म के हितैषी हैं। अनेक महाशय विधवाविवाह की शिक्षा देकर समाज का हित करना विचारते हैं, हमारी सती, पतिव्रता परायणा, भर्ता को देवतुल्य माननेवाली, धर्म की एकमात्र आधार, गृह की एकमात्र शोभा, साध्वी स्त्रियों को ग्यारह खसम कराना चाहते हैं। पाश्चात्य सभ्यता का प्रवेश (जो गृह विच्छेद का मूल कारण है) हमारे घर में लाना चाहते हैं और कहते हैं कि हम आपके हितैषी हैं। ...तुम्हारी इस हितैषिता से बाज आए। हम जैसे हैं, अच्छे हैं।"

ऊपर के प्रेरित पत्र और संपादकीय, दोनों में समान मुद्दों पर ध्यान दें तो साफ हो जाएगा कि आर्यसमाज का सबसे ज्यादा विरोध किन मुद्दों पर किया जा रहा था। यह भी साफ हो जाएगा कि आधुनिक पश्चिमी शिक्षाप्राप्त लोग और आर्यसमाजी एक ही थे।

ब्राह्मणों को पोप कहना, चमारों को वेद पढ़ाना, खान-पान में छुआछूत न मानना और विधवाओं के सवाल को उठाना—यही आर्यसमाज के सबसे बड़े गुनाह थे। दयानंद ने बड़ी उम्र की विधवाओं के लिए नियोग प्रथा की वकालत की थी, पर आर्यसमाजी इस सुझाव की जगह विधवा के पुनर्विवाह का ही ज्यादा प्रचार करते थे। आर्यसमाज के विरोधी पुनर्विवाह का विरोध खुलकर नहीं कर पाते तो नियोग प्रथा को सामने रखकर हमले करते थे। हिंदी नवजागरण से जुड़े लेखक-संपादक परंपरागत धर्म की किसी भी प्रथा को बदलने का विरोध कर रहे थे। आर्यसमाज के धार्मिक-सामाजिक सुधार उसे 'पाश्चात्य सभ्यता का प्रवेश' जैसे लगते थे जिनसे हिंदूधर्म और समाज उखड़ जाएगा।

मूर्तिपूजा का खंडन दयानंद का बुनियादी उसूल था और यही सबसे विवादास्पद था। मूर्तिपूजा का खंडन मध्यकाल में कबीर आदि निर्गुण संतों ने भी किया था। उन्होंने इसका खंडन किसी शास्त्र के आधार पर नहीं, अपने आध्यात्मिक अनुभवों के आधार पर, अपनी दलित स्थिति के कारण और अपनी उपासना की स्वतंत्रता के लिए किया था। पर कबीर के उलटे दयानंद ने इसका खंडन ठीक इसी स्वतंत्रता के खिलाफ किया। धर्म या धार्मिक उपासना को विवेकसम्मत एक हद तक ही बनाया जा सकता था क्योंकि धर्म का मूल आधार हमेशा विश्वास और आध्यात्मिक भावना रही है न कि विवेकबुद्धि। पर यह विश्वास जितना कम विवेकहीन हो, उतना ही अच्छा। दयानंद द्वारा मूर्तिपूजा का खंडन धार्मिक उपासना को तर्कपूर्ण बनाने के अलावा पौराणिक धर्मों के प्रभाव से हिंदूधर्म को 'शुद्ध' करने का शुद्धतावादी प्रयास भी था। मूर्तिपूजा की जगह निराकार शक्ति की उपासना शिक्षित बौद्धिक वर्ग की रुचियों के निकट भले ही हो, यह कहना बेकार था कि मूर्तिपूजा तो गलत है पर मूर्ति के बिना पूजा सही। असली सवाल मूर्तिपूजा के साथ जुड़े विधि-विधानों की पूरी प्रणाली का था। यह देखना भी महत्वपूर्ण है कि मूर्तिपूजा के बारे में कौन क्या तर्क दे रहा था। इस मुद्दे पर दयानंद के खिलाफ लगातार सक्रिय रहे भारतेंदु के तर्क काफी लचर किस्म के थे। *दूषण मलिका* (1870) में उन्होंने लिखा, "मूर्तिपूजा का यद्यपि इस लोक में कुछ फल न हो तथापि परलोक में इसका फल सत्य हुआ तो आप फिर महापाप के भागी हुए और जो न सत्य हुआ तो हम लोगों की कुछ हानि नहीं बल्कि शिष्टाचार मानने से हमारी प्रशंसा ही होगी।"[32] शिष्टाचार यानी चली आ रही मान्य प्रथा। यहाँ भारतेंदु का दिमाग पौराणिक धर्म की स्थूलता—'पाप' के डर और परलोक के फल—से जकड़ा हुआ दिखाई देता है। बालकृष्ण भट्ट ने ब्राह्मों और आर्यों का विरोध करते हुए लिखा कि "मूर्तिपूजा को पाप तथा इसके उठ जाने से देश की उन्नति समझना भूल है।"[33]

प्रतापनारायण मिश्र ने, जो भारतेंदु और भट्टजी के मुकाबले ज्यादा धार्मिक थे, अपने *शैव सर्वस्व* ग्रंथ में मूर्तिपूजा का संबंध न सिर्फ शिल्पविद्या के विकास से जोड़ा बल्कि 'स्नेह और सहृदयता' के विकास से भी जोड़ा। उन्होंने लिखा कि मूर्तियाँ पत्थर की भी बनती हैं, धातु की भी और रत्नों की भी। पत्थर की मूर्ति का मतलब हुआ कि हमारा धर्म काफी मजबूत है। मूर्ति धातु की है तो मतलब हुआ कि "हमारा प्रभु द्रवणशील अर्थात् दयामय

है।'' रत्नों से बनी मूर्ति का अर्थ हुआ कि ''हमारा ईश्वरीय संबंध अमूल्य है।'' मिश्रजी ने न सिर्फ मूर्तिपूजा का बल्कि उससे जुड़े विधि-विधानों की पूरी प्रणाली का समर्थन किया। उन्होंने यह दिलचस्प 'स्वदेशी' तर्क दिया कि ''हम देव-प्रतिमा पर सारा धन चढ़ा दें तो भी घर का रुपया घर में रहेगा।'' जगह-जगह मंदिर-शिवालों के निर्माण को भी उन्होंने इसी तर्क से उचित ठहराया कि इससे ईंटवाले, चूनावाले, रंगसाज, संगतराश, माली, ब्राह्मण, हलवाई, सबको रोजगार मिलेगा। इस रीति से देशभक्ति का मार्ग खुलता है।[34] मूर्तिपूजा के साथ जुड़ी पवित्रता, जातिप्रथा और छुआछूत की भावनाओं का सहज ही समर्थन करते हुए उन्होंने लिखा कि ठाकुरजी के मंदिर में ब्राह्मण तक नहाए बिना नहीं जा सकते और मूर्ति को उच्च जाति का हिंदू भी नहीं छू सकता, ऐसी हालत में हम देवमूर्तियों को उन कपड़ों से क्यों सजाते हैं जो विलायत के कोरियों का बुना हुआ है और खलीफाजी के द्वारा सुई में थूक लगा-लगा के सिया जाता है, ''क्या देश के कपड़ा बुननेवाले और हिंदू दरजी मर गए हैं?''[35] स्वाभाविक था कि मिश्रजी उन दिनों विलायत से नई-नई आई माचिस की डिबिया और खांड (चीनी) के इस्तेमाल का भी विरोध करते। हिंदी नवजागरण के ऐसे 'सुधारकों' को सुधारने के लिए ही चंद्रधर शर्मा गुलेरी को *कछुआ धर्म* लेख लिखना पड़ा।

इस पर गौर करना दिलचस्प होगा कि हिंदी नवजागरण के महत्वपूर्ण लेखकों ने दयानंद और आर्यसमाज की किन बातों का विरोध किया, क्या कहकर विरोध किया; किन बातों का समर्थन किया और वे कौन सी बातें थीं जिन पर चुप्पी साध ली? यह बात साफ है कि सबसे ज्यादा विरोध उन्होंने किसी भी तरह की धार्मिक नवीनता का किया। अपने परंपरागत धर्म और उसकी विभिन्न प्रथाओं से बँधे हिंदी के बड़े-बड़े लेखक धर्म के क्षेत्र में किसी नए सृजनात्मक विचार को ग्रहण करने में असमर्थ थे। इसकी एक मिसाल बनारस में सैयद अहमद के मकान पर मुसलमानों को वेद का अर्थ और महत्व समझाने के लिए दयानंद के दिए भाषण पर उनकी प्रतिक्रिया है। राजा शिवप्रसाद और भारतेंदु हरिश्चंद्र, दोनों ने मुसलमानों के हाथों में वेद मंत्र देने या उनके सामने वेद पढ़ने की नवीनता का कड़ा विरोध किया, सनातनधर्म के इस उल्लंघन को नफरत और हैरानी से देखा।[36]

बनारस संस्कृत शास्त्रों के अध्ययन-अध्यापन की नगरी थी। यहाँ के पंडित किसी भी बात का खंडन या मंडन करने के लिए शास्त्रों से प्रमाण जुटाने की परंपरा में पारंगत होते थे। इन पंडितों को दयानंद के उन्हीं पक्षों पर हमला करने में सबसे ज्यादा सुविधा थी जिनका संबंध शास्त्रों के प्रमाण से हो। राजा शिवप्रसाद का दयानंद से विरोध इसी सिलसिले में हुआ। दयानंद से उनकी पहली मुलाकात बनारस में एक अंग्रेज के घर पर हुई जहाँ कर्नल अल्काट ठहरे हुए थे। वहाँ हुई अधूरी बातचीत को आगे बढ़ाते हुए दोनों के बीच जो पत्राचार चला, उसमें विवाद का मुद्दा वेदों और ब्राह्मणग्रंथों की प्रामाणिकता का ही था। वेद स्वत:प्रमाण हैं लेकिन ब्राह्मणग्रंथ नहीं—दयानंद की यह मान्यता राजा शिवप्रसाद के गले नहीं उतर सकी। दयानंद के कहने पर शिवप्रसाद ने उनकी बनाई ऋगवेदादि भाष्य की भूमिका पढ़ी तो वे और भी चकरा गए। झुंझलाकर उन्होंने लिखा, ''स्वामीजी महाराज

प्रमाण कुछ भी नहीं देते। जो आप अपने मनमानी कह देते हैं, उसी को चाहते हैं कि लोग विश्वास कर लें।"[37] आगे दोनों के विचार कटु होते चले गए। उन्होंने एक-दूसरे को कड़े शब्द कहे। शिक्षित लोगों को दयानंद से आगाह करने के लिए राजा शिवप्रसाद ने पत्राचार दो खंडों में छपवा दिया। इससे दयानंद के कान खड़े हुए। शिवप्रसाद ने दयानंद से मिले एक पत्र पर बनारस के मशहूर पंडित स्वामी विशुद्धानंद से लिखवा लिया कि राजा साहब के प्रश्नों का उत्तर दयानंद से नहीं बना। विशुद्धानंद उन सनातनी पंडितों में थे जिन्होंने काशी में मूर्तिपूजा के प्रश्न पर दयानंद से शास्त्रार्थ किया था। दयानंद को शिवप्रसाद के पत्राचार के मकसद पर संदेह हुआ। उन्होंने पत्राचार बंद कर दिया और अपना भी पक्ष दो खंडों में छपवा दिया। इसके बाद से राजा शिवप्रसाद की आर्यसमाजियों से आजीवन दुश्मनी बनी रही। थियोसॉफी पर भाषण देते हुए शिवप्रसाद ने देवेंद्रनाथ ठाकुर और केशवचंद्र सेन का मखौल उड़ाते हुए ब्राह्मोसमाज की आलोचना भी शब्दप्रमाण और शास्त्रप्रमाण न मानने के लिए ही की।

नवंबर, 1879 में दयानंद इलाहाबाद आकर चार दिन ठहरे। रोज उनके व्याख्यान होते रहे। बालकृष्ण भट्ट ने चार महीनों तक *हिंदी प्रदीप* में उनका खंडन करते हुए लेख लिखे। उन्होंने लिखा कि दयानंद की वेदों की उत्पत्ति संबंधी कल्पना भ्रामक है। यह कहना भी गलत है कि आर्य कहीं बाहर से नहीं आए थे, यहीं के थे। भट्टजी ने वेदों को उपनिषदों और ब्राह्मणों से ज्यादा महत्व देने पर ऐतराज किया। वेदों को ईश्वरकृत मानने के पीछे दयानंद के मकसद को ढूँढ़ते हुए दिसंबर 1879 के अंक में उन्होंने संदेह प्रकट किया कि वेद की सत्ता के जरिए दयानंद लोगों को अपने पीछे चलाना चाहते हैं, "पर स्वामीजी यह नहीं सोचते कि ज्ञान-विज्ञान के इस युग में लोग वैसी ही अंधी भेड़ें अब नहीं हैं कि गड्ढे में गिर लेने या किसी प्रकार की दैवी शक्ति को मानने में लोग छनकते हैं।" उन्होंने ब्राह्मो या आर्यसमाज को धर्म के नाम पर ठगनेवाली हरिसभा या धर्मसभा जैसी संस्थाओं से अलग ढंग की संस्था जरूर माना, पर साथ ही उन्हें हिंदुत्व का विरोधी भी कहा, "अब रही आर्यसमाज और ब्राह्मोसमाज, सो आर्यसमाज स्वामी दयानंद के हाथों गिरों हो गई है, सनातन परंपरा को एकबारगी उलट देना चाहती है। ब्राह्मोसमाज यही चाहती है कि किसी तरह हिंदूपन की बू मुल्क से दूर रहे।"[38] ऐसी संस्थाओं को और उनके सुधार आंदोलन को औपनिवेशिक भारत के लिए अप्रासंगिक करार देते हुए लिखा, "देश की भलाई तो ऐसे एसोसिएशन और सभाओं से हो सकता है जिनमें केवल पोलिटिकल बातों का विचार और बहस हो जैसे पूना सार्वजनिक सभा है। सो, ऐसी सभा करने की अभी यहाँ के लोगों में एतनी हिम्मत नहीं हुई तो और सभाओं से हमें क्या लाभ?" महाराष्ट्र में तिलक आदि सुधार आंदोलन का विरोध करके राष्ट्रीय स्वाधीनता आंदोलन को बिल्कुल एकांगी कर देने की जिस लाइन पर चल रहे थे, उसी को बालकृष्ण भट्ट यहाँ दोहरा रहे थे। अपनी लेखमाला शुरू करते हुए भट्टजी ने एलान किया था कि वे दयानंद के सभी सिद्धांतों की क्रम से आलोचना करेंगे। लेकिन मूर्तिपूजा, बहुदेववाद, वेदों की उत्पत्ति, उनकी प्रामाणिकता

तथा उपनिषद् व ब्राह्मण ग्रंथ संबंधी मान्यता की सरसरी आलोचना करते हुए उन्होंने लेखमाला खत्म कर दी।

प्रतापनारायण मिश्र ने *पुराणों को समझने को समझ चाहिए, प्रतिमापूजन के द्वेषी देशहितैषी क्यों नहीं बनते?* और *झगड़ालू पंथ* जैसे लेख लिखकर आर्यसमाज का विरोध किया। उन्हें सबसे ज्यादा एतराज आर्यसमाज की धार्मिक मुद्दों पर वाद-विवाद करने की प्रवृत्ति पर था। परंपरागत धर्म पर सवाल खड़े करना और उसमें सुधार का आग्रह करना भारतीय नवजागरण की बुनियादी विशेषता थी। नवजागरण की यह उत्साह भावना मिश्रजी को शूल की तरह गड़ती थी। वे धार्मिक विषयों पर बहस करने के सख़्त विरोधी थे। धार्मिक बहस या आलोचना को वे 'धर्मनिंदा', 'दुष्टता' और निरी 'नीचता' मानते थे। *मतवादी अवश्य नर्क में जाएंगे* में उन्होंने शास्त्रार्थप्रेमी आर्यसमाजियों को 'शांति भंग' करनेवाला कहकर कोसा। "मतविषयक शास्त्रार्थ के लती स्वयं भजन नहीं करते, वरंच दूसरों की भजनप्रणाली में विक्षेप डालने का उद्योग करते हैं। बहुत वर्षों से अथवा बहुत पीढ़ियों से जो विश्वास एक जी पर जमा हुआ है, उसे उखाड़कर उसके ठौर पर अपना विचार रक्खा चाहते हैं। ऐसे 'हरि विमुखों' को भी नर्क न हो तो "ईश्वर के घर अंधेर है।"[39] निर्विघ्न होकर भजन करना एक धार्मिक आदमी की विशेषता हो सकती है, धार्मिक सुधारक की नहीं। धार्मिक सुधार और विवाद मिश्रजी के लेखे व्यर्थ के झगड़ा-झंझट थे। ऐसे वाद-विवाद करने, लेक्चर देने और लिखनेवालों को उन्होंने 'जातीय दण्ड' देने की माँग की क्योंकि ये सुधारक "सर्वसाधारण के मन में भ्रमोत्पादन करते रहते हैं।" परंपरा से चली आ रही धार्मिक मान्यताओं को चुनौती देना, उस पर सवाल खड़े करना अगर बुरा था, तो फिर नवजागरण का होना ही बुरा था। मिश्रजी ने धर्म सुधारकों को 'स्वतंत्र चित्तता की उमंग' का दोषी ठहराया। इससे मिलती-जुलती बात बालकृष्ण भट्ट ने कही थी। *हिंदी प्रदीप* (अक्टूबर, 1894) में ब्राह्मों और आर्यों के सुधारों का विरोध करते हुए उन्होंने "फ्री थिंकिंग की बाढ़" का जिक्र किया जो "सब ओर उमड़-उमड़ देश को डुबोया चाहती है।" भारतेंदु की पत्रिका में ब्राह्मो लोगों को 'नया औरंगजेब' कहा गया तो मिश्रजी ने आर्यसमाजियों को आधा 'विधर्मी' बतलाया।

लेकिन आर्यसमाज के सुधार आंदोलन का विरोध करते हुए ये लेखक कई तरह से उससे प्रभावित भी हो रहे थे। उदाहरण के लिए आर्य और ब्राह्मोसमाज परंपरागत धर्म या सामाजिक प्रथाओं को विवेक की कसौटी पर कसते थे। इससे जिन बातों को पहले आँख मूँदकर मान लिया जाता था, अब उन्हें उचित ठहराने से पहले उनकी तार्किक व्याख्या करना, उनकी सामाजिक उपयोगिता बतलाना जरूरी समझा जाने लगा। सुधार आंदोलन से पैदा हुई इस प्रवृत्ति का असर विरोधियों पर भी पड़ा। अब सनातनी भी अपनी रूढ़ियों को विवेकसंगत या उपयोगी साबित करने के प्रयास में जुट गए जबकि पहले वे इन्हें शास्त्रों से प्रमाणित कर देना ही काफी समझते थे। इस नई प्रवृत्ति का असर प्रतापनारायण मिश्र या भारतेंदु पर आसानी से देखा जा सकता है। मिश्रजी ने सनातनधर्म की तार्किक व्याख्या करते

हुए मूर्तिपूजा, चरणामृत, प्रसाद और गंगास्नान वगैरह की सामाजिक उपयोगिता सिद्ध करने की कोशिश की। नियमपूर्वक रोज सुबह मंदिर जाने से पहले गंगाजी में नहाना और साफ हवा में पैदल चलते हुए पूजा को जाना "वैद्य, डॉक्टर, हकीम सभी के मत में महागुणदायक है", धूप-कर्पूर आदि की सुगंध "मस्तिष्क के लिए अमृत ही है" और इससे "हैजा और इंफ्लूएंजा तो कभी पास न आवेंगे।" गंगाजल, तुलसीदल, चंदन और केशर से बने चरणामृत से, "अकाल मृत्यु नहीं होती" और शालिग्राम या नर्मदेश्वरजी को स्नान कराके आँखों पर स्पर्श कराना "नेत्र विकार के लिए अत्युत्तम उपाय है।"[40] आर्यसमाजी प्रचारक पौराणिक देवी-देवताओं के विलक्षण नाम, रूप और आकृतियों पर हमले करते थे। मिश्रजी ने इनकी भी 'तर्कपूर्ण' व्याख्या कर दिखाई। हिंदू देवी-देवताओं के तीन-चार मुँह या आठ-दस हाथ क्यों होते हैं? तर्क दिया—"यह उनकी महासामर्थ्य का द्योतक है।"[41] इंद्र की हजार आँखें इसलिए होती हैं क्योंकि "राजा ऐसा होना चाहिए जो सब प्रकार के लोगों के समस्त भाव पर सदा दृष्टि रख सके।" कहने की जरूरत नहीं कि पुराणों का खंडन करने के लिए जिस किस्म के स्थूल तर्क आर्यसमाजी देते थे, सनातनी भी उसी किस्म की 'तार्किक व्याख्या' कर रहे थे। मजे की बात है कि तर्क का खंडन तर्क से करने की नई इच्छा के बावजूद या उसके साथ-साथ मूल तर्कहीनता भी बरकरार रही। प्रतापनारायण मिश्र ने एक ओर आर्यसमाजियों को 'विचारशून्य' बताकर 'तर्क' दिया कि उन्हें यह समझके पुराणों की प्रतिष्ठा करनी चाहिए कि सैकड़ों ब्राह्मण भाइयों की गृहस्थी उन्हीं से चलती है। दूसरी ओर हर तरह की तर्कशीलता का विरोध करते हुए परंपरा की दुहाई भी दी कि "पुराण यदि सचमुच दूषित हों, तो भी, हमारे आदरणीय पूर्वजों के बनाए हुए हैं, अत: माननीय हैं।"[42] एक ओर देवी-देवताओं के विलक्षण स्वरूपों की 'तार्किक व्याख्या' की, दूसरी ओर यह भी कहा कि "पर उनके विषय में तर्क-वितर्क उठाना निरी मूर्खता है।"

भारतेंदु हरिश्चंद्र और धार्मिक सुधार

भारतेंदु अपने समय के महत्वपूर्ण धार्मिक नेता थे। उनसे संबंधित अपने महत्वपूर्ण अध्ययन में वसुधा डालमिया ने उनके धार्मिक चिंतन के विकास की तीन मंजिलें बतलाईं—1. अपने वल्लभ संप्रदाय तक सीमित भारतेंदु, 2. अपने संप्रदाय में रहते हुए विभिन्न वैष्णव संप्रदायों के बीच एकता का प्रयत्न करनेवाले भारतेंदु, और 3. हिंदुओं के विभिन्न धार्मिक संप्रदायों के बीच समझौता कर एक राष्ट्रीय आर्यधर्म की योजना बनानेवाले भारतेंदु। यह रूपरेखा सामान्यत: सही होने पर भी वसुधा डालमिया इस तथ्य की उपेक्षा करती हैं कि भारतेंदु द्वारा विभिन्न वैष्णव संप्रदायों और विभिन्न हिंदू संप्रदायों की एकता का प्रयत्न कागज पर ही ज्यादा था। सामाजिक क्षेत्र में अपनी कल्पनाओं को लागू करने के लिए भारतेंदु ने *तदीय समाज* के सीमित प्रयोग को छोड़कर और कोई प्रयास नहीं किया। भारतेंदु की धार्मिक योजनाओं की भव्यता को वसुधा ने जितना उकेरा, उनमें मौजूद प्रबल अंतर्विरोधों पर उतना ध्यान नहीं दिया। भारतेंदु की राष्ट्रीय आर्यधर्म की कल्पना में मौजूद मुस्लिम विरोधी सांप्रदायिकता का

जिक्र भी वे दबी जुबान से ही करती हैं।

कट्टर वल्लभ सांप्रदायिक वातावरण में पले भारतेंदु शुरू से काफी रूढ़िवादी थे, हर तरह के धर्माडंबरों और विधि-विधानों में विश्वास करनेवाले। अपने धार्मिक विकास के दौरान उनके परंपरागत विश्वास कुछ कमजोर जरूर हुए, फिर भी वे इनका पालन करते रहे। धार्मिक विषयों पर भारतेंदु के लेखन का अच्छा-खासा हिस्सा धर्म के स्थूल रूप के प्रचार-प्रसार को समर्पित है। हिंदी आलोचक उनके इस साहित्य की जाँच बहुत कम या बिल्कुल नहीं करते। 1868 से 1876 तक भारतेंदु लगातार लेख लिखकर, किताबें छपाकर धार्मिक व्रत, उपवास, त्यौहार, स्नान और दूसरे धार्मिक अनुष्ठानों के प्रति अपने पाठकों को निष्ठावान बनाने में जुटे रहे। 1868 में छपी पुस्तिका *कार्तिक कर्म विधि* में उन्होंने लिखा कि भगवत्स्मरण और स्नान आदि करना—"यही मुख्य धर्म है।" मुख्यधर्म संबंधी इस धारणा के मुताबिक उन्होंने कार्तिक महीने में सुबह-सुबह नहाने का धार्मिक माहात्म्य बतलाया। "तुला के सूर्य में कार्तिक में जो लोग प्रात: स्नान करते हैं, वे महापातकी हों, तो भी मुक्त होते हैं।"[43] जिसने कार्तिक स्नान नहीं किया, उसे किसी पुण्य का फल नहीं मिलता। स्नान, जागरण, दीपदान और तुलसीपूजन करनेवाले विष्णु के स्वरूप होते हैं और कार्तिक स्नान करनेवालों को यम का भय नही, बल्कि ब्रह्महत्या आदि का पाप भी नहीं होता।

धार्मिक विधि-विधानों का महत्व बतानेवाले ग्रंथ संस्कृत में थे। जो हिंदू संस्कृत नहीं जानते थे, वैसे श्रद्धालुओं के लिए 1872 में भारतेंदु ने हिंदी में *कार्तिक नैमित्तिक कृत्य* ग्रंथ बनाकर अपने पैसों से छपवाया और मुफ़्त बँटवाया। इसमें कार्तिक में रखे जानेवाले सभी व्रतों का और उन्हें रखने की विधि का वर्णन किया। अपने इन धार्मिक ग्रंथों की सफलता से उत्साहित होकर 1873 में उन्होंने *मार्गशीर्ष महिमा* ग्रंथ लिखा। इसमें अगहन महीने में स्नान करने की विधि और उससे होनेवाले लाभ-पुण्य को बतलाया गया। भारतेंदु ने लिखा कि भगवान यह आशा करते हैं कि जो लोग उन्हें अगहन में पंचामृत स्नान कराएंगे, उन्हें करोड़ों गोदान का फल मिलेगा। "जो कोई अगहन में कर्पूर का दीया बालता है, उसको अश्वमेध का फल मिलता है।" जो घी अथवा तेल से दीया बालते हैं वे "सब पापों से छूटके हजार सूर्य समान ज्योति पाते हैं।" और जो चौदस के दिन कदंब को दही चढ़ाते हैं "उनको इस लोक में संतान और उस लोक में परमपद मिलता है।" इस तरह के कई लाभों का वर्णन करके भारतेंदु ने समझाया—"अब इससे बढ़के और क्या फल होगा कि थोड़े-से साधन से साक्षात श्रीकृष्ण वश में हो जाएँ।"[44] अगहन के स्नान को "चतुर्वर्ग मोक्षादिक पाने का बहुत सहज उपाय" बताते हुए भारतेंदु ने इसे न करनेवालों को पाप का डर भी दिखलाया। इसी तरह वे *माघ स्नान विधि, पुरुषोत्तम मास विधान, भक्तिसूत्र वैजयन्ती, तदीय सर्वस्व, वैष्णव सर्वस्व, श्री वल्लभीय सर्वस्व, श्री युगल सर्वस्व* और *उत्सवावली* जैसी धार्मिक किताबें एक के बाद एक लिखते रहे।

इस धार्मिक लेखन के साथ-साथ भारतेंदु एक प्रभावशाली धार्मिक नेता की भूमिका में भी उतर रहे थे। दयानंद के बनारस आकर सनातन और पौराणिक धर्मों का

खंडन करने के प्रतिरोध में बनारस के पंडितों ने काशीनरेश की अध्यक्षता में *काशी धर्मसभा* की स्थापना की। भारतेंदु इसके कार्य संपादक (सेक्रेटरी) बने। यह सभा उसी ढंग की थी जैसे कलकत्ता में ब्राह्मोसमाज के खिलाफ बनी सर राधाकांत देव की *धर्मसभा* थी। काशी धर्मसभा सनातन परंपराओं का निरूपण करने और उन पर उठनेवाले विवादों पर व्यवस्था देने का काम करती थी। आनेवाले समय में इससे उर्दू बनाम हिंदी के विवाद पर भी व्यवस्था देने को कहा गया और 1892 में बनारस में हैजा फैलने पर और किसी ने नहीं, खुद भारतेंदु के मित्र रामकृष्ण वर्मा ने हैजे की रोकथाम के लिए इससे धार्मिक अनुष्ठान करने का आग्रह किया।[45]

इस सभा के सामने रखे गए तीन धार्मिक विवादों के बारे में जानकारी मिलती है। पहला विवाद जगन्नाथपुरी (उड़ीसा) के मंदिर में जगन्नाथ की मूर्ति के साथ भैरव की मूर्ति बैठाने की प्रथा को लेकर हुआ था। किसी व्यक्ति ने *तहकीकातपुरी* किताब लिखकर बताया कि वहाँ पहले भैरों की पूजा होती थी। वैष्णवों ने उसकी मूर्ति उखाड़ फेंकी थी। बाद में पंडों ने जगन्नाथजी (विष्णु) के साथ भैरों को फिर से प्रतिष्ठित किया। यह मामला काशी धर्मसभा के सामने 1870 में आया। भारतेंदु ने धर्म संबंधी पुस्तक में 'तहकीकात' जैसे फारसी शब्द के प्रयोग की आलोचना करते हुए विभिन्न धर्मग्रंथों से प्रमाण जुटाकर दो बातों पर जोर दिया। एक, इसका प्रमाण नहीं मिलता है कि वहाँ जगन्नाथजी के साथ पहले भैरों की भी मूर्ति थी जिसे वैष्णवों ने उखाड़ फेंका। दो, अगर वह थी भी, तो यह उचित था या नहीं—इस पर विचार होना चाहिए। भारतेंदु ने अपनी व्यवस्था देते हुए लिखा कि भैरों विष्णु से बहुत छोटा देवता है, इसलिए यह विष्णु के साथ बैठाया नहीं जा सकता। "दूसरे, भैरव कापालिकों के देवता है, उनका पूजन वैष्णव-स्मार्त सबको निषिद्ध है।"[46] गौरतलब है कि भारत में विभिन्न स्थानीय धर्मों के प्रति जितने असहिष्णु और फंडामेंटलिस्ट आर्यसमाजी थे, उतने ही काशी के सनातनी भी थे। जगन्नाथपुरी में विष्णु के साथ भैरों की पूजा करने की प्रथा वहाँ शूद्रों-आदिवासियों के साथ स्थानीय ब्राह्मणों के मेलजोल की संस्कृति पर आधारित थी। मूलग्रंथों में इसकी सम्मति न होने के कारण भारतेंदु ने इसे मान्यता नहीं दी। बंगाल में ब्राह्मोसमाज पर रूढ़िवादियों का आक्रमण उनके नवीन धार्मिक विचारों के लिए उतना नहीं होता था जितना नवीन सामाजिक आचरण के लिए होता था। बँगला नवजागरण के एक अध्येता के मुताबिक राजनारायण वसु ने जब मिदनापुर में ब्राह्मोसमाज को पुनर्गठित किया तो कई स्थानीय हिंदुओं ने उनकी मदद की। लेकिन जब उन्होंने दो विधवाओं का विवाह अपने छोटे भाइयों से कराया तो उन्हीं हिंदुओं से उन्हें धमकियाँ मिलने लगीं।[47] नए ढंग से पूजा-उपासना करना उतना मुश्किल नहीं था, पर जातिप्रथा को भुलाकर ऊँची जाति की विधवाओं का पुनर्विवाह करना बहुत मुश्किल था। लेकिन काशी धर्मसभा के नेता नए ढंग की पूजा-उपासना के लिए भी राजी नहीं थे, हालाँकि वह पूजा उतनी नई भी नहीं थी। काशी धर्मसभा ऐसी कट्टर धार्मिक संस्था थी जो एक ओर नए धार्मिक सुधारों का विरोध करती थी, दूसरी ओर स्थानीय धार्मिक परंपराओं को भी खारिज करती थी।

काशी धर्मसभा के सामने सबसे महत्वपूर्ण विवाद ब्राह्मोविवाह विधान का आया। इसकी पृष्ठभूमि यह थी कि ब्राह्मोसमाज के सदस्यों के लिए महर्षि देवेंद्रनाथ ठाकुर ने एक ग्रंथ *ब्राह्मोधर्म* लिखा था जिसमें हिंदू विवाह संस्कार के एक सुधरे हुए रूप को पेश किया गया। हालाँकि यह मनु और रघुनंदन जैसे स्मृतिकारों के विधानों पर आश्रित था, पर इसमें से मूर्तिपूजन संबंधी संस्कारों को हटा दिया गया था। इसमें शालिग्राम की शिला नहीं रखी जाती थी। 1861 से कुछ ब्राह्मो सुधारकों ने इसी सुधरे हुए रूप में विवाह करना शुरू कर दिया। खुद देवेंद्रनाथ ठाकुर ने 1861 में अपनी बेटी सुकुमारी का विवाह इसी नए विधान के मुताबिक किया। नए ब्राह्मोविवाह विधान को लेकर ब्राह्मोसमाज के अंदर बहस छिड़ी हुई थी। इस बारे में अमिय पी. सेन ने लिखा है कि युवा ब्राह्मो सदस्यों के नेता केशवचंद्र सेन इस नए विधान से खुश नहीं थे। उनका कहना था कि देवेंद्रनाथ ठाकुर का बनाया ब्राह्मोविवाह विधान न तो पूरी तरह से आधुनिक नागरिक विवाह (सिविल मैरिज) है, न पूरी तरह हिंदूशास्त्रों के मुताबिक है। केशवचंद्र सेन के दल के लोग विवाहप्रणाली को धार्मिक परंपराओं और जातिप्रथा से मुक्त कर नागरिक रूप देना चाहते थे जिसके लिए देवेंद्रनाथ ठाकुर जैसे नरमपंथी सुधारक राजी नहीं थे। केशव अंर्तजातीय विवाहों के लिए रास्ता खोलना चाहते थे जो उस समय के लिहाज से काफी आगे बढ़ा हुआ कदम था। कुछ ब्राह्मो सदस्यों ने ऐसे विवाह किए भी, जिनका देवेंद्रनाथ ठाकुर ने न विरोध किया, न समर्थन। केशव को फिक्र थी कि जबतक ब्राह्मोविवाह को सरक़ार से नागरिक विवाह के रूप में मान्यता नहीं मिलेगी, तबतक अंतरजातीय विवाह भी वैध नहीं माने जाएंगे। ऐसे विवाहों का रास्ता साफ करने के लिए सबसे पहले उन्होंने यह सवाल उठाया कि देवेंद्रनाथ ठाकुर ने जो नया ब्राह्मोविवाह विधान तैयार किया, क्या हिंदू पंडित उसे मान्यता देते हैं? लिहाजा काशी के पंडितों की राय जानने के लिए 1870 में उसे बनारस में काशी धर्मसभा को भेजा गया। अमिय पी. सेन ने यह गलत लिखा है कि यह व्यवस्था देवेंद्रनाथ ठाकुर के दल ने माँगी थी और उन्हें अपने पक्ष में मिल भी गई। असल में यह व्यवस्था केशवचंद्र सेन ने मांगी थी जो उस विधान को हिंदू शास्त्रों के आधार पर खारिज होते देखने की उम्मीद रखते थे। उस पर काशी के पंडितों की व्यवस्था भारतेंदु ने देवेंद्रनाथ ठाकुर के पास नहीं, केशवचंद्र सेन के पास भेजी थी जिसके लिए सेन ने उन्हें धन्यवाद का पत्र भी लिखा।[48]

काशी धर्मसभा ने ब्राह्मोविवाह की वैधता पर 1871 के अक्टूबर महीने में विचार किया। इस सिलसिले में *कविवचनसुधा* 28 अक्टूबर, 1871 में छपी एक रिपोर्ट और दो पत्रों से पता चलता है कि ब्राह्मोविवाह की वैधता पर विचार करने के लिए आश्विन मास की ग्यारह तारीख को भारतेंदु के घर में धर्मसभा की बैठक हुई। अध्यक्षता काशीनरेश ने की। सभा में काशी के सभी मशहूर पंडितों—भट्ट सखाराम शर्मा, बापूदेव शास्त्री, राजाराम शास्त्री, बालशास्त्री के अलावा राजकुमार कृष्णदेव शरण सिंह, मुंशी हनुमान प्रसाद (काशी के रईस कायस्थ, बाद में इलाहाबाद हाईकोर्ट में वकील), बनारस के होमियोपैथी डॉक्टर बाबू लोकनाथ मैइत्र तथा कई धनी-मानी सेठ-महाजनों ने हिस्सा लिया। सभा के बाद

सखाराम शर्मा, कानंतराम शर्मा, बापूदेव शास्त्री, राजाराम शास्त्री और बालशास्त्री ने *कविवचनसुधा* में पत्र लिखकर बताया कि काशी धर्मसभा की राय के मुताबिक "ब्राह्मो लोगों का विवाह सर्वथा वेद वाह्य और अवैध है।" चूँकि देवेंद्रनाथ और दूसरे ब्राह्मोसमाजी वेदों को या किसी दूसरे धार्मिक ग्रंथ को 'सर्वोच्च प्रमाण' नहीं मानते थे, इसलिए "जो लोग वेद को प्रमाण नहीं मानते, वे चाहे नवीन ब्राह्मो हों चाहे आदि ब्राह्मो हों, वेदधर्मावलंबियों की दृष्टि में तो दोनों पतित हैं।" पत्र में पंडित बस्तीराम के बारे में आक्षेप करते हुए शक जाहिर किया गया कि उन्होंने इस व्यवस्था में भाग लेने के अलावा अलग से कहीं इसके उलट व्यवस्था भी दी है जिसकी शिकायत काशिराज से की गई है। बस्तीराम ने इससे इनकार किया।

दूसरा पत्र बाकायदे काशी धर्मसभा की ओर से हरिश्चंद्र के छोटे भाई गोकुलचंद्र ने लिखा। इससे पता चलता है कि सभा में विचार के दौरान ब्राह्मोसमाज के उपाचार्य पं. आनंदचंद्र वेदांतवागीश भी पधारे थे। बैठक में उनसे भारतेंदु और दूसरे पंडितों ने काफी बहस की। पंडितों ने आनंद का विरोध करते हुए कहा कि हिंदू शास्त्र में "जो-जो विधि विवाह में लिखी है, उसमें से एक भी जानबूझकर न करने से कोई विवाह शास्त्रसिद्ध नहीं हो सकता।" इस पर ब्राह्मोसमाज की ओर से ठाकुरदास पंचानन ने कहा कि किसी वृक्ष की दो-तीन डाल काट लेने से वृक्षत्व का नाश नहीं होता। जवाब में बालशास्त्री और उनके गुरु राजाराम शास्त्री ने कहा कि ऐसा नहीं है। "जैसे एक पसेरी में से सेर-दो सेर निकाल लेने से उसकी पसेरी संज्ञा नहीं रहती, वैसे ही विवाह सप्तपदी इत्यादि कर्म छोड़ने से विवाह की संज्ञा नहीं रहती।" आखिर में यही निश्चय हुआ कि "ब्राह्मो-विवाह कभी शास्त्रसम्मत नहीं।"

धार्मिक नवजागरण से रूढ़िवादी धर्म की रक्षा के लिए बनी काशी धर्मसभा पश्चिमोत्तर प्रांत में द्विज जातियों के हिंदीभाषी भद्रवर्ग की पहली सार्वजनिक संस्था थी। धर्मरक्षक के रूप में भारतेंदु का उभार इसी के मंच से हुआ। 1870 में और उसके बाद भी एक ओर भारतेंदु परंपरागत धर्म की रक्षा का भार संभाल रहे थे, दूसरी ओर वे आलोचनात्मक विवेक को ताख पर रखकर "कलियुग में जीवों को स्वल्प साधन से भगवान की प्राप्ति का उपाय" बतानेवाले अपने धार्मिक लेखन में खास-खास तिथियों पर स्नानादि करने को ही 'मुख्य धर्म' बतला रहे थे। ब्राह्मोसमाज और आर्यसमाज इन्हीं विवेकहीन रूढ़ियों से जनमानस को मुक्त करने का प्रयास कर रहे थे। हालांकि भारतेंदु नए सुधारों का विरोध हिंदूधर्म की रक्षा के लिए कर रहे थे, पर यह कहना मुश्किल है कि यह रक्षा वे कर पाए। वास्तव में 19वीं सदी में हिंदूधर्म की रक्षा अगर किसी ने की, तो इन्हीं आधुनिक सुधारकों ने की, न कि उनके विरोधियों ने। इस तथ्य को अपने जीवन के आखिरी सालों में खुद भारतेंदु ने माना और आज इसे वे कट्टर रूढ़िवादी भी मानते हैं जिनके पूर्वजों ने उस वक्त सुधारकों के खिलाफ धर्मयुद्ध लड़ा था।[49]

19वीं सदी के नवजागरण ने शिक्षित भद्रवर्ग के बीच नैतिक दृष्टि से इतनी वैधता हासिल कर ली थी कि सुधारों का विरोध करनेवालों को भी अपने ढंग से सुधारक होने का

दावा करना पड़ता था। खुलेआम रूढ़ियों का पक्ष लेकर सुधारकों का विरोध करनेवाले भी थे, पर वे ज्यादातर आधुनिक शिक्षा से अलग रहनेवाले पुरानी चाल के लोग थे। भारतेंदु जैसे शिक्षित भद्रवर्गीय नेता उन रूढ़िवादियों में अपेक्षाकृत उदार तबके से थे जिनकी सुधारों की ओर झुकी बातें कट्टर रूढ़िवादियों को नागवार गुजरती थीं। समय के साथ भारतेंदु उग्र सुधारों के विरोध में नरम और सीमित सुधारों के समर्थक बनकर खुद एक धार्मिक सुधारक की भूमिका में उतरते दिखाई दिए। यह भूमिका एक ओर 1873 में *तदीय समाज* बनाने में, तो दूसरी ओर *तदीय सर्वस्व* लेख लिखने में दिखाई देती है।

तदीय समाज वैष्णव धर्म के बुनियादी सिद्धांतों पर कोई सवाल खड़ा किए बिना उसके अंदर घुस आई बुराइयों को दूर करने के लिए 1873 में बनाया गया था। भारतेंदु का मकसद विभिन्न संप्रदायों में बँटे वैष्णवों को—जो एक-दूसरे से छुआछूत बरतते थे—एक साथ लाना और कुछ सुधारों के जरिए उस धर्म को शिक्षित लोगों की रुचि के मुताबिक ढालना था। इस संस्था के जरिए भारतेंदु ने खुद को 'तदीय नामांकित अनन्य वीर वैष्णव' की उपाधि दी जिससे वे वैष्णव ग्रंथों का प्रामाणिक अर्थ करनेवाले अधिकारी मान लिए गए। इस पदवी को लेते हुए भारतेंदु ने 14 प्रतिज्ञाएँ कीं जिनसे *तदीय समाज* के उन उद्देश्यों का पता चलता है जिन्हें भारतेंदु पूरा करना चाहते थे। एक प्रतिज्ञा थी, "वैष्णव में हम जाति बुद्धि न करेंगे।"[50] भारतेंदु हिंदू समाज की जातिप्रथा में यकीन रखते थे, पर एक ही वैष्णवधर्म माननेवालों को जाति के बजाय धर्म की बड़ी पहचान पर संगठित करना चाहते थे। वैष्णवों के अंदर जातिभेद के अलावा, संप्रदायभेद भी था। अलग-अलग वैष्णव संप्रदायों—वल्लभ, गौड़ीय, निंबार्क और मध्व—के बीच ईर्ष्या-द्वेष भी चलता था। भारतेंदु की दूसरी प्रतिज्ञा थी—वैष्णव के सब आचार्यों में से एक पर पूर्ण विश्वास रक्खेंगे परंतु दूसरे आचार्यों के मत के विषय में कभी निंदा व खंडन न करेंगे।[51] निष्ठा तो अपने ही संप्रदाय में होगी, पर दूसरे वैष्णव संप्रदायों और उनके आचार्यों की निंदा नहीं करेंगे। संप्रदायभेद को कायम रखते हुए भी व्यापक तौर पर एक वैष्णवधर्म की पहचान बनानी थी और उसे दूसरे हिंदूधर्मों से अलग भी रखना था। यह दृष्टिकोण 12वीं प्रतिज्ञा में उभरकर आया, "वैष्णव मार्ग के अविरुद्ध सब कार्य करेंगे और इस मार्ग के विरुद्ध श्रौत स्मार्त वा लौकिक कोई कर्म न करेंगे।" ये प्रतिज्ञाएँ भारतेंदु के धार्मिक विकास को दिखलाती हैं। उनके घर में पिता के समय से वल्लभ संप्रदाय के इष्ट को छोड़कर किसी दूसरे वैष्णव संप्रदाय की पूजा नहीं हो सकती थी। अब वे इस मंजिल तक पहुँच गए थे कि वैष्णवमात्र के खिलाफ नहीं जाएँगे, हालाँकि दूसरे हिंदू धर्मों से वास्ता नहीं रखेंगे। समाजशास्त्र की भाषा में यह गोत्र से कबीले की ओर बढ़ना था, हालाँकि यह कबीला अब भी एक बंद समाज था।

तदीय समाज में बाकायदा सदस्य बनाए जाते थे जिनके चंदे से वह चलता था। समाज की बैठक हर बुधवार को होती थी। बैठक में पहले ईश्वर का गुणानुवाद होता था, फिर गुरुओं का संकीर्तन। इसके बाद कोई सदस्य पहले से तय विषय पर व्याख्यान देता था। व्याख्यान के बाद गीता का या श्रीमद्भागवत के दसवें अध्याय का कोई अंश पढ़ा जाता था।

आखिर में कीर्तन। *तदीय समाज* का यह कार्यक्रम ब्राह्मो और आर्यसमाज की बैठकों की देखादेखी में बना था जो अपनी बारी में ईसाई मिशनरियों की धार्मिक प्रार्थनासभाओं के कार्यक्रम से प्रेरित थे। इस तरह के धार्मिक समाज और इस ढंग के कार्यक्रम 19वीं सदी में पहली बार दिखाई देते हैं जो परंपरागत हिंदूधर्म के लिए एक अनजानी चीज थी।

ब्राह्मो और आर्यसमाज की तरह *तदीय समाज* ने सामाजिक सुधार के कुछ मुद्दों को भी अपने कार्यक्रम में शामिल कर रखा था। जैसे शराबबंदी और मांसाहार निषेध। समाज ने सदस्यों के बीच कापियाँ बँटवाईं जिसमें गवाहों के दस्तख़त के साथ ऊपर की दोनों प्रतिज्ञाएँ करनी पड़ती थीं। राधाकृष्ण दास के मुताबिक पश्चिमोत्तर प्रांत में मांसाहार निषेध और शराबबंदी का यह शायद पहला आंदोलन था जिसकी कुछ समय तक बड़ी चर्चा रही। पर वसुधा डालमिया के मुताबिक यह आंदोलन बेअसर रहा क्योंकि कई लोगों ने प्रतिज्ञापत्र पर दस्तख़त ही नहीं किए।[52] खुद भारतेंदु, जो कम उम्र से शराब पीने लग गए थे, कहाँ तक इसमें सफल रहे, यह कहा नहीं जा सकता। इस बारे में उनके जीवनीकार हमें कुछ नहीं बतलाते। ऐसी प्रतिज्ञा करते हुए भारतेंदु की जो मानसिक स्थिति थी, उसका कुछ संकेत प्रतिज्ञाओं पर दस्तख़त करने के बाद लिखी गई इस अतिरिक्त पंक्ति से मिलता है, ''यद्यपि मैंने लिख दिया है, तथापि इसकी लाज तुम्हीं को है।''[53] *तदीय समाज* ने सुधारों के तहत स्वदेशी कपड़े पहनने का भी आह्वान किया। इसकी सफलता के बारे में भी कुछ पता नहीं चलता। भारतेंदु खुद नई-नई काट के महँगे कपड़े पहनने के शौकीन थे और *तदीय समाज* बनने के बाद भी विदेशी माल जैसे घड़ियाँ, चश्मे, आभूषण, पिक्चरकार्ड, पर्स और फोटोग्राफी के उपकरण वगैरह मँगवाकर बेचने का धंधा करते रहे जिसका विज्ञापन उनकी पत्रिका *हरिश्चंद्र मैग्जीन* में शुरू के अंकों में लगातार निकलता रहा।

तदीय समाज ने जो कार्यक्रम सबसे बड़े पैमाने पर किया, जो उसके उद्देश्यों में कहीं नहीं लिखा था, वह गोरक्षा का था जिसका संबंध वैष्णवों की एकता से उतना नहीं जितना भद्रवर्गीय हिंदू-मुस्लिम शक्ति-संघर्ष से था। गोवध बंद कराने के लिए *तदीय समाज* ने 60 हजार लोगों के दस्तख़त से एक अर्जी 1877 में दिल्ली दरबार के समय सरकार को दी।[54] तदीय समाज ब्राह्मो या आर्यसमाज जैसा प्रभावशाली और व्यापक संगठन कभी नहीं बना। कुल 41 सदस्योंवाले इस समाज की बैठकें कुछ सालों तक होकर हमेशा के लिए बंद हो गईं। समाज ने अपनी विचारधारा के प्रचार के लिए *भगवत भक्तितोषिणी* नामक एक पत्रिका भी निकाली जो थोड़े ही दिन चलकर बंद हो गई।

धर्मसुधारक के रूप में भारतेंदु का नजरिया नारद भक्ति सूत्रों की हिंदी व्याख्या करनेवाले ग्रंथ *तदीय सर्वस्व* (1874) की छोटी-सी भूमिका *उपक्रम* में दिखाई देता है। इसमें भारतेंदु ने लिखा, ''हम आर्य लोगों में धर्मतत्व के मूलग्रंथों का भाषा में प्रचार नहीं है।''[55] इसलिए उन्होंने मूलग्रंथ यानी संस्कृत में लिखे गए नारद भक्ति सूत्र को हिंदी में पेश किया। यह नजरिया ब्राह्मोसमाज और आर्यसमाज से पूरी तरह मेल खाता था। फर्क यह था कि कौन किसको 'मूलग्रंथ' समझता है। यह फर्क काफी बड़ा और बुनियादी था। भारतेंदु

ने लिखा कि लोकभाषाओं में मूलग्रंथ सुलभ न होने के कारण ही साधारण जनता के बीच विभिन्न धर्मों या उपधर्मों का चलन हुआ। यह भद्रवर्गीय शुद्धतावादी नजरिया हिंदू नवजागरण के अलावा पश्चिमोत्तर प्रांत के मुस्लिम नवजागरण में भी समान रूप से प्रबल था। 19वीं सदी में पहले अरबी से फारसी में, फिर फारसी से देशी भाषा उर्दू में कुरआन और हदीस के एक के बाद एक कई तर्जुमे निकले थे। शिक्षित भद्रवर्ग अपने 'मूल धर्मग्रंथों' को ही बाकी वर्गों के लिए भी आदर्श मानता था। भारतेंदु ने बिलकुल सुधारकों की भाषा में अपने समय की धार्मिक समस्या को इस तरह पेश किया, "अनेक कोटी देवी-देवताओं का माहात्म्य, छोटी-छोटी बातों में ब्राह्महत्या का पाप और तुच्छ-तुच्छ बातों में बड़े-बड़े यज्ञों का पुण्य, अहं ब्रह्म का ज्ञान और मूलधर्म छोड़कर उपधर्मों में आग्रह ने भारतवर्ष से वास्तविक धर्मों का लोप कर दिया है।" छोटी-छोटी बातों में ब्राह्महत्या के पाप और तुच्छ-तुच्छ बातों में यज्ञों के पुण्य का प्रचार अभी कुछ दिन पहले खुद भारतेंदु जोर-शोर से कर रहे थे। यह कहना मुश्किल है कि यह लिखने के बाद उन्होंने अपना पुराना विश्वास पूरी तरह छोड़ दिया था। बहरहाल, मूलधर्म को छोड़कर उपधर्मों में आग्रह ने भारतवर्ष से वास्तविक धर्मों का लोप कर दिया था—यह धारणा ब्राह्मोसमाज, आर्यसमाज, शाह वली उल्लाह, शाह बरेलवी, देवबंद दारुल उलूम और अहले हदीस, सबकी थी। यह सभी अपने समय के पतन को मूलतः धार्मिक पतन के रूप में देखते थे और धार्मिक पतन 'मूलधर्म' छोड़ उपधर्मों के आग्रह को समझते थे—हालाँकि 'मूलधर्म' और 'मूलग्रंथों' की सबकी अपनी-अपनी समझ थी। इन सबके बीच यह बात समान रूप से मान्य थी कि धार्मिक वैविध्य (धार्मिक लोकतंत्र) और स्थानीय धार्मिक परंपराओं को, खासकर भद्रवर्ग से बाहर की लोक परंपराओं को, मिटा डालने की जरूरत है। समय-समय पर लोक धर्मों ने 'मूलधर्मों' पर जो असर डाला, उसे धो-पोंछ डालने की जरूरत है। यह जरूरत किसी हद तक बुद्धि-विवेक से प्रेरित थी, पर उससे कहीं ज्यादा यह भद्रवर्ग की शुद्धतावादी धार्मिक प्रवृत्ति थी जो 19वीं सदी के भारतीय नवजागरण की आम विशेषता थी।

भूमिका के अंत में भारतेंदु ने वैष्णवधर्म के साथ दूसरे हिंदूधर्मों का, यहाँ तक कि ईसाइयों और सिक्खों तक का, मेल बैठाने की भावना प्रकट की। "क्रिस्तान आदि विदेशी धर्मप्रेमी जन समझें कि कृष्ण उनके निर्गुण परमेश्वर का नाम है, वैष्णवों की तो कुछ बात ही नहीं, शैव कहें कि विष्णु शिव ही का नामांतर है, ब्राह्म समझें कि हरि ब्रह्म को कहते हैं, उपासना और आर्यसमाज इसे अपना ही तत्व मानें, सिक्ख इसमें गुरु का पंथ देखें वा ऐसे ही भक्ति मार्गवाले मात्र सबलोग इसको अपनी निजी संपत्ति समझें।"[56]

यह विचार नया था और सभी वैष्णवों को एक करने से भी आगे की मंजिल था। इस नए विचार का विकास करते हुए दस साल बाद उन्होंने *वैष्णवता और भारतवर्ष* लेख लिखा जिसमें एक राष्ट्रीय आर्यधर्म का विकास करने पर जोर दिया गया। धर्म के क्षेत्र में यह किसी मानवतावाद की प्रतिष्ठा नहीं थी, बल्कि धर्म के प्रति भारतेंदु का लगातार राजनीतिक होता जा रहा नजरिया था जिसकी जाँच-पड़ताल हम आगे करेंगे। फिलहाल इतना कहना जरूरी

है कि एक ईश्वर के प्रति प्रेम के रूप में वैष्णव मार्ग को निरूपित करते हुए दूसरे धर्मों से उसका मेल बैठाने का यह चिंतन काफी सतही और बेबुनियाद था। जो भारतेंदु अभी कल तक विष्णु और भैरों की पूजा एक साथ होने देने को राजी नहीं थे, वे ब्राह्मों और आर्यों को अपने कट्टर विरोधी पौराणिकों के साथ राजी होने को कह रहे थे, जबकि अभी तक चारों वैष्णव संप्रदाय भी आपस में एक होने के लिए तैयार नहीं थे।

भारतेंदु की सुधार चेतना के पीछे कोई सैद्धांतिक-दार्शनिक दृष्टिकोण न होने से धार्मिक भ्रष्टाचार को रोकने से संबंधित उनके विचार काफी कमजोर साबित हुए। 1873-74 में भारतेंदु ने वैष्णव मंदिरों में चलनेवाले धार्मिक भ्रष्टाचार और श्रद्धालु स्त्रियों के साथ वैष्णव गुरुओं के अनैतिक आचरण को निशाना बनाकर टिप्पणियाँ लिखीं। इसी समय उन्होंने *प्रेमजोगिनी* नाटक लिखकर उसमें भी इन मुद्दों को उठाया। 10 अगस्त, 1874 को *कविवचनसुधा* में उनकी टिप्पणी छपी—*गुरु कैसा होना चाहिए?* इसमें उन्होंने वैष्णव गुरुओं में उन गुणों को नदारद पाया जो शास्त्र के मुताबिक उनमें होने चाहिए। गुरुओं को 'पत्थर की नाव' और 'इंद्रियों के कीड़े' कहकर श्रद्धालुओं को भी कोसा जो उनसे 'मुड़वाने' जाते हैं। इससे दो साल पहले (2 सितंबर, 1872 को) *गुरु और महंत* टिप्पणी में वैष्णव पुजारियों के अनैतिक आचरण की आलोचना और भी खुलकर की थी। लिखा था कि अब मंदिरों में सतोगुण के बदले रजोगुण और तमोगुण का राज है। मंदिरवाले खुद को हाकिम समझते हैं। दर्शन के लिए आए लोगों को कोड़े मारना और अंड-बंड कहना तो आम बात है। स्त्रीविषय का तो कुछ पूछना ही नहीं। "मंदिर क्या होते हैं मानों स्त्रियों की खान हैं, जैसी चाहिए, लीजिए।" जिस दिन कोई उत्सव आदि होता है, उस दिन ये महंत और गुरु सज-धजकर पुतले से बनकर चँवर लेकर खड़े-खड़े स्त्रियों को घूरते हैं। "सेवकों में अनेक दूत पास खड़े रहते हैं। जो नेत्र में ऊँची, उनसे भुगतान होने लगा। दूतों ने उपदेश दिया कि श्री महाराज से मिलकर जन्म क्यों नहीं कृतार्थ करती··· । जो सीधी थी, वह तो आ गई, और जो पतिव्रता थी, वह बलात्कार से ली गई वा उन्ने दर्शन छोड़ दिया।"

इस आलोचना के पीछे बंबई के महाराज लाइबेल केस का असर बोल रहा था। महाराज लाइबेल केस भारतीय नवजागरण में वैष्णव गोसाइयों के दुराचार और यौन-शोषण के खिलाफ हुआ सबसे बड़ा आंदोलन था। सिर्फ रामचंद्र शुक्ल या हजारीप्रसाद द्विवेदी के लिखे साहित्य के इतिहासों को पढ़कर वल्लभाचार्य के पुष्टि संप्रदाय के बारे में जाननेवालों को यह बिल्कुल समझ नहीं आएगा कि दयानंद पुष्टि संप्रदाय को 'कुष्ठी संप्रदाय' क्यों कहते थे। *सत्यार्थ प्रकाश* में दयानंद ने वल्लभ संप्रदाय के गोसाइयों के सूजन और भगंदर जैसे यौन रोगों से पीड़ित होकर मरने की जो बात लिखी, वह तथ्यहीन नहीं थी। महाराज लाइबेल केस का संबंध बंबई प्रांत में वल्लभीय गोसाईं महंतों से था जिन्हें महाराज कहा जाता था। ये गोसाईं महाराज पुष्टि संप्रदाय के कई-कई मंदिरों और उनसे जुड़ी अकूत संपत्ति के मालिक होते थे। गुजरात के व्यापारी और धनी किसान बड़ी संख्या में उनके अनुयायी थे। लाइबेल केस को समझने से पहले पुष्टि संप्रदाय के कुछ सिद्धांतों को जान

लेना जरूरी है। पुष्टि मार्ग के मुताबिक भक्त का अंतिम लक्ष्य कृष्ण के साथ एकाकार हो जाना है। यह एकता जिस उपासना मार्ग से होती है उसे तय करने का काम वल्लभ संप्रदाय के गुरु करते थे जिन्हें महाराजा कहा जाता था। इन महाराजों को पूजा-उपासना का स्वरूप तय करने से लेकर भक्तों के जीवन तक पर पूरा अधिकार होता था। वे संप्रदाय के भक्तों की स्त्रियों को अपने साथ सोने के लिए भी अधिकारपूर्वक आज्ञा देते थे। भक्त उन्हें अपनी स्त्रियों का संकल्प-दान करते थे। बंबई के एलीफिंस्टन कालेज से पढ़कर निकले नई सुधारचेतनावाले युवकों में से एक कर्सनदास मुलजी ने, जो खुद वल्लभ संप्रदाय के गुजराती वैष्णव परिवार के थे, इस धार्मिक भ्रष्टाचार और शोषण के खिलाफ आवाज उठाई। 1860 में उन्होंने *सत्य प्रकाश* नामक पत्रिका में कई लेख लिखकर महाराजों के अनैतिक आचरण का विरोध किया और बताया कि ये अनैतिक प्रथाएँ वैष्णव संप्रदाय में शुरू में नहीं थीं। वल्लभाचार्य के पुत्र गोकुलनाथ ने, जिनसे गोसाईं महाराज की परंपरा शुरू हुई, मूल ब्रह्मसंबंधी मंत्र में कुछ इस तरह के परिवर्तन किए जिनसे आगे के महाराजों के लिए इस उपासनामार्ग के दुरुपयोग का रास्ता खुल गया।[57]

इन बुरी प्रथाओं का विरोध पहले भी कुछ व्यक्तियों ने किया था, जैसे 17वीं सदी में दामोदर भट्ट ने और 19वीं सदी के शुरू में श्रीनारायण स्वामी ने, पर इसे कोई उखाड़ न पाया। धार्मिक उपासना की आड़ में होनेवाले गोसाईं महाराजों के अनैतिक आचरण और व्यभिचार के खिलाफ *सत्य प्रकाश* में छप रहे लेखों से बौखलाकर बंबई के एक महाराज जदुनाथजी महाराज ने लेखक कर्सनदास मुलजी और पत्रिका के प्रकाशक रुस्तमजी रणिना के खिलाफ मानहानि का मुकदमा दायर किया जो महाराज लाइबेल केस के नाम से मशहूर हुआ। यह कोर्ट केस 1861 में शुरू हुआ। जुर्गन लुट के मुताबिक उसकी सुनवाई के दौरान हजारों की भीड़ महाराजों के समर्थन में उमड़ती थी। मुलजी को पुलिस संरक्षण प्रदान करना पड़ा। कहते हैं, वारेन हेस्टिंग्स के मुकदमे के बाद 19वीं सदी का यह सबसे बड़ा मुकदमा था। केस कई महीनों तक चलता रहा और सुनवाई के दौरान वल्लभ संप्रदाय की कई बुराइयों के सबूत सामने आते गए जो देश के सभी अखबारों में छपे। रोंगटे खड़े कर देनेवाले 'धार्मिक तथ्य' सामने आए। भक्त परिवार की स्त्रियों के यौन शोषण के अलावा एक गवाह ने बतलाया कि उन्हें महाराज द्वारा चबाए गए पान को अपने मुँह में डालकर चबाना पड़ता था। एक दूसरे गवाह ने बताया कि महाराज जिस पानी से पाँव धोते थे, उसी को उन्हें पीना होता था। एक डॉक्टर ने स्वीकार किया कि उसने एक महाराज के यौन रोग (वेनरल डिजीज) का इलाज किया था। इन गवाहियों से आखिरकार सुधारकों के खिलाफ मानहानि का मुकदमा खारिज हो गया। फैसले में अंग्रेज जज ने लिखा, "इस मुकदमे में प्रश्न धर्मशास्त्र का नहीं, नैतिकता का है। जो नैतिक रूप से गलत है, वह धर्मशास्त्रीय रूप से सही नहीं हो सकता।"[58] गवाहों के बयान किताब की शक्ल में छापकर बेचे गए। देश में तहलका मच गया। बाद में कर्सनदास मुलजी प्रार्थनासमाज और आर्यसमाज के संपर्क में आए।

हालाँकि भारतेंदु वैष्णव धर्म में घुस आई बुराइयों को दूर भगाना चाहते थे, पर वे वैष्णव धर्म में किसी बुनियादी परिवर्तन के लिए तैयार नहीं थे। उन्होंने वैष्णव गुरुओं के दुराचरण की निंदा की, लेकिन उस दुराचरण की बुनियाद पर हमला नहीं किया। वल्लभ संप्रदाय में खासतौर पर और पूरे वैष्णव धर्म में आम तौर पर दुराचारण की जड़ें धर्मगुरुओं को सौंपे गए उन असीमित विशेषाधिकारों में थीं जिन पर किसी का भी अंकुश नहीं था। इस बुनियादी सवाल को भारतेंदु कितना समझते थे, इसका पता नहीं चलता। वे गुरुओं से चरित्रवान बनने की अपीलें करते रहे, लेकिन उनके निरंकुश विशेषाधिकारों के सवाल को छुआ तक नहीं। उन्होंने सारे मामले में गुरुओं से ज्यादा दोषी श्रद्धालुओं को ठहराया, "हमको गुरु लोगों से विशेष आश्चर्य चेलों पर आता है कि भला वे तो जैसे हैं, संसार जानता है, आप क्या समझ के उनके चेले हुए ?-- जब तुम देखते हो कि गुरु की यह दशा है तो तुम क्यों उनसे मुड़वाने जाते हो ? क्या अपने घर का रुपया और बहू-बेटी तुमको भारी पड़ी है ?"[59] यह नजरिया उसी तरह का था जैसे कालेज जाती लड़कियों से रास्ते में लफंगे छेड़खानी करें तो उन लड़कियों की पढ़ाई बंद करा दी जाए। गुरु की हैसियत को चुनौती देना तो दूर रहा, भारतेंदु ने उसे पूरी मान्यता दी, "--सच भी है कि गुरु से बढ़कर और किसी का आदर नहीं क्योंकि वह जीव और ईश्वर का बिचवई बनता है—जीवों के पुण्य-पाप का बोझ अपने सिर पर लेता है--।"[60] भारतेंदु की सुधार चेतना बहुत ऊपर-ऊपर फिरती रही। दयानंद सरस्वती ने धार्मिक भ्रष्टाचार और दुराचरण की बुनियाद पर चोट करते हुए गुरु की इस हैसियत को ही चुनौती दी थी। उसे ईश्वर और जीव का 'बिचवई' मानने से इनकार किया था। उन्होंने जोर देकर कहा था कि कोई भी गुरु जीवों के पाप-पुण्य का बोझ अपने सिर पर नहीं ले सकता; यह नामुमकिन है। जीवों के पाप-पुण्य, सही-गलत कर्मों की जिम्मेदारी खुद जीवों को उठानी होगी। ईश्वर ने उसे बुद्धि दी है, ज्ञान दिया है—उसके आधार पर जीव कर्म करने के लिए स्वतंत्र हैं। अपने कार्यों का जिम्मेदार जीव खुद है।

धार्मिक सुधार के प्रश्न को भारतेंदु बहुत गहराई से नहीं सोचते थे। इस काम में उनकी कोई दृढ़ता भी नहीं थी। उन्होंने वैष्णवों के बीच प्रचलित भक्तिमार्ग की इस परंपरागत धारणा का समर्थन किया कि भक्त की मुक्ति सिर्फ भक्ति से होती है, उसके कर्म चाहे जैसे रहे हों। धर्म और कर्म के बीच अलगाव का समर्थन भारतेंदु उस वक्त भी कर रहे थे जब वे गुरुओं के दुराचरण की निंदा कर रहे थे। 1873 में *भक्तिसूत्र वैजयन्ती* में शांडिल्य ऋषि के भक्ति सूत्रों का भाष्य करते हुए सूत्र 80 के प्रसंग में उन्होंने लिखा, "क्रम से जो सिद्धी पानी कही गई है, वह सुकर्म करने वाले के लिए है। भक्तों को तो एक भक्ति ही से सद्यः गति होती है।"[61] यानी बिना सुकर्मों के भी सद्‌गति पाई जा सकती है। अगले सूत्र के भाष्य में इसकी पुष्टि की—"हमारा भक्त कैसा भी दुराचारी हो, उसको साधु ही समझना।" भारतेंदु ने खुद सवाल उठाया कि इससे तो जो बड़े-बड़े पापी हैं, वे भी क्रम का उल्लंघन करके परम पद पा लेंगे ? इस संभावना से उन्होंने इनकार नहीं किया। बल्कि इसी को धार्मिक व्यवस्था के रूप में स्वीकार किया और सफाई दी "महापातकियों की भक्ति तो आर्तों की भक्ति में है।"

उनकी भक्ति 'सहजा' नहीं है, अपने पाप की निवृत्ति के लिए है। ऐसा धार्मिक दृष्टिकोण रखते हुए, व्यक्ति को उसके कर्मों की जिम्मेदारी से बरी करते हुए, भारतेंदु किसी गंभीर धार्मिक सुधार का सुझाव दे ही नहीं सकते थे।

इस सारे धार्मिक मामले में स्त्री का प्रश्न महत्वपूर्ण था। महाराज लाइबेल केस और उससे जुड़े धर्मसुधार आंदोलन का स्त्री की दृष्टि से अध्ययन करनेवाली अमृता शोधन ने लिखा है कि वैष्णव गोसाईं महाराजों के यौन-शोषण से स्त्रियों को छुड़ाने वाले कर्सनदास मुलजी और दूसरे शिक्षित पुरुष सुधारकों को स्त्रियों की फिक्र उतनी नहीं थी जितनी भद्रवर्गीय पारिवारिक मर्यादाओं की थी। स्त्रियों के यौन-शोषण के खिलाफ वे लोग इसलिए थे कि उससे उनके परिवार की 'इज्जत' जाती थी, उनकी हँसी उड़ाई जाती थी। स्त्री के प्रति उनके उपेक्षा-भरे नजरिए का सबूत यह था कि महाराजों के खिलाफ आंदोलन करते हुए उन्होंने स्त्रियों को शामिल करने की कोशिश कभी नहीं की। ''उन्होंने शोषित स्त्रियों के बयान नहीं लिए और न ही खुद शोषित स्त्रियों द्वारा किए गए संघर्ष में उनकी मदद की।''[62] अमृता के मुताबिक मानिकबाई नामक स्त्री ने जब महाराज के व्यवहार के खिलाफ आवाज उठाई तो सुधारकों ने उसकी कोई मदद नहीं की। उन्हें धर्म और परिवार की चिंता थी, व्यक्ति की नहीं। महाराजों के चंगुल से छुड़ाकर वे स्त्रियों को भद्रवर्गीय मर्यादाओं के मुताबिक पूरी तरह घरेलू बनाना चाहते थे। इस मत के समर्थन में अमृता ने 19वीं सदी की मराठी लेखिका पुणे की ताराबाई शिंदे को उद्धृत किया। लाइबेल केस के बीस साल बाद छपी अपनी किताब में ताराबाई शिंदे ने पुरुष सुधारकों की आलोचना करते हुए लिखा था कि उनके धार्मिक सुधारों से स्त्रियों की स्वतंत्रता और सीमित हुई है। महाराज लाइबेल केस का सबसे दिलचस्प पहलू यह था कि आम धार्मिक जनता, खासकर श्रद्धालु स्त्रियाँ, महाराजों के पक्ष में थीं और सुधारकों का विरोध कर रही थीं। अमृता ने हैरानी जाहिर की कि सुधारकों ने इसे समझने की कभी कोशिश नहीं की। उलटे इसे स्त्रियों का पिछड़ापन मानकर इसकी निंदा करके संतुष्ट हो गए। असल में सुधारकों ने स्त्रियों की धार्मिकता के प्रश्न को, उनकी धार्मिक आकांक्षाओं को कभी महत्व नहीं दिया। जब भारतेंदु वैष्णव गुरुओं की सैद्धांतिक स्थिति को चुनौती दिए बिना उनके दुराचरण की निंदा कर रहे थे और उससे भी ज्यादा भक्तों की मूर्खता की आलोचना कर रहे थे, उस समय स्त्रियों के प्रति उनका रवैया ठीक वही था जो लाइबेल केस के सुधारकों का था। इसी दौर में लिखे गए उनके प्रहसन *वैदिकी हिंसा हिंसा न भवति* (1873) का एक पात्र वैष्णव गुरुओं के चरित्र की निंदा करते हुए कहता है कि ये पूजा के समय तो खुद को राम और कृष्ण का दास बताते हैं, पर जब स्त्री सामने आती है तो उससे कहेंगे—मैं राम तुम जानकी, मैं कृष्ण तुम गोपी '' और स्त्रियाँ भी ऐसी मूर्ख कि फिर इन लोगों के पास जाती हैं।''[63] अगर स्त्रियाँ 'मूर्ख' थीं, तो जाहिर है कि उनकी स्वतंत्रता को और सीमित किया जाएगा और उनकी धार्मिक संतुष्टि के प्रश्न को 'बुद्धिमान' पुरुष अपने ढंग से तय करेंगे। भारतेंदु ने ठीक ऐसा ही किया जब उन्होंने कहीं अन्यत्र सुझाव दिया कि ''स्त्रीजनों का मंदिरों से सहवास निवृत्त किया जाए।''[64] यह सुझाव

पुराना था। इतिहास में पुरुष सुधारक समय-समय पर इसे दोहराते आए थे। पंजाब में आर्यसमाज ने इस सवाल का सामना कहीं ज्यादा बेहतर ढंग से किया। एक धर्म सुधारक के रूप में वहाँ आर्यों को स्त्रियों और पुरुषों, दोनों के बीच जो सफलता मिली, उसकी मुख्य वजह यह नहीं थी कि उसने ईश्वर और मनुष्य के बीच गुरुओं को उखाड़ फेंका था। ऐसा उसने जरूर किया, पर जो बात इससे भी ज्यादा महत्वपूर्ण थी, वह यह कि उसने स्त्री की धार्मिकता के प्रश्न को ठुकराया नहीं। गुरु-शिष्या संबंध का विकल्प पेश करते हुए उसने स्त्री और पुरुष, दोनों की धार्मिक-आध्यात्मिक आकांक्षाओं को समान रूप से पूरा करने का उपासना मार्ग सुझाया।

भारतेंदु के धार्मिक चिंतन का आखिरी और सबसे महत्वपूर्ण पड़ाव *वैष्णवता और भारतवर्ष* लेख (1884) था। इसमें ईसाई मिशनरियों और आर्यसमाज के खिलाफ, उन्हीं की पद्धति का इस्तेमाल करते हुए, विकल्प के रूप में वैष्णवधर्म को पेश किया गया। इस लेख में तीन मुख्य बातें थीं—1. वैष्णवधर्म भारत का प्रकृत और स्वाभाविक धर्म है जिसमें शुरू से एक ईश्वर की उपासना होती आई है। 2. इसमें घुस आई कुछ बुराइयों को सुधार दिया जाए तो आज भी पूरा भारत इसी धर्म को अपनाएगा। 3. इसके आधार पर सभी हिंदुओं को एक हो जाना चाहिए।

इस लेख में डॉ. राजेंद्रलाल मित्र के एक लेख के आधार पर वैष्णवधर्म के इतिहास को पाँच कालों में बाँटा गया—वैदिक काल, ब्राह्मण काल, पाणिनी काल, पुराण काल और आधुनिक काल। दयानंद के इस दावे को खारिज करते हुए कि आर्यों का 'मूलधर्म' निराकार उपासना विधि थी, भारतेंदु ने दावा किया कि वैदिक आर्य वैष्णव थे जो विष्णु की उपासना सूर्य के रूप में करते थे। इस उपासना में आगे कई तरह के बदलाव आए, नई बातें जुड़ती गईं, पर ''विष्णु उपासना का मूल सूत्र अतिप्राचीन काल से अविच्छिन्न चला आता है।'' ईसाई, ब्राह्मो और आर्य, ये तीनों हिंदुओं के बहुदेववाद की निंदा करते थे। इन सबको जवाब देते हुए भारतेंदु ने मूर्तिपूजा को आध्यात्मिक-दार्शनिक दृष्टि से स्वाभाविक उपासना विधि मानकर वैष्णव धर्म को ''एक व्यक्तिगत ईश्वर के प्रति भक्ति'' का सिद्धांत बताया। एक ईश्वर होने के बावजूद बाद में तैंतीस करोड़ देवता कैसे हो गए, इस पर भारतेंदु ने प्रकाश नहीं डाला। *सत्यार्थप्रकाश* में जिस ढंग से दयानंद ने विभिन्न देवताओं के नामों को एक ईश्वरवाची नाम मान लिया था, उसी ढंग से भारतेंदु ने भी विभिन्न देवताओं के नाम विष्णु के ही पर्याय मान लिए। ''अग्नि, वायु और सूर्य यह तीनों रूप विष्णु के हैं।'' इस तरह भारतेंदु के मुताबिक वैष्णवधर्म शुरू से एकेश्वरवादी था और ईश्वर की मूर्ति बनाकर उपासना करने की परंपरा ''यहाँ बहुत दिनों से प्रचलित है।'' भारतेंदु ने वैष्णवधर्म की एकेश्वरवादिता पर इस हद तक जोर दिया कि ईसाइयों और आर्यों की तरह उन्होंने भी बाकी गैर-वैष्णव हिंदुओं को 'बहुदेवोपासक' कहकर संबोधित किया। लेकिन इन सबकी धार्मिक एकता कायम करने के लिए उन्होंने उपासना के बाहरी विधि-विधानों के महत्व को कम करके आंतरिक उपासना पर जोर दिया। एक ईश्वर के प्रति प्रेमभक्ति की उपासना के आधार पर

उन्होंने वैष्णवता के साथ ईसाईमत की समानता दिखलाई और कहा कि "इंजील में वैष्णवों के ग्रंथों से बहुत सा विषय लिया गया है और ईसा के चरित्र में श्रीकृष्ण के चरित्र का सादृश्य बहुत है।" इससे पहले उन्होंने *ईशूखृष्ट* और *ईशकृष्ण* (1879) लेख में संसार के सब धर्मों को भारतीय धर्मों से निकला बताया था; गॉड को गौतम और सनम को शंभू से निकला कहा था। "ऐसे ही संसार के सब देवता भी भारतवर्ष के देवगण की छाया है।"[65] मिनर्वा हम लोगों की भगवती दुर्गा, अपोलो हिंदुओं के श्रीकृष्ण, जुपिटर इंद्र हैं। यह तुलनात्मक अध्ययन भारतेंदु ने प्राच्यविदों (ओरिएंटलिस्टों) से लिया था। *एशियाटिक सोसायटी ऑफ बंगाल* के संस्थापक विलियम जोन्स (1784-1838) ने काफी पहले पश्चिम के प्राचीन देवी-देवताओं की तुलना भारत के पौराणिक देवी-देवताओं से की थी और उनके बीच समानता दिखाई थी। उन्होंने ही जेनेस को गणेश, सैटर्न को मनु या सत्यव्रत, जुपिटर को इंद्र, हरमीस को नारद और शनिपुत्री सेरेस को समृद्धि की देवी लक्ष्मी के बराबर बतलाया था।[66] वैष्णव धर्म संबंधी प्राच्यविदों के विवेचन से भारतेंदु अच्छी तरह वाकिफ थे और काफी हद तक प्रभावित भी। इसका सबूत उनके लेख *वैष्णवता और भारतवर्ष* से मिल जाता है जिसमें एशियाटिक सोसायटी ऑफ बंगाल के सेक्रेटरी डॉ. राजेंद्रलाल मित्र के अलावा "पूर्व विद्या जाननेवाले विद्वानों" के मत का जिक्र हुआ है। इसका श्रेय वसुधा डालमिया को है कि उन्होंने भारतेंदु के धार्मिक चिंतन के विकास को और उस पर प्राच्यविदों के असर को पहली बार इतने साफ ढंग से उजागर किया। वसुधा के मुताबिक पहले-पहल 1808 में जर्मन भाषाविद् फ्रेडरिख़ श्लेगल ने विष्णु को सबसे प्राचीन और मुख्य देवता बताया था जिनकी उपासना वैदिक जन सूर्य के रूप में करते थे। मैक्समूलर ने इसका समर्थन किया। अलब्रेख़्त वेबर (1868) ने ईसाइयों द्वारा कृष्ण और क्राइस्ट के बीच समानता की चर्चा पर जोर दिया। मथुरा के जिलाधीश एफ.एस. ग्रौज़ ने ईसाई धार्मिक प्रथाओं के साथ वल्लभ संप्रदाय की प्रथाओं और सिद्धांतों की समानता को दिखलाया। सबसे आगे बढ़कर मोनियर विलियम ने सभी प्रमाणों को एक साथ जोड़कर वैष्णवधर्म को लगातार चलता आया भारत का सबसे पुराना और वेदों से निकला धर्म साबित किया। इन सब प्राच्यविदों ने मिलकर 19वीं सदी में वैष्णवधर्म के इतिहास और स्वरूप की ऐसी छवि का निर्माण किया जिसमें एक व्यक्तिगत ईश्वर के प्रति समर्पण की ईसाई भावना प्रतिबिंबित होती थी।[67] कहने की जरूरत नहीं कि 19वीं सदी के कुछ दूसरे भारतीय बुद्धजीवियों की तरह भारतेंदु ने भी वैष्णवधर्म परंपरा की जो छवि बनाई, उसमें प्राच्यविदों द्वारा निर्मित उपरोक्त धारणाओं का काफी हाथ था। अंत में जॉर्ज ग्रियर्सन ने वैष्णवों की उन्मादपूर्ण; आह्लादपूर्ण भक्ति और उत्कट समर्पण भाव को नेस्टोरियन ईसाइयों की देन बतलाते हुए खुद भारतेंदु के भक्ति संबंधी लेख का हवाला अपने पक्ष में दिया।

वैष्णवता और भारतवर्ष लेख में भारतेंदु ने वैष्णवधर्म में वक्त के मुताबिक कुछ सुधार करने की जरूरत बताई। इस सिलसिले में उन्होंने जो मुद्दे उठाए, उनमें वैष्णवों के बीच आपस में छुआछूत, गुरुओं-महंतों की विलासिता, मंदिरों में स्त्रियों का यौन-शोषण,

राधा-कृष्ण की श्रृंगारिक लीला और उपासना के बाहरी आडंबरों के सवाल थे। इनमें से कई मुद्दे ईसाई मिशनरियों और आर्यसमाज द्वारा की गई आलोचना से उभरे थे। भारतेंदु के पास ऐसी दृष्टि न थी जो इन मुद्दों पर सुधार का ठोस कार्यक्रम पेश करती। वे सिर्फ सतह को छूनेवाले भावात्मक हल सुझाते रहे। मसलन वैष्णवों में खान-पान और दूसरी बातों में छुआछूत मिटाने के लिए वे इसकी जड़ जातिप्रथा तक कभी नहीं पहुँचे, सिर्फ आपस की एकता बढ़ाने की बात करते रहे। गुरु-महंतों की विलासिता और दुराचरण को दूर करने के मामले में वे सिर्फ ऐसी भावनात्मक अपीलें करते रहे कि "अब यह सब स्वभाव उनको छोड़ देना चाहिए।"[68] वल्लभ संप्रदाय में गुरु की केंद्रीय सत्ता कुछ धार्मिक सिद्धांतों पर टिकी हुई थी। इन सिद्धांतों के गुण-दोषों की आलोचना और परीक्षा उन्होंने कभी नहीं की। उन्होंने स्त्रियों को ही मंदिरों से निकाल बाहर करने का सुझाव दिया जो स्त्रियों के धार्मिक जीवन पर पुरुषवादी सोच और नियंत्रण को दर्शाता है। राधा-कृष्ण कथा को अंतरंग उपासकों पर छोड़ देने का सुझाव या रास तथा गोपी आदि का "ज्ञान वैराग्य भक्तिबोधक अर्थ" करने की सलाह इस समस्या का बहुत सतही हल था। मूल समस्या अर्थ करने भर की नहीं थी। धार्मिक उपासना में बाहरी विधि-विधानों, व्रत-स्नान आदि को कम करने के लिए उनका यह कहना कि ये "वहीं तक रहें जहाँ तक शरीर को अतिकष्ट न हो", किसी तर्कसंगत आलोचनात्मक दृष्टि को नहीं दर्शाता। इस प्रसंग में वे दयानंद द्वारा उठाए गए इस मूल प्रश्न से बचते हैं कि बाहरी विधि-विधानों का धार्मिक मूल्य क्या है? अगर इनका सचमुच कोई धार्मिक मूल्य है तो फिर इनके लिए शारीरिक कष्ट क्यों नहीं सहना चाहिए? अगर ऐसा कोई मूल्य नहीं है तो फिर यह बात खुलकर क्यों नहीं कही जाती? अपने सुझाव के साथ भारतेंदु का यह कहना कि "यह भी दबी जीभ से हम डरते-डरते कहते हैं", बताता है कि मूल सैद्धांतिक प्रश्नों पर भारतेंदु में वह निर्भीकता न थी जो 19वीं सदी के धर्मसुधारकों की चारित्रिक विशेषता थी।

लेख का आखिरी हिस्सा सबसे महत्वपूर्ण है जहाँ भारतेंदु हिंदूधर्म को राष्ट्रीय स्तर पर पुर्नगठित करने का आग्रह करते हैं। वसुधा ने सही नोट किया कि यहाँ आकर वे वैष्णवधर्म की जगह हिंदूधर्म शब्द का प्रयोग करने लगते हैं जो बहुत जल्दी 'आर्य जाति' और 'आर्य मात्र' में बदल जाता है। भारतेंदु हिंदुओं में प्रचलित विभिन्न छोटी-बड़ी धार्मिक पहचानों को सतह के नीचे छुपाकर पूरे राष्ट्र के स्तर पर हिंदुओं की एक बड़ी पहचान कायम करना चाहते हैं जिसे वे 'आर्य मात्र' कहते हैं। भारत के ईसाई, मुसलमान और पारसी इस 'आर्य मात्र' में नहीं थे, यह भारतेंदु के लेख से जाहिर है। "हिंदू नामधारी वेद से लेकर तंत्र, वरंच भाषा ग्रंथ माननेवाले तक, सब एक होकर अब अपना परम धर्म यह रखें कि आर्य जाति में एका हो। इसी में धर्म की रक्षा है। भीतर तुम्हारे चाहे जो भाव और जैसी उपासना हो, ऊपर से सब आर्य मात्र एक रहो।"[69] भीतर से अलग-अलग धार्मिक समूहों में रहते हुए भी ऊपर से 'आर्य मात्र' के रूप में एक होने के इस आह्वान के पीछे ऐतिहासिक आवश्यकता क्या थी? यह धर्म के प्रति एक राजनीतिक नजरिया था। हिंदूधर्म हमेशा से अपरिभाषित और

विभिन्न स्वतंत्र उपासना समूहों के रूप में रहा था। इन सबको राष्ट्रीय स्तर पर एक पहचान के तहत गोलबंद करने के पीछे 19वीं सदी के पश्चिमोत्तर प्रांत का विशिष्ट राजनीतिक-आर्थिक संदर्भ था। इस संदर्भ का हवाला भारतेंदु के लेख में साफतौर पर मिलता है। अंग्रेजी राज में नई पश्चिमी शिक्षा से परंपरागत समाज के टूटने-बिखरने के साथ-साथ आर्थिक उन्नति और धंधों के कई नए रास्ते भी खुले थे—खासकर भद्रवर्ग के लिए—जिन पर कब्जा करने की होड़ मची हुई थी। इस संदर्भ में हिंदुओं के तौर-तरीकों में बदलाव लाने की जरूरत थी ताकि वे नए आर्थिक अवसरों को पकड़ सकें—''जिस भाव से हिंदू मत अब चलता है, उस भाव से आगे नहीं चलेगा। अब हम लोगों के शरीर का बल न्यून हो गया, विदेशी शिक्षाओं से मनोवृत्ति बदल गई, जीविका और धन-उपार्जन के हेतु अब हम लोगों को पाँच-पाँच छः-छः पहर पसीना चुआना पड़ेगा, रेल पर इधर से उधर कलकत्ते से लाहौर और बंबई से शिमला दौड़ना पड़ेगा, सिविल सर्विस का, बैरिस्टरी का, इंजीनियरी का इम्तिहान देने को विलायत जाना होगा, बिना यह सब किए काम नहीं चलेगा, क्योंकि देखिए, क्रिस्तान, मुसलमान, पारसी यही हाकिम हुए जाते हैं, हम लोगों की दशाा दिन-दिन हीन हुई जाती है।''[70] यहाँ 'हम लोगों' से मतलब भद्रवर्गीय द्विज हिंदुओं से था जिनके बच्चे 19वीं सदी में सिविल सर्विस, बैरिस्टरी और इंजीनियरिंग का इम्तिहान देने के लिए विलायत जाते थे। भारतेंदु के विचार से भारतीय ईसाई, मुसलमान और पारसियों के मुकाबले हिंदू कमजोर थे; विभिन्न धर्मो-उपधर्मों में बँटे होने की वजह से नए आर्थिक अवसरों के लिए उनकी राजनीतिक सौदेबाजी की ताकत कम थी। इस हालत को भारतेंदु ने सीधे और अलंकृत, दोनों तरीकों से कहा, ''अब यह काल नहीं है कि हम लोग भिन्न-भिन्न अपनी खिचड़ी अलग पकाया करें। अब महाघोर काल उपस्थित है। चारों ओर आग लगी हुई है। दरिद्रता के मारे देश जला जाता है। अंग्रेजों से जो नौकरियाँ बच पाती हैं, उन पर मुसलमान आदि विधर्मी भरती होते जाते हैं।'' दरिद्रता की आग में सिर्फ हिंदू झुलस रहे थे। अपनी-अपनी खिचड़ी अलग पकानेवाले हिंदू भद्रवर्ग को राजनीतिक-आर्थिक तौर पर मजबूत बनाने के लिए ही उन्हें एक बड़ी धार्मिक पहचान के तहत गोलबंद होने को कहा जा रहा था, ''वैष्णव, शैव, ब्राह्मो, आर्यसमाजी सब अलग-अलग पतली-पतली डोरी हो रहे हैं, इसी से ऐश्वर्य रूपी मस्त हाथी उनसे नहीं बँधता। इन सब डोरी को एक में बाँधकर मोटा रस्सा बनाओ, तब यह हाथी दिग्-दिगंत में भागने से रुकेगा।'' ये पंक्तियाँ 19वीं सदी के पश्चिमोत्तर प्रांत में हिंदू-मुस्लिम भद्रवर्ग के बीच चल रही रस्साकशी की सबसे स्पष्ट अभिव्यक्ति थी जो एक धर्म संबंधी लेख के समापन में व्यक्त हुई। राष्ट्रीय स्तर पर हिंदुओं की एक धार्मिक पहचान कायम करने का सवाल भारतेंदु धार्मिक कारणों से नहीं, राजनीतिक कारणों से उठा रहे थे। भारतेंदु ने अच्छी तरह साफ कर दिया कि ''उपासना हृदय की रत्नवस्तु है, उसको आर्य क्षेत्र में फैलाने की कोई आवश्यकता नहीं।'' भारतेंदु उपासना विधि की एकता पर नहीं, उपासकों की एकता पर जोर दे रहे थे जो एक राजनीतिक प्रश्न था। इस एकता का लक्ष्य किसी आध्यात्मिक सत्य को हासिल करना नहीं, ''ऐश्वर्य रूपी मस्त हाथी''

को बाँधना था जो आध्यात्मिक उपासना से उलटी दिशा में था। किसी व्यापक राजनीतिक मंच के अभाव में यह भद्रवर्गीय एकता धार्मिक पहचान के तहत कायम करनी थी।

1880 के दशक में कांग्रेस की स्थापना होने से पहले तक भारतीय राष्ट्रवाद के किसी व्यापक राजनीतिक मंच के अभाव में जाति या धर्म ही ऐसी बड़ी पहचानें थीं, जिनके आधार पर लोग संगठित होते थे, समुदाय कायम होते थे। इसलिए उन परिस्थितियों में आर्थिक-राजनीतिक सत्ता में अपनी हिस्सेदारी बढ़ाने के लिए शिक्षित भद्रवर्ग अपनी धार्मिक पहचान का सहारा लेकर अपने पीछे लोगों को गोलबंद करने, उन्हें धर्म पर आधारित एक राजनीतिक समुदाय में बदलने की कोशिश करता था। भारतेंदु के उपरोक्त विवेचन को इसी संदर्भ में देखना चाहिए। उन्होंने हिंदू भद्रवर्ग के भौतिक हितों को न सिर्फ मुस्लिम भद्रवर्ग के वैसे ही हितों से अलग अनुभव किया, बल्कि उसके साथ होड़ की स्थिति में पाया। इसलिए इन हितों की रक्षा के लिए उन्होंने सारे हिंदुओं को एक करने का आह्वान किया। इसी तरह की कोशिश मुस्लिम भद्रवर्ग के भौतिक हितों को लेकर उन्हीं दिनों सैयद अहमद भी कर रहे थे। ऐसे प्रयासों से विभिन्न धार्मिक समुदायों के बीच आपसी होड़ और विरोध की भावनाएं पनपीं, जिन्हें लेकर शिक्षित भद्रवर्ग ने सांप्रदायिक विचारधारा की रूपरेखा तैयार की। आगे चलकर विभिन्न शक्तियों के द्वारा हिंदू और मुस्लिम राष्ट्रवाद के रूप में जिस राजनीतिक अवधारणा का विकास हुआ, उसकी शुरुआत इसी ऐतिहासिक संदर्भ में 19वीं सदी के शिक्षित भद्रवर्ग ने अपने आर्थिक-राजनीतिक हितों की पूर्ति के लिए की थी। 1885 में जब कांग्रेस के रूप में धर्म से भी ज्यादा व्यापक एकता का एक राजनीतिक मंच हासिल हो गया, जो साथ ही धर्मनिरपेक्ष भी था, तब धार्मिक पहचानों पर आधारित राजनीतिक एकता का एक ठोस विकल्प सामने आया। उदाहरण के लिए बालकृष्ण भट्ट 1880-84 के दौर में जितने सांप्रदायिक दिखते हैं, उतने 1900-1910 के दौर में नहीं दिखते—इसका कारण यही विकल्प है। इसी विकल्प के कारण बदरुद्दीन तैयब जैसे कांग्रेसी नेता सैयद अहमद के विचारों से सहमत नहीं हुए। लेकिन सामाजिक पिछड़ेपन और औपनिवेशिक शासन की नीतियों के कारण यह नया भारतीय राष्ट्रवाद उन अंतर्विरोधों को ठीक से हल नहीं कर पाया, जिन्होंने धार्मिक पहचानों पर राजनीतिक समुदाय संगठित करने की प्रेरणा दी थी। लिहाजा धार्मिक पहचानों पर आधारित सांप्रदायिक राजनीतिक धारा कमजोर होकर भी खत्म नहीं हुई। पूरे राष्ट्रीय आंदोलन के दौरान वह धारा कभी मंद तो कभी प्रबल होकर साथ-साथ चलती रही, यहां तक कि कभी-कभी वह राष्ट्रवादी धारा में घुलती-मिलती भी रही।

बालकृष्ण भट्ट

बालकृष्ण भट्ट भारतेंदु से दस साल पहले जन्मे और उनकी मृत्यु के छब्बीस साल बाद तक रहे। समृद्ध परिवार में जन्मे और ईसाई मिशन स्कूल में पढ़े बालकृष्ण भट्ट की धर्म संबंधी कुछ रुचियाँ अंग्रेजी शिक्षाप्राप्त भद्रवर्ग के नजदीक थीं। अपने कई लेखों में उन्होंने हिंदूधर्म के दकियानूसीपन और इसकी लोकप्रिय परंपराओं की आलोचना की, हालाँकि यह आलोचना हर

जगह बहुत स्पष्ट नहीं है और कई बार अंतर्विरोधों से ग्रस्त दिखाई देती है। "हिंदुस्तान के कायाकल्प के लिए मजहबी जोश का कम होना बहुत उचित और पहली बात है।" यह विचार उन्होंने 1909 के एक लेख *हमारे धर्म संबंधी खर्च* में प्रकट किया। उन्होंने लिखा कि इस मजहबी जोश के तहत बड़े-बड़े दान, तीर्थयात्रा, शिवालों, धर्मशालाओं का बनना जैसी बातें हैं जिनमें हमारे देश का करोड़ों रुपया उठ जाता है जबकि लोग स्कूल कायम करने और विद्यावृद्धि के लिए कुछ देना फिजूल समझते हैं। एक शिक्षित व्यक्ति की तरह नाक-भौं सिकोड़ते हुए उन्होंने लोकप्रिय हिंदू मेलों की आलोचना की : "दूसरे-तीसरे वर्ष जो ठौर-ठौर तीर्थों में मेले हुआ करते हैं, वह हमारे देश में मजहबी जोश का नमूना है।...इन मेलों में हजारों कोस के आदमी टूट पड़ते हैं, तमाम दुनिया भर के मैले-कुचैले कसीफ लोग इकट्ठा हो हैजा पैदा कर रफूचक्कर होते हैं। × × धन्य विश्वास, हजार लानत है इस मजहबी जोश पर।"[71] ध्यान देने लायक है कि 1880-81 में बालकृष्ण भट्ट खुद एक ऐसे मेले (माघ मेले) के लिए हो रहे आंदोलन में शामिल थे। *कार्तिक स्नान* लेख (अगस्त, 1894) में उन्होंने कार्तिक स्नान के बहाने नहाती स्त्रियों का उघड़ा बदन देखने के लिए उमड़नेवाले लालाजी, बाबू साहब, वैष्णव भक्त और व्यासजी पर कटाक्ष किया और कार्तिक स्नान को सदा के लिए प्रणाम किया।

धर्म को देखने के मामले में जो चीज उन्हें पश्चिमी शिक्षाप्राप्त भद्रवर्ग के ज्यादा नजदीक ले जाती थी वह है धर्म में नैतिकता का सवाल। अपने लेख *जातियों का अनूठापन* (अंग्रेजी शीर्षक *नेशनल कैरेक्टर*) में उन्होंने लिखा कि भारत में धर्म और नैतिकता के बीच जरूरी फर्क नहीं किया जाता। " 'मोरालिटी' जिसके लिए कोई उचित शब्द हमारी भाषा में मिलता ही नहीं, बिल्कुल मजहब हो गई। मजहब से कुछ सरोकार न रखकर स्वच्छंद 'मोरालिटी' की बुनियाद पाना असंभव-सा हो गया।"[72] नैतिकता को धर्म से स्वतंत्र मानना और धार्मिक प्रथाओं-मूल्यों पर नैतिक दृष्टि से विचार करना पश्चिमी शिक्षा की विशेषता थी जिसे 19वीं सदी के भारतीय सुधारकों ने आत्मसात् कर लिया था। इसी दृष्टिकोण से बालकृष्ण भट्ट ने लौकिक (सेक्युलर) और धार्मिक के बीच फर्क करते हुए झुँझलाहट के साथ लिखा कि भारत में धर्म जीवन और समाज के हर क्षेत्र में जा घुसा है। खान-पान, उठने-बैठने, सोने-जागने के अलावा "वैद्यक में मजहब जा घुसा, ज्योतिष में मजहब जा घुसा, नीतिशास्त्र उसी का एक अंग ही है।" इसका एक बुरा नतीजा यह निकला कि हमारे पुरखों ने अपना सारा समय पारलौकिक बातों की खोज में लगा दिया और राजनीति जैसे लौकिक विषयों पर ढंग से विचार नहीं किया। लेकिन, जून, 1894 के एक लेख में भट्टजी ने नैतिकता को धर्म के रूप में रखे जाने की भारतीय परंपरा का भी समर्थन किया है, "धर्म या परलोक का भय न हो तो सुनीति तत्व की एक बात भी चल न सके।"[73] जाहिर है, धर्म और नैतिकता के संबंधों पर उनका नजरिया दुविधाग्रस्त था। वे 19वीं सदी के यूरोप में चल रही ज्ञान-विज्ञान की गतिविधियों से प्रभावित थे और उनके मुताबिक हिंदू शास्त्रों की जड़ता की आलोचना कर रहे थे। *दर्शन और उनके संबंध में मत* लेख (अगस्त, 1886) में यूरोपीय शास्त्रों की सैद्धांतिक गतिशीलता की सराहना करते हुए

उन्होंने वहाँ के प्राकृतिक विज्ञानों की उन्नति का जिक्र किया। वहाँ नए-नए प्रयोगों और वैज्ञानिक खोजों के कारण प्राकृतिक विज्ञान लगातार आगे बढ़ते रहे। वहाँ के प्राकृतिक विज्ञानों में नौ हिस्सा ''यथार्थ का अन्वेषण'' है, केवल एक हिस्सा तर्क है। इसके मुकाबले हिंदू शास्त्रों में जड़ता है, क्योंकि यहाँ अनुभवों और प्रयोगों से होनेवाला यथार्थ अन्वेषण बिल्कुल नहीं है, सिर्फ तर्क ही तर्क है। यथार्थ अन्वेषण के जरिए मिलनेवाले सिद्धांतों के आधार पर विकास करते रहने की संभावना हिंदू शास्त्रों में है ही नहीं, क्योंकि ''वे ऐसी चीजों के बाबत हैं जिसमें सत्य-असत्य का निर्णय करनेवाला कोई बाहरी साधन नहीं है। सुतराम् उनके सिद्धांत केवल इसी रूप में चलते हैं कि 'वेदांत का यह मत है', 'साहित्य का यह सिद्धांत है', 'मीमांसक ऐसा मानते हैं', 'कणाद की इस पर यह युक्ति है', इत्यादि।'' बालकृष्ण भट्ट की यह आलोचना बहुत महत्वपूर्ण थी कि हिंदू शास्त्रों में सिर्फ मत-मतांतर का विवाद मिलता है जो नए शोधों से होनेवाले सैद्धांतिक विकास से बिल्कुल अलग और जड़ चीज है। लेकिन ऐसा नहीं लगता कि भट्टजी ने अपनी इस दृष्टि का विकास और प्रसार और-और विषयों में किया।

भारतेंदु और प्रतापनारायण मिश्र वेद और पुराण, दोनों को समान रूप से मानते थे। बालकृष्ण भट्ट ने वेदों की सराहना की और पुराणों की निंदा की जो आर्यसमाज की विशेषता थी। दयानंद के कड़े विरोध से शुरू करके उन्होंने भी भारतेंदु की तरह बाद में दयानंद को कुछ मान्यता दी। उनकी मान्यता भारतेंदु की तुलना में ज्यादा मुखर और सकारात्मक थी। 1909 में उन्होंने लिखा, ''धन्यवाद है श्री स्वामी दयानंद को कि जिन्होंने लोकोपकारी बातें वेदों में से बहुत कुछ छाँटकर अलग कर लिया और जितनी दुकानदारी या धूर्तों की कल्पना संस्कृत में समझी गई, सबको अलग कर दिया।''[74] साथ में यह भी स्पष्ट कर दिया कि ''मैं दयानंद के मत का नहीं हूँ, किंतु केवल धूर्तों की सी महज किल्लेदराजी के बल उनका गुण भी मेटा नहीं चाहता।'' ऊटपटांग बातों में धन बर्बाद करने के बजाय उसे विद्यावृद्धि, अनाथालय आदि उत्तम कार्यों में लगाने की प्रेरणा देने के लिए उन्होंने दयानंद की तारीफ की।

बालकृष्ण भट्ट ने दो कारणों से पुराणों की निंदा की—भक्तिमार्ग की उपासना को बढ़ावा देने के कारण और वैदिक प्रसंगों का चमत्कारिक-आलंकारिक वर्णन करने के कारण। ये दोनों बातें पुराणों की आर्यसमाजी आलोचना का अंग थीं। पुराणों की आलोचना करते हुए उन्होंने लिखा, ''पुराणों से वेदों को धक्का पहुँचा। उन्होंने भक्तिमार्ग को, जिसकी वेदों में कहीं-कहीं झलक मात्र पाई जाती है, उसका विस्तार पुराणों में इतना अधिक किया कि एक शास्त्र बन गया। सैकड़ों ग्रंथ भक्तिमार्ग के पोषण में बन गए।''[75] भट्टजी ने भक्तिमार्ग की बढ़ती का कारण मुसलमानी राज कायम होने को ठहराया और सबूत यह दिया कि भक्तिमार्ग के सभी ग्रंथ, आचार्य और भक्त इसी मुसलमानी राज में हुए। ''जब देश स्वाधीन और लोग स्वतंत्र थे, भागवत गीता के अतिरिक्त कोई ग्रंथ निरी भक्ति के न थे।'' मुसलमानी राज में हिंदुओं की स्वतंत्रता खो गई, बहादुरी के गुण सूख गए और सब

"भकुआ मालाधारी भक्त" बन बैठे। जाहिर है, पुराणों के प्रति यह आलोचनात्मक दृष्टि धार्मिक से ज्यादा राजनीतिक थी जो मुसलमानी अमलदारी को 'हिंदूजाति' के पतन का जिम्मेदार ठहराती थी।

भट्टजी ने वृत्रासुर, इंद्र और अहिल्या आदि कथाओं का असली अर्थ बताते हुए पुराणों में इनके आलंकारिक वर्णन की निंदा की क्योंकि उनसे इन कथाओं का असली अर्थ छिप गया था। अहिल्या की कथा को, "अत्यंत अनर्गल और भ्रष्ट कर पुराणकारों ने वर्णन किया है।" दयानंद पौराणिक कथाओं का विरोध करते समय जैसा स्थूल अर्थ लगाते थे, भट्टजी ने अपनी आलोचना को उस स्थूलता से बचाया।

आर्यसमाज और हिंदी नवजागरण के बीच वाद-विवाद या राग-विराग का सबसे खास पहलू यह था कि अपने सभी विरोधों के बावजूद धर्म के आधार पर एक हिंदू (आर्य) जाति (राष्ट्रीयता) बनाने के लिए दोनों समान रूप से सहमत थे। यह हिंदू राष्ट्रीयता अंग्रेजों के विरोध में उतनी नहीं, जितनी मुसलमानों के विरोध में बननी थी। इस मुद्दे पर आर्यसमाज रूढ़िवादी सनातनियों को साथ लेने के लिए जितना तत्पर था, उतना ही सनातनी भी उनके साथ चलने को तैयार थे। इस मुद्दे पर आर्यसमाज की विचारधारा ज्यादा स्पष्ट और ज्यादा आक्रामक थी जिसका असर हिंदी नवजागरण के लेखकों पर पड़ा। *जातीयता के गुण* (फरवरी, 1897) लेख में बालकृष्ण भट्ट ने लिखा कि हिंदुस्तान में जातीयता इसलिए नहीं होती क्योंकि यहाँ कई सारे धर्म और भाषाएँ हैं। प्राचीन भारत में एक संस्कृत भाषा का चलन था, इसी से उस वक्त यहाँ "जातीयता का पूर्ण प्रादुर्भाव" था। बिल्कुल दयानंद की तर्ज पर उन्होंने लिखा, "जब तक देश भर में एक ही वैदिक धर्म था, जुदे-जुदे संप्रदाय और मत नहीं फैले थे, जातिप्रथा भी सर्वांग सुंदर हो प्रकाशमान थी।… जब से अनेक धर्म और संप्रदाय चले, तब से जातीयता के सैकड़ों टुकड़े हो गए।[76] अपने एक दूसरे लेख *वेद क्या है ?* में भट्टजी ने लिखा, "राष्ट्रीयता (नेशनलिज़्म) का तो वेद आधार है"।[77] "आर्य मात्र के एका" की बात भारतेंदु पहले ही कर चुके थे। दयानंद की तरह भारतेंदु भी 'हिंदू' नाम छोड़कर 'आर्य' नाम अपनाने की वकालत करते थे। इस मुद्दे पर प्रतापनारायण मिश्र का रुख थोड़ा भिन्न होकर भी इन्हीं जैसा था। मिश्रजी भद्रवर्गीय होकर भी शिक्षित भद्रवर्ग के उतने निकट नहीं थे—न सिर्फ अपनी अधूरी स्कूली शिक्षा के कारण, बल्कि अपने विचारों के कारण भी। इसलिए भारतेंदु और बालकृष्ण भट्ट की तुलना में वे सांप्रदायिक भी कम थे। उनका मुस्लिम विरोध इन दोनों जैसा, खासकर बालकृष्ण भट्ट जैसा, उग्र न था। मिश्रजी धार्मिक स्वभाव के व्यक्ति थे, धर्म को राजनीतिक नजरिए से कम देखते थे। भारतेंदु या आर्यसमाजियों की तरह वे विभिन्न उपधर्मों को मिटाकर एक राष्ट्रीय धर्म बनाने के पक्ष में नहीं थे। वे धार्मिक लोकतंत्र के समर्थक थे, लेकिन सिर्फ हिंदूसमाज के भीतर। हिंदूसमाज के बाहर वे धार्मिक लोकतंत्र और समानता के समर्थक न थे। इसलिए हिंदी, हिंदू, हिंदुस्तान का नारा लगाते हुए उन्होंने भारत में राष्ट्रीयता का मुख्य आधार हिंदुओं को माना। *श्रीभारत धर्ममहामंडल* लेख में उन्होंने लिखा कि "हम हिंदू हैं और यह देश हमारा स्थान है।…हम

यहाँ के मुख्य निवासी हैं। दूसरे लोग केवल गौण रीति से भारतीय कहलावेंगे, पर मुख्य भारतीय हमी हैं··· हमारी ही उन्नति, अवनति का नाम भारत की उन्नति अवनति है, था और होगा।''[78] यहाँ प्रतापनारायण मिश्र उस धार्मिक लोकतंत्र का समर्थन नहीं करते जिसकी माँग वे आर्यसमाजियों के खिलाफ हिंदूसमाज के अंदर करते थे। इस तरह घूम-फिरकर मिश्रजी वहीं पहुँचते हैं जहाँ आर्यसमाजी, भारतेंदु और भट्टजी पहले से पहुँचे हुए थे। यह इन लेखकों की भिन्नता के बीच एकता थी।

सामाजिक सुधार

चाहे ब्राह्मो, आर्य और प्रार्थनासमाजी हों या उनके विरोधी हिंदी नवजागरण के लेखक हों—सुधारों के लिए अंग्रेजी राज को सबने वरदान जैसा माना। दयानंद सरस्वती का दृढ़ विश्वास था कि अगर भारत में अंग्रेजी राज न होता, उसकी जगह मुसलमानी या सनातनी हिंदुओं का राज होता तो उन्हें धार्मिक-सामाजिक सुधार कार्य करने की स्वतंत्रता हर्गिज नहीं मिलती।[79] पश्चिमोत्तर प्रांत में सामाजिक सुधारों के मामले में सबसे बड़ा और असरदार संगठन आर्यसमाज का ही था। आर्यसमाजियों ने निडर होकर, जोश-खरोश के साथ सुधारों के लिए आवाज उठाई। पछाँह से आकर बस गए काशीनाथ खत्री जैसे आर्यसमाजी लेखक, सनातनियों के बीच रहकर भी, ताउम्र सुधारों के हक में लिखते रहे। इसके अलावा आर्यसमाज ने ही इस प्रांत में वैसे सामाजिक सेवाकार्यों की परंपरा डाली जिसे अंग्रेजी में सोशल सर्विस कहते हैं। ब्राह्मों और आर्यों, दोनों ने इसे ईसाई मिशनरियों से सीखा था। ऐसे सेवाकार्यों का सबसे ज्यादा विकास और विस्तार मराठी सुधारकों ने किया। वहाँ सामाजिक सेवाकार्य करने की ऐसी मजबूत परंपरा कायम हुई जो आजतक जारी है और आदर से देखी जाती है। विधवाओं और परित्यक्ताओं को शिक्षित करके आत्मनिर्भर बनाने के केंद्र, स्त्रियों को रोजगार सिखाने के स्कूल, मजदूरों की बस्ती में रात्रि-पाठशालाएँ, पुस्तकालय और चिकित्सा केंद्र जैसी संस्थाएँ मराठी सुधारकों ने शुरू की थीं। इन सुधारकों में महर्षि कर्वे का नाम सबसे ऊपर है जो 1964 तक जिंदा रहे। पश्चिमोत्तर प्रांत में ऐसे काम, जैसे अनाथालय खोलना और अकाल में राहत कार्य चलाना, पहली बार आर्यसमाज ने शुरू किए जिनके विस्तृत विवरण आर्यसमाज के इतिहासकारों ने दिए हैं। उन्होंने बनारस तक में, जहाँ उनका असर बहुत कम था, 1882 में विधवा आश्रम खोला। 1883 मे छपे एक ट्रैक्ट के पीछे काशी आर्यसमाज के मंत्री की ओर से इसका विज्ञापन छपा जिसमें अनाथ, घर से निकली हुई या पतित होने को मजबूर विधवा स्त्रियों को इस आश्रम तक पहुँचाने की अपील की गई। सुधार आंदोलन की विरोधी सनातनी संस्थाओं, जैसे—श्रीभारत धर्ममहामंडल ने जितनी दिलचस्पी गोशालाएँ खोलने में दिखाई, उतनी दूसरे सामाजिक कामों में नहीं, हालाँकि गोशालाएँ आर्यों ने भी खोलीं। श्रीभारत धर्ममहामंडल जैसी संस्थाएँ खुद को सुधारक संगठनों जैसा दिखाने के लिए कुछ सुधारों की बात भी करती थीं, जैसे बालविवाह विरोध और स्त्रीशिक्षा (धार्मिक और घरेलू)। पर इन सुधारों के लिए उसने कोई असरदार

आंदोलन नहीं छेड़ा। इससे आगे सुधार उन्हें नामंजूर थे। विधवाविवाह का महामंडल सख्त विरोधी था।

बालविवाह

बालविवाह का मुद्दा ऐसा था जिसके खिलाफ ज्यादा-से-ज्यादा लोग राजी हो सकते थे। पर हिंदी नवजागरण के कई लेखकों की आवाज इस मुद्दे पर भी बहुत साफ और ऊँची नहीं थी। भारतेंदु बालविवाह के विरोधी थे। *भारत दुर्दशा* के अलावा बलियावाले भाषण में भी उन्होंने कहा, ''लड़कों को छोटेपन ही में ब्याह करके उनके बल, वीर्य, आयुष्य सब मत घटाइए।'' इन दो जगहों के अलावा और कहीं उन्होंने इस सवाल को नहीं उठाया, न कभी इसके सामाजिक-सांस्कृतिक नतीजों का विवेचन किया। यह सवाल उन्होंने सिर्फ लड़कों के प्रसंग में उठाया, हालाँकि उसे लड़कियों के लिए भी मानना चाहिए। 19वीं सदी के कई सुधारकों ने बालविवाह की समस्या पर बड़े ठोस ढंग से विचार किया था और विवाह की सही उम्र का सुझाव दिया था। उस जमाने में लड़कियों का ब्याह एक से सात-आठ साल की उम्र तक हो जाना आम बात थी। 11-12 साल की उम्र सबसे ज्यादा समझी जाती थी। हिंदुओं में यह धारणा प्रचलित थी कि पिता के घर में लड़की का मासिक धर्म शुरू होने से पिता को पाप लगता है। शास्त्रों की व्यवस्था थी कि गर्भाधान विधान पहले मासिक धर्म के तुरंत बाद होना चाहिए। इन दोनों कारणों से लड़कियों की शादी हर हालत में 11-12 साल से पहले हो जानी जरूरी समझी जाती थी। स्वामी दयानंद ने इस विवेकहीन प्रथा की कड़ी निंदा की। लड़के और लड़कियों, दोनों की शिक्षा पर समान रूप से जोर देते हुए उन्होंने ब्याह के लिए लड़की की उम्र कम-से-कम सोलह साल और लड़के की कम-से-कम 24 साल जरूरी ठहराई। बंगाल में ब्राह्मोविवाह विधान तैयार करते समय केशवचंद्र सेन ने ब्याह की कम-से-कम उम्र के बारे में मेडिकल डॉक्टरों से सलाह माँगी थी। डॉक्टरों ने मिलकर राय दी कि भारत जैसे गर्म मुल्क में लड़की के ब्याह की उम्र कम-से-कम 16 साल होनी चाहिए। लोकमत से समझौता करते हुए केशव ने बीच का रास्ता निकाला और लड़कियों के लिए 14 साल, लड़कों के लिए 16 साल तय किया। भारतेंदु ने विवाह की उम्र के बारे में कभी विचार नहीं किया। खुद अपनी बेटी का ब्याह उन्होंने 11-12 साल की उम्र में किया। काशीनाथ भट्टाचार्य के ग्रंथ *शीघ्रबोध निर्णय* में आए श्लोक—'अष्टवर्षा भवेद् गौरी, नववर्षा च रोहिणी, दशवर्षाभवेत् कन्या, ततश्चौर्द्ध रजस्वला'... के आधार पर पश्चिमोत्तर प्रांत के पंडित बालविवाह का समर्थन करते थे। द्विज भद्रवर्ग इसे पूरी तरह से मानता था। प्रतापनारायण मिश्र बालविवाह को बुरा मानते थे और नहीं भी मानते थे। बालविवाह की आज्ञा देनेवाले शास्त्रों का बचाव करना वे अपना फर्ज समझते थे। गौने को आधार बनाकर विवाह होने और शारीरिक संबंध बनने के बीच की अवधि पर जोर देते हुए उन्होंने तर्क दिया, ''यदि शारीरिक, मानसिक व सामाजिक बाधा उत्पन्न होती है तो छोटी आयु के समागम से होती है, न कि बालविवाह मात्र से।'' इस तर्क से *शीघ्रबोध निर्णय* जैसे शास्त्रों

का बचाव करते हुए उन्होंने लिखा, "...यदि शास्त्र की तद्विषयक आज्ञा का ठीक-ठीक अनुगमन किया जाए तो बाल्य विवाह में किसी प्रकार का दोष नहीं।"[80]

1884 में बंबई के पारसी समाजसुधारक बेहरामजी मालाबारी (1853-1912) ने विधवाविवाह की रुकावटों को दूर करने और बालविवाह को रोकने के मकसद से दो प्रस्ताव तैयार करके देश के कई सुधारकों-पत्रसंपादकों को भेजे (प्रतापनारायण मिश्र को भी) और सरकार को उस पर कानून बनाने के लिए कहा। बंबई प्रांत में पारसियों के बीच धार्मिक-सामाजिक सुधारों का काम संगठित रूप से 1851 से होता आ रहा था। दिनशा मानेकजी, फरदूनजी, दादाभाई नौरोजी और सोराबजी शापुरजी वगैरह की रहनुमाई में यहाँ स्त्रीशिक्षा के प्रचार के साथ-साथ विवाह संबंधी सुधार भी हुए थे। बंगाल से भी पहले पारसियों ने 1868 में बहुविवाह को गैरकानूनी करार दिया था और तलाक का कानून बनवाया था। मालाबारी के प्रस्ताव पर सरकार कानून बनाने को राजी नहीं हुई क्योंकि प्रथाओं के मामले में वह दखल देना नहीं चाहती थी। अपने प्रस्ताव पर समर्थन हासिल करने के लिए मालाबारी इंग्लैंड गए जहाँ उन्हें मिस कारपेंटर, लॉर्ड टेनीसन, हर्बर्ट स्पेंसर और प्रो. मैक्समूलर जैसे विद्वानों का समर्थन मिला।[81] भारत में रूढ़िवादियों के विरोध को देखते हुए मालाबारी के सहयोगी सिंधी सुधारक दयाराम गिडमुल ने एक रास्ता निकाला। उसने विद्यासागर की पहल पर पहले से बने हुए एक कानून में कुछ संशोधन कर सहवास के लिए लड़कियों की जरूरी उम्र 10 से बढ़ाकर 12 साल कर देने की माँग रखी। हिमसेथ के मुताबिक उसका खयाल था कि बालविवाह संबंधी कोई नया कानून बनवाने की जगह पहले के कानून में ही कुछ सुधार कर देने से कोई विवाद नहीं खड़ा होगा। पर ऐसा नहीं हुआ। सहवास की उम्र बढ़ाने से संबंधित बिल पर रूढ़िवादियों ने तीखी प्रतिक्रिया की। सबसे ज्यादा विरोध बंगाल में हुआ जहाँ बालविधवाओं की संख्या सबसे ज्यादा थी। वहाँ ब्राह्मोसमाज के सदस्यों को छोड़कर किसी ने भी बिल का समर्थन नहीं किया। प्रार्थनासमाज के मराठी सुधारकों ने सहवास बिल का समर्थन करते हुए सुधारों के लिए अखिल भारतीय संगठन बनाने पर विचार किया और रानाडे के नेतृत्व में 1887 में *नेशनल सोशल रिफॉर्म कांफरेंस* की स्थापना हुई। उनके विरोधी बाल गंगाधर तिलक ने जनता में बढ़ रही ब्रिटिशराज विरोधी भावनाओं का इस्तेमाल करते हुए सहवास बिल के खिलाफ राष्ट्रवादी भावनाओं का उन्माद खड़ा कर दिया। इसमें उनका एक मकसद कांग्रेस के अंदर रानाडे वगैरह के खिलाफ अपनी राजनीतिक स्थिति को मजबूत करना भी रहा होगा। तिलक ने बिल के मुद्दे पर हिंदूधर्म और ब्रिटिश साम्राज्य संबंधी भावनाओं को इस तरह उभारा कि बिल के पीछे सुधार का मूल संदर्भ ही बदल गया और सहवास बिल को समर्थन देने का मतलब हिंदूधर्म के खिलाफ विदेशी सरकार को समर्थन देना हो गया। हिमसेथ ने लिखा है कि इससे सुधारक भी घबरा उठे। कई तरह के दबावों से सरकार ने बिल को कानून का रूप दे दिया, पर अगले 38 सालों तक फिर उसने सुधार संबंधी कोई कानून नहीं बनाया। तिलक के धर्ममिश्रित उग्र राष्ट्रवादी आंदोलन के आगे सुधारकों ने हिम्मत छोड़ दी। तिलकपंथियों

ने नेशनल सोशल कांफरेंस के सालाना जलसे को कांग्रेस के पंडाल से बाहर क्या किया, पूरे सुधार आंदोलन को ही राष्ट्रीय स्वाधीनता संग्राम से बाहर कर दिया।

बंगाल के रूढ़िवादियों ने सहवास बिल का विरोध करते हुए तीन बातें कहीं—इसे कानून बना देने से गर्भाधान अनुष्ठान उचित समय पर नहीं हो सकेगा; इससे हिंदू लोग आध्यात्मिक रूप से आहत होंगे और इस कानून के बहाने पुलिस भी शरीफ घरों तक पहुँच जाएगी। पश्चिमोत्तर प्रांत में इन तर्कों को प्रतापनारायण मिश्र ने दोहराया। सहवास बिल का कानून बन जाने की संभावना से वे काफी घबराए। *ब्राह्मण* (15 फरवरी, 1891) में उन्होंने संपादकीय लिखकर पहले तो उन लोगों को कोसा जो बालविवाह का खुला समर्थन करते थे। फिर उन्होंने यह साबित करने की कोशिश की कि *शीघ्रबोध निर्णय* का 'अष्टवर्षा भवेद् गौरी' श्लोक बाल विवाह के समर्थन में नहीं है। लोग इसका गलत अर्थ लगा लेते हैं। यदि कन्यादान नौ-दस साल की उम्र में हो, तब भी गौना तीन-चार साल बाद ही होता है। सहवास तो जाकर 12-13 साल की उम्र में या उसके भी बाद ही होगा। फिर सहवास बिल की क्या जरूरत? बिल के विरोध में उन्होंने लिखा, "जिन स्त्रियों की परदादारी को भारतीय सदा प्राणों से अधिक रक्षणीय समझते हैं··· उस परदादारी की जड़ में मानों दिन-रात कुठार रक्खी होगी। बहू-बेटियों का डॉक्टर के सामने अपमानित और कचहरी में आकर्षित होना अमिट हो जाएगा। बड़े-बड़े प्रतिष्ठितों का लाख का घर खाक हो जाएगा।"[82] मिश्रजी छुटपन में ब्याही जानेवाली लड़कियों की दुर्दशा को लेकर उतने चिंतित नहीं थे जितना भद्रवर्गीयों की पारिवारिक प्रतिष्ठा को लेकर। मिश्रजी जैसे लेखकों के लिए स्त्री के अपने जीवन का महत्व न था। स्त्री एक व्यक्ति नहीं, सिर्फ प्रतीक भर थी—पुरुषों की इज्जत का प्रतीक, भद्रवर्गीय घरों की प्रतिष्ठा का प्रतीक। सिर्फ प्रतापनारायण मिश्र का नहीं, भारतेंदु समेत नवजागरण के ज्यादातर पुरुष सुधारकों का यही दृष्टिकोण था। स्त्री कभी हिंदू धर्म का प्रतीक थी, कभी राष्ट्र की मर्यादा का प्रतीक थी। जब सहवास बिल पास हो गया तो मिश्रजी फिर अपने पुराने राग पर आ गए। 1892 में मिश्रजी ने *बाल्य विवाह* लेख में सीधे लिखा कि बाल विवाह "वस्तुत: बुरा नहीं है।" गौनेवाला तर्क फिर से दोहराया और "बालविवाह के द्वेषी" सुधारकों को ललकारा, "बतलाइए, शास्त्रानुमोदित बाल्यविवाह दूषित है अथवा हमारी वैवाहिक रीति के निंदकों की बुद्धि कलुषित है?"[83] बालविवाह पर विचार करते हुए मिश्रजी के सामने परिप्रेक्ष्य स्त्रीशिक्षा का नहीं, उनकी जीवनदशाओं का नहीं, *शीघ्रबोध* जैसे ग्रंथों के बचाव का रहता था जिन्हें वे आदर से "हमारे शास्त्र" कहते थे।

बालकृष्ण भट्ट सुधार आंदोलनों को "अंग्रेजी तालीम के साथ ही साथ" पैदा हुआ 'जुनून' मानते थे। उन्हें खुद भी एक जुनून था, "कमसिनी के ब्याह मुल्क से उठा दिए जाएँ।" कई और मुद्दों की तरह इस मुद्दे पर भी उनके विचार असंतुलित थे। वे समाज की हर बुराई की जड़ बालविवाह को ही समझने लगे थे। उनके लिए सुधार के बाकी सारे मुद्दे इस एक मुद्दे के आगे गौण हो गए। "किसी का मत है मुल्क की तरक्की औरतों की तालीम से होगी; कोई कहता है कि विधवाविवाह जारी होने से भलाई है, कोई कहता है खाने-पीने

की कैद उठा दी जाए तो हिंदू लोग स्वर्ग पहुँच इंद्र का आसन छीन लें, कोई कहता है विलायत जाने से तरक्की होगी; कोई कहता है फिजूलखर्ची कम कर दी जाए तो मुल्क अभी तरक्की की सीढ़ी पर लपक के चढ़ जाए। हम कहते हैं, इन सब बातों से कुछ न होगा जब तक बाल्य विवाह रूपी कोढ़ हमारा साफ न होगा।''[84] दूसरे हिंदी लेखकों से उनका यह वैचारिक मतभेद महत्वपूर्ण था कि वे 13 साल की उम्र को भी ब्याह के लिए काफी नहीं मानते थे, ''हम कहते हैं, क्या यह बाल्य विवाह न हुआ ?'' उन्होंने यह भी लिखा कि भारत में आत्मनिर्भरता की भावना न होने का ''एक बड़ा प्रधान कारण'' बालविवाह है। यहाँ तक कि इंग्लैंड और अमेरिका उन्नति के शिखर पर इसलिए चढ़ सके क्योंकि वहाँ बालविवाह नहीं होता। जैसे भारतेंदु को निज भाषा की उन्नति में ही हर तरह की उन्नति का मूल दिखाई दिया, बालकृष्ण भट्ट को हर तरह की उन्नति का मूल बालविवाह न होने में दिखाई दिया। यह उनकी वैचारिक उग्रता और एकांगिता थी कि कभी तो वे हर तरह के सुधारों को बेकार मानते थे और कभी एक ही सुधार को सबकुछ मान लेते थे। इसी एकांगी और असंतुलित दृष्टि के कारण उन्होंने विधवाविवाह की समस्या को ठीक से नहीं समझा। उनका विचार था कि अगर बालविवाह न हों तो विधवाविवाह की समस्या अपने आप खत्म हो जाएगी। कहने की जरूरत नहीं कि विधवाविवाह समस्या की यह समझ अधूरी और एकांगी थी। बालकृष्ण भट्ट ने एक ओर सहवास बिल का कानून बनाने के खिलाफ तिलकपंथियों का समर्थन किया, नेशनल सोशल रिफार्म कांफरेंस को कांग्रेस के आंदोलन से अलग करने का समर्थन किया। दूसरी ओर खुद बाल्य विवाह को रोकने के लिए उसी विदेशी सरकार से कानून बनाने की माँग की, ''गवर्नमेंट को चाहिए कि वह बाल्य विवाह को जुर्म में दाखिल कर पूरे सिन पर आने के पहले जो अपने कन्या या पुत्र का विवाह करे, उसके लिए कोई भारी सजा या जुर्माना कायद कर दे।''[85] यह काम भी सरकार ने किया, पर उन तिलकपंथियों के कहने से नहीं, जो सहवास बिल कानून बनाए जाने का विरोध कर रहे थे। दयानंद के जीवनीकार और मशहूर आर्यसमाजी हरबिलास शारदा के एक प्रस्ताव पर लड़के-लड़कियों के ब्याह की न्यूनतम उम्र तय करते हुए सरकार ने 1929 में शारदा एक्ट बनाया।

भारतेंदु या बालकृष्ण भट्ट की तुलना में आर्यसमाजी काशीनाथ खत्री ने *बालविवाह* पैंफलेट लिखकर सुधार की असली भावना को पूरी गंभीरता से प्रकट किया। काशीनाथ खत्री (1849-1891) ने अपने छोटे से जीवन में करीब दो दर्जन छोटी-बड़ी किताबें लिखकर पश्चिमोत्तर प्रांत के हिंदीभाषियों में सुधार आंदोलन को आगे बढ़ाने में महत्वपूर्ण भूमिका निभाई। इन किताबों में कुछ तो विश्लेषणपरक थीं, कुछएक अनुवाद थे और कुछएक नाटक और रूपक। उनका जन्म आगरे में हुआ था और पछाँह से आनेवाले बहुत से खत्रियों की तरह उनका परिवार भी पश्चिमोत्तर प्रांत में आकर बस गया था। काशीनाथ खत्री इलाहाबाद के पास सिरसा में स्थायी तौर पर बस गए। बचपन से अंग्रेजी शिक्षाप्राप्त काशीनाथजी पहले एक अंग्रेजी स्कूल में हेडमास्टर बने, फिर गवर्नमेंट वर्नाकुलर रिपोर्टर और आखिर में सूबे के लाट साहब (लेफ्टिनेंट गवर्नर) के दफ़्तर में लाइब्रेरियन। चूँकि वे

उस दौर के आर्यसमाजी थे जब कुछ समय के लिए थियोसॉफिकल सोसायटी और आर्यसमाज एक दूसरे के नजदीक आए थे, लिहाजा काशीनाथजी का कुछ संबंध सोसायटी से भी बना। भारतेंदु की पत्रिका में अक्सर वे हिंदी और अंग्रेजी में लेख-टिप्पणियाँ लिखते रहते थे। उनका पैंफलेट *बालविवाह* 1885 में *भारत जीवन प्रेस,* बनारस से छपा। सभी भद्रवर्गीय सुधारकों की तरह काशीनाथ खत्री ने भी सुधारों को अंग्रेजी राज के मातहत आए बदलावों और उन्नति से जोड़ा। प्रतापनारायण मिश्र जैसे लेखक बदलावों और नई शिक्षा के सिर्फ नकारात्मक पक्षों को देखते और कोसते रहते थे। काशीनाथ खत्री ने पश्चिमी शिक्षाप्राप्त भद्रवर्गीय सुधारकों की तरह पश्चिमी संपर्क से आए बदलावों के सकारात्मक पक्षों पर ध्यान दिया, उनका उत्साहपूर्ण स्वागत किया और उन्हें अपनाने में भारतवासियों की भलाई देखी।

काशीनाथ खत्री ने अपने पैंफलेट में बालविवाह की समस्या पर जैसी गहराई से विचार किया, वह उस वक्त दूसरे किसी हिंदी लेखक में नहीं दिखाई देती। उन्होंने इसके तीन बुरे नतीजों का विस्तार से विवेचन किया—1. इससे हिंदुस्तानी शारीरिक तौर पर कमजोर, रोगी, आलसी, कम उम्रवाले और साहसहीन बनते हैं। 2. इससे स्त्रियाँ ज्ञान और शिक्षा से वंचित रह जाती हैं जो "समाज की अवनति का मुख्य कारण है।" 3. बालविवाह होने से विधवाओं की संख्या बढ़ती है; साथ ही विधवाविवाह के रास्ते में बालविवाह की प्रथा एक बड़ी रुकावट है। काशीनाथ ने *शीघ्रबोध* जैसे शास्त्रों की निंदा की, पर यह उनकी पूरी तर्कयोजना का सिर्फ एक छोटा-सा हिस्सा था। काशीनाथ भट्टाचार्य जैसे शास्त्रकारों के खिलाफ उन्होंने वैद्य धन्वंतरी को उद्धृत किया कि 25 साल से कम उम्र के लड़के और 15 साल से कम उम्र की लड़की से पैदा हुई संतान रोगी और कमजोर होती है। उन्होंने बालविवाह के बुरे नतीजों को एक दूसरे से जुड़ी अभिन्न कड़ियों के रूप में देखा। सबसे पहली कड़ी यह थी कि बालविवाह से स्त्रियाँ अशिक्षित रह जाती थीं। स्त्रियों के अशिक्षित रहने से आगे बच्चों की शिक्षा भी ठीक नहीं होती। काशीनाथ ने पहली बार बालविवाह के कुछ अनछुए पहलुओं को छुआ। बालविवाह होने से लड़के अपनी बालिकावधू को लेकर बरसों तक "अपने माता-पिता के साथ रहते हैं और उनके लिए बोझ बने रहते हैं।"[86] यह हालत यू.पी.-बिहार में आज भी कहीं-कहीं मिल जाती है। गौरतलब है कि बालविवाह प्रथा की आलोचना करते हुए विद्यासागर उसके विकल्प में समान मानसिक धरातल पर खड़े वयस्क स्त्री-पुरुषों के बीच प्रेमविवाह का आदर्श रखते थे। यह आदर्श हिंदी नवजागरण के किसी लेखक के पास नहीं दिखता—वे सिर्फ विवाह की उम्र एक-दो साल ऊपर या नीचे ही खिसकाते रहे। विद्यासागर जैसी स्पष्टता न होने पर भी आधुनिक रुचि-बोध का परिचय देते हुए काशीनाथजी ने लिखा कि विवाह करने का जो आनंद और शोभा बालिग में होती है, वह बालविवाह में नहीं रहती। विधवा समस्या के साथ बालविवाह का सवाल किस तरह गुँथा हुआ था, इसे उन्होंने गहराई से समझा था। चूँकि बच्चों में मृत्युदर ज्यादा होती है, इसलिए बालविवाह से विधवाओं की संख्या बढ़ती है। बालविवाह समाज में अनमेल विवाह की प्रथा को भी बढ़ाता था, क्योंकि अधेड़ विधुरों को फिर से ब्याहने के लिए युवा या

बड़ी उम्र की कुँआरी लड़कियाँ नहीं मिलती थीं। लिहाजा वे फिर से बालिकावधू ले आते थे। इससे युवा हो रही विधवाओं की संख्या और बढ़ती क्योंकि उनके अधेड़ या प्रौढ़ पति संसार से जल्द चल बसते। चूँकि युवा विधवाओं के पुनर्विवाह का समाज में चलन नहीं था, इसलिए पुरुषों का ब्याह फिर छोटी कन्याओं से होता। यह एक दुष्चक्र था जिसमें बालविवाह के कारण विधवाविवाह नहीं होने से बालविवाह की प्रथा और फैलती। उन्होंने सही समझा था कि अगर लड़कियों का ब्याह युवा होने पर किया जाने लगे तो लोगों को युवा विधवाओं का विवाह करना भी नागवार न लगे। काशीनाथ खत्री ने एक अंग्रेज सुधारक नाइट साहब का शुक्रिया अदा किया जिन्होंने बालविवाह रोकने के लिए सरकार से कानून बनाने की माँग की थी। लेकिन इसके साथ यह भी जोड़ा—"जब तक हम स्वत: दत्तचित्त होकर अपने समाज संस्कार के शोधन के लिए कमर न कसेंगे, अपनी सहायता आप न करेंगे, कोई चिरस्थायी सुधार नहीं हो सकता।"

विधवाविवाह

समाज को सुधारने और अपनी सहायता आप करने का एक अहम मुद्दा विधवाविवाह का था। विद्यासागर की अनथक कोशिशों से 1856 में विधवाविवाह का कानून बन जाने के 25 साल बाद भी पश्चिमोत्तर प्रांत में इसके लिए कोई विशेष प्रयत्न नहीं हुआ। आर्यसमाज और कायस्थ महासभा के कुछ उत्साही सुधारकों को छोड़कर किसी ने इनके पक्ष में कोई प्रभावशाली आवाज नहीं उठाई। रूढ़िवादी ही नहीं, सुधार के नाम पर बनी कुछ संस्थाएँ भी विधवाविवाह का विरोध करती थीं। क्षत्रियों में सुधार के लिए बनी *क्षत्री हितकारी सभा* की पत्रिका में इस विषय पर लिखते हुए मुंशी वीरसिंह वर्मा ने यह साबित करने की कोशिश की थी कि "विधवाविवाह महाअनर्थकारी है और उससे बहुत अधर्म बढ़ेगा।" काशीनाथ खत्री के विधवाविवाह संबंधी एक लेख का विरोध करते हुए वीरसिंह ने लिखा कि बाबू साहब (काशीनाथ खत्री) ने स्त्रियों के दुख को करुणावश ठीक ही समझा, पर "धर्म की गति को न सोचा कि यह कैसा कठिन मार्ग है जो बिना क्लेश सहन किए और इंद्रियों का निग्रह और विषयों का त्याग किए कभी प्राप्त नहीं हो सकता। शरीर के अल्पसुख के वास्ते धर्म का त्याग करना महामूढ़ता और अज्ञान है।"[87] वीर सिंह क्षत्रिय पुरुषों के बहुविवाह को क्षात्रधर्म समझते थे और स्त्रियों को इंद्रिय निग्रह का उपदेश देते थे। समाज में मौजूद अन्यायपूर्ण लिंगभेद का जरा भी एहसास इनमें न था। दयानंद ने *सत्यार्थ प्रकाश* में बालविधवाओं (अक्षत योनि) के पुनर्विवाह को शास्त्रसम्मत बताया, पर शारीरिक संपर्क कर चुकी (क्षत योनि) द्विज जाति की विधवाओं के विवाह को अनुचित ठहराया। हाँ, शूद्र स्त्री पर कोई पाबंदी नहीं लगाई। द्विजों की क्षतयोनि विधवाओं के लिए पुरानी वैदिक नियोग प्रथा का विस्तार करते हुए उन्होंने संतानोत्पत्ति के लिए ग्यारह बार अलग-अलग पुरुषों से शारीरिक संपर्क करने को मान्यता दी। इस नियोगवाले विचार को लेकर ही पश्चिमोत्तर प्रांत में आर्यसमाज और विधवाओं का मजाक उड़ाया जाता था। वास्तव में आर्यसमाजी सुधारकों ने

नियोग प्रथा पर कभी जोर नहीं दिया। दयानंद की सहमति न होने पर भी वे विधवा पुनर्विवाह का समर्थन करते थे, न कि नियोग प्रथा का। पंजाब आर्यसमाज की पत्रिका *आर्य मैगजीन* में विधवाविवाह के लिए लगातार विज्ञापन छपते थे। जोर्डन ने लिखा है कि दयानंद ने इन विज्ञापनों पर एतराज जताते हुए लाहौर आर्यसमाज के सेक्रेटरी मूलचंद को चिट्ठी लिखी थी। लाहौर आर्यसमाज ने दयानंद के एतराज की परवाह न कर नियोग की जगह विधवाविवाह का ही प्रचार जारी रखा। यह दयानंद का बड़प्पन और आर्यसमाज का लोकतांत्रिक ढाँचा था कि इसके बावजूद दोनों के संबंध सद्भावपूर्ण बने रहे।[88] इस तथ्य के बावजूद कि आर्यसमाज नियोग प्रथा के बजाय विधवाविवाह को तरजीह देता था, पश्चिमोत्तर प्रांत के हिंदी लेखकों-पत्रसंपादकों ने नियोग का नाम ले-लेकर आर्यसमाज के सुधार आंदोलन का विरोध करना और मजाक उड़ाना जारी रखा, खासकर 1880 के दशक में।

प्रतापनारायण मिश्र बालविधवाओं के पुनर्विवाह के समर्थक थे, लेकिन युवा विधवाओं के विवाह के समर्थक नहीं थे। यही नहीं, वे युवा विधवाओं पर लगे तरह-तरह के कठोर बंधनों का भी समर्थन करते थे।[89] वे मानते थे कि बालविवाह की प्रथा उठ जाए तो विधवाविवाह की समस्या भी न रहेगी। उनके मुताबिक जिन कारणों से 'साधारण जनता' ब्राह्मो और आर्यसमाज में श्रद्धा नहीं रखती, उनमें से एक जातिभेद के प्रति इनका तिरस्कार था और दूसरा विधवाविवाह के प्रति इनका आग्रह।[90] सुधीरचंद्र ने बहुत संदिग्ध आधार पर प्रतापनारायण मिश्र को विधवाविवाह के मामले में प्रगतिशील दिखाने की कोशिश की है।[91] इस सिलसिले में 1890 में हुए सोशल रिफार्म कांफरेंस के जलसे में पास किए गए विधवाविवाह संबंधी प्रस्तावों पर प्रतापनारायण मिश्र की प्रतिक्रियाएँ गौर करने लायक हैं। जबरन वैधव्य के नियमों के प्रति उनके संकीर्ण रूढ़िवादी आग्रह हैरानी में डालनेवाले हैं। उस जलसे में पास हुए चार प्रस्तावों में तीसरा 1856 के विधवाविवाह कानून में संशोधन के लिए था। विधवाविवाह करनेवाली स्त्री को अपने मृत पति की संपत्ति पर किसी तरह का हक होगा या नहीं—इस नुक्ते पर 1856 वाला कानून चुप था। इसमें सुधार करके उस संपत्ति में विधवा स्त्री को हक दिलाने की जरूरत सुधारक लोग बहुत दिनों से महसूस करते आ रहे थे। प्रतापनारायण मिश्र ने जलसे के बारे में लिखते हुए इस प्रस्ताव का विरोध किया, "यह निरा व्यर्थ था। अच्छे हिंदू-मुसलमान अभी विधवाविवाह के समर्थक नहीं हैं। जो इने-गिने हैं भी, वे समाज में सम्मानित नहीं हैं।"[92] सुधारों के दौर में इस प्रस्ताव को 'कुसमय की रागिनी' कहकर उन्होंने विधवाविवाह के सख़्त विरोधियों के तर्कों को ही दोहराया—"मरे हुए पति की संपत्ति अन्यगामिनी विधवा को दिलाने के लिए सरकार का आश्रय लेना देश के दुराचार के आधिक्य में सहाय देना है। इसमें समाज का क्या भला होगा?"[93] सुधारों के लिए सरकारी मदद लेने का विरोध करना एक सुविधाजनक ढंग था जिसका इस्तेमाल सुधार विरोधी अक्सर करते रहते थे। इससे उनका राष्ट्रवादी रूप और चमकता था और रूढ़िवादी रूप छिप जाता था। विधवाविवाह से दुराचार फैलेगा, ऐसा कहनेवालों की कमी न थी जबकि वास्तव में दुराचार विधवाविवाह के न होने से फैला हुआ था। कांफरेंस के चौथे

प्रस्ताव में विधवा हो गई स्त्री के केश जबरन काटकर उनका मुंडन करने की प्रथा का विरोध किया गया था। प्रस्ताव में कहा गया कि पंचों और मजिस्ट्रेट के सामने जब तक विधवा स्त्री अपनी मंजूरी न दे दे, उसके केश जबरन नहीं काटने चाहिए। इस प्रस्ताव को 'अति विचित्र' बताते हुए मिश्रजी ने तीखी प्रतिक्रिया की "वाह री नई सभ्यता! भारतीय विधवा न ठहरी, वीरांगना ठहरी! इसमें उसे कष्ट क्या होता है? हानि क्या होती है? सड़ी-सड़ी बातों के लिए कानून बनवाने से देश का क्या हित होगा?"[94] सुधीरचंद्र ने मिश्रजी के बचाव में सफाई दी कि वे इस प्रसंग में कानून का सहारा लेने के खिलाफ थे। मानो कानून बनाने के लिए न कहा जाता तो वे इस मुद्दे के पक्ष में होते।[95] केश काटने के मुद्दे पर बिना किसी हमदर्दी के उन्होंने लिखा कि इसमें उसे कष्ट क्या होता है? हानि क्या होती है? यह मिश्रजी को कौन समझाए कि इससे विधवाओं को क्या कष्ट होता है। मिश्रजी पितृसत्तात्मक समाज के स्वाभाविक नेता थे जिनमें लिंगभेद पर आधारित अन्याय के प्रति कोई संवेदना नहीं मिलती।

यह सच है कि सुधारों पर तीखी, बेलाग भाषा में बोलनेवाले बालकृष्ण भट्ट अपने समय के दूसरे हिंदी लेखकों से 'कहीं-कहीं' आगे लगते हैं। लेकिन आगे होने और अलग होने के बीच फर्क होता है। जिन मुद्दों पर वे आगे थे, ऐसे मुद्दे ज्यादा नहीं थे। उन मुद्दों पर भी वे आगे ही थे, अलग नहीं। लेकिन विधवाविवाह के मुद्दे पर बालकृष्ण भट्ट न आगे थे, न अलग। इस सवाल ने उन्हें इतना परेशान नहीं किया कि इस पर अलग से कोई लेख लिखते। जो भी दो-चार पंक्तियाँ इस बारे में उन्होंने लिखीं, उनसे पता चलता है कि वे विधवाविवाह के उत्साही समर्थक बिल्कुल नहीं थे। कलकत्ता से किसी ने विधवाविवाह के समर्थन में एक लेख *हिंदी प्रदीप* में छपने के लिए उनके पास भेजा। भट्टजी ने उस लेख को नहीं छापा। *हिंदी प्रदीप* (अक्टूबर, 1880) में उस लेख का जिक्र करते हुए संपादकीय टिप्पणी में लिखा, "इन दिनों की सभ्य मंडली विधवाविवाह, स्त्री स्वतंत्रता, स्त्रीशिक्षा और बाल्य विवाह—इन चार बातों में पहिली दो बातों को दिलोजान से चाहती हैं क्योंकि इनके किसी तरह प्रचलित हो जाने से अंग्रेजों की पूरी नक्ल हो सकती है।… पर दो पिछली बातें जो सर्वसम्मत और देशकाल शास्त्र से सर्वथा विपरीत नहीं हैं, पर इसमें अंग्रेजीपन कुछ कम झलकता है, इससे उसकी ओर कोई ध्यान नहीं देता।" हकीकत इसके उलटे थी। ज्यादातर शिक्षित लोग बालविवाह की बुरी प्रथा हटाने और स्त्रीशिक्षा के लिए तैयार थे, यहाँ तक कि श्रीभारतधर्म महामंडल भी। लेकिन स्त्री की स्वतंत्रता और विधवाविवाह के समर्थन का साहस कम ही लोगों ने दिखलाया। उसे लागू करने का साहस तो और भी कम था। बालकृष्ण भट्ट ने विधवाविवाह के समर्थन को अंग्रेजों की नकल करने की प्रवृत्ति कहकर न सिर्फ सुधारकों के साथ अन्याय किया, बल्कि असली मुद्दे की गंभीरता को भी चोट पहुँचाई।

भारतेंदु हरिश्चंद्र विधवाविवाह के सवाल पर दुविधा में रहे। वे कभी इसके समर्थन में तर्क देते थे, कभी इसका मजाक उड़ाते थे। शिवनंदन सहाय ने लिखा, "विधवाविवाह में

इनकी क्या सम्मति थी, हम निश्चय नहीं कह सकते।''[96] उन्होंने इसके पक्ष-विपक्ष दोनों में लिखी भारतेंदु की पंक्तियाँ उद्धृत कर दीं। सुधीरचंद्र ने इस मुद्दे पर भारतेंदु के दुचित्तेपन को दिखाते हुए यह फर्क बतलाया कि जिन मुद्दों का वे अपनी गंभीर रचनाओं में समर्थन करते थे, उन्हीं का हास्य व्यंग्यवाली रचनाओं में मजाक भी उड़ाते थे। *पाँचवाँ पैगम्बर* (1873) में उन्होंने विधवाविवाह, बालविवाह, स्त्रीशिक्षा सबका मजाक उड़ाते हुए इन्हें होटल में खाने, दरबारदारी करने और क्रिकेट खेलने की श्रेणी में डाल दिया। *वैदिकी हिंसा हिंसा न भवति* (1872) में विधवाविवाह पर कटाक्ष ज्यादा गहरा है। इसमें राजा, पुरोहित, मंत्री और धूर्त्त गंडकीदास शास्त्रों और देवी-देवताओं के नाम पर मांस-मदिरा खाते-पीते हैं। इन्हीं की संगति में एक ब्राह्मोसमाजी बंगाली को भी दिखाया गया जो मछली को मांस नहीं मानता, 'जल का फल' कहता है। वह जब आता है तो ''ऐसा मालूम होता है कि कोई पुनर्विवाह का स्थापन करनेवाला बंगाली आता है।'' वह कहता है, ''पुनर्विवाह अवश्य करना। सब शास्त्र की यही आज्ञा है और पुनर्विवाह के न होने से बड़ा लोकसान होता है। धर्म का नाश होता है··· विधवागन का विवाह कर देना उनको नरक से निकाल लेना है।''[97] इस कटाक्ष को और आगे बढ़ाते हुए मांस-मदिरा खाने-पीनेवाला पुरोहित कहता है, ''सच पूछिए तो स्त्री जो चाहे करे। इनका तो दोष ही नहीं है।··· इनके हेतु तो कोई विधि-निषेध है ही नहीं। जो चाहें करें, चाहे जितना विवाह करें, यह तो केवल एक बखेड़ामात्र है।'' यह कटाक्ष विधवाविवाह के मुद्दे पर भारतेंदु के रवैये को संदिग्ध बनाता है। कोई भी दुचित्तापन अकारण नहीं होता। उसका मूल उस समस्या की समझ में निहित होता है। कुछ सालों के बाद भारतेंदु ने विधवाविवाह का प्रबल आग्रह के साथ समर्थन किया। मार्च, 1875 में *श्रीहरिश्चंद्र चंद्रिका* में उनका *भ्रूणहत्या* नामक एक बड़ा निबंध छपा।[98] इसमें बुलानाले पर एक नल से कन्याशिशु निकलने की खबर देकर लेख मे भारतेंदु ने लिखा, ''ऐसी हत्या सारे हिंदुस्तान में यदि सब पकड़ी जाएं और गिनी जाएं तो प्रति महीने में एक हजार होती हैं। इस हत्या के कारण और दोषभागी कौन लोग हैं ? हमारे आर्यगण और धर्म्माभिमानी लोग।'' इसका हल सभी विधवाओं का बलपूर्वक विवाह कर देना नहीं है, पर ''जो कन्या ही दशा में विधवा हो गई है वा जिनकी काम चेष्टा हो, उनका विवाह क्यों न हो ?''

विधवाविवाह के समर्थन में लिखे गए इस एकमात्र लेख में भारतेंदु के रवैये को समझने के लिए देखना चाहिए कि उनके तर्क क्या हैं। तीन तरह के तर्क भारतेंदु ने विधवाविवाह के लिए दिए। पहला तर्क यही था कि भ्रूणहत्याएँ रोकने का उपाय विधवाविवाह है। असल में पूरे लेख में भारतेंदु का मुख्य तर्क यही है। जवान हो रही विधवा स्त्री की कामभावना धर्म के उपदेश से शांत नहीं होगी। ''बड़े ऋषि-मुनि जिस वेग को नहीं रोक सके, उस वेग को आप इस काल की अबलाओं से रुकवाना चाहते हैं ?'' भारतेंदु ने *ब्रह्मवैवर्त पुराण* का श्लोक उद्धृत किया कि स्त्रियों में पुरुष का आठगुना काम है और इनको काम चटपट उत्पन्न होता है। आगे अपनी ओर से समझाया, ''स्त्री कुल रूपादिक नहीं देखती। अहिल्या को जब नारद जी समझाने गए तो उसने उनको खूब आड़े हाथों लिया

और स्पष्ट कहा कि स्त्री कदापि काम का वेग नहीं रोक सकती। संसार में सती स्त्री तभी तक है जब तक उसको मौका नहीं मिलता।'' स्त्री की कामचेष्टा को मुख्य तर्क बनाकर, इसे शास्त्रों से प्रमाणित कर, भारतेंदु ने विधवाविवाह को भ्रूणहत्याएँ रोकने का एकमात्र उपाय बतलाया। उन्होंने आर्यगण से अनुरोध किया, ''जिस स्त्री को ऐसी देखो वा जिसका गौना न हुआ हो, वा जिसमें तनिक भी कामचेष्टा संदेह हो, उसको चटपट किसी के माथे मढ़ो।'' यह स्त्रियों के प्रति पुरुषों के संरक्षणवादी सोच से निकला ऐसा विचार है जो विधवाओं को और सभी स्त्रियों को, बेशक, काफी शर्मनाक और असुविधापूर्ण महसूस होगा। यह स्त्री को पहले जख़्मी करना, फिर इलाज के लिए सरेआम निर्वस्त्र करने जैसा था। विधवाओं के प्रति सामाजिक क्रूरता और अमानवीयता के खिलाफ रोष या क्षोभ पैदा करने के बजाय यह अन्यायपूर्ण तर्क 'स्त्री की कामुकता' को ज्यादा उभारता था। जो व्यभिचार जबरन वैधव्य के कई बुरे नतीजों में एक था, उसी को भारतेंदु ने मुख्य समस्या मान लिया।

भारतेंदु ने लिखा कि *मनुस्मृति* में औरस, दत्तक, क्षेत्रज वगैरह किस्म की संतानों का जिक्र आता है जिससे साबित होता है कि उस काल में ''पौनर्भव की इज्जत औरस के समान नहीं तो आस-पास है।'' यानी जब वे इतनी तरह की संतानों को कबूल कर लेते थे तो विधवा औरत की दोबारा शादी से पैदा हुई औलाद को भी कबूल करते होंगे। शास्त्रों में कानीन और सहोढ़ा संतानों और तीन तरह की पुनर्भू स्त्रियों का जिक्र आया है जिससे लगता है कि ''आगे के लोग इसको सहन करते थे।'' व्यासजी पराशर के कानीन पुत्र थे। पांडु और धृतराष्ट्र अपने पिता की क्षेत्रज संतानें थीं। ''देखिए, आपके बड़े लोगों के कैसे हृदय थे। उन्होंने अपना अनादर स्वीकार किया पर स्त्रियों पर कैसी क्षमा किया है।'' यहाँ भारतेंदु विधवाविवाह को स्त्री के हक के रूप में नहीं लेते बल्कि काम-पीड़ित स्त्रियों पर तरस खाकर, उनके गुनाहों को माफ कर देने के अर्थ में लेते हैं। विधवाविवाह के लिए एक तर्क उन्होंने मुसलमानों के मुकाबले हिंदुओं की कम होती जनसंख्या का भी दिया। लिखा कि हिंदू जाति छीजती जाती है, पर बढ़ती नहीं। ''हर बरस सैकड़ों वरन हजारों मुसलमान होते हैं, हजारों क्रिस्तान होते हैं। बढ़ने की एक भी उम्मीद नहीं।'' शत्रु या प्रतिद्वंद्वी मुसलमानों के मुकाबले हिंदुओं की तादाद बढ़ाने के ऐसे तर्क उस जमाने में और भी कई मुद्दों पर दिए जाते थे। कुल मिलाकर *भ्रूणहत्या* लेख में भारतेंदु ने विधवाविवाह के पक्ष में जो तर्क पेश किए, उनमें मुख्य चिंता स्त्री जीवन के अधिकार की नहीं, उनकी अतिरिक्त कामुकता से फैलनेवाने व्यभिचार की थी। इसके अलावा मुसलमानों के मुकाबले हिंदुओं की तादाद बढ़ाने की थी जो एक राजनीतिक चिंता थी। शास्त्र के आधार पर भी वे विधवाविवाह को और उससे पैदा होनेवाली संतानों को निचले दर्जे का काम ही समझते थे। इसलिए अगर दूसरी जगहों पर भारतेंदु ने विधवाविवाह का मजाक उड़ाया तो इसमें कुछ भी ताज्जुब नहीं।

19वीं सदी में विधवाविवाह के प्रति ज्यादातर पुरुष सुधारकों का रवैया विधवा के साथ हुए अन्याय और उनके मानवीय अधिकार को महसूस करने का उतना नहीं था जितना उन पर तरस खाने, उनके गुनाहों को नजरअंदाज कर उन्हें कुछ राहत और संरक्षण देकर,

अपने अहं को संतुष्ट करने का था। इसका एक उदाहरण मोगलसराय की *विघोत्साहिनी सभा* का विधवाविवाह संबंधी निवेदन था जो *कविवचनसुधा* के 25 नवंबर, 1871 के अंक में छपा। *भ्रूणहत्या* से पहले छपे इस निवेदन में विवेकशीलता भारतेंदु के मुकाबले ज्यादा दिखाई देती है। इसमें कहा गया कि प्राचीन काल में विधवाधर्म सफलतापूर्वक निभाया जाता था क्योंकि उस समय की स्त्रियाँ पढ़ी-लिखी थीं। इसलिए ''पतिव्रत्य धर्म की रक्षा करके काल बिता सकती थीं। सती प्रथा के होने से भी कई विधवाओं को जिंदा रहकर तकलीफें उठानी नहीं पड़ती थीं।'' तीसरी बात, जो बेबुनियाद थी, यह कि ''उस वक्त विधुर पुरुष भी दोबारा विवाह नहीं करते थे।'' इस निवेदन में भी 'व्यभिचारिणी' विधवाओं का जिक्र किया गया जिन पर समाज का शासन नहीं चल सकता, क्योंकि ''किसी विषय को सिद्धांत करना हो तो केवल शास्त्र का अवलम्बन करना उचित नहीं क्योंकि युक्तिहीन विचार करने से धर्म को हानि होती है।'' यह आलोचना कुछ महत्व की थी। इसमें शास्त्र को युक्तिपूर्ण बनाने की माँग की गई थी। इसमें विधवाओं के 'पापों' के प्रति अपेक्षाकृत न्यायपूर्ण रुख अपनाया गया। ''परमेश्वर बुरे काम करनेवाली विधवा को निरपराधी समझकर उसके पाप के अधिक अंश का फल हम लोगों को देगा और हम अपने पक्ष को सिद्ध करने में समर्थ न होवेंगे क्योंकि हम लोगों ने विधवा को सर्वसुख से वंचित किया है।'' यहाँ पहली बार पुरुषवादी सोच के अंदर अपराध भावना या आत्मग्लानि का बोध दिखाई देता है। विधवाविवाह के खिलाफ व्यवस्था देनेवाले पंडितों को ''ईश्वर के समीप अपराधी होना होगा।'' लेख में देशाचार के मुकाबले युक्ति (विवेक) और धर्म (कर्त्तव्यबोध) को खड़ा किया गया। लोकभय को ईश्वरभय से बड़ा मानने की निंदा की गई। साथ में यह लल्लोचप्पो भी कि—''आप कुछ दया करो'', ''दीन का दुख दूर करो'', ''ऐसे दुर्बल के पक्ष को स्वीकार करना ही महात्माओं का कार्य है।'' लेख में जो खास पुरुषवादी सोच दिखाई देता है, वह यह कि अगर स्त्रियाँ शिक्षित होतीं तो अपने पति की मौत के सदमे को बर्दाश्त कर लेतीं क्योंकि वे ''अच्छे-अच्छे ग्रंथों के पाठ में मन स्थिर करतीं और धर्म की आलोचना से अंतःकरण को उत्साह देतीं।'' यहाँ 19वीं सदी में स्त्रियों को शिक्षित करने के पीछे पुरुष-सुधारकों की संकीर्ण समझ दिखाई देती है। स्त्री को शिक्षित करने की जरूरत इसलिए थी कि वह परंपरा से तय की गई मर्यादा और भूमिका को बेहतर ढंग से पूरी कर सके। एक अनपढ़ जाहिल विधवा व्यभिचार कर लेती थी, लेकिन एक शिक्षित स्त्री अच्छी विधवा साबित होगी। वह धार्मिक ग्रंथों को पढ़ते हुए अपना खाली समय निष्ठापूर्वक बिताएगी। इस सोच के बावजूद इस *निवेदन* में विधवाविवाह के लिए कुछ हद तक विवेक को भी जगाया गया था। लेकिन रूढ़िवादी समाज में सिर्फ विवेक से काम चलनेवाला नहीं। लिहाजा ईश्वर का डर, दया-उपकार इत्यादि की भी दुहाई दी गई। अहं को भी पुचकारा गया। पर स्त्री के अधिकार की बात कहीं नहीं कही गई। यह *निवेदन* विधवाविवाह के लिए कुछ उदार पुरुषों द्वारा अनुदार पुरुषों से की गई अपील थी जिसमें स्त्री सिर्फ एक विषय के रूप में थी।

पश्चिमोत्तर प्रांत के पूरबी जिलों में संगठन और जनाधार के लिहाज से बहुत सीमित

होने पर भी सुधारों के लिए सबसे बुलंद आवाज आर्यसमाज की ही थी। 1884-85 में आर्यसमाज, काशी, ने तीन ट्रैक्ट छपवाए—1. शुद्धि पश्नोत्तरी, 2. मूर्तिपूजा प्रश्नोत्तरी और 3. विधवाविवाह प्रश्नोत्तरी। आखिरी प्रश्नोत्तरी में विधवाविवाह के सवाल पर जैसा सुलझा हुआ, विवेकसम्मत और न्यायपूर्ण नजरिया पेश किया गया, वह भारतेंदु या बालकृष्ण भट्ट में दूर-दूर तक नजर नहीं आता। इसमें तरस खाकर या सिर्फ व्यभिचार रोकने के लिए विधवाविवाह नहीं सुझाया गया था। विधवाविवाह की बुनियाद स्त्री-पुरुष के समान अधिकारों के सिद्धांत पर रखकर प्रश्नोत्तरी इस सवाल से शुरू होती है कि जब मर्द कई शादियाँ कर सकते हैं तो औरत क्यों नहीं कर सकती? शादी या यौन मामलों में बराबर के हक की यह चेतना हिंदी नवजागरण के किसी लेखक में अपवादस्वरूप ही मिल सकती थी। प्रश्नोत्तरी में आगे बढ़कर यह भी कहा गया कि औरतों को शादी अपनी मर्जी से करनी चाहिए, ''विवाह भी उसी पुरुष के साथ करे जिसको मन से एक बार वर लिया हो।''

प्रश्नोत्तरी में दयानंद की दो-तीन बातों को मंजूर नहीं किया गया। एक नियोग को। इसका जिक्र पूरे ट्रैक्ट में कहीं नहीं है। दूसरे क्षत और अक्षत योनि के भेदभाव को नहीं माना। ''वह स्त्री चाहे अक्षत योनि हो, चाहे (गत प्रत्यागता) क्षत योनि हो, उसका पौनर्भव के साथ पुन:संस्कार हो सकता है।'' इसके प्रमाण में व्याघ्रपाद, अगस्त्य, जाबालि और वैशंपायन के श्लोक दिए गए। सबसे खास बात यह कही गई कि विधुर पुरुष का दोबारा विवाह कुँआरी कन्या से नहीं, सिर्फ किसी विधवा स्त्री से ही होना चाहिए। ''यदि वे क्षत योनि विधवाओं का विवाह करना नहीं चाहते तो अपना द्वितीय विवाह बंद करें।'' इसमें दयानंद से एक और महत्वपूर्ण मामले में फर्क मिलता है। दयानंद ने स्मृतियों के आधार पर क्षतयोनि विधवा का विवाह शूद्रों के लिए सही माना, पर द्विज स्त्रियों के लिए नहीं। प्रश्नोत्तरी के लेखक ने द्विज और शूद्र के बीच ऐसा फर्क करने का विरोध किया। ''जिनमें विधवाविवाह होता है वे शूद्र हैं, ऐसा कहना पंडितों की मूर्खता है। ऐसा कहीं नहीं लिखा है कि जो विधवाविवाह करता है, वह शूद्र है।'' ट्रैक्ट के आर्यसमाज द्वारा प्रचारित होने के कारण ताज्जुब होता है कि इसका लेखक दयानंद से इस हद तक मतभेद रख सकता है। अपने इन विचारों के लिए ट्रैक्ट-लेखक ने सिर्फ शास्त्रों का सहारा नहीं लिया, समाज संबंधी अपनी जानकारी को भी प्रमाण बताया है। उसने लिखा कि विधवाविवाह पहले भी द्विज जातियों में होता रहा है और ''आजकल भी द्विज जातियों में प्रचलित है। दशकोशी श्रीमाली ब्राह्मण जो अहमदाबाद के जिले में रहते हैं, पुनर्विवाह करते हैं। जयपुरी ब्राह्मणों में भी यह प्रथा प्रचलित है। मेवाड़ के अनेक राजपूतों में भी प्रचलित है। ये सब नातरायत राजपूत कहलाते हैं।'' आगे गज़ेटियर के हवाले से ऐसे 87 किस्म के राजपूतों का जिक्र किया जिनमें विधवाविवाह होता है। रूढ़िवादियों को डर था कि विधवाविवाह से पतिव्रत धर्म का नाश हो जाएगा और ''स्त्री पति से बिगाड़ होने पर उसे जहर देकर मार डालेगी।'' स्त्री-पुरुष के बीच शोषणपूर्ण संबंधों से जन्मे ऐसे संदेहों को भी लेखक ने निपटाया। जब विधवाविवाह प्राचीन काल में भी होता था—जैसा स्मृतियाँ कहती हैं—तो उस वक्त ''क्या पतिव्रत धर्म का

नाश हो गया था?'' और फिर ''आजकल जिन जातियों में पुनर्विवाह होता है, उनमें क्या स्त्रियाँ पुरुष को जहर देकर मार डाला करती हैं?'' विधवाविवाह के समर्थन में आर्यसमाज का यह ट्रैक्ट 19वीं सदी के पश्चिमोत्तर प्रांत में धर्म और समाज के प्रति बुद्धि-विवेकसम्मत आलोचनात्मक दृष्टि की सबसे स्पष्ट और निर्भीक अभिव्यक्ति थी।

हिंदी नवजागरण के लेखकों में विधवाओं की हालत के लिए 'दोषी' समाज के प्रति साफतौर पर गुस्से का इजहार अगर किसी एक लेखक में मिलता है तो वह राधाचरण गोस्वामी में है। इसकी खास वजह कभी ब्राह्मों और आर्यों से रही उनकी नजदीकी के अलावा धर्मनगरी मथुरा में विधवाओं की दुर्दशा संबंधी उनके व्यक्तिगत अनुभव भी थे। राधाचरण गोस्वामी एक आध्यात्मिक किस्म की बेचैनी से प्रेरित होकर सुधार आंदोलन में कुछ आगे बढ़कर फिर पीछे की ओर लौटे थे। शुरू में वे ब्राह्मोसमाज और फिर आर्यसमाज के असर में आए थे। इन दोनों से उन्हें दूर करने में भारतेंदु हरिश्चंद्र ने अहम भूमिका निभाई। बाद में उन्होंने आर्यसमाज का विरोध भी किया। इसके अलावा वैष्णव गौड़ीय संप्रदाय में एक बड़े संपत्तिशाली गोसाईं महाराज होने के नाते उनकी अपनी मजबूरियाँ भी थीं जो उन्हें परंपरावादियों के ज्यादा खिलाफ जाने से रोकती थीं। इन सबके बावजूद 1888 में उन्होंने *विधवाविवाह विवरण* नाम से एक लंबा-चौड़ा प्रबंध लिखकर विधवाओं की बुरी हालत के सच्चे चित्र खींचे। इस प्रबंध में 19वीं सदी के भद्रवर्गीय परिवारों में विधवाओं को लेकर फैले नैतिक भ्रष्टाचार की कई मिसालें मिलती हैं। राधाचरण गोस्वामी ने व्यभिचार के पीछे युवा विधवाओं की कामभावना का लंबा-चौड़ा काव्यात्मक वर्णन करने के अलावा उन 'कामी पुरुषों' को भी बख़्शा नहीं जो ''रातदिन इसी बंदोबस्त में लगे रहते हैं, अनेक तरह खुद अपना जाल ऐसी बाल विधवाओं पर डालते हैं।''[99]

उन्होंने पंडितों और वैष्णव गुरु-गोसाइयों पर विधवाओं के आर्थिक-शारीरिक शोषण का इल्जाम लगाया जो अपने इन्हीं निकृष्ट स्वार्थों के लिए विधवाविवाह के खिलाफ थे। राधाचरण ने अपने समय के भद्रवर्गीय हिंदुओं के अंतर्विरोधों को भी उजागर किया जो रंडी रखने और लौंडेबाजी करने में रईसी की शान समझते थे, पर विधवाविवाह को बदनामी का काम समझते थे। राधाचरण ने 'जोर' के बजाय विधवाओं के साथ 'इंसाफ' करने की अपील की। उन्हें इस बात का श्रेय मिलना चाहिए कि हिंदी लेखकों में पहली बार उन्होंने लिंगभेद पर टिकी मान्यताओं के खिलाफ सजगता दिखाई और विधवाविवाह से अनैतिकता फैलने का प्रचार करनेवालों को अपने गिरेबाँ में झाँकने को कहा, ''जो चार्ज पुरुष स्त्रियों के ऊपर लाते हैं, वह चार्ज उन पर भी आ सकता है।'' बाद में उन्होंने सभी बालविधवाओं की दोबारा शादी को कानूनी तौर पर अनिवार्य बनाने की माँग की। अपने प्रबंध के दूसरे हिस्से में शास्त्रों के प्रमाण और तीसरे हिस्से में विद्यासागर के प्रयत्नों से बने विधवाविवाह कानून (1856) का हिंदी तर्जुमा दिया।

अखिल भारतीय नवजागरण में स्त्री की दशा में सुधार के लिए ईश्वरचंद्र विद्यासागर जैसी दृष्टि, निष्ठा और उत्साह रखनेवाला दूसरा कोई सुधारक नहीं हुआ। औरतों की बुरी

हालत को गहराई से महसूस करने के नाते वे "करुणा के सागर" भी कहलाते थे। यूरोपीय आधुनिकता और विवेकवाद से प्रभावित होनेवाले इस संस्कृत-पंडित ने विधवाविवाह की जरूरत को किसी शास्त्र में दिए गए निर्देश से नहीं, अपने व्यक्तिगत अनुभवों और अपनी माँ की प्रेरणा से समझा था। हिंदूसमाज के पतन को अपने अनुभवों से देखने-समझनेवाले विद्यासागर और दयानंद, दोनों ने सुधारों के लिए शास्त्र के प्रमाण का सहारा जरूर लिया, पर शास्त्रों के प्रति विद्यासागर का रवैया दयानंद से अलग किस्म का था। विधवाविवाह के लिए यूँ भी शास्त्रों के प्रमाण की सख़्त जरूरत थी क्योंकि उस जमाने में हिंदू-मुसलमानों के उत्तराधिक़ार, विवाह, जाति तथा धर्म संबंधी मामलों के निपटारे अदालत में भी प्रामाणिक समझे जानेवाले धर्मशास्त्रों की व्यवस्थाओं के आधार पर ही होते थे। इसके लिए अदालतों में अंग्रेज जज के साथ पंडित और मौलवी भी बैठते थे। अपने एक महत्वपूर्ण अध्ययन में सुमित सरकार बताते हैं कि उस वक्त हिंदूशास्त्रों के आधार पर द्विज जाति की विधवा के पुनर्विवाह को और उससे होनेवाली संतानों को कानूनी मान्यता न होने के कारण ही विद्यासागर ने पंडितों को चुनौती देते हुए विधवाविवाह के समर्थन में शास्त्रों से सबूत जुटाए थे। इन्हीं सबूतों के आधार पर 1856 में द्विज जातियों में विधवाविवाह को कानूनी दर्जा मिला। विद्यासागर की पेटीशन पर दस्तख़्त करनेवालों में ब्राह्मोसमाजी और *तरुण बंगाल संगठन* के डिरोजियोपंथी सबसे आगे थे। इनके अलावा कई प्रभावशाली शिक्षित जमींदारों, कुछ पंडितों और संस्कृत कालेज के थोड़े-से शिक्षकों ने भी दस्तख़्त किए थे। चार्ल्स हिमसेथ ने बतलाया है कि उस पेटीशन में शास्त्र का सहारा लेने के अलावा मानवतावाद के आधार पर विधवाओं के प्रति समाज के कठोर बर्ताव की निंदा की गई थी और सभी व्यक्तियों के समान अधिकार की बात विशेष रूप से कही कई थी। पेटीशन में कहा गया था कि अपने जीवन में विधवा जिन कष्टों को झेलती है, वह उसका खुद का चुनाव नहीं होता, बल्कि समाज द्वारा उस पर थोपी गई मर्यादाएँ हैं। किसी को भी यह हक नहीं कि वह किसी दूसरे इंसान को एक भरा-पूरा जीवन जीने के अधिकार से वंचित करे।[100] जाहिर है, पश्चिमी लोकतंत्र में व्यक्ति के मौलिक अधिकारों की धारणा से मिलते-जुलते ये तर्क उन तर्कों से बहुत अलग किस्म के थे जिन्हें सुधार आंदोलन के दबाव में भारतेंदु दे रहे थे। राधाचरण गोस्वामी और भारतेंदु वगैरह व्यभिचार को सबसे ज्यादा महत्व देते हुए सिर्फ बालविधवाओं के पुनर्विवाह की बात करते थे। विद्यासागर ने बालविधवा और युवाविधवा, क्षतयोनि और अक्षतयोनि के बीच कोई फर्क नहीं किया और सभी विधवाओं के अधिकारों को समान रूप से माना। एक ब्राह्मोसमाजी कार्यकर्ता दुर्गामोहन दास ने जब बच्चोंवाली एक विधवा से विवाह करना चाहा तो विद्यासागर ने इसका समर्थन किया।[101]

विद्यासागर सच्चे सुधारक थे जो सिर्फ एक कानून बनवाकर चुप नहीं बैठ गए। उसे अमल में लाने और समाज में प्रतिष्ठित करने के लिए वे आजीवन प्रयत्न करते रहे जिसमें उनके काफी रुपए भी खर्च हुए। इस सिलसिले में सुमित सरकार ने विद्यासागर के आंदोलन के कुछ ऐसे महत्वपूर्ण पहलुओं और नतीजों को स्पष्ट किया है जिन पर पहले बहुत कम

ध्यान दिया गया था। मसलन विद्यासागर पहले व्यक्ति थे जिन्होंने विधवाविवाह के सवाल को शास्त्रों के जानकार पंडितों के छोटे-से दायरे से निकालकर व्यापक आम शिक्षित लोगों के सामने पेश किया। उन्होंने इस काम में बँगला भाषा का सहारा लिया और सुधार के मुद्दों को वे महानगरों की सीमा से बाहर देहाती इलाकों तक ले गए। इन सबसे उनके आंदोलन के अंदर, स्थानीय स्तर पर, कैसी लहरें पैदा हुई होंगी, इसका अंदाजा लगाया जा सकता है। विद्यासागर ने स्त्रियों की हालत को बदलने का सवाल जिस ढंग से उठाया, उससे सुधार आंदोलन में स्त्रियों की अपनी पहल और शिरकत को भी बढ़ावा मिला जिसका नतीजा 1860 के बाद बंगाल में ब्राह्मोसमाज से जुड़े परिवारों में स्त्री-प्रश्नों पर स्त्रीलेखन की शुरुआत के रूप से सामने आया। राजाराममोहनराय के बाद विद्यासागर दूसरे बड़े सुधारक थे जिन्हें अपने सुधार आंदोलन के सिलसिले में काफी कठिन लड़ाई लड़नी पड़ी और इस सिलसिले में हिंसा की वारदातें भी हुईं। सुमित सरकार ने *हिंदू पैट्रियॉट* जुलाई, 1867 में छपे विद्यासागर के एक पत्र का हवाला दिया है जिससे उनके पैतृक गाँव बीरसिंघा (जिला मिदनापुर) से सटे कुमारगंज गाँव में विधवाविवाह को लेकर हुई मारपीट और जोर-जुल्म का पता चलता है। यहाँ गाँव के जमींदार शिवनारायण राय के नेतृत्व में रूढ़िवादियों ने विधवाविवाह का आयोजन करनेवालों पर हमला किया। उन्हें जबरन पकड़कर जमींदार की ड्योढ़ी पर ले जाया गया जहाँ उन्हें दस-दस जूते मारे गए और हर एक पर 10 रु. जुर्माना ठोका गया जो कई सरकारी मुलाजिमों के महीने की तनख्वाह से भी बड़ी रकम थी। इस जोर-जुल्म का शिकार होनेवाले विधवाविवाह के समर्थकों को आखिरकार गाँव छोड़कर भागना पड़ा। पुलिस और प्रशासन के निचले अफसरों ने जमींदार का साथ दिया। विद्यासागर भी, जो उस समय बंगाल के अत्यंत प्रभावशाली व्यक्ति थे, इस मामले में अपने समर्थकों को न्याय नहीं दिला सके।[102] विद्यासागर के आंदोलन की सबसे बड़ी उपलब्धि यह थी कि इसने पहली बार लोक में प्रचलित स्त्री की यौन-शुचिता की धारणा को तोड़ा। उन्होंने स्त्री-पुरुष के बीच यौन-मामलों में बरते जानेवाले दोहरे मापदंडों की वैधता को चुनौती दी और लिंगभेद पर आधारित अन्याय के खिलाफ आवाज उठाई। सुमित सरकार लिखते हैं कि 19वीं सदी के पुरुष-सुधारकों में स्त्रियों के बारे में मिलनेवाले कई पूर्वग्रहों से विद्यासागर भी मुक्त नहीं थे—जैसे स्त्री को समानता के बजाय संरक्षण देने का आग्रह। फिर भी उनके अंदर स्त्री जाति के प्रति एक ऐसा अपराधबोध था जो लिंगभेद के अन्याय के प्रति किसी भी पुरुष की संवेदनशीलता की पहली निशानी है।

सुमित सरकार का यह कहना एक हद तक सही है कि विधवाविवाह सिर्फ द्विजों में ही नहीं, उनके असर से कई शूद्र जातियों में भी नहीं होता था और विद्यासागर के आंदोलन के असर से उनमें भी शुरू हुआ। यानी विद्यासागर का आंदोलन महज भद्रवर्गीय नहीं था। यह बात सही है, पर इस उपलब्धि की एक विरोधी सच्चाई भी थी जिसकी ओर सुमित सरकार ने ध्यान नहीं दिया। कैलीफोर्निया की लूसी कैरोल ने 19वीं सदी की भारतीय विधवाओं के संपत्ति संबंधी कुछ मुकदमों का अध्ययन करके कई महत्वपूर्ण बातें नोट की

हैं। विद्यासागर की पहल पर बने 1856 के विधवाविवाह कानून में मृत पति की संपत्ति में विधवा को कोई हक नहीं दिया गया था। जब यह कानून सभी 'हिंदुओं' पर समान रूप से लागू कर दिया गया तो कई शूद्र और दलित जातियों में, जहाँ विधवाविवाह की कभी मनाही नहीं रही और विधवा को मृत पति की जायदाद में हिस्सा मिलने की प्रथा थी, अब एक नई समस्या उठ खड़ी हुई। विधवाविवाह कानून बनानेवाले भद्रवर्ग ने इस पर ध्यान नहीं दिया कि हिंदुओं की अलग-अलग जातियों में अलग-अलग प्रथाएँ प्रचलित थीं जो उन ब्राह्मणग्रंथों से मेल नहीं खाती थीं जिनके आधार पर पंडितों की मदद से ब्रिटिश अदालतें फैसला सुनाती थीं। लिहाजा 1856 का कानून लागू होने से, लूसी कैरोल के मुताबिक, देशभर में उन जातियों की स्त्रियों को काफी नुकसान पहुँचा जिनकी प्रथाएँ द्विजों से अलग थीं। उन्हें अब मृत पति की संपत्ति से महरूम रखे जाने के फैसले होने लगे। इस कानूनी दबाव से कई जगह दलित-शूद्र जातियों में संस्कृतकरण या हिंदूकरण की प्रवृत्ति को बढ़ावा मिला।[103]

1864 में बंगाल में हुआ पहला विधवाविवाह एक बड़ी घटना थी जिसे उत्सुकतावश देखने के लिए हजारों लोग जमा हुए। विधवाविवाह को समाज में नीची नजरों से देखा जाता था। सबसे पहले विधवाविवाह को संपन्न कराने में विद्यासागर ने अपनी जेब से दस हजार रु. खर्च किए ताकि उसे समाज में प्रचलित विवाहों जैसी प्रतिष्ठा मिल सके। इसके बाद भी उन्होंने कई विधवाविवाहों का आयोजन किया, पर उनका आंदोलन व्यवहार में सफल नहीं हो पाया। इसका मूल कारण परंपरा से चली आ रही स्त्रियों की यौन-शुचिता संबंधी धारणाएँ थीं। 1880 में बंबई के एक पंडित की यह उपमा गौरतलब है जो उसने विधवाविवाह के खिलाफ अपनी भावनाएँ जाहिर करते हुए दी थी कि "पति द्वारा भोगी गई स्त्री दूसरे व्यक्ति के द्वारा ग्रहण करने योग्य उसी तरह नहीं होती जैसे एक आदमी की जूठी पत्तल में दूसरा आदमी नहीं खाता।"[104] बंगाल में ब्राह्मोसमाजियों को छोड़ विधवाविवाह के समर्थन में वे लोग भी सामने नहीं आए जिन्होंने विद्यासागर की पेटीशन पर दस्तखत किए थे। सुधारों का समर्थन करना और बात थी, उन्हें अमल में लाने की कोशिश करना और बात। हिंदूसमाज सुधारों के समर्थन पर रोक नहीं लगता, उसके आचरण पर रोक लगाता था। बंगाल में ज्यादातर विधवाविवाह चोरी-छुपे आयोजित किए जाते थे ताकि रूढ़िवादियों के सक्रिय विरोध से बचा जा सके। इसके अलावा विधवा से विवाह करनेवाले व्यक्ति इसके एवज में विद्यासागर से बड़ी रकमें वसूलते थे और विवाह के बाद भी माँगते रहते थे वरना शादी तोड़ देने की धमकी देते थे।[105] अपने आखिरी सालों में खुद विद्यासागर ने बड़े निराशापूर्ण शब्दों में विधवाविवाह आंदोलन की असफलता को मानते हुए जीवन की व्यर्थता का जिक्र किया।

असफल हो जाने के बावजूद विधवाविवाह आंदोलन के नतीजे बहुत दूरगामी निकले। इसने औरत-मर्द के बीच लिंग-भेद पर आधारित अन्याय को खत्म करने का जो सिलसिला शुरू किया, वह आज तक जारी है। सुमित सरकार के मुताबिक 19वीं सदी के नवजागरण में सतीप्रथा के खात्मे के बाद यह एक ठेठ भारतीय उपलब्धि थी। इसके असर से भारत के

दूसरे सभी प्रांतों में विधवाविवाह का आंदोलन शुरू हुआ जिनकी लड़ाई अलग-अलग ढंग की रही। 19वीं सदी में विधवाविवाह सैद्धांतिक रूप से लंबे समय तक बहस का मुद्दा बना रहा। रानाडे ने बतलाया कि 1856 से लेकर 1900 ई. तक, 44 सालों में पूरे भारत में कुल 300 विधवाविवाह हुए।[106] बेशक, यह संख्या बहुत कम थी। बाकी सभी प्रांतों में विधवाविवाह के लिए कमोबेश आंदोलन होते रहे, लेकिन हिंदीभाषी समाज 'मध्यदेश' में, राधाचरण गोस्वामी के मुताबिक, "बिल्कुल सन्नाटा रहा।"[107] जहाँ बालकृष्ण भट्ट विधवाविवाह को अंग्रेजों की नकल करना समझते थे और मदनमोहन मालवीय की बनाई संस्था में विधवाविवाह का विरोधी होना सदस्यता की अनिवार्य शर्त थी, वहाँ ऐसे सन्नाटे का होना स्वाभाविक ही था। *कविवचनसुधा* के 25 मार्च, 1872 के अंक में समाचार स्तंभ के अंदर एक पंक्ति की खबर छपी कि "काशी में भी एक विधवाविवाह हुआ है।" यह खबर किसी भी तरह से विश्वसनीय नहीं लगती। 1872 में काशी में विधवाविवाह का होना एक ऐतिहासिक घटना या दुर्घटना से कम नहीं होता। बिना किसी परेशानी या उत्साह के, उसके बारे में उदासीन भाव से महज आठ शब्दों की पंक्ति लिख देना नामुमकिन था। 1887 में जब आगरा के एक कायस्थ सर्जन डॉ. मुकुंदलालजी ने अपनी विधवा बेटी के दोबारा ब्याह की कोशिश की, तब इसके पक्ष-विपक्ष में बहस छिड़ गई। इसी बहस के सिलसिले में राधाचरण गोस्वामी ने अपना मशहूर प्रबंध लिखा था। उस बहस में हिंदी की कई पत्रिकाएँ शामिल हुईं। इस बहस को बाद में *पुनर्विवाह सिद्धांत* नामक एक किताब की शक्ल में छापा गया। लेकिन बनारस में विधवाविवाह करने की जगह विधवा आश्रम खोलने की होड़ ही ज्यादा रही। क्या आर्यसमाजी, क्या सनातनी, सबने बनारस में विधवाविवाह करने की जगह विधवा आश्रम खोले। हिंदी नवजागरण का गढ़ विधवाओं का भी गढ़ था। सारे हिंदुस्तान से विधवाएँ काशी में आती थीं जो दशाश्वमेध घाट की सीढ़ियों से लेकर मुमुक्षु भवन जैसी बड़ी इमारतों तक में बसी हुई थीं। पर इनके लेखे बनारस में कोई विद्यासागर नहीं हुआ।

स्त्रीशिक्षा के भद्रवर्गीय मूल्य

19वीं सदी के सुधार आंदोलन में भद्रवर्गीय पुरुष-सुधारकों का सबसे बड़ा अंतर्विरोध स्त्री-पुरुषों के बीच दोहरे मानदंडों के इस्तेमाल का था। ये मानदंड अक्सर एक-दूसरे के उल्टे भी होते थे। विद्यासागर, द्वारिकानाथ गांगुली और लाला देवराज जैसे कुछेक सुधारक ही इन अंतर्विरोधों के प्रति सजग और किसी हद तक उनसे मुक्त थे। ज्यादातर पुरुष-सुधारक स्त्रियों की परंपरागत भूमिका को ही कुछ साफ-सुथरे, उन्नत ढंग से जारी रखना चाहते थे। वे खुद आधुनिक बनना चाहते थे, लेकिन स्त्रियों को आधुनिक बनाया जाए कि नहीं, अगर बनाया जाए तो किस हद तक—इस द्वंद्व में पड़े रहते थे। अंग्रेजी कहावत है—ज्ञान ही शक्ति है। पुरुष-सुधारकों के लिए यूरोपीय ज्ञान-विज्ञान शक्ति का नया स्रोत था जिसे हासिल कर वे शक्तिवान बनना चाहते थे, पर स्त्रियों को इस शक्ति से वंचित रखने में ही अपनी भलाई देखते थे। यही वजह थी कि भारतेंदु ने लड़कों की शिक्षा में आधुनिक ज्ञान-विज्ञान के

विषयों को जरूरी ठहराया, लेकिन लड़कियों की शिक्षा में नहीं। आधुनिक शिक्षा देने के सिलसिले में जो नजरिया लॉर्ड मैकाले का विभिन्न वर्गों के मामले में था, उसी को अनजाने में पुरुष-सुधारक लिंग-भेद के मामले में अपना रहे थे। मैकाले का नजरिया था कि आधुनिक शिक्षा सिर्फ मुट्ठीभर भद्रवर्ग के लोगों को मिलनी चाहिए। यही भद्रवर्ग उसे निचले वर्गों तक उनकी जरूरत के मुताबिक पहुँचा देगा। इस तरह शिक्षा रिस-रिसकर नीचे तक पहुँच जाएगी और सरकार अनावश्यक खर्चे से बच जाएगी। लेकिन भद्रवर्ग उसे निचले वर्गों तक क्यों पहुँचाएगा? वह उतनी ही शिक्षा नीचे पहुँचाएगा जितनी अपने वर्ग-स्वार्थों के लिए उसे जरूरी लगेगी। इसी नीति को पुरुष-सुधारकों ने लिंग-भेद के मामले में इस तरह अपनाया कि आधुनिक शिक्षा सिर्फ पुरुषों को मिलनी चाहिए। शिक्षित पुरुष आगे जरूरत के मुताबिक (या अपने स्वार्थ के मुताबिक) अपनी स्त्रियों को शिक्षित कर लेंगे। पश्चिमोत्तर प्रांत के सबसे बड़े शिक्षाविद और सुधारक सैयद अहमद खाँ भी स्त्रीशिक्षा के सवाल पर ठीक यही नजरिया रखते थे।

सुधार विरोधियों को स्त्रीशिक्षा के खिलाफ कई आशंकाएं थीं—पढ़ी-लिखी लड़कियाँ चरित्रहीन हो जाएँगी, घरेलू काम-काज की उपेक्षा करेंगी, पराए पुरुषों को चिट्ठी लिखने लगेंगी या पढ़-लिखकर मर्दों की बराबरी करने पर उतर आएँगी। सुधारकों ने इन आशंकाओं को बेबुनियाद बताया, हालाँकि वे भी नहीं चाहते थे कि शिक्षित होकर स्त्रियाँ पुरुषों की बराबरी करें। सैयद अहमद के सहयोगी डिप्टी नजीर अहमद पश्चिमोत्तर प्रांत में मुस्लिम नवजागरण में स्त्रीशिक्षा के भारी समर्थक थे। अपनी बेहद लोकप्रिय किताब *मिरात-उल-उरूस* में उन्होंने स्त्रीशिक्षा की जबर्दस्त हिमायत की है, लेकिन साथ ही औरतों को कड़ी चेतावनी भी दी कि वे मर्दों की बराबरी करने की बात अपने दिमाग में हर्गिज न लाएँ।

ये पुरुष-सुधारक स्त्रीशिक्षा पर इतना जोर क्यों दे रहे थे? स्त्री-प्रश्न पर पुरुष सुधारकों के असली मकसद का पता इसी सवाल के जवाब में मिलेगा। दरअसल इन भद्रवर्गीय सुधारकों के सामने अहम मसला अंगरेजी शासन की परिस्थितियों में, नई शिक्षा-सभ्यता की रोशनी में घरों के अंदर अपनी औरतों को नई आदर्श भूमिका (मॉडल रोल) में ढालना था जो वास्तव में उनकी परंपरागत भूमिका से बुनियादी तौर पर बहुत अलग नहीं थी बल्कि उसी का एक सुधरा और निखरा हुआ रूप थी। औपनिवेशिक शासन के अंतर्गत जब पुरुष स्कूल-कालेजों में अंग्रेजी शिक्षा पाकर निकलने लगे तो उनकी स्त्रियों का अनपढ़ और जाहिल रहना उन्हें खटकने लगा। नए शासन के नियम-कायदों और सभ्यता-संस्कृति के असर से उनकी अपनी जीवन शैली बदल गई थी और उन्होंने शिष्टाचार के नए तौर-तरीके अपना लिए थे। अब उन्हें अपने घरों में स्त्रियों के बर्ताव और काम करने के पुराने ढंग फूहड़ और असुविधाजनक लगने लगे थे। उनके सामने अंग्रेज परिवारों की स्त्रियाँ थीं जिनके कपड़ों की सफाई, व्यवहारकुशलता, बातचीत का ढंग, शिष्टाचार और कार्यनिपुणता उन्हें अपनी घरेलू स्त्रियों के लिए 'आदर्श' (मॉडल) लगती थी। लिहाजा ये सुधारक समाज के पितृसत्तात्मक ढांचे में कोई सुधार किए बगैर, औरतों पर अपना परंपरागत नियंत्रण जरा

भी ढीला किए बिना, अपनी स्त्रियों को एक खास क्षेत्र में—घरों के अंदर नए 'आदर्श' रूप में ढालने की कोशिश करने लगे। स्त्रियाँ इससे पहले भी पुरुषों की जरूरत के मुताबिक, उन्हीं के द्वारा तय की गई आदर्श भूमिकाएँ निभाती रही थीं। अब भी उन्हें पुरुषों की नई रुचियों और नई जरूरतों के मुताबिक तय की गई भूमिका को बेहतर ढंग से निभाने के लिए कहा जा रहा था। शिक्षित स्त्री की नई भूमिका की अंतर्वस्तु काफी हद तक वही पुरानी थी। अब उसमें अंग्रेजों से सीखे विक्टोरियन स्त्री संबंधी कुछ और मूल्य भी जुड़ गए जो स्त्री की परंपरागत भूमिका को और निखारते थे। परंपरागत भूमिका पर शिक्षा का मुलम्मा चढ़ाकर उसकी अभिव्यक्ति को, बाहरी रूप और तौर-तरीकों को चमकाने की कोशिश की गई। इस नई भूमिका का एक उदाहरण भारतेंदु की स्त्री संबंधी पत्रिका *बालाबोधिनी* थी। इस पत्रिका में स्त्री को एक इनसान के रूप में देखने और उसकी समस्याओं को समझने का कोई प्रयत्न नहीं दिखता। चार साल तक निकली इस मासिक पत्रिका के किसी भी अंक में स्त्रियों के किसी भी अधिकार का सवाल नहीं उठाया गया, न उन्हें नए ज्ञान-विज्ञान की रोशनी में अपने जीवन के बारे में खुद सोचने की कोई प्रेरणा दी गई। स्त्रीआदर्श कैसा हो, यह बताने के साथ-साथ स्त्रीआदर्श कैसा न हो—इसे बतलाने के लिए भारतेंदु ने अपनी पत्रिका में बिहारी चौबे की लिखी *आरलेन्स की कुमारी की कहानी* छापी। बनारस जिले के रहनेवाले बिहारी चौबे पटना कालेज में संस्कृत के लेक्चरर थे। इनकी लिखी कई पाठ्यपुस्तकें बिहार की शिक्षा संस्थाओं में चलती थीं। *बालाबोधिनी* में 1876 के मार्च से लेकर जून तक धारावाहिक छपी उपरोक्त कहानी फ्रांस की मशहूर जाँबाज और मिथक बन चुकी साहसी नायिका जोन ऑफ आर्क के जीवन पर लिखी गई थी। 1412 ई.में एक किसान के घर पैदा हुई जोन ने, जिसकी माँ के साथ अंग्रेज सैनिकों ने बलात्कार किया था और फ्रांस देश को रौंदा था—खुद को दैवी शक्तियों से युक्त बताकर फ्रांसीसी फौज का नेतृत्व करते हुए अंग्रेजों को हराया था। बाद में पकड़ी जाने पर उसके असाधारण गुणों से भयभीत अंग्रेजों ने उसे जिंदा जलाकर मार डाला था। सिर्फ 19 साल की उम्र में शहीद हो गई इस ऐतिहासिक नायिका का जीवनवृत्तांत लिखते हुए बिहारी चौबे ने आखिर में यह अद्भुत नतीजा निकाला है कि जो स्त्रियाँ अपना स्त्रीधर्म छोड़कर देवियों जैसी वीरता दिखाने की कोशिश करेंगी, उनकी दुर्गति ऐसी ही होगी जैसी जोन की हुई। "कहने का तात्पर्य यह कि अति साहस और माया भी बुरा ही फल देती है। स्त्रियाँ जो बहुत-सा झूठ-झूठ अभुजाती और माता भवानी की नकल करती हैं, सो सबका सत्य होना असंभव ही है और लड़कियों को जो उनमें विश्वास हो जाता है, सो न होना चाहिए। स्त्रियों के घर जो पतिदेव रहते हैं, उन्हीं की भक्तिपूर्वक सेवा करना परमोत्तम है। इति।" इस निष्कर्ष पर किसी टिप्पणी की जरूरत नहीं।

सीता और सावित्री को स्त्रियों का आदर्श माननेवाली इस पत्रिका में स्त्रियों से संबंधित सामग्री कम ही छपती थी। स्त्रियों से संबंधित सबसे लंबी रचना *बालाप्रबोध* छपी जो 1875 की जनवरी से शुरू होकर अगले तीन-चार अंकों तक जारी रही। दिल्ली-गाजियाबाद के

पास सिकंदराबाद के निवासी हीरालाल ने इसे सरकारी स्कूलों में लड़कियों के पाठ्यक्रम में लगवाने के मकसद से लिखा था। स्कूली लड़कियों का जैसा पाठ्यक्रम भारतेंदु चाहते थे, यह किताब ठीक उसी के मुताबिक थी। इसमें भद्रवर्गीय पारिवारिक मूल्यों के अनुरूप स्त्रियों को परंपरागत घरेलू कामों को और भी निपुणता और सफाई के साथ पूरा करने की शिक्षा दी गई थी। बच्चों का पालन कैसे करना चाहिए, पति की सेवा कैसे करनी चाहिए, सास-ससुर, ननद-जेठानी और देवर-जेठ के साथ कैसे नम्रता का बर्ताव करना चाहिए, इन सबकी शिक्षा बड़े ब्योरे के साथ दी गई थी। परंपरागत स्त्रीधर्म के अंतर्विरोधों पर या उसमें निहित अन्याय पर जरा भी गौर किए बिना, उसे और भी सच्चे ढंग से लागू करने के आग्रह का नतीजा व्यवहार में स्त्रियों पर घरेलू कामों का बोझ और भी बढ़ा देने में निकला। *बालाप्रबोध* में स्त्रियों को दिनभर इतने काम करने के लिए कहा गया है जो 24 घंटे के अंदर हो ही नहीं सकते। फिर भी, किसी तरह इन कामों को पूरा करने के बाद भी अगर स्त्री को आराम करने का थोड़ा समय निकल आए—जो एक चमत्कार ही होगा—तो उसका भी विरोध करते हुए लिखा है—"स्त्रियों को खाली बैठना विशेषकर के अयोग्य कहा है।" क्योंकि "जब वह खाली बैठती हैं तो अवश्य अपनी और पर-स्त्रियों के दोषगुण गिनाती रहती हैं जिसका परिणाम ये होता है कि अनेक क्लेश उत्पन्न हो जाते हैं।"[108]

बालाबोधिनी के जरिए भारतेंदु शिक्षित स्त्री की जिस छवि और भूमिका को प्रचारित कर रहे थे, उसे और भी विकसित रूप में पंजाब के श्रद्धाराम फुल्लौरी ने *भाग्यवती* उपन्यास में और मेरठ के आर्यसमाजी लेखक पं. गौरीदत्त ने *देवरानी-जेठानी की कहानी* में पेश किया था। गौरीदत्त ने स्त्रियों को शिक्षित करने की जरूरत पर जोर देते हुए भूमिका में लिखा कि इस किताब में यह दर्शा दिया गया है कि "पढ़ी और बेपढ़ी स्त्रियों में क्या-क्या अंतर है। बालकों का पालन-पोषण किस प्रकार होता है और किस प्रकार होना चाहिए; स्त्रियों का समय किस काम मे व्यतीत होता है और क्योंकर होना उचित है; बेपढ़ी स्त्री जब एक काम को करती है, उसमें क्या-क्या हानि होती है; पढ़ी हुई जब एक काम को करती है, उससे क्या-क्या लाभ होता है।" उपन्यास में एक शिक्षित पिता अपनी नई ब्याही बेटी को, जिसे उसने स्कूल की शिक्षा दिलाई है, पत्र लिखता है—"तुम्हारा पढ़ना-लिखना उसी दिन काम आवेगा जब तुम अपनी सास की आज्ञा में रहोगी। सास को माता के समतुल्य जानना। ननद और जेठानी को अपनी बहिनों से अधिक मानना। ...जो ज्ञानवान लड़कियाँ हैं, घबराती नहीं। सब काम किए जाती है। ... आए-गए का आदर सम्मान करना, सबसे मीठा बोलना, संतोष से अपने कुटुंब में गुंजरान करना, आपको तुच्छ जानना, यह अच्छे कुल की बेटियों का धर्म है।"[109] हिंदू-सुधारकों की स्त्रीशिक्षा का उद्देश्य 'अच्छे कुल' यानी द्विज भद्रवर्ग की पारिवारिक मर्यादाओं के अनुरूप लड़कियों को बेहतर ढंग से ढालना था। वे लड़कियों के लिए सरकारी पाठ्यक्रम में ज्ञान-विज्ञान के आधुनिक विषयों की जगह, या उनके अलावा, इसी तरह की शिक्षा देनवाली किताबों की माँग कर रहे थे। डिप्टी नजीर अहमद की *मिरात-उल-उरूस* भद्रवर्गीय मुस्लिम परिवारों में लड़कियों की घरेलू शिक्षा की सबसे

लोकप्रिय किताब थी। सरकारी शिक्षा विभाग ने इस पर इनाम दिया और उसे अपने खर्चे से छापा। स्त्रीशिक्षा पर आगे कई किताबें इसी मॉडल पर बनीं। *देवरानी-जेठानी की कहानी* तथा *भाग्यवती* भी लड़कियों के स्कूली पाठ्यक्रम में थीं और इन्हें भी सरकारी इनाम मिला था।

पुरुष-सुधारक स्त्रियों को शिक्षित करने की जरूरत कैसे-कैसे उद्देश्यों से महसूस कर रहे थे, इसे देखना दिलचस्प होगा। जो सुधारक विधवाओं के व्यभिचार से चिंतित थे, वे कह रहे थे कि स्त्रियों के अशिक्षित रहने से ही व्यभिचार होता है; पढ़ी-लिखी स्त्री व्यभिचार नहीं करेगी। वह धर्मग्रंथ पढ़ते हुए सदाचारी बनी रहेगा। 19वीं सदी में भद्रवर्ग के मर्दों में फैले नैतिक भ्रष्टाचार के तथ्य बहुतेरे मिलते हैं। रंडी के पास जाना भद्रवर्गीय हैसियत और शान दिखाने की जरूरी प्रथा जैसी थी जिसके अपवाद भारतेंदु भी नहीं थे। लौंडबाजी की प्रथा भी इतनी ही प्रचलित थी। इन तथ्यों के बावजूद व्यभिचार और नैतिक भ्रष्टाचार के लिए स्त्रियों को ही दोषी ठहराया जाता था। स्त्रियों की इन 'बुराइयों' को दूर करने और भद्रवर्गीय पारिवारिक मर्यादाओं के अनुकूल ढालने में स्त्रीशिक्षा पर बड़ा भरोसा किया जा रहा था। इसकी एक दिलचस्प मिसाल प्रतापनारायण मिश्र थे। अपने एक गंभीर लेख *पतिव्रता* में उन्होंने आश्चर्यजनक ढंग से अपने समय में पतिव्रता स्त्रियों के अकाल पड़ जाने की शिकायत की है। लेख में पहले उन्होंने भारत के प्राचीन गौरव को याद किया। लिखा कि प्राचीन भारत की उन्नति का बड़ा भारी कारण यह था कि, "स्त्रियाँ बहुत पतिव्रता होती थीं।" फिर यह विचार रखा कि "पुरुष कैसा ही कुकर्मी और कर्कश हो, पर स्त्री सच्ची पतिव्रता हो तो पुरुष निर्लज्ज व्यभिचारी न रहेगा।" मुसलमानी शासन में चारों ओर छाए पतन के बीच सिर उठाकर खड़े चित्तौड़ का रहस्य खोला—"इस घोर कलिकाल में भी वहाँ सहस्रों शूर और सती थीं।" इन सब उज्ज्वल दृष्टांतों के बाद उन्होंने अपने समय को कोसा—"इस जमाने में हम देखते हैं कि शूरता का तो प्राय: लोप ही सा हो गया है, पर सती भी बहुत कम रह गई हैं, वरंच न होने के बराबर कह सकते हैं।" एक शिक्षित सुधारक होने का आभास देते हुए मिश्रजी ने साफ किया कि सती से उनका मतलब यह नहीं है कि खामखाह पति के साथ जल जाना चाहिए।" बल्कि "सती वुह है जो पति के विरह रूपी अग्नि में ऐसा दुख अनुभव करे कि जीते जी मर जाने के समान।" यह पंक्ति बहुतों को रीतिकालीन कविता मे विरह में सूखकर काँटा हो जानेवाली स्त्रियों की याद दिला देगी। पर मिश्रजी ने उन स्त्रियों को भी सम्मान की नजर से देखा जो पति के साथ चिता में सचमुच जल जाती थीं। ऐसी सती पतिव्रताओं के अभाव को महसूस करते हुए उन्होंने लगभग विलाप के स्वर में लिखा, "पर हाय! एक वुह दिन थे कि हमारे यहाँ सतीत्व उस पराकाष्ठा को पहुँचा हुआ था कि जीते जल जाना तक रिवाज हो गया था, और एक यह दिन है कि पतिव्रता ढूंढ़े मिलना कठिन है। हम यह तो नहीं कह सकते कि सारी स्त्रियाँ रुक्माबाई की साथिनी हो रही हैं, पर इसमें भी संदेह नहीं है कि पति के सुख-दुख में अपना सचमुच दुख-सुख समझनेवाली, पति की प्रतिष्ठा का पूरा ध्यान रखनेवाली, पति से सच्चा स्नेह निभानेवाली स्त्रियाँ भी हजारों में दस ही पांच हों तो हों।"[110]

अपने समय की 99 प्रतिशत स्त्रियों पर इतना बड़ा शक करनेवाले मिश्रजी ने यहाँ रुक्माबाई को जिस तरह से याद किया है, वह गौरतलब है। अजीब बात है कि उस वक्त महाराष्ट्र में जिन शिक्षित स्त्रियों ने पुरानी रूढ़ियों और बेड़ियों को तोड़कर सुधार आंदोलन में आगे आने की हिम्मत जुटाई, रूढ़िवादी सामाजिक विरोध के बावजूद कई मराठी पुरुष-सुधारकों से उन्हें समर्थन और सहायता मिली, लेकिन हिंदी नवजागरण के लेखकों ने उन स्त्रियों की निंदा ही की। गैर-ब्राह्मण जाति की रुक्माबाई का केस 19वीं सदी की एक महत्वपूर्ण घटना बन गई थी जिसने महाराष्ट्र और पूरे भारत के शिक्षित समाज में स्त्री-अधिकारों के सवाल पर उथल-पुथल मचा दी थी। इस बारे में मिलनेवाले विवरणों से पता चलता है कि 1873 में ग्यारह-बारह साल की रुक्माबाई का विवाह 19 साल के दादाजी भीकाजी से हो गया था। विवाह के बाद भी रुक्माबाई अपने सौतेले पिता डॉ. सखाराम अर्जुन, जो बंबई के प्रभावशाली व्यक्ति और सर्जन थे, के घर में ही रहती रही। विवाह के बाद दादाजी भीकाजी, जो डॉ. सखाराम के दूर के रिश्तेदार भी थे, समय-समय पर अपनी ससुराल में आते रहे, पर पति-पत्नी के बीच शारीरिक संपर्क नहीं हुआ। विवाह के ग्यारह साल बाद दादाजी ने रुक्माबाई को अपने घर ले जाना तय किया। रुक्माबाई ने जाने से इनकार कर दिया। 1884 में दादाजी ने बंबई हाईकोर्ट में नालिश करके मांग की कि उनकी पत्नी को उनके साथ रहने के लिए कहा जाए। रुक्माबाई ने इसके खिलाफ केस लड़ने का फैसला किया। उसकी मदद के लिए कई मराठी सुधारक सामने आए। सुधारकों के गढ़ एलीफिंस्टन कालेज के प्रिंसिपल डब्ल्यू. वर्ड्सवर्थ के साथ रानाडे, भंडारकर तथा अन्य सुधारकों ने मिलकर *रुक्माबाई डिफेंस कमेटी* बनाई जिसने लोगों को केस की जानकारी देने के अलावा समाज में औरतों के साथ होनेवाले बुरे बर्ताव के बारे में भी बतलाया। तिलक ने इस केस का समर्थन नहीं किया; इसे हिंदू शास्त्रों का उल्लंघन माना।[111] 1885 मे जस्टिस पिन्हे ने रुक्माबाई के पक्ष में फैसला देते हुए लिखा कि जब युवा महिला वादी के घर नहीं जाना चाहती है तो उसे सशरीर उठाकर नहीं ले जाया जा सकता क्योंकि वह कोई घोड़ा या बैल नहीं है।[112]

इस फैसले के खिलाफ दादाजी ने अपील दायर की। इस अपील पर पहले वाले फैसले को उलटते हुए 1887 में दूसरे जजों ने नया फैसला सुनाया कि एक महीने के अंदर रुक्माबाई अपने पति के घर चली जाए वरना उसको छह महीने जेल की सजा होगी। रुक्माबाई ने ऐलान किया कि वह जेल की सजा काटना पसंद करेगी, पति के घर जाना नहीं। सुधीरचंद्र के मुताबिक हिंदू समाज इस मुकदमे में दादाजी के पक्ष में था, पर एक भद्रवर्गीय महिला को जेल की सजा काटते देखना भी वह नहीं चाहता था। मामला नाजुक था। लोग बेचैन हो उठे। बंबई सरकार और खुद वाइसराय ऐसा रास्ता निकालने की कोशिश में लगे थे जिससे एक युवा महिला के जेल जाने की नौबत टल जाए। आखिरकार 1888 में अदालत के बाहर हुए समझौते के तहत दादाजी भीकाजी ने दो हजार रु. हर्जाना लेकर रुक्माबाई पर से अपना दावा उठा लिया। रुक्माबाई डॉक्टरी की पढ़ाई पढ़ने के लिए

इंग्लैंड चली गई। वह डॉक्टर बनकर लौटी तो उसने महाराष्ट्र में काफी सक्रिय सामाजिक जीवन बिताया। आजाद भारत में 1955 में उसकी मृत्यु हुई।

पतिव्रताओं के अकाल का रोना रोते हुए प्रतापनारायण मिश्र ने इस अकाल के 'कई कारण' खोजे। "एक तो यह कि स्त्रीशिक्षा की चाल उठ-सी गई है। यदि कोई-कोई लोग पढ़ाते भी हैं तो मेमों से या मेमदासियों से। भला वे ईसा के गीत और लिबर्टी सिखावेंगी या पतिव्रत।" यहाँ स्त्रीशिक्षा का उद्देश्य बहुत साफ होकर उभरा है। लेकिन रुक्माबाई तो, जिसे मिश्रजी ने गैर-पतिव्रता स्त्रियों का प्रतिनिधि उदाहरण माना, काफी शिक्षित स्त्री थी। फिर वह पतिव्रता क्यों नहीं हुई ? रुक्माबाई केस के 20-25 सालों के बाद प्रयागराज में भी एक भद्रवर्गीय कायस्थ युवा महिला महादेवी वर्मा ने विवाह के बाद पति के घर जाने से इनकार कर दिया। यह महिला भी शिक्षित थी। मिश्रजी के नजरिए से देखा जाए तो महादेवी वर्मा रुक्माबाई की पक्की 'साथिन' निकलीं। इलाहाबाद के क्रास्थवेस्ट स्कूल में मेमों से पढ़नेवाली महादेवी उसी तरह पश्चिमी शिक्षाप्रात थीं, जैसे रुक्माबाई। लेकिन दोनों में से किसी ने भी ईसा के गीत नहीं गाए। स्त्रीशिक्षा के प्रश्न में उलझे हुए हिंदी लेखक और सुधारक जिस मुद्दे को सुलझाने के लिए इतनी कसरत कर रहे थे, वह दरअसल स्त्री के शरीर पर, उसकी यौन इच्छा पर, पुरुष के नियंत्रण को पूरी तरह से बनाए रखने की चिंता थी। इन लोगों के सामने समस्या यह थी कि अपनढ़ और जाहिल घरेलू स्त्रियाँ मौका पाते ही व्यभिचार कर बैठती हैं। विधवा समस्या पर *भ्रूणहत्या* लेख में भारतेंदु ने यही लिखा था कि स्त्री सती तभी तक है जब तक मौका नहीं मिला। यही बात डिप्टी नजीर अहमद ने *मिरात-उल-उरूस* में कही—"हमारी औरतों में हया, पाकदामनी, परदादारी, नेकी, जो कुछ समझो, खुदा के फ़जल-ओ-करम से बहुतेरी है। मगर बुरा मानो या भला मानो, अभी तक है मजबूरी की। यानी मजहब और मुल्की रिवाज और मर्दों की हुकूमत ने औरतों को जबरदस्ती नेक बना रखा है।"[113]

भारतेंदु और डिप्टी नजीर अहमद जैसे सुधारक अपने वक्त की स्त्रियों पर जो तोहमत लगा रहे थे, वह उनके पुरुषवादी नजरिए की देन थी। जिन पुरुषों के अपने अनैतिक भ्रष्टाचार की कोई सीमा न थी, वे स्त्रियों को सिर्फ डंडे के बल पर सदाचारी रखे हुए थे। इस मामले में उन्हें अपने दोहरे मानदंडों का कतई एहसास न था। इसे प्रतापनारायण मिश्र के उसी लेख में देखा जा सकता है। उनके विचार से पतिव्रता स्त्रियों के अकाल की एक और वजह भी थी, "घर का ठीक नियम नहीं।" घर का नियम ठीक न होने की उन्होंने मिसाल दी, "बहुत-सी दो-दो चार-चार पैसे की ऐसी पुस्तकें छप गई हैं जो पुरुषों के लिए तो खैर, जी बहलाने को अच्छी सही, पर स्त्रियों के लिए हानिकारक हैं। बाबू साहब बजार से ले आए, घर में डाल दिया। बबुआइन साहिबा ने खोल के पढ़ा तो 'जोबन का माँगे दान कान्ह कुंजन में।' भला कौन आशा करें।"[114] ऐसी किताबें बाबू साहब खरीदकर लाएँ और पढ़ें तो यह जी बहलाना हुआ जिसमें कोई बुराई नहीं थी। पर बबुआइन इसे हर्गिज न पढ़ें। उन्होंने इसको पढ़ा कि व्यभिचारिणी हुईं! इसी डर से भारतेंदु भी अपनी पत्रिका बालाबोधिनी

में प्रेम और शृंगार की कोई कविता नहीं छापते थे। हिंदी नवजागरण के अग्रदूत लेखक अपने दोहरे मानदंडों से बेखबर ही नहीं, उसके दुराग्रही भी थे। वे इस समस्या से जूझ रहे थे कि उनकी नियंत्रण-व्यवस्था की जिन कमियों की वजह से मौका पाते ही स्त्रियाँ व्यभिचारी हो जाती हैं, उनको दूर करने का कौन-सा रास्ता निकाला जाए कि उनके यौन जीवन पर पूरा नियंत्रण बना रहे? अँगरेजी सभ्यता के संपर्क से, विक्टोरियन नैतिक मूल्यों के साँचे में ढली अंग्रेज स्त्रियों को देखकर उन्होंने जो समझा वह यह था कि सिर्फ डंडे के बल पर स्त्रियों को सदाचारी बनाकर नहीं रखा जा सकता। जाहिल स्त्रियाँ किसी-न-किसी मौके का फायदा उठा ही लेंगी क्योंकि पुरुषों को रोजगार के अलावा अपने प्रेम व्यापार और समाज सुधार के काम से भी अक्सर घर से बाहर रहना पड़ता है। इसलिए ऐसा रास्ता निकालना चाहिए जिससे वे खुद दिल से सदाचारी बन जाएँ। यह रास्ता है—स्त्रीशिक्षा का। स्त्रीशिक्षा की पाठ्यपुस्तकें ऐसी हों जिनके विचारधारात्मक असर से भद्रवर्गीय नैतिक मूल्य स्त्रियों के अंदर घर कर जाएँ। पुरुष तो आधुनिक ज्ञान-विज्ञान की किताबें पढ़ते रहें, लेकिन स्त्रीशिक्षा के लिए ऐसी किताबें बनाई जानी चाहिए जो उन्हें नैतिक मूल्यों की शिक्षा देने के अलावा और कोई संदेश न दें। जहाँ राज्य की शिक्षा-व्यवस्था के कारण यह मुमकिन नहीं था कि लड़कियों को आधुनिक शिक्षा से वंचित रखा जा सके, वहाँ सुधारकों ने लड़कियों की घरेलू शिक्षा पर जोर दिया या निजी प्रयत्नों से उनके लिए प्राइवेट स्कूल खोले। एक तीसरी स्थिति यह थी कि राज्य की शिक्षा-व्यवस्था को कुछ हद तक मानकर, यानी सरकारी स्कूलों में लड़कियों को दो-चार जमातें पढ़ाते हुए, धार्मिक-नैतिक शिक्षा को उनके पाठ्यक्रम में जोड़ने की माँग की। *मिरात-उल-उरूस, देवरानी-जेठानी की कहानी, भाग्यवती* और *बालाप्रबोध* ये सभी स्त्रीशिक्षा की ऐसी किताबें थीं जिन्हें सुधारकों ने घरों में या स्कूली पाठ्यक्रम में जोड़कर लड़कियों को पढ़ाने के लिए बनाया था। इन्हें मंजूरी देते हुए औपनिवेशिक शासन ने इस तरह की किताबें लिखने और छपाने को बाकायदा प्रोत्साहन देने की नीति अपनाई। बिहार में खड्गविलास प्रेस और कुछ समय बाद पश्चिमोत्तर प्रांत में काशी नारीप्रचारिणी सभा सरकारी स्कूलों में लड़कियों के पाठ्यक्रम की किताबें तैयार करने और छापनेवाले दो मुख्य केंद्र बने। स्त्रीशिक्षा के लिए बनी किताबें किस तरह की विचारधारात्मक जरूरतों को पूरा कर रही थीं, इसे देखा जा सकता है। भारतेंदु के मित्र रामदीन सिंह के खड्गविलास प्रेस के मैनेजर बाबू साहिब प्रसाद सिंह उन दिनों स्कूली पाठ्यक्रम के लिए किताबें लिखनेवाले प्रमुख लेखक थे। उन्होंने भारतेंदु की सहायता से तीन जिल्दों में स्त्रीशिक्षा की किताब तैयार की। उनकी *स्त्रीशिक्षा की पहली किताब* खड्गविलास प्रेस से 1883 में छपी। इसमें एक पाठ है— *शीलवती*। इस पाठ में शीलवती नामक स्त्री के जीवन के बारे में लिखा गया है कि वह ''घर या बाहर के सब कामों को पति से पूछकर करती और पति जब किसी विषय में कुछ पूछता तो अपनी बुद्धि के अनुसार बड़ी सावधानता से अच्छा और हितकारी मंत्र कहती, पर यह भी कह देती कि नाथ! मैं क्या जानूँ। मेरी स्त्री की बुद्धि कितनी। अपने पति के भोजन इत्यादि किसी काम में विलंब न

करती, नित्य बड़े सवेरे पति के पहले उठती और स्नानादिक करके गृहस्थी के काम में लगती, जो कोई वस्तु बाहर से मँगवाना होता वह मंगवा रखती, पति के भोजन के पीछे आप खाती। भोजन के पीछे वह सीना-पिरोना करती या और जो कुछ घर का काम निकलता करती या कोई पुस्तक अवलोकन करती या कुछ लिखती।''[115]

19वीं सदी के भद्रवर्गीय मूल्यों में पगी शिक्षित स्त्री की इससे बढ़कर आदर्श दिनचर्या दूसरी क्या हो सकती थी! इस पाठ में शिक्षित स्त्री के घरेलू काम वही हैं जो अक्सर अशिक्षित स्त्री के भी होते थे, लेकिन शिक्षा से पैदा होनेवाले बोध और सलीके के कारण दोनों के बीच का फर्क साफ दिखाई देता है। पति के लिए भोजन अनपढ़ औरत भी बनाती थी, लेकिन वह अंग्रेजी पढ़कर सरकारी दफ़्तर में बाबू बन गए पति को समय पर भोजन कराने की पाबंद नहीं होती थी जबकि शिक्षित स्त्री शीलवती "कभी किसी काम में विलंब नहीं करती।'' शीलवती आगे लड़कियों के साथ होनेवाले बुरे बर्तावों की निंदा करते हुए खुद एक किताब लिखती है जिसमें वह जोर देकर कहती है कि अगर लड़कियों को सिखाया-पढ़ाया जाए तो वे अपना हर काम सलीके से करने लगेंगी और उनसे कोई गलती नहीं होगी।''हमारे स्वभाव और चाल-चलन के सुधारने का कोई कुछ उपाय नहीं करता। इससे देश की स्त्रियों के स्वभाव में प्राय: अभिमान, डाह, क्रोध, स्पर्धा, दूसरों को देखके जलन इत्यादि ऐसी कई बातें हो जाती हैं जिससे इस देश की स्त्रियों के स्वभाव की बुराई की चर्चा दूर-दूर तक प्रसिद्ध हो रही हैं।'' इन स्त्रियों को शिक्षा मिले तो वे ''पतिव्रता धर्म समझेंगी'' और ''हम फिर कभी भूल के मूर्खता न करेंगी।''

बनारस के क्वींस कालेज में गणित और विज्ञान के प्रोफेसर लक्ष्मीशंकर मिश्र स्कूली पाठ्यक्रम की किताबें बनानेवाले दूसरे महत्वपूर्ण लेखक थे। शिक्षित भद्रवर्ग की संस्था *बनारस इंस्टीच्यूट* के वे प्रमुख सदस्य थे। राजा शिवप्रसाद और सैयद अहमद के दोस्त लक्ष्मीशंकर मिश्र काशी नागरीप्रचारिणी सभा के अध्यक्ष भी हुए। लड़कियों के स्कूली पाठ्यक्रम के लिए उन्होंने तीन जिल्दों में एक किताब बनाई जो *लड़कियों की पहली किताब, लड़कियों की दूसरी किताब* और *लड़कियों की तीसरी किताब* शीर्षक से 1890 के दशक में चंद्रप्रभा प्रेस, बनारस से छपीं। इन किताबों में स्त्रियों से संबंधित पाठ कम थे, पर जो थे वे पुरुष-सुधारकों के नजरिए से पूरी तरह मेल खानेवाले थे। जैसे *लड़कियों की दूसरी किताब* (तीसरा संस्करण, 1892) के एक पाठ *अच्छी लड़की* की पहली ही पंक्ति है—''अच्छी लड़की वह है जो अपने घर का काम दिल लगाकर करती है।''

स्कूली पाठ्यक्रम के लिए बनाई गई ये सभी किताबें इस बात को अच्छी तरह साफ कर देती हैं कि स्त्रीशिक्षा की इन किताबों का मकसद अनपढ़ घरेलू स्त्रियों को डंडे के बल पर नियंत्रण में रखने के बजाय शिक्षा के जरिए एक खास विचारधारा के असर में लाना था जिसके तहत भद्रवर्गीय मूल्यों और मर्यादाओं के उस साँचे में, जिसमें सुधारक उन्हें ढालना चाहते थे, वे अपने-आप ढल जाएँ। सही ढंग की स्त्रीशिक्षा स्त्रियों को पतिव्रता बनाने और उन्हें माँ-बेटी के रूप में प्रबुद्ध करने की सबसे बड़ी गारंटी थी।

पढ़ी-लिखी लड़कियाँ इन मर्यादाओं की सीमा से एक कदम भी बाहर न निकलें—यह चिंता स्त्रीशिक्षा के समर्थकों को सताती रहती थी। इसका पता चलता है *कविवचनसुधा,* जून, 1874 में छपे एक पत्र से जिसे शायद भारतेंदु ने ही लिखा था, जैसा कि वे अक्सर बिना नाम दिए अपनी पत्रिका में लिखा करते थे। *स्त्रीशिक्षा का परिणाम* शीर्षक से छपे इस पत्र में अपनी रसिकता का और रूप-रंग का आनंद लूटनेवाले दूसरे लोगों के प्रति ईर्ष्या का इजहार करने के बाद भारतेंदु ने बड़े क्षोभ के साथ चौक बाजार में दिखे इस नजारे का जिक्र किया, ''बहुत-सी कुमारी लड़कियां किंचित स्फुट यौवना बाजार में घूम-घूमकर कागज पेन्सिल इत्यादि वस्तु लेती हैं और यहाँ के लुच्चे लोग उन पर बोली ठठोली बोलते हैं। हम यह सब वृत्तांत देखकर बड़े आश्चर्य में आए कि ये सब लड़कियां कौन हैं और ऐसा निर्लज्ज हो क्यों बेधड़क बाजार घूमती हैं और कागज-पेन्सिल इत्यादि वस्तु जो इनके काम की नहीं, क्यों मोलाती हैं। लोगों ने कहा आप नहीं जानते—ये सब लड़कियां बाला पाठशाला में पढ़ती हैं। यह बात सुन मुझे बड़ा पश्चाताप हुआ कि हाय, स्त्रीशिक्षा का क्या यही फल हुआ? क्या इसी के लिए हमारे श्री बाबू हरिश्चंद्र इत्यादि पंडित सुजान *बालाबोधिनी* आदि पुस्तकें छाप-छापकर इतना अमूल्य काल खोते हैं? क्या स्त्रियाँ पढ़-लिखकर स्वेच्छाचारी होना और अपने बाप-ससुर का नाम डुबोना चाहती हैं? पर जो सोचा तो यह अनुमान किया कि यह स्त्रीशिक्षा का फल नहीं है वरन उस कार्यप्रणाली का यह दोष है जो उक्त विषय में कार्याध्यक्षों की असावधानता और अग्यता से महीने के लालच से अपात्र स्त्रियों को पढ़ाने से होता है।'' इस पत्र के समर्थन में 20 जुलाई के अंक में भी एक पत्र छपा जिसमें पढ़ानेवाली शिक्षिकाओं को दोषी ठहराते हुए सुझाव दिया गया कि ''जहाँ तक हो सके गुणवान शीलवती स्त्रियाँ इनके शिक्षा के निमित्त रक्खी जांय।''

भद्रवर्गीय मर्यादाओं के जिस साँचे में ढालने के लिए स्त्रीशिक्षा दी जा रही थी, यह घटना उसका उल्लंघन थी। 19वीं सदी के रूढ़िवादी सामाजिक वातावरण में द्विज घरों की बहू-बेटियां बाजार में बेपरदा नहीं जाती थीं। लेकिन पत्र में दी गई यह जानकारी महत्वपूर्ण है कि ये लड़कियाँ 'बाला पाठशाला' की थीं। बाला पाठशाला विजयानगरम महाराजा चलाते थे जिसमें ज्यादातर शूद्र और दलित घरों की लड़कियाँ पढ़ती थीं। इनके बारे में भारतेंदु ने कुछ तिरस्कार के साथ हंटर आयोग को बताया था कि इन्हें प्रलोभन के रूप में हर महीने कुछ पैसे दिए जाते हैं। इन्हें पढ़ानेवाली कुछ अध्यापिकाएँ भी शूद्र जातियों की रही होंगी क्योंकि उन दिनों बनारस में द्विज जातियों के पुरुष अपनी स्त्रियों को स्कूल की नौकरी पर नहीं भेजते थे। संगीत और अभिनय कला की तरह शिक्षा के क्षेत्र में भी शूद्र घरों की स्त्रियाँ पहले आईं। यह बात बंगाल के लिए सच नहीं थी लेकिन महाराष्ट्र में ऐसा ही हुआ था। विद्वत्ता और शास्त्रज्ञान में गले तक डूबे रहनेवाले चितपावन ब्राह्मणों के गढ़ पुणे में पहली अध्यापिका एक शूद्र स्त्री बनी। यह अकारण नहीं है कि भारतेंदु के पत्र में ''महीने के लालच से अपात्र स्त्रियों के पढ़ाने से'' पैदा होनेवाले दोष का जिक्र किया गया और अगले अंक में 'गुणवान शीलवती' स्त्रियों को ही रखने का सुझाव दिया गया।

स्त्रियों को भद्रवर्गीय मर्यादाओं के अंदर रखने के कुछ उपाय प्रतापनारायण मिश्र ने भी सुझाए थे। उनको शिक्षित करने के अलावा एक उपाय यह था कि "व्याख्यानदाता लोग कभी-कभी स्त्रियों को भी परदे के साथ स्त्रीधर्म की शिक्षा दिया करें।" गृहस्थ भाइयों को भी समझना चाहिए कि "उन्हें पतिव्रता बनाने के लिए इन्हें भी स्त्रीव्रत धारण करना होगा।" पर मिश्रजी की सबसे खास बात और आखिरी सलाह यह थी कि स्त्रियों को पतिव्रता बनाने के लिए साम, दाम, दंड, भेद—सभी से काम लेना होगा क्योंकि "स्त्रियाँ अभी विशेषत: मूर्ख हैं।" वे लिखते हैं—"निरे न्याय और धर्म से राह पर न आवेंगी। ऐसी युक्ति से बर्तना चाहिए कि वे प्रसन्न भी रहें और कुछ डरती भी रहें। तभी प्रीत करेंगी। कनौजियों की तरह निरी डंडेबाजी से वे केवल डर सकती हैं, प्रीत न करेंगी। अगरवालों, खत्रियों की भांति निरी स्वतंत्रता सौंप देने से भी वे सिर चढ़ेंगी।"[116]

हिंदी नवजागरण के लेखकों के सामने स्त्रियों की समस्याएँ नहीं थीं। उनके लिए खुद स्त्री ही एक समस्या थी जिस पर हर हाल में काबू पाना था। हिंदी नवजागरण के नेताओं को इस समस्या से इतने लंबे समय तक जूझना पड़ा कि पश्चिमोत्तर प्रांत में स्त्रीशिक्षा घिसट-घिसटकर ही चलती रही। पर यह नामुमकिन था कि जिस ज्ञान-विज्ञान की आधुनिक शिक्षा को भद्रवर्गीय द्विज पुरुषों ने अपने लिए शक्ति का स्रोत जानकर अपनाया, उसे वे स्त्रियों, शूद्रों और दलितों में फैलने से रोक लेते—हालाँकि ऐसी कोशिशें उन्होंने बहुत कीं। आज जबकि आधुनिक शिक्षा के दरवाजे कम-से-कम मध्यवर्ग में सबके लिए खुल चुके हैं, 19वीं सदी के पुरुष-सुधारकों के नजरिए को समझना और उस पर हमले करना बहुत आसान है। पर 19वीं सदी में ऐसा करना काफी मुश्किल काम था। फिर भी इस मुश्किल काम को कुछ औरतें कर रही थीं।

औरतों का नजरिया : सीमंतनी उपदेश

19वीं सदी के नवजागरण ने पश्चिमोत्तर प्रांत में किसी लेखिका को जन्म नहीं दिया जबकि उसी दौर में बंगाल, महाराष्ट्र और पंजाब में कई महत्त्वपूर्ण लेखिकाएँ सामने आईं जिन्होंने स्त्रीप्रश्न पर पुरुष-सुधारकों से अलग नजरिया रखा। इनमें सबसे महत्वपूर्ण पंजाब की 'एक अज्ञात हिंदू औरत' थी जिसने *सीमंतनी उपदेश* नाम की किताब लिखी। हाल-हाल तक दुर्लभ और अज्ञात रही यह किताब पहली फरवरी, 1882 में लुधियाने के मुंशी माधोस्वरूप के धर्म सहायक प्रेस से छपी थी। इसके प्रकाशक थे पंजाब के विद्रोही सुधारक मुंशी कन्हैयालाल अलखधारी जिन्होंने "औरतों के वास्ते बेहितर समझ के" किताब की तीन सौ प्रतियाँ मुफ्त बाँटने के लिए छपवाईं। आसान हिंदी या उर्दू में यह किताब मूलत: फारसी लिपि में लिखी गई थी जो उन दिनों पंजाब के शिक्षित समाज में प्रचलित लिपि थी। छपाने के समय लुधियाने के किसी ऋषिराज गौड़ ने इसे नागरी में बदला था। 1882 के मूल संस्करण के आधार पर इसका दूसरा संस्करण 1988 में दलित विद्वान डॉ. धर्मवीर ने छपवाया (शेष साहित्य प्रकाशन, नोएडा)। 'अज्ञात हिंदू औरत' कौन थी, इसका पता नहीं चलता। किताब में आए एक प्रसंग से सिर्फ इतना मालूम होता है कि लेखिका नि:संतान

विधवा थी। *हंस* (जून, 1999) में छपे एक लेख में डॉ. धर्मवीर ने अनुमान लगाया कि वह कन्हैयालाल की विधवा स्त्री रही होगी। पर इसका कोई सबूत नहीं मिलता। डॉ. धर्मवीर ने उसे 1890 के बाद उभरी एक प्रचारिका माई भगवती से भी एक कर दिया जबकि माई भगवती आर्यसमाजी उपदेशिका थी और विधवा भी नहीं थी।[117] वह लेखिका जो भी रही हो, कन्हैयालाल अलखधारी से उनकी वैचारिक निकटता बहुत साफ है। तीखी बेलाग भाषा, शास्त्रों की रूढ़िवादी मान्यताओं के खिलाफ आधुनिक विवेकपूर्ण तर्कशीलता और ब्राह्मणवादी प्रथाओं की कड़ी आलोचना इस निकटता का सबूत है। उन दिनों पंजाब में एक और मुंशी कन्हैयालाल थे जो लाहौर में डिस्ट्रिक्ट चीफ इंजीनियर थे और लाहौर की कई महत्वपूर्ण खूबसूरत इमारतों के निर्माता (वास्तुकार) के रूप में मशहूर थे। दोनो ही कायस्थ थे, एक आगरा के, दूसरे इटावा के। खास बात यह कि दोनों प्रखर सुधारवादी थे। इंजीनियर कन्हैयालाल की बेटी हरदेई भी बालविधवा थी जिसने इंग्लैंड में पढ़ने के लिए आए इलाहाबाद-लखनऊ के भावी बैरिस्टर रोशनलाल से प्रेम-विवाह करके उस जमाने में बड़ी खलबली मचाई थी। विवाह के बाद हरदेई ने स्त्रीप्रश्नों को उठाते हुए 1888 में एक पत्रिका *भारत भगिनी* निकाली। यह पहले इलाहाबाद से निकली, बाद में लाहौर से निकलने लगी। इलाहाबाद में इसका मुद्रण दयानंद के दाहिने हाथ समझे जानेवाले पं. भीमसेन शर्मा के सरस्वती प्रेस से होता था। लाहौर में रोशनलाल और हरदेई का घर शिक्षित सुधारकों का मुख्य अड्डा था। रोशनलाल आर्यसमाजी थे और हरदेई ब्राह्मोसमाजी। इलाहाबाद में कायस्थ महासभा के सुधारक नेता डॉ. सच्चिदानंद सिन्हा ने इसी हरदेई के बड़े भाई बैरिस्टर सेवालाल की बेटी से ब्याह किया था। क्या यह मुमकिन है कि हरदेई ही वह 'अज्ञात हिंदू औरत' रही हो? वैचारिक दृष्टि से यह सबसे ज्यादा संभव है, पर तथ्यों की दृष्टि से इसमें एक ही रुकावट लगती है—1882 में ऐसी किताब लिखने के लिहाज से हरदेई की उम्र बहुत कम रही होगी। *सीमंतनी उपदेश* की 'अज्ञात हिंदू औरत' चाहे जो भी रही हो, इसमें शक नहीं कि वह पंजाब के धार्मिक-सामाजिक सुधारकों के विचारों और कामों से अच्छी तरह वाकिफ थी और वैचारिक दृष्टि से उनके काफी निकट थी। यह भी पता चलता है कि वह अपने समय की काफी प्रतिष्ठित महिला थी जो बंबई में प्रार्थनासमाज की सभाओं में व्याख्यान भी देती थी। इसलिए यह बात और भी अफसोस की है कि उसने अपना नाम छुपा रखा। तेईस अध्यायों में बँटी अपनी किताब के चौथे अध्याय में उसने सुधारकों का शुक्रिया अदा किया कि "उनके उपदेश द्वारा चौथाई हिंदुस्तान अंधकार की गुफा से निकलकर रोशन घर में बैठा है..." उसने खासतौर से पंजाब के नवजागरण में सक्रिय मुंशी कन्हैयालाल अलखधारी, पंडित शिवनारायण अग्निहोत्री, नवीनचंद्र राय और स्वामी दयानंद का नाम लिया जिन्होंने "बहुत तरह से साबित किया है कि औरतों को भी इनसान समझना चाहिए।" इनमें से नवीनचंद्र राय और शिवनारायण अग्निहोत्री पंजाब ब्राह्मोसमाज के नेता थे। अग्निहोत्री ने, जो पंजाब के प्रभावशाली सुधारकों में एक थे, बाद में ब्राह्मोसमाज से अलग होकर *देव समाज* नाम से अपना संगठन खड़ा कर लिया था जिसके अपने स्कूल-कालेज आज भी

पंजाब में चलते हैं। इनका शुक्रिया अदा करते हुए भी लेखिका यह कहना नहीं भूलती कि इन सुधारकों के बावजूद "तमाम हिंदुस्तान में तलाश करने से शायद सौ-पचास ही निकलेंगे जो स्त्रियों को भी इन्सान जानते हों।"

सौ साल से भी ज्यादा पहले लिखी गई इस किताब में आधुनिक नारीवादी चेतना की कई विशेषताएँ पनपती दिखाई देती हैं। ऐसी एक विशेषता इस किताब का औरतों को संबोधित होना और प्रतिरोध के लिए उनका आह्वान करना है। उस वक्त स्त्रियों का कोई संगठन न होने के कारण और अपनी धार्मिकता के कारण भी लेखिका ने निस्सहाय स्त्रियों की मदद के लिए ईश्वर को पुकारा है, "इस कैद में हम जिंदगी काटेंगी कब तलक, रहबर कोई नहीं ऐ रब, तू खबर ले।" जाहिर है, पुरुष-सुधारकों को शुक्रिया अदा करने पर भी वह उन्हें स्त्रियों का रहबर नहीं समझती। ज्ञान-विज्ञान के क्षेत्र में पुरुषों के आगे बढ़ने को भी उसने स्त्रियों के लिए यह कहते हुए बेकार माना कि "एक के खाना खाने से दूसरे का पेट नहीं भरता है।" यहाँ स्त्रियों की अलग सामाजिक स्थिति की तीखी चेतना साफ है। स्त्रियों को जगाने के लिए उसने गजलनुमा कई भजन बनाए जो नवजागरण के दौर में ब्राह्मो तथा आर्यसमाजी भजनों से मिलते-जुलते थे। लेखिका पितृसत्तात्मक समाज को स्त्रियों के लिए जेलखाने के रूप में देखती है जो पूरी किताब में बार-बार स्त्रियों की पराधीनता का मुख्य प्रतीक बनकर उभरा है। हैरानी की बात है कि आधुनिक नारीवादियों ने, जो अपने अध्ययन के लिए ज्यादातर अंग्रेजी स्रोतों पर निर्भर करती हैं, आज तक इस किताब की नोटिस नहीं ली। इधर किसी ने ली भी तो ऊपर-ऊपर। शास्त्र और लोक की स्त्री-विरोधी मान्यताओं को खुली चुनौती देने के लिहाज से इस किताब की तुलना उस युग की जिस एक किताब से हो सकती है, वह महाराष्ट्र की ताराबाई शिंदे की मराठी किताब *स्त्री-पुरुष तुलना* है जो उसी साल छपी थी जिस साल *सीमंतनी उपदेश*।

सीमंतनी उपदेश की लेखिका ने सबसे पहले अपने समय की आम स्त्रियों की पिछड़ी हुई चेतना को झिंझोड़ा ताकि वे अपने दिमाग में घुसे गलत विचारों को निकाल सकें। इस सिलसिले में सबसे पहले स्त्रियों के जेवर-प्रेम की आलोचना की। जेवर के लिए बचपन से बच्चियों में कैसे शौक पैदा होता है, शादीशुदा औरतें जेवर बनवाने के लिए कैसे पति को तंग करती हैं—उससे रूठती, मार खाती और उसे कर्ज लेने को मजबूर करती हैं—चाहे अमीर औरतें हो या गरीब—इसके दिलचस्प वर्णन के बाद वह तीन दृष्टियों से इसकी आलोचना करती है—जेवरों से होनेवाली शारीरिक तकलीफों के लिए, इससे सुंदरता बढ़ने के बजाय फूहड़पन आ जाने के लिए और जेवरों से जुड़ी लोकप्रचलित मान्यताओं के लिए। जैसे पंजाब में एक जेवर *चौका* जो सिर पर खूँटे के मानिंद गाड़ा जाता है, सुहाग की निशानी समझा जाता था। "मैंने कभी नहीं देखा कि इससे किसी औरत को आराम मिलता हो, बल्कि मारे बोझ के गर्दन पीछे को लटकती रहती है। रात को सोने में बड़ी तकलीफ रहती है।" इसी तरह पाँव के बिछुए "जिनकी बदौलत पाँव की उँगलियों का मांस गल जाता है। पहनते वक्त भी दो-चार जख्म हो जाते हैं।" कान में छेद करके पहने गए भारी

जेवरों के बोझ से "कान दोहरे हो जाते हैं, खून-पीप बहा करती है।" स्त्री के जिन आभूषणों की सुंदरता का बखान करने के लिए कविगण न जाने क्या-क्या उपमाएँ देते आए थे, उनके बारे में यह एक नई स्त्री-दृष्टि थी। कुछ जेवरों को, जैसे सिर का चौका, पाँवों के बिछुए, बाँहों की चूड़ियाँ या नाक की नथ को सुहाग की निशानी माना जाता था। लेखिका ऐसी धारणाओं का कड़ा विरोध करती है—"कौन-से धर्मशास्त्र में इनका पहनना सुहाग में दाखिल है? यह रस्म पुरखों की नहीं, यह आपकी ईजाद है।" सुहाग के लिए जेवर पहननेवाली स्त्रियों से वह पलटकर पूछती है—"तुम्हारे वास्ते तुम्हारे खाविन्द कौन-सी निशानी रखते हैं?" साथ ही इस धारणा की खिल्ली उड़ाती है कि उन्हें पहनने से सुहाग की रक्षा होगी—"अफसोस कि सुहाग का खूंटा सिर पर ही गड़ा रहता है और फिर भी विधवा हो जाती हैं।" जेवर स्त्री-धन है, इसलिए इसे पास रखने या पहनने से वह इनकार नहीं करती। वह जेवरों से संबंधित एक परिष्कृत रुचि पैदा करने को कहती है, ऐसी रुचि जिसका धर्म, प्रथा या सुहाग की रक्षा जैसे अंधविश्वासों से कोई संबंध नहीं। "मैं यह नहीं कहती कि जेवर का शौक छोड़ दो, बल्कि जो जेवर जिस्म को तकलीफ दे, उसे छोड़ दो। उसकी जगह खूबसूरत जेवर पहनो।"

स्त्रियों में जूते न पहनने के रिवाज की भी वह आलोचना करती है, "बड़े शर्म की बात है कि इतने जेवर का शौक हो और चार आने की जूती पाँव में न हो···।" कटाक्ष करते हुए वह एक कटु सच्चाई की ओर भी इशारा करती है, "तुम चाहे जूती को छोड़ दे ··· जूती हरगिज तुम्हारे सिर को न छोड़ेगी।" पश्चिमोत्तर प्रांत में स्त्रियों द्वारा पहनी जानेवाली पोशाकों—दुपट्टा, चोली, लहँगा की भी आलोचना करती है। "ढाई गज का दुपट्टा जिससे अच्छी तरह बदन भी नहीं ढक सकता, दो बालिश्त की चोली जिससे बाहें, पीठ, पेट सब खुला रहता है, पांच या सात गज का लहँगा वह भी पाँवों के टखने से ऊँचा।" वह इन पोशाकों का विकल्प सुझाती है जिससे नंगई न झलके। रंगीन कपड़ा पहनना भी सुहाग में शामिल था जिसे रंग उड़ जाने के डर से स्त्रियाँ जल्दी धुलवाती नहीं थीं। कपड़ा गंदा होकर बदबू देने लगता था। "परमेश्वर ने इनको मैला और गंदा पहनने को पैदा किया। गोया मैला रहना ही सुहाग की निशानी है।" वह इसके कारणों पर नजर दौड़ाती है। कौन इनको गलीज रखता है? क्यों नहीं हर रोज कपड़ा बदलती? हर रोज कपड़े बदलने का सवाल शहरी मध्यवर्ग में ही उठ सकता था और नवजागरण का सामाजिक आधार यही वर्ग था। इस संदर्भ में वह मध्यवर्गीय पुरुष और स्त्री के बीच फ़र्क पर गौर करती है कि आदमी ताजी हवा में नए-नए कपड़ों में साफ घूमते हैं। सौ रुपए महीना तनख्वाह वाले का कपड़ों का खर्च सौ रुपए साल से कम न होगा। पर वह औरत के वास्ते दस रुपए भी मुश्किल से खर्चते थे। औरत को मर्द ही गंदा रखते हैं, वे खुद मैली नहीं रहतीं। "ऐ अपनी गंदी औरतों को देख के खुश रहने वालो, फिर उन पर मैली रहने का इल्जाम लगा, रंडी-लौंडों की तलाश करने वालो, आप यह ख्याल न करें कि औरतें गलीज रहती हैं।"

शिक्षित भद्रवर्गीय होने के नाते 'अज्ञात हिंदू औरत' कुछ मुद्दों पर अपने वर्ग के

पुरुष-सुधारकों से साझे विचार रखती हैं, जैसे सुनहले अतीत के बारे में, मध्यकालीन शासन और ब्रिटिश हुकूमत के बारे में। "मुसलमान जमाने के वक्त बेशक कलियुग था। लेकिन अब श्रीमती विक्टोरिया महारानी का राज है, जिसमें इन्साफ सूर्य की (तरह) चमक रहा है। जहाँ इन्साफ है, वहीं सतयुग है।" इन साझे विचारों के बावजूद सामाजिक सुधार के केंद्रीय मुद्दे—औरतों के सवाल—पर वह भद्रवर्गीय सीमाओं से बहुत आगे जाती है। 19वीं सदी में फैले व्यभिचार में स्त्रियों की भागीदारी को पुरुष अक्सर स्त्रियों की मूर्खता, उनमें कामभावना की अधिकता या शास्त्रीय धर्म में घुस आई विकृतियों से जोड़कर देखते थे। नतीजन वे स्त्रियों पर नैतिक उपदेशों से भरी शिक्षा तथा और ज्यादा मर्यादाएँ थोपने की सिफारिश करते थे। लेखिका इसे यथार्थपरक ढंग से देखती है और नतीजे में स्त्रियों पर लगे अन्यायपूर्ण बंधनों से उन्हें मुक्त करने की आवाज उठाती है। स्त्रियों में आठगुना काम होने के बजाय वास्तव में उनमें "मर्दों से सौगुना ज्यादा सब्र" होता है। व्यभिचार में उनके फँसने के आमतौर पर नौ कारण थे—अव्वल विवाह न होने से, दूसरा बेवा होने से, तीसरा बूढ़े से शादी होने से, चौथा जिसकी छोटे लड़के से शादी हुई हो, पाँचवाँ सास-ननद के बहुत दिक करने से, छठा खाविंद की बदफैलियों से दिल जलकर, सातवाँ रोटी-कपड़ा न मिलने से, आठवाँ मुफलिसी से, नौंवा जो दौलतमंद मुख्तार हो। तफसील के साथ उसने व्यभिचार की राह में पहला कदम रखने की मनोवैज्ञानिक स्थिति से लेकर उसकी आखिरी मंजिल तक का सफर दिखाया कि कैसे इन सबके लिए पुरुषों का बर्ताव और नजरिया जिम्मेदार है। पुरुष खुद को पूर्ण मनुष्य समझते थे और अपनी हर जायज-नाजायज इच्छा पूरी करते थे, लेकिन स्त्रियों के लिए बिल्कुल दूसरा मापदंड रखते थे। उन दोहरे मापदंडों को जड़ से उखाड़ने के लिए लेखिका इस प्राकृतिक सत्य को खुलकर कहने पर उतरती है कि "जब परमेश्वर ने इनको पैदा किया तो सब इंद्रियां मर्दों के बराबर दीं।" विधवाओं की दुबारा शादी के विरोधी पुरुष इसी प्राकृतिक सत्य को नजरअंदाज कर रहे थे। अपनी यौन-इच्छा के लिए स्त्री का मुँह खोलना बजारू या मर्यादाहीन काम समझा जाता रहा है। इस परंपरा को तोड़कर पहली बार लेखिका ने स्त्री की यौन-इच्छा को अभिव्यक्ति दी, "लाचार हो हम बदकाम करती हैं, क्योंकि दूसरी शादी हमको करने नहीं देते, उधर हमें इंद्रियां चैन नहीं लेने देतीं।" सेक्स के बारे में खुलकर बात करना अक्सर पुरुषों का मैदान समझा जाता है। आधुनिक लेखिका कृष्णा सोबती ने इस मुद्दे पर पुरुषों की भाषा को जस का तस पकड़कर अपने लेखन में उतारा तो खलबली मच गई। स्त्री की कलम से उस भाषा की पहली अभिव्यक्ति *सीमंतनी उपदेश* में हुई थी। माँ-बाप अपनी बाल-विधवा बेटी की दूसरी शादी करने की हिम्मत नहीं जुटाते थे, पर उसका मन रखने के लिए उसे गहनों से लादे रखते थे। कहते थे, भला यह कभी हो सकता है कि हम पहन-ओढ़कर बैठें और यह हमारे सामने मन मारके बैठे? उनकी खबर लेते हुए वह लिखती है, "वाह री समझ! कोई पूछे इनसे—जब आप पलंग पर गर्म होती हैं, उस वक्त लड़की के मन का क्या बंदोबस्त करती हो?" यह भाषा नवजागरण लानेवाले भद्रवर्ग की भाषा से उतनी ही अलग और आगे थी, जितना

इस भाषा में व्यक्त होनेवाला नजरिया।

नवजागरण के दौर में कई पुरुष-सुधारकों ने विधवाविवाह के प्रति उदारता और करुणा का भाव दिखाया और उनके पुनर्विवाह को उचित ठहराया। लेकिन खुद एक सजग स्त्री इस सवाल को जिस तीखेपन के साथ महसूस करती थी, वह तीखापन उन सुधारकों में नहीं था। पुरुष-सुधारक विधवा जीवन के अंतरंग अनुभवों से अनजान थे। लेखिका ने उन अनुभवों का वर्णन किया। कायस्थ होने के कारण वह इसी जाति की प्रथाओं का अपना अनुभव लिखती है। उसने चार शादियाँ करनेवाले एक पिता की सात बरस में विधवा हो गई उस बेटी का जिक्र किया जिसने 18 साल की उम्र तक खुद को सँभालकर रखा। आखिर में ''एक नौकर से खराब हुई।'' जब गर्भ रह गया तब पिता ने उसे दूध में जहर देकर पीने को मजबूर किया। वह युवा लड़की, जो जीवन जीना चाहती थी, पिता के जबर्दस्त दबाव से आखिरकार आत्महत्या करने को मजबूर हुई। ''सब कौमों से कायस्थों की कौम में बहुत सख्त दस्तूर है।'' लेखिका ने पति के मरते ही विधवा पर शुरू हो जानेवाले अत्याचारों की सारी प्रथाओं को—जिनके बाकायदा अलग-अलग नाम हैं—सिलसिलेवार वर्णन किया। पति की अर्थी के पीछे-पीछे खींचकर ले जाई गई विधवा को नदी के ठंडे पानी में कपड़ों समेत कई घंटे बैठाकर रखने के बाद उसी हालत में उसको घर के कोने में ठंड से ठिठुरते हुए बैठा दिया जाता था। ''मैने खुद अपनी आंखों से इस हालत में एक औरत को मरते देखा है।'' जब लोगों ने देखा कि मर गई, ''खुशी से मशहूर किया कि वह सच्ची सती थी।'' एक और विधवा को कड़ी तपती धूप में मुर्दे के साथ शहर से तीन कोस दूर चलाकर ले गए और दोपहर तीन बजे उसी तरह वापस लाए। रास्ते में प्यास के मारे सबों ने पानी पिया, लेकिन जिसका खाविंद मरा था, वह मारे शर्म के पानी न माँग सकी। ''अगर पानी माँगती, तो बड़ी कट्टर कहलाती, बल्कि बदनामी होती, बल्कि गम न करने का इल्जाम उस पर लगाया जाता।'' मारे प्यास के उसका गला खुश्क हुआ जाता था। कदम उठा नहीं सकती थी। आँखें निकली जाती थीं। उधर नायन जानवर की मानिंद घसीटे लिए जाती थी। थोड़ी ही दूर चली होगी कि गश खाकर जमीन पर गिर पड़ी। सबने कहा कि पति के वियोग से ऐसा हुआ। पानी किसी ने मुँह में न डाला। घर लौटकर उसे एक कोने में बिठा दिया। जब एक औरत ने सबसे छिपाकर उसे पानी पिलाया तो वह उसके एहसान से गड़ गई। पर उसे अपनी बदनामी की भी चिंता हुई। ''जिस तरह तुमने यहाँ मेरी जान को बचाया, मैं उम्मीद करती हूं कि लोगों की बदनामी से भी मेरी जान बचाओगी।'' उस औरत ने वादा किया कि उसके पानी पीने का जिक्र वह किसी से न करेगी।

19वीं सदी की हिंदुस्तानी औरत का सारा जीवन दुखों का एक सिलसिला था। पैदा होने से मरने तक सिवा गम खाने और दिल जलाने के किसी तरह का आराम किसी उम्र में न था। खाविंद के जीते-जी उसके संदेहों और तंगदिली का शिकार होती थी, मरने के बाद यह खराबियाँ। उधर पुरुष? ''वह जिंदगी में रंडी व लौंडों से मजे उड़ाते थे और मरने के बाद इस क्रिया के पुण्य से अप्सराओं में आराम करते होंगे।'' स्त्री की नजर से देखे गए ये

अनुभव और तीखी अनुभूतियाँ विधवाओं से सहानुभूति रखनेवाले पुरुष-लेखकों में कम दिखाई देती हैं। अनुभवों का फ़र्क जितना बुनियादी था, उतना ही नजरिए का फ़र्क। बिना वेदों से प्रमाण दिए, सीधे जीवन के वास्तविक अनुभवों से और अपनी विवेकपूर्ण नैतिक दृष्टि से लेखिका ने हर स्त्रीविरोधी धारणा का खंडन किया—वह धारणा चाहे लोक की हो, चाहे शास्त्र की। स्त्रियों में कामवेग पुरुषों से दोगुना होता है, यह एक प्रचलित धारणा थी। भारतेंदु ने स्त्रियों में आठ गुने कामवेग का तर्क देकर लोगों को विधवाविवाह के लिए राजी कराने की कोशिश की थी। ऐसे तर्कों को सामने रखकर लेखिका उलटकर पुरुषों के पाखंडभरे दोहरे मापदंडों पर चोट करती है, "दूना खानेवाले को घर में कैद कर भूखा बिठा रखें और उसी के सामने चौगुना खा के मजे उड़ाएं।"

मनु ने द्विज जाति की विधवाओं का विरोध करते हुए लिखा था कि पुनर्विवाह करनेवाली स्त्री मरने के बाद "परलोक में पतिलोक को नहीं पाती।" मनु की हैसियत से आतंकित हुए बिना लेखिका ने बेधड़क पतिलोक के ख्याल का मजाक उड़ाया, "पतिलोक की तो खबर नही, कहां है ? किस विलायत में है" उसने मनु के इस निर्देश की भी आलोचना की कि विधवा स्त्री को कम खाना चाहिए, "यह सरासर जुल्म है।" उलटकर उसने पूछा कि यही बात विधुर मर्दों के लिए क्यों नहीं लिखी ? शील, गुण और वफादारी से रहित पुरुष को भी देवता की तरह पूजने की मनु की व्यवस्था पर उसने टिप्पणी की कि आखिर "मनुजी हिंदी मर्दों के दादा-परदादा गुरु थे।" इतिहास में शायद पहली बार किसी स्त्री ने मनु के इस वास्तविक गुरुघंटाल रूप को दिखलाया। मनु ने ब्राह्मण, क्षत्रिय और वैश्य जातियों में स्त्रियों के पुनर्विवाह को मना किया था, पर शूद्र औरतों के नहीं। दयानंद ने इस व्यवस्था का समर्थन किया। इसका कारण मजदूरी करने के लिए शूद्रों की संख्या को बनाए रखने के अलावा तथाकथित ऊँची जातियों के अंदर अपनी स्त्रियों को प्रतिष्ठा का प्रतीक मानने की पितृसत्तात्मक संस्कृति थी जिसे अपने एक लेख में उमा चक्रवर्ती ने स्पष्ट किया है। *सीमंतनी उपदेश* से लगता है कि विधवाविवाह का समर्थन करते हुए याज्ञवल्क्य ने भी विभिन्न वर्णों की स्त्रियों के बीच ऐसा भेद किया था। मनु, याज्ञवल्क्य और दयानंद—सबसे असहमति प्रकट करते हुए लेखिका ने इस वर्णवादी दृष्टि का विरोध किया, "ब्राह्मणी, क्षत्रिया, वैश्या, शूद्रा में जो फ़र्क किया है, यह नहीं होना चाहिए।" विधवाविवाह में एक बड़ी अड़चन खुद अशिक्षित स्त्रियों में जड़ जमाकर बैठी यह धारणा थी कि जिसने एक से फेरे ले दूसरे से शादी की, परमेश्वर उसको नरक में डालता है। लेखिका ने इसका कड़ाई से प्रतिवाद किया, "यह बिल्कुल झूठ है। जाहिलों को धोखा देने की बात पंडितजी ने बनाई है।... हिंदू-मुसलमान जो एक औरत के जीते जी दस-दस शादियां करते हैं, उन्हें कोई पाप नहीं लगता ?" शरीरकेंद्रित मिथ्या नैतिकता का विरोध करते हुए उसने लिखा कि पाप-पुण्य का ताल्लुक दिल से है, जिस्म से नहीं। हर किस्म की झूठी नैतिकता को किनारे कर उसने देह-धर्म के प्राकृतिक सत्य को आगे रखा—"ख्वाहिश औरत-मर्द में कुदरत की तरफ से है, आदमी की बनाई नहीं।" चूँकि ख्वाहिश कुदरती चीज है, इसलिए जो शास्त्र

या धर्म इसे ठुकराता है, वह झूठा है। वास्तविकता की सच्चाई पर खड़े होकर उसने साहसपूर्वक एक नई बात कही जिसे कहने का साहस 19वीं सदी के किसी सुधारक ने नहीं दिखाया, ''एक-दो खाविंद के मरने से नहीं, बल्कि जबतक ख्वाहिश बाकी रहे, चाहे पचास खाविंद मरें—बेशक शादी कर लें।'' (पृ. 62) विधवाविवाह के इस सीधे-सच्चे बेलाग दर्शन के आगे तरह-तरह के द्वंद्वों में फँसे भारतेंदु जैसे सुधारकों के विधवाविवाह पर किए गए कटाक्ष हास्यास्पद और क्षुद्रतापूर्ण लगते हैं।

इससे भी आगे बढ़कर वह विधाविवाह के लिए पुरुष-सुधारकों द्वारा अपने 'उद्धार' की बाट जोहने के बजाय खुद स्त्रियों को पहल करने का आह्वान करती है। मर्द खुदगर्ज हैं, वे स्त्रियों की समस्या का हल न करेंगे। ''बस, अब अपनी ही हिम्मत पर कमर बांधो। बस हमको चाहिए, अपनी मदद आप करना।'' यह गुमनाम लेखिका अपने समय से शायद सौ साल आगे थी। वह समझ रही थी कि संस्कारों और परंपराओं में बँधी-जकड़ी औरतें यह कदम उठाने की हिम्मत नहीं जुटा पाएँगी। लिहाजा वह उनको मानसिक रूप से मुक्त करने की कोशिश करती है। बहनापे की भावना के साथ हिम्मत बँधाती है, ''जब आप दस मिलकर यह काम करोगी, तब रफ़्ते-रफ़्ते रिवाज हो जाएगा।'' इसमें भी व्यावहारिक कठिनाइयाँ थीं। घर में कैद बैठी विधवाएँ शादी कैसे करें? कहाँ तलाश करें? लेखिका सुझाव देती है कि ''जब शादी करना चाहो, माँ-बाप से कहो।'' लेकिन वे न मानें, मारे-पीटें तो ''फौरन सरकार में इत्तिला दो।'' यह आखिरी सुझाव जहाँ एक ओर लेखिका की कानून संबंधी सजगता को दिखलाता है, वहीं उसकी शहरी भद्रवर्गीय स्थिति को भी दर्शाता है। वह उन लोगों का ध्यान नहीं करती जो न सिर्फ अपनी परिस्थितियों के कारण कानून तक नहीं पहुँच सकती थीं, बल्कि कानून का फायदा उठाने की ताकत भी नहीं रखती थीं। शिक्षित भद्रवर्गीय पुरुषों की तरह लेखिका भी सुधारों के लिए ब्रिटिश सरकार के कानूनों पर भरोसा करती है। लेकिन, विधवाओं को अपने विवाह की खुद कोशिश करनी चाहिए, इस विचार की तर्कसंगत परिणति एक दूसरे महत्वपूर्ण विचार में होती है कि हर स्त्री को (और पुरुष को भी) अपना विवाह अपनी पसंद से करना चाहिए। ''जब शादी करना चाहो, अपनी मर्जी के मुवाफिक पसंद कर लो।'' स्त्री-पुरुष संबंधों के मामले में यह एक महत्वपूर्ण सिद्धांत था जिसका समर्थन विद्यासागर और कुछएक दूसरे सुधारकों ने किया तो था, पर इतना खुलकर नहीं। वास्तव में यह 19वीं सदी की स्त्रियाँ ही थीं जिन्होंने इसकी माँग सहज भाव से की। स्वेच्छा से विवाह करने का एक नया मूल्य पेश करके वह विवाह संपन्न करने के तौर-तरीकों में भी लाजिमी तौर पर आनेवाले बदलावों की ओर इशारा करती है। एक बदलाव विवाह से जुड़ी निरर्थक प्रथाओं और कर्मकांडों के खिलाफ था, ''यहाँ पंडित जी टेवा नहीं देखेंगे, न पंडित साहब लग्न जुड़ाने आवेंगे।'' ब्राह्मोसमाज के नए विवाह विधान को अवैध करार देनेवाले काशी धर्मसभा के पंडित और भारतेंदु लेखिका के इन विचारों पर कैसी व्यवस्था देते, इसका अंदाजा लगाया जा सकता है। अपनी मर्जी और चुनाव से शादी करने का विचार पेश करके लेखिका वयस्क स्त्री-पुरुषों को अपने निर्णय के

प्रति जिम्मेदार बनाती है, शादी को गले पड़े ढोल की हालत से बाहर निकालती है। वह विवाह को दो परिवारों के मिलन की सामंती अवधारणा से मुक्त कर स्त्री-पुरुष के परस्पर प्रेम को संबंधों का नैतिक आधार बनाती है। इस संबंध में स्त्री के शरीर पर कब्जा बनाए रखने का सवाल नहीं होगा। ''जब आपस में मौहब्बत होगी, बस दिल कैद होगा।'' यौन-संबंधों की यह नैतिकता, जो आज सिद्धांत के रूप में सामान्य तौर पर मान ली गई है, 19वीं सदी के सामाजिक जीवन में पहली बार एक स्त्री ने पेश की थी क्योंकि उन्हीं को इसकी सबसे ज्यादा जरूरत थी। इस विवेकसम्मत, नए नैतिक दृष्टिकोण से वह ब्राह्मण ग्रंथों की उन व्यवस्थाओं को भी चुनौती देती है जो स्त्री के प्रति कुछ उदार रवैया दर्शाने के बावजूद वास्तव में अनैतिक और अमानवीय थीं। मसलन स्त्री के पुनर्विवाह के समर्थन में तर्क देते हुए याज्ञवल्क्य ने लिखा था कि अगर पति को असाध्य बीमारी हो, महापतिक हो, तो उसकी शुद्धि तक यानी बीमारी के दूर होने तक आसरा देखे, फिर दूसरी शादी कर ले। स्त्रियों के प्रति पुरुषों की स्वार्थपरता का विरोध करते हुए लेखिका कहती है कि बेशक याज्ञवल्क्य की इतनी बात सही है कि मर्द जब स्त्री की असाध्य बीमारी के ऐन बीच में ही दूसरी सौतन ला बिठाते हैं या बंध्या का बहाना बनाकर दूसरी शादी कर लेते हैं, तो स्त्रियों को भी इसी आईन से दूसरी शादी कर लेनी चाहिए। बावजूद इसके लेखिका याज्ञवल्क्य की इस व्यवस्था का विरोध भी करती है जो उसका मुख्य आशय है—''मेरी समझ में यह बिल्कुल बेरहमी और निहायत बेवफाई का काम है कि जब तक औरत-मर्द तंदुरुस्त रहें, साथ रहें, और जब किसी तरह की आफत आवे या एक को बीमारी हो तब वो एक-दूसरे का साथ छोड़ दें।'' यह था नवजागरण का असली सारतत्व—विवेकबुद्धि और मानवीयता पर आधारित नैतिक-बोध—जो धर्मशास्त्रों को चुनौती दे रहा था। निडर होकर शास्त्र की आलोचना करनेवाला यह नैतिकबोध एक बुनियादी दृष्टिकोण के रूप में, इतने स्पष्ट रूप से, हिंदी नवजागरण के अग्रदूत समझे जानेवाले किसी भी लेखक में न था।

सीमंतनी उपदेश का सबसे क्रांतिकारी पक्ष पतिव्रतधर्म की आलोचना है। हालाँकि ब्राह्मोसमाज, आर्यसमाज और देवसमाज ने स्त्री-पुरुष की बराबरी को मानते हुए उनके बीच भेदभाव कम करने पर जोर दिया था, लेकिन पतिव्रतधर्म-मात्र की उन्होंने आलोचना की हो, ऐसा नहीं लगता। कन्हैयालाल अलखधारी ने, जिनसे लेखिका नजदीक थी, इस तरह की आलोचना की थी या नहीं, इसका पता नहीं चलता। बहरहाल, पुरुष-सुधारकों के आंदोलनों का शुक्रिया अदा करने के बावजूद लेखिका की पतिव्रतधर्म संबंधी आलोचना भद्रवर्गीय नवजागरण की सीमाओं से काफी आगे की चीज थी। सच पूछिए तो यह स्त्रियों की अपनी चेतना थी। हिंदी नवजागरण के लेखकों के लिए पतिव्रतधर्म से बढ़कर स्त्रियों के लिए कोई धर्म न था। इस धर्म की असलियत क्या थी, इसे स्त्रियों के मुँह से सुनना ही उचित होगा।

लेखिका पतिव्रतधर्म की इस बुनियादी मान्यता को चुनौती देती है कि स्त्रियों के वास्ते पति ही परमेश्वर है, दूसरा कोई नहीं। ''आदमी को ईश्वर ने पैदा किया, फिर आदमी क्योंकर परमेश्वर हो सकता है?'' *महाभारत* और *मनुस्मृति* की इस मान्यता का वह खंडन करती

है कि स्त्रियों के वास्ते सिवा पतिसेवा के और किसी तरह का पुण्य-भजन नहीं है। इस प्रसंग में हालाँकि पहले वह एक कमजोर तर्क देती है कि पुराने जमाने में गंधर्व या स्वयं वर विवाह होते थे, इसलिए पति-पत्नी में प्रीति होती थी, इसलिए वहाँ एक का कर्म दूसरों का भी कर्म हो जाता था—लिहाजा स्त्री को अलग से पुण्य-भजन करने की जरूरत नहीं पड़ती थी। लेकिन जल्दी ही वह इस तर्क को छोड़कर वास्तविक समाज में पति-पत्नी के अधिकारों के बीच गहरे भेद-भाव और दोहरे मापदंडों की असलियत पर उँगली रखती है जो पतिव्रतधर्म के खिलाफ उसका मुख्य तर्क है। जब स्त्री-पुरुष के बीच किसी तरह की समानता नहीं होती और इसलिए न प्रीति होती है, तो फिर पतिव्रतधर्म की गुंजाइश कहाँ बचती है? "आजकल की स्त्रियों को विद्या से महरूम रख, जेलखाने में डाल, तिस पर शक कर, विधवाओं की दूसरी शादी न कर, आप दस-दस शादियाँ करते हैं। क्या यह बेइंसाफी नहीं इनको इस धर्म की राह बताना? ··· यह पतिव्रतधर्म नहीं, खुद-मतलबी धर्म है।" शास्त्रों की व्यवस्था, समाज की मर्यादा, पतिव्रता के मूल्य—सारे आवरणों को हटाकर लेखिका इनके नीचे पतिव्रतधर्म की असलियत को उघाड़कर रख देती है। पुरुषों की घोर स्वार्थपरता और हर तरह की मनमानी करने के रास्ते में स्त्री रुकावट न बने इसके लिए, उस पर अंकुश रखने के लिए, स्त्रियों पर तरह-तरह के धर्म लादे जाते थे। "आप जो चाहे सो करें। ··· आप रंडी-लौंडों की बगल में आराम करें, इन्हें पंडितजी से धर्म का महात्म्य सुनवायें।"

जैसे दयानंद के *सत्यार्थ प्रकाश* में तत्कालीन हिंदूसमाज के धार्मिक पतन के कई चित्र मिलते हैं, *सीमंतनी उपदेश* में 19वीं सदी में पुरुषों के नैतिक पतन और स्त्रियों के साथ होनेवाले अन्याय के कई यथार्थ चित्र मिलते हैं। ब्राह्मणों ने पतिव्रतधर्म का निर्वाह करनेवाली स्त्रियों के चार दर्जे बनाए थे—उत्तम, मध्यम, कनिष्ठ और नीच। उत्तम वह जो अपने खाविंद के सिवा दूसरों को दुनिया में पैदा हुआ ही न जाने। मध्यम वह जो दूसरे पुरुष को भाई या बाप के मानिंद माने। कनिष्ठ वह जो इस धर्म के डर से दूसरे पुरुष के पास नहीं जाती। नीच वह जो लोगों के खौफ से, अवसर न मिलने से रुकी रहती है। लेखिका इसमें जोड़ती है—"पाँचवा दर्जा अपनी तरफ से और आजकल की स्त्रियों की दशा देखकर लिखती हूं—यानी जबर्दस्ती इस धर्म का कराना। घर में बन्द रखना। बाहर न जाने देना। लोगों ने इसी का नाम धर्म रखा है।" स्त्रियों को घर में बंद रखने और बाहर जाते समय ताला लगाकर जाने के तथ्य 19वीं सदी के दूसरे साहित्यिक स्रोतों में भी मिलते हैं। पतिव्रतधर्म का एक मतलब पति की हर आज्ञा और इच्छा का पालन करना था। धर्म का यह अर्थ कितने अनर्थों की जड़ था, इसका *सीमंतनी उपदेश* से पता चलता है। पुरुष खुलेआम पराई स्त्रियों को घर में लाते थे और अपनी पत्नी से उनकी सेवा करवाते थे। "सिर्फ इसी धर्म के बाइस कुछ जगह सुनने में आया और देखा भी गया—खाविंद जब अपनी दोस्त को लेकर पलंग पर आराम करता है, यह बराबर पंखा झला करती है। फिर औरत से बराबर उसके और अपने पांव दबवाते हैं।" लेखिका ने जोर देकर कहा कि यह न समझा जाए कि ऐसा कोई-कोई स्त्री ही करती होगी—"नहीं, इस रोशन जमाने में हजार में आठ सौ औरतें

ऐसा ही करती हैं।''

पतिव्रतधर्म स्त्री को पुरुष के प्रति वफादार रहने, मुसीबत या बीमारी में उसकी सेवा करने को कहता था। लेखिका इससे इनकार नहीं करती। लेकिन इसे वह पतिव्रतधर्म का अंग नहीं मानती क्योंकि अगर कोई इनसानी फर्ज है तो वह सिर्फ पति तक सीमित क्यों रहेगा? इसलिए पतिव्रतधर्म की नहीं, मानवधर्म की बात होनी चाहिए। ''सिर्फ खाविंद पर ही नहीं, मां-बाप, भाई, बेटा, जो ऐसी मुसीबत में गिरफ्तार हो, सब पर ऐसा रहम करना चाहिए।'' कहने की जरूरत नहीं कि ऐसा धर्म स्त्री और पुरुष, दोनों पर समान रूप से लागू होता है।

पति-पत्नी संबंधों के प्रति जो भावुकतापूर्ण रवैया आमतौर पर लोगों में दिखाई देता है, जिसके कारण वे झूठे आदर्शों के शिकार होते हैं, लेखिका उससे मुक्त नजर आती है। वह स्वेच्छा से बनाए गए प्रेमपूर्ण संबंधों को महत्व देती है, धर्म के नाम पर जबरन थोपे हुए संबंधों को नहीं। ''बेशक खाविंद बिना दुनिया में गुजारा करना कठिन है, मगर ऐसे खाविंद से जिसको अपना दिल प्यार करता हो, ऐसे से नहीं जो जबर्दस्ती खाविंद बना दिया गया हो। ऐसे खाविंद से इस दुनिया में ही नरक है।'' 19वीं सदी के शिक्षित भद्रवर्गीय समाज के लिए यह दृष्टिकोण, जो स्त्री को अपनी नियति और सेक्सुएलिटी पर अपने नियंत्रण की ओर ले जाने में सहायक था, काफी क्रांतिकारी था। वह इस प्रचलित विश्वास की खिल्ली उड़ाती है कि पतिव्रताओं को स्वर्गलोक ले जाने के लिए विमान आता है। ''हमने कभी नहीं सुना कि किसी को विमान आया हो। हां, बेशक आप ही जहर से या किसी हथियार से अपना घात कर चली जाती है।'' 19वीं सदी के बहुत-से पुरुष यह शिकायत करते थे कि आजकल सच्चे मन से पतिव्रतधर्म निभानेवाली स्त्रियाँ दिखती नहीं। ऐसे पुरुषों को जवाब देते हुए लेखिका ने लिखा—''जब आपकी स्त्री अपने यार को बुलाकर तुमसे उसकी खिदमत करावे तब आपको मालूम हो कि सच्चे दिल से क्योंकर यह धर्म होता है?'' (पृ. 97) वह पतिव्रत धर्म को व्यापक सामाजिक संदर्भ में देखती है, इससे निकलनेवाले भयावह नतीजों की ओर ध्यान खींचती है। उसकी यह दृष्टि बहुत साफ है कि परंपरागत पतिव्रतधर्म हिंदुस्तानी समाज में पुरुषों के नैतिक पतन का एक मुख्य स्रोत है जो कभी सूखता नहीं। ''यह सिर्फ स्त्रियों को ही दुखदायक नहीं है। नहीं, इसका फल तमाम हिंदुस्तान में फैला है जिसका फल यह है कि व्यभिचार करने को लोग कुछ पाप नहीं मानते बल्कि जो इस काम में नहीं पड़ता, उसे नामर्द करार देते हैं।... जो पुरुष व्यभिचारी होते हैं, उनका मन कुत्ते की मानिन्द हमेशा मैले ही में लगा रहता है।'' पतिव्रतधर्म स्त्री-पुरुष के बीच भेदभाव का पक्का आधार था। यह पुरुषों को व्यभिचार करने की छूट देता था, स्त्रियों को अन्याय सहने को मजबूर करता था। शास्त्रों और पुराणों में इसका बखान करने, इसकी महिमा बतानेवाली कथाएँ भरी पड़ी थीं जिन्हें व्रत-पूजा-उपवास पर सुन-सुनकर स्त्रियाँ इस अन्यायपूर्ण धर्म को अपने संस्कारों में ढालती थीं। मानो उन्हीं स्त्रियों को पुकारकर लेखिका कहती है—''ऐ नेक गरीब भोली हिन्दनियो! तुमको पतिव्रता माहात्म्य सुनाते हैं

और तुम्हारे खाविन्दों को कोकशास्त्र और नायिकाभेद और बहार-ऐश और लज्जतुलनिसा की पोथियां सुनाकर कहते हैं—इस दुनिया में जिसने दो-चार, दस-बीस कन्याओं से संग नहीं किया, उसका पैदा होना निष्फल है।'' जो धर्म भारतीय संस्कृति की अनिवार्य पहचान बनकर इतनी प्रामाणिकता के साथ सदियों से जमकर बैठा हुआ था और अब भी काफी हद तक है, उसे लेखिका बेहिचक ठुकराने का आह्वान करती है क्योंकि इसे न छोड़ा गया तो जुल्म बढ़ते जाएँगे। ''ज्यों-ज्यों तुम इस धर्म में दृढ़ होती जाती हो, त्यों-त्यों वे अधर्म में ज्यादा होते जाते हैं।…यह धर्म, उनका अधर्म, तुम्हारी जान लेने वाला है।''

लेकिन रास्ता क्या था? इस चक्रव्यूह से स्त्रियाँ कैसे निकलतीं? इस पर लेखिका ने व्यवस्थित ढंग से विचार नहीं किया। फिर भी वह दो स्तरों पर इसका हल सुझाती है। एक हल प्रतिरोध के स्तर पर। जब मर्द किसी दूसरी औरत के पास जावें, तुम कहो, हम भी दूसरे मर्द के पास जावेंगी। यह बात शायद सिर्फ कहने तक सीमित थी, करने की नहीं, क्योंकि आगे लेखिका नेक राह कभी न छोड़ने के लिए कहती है। अगर मर्द किसी रंडी-लौंडें को घर में लाएँ, तुम फौरन शादी तोड़ दो। फौरन शादी टूटे या न टूटे, कानून का सहारा अपनी हालत और हकों की रक्षा करने का अवश्य एक रास्ता था। हालाँकि इस पर भी अकेले चलना कठिन था। समस्या का सुझाया गया दूसरा हल ज्यादा गहरा था जो सक्रिय प्रतिरोध का उतना नहीं, जितना विचारधारात्मक था। वह उन शास्त्रों और किताबों के खिलाफ खड़े होने को ललकारती है जो अन्यायपूर्ण पतिव्रतधर्म की वकालत करते थे। ''हिंदुस्तान को नेक राह पर लाना चाहते हो तो पहले उन किताबों को आग में फूँक दो जिनमें स्त्रियों के वास्ते इस धर्म की हिदायत है और मर्दों के वास्ते कुछ नहीं है।'' यह सुझाव 20वीं सदी के चौथे दशक में डॉ. अंबेडकर के उस सुझाव से अद्भुत रूप से मेल खाता है जिसमें दलितों पर कड़ी पाबंदियाँ थोपने और अत्याचार करने की व्यवस्था देनेवाले शास्त्रों को फूँक देने का आह्वान किया गया था। अंबेडकर और 'अज्ञात हिंदू औरत' दोनों व्यापक समुदायों के शोषण-उत्पीड़न के खात्मे के लिए आवाज उठा रहे थे। एक की लड़ाई वर्णाश्रम धर्म से थी, दूसरे की पतिव्रतधर्म से। दोनों ने इस लड़ाई में लोगों के संस्कारों-पूर्वाग्रहों को गढ़नेवाले उन शास्त्रों को एक बड़ी रुकावट पाया जिनकी विचारधारा पर भारतीय संस्कृति की बुनियादें खड़ी थीं। 19वीं सदी के भद्रवर्गीय नवजागरण ने भारतीय समाज में किसी बुनियादी परिवर्तन का आंदोलन नहीं खड़ा किया था। लेकिन 20वीं सदी में जातिप्रथा को जड़ से उखाड़ने के लिए दलित आंदोलन खड़ा करनेवाले डॉ. अंबेडकर ने ऐसे बुनियादी परिवर्तन की लड़ाई जरूर छेड़ी थी। इस लिहाज से उन्हें भारतीय नवजागरण की दूसरी धारा का नेता मानना चाहिए। गौरतलब है कि *सीमंतनी उपदेश* की लेखिका और डॉ. अंबेडकर के बीच समानता के तीन महत्वपूर्ण मुद्दे साफ दिखाई देते हैं :

1. जाति-वर्ण का भेद करना बंद किया जाए।
2. गलत धर्म सिखानेवाले शास्त्रों को फूँक देना होगा।
3. सुधार और सामाजिक न्याय के लिए राजशक्ति का सहारा लेना होगा।

डॉ. अंबेडकर दलित जाति में पैदा हुए थे जबकि *सीमंतनी उपदेश* की लेखिका सवर्ण भद्रवर्गीय हिंदू थी। फिर उनके बीच ऐसी समानता का कारण क्या था? एक मुख्य कारण दोनों की आधुनिक शिक्षा थी। पर समानता का असली कारण ब्राह्मण ग्रंथों पर टिके हिंदूधर्म और समाज के अंतर्विरोधों के खिलाफ दोनों की लड़ाई थी। इस लड़ाई में दोनों के आदर्श भी समान थे—एक लोकतांत्रिक, आधुनिक, विवेकसम्मत समाज कायम करना। दोनों की मानसिकता इस आदर्श में गहराई से पगी हुई थी। 19वीं सदी में अन्यायपूर्ण धर्म सिखानेवाले शास्त्रों को फूँक देने के लिए कहना कोई आसान काम नहीं था, वह भी एक स्त्री के लिए। नवजागरण की मुख्य प्रवृत्ति शास्त्रों को फूँकने की नहीं, उनसे प्रमाण जुटाने की थी। नए विचारों को भी शास्त्रसम्मत प्रमाणित करके ही लोगों के सामने पेश किया जाता था, जैसे विधवाविवाह के प्रश्न पर ईश्वरचंद्र विद्यासागर ने किया। दयानंद सरस्वती ने जरूर कई शास्त्रों की वैधता पर प्रश्न खड़ा किया, कई-एक को अनुचित मानकर उनका खुला विरोध भी किया, लेकिन ऐसा करते हुए भी उन्होंने वेदवाक्य प्रमाण मानकर शास्त्र को ही प्रतिष्ठा दी। जिनका प्रमाण वेदों में नहीं मिलता, फिर वे चाहे कितने भी सही विचार क्यों न हों, उन्हें मंजूर नहीं थे। इन सबके उलटे *सीमंतनी उपदेश* की लेखिका ने अपने किसी भी विचार के लिए शास्त्र का सहारा नहीं लिया। उसने जो कुछ कहा, अपने वास्तविक अनुभवों से, नैतिकबोध और विवेक के आधार पर कहा। इस दृष्टि से वह 19वीं सदी के नवजागरण में बिल्कुल अकेली थी—सबसे अलग और अकेली।

इसका मतलब यह नहीं कि उसके दृष्टिकोण में कमी कुछ भी नहीं थी। साहसभरी आधुनिकता और विवेकदृष्टि के बावजूद उसमें एक पलायन-भाव भी दिखता है। यह भाव विधवाओं को दोबारा शादी न करने की उसकी सलाह में झलकता है—''आजकल के जमाने में जिसका एक खाविंद मर जावे, मेरी राय में उसको दूसरी शादी न करनी चाहिए। मगर बदमाशी करने से दूसरी शादी करनी बेहतर है।'' 'बदमाशी' किसे कहेंगे, इस सवाल को छोड़ दिया जाए तो उसकी सलाह यही है कि जो अपने को संभालकर संयम से रख सकती हों, उन्हें दोबारा शादी नहीं करनी चााहिए। क्यों? क्योंकि ''शादी से बड़ी-बड़ी तकलीफें उठानी पड़ती हैं।'' ये बड़ी-बड़ी तकलीफें इस तरह की थीं कि पहला खाविंद जो रुपया छोड़ जाता था, उसे दुबारा शादी करने पर पहलेवाले रिश्तेदार वापस माँगते थे। औलाद भी उसकी जायदाद से महरूम हो जाती थी। नया खाविंद दूसरे की औलाद को अपनी औलाद जैसा प्यार नहीं देता था। ''फिर इस जमाने में हजार में दस होंगे, जो एक-दूसरे से खुश रहते हों, नहीं सब जूतीबाजी का तमाशा पड़ोसियों को दिखाया करते हैं।'' इनके अलावा कोई ऐसा पति ढूँढ़ना भी मुश्किल था जो ''रंडीबाज, लौंडेबाज, जुआबाज न हो।'' शादी करने की खुशी इसी से काफूर हो जाती थी और दिल जलाना पड़ता था। अगर कोई कहे कि नई शिक्षा प्राप्त शरीफ लोग भी तो थे! जरूर थे, पर उन्हें तो सिर्फ 'अंग्रेजी लेडी' मंजूर होती थी। दोबारा शादी के खिलाफ सबसे बड़ी वजह यह थी कि ''शादी करने से अपने अख्त्यारात दूसरे के अख्त्यार में देने पड़ते हैं।'' छोटी-छोटी बातों में

भी स्वाधीनता खत्म हो जाती थी। इसलिए देहधर्म की जरूरत से दोबारा शादी की इच्छुक स्त्रियों से वह कहती है कि काम-इंद्रिय ऐसी खराब है कि सभी तकलीफें इसी से शुरू होती हैं। जीवन का सच्चा रास्ता यही है कि स्त्रियाँ अपनी काम भावना पर विजय पाने की कोशिश करें। इसके लिए अपने मन को नेक कामों में लगाएँ—"बड़े भारी दुखों की जड़ काम है। पहले काम को रोको। इसके रोकने की यह अच्छी तजवीज है कि जब इसका ख्याल पैदा हो, तब इसके दुखों का ख्याल करो। हर वक्त अपने तन-मन को नेक कामों में लगाए रहो।" गौतम बुद्ध के दुखवाद की याद दिलानेवाली यह सलाह, दीपक की लौ जैसा निष्कंप जीवन बिताने का यह निराशापूर्ण विचार, संन्यास लेने जैसा भले ही न हो पर इसमें स्वेच्छा से विधवा जीवन की उस पवित्रता को स्वीकार कर लिया गया है जो अन्यथा कठोर अमानवीय ढंग से जबरन थोपी जाती थी। फिर भी यह जबरन वैधव्य जैसा नहीं था क्योंकि इसके साथ में विधवा स्त्री के लिए एक सकारात्मक और सक्रिय सामाजिक जीवन भी सुझाया गया है। इसी सिलसिले में वह विधवा-जीवन से संबंधित एक ऐसा अनुभव लिखती है, जिसे स्त्री की नजर ही पकड़ सकती थी। मुमकिन है, बहुत-से पुरुष इस अनुभव से स्तब्ध रह जाएँ। लेखिका लिखती है कि खाविंद के मरने के पीछे कुछ दिनों तक गम मनाने के बाद विधवा औरत में "एक चालाकी-होशियारी" आ जाती है। उसके चेहरे पर "एक किस्म की चमक" आ जाती है जो 'आजादी' की चमक होती है और यह चमक "खाविंदवालियों के चेहरे पर नहीं होती।" यही स्त्री की नजर से देखी गई स्त्री की सच्चाई थी। लेखिका ने इस चमक की वजह "ताकतों का ज़ाया न होना" बताया। अगर इसका मतलब बार-बार बच्चे पैदा करने और उन्हें पालने में खर्च होनेवाली ताकत से है, घर के कामों में जुटे रहने, पारिवारिक क्लेश और तनावों को सहने में खर्च होनेवाली ताकत से है तो यह काफी हद तक सही बात थी। विधवा स्त्री में आनेवाली इस चमक का रहस्य खोलते हुए उसने बतलाया कि इसके फलस्वरूप उनकी उम्र दूनी हो जाती है। "राँडे कम मरती हैं"। यह शत-प्रतिशत एक नारीवादी दृष्टि थी जो बिना किसी आवरण के इस सत्य को पेश करती थी कि पति को जिंदा रखने के लिए स्त्रियाँ अक्सर अपनी उम्र खोती हैं। इसलिए पति की मृत्यु होने का मतलब स्त्री की उम्र का बढ़ना था। दूसरी तरह से कहें तो पति की मृत्यु में स्त्री का जीवन छिपा था। गैरबराबरी और अन्याय पर टिके स्त्री-पुरुष संबंधों का यह बीभत्स सत्य था। 19वीं सदी के किसी भी पुरुष-सुधारक को इस सत्य का आभास नहीं मिला। जो पुरुष स्त्रियों से हर तरह की वफादारी व निष्ठा माँग कर रहे थे, उन्हें सच्ची पतिव्रता बनने का उपदेश दे रहे थे, उनसे करवाचौथ का व्रत करवा रहे थे—वे सच्चाई से दूर अपने ही स्वार्थों के शीशमहल में कैद थे।

सवाल है कि जो पचास-पचास खाविंदों के मरने पर पचास बार शादी करने का बेलाग सुझाव दे रही थी, उसने आखिरकार वैवाहिक जीवन से मुँह फेरकर पवित्र विधवा जीवन चुनने की सलाह क्यों दी? क्या यह उसका पलायन था, या उसका चुनाव था और उसका फैसला था? यह बता सकना मुश्किल है कि यह क्या था, लेकिन यह क्यों था—इसे

समझा जा सकता है। ऐतिहासिक संदर्भ में देखें तो इस पलायन, चुनाव या फैसले की व्याख्या की जा सकती है। हालाँकि वह न्यायपूर्ण आग्रहों से स्त्री-पुरुष संबंधों में बराबरी की माँग करती थी और विवाह-संस्था को परस्पर प्रेम के नैतिक मूल्य पर कायम करना चाहती थी, पर 19वीं सदी की वास्तविकता इन विचारों से न सिर्फ बहुत दूर थी, बल्कि बहुत कठोरतापूर्वक इनके खिलाफ थी। उस कठोर, निर्मम यथार्थ से पार पाने का कोई उपाय न था। रूढ़िवादी सामाजिक शक्तियों के खिलाफ उभरनेवाली ताकतें अभी कम थीं और बहुत कमजोर थीं। फिर पुरुष-सुधारक उस लड़ाई के लिए बिल्कुल तैयार नहीं थे जिसका आह्वान 'अज्ञात हिंदू औरत' कर रही थी। ऐसे में एक विवेकशील, आधुनिक स्त्री के लिए अन्याय और गैरबराबरी पर टिके वैवाहिक संबंधों से खुद को अलग कर लेने के सिवा और रास्ता ही क्या था? यह उसकी ट्रैजिक नियति थी।

ताराबाई शिंदे

स्त्री-पुरुष तुलना किताब की लेखिका ताराबाई शिंदे उस दौर की दूसरी महत्वपूर्ण स्त्री थीं जिन्होंने भद्रवर्गीय पुरुष-सुधारकों के आंदोलन की सीमाओं को न सिर्फ पार किया बल्कि उसकी कड़ी आलोचना भी की। ताराबाई की किताब का अंग्रेजी में अनुवाद और विवेचन करते हुए रोजालिंद ओहॅनलेन ने ताराबाई का जीवन-परिचय दिया है। ताराबाई बरार प्रांत के बुधनाला शहर में रहनेवाले एक प्रभावशाली मराठा (कुनबी) परिवार में जन्मी थीं। उनका जीवनकाल 19वीं सदी का उत्तरार्ध था और वे 1905 के कुछ बाद तक जिंदा रहीं। उनके पिता बापूजी हरि शिंदे शहर में डिप्टी कमिश्नर के दफ़्तर में हेड कलर्क थे, पर शहर के बाहर भी उनके परिवार की कुछ जमीन थी। ताराबाई के परिवार का संबंध ज्योतिबा फुले के ब्राह्मणवाद विरोधी आंदोलन से था। बापूजी हरि शिंदे *सत्यशोधक समाज* के सदस्य थे और ज्योतिबा फुले उनके पारिवारिक मित्र थे। एक सुधारक संस्था से जुड़े होने के नाते स्वाभाविक था कि वे अपनी बेटी को शिक्षित करते। अपनी पढ़ाई के सिलसिले में ताराबाई ने मराठी के अलावा अंग्रेजी और संस्कृत का भी कुछ ज्ञान प्राप्त किया। 'अज्ञात हिंदू औरत' की तरह ताराबाई भी नि:संतान विधवा थी। उनका दूसरा विवाह नहीं हुआ क्योंकि ब्राह्मणों के असर से कुनबी मराठों में भी विधवाविवाह का चलन उठ-सा गया था। मराठी में लिखी गई उनकी एकमात्र किताब *स्त्री-पुरुष तुलना* 1882 में पुणे के श्रीशिवाजी छापेखाने से छपी थी। दूसरी बार यह करीब एक सदी बाद फुले की सौवीं पुण्यतिथि पर पुणे रघुवंशी प्रकाशन से छपी। बावन पृष्ठों की इस छोटी-सी किताब में ताराबाई ने हर तरह का दोष स्त्रियों के मत्थे मढ़ने की पुरुषों की प्रवृत्ति की और उन्हीं के बनाए स्त्रीधर्म (पतिव्रतधर्म) की ऐसी तीखी आलोचना की जिससे बहुत से पुरुष-सुधारक बौखला उठे थे। यहाँ तक कि एक ब्राह्मण विरोधी लेखक ने भी ताराबाई की किताब की आलोचना की। जब ताराबाई की किताब पर पुरुषों के हमले हो रहे थे, ज्योतिबा फुले ताराबाई के पक्ष में खड़े हुए। फुले ने उनकी किताब देखी थी। ब्राह्मणों द्वारा स्त्रियों को अशिक्षित रखने और उन पर तरह-तरह

के दोष मढ़ने की प्रवृत्ति के खिलाफ आवाज बुलंद करते हुए उन्होंने स्त्रियों की लड़ाई लड़ रही पंडिता रमाबाई का नाम लिया और लिखा कि रमाबाई से भी पहले यह लड़ाई ताराबाई ने लड़ी।[118]

19वीं सदी के समाज में स्त्री-पुरुष संबंधों के प्रति ताराबाई की आलोचना का अध्ययन करते हुए रोजालिंद इस नतीजे पर पहुँची कि भद्रवर्गीय पुरुषों के सुधार आंदोलन से समाज का चरित्र और ज्यादा ब्राह्मणवादी बना। पूर्व-औपनिवेशिक काल के मुकाबले वह जाति-बंधनों में और ज्यादा जकड़ा गया। भद्रवर्गीय पुरुष-सुधारकों ने स्त्री-पुरुष संबंधों के जिन प्रतिमानों को प्रचारित किया, उन्होंने समाज को और पारंपरिक बनाने की भूमिका अदा की। कहना मुश्किल है कि ये निष्कर्ष कहाँ तक सही या गलत हैं। बंगाल के नवजागरण पर लिखते हुए सुमित सरकार ने इन निष्कर्षों से असहमति जताई है। इससे इनकार नहीं किया जा सकता कि भद्रवर्गीय पुरुष-सुधारकों के कुछ विचार स्त्रियों को नए सिरे से और ज्यादा मर्यादाओं में बाँधते थे। ऐसा सिर्फ ऊँची समझी जानेवाली जातियों में ही नहीं बल्कि उनके असर से ब्राह्मण विरोधी जातियों के आंदोलन में भी हुआ और यह फुले के असर के बावजूद हुआ, जैसा कि ताराबाई की किताब से झलकता है। जिस बात को रोजालिंद नजरअंदाज करती हैं, वह इस प्रक्रिया में पैदा होनेवाले अंतर्विरोधों की गतिशीलता थी जो पुरुष-सुधारकों की इच्छाओं के विरुद्ध काम करती रही। इतिहास में चीजें कभी भी अपनी तयशुदा सीमाओं में नहीं रहतीं। बदलाव की जिन शक्तियों को पुरुष-सुधारक बढ़ावा दे रहे थे, उनके असर से स्त्रियों को ज्यादा दिनों तक बचाकर रखना मुमकिन नहीं था। रोजालिंद ने रूढ़िवादी धर्म और समाज के खिलाफ ताराबाई की आलोचना की भाषा को *सत्यशोधक* की भाषा के समान पाया, लेकिन दोनों में इस महत्वपूर्ण फर्क को भी स्पष्ट किया कि स्त्रियों के पिछड़ेपन के लिए *सत्यशोधक समाज* जहाँ सिर्फ ब्राह्मणों की आलोचना करता था, ताराबाई ने जातिवर्ण का लिहाज किए बिना सभी पुरुषों की आलोचना की।

'अज्ञात हिंदू औरत' की तरह ताराबाई शिंदे ने भी स्त्रीधर्म (पतिव्रत धर्म) को अपनी आलोचना का खास निशाना बनाया। स्त्रीधर्म क्या है? हर हालत में पति की आज्ञा मानना और वह जो कुछ चाहता है, उसे करना। कई कारणों से ताराबाई ने इस धर्म को बिल्कुल ठुकरा दिया। व्यभिचार की इच्छा रखनेवाले पुरुष की आज्ञा को हर्गिज नहीं मानना चाहिए। जो पति चोरी करता हो, जुआ खेलता हो, घूसखोर हो, खूनी हो, क्या उसकी हर आज्ञा को माना जा सकता है? "जब किसी के उचित-अनुचित का विवेक जग जाए तो ऐसे में स्त्रीधर्म का पालन कैसे हो सकता है? भले-बुरे के ज्ञान के बाद क्या ऐसे स्त्रीधर्म पर विश्वास बना रह सकता है।"[119] ताराबाई ने यहाँ पारंपरिक धर्म के खिलाफ नैतिकता का सवाल उठाया। उन्होंने अपने नैतिक बोध और उचित-अनुचित के विवेक के आधार पर शास्त्रों में वर्णित और लोक में प्रचलित पतिव्रतधर्म को नामंजूर कर दिया। वास्तविक समाज में यह धर्मशास्त्र के बताए ढंग से चलता भी नहीं है क्योंकि वह अव्यावहारिक और असंभव है। स्त्री के पतिव्रता रहने पर इतना जोर देना ही गलत है। इसलिए नहीं कि स्त्रियों

के लिए व्यभिचार की छूट चाहिए। स्त्रियाँ तो अपने धर्म पर अडिग रहनेवाली हैं। जोर देना गलत इसलिए है क्योंकि जो लोग इस आदर्श को कठोरता से लागू करने की माँग करते हैं, वे वास्तविक परिस्थितियों को नहीं देखते जिनमें स्त्रियाँ रहती हैं। डंडे के बल पर पालन करा लेना और बात है। इस सिलसिले में ताराबाई ने मराठी कथा साहित्य की आलोचना की। 19वीं सदी के उत्तरार्ध में मराठी कथा साहित्य में *स्त्री चरित* नाम से एक विधा ही चल पड़ी थी जिसमें किसी 'अच्छे' या 'बुरे' चरित्रवाली स्त्री के काम और नतीजे को दिखलाते हुए स्त्री संबंधी आदर्शों की प्रतिष्ठा की जाती थी। ताराबाई ने इन चरित कथाओं की 'अच्छी' या 'बुरी' स्त्रियों के चरित्र को अविश्वसनीय ठहराया क्योंकि वास्तविक जीवन में ऐसे स्त्री चरित्र कहीं नहीं मिलते। स्त्री-चरित की कुछ कथाएँ इतनी 'शरारतपूर्ण' और 'उबकाई पैदा करनेवाली' थीं जिन्हें पढ़ने में 'शर्म' महसूस होती थी। ताराबाई ने कुछ-एक स्त्री-चरितों जैसे *मुक्तमाला* (1861), *मंजुघोष* (1868) और एक नाटक *मनोरमा* को सामने रखकर उनकी आलोचना की। *मुक्तमाला* में एक ऊँची जाति के सरदार की बेटी की कहानी थी जिसके पति को राजा ने नाराज होकर जेल में डाल दिया था। पति से मिलने की कोशिश में मुक्तमाला एक धूर्त अधिकारी भद्राक्ष के चंगुल मे फँस जाती है जो उसे भयंकर यातनाएँ देता है और घने अंधेरे जंगल में ले जाता है। लेखक ने दिखाया कि अंधकारपूर्ण जंगल में भी निहत्थी और बेसहारा मुक्तमाला अपने स्त्रीधर्म (सतीत्व) की रक्षा करती है। ऊँची जाति की स्त्रियों को हर हालत में सती-साध्वी दिखानेवाली ऐसी चरित-कथाओं को ताराबाई ने जीवन के सहज अनुभवों के आधार पर ठुकरा दिया—"एक शक्तिशाली पुरुष के आगे शारीरिक रूप से कमजोर और निहत्थी स्त्री को जंगल में अकेले स्त्रीधर्म की रक्षा करते हुए दिखाना अविश्वसनीय है।" हर हालत में सतीत्व की रक्षा कर सकना मुमकिन नहीं भी हो सकता है। इसलिए सतीत्व लुट जाने की दोषी खुद उस स्त्री को नहीं मानना चाहिए। उसकी स्थिति के साथ न्याय करने के लिए उसकी परिस्थितियों को सहानुभूति से देखना चाहिए। *मुक्तमाला* के लेखक में न यह न्यायदृष्टि है, न सामाजिक वास्तविकता से उसका मेल है। ताराबाई यह कटाक्ष करना भी नहीं भूलती कि जब हमारे इंद्र और कृष्ण जैसे देवता ही स्त्रियों का सतीत्व लूटने के लिए धूर्तता की राह अपनाते हैं तो फिर उनके अनुयायी पुरुष क्यों नहीं अपनाएँगे? "पुरुष पतिव्रतधर्म के बारे में इतना हल्ला क्यों मचाते हैं जबकि वे ही दूसरों के घर-परिवार बर्बाद करते हैं?" पतिव्रतधर्म का पालन न करने के लिए स्त्रियों को दोषी ठहराने की प्रवृत्ति के खिलाफ ताराबाई ने उलटकर पुरुषों की नैतिकता पर सवाल खड़ा किया। स्त्रियों को बहला-फुसलाकर उनसे व्यभिचार करनेवाले, फिर उन्हें त्याग देनेवाले पुरुषों को अदालत कोई सजा क्यों नहीं देती? वह इस कानून से वाकिफ नजर आती हैं कि बिना गवाही के व्यभिचारी को सजा नहीं मिल सकती और ऐसे मामलों में अक्सर गवाही मिलनी मुश्किल होती है। इस अन्याय के लिए ताराबाई अंग्रेज सरकार को भी जिम्मेदार ठहराती हैं। वह सुझाती हैं कि जैसे सरकार रिश्वत लेने और देनेवाले, दोनों को सजा देती है, देनेवाले से लेनेवाले को दोगुनी सजा देती है, उसी तरह व्यभिचार के मामले

मे स्त्री-पुरुष, दोनों को सजा मिलनी चाहिए। स्त्री से दोगुनी सजा उस पुरुष को मिलनी चाहिए जिसने व्यभिचार का जाल बिछाया।

19वीं सदी के पुरुष शास्त्रों और पुराणों का हवाला देकर पतिव्रतधर्म की वकालत करते थे। ताराबाई ने उन शास्त्रों और पुराणों को ही चुनौती दी। 'अज्ञात हिंदू औरत' के मुकाबले ताराबाई शास्त्रों और पुराणों की दुनिया में ज्यादा रहती थीं। ताराबाई की किताब में शास्त्रों और पुराणों के संदर्भ भरे पड़े हैं, पर कड़ी आलोचना के साथ। वह पूछती हैं कि शास्त्रों और पुराणों में जिन स्त्रियों को पतिव्रतधर्म का आदर्श बताया गया है—द्रौपदी, अहिल्या, सत्यवती और कुंती—क्या उनका भी चरित्र विवादास्पद नहीं? क्या उनमें से हरएक ने गुप्त रूप से विवाहेतर प्रेम नहीं किया? सच बात तो यह है कि पुरुष-पंडितों के बनाए स्त्रीधर्म का पालन न पहले कभी होता था, न आज हो सकता है। इससे भी आगे बढ़कर ताराबाई स्त्रीधर्म की अनैतिकता को उजागर करती हैं। स्त्रीधर्म विवेकपूर्ण तो नहीं है, वह नैतिक भी नहीं है। मंदोदरी को हिंदू पुराणों में आदर्श पतिव्रता माना गया है। रावण ने मंदोदरी को आज्ञा दी थी कि वह सीता को समझा-बुझाकर उसकी उप-पत्नी बनने के लिए राजी करे। स्त्रीधर्म के अनुसार मंदोदरी को पति की आज्ञा माननी चाहिए। वह ऐसा ही करती भी है, पर सीता राजी नहीं होती। ताराबाई पूछती हैं कि इस घटना का नैतिक संदेश क्या है? "पति खुश हुआ कि पत्नी ने उसकी इच्छा पूरी करने का धर्म निभाया। पत्नी भी खुश है कि उसने अपना फर्ज अदा किया। लेकिन इस घटना में जो तीसरा पक्ष है—जो इन दोनों का शिकार बनता है—उसके धर्म की परवाह कौन करता है?"[120] शास्त्रों और पुराणों की असंगतियों को दिखाते हुए ताराबाई ने स्त्रीधर्म की विवेकहीनता और अनैतिकता को सामने ला दिया।

'अज्ञात हिंदू औरत' की तरह ताराबाई ने लिंगभेद के आधार पर स्त्री-पुरुष अधिकारों में फ़र्क करने और दोहरे मापदंड बरतने के खिलाफ आवाज उठाई। वह बार-बार पूछती हैं कि पुरुष अपने-आपको स्त्रियों से इतना भिन्न क्यों समझता है? स्त्री की तुलना में वह खुद को इतना महान और बुद्धिमान क्यों मानता है? अगर वे इतने ही महान और हीरो थे तो अंग्रेजों के गुलाम कैसे बन गए? उनके बीच ऐसी क्या भिन्नता है कि पत्नी के मरने से पति पर कोई आफ़त नहीं आती, वह जब चाहे दूसरा विवाह कर ले, पर पति के मरने से विधवा स्त्री को ऐसे-ऐसे दुख दिए जाते हैं मानो उसी ने पति को मारा हो? ये दोहरे मापदंड क्यों, जबकि स्त्री-पुरुष की यौन इच्छाओं में कोई भेद नहीं? ऐसी विधवा होने से तो जलकर सती होना अच्छा है। धर्माचार्यों ने शास्त्रों में सब नियम पुरुषों की सुख-सुविधा का ख्याल रखकर बनाए हैं, स्त्रियों की सुविधा का नहीं। इनके मुकाबले ब्रिटिश शासन के कानून ज्यादा अच्छे हैं जिन्होंने स्त्रियों की दशा सुधारी और उनकी उन्नति के लिए रास्ता खोल दिया है। "ईश्वर अंग्रेजी राज को सदा बनाए रखें।"[121]

एक खास बात जो 'अज्ञात हिंदू औरत' में नहीं मिलती और शायद इसका वाजिब कारण हो, ताराबाई के यहाँ स्पष्ट रूप से मिलती है, वह है पुरुषों के सुधार आंदोलन की आलोचना—उनके सुधार आंदोलन के सतहीपन, दिखावे और साहसहीनता की आलोचना।

पंजाब में सुधार आंदोलन महाराष्ट्र की तुलना में सीमित होने पर भी उग्र था। वहाँ रूढ़िवादी सनातनियों का मुकाबला करने के लिए स्त्रीशिक्षा पर शुरू से जोर दिया गया था ताकि स्त्रियों का पिछड़ापन पुरुष-सुधारकों के रास्ते की रुकावट न बने। आर्यों ने वहाँ विधवाविवाह का प्रचार जोश-खरोश से चलाया था। वहाँ ब्राह्मणें की न सिर्फ कमी थी, उनकी सामाजिक-राजनीतिक ताकत भी कम थी। इसके उलटे महाराष्ट्र में चितपावन ब्राह्मणों का राजनीतिक और सामाजिक वर्चस्व कायम था। ज्यादातर सुधारक इसी वर्ग से आते थे। उन्होंने सुधारों को काफी नरम ढंग से प्रचारित किया ताकि उन्हें जाति से न निकाला जाए। ब्राह्मणविरोधी आंदोलन से जुड़ी ताराबाई ने ब्राह्मण सुधारकों की कसकर खबर ली। उनकी साहसहीनता पर हमला करते हुए उनकी कथनी और करनी के फर्क पर उँगली रखी। ताराबाई ने लिखा कि ये पुरुष-सुधारक बड़े विद्वान और महान है, फिर भी जातिप्रथा के नियमों का उल्लंघन करने से इतना डरते हैं। विधवा हो गई स्त्री का पुनर्विवाह कराने की हिम्मत वे नहीं जुटा पाते! ताराबाई ने सुधारकों की शानदार पोशाकों, उनकी शौकीनी का चित्र खींचते हुए और वाह-वाही लूटने की उनकी प्रवृत्ति पर व्यंग्य करते हुए, पचास सालों से चल रहे उनके आंदोलन को स्त्रियों के लिए निरर्थक घोषित किया। ''तुम लोग बड़ी-बड़ी बातें करते हो, पर कोई उन पर अमल भी करता है? तुम लोग बड़ी-बड़ी सभाएँ करते हो, उन सभाओं में सुंदर शालें ओढ़कर और सिर पर कढ़ाई की हुई पगड़ियाँ पहनकर जाते हो, ढेरों सुपारी चबा जाते हो, हर वक्त पान खाते रहते हो, सैकड़ों मालाएं गले में पहन लेते हो, हौज भरकर इत्र उँडेल लेते हो और फिर सभाओं से वापस घर आ जाते हो। बस इतना ही तुम लोग करते हो। पिछले चालीस-पचास सालों में तुम्हारी बड़-बड़ करनेवाली सुधार-सभाएँ चल रही हैं, इनका फायदा क्या है? तुम सब खुद ही अपनी पीठ थपथपाते रहते हो।''[122]

पुरुष-सुधारकों को ऐसी कड़ी फटकार लगानेवाली ताराबाई में कुछ पारंपरिक कमजोरियाँ भी नजर आती हैं। जैसे वह कहती हैं कि कठिन श्रम करने और भूख-प्यास, मार-पीट सहनेवाली स्त्री बदले में सिर्फ इतना चाहती है कि पति उससे दो मीठे बोल बोले, उसके साथ उदारता और स्नेह का बर्ताव करे। इससे वह अपने कामों में और उत्साहित हो उठेगी। इस भावुकता के बावजूद उनकी दृष्टि धुँधली नहीं होती। उनकी पैनी नजर से यह बात छुपी नहीं रहती कि ब्रिटिश शासन की नई शिक्षा और कानूनों ने उन्नति के जिन नए अवसरों और साधनों को पेश किया है, उनका सारा फायदा पुरुष अपने लिए बटोर ले रहे हैं और स्त्रियों को, जहाँ तक हो सके, उससे वंचित रखने की कोशिश कर रहे हैं। नए शिक्षित समाज के बीच पुरुष अपना महत्व बनाने के लिए खुद को मिस्टर, सर और ऐसी ही दूसरी उपाधियों से विभूषित कराने के फेर में घूमते फिरते हैं। वे बचपन से ही सारे हकों को अपने हाथों में जमा करते जाते हैं, पर स्त्रियों को इस ''हलचल भरी दुनिया से दूर अंधेरे कोने में धकेल, परदे में छुपाकर, उन पर ऐसा प्रभुत्व जमाकर रखते हैं मानो वे गुलाम हों!'' भारत में बिटिश शासन कायम होने से दलितों और शूद्रों की तरह स्त्रियों की हालत में भी तब्दीली आनी शुरू हुई। आधुनिक शिक्षा ने स्त्रियों के अंदर नई हलचल पैदा कर दी।

ताराबाई लिखती हैं—"जब से यह राज शुरू हुआ, स्त्रियों को शिक्षा का वरदान मिला और उनमें इतनी मानसिक दृढ़ता आ गई कि वे हर तरह की मानसिक और व्यावहारिक कठिनाइयों का हिम्मत से मुकाबला कर सकें। उनके दिल-दिमाग में घर बनाकर बैठा अज्ञान का अंधकार दूर हुआ और उनमें यह समझ आनी शुरू हुई कि उनके लिए क्या भला और क्या बुरा है। किससे कैसा बर्ताव करना चाहिए और जीवन की गाड़ी सही ढंग से कैसे चलानी चाहिए। उन्हें इसकी कुछ-कुछ समझ आने लगी कि सत्य क्या है, धर्म और पतिव्रत क्या है। इन सबसे इस भारत देश में चीजें काफी बदलने लगीं।"[123]

ताराबाई शिंदे की स्त्री-चेतना का सबसे महत्वपूर्ण पक्ष उनकी यह समझ है कि भद्रवर्गीय पुरुष ब्रिटिश शासन द्वारा पेश नई शिक्षा और सभ्यता को अपने लिए पूरी तरह हथिया लेना चाहते हैं, उसे स्त्रियों तक पहुँचने देना नहीं चाहते। आधुनिक ज्ञान एक शक्ति है। उससे लैस होकर पुरुष खुद को शक्तिशाली बनाना चाहते थे, पर स्त्रियों को कमजोर ही रखना चाहते थे। अपने इस स्वार्थ को पुरुष-सुधारकों ने राष्ट्रवाद के इस सिद्धांत के आवरण में पेश किया कि ब्रिटिश शासन और सब मामलों में कानून बना सकता है और जरूर बनाए, लेकिन हमारे धर्म के मामले में हस्तक्षेप न करे। धर्म में सामाजिक प्रथाओं के अलावा वे अपनी स्त्रियों को भी शामिल करते थे। भारत अंग्रेजों का उपनिवेश भले ही बना रहे, लेकिन घर-परिवार पुरुषों का अपना उपनिवेश था जहाँ ब्रिटिश शासन के कानून नहीं पहुँच सकते थे। राष्ट्रवाद की शक्ल में इस सिद्धांत को सबसे पहले तिलकपंथियों ने पेश किया और थोड़ा-बहुत विरोध करने के बाद सुधारकों ने भी इस 'राष्ट्रवाद' के आगे सिर झुका दिया। ताराबाई शिंदे ने इस सारे व्यापार के झूठ को उजागर किया। जब विजयलक्ष्मी नाम की युवा विधवा का गर्भपात होने पर किसी ने सहानुभूतिपूर्वक विधवा-पुनर्विवाह के लिए सरकार को पत्र लिखा तो सुधार विरोधी अखबार *पुणे वैभव* के संपादक क्रोध से उबल पड़े। लगातार स्त्रीविरोधी लेख लिखकर उन्होंने अपने स्त्रीविरोध को राष्ट्रवाद के आवरण में लपेटकर लिखा—"अंगरेज सरकार को कभी भी हमारे धर्म के मामले में हाथ नहीं डालना चाहिए।" ऐसा शोर मचाने पर ताराबाई ने सख़्त प्रतिक्रिया की—"अंग्रेजों और तुम्हारे धर्म के बीच अब फ़र्क बचा ही क्या है? सिवाय अपनी जाति से बाहर विवाह न करने के, अंग्रेजों की कौन-सी प्रथा है जिसकी नकल भारतीय पुरुषों ने नहीं की?" एक ओर पुरुष हर बात में अंग्रेजों की नकल कर रहे थे, दूसरी ओर अपने धर्म में दखल न देने की रट भी लगाए जा रहे थे। ताराबाई ने लिखा कि ये पुरुष अंग्रेजों की नकल में वे सारी चीजें खाने लगे हैं जो उनके धर्म में मना थीं। उन्हीं जैसी पोशाक पहनते हैं और पूरी तरह साहेब बन जाना चाहते हैं। फिर धर्म के लिए यह रोना कैसा? बड़े शहरों में पुरुषों की पोशाक, खान-पान, उठना-बैठना और अभिवादन का ढंग, सब ऐसा हो गया है कि किसी के धर्म का कोई पता नहीं चलता। धर्म में दखल का शोर सिर्फ स्त्रियों को उन सबसे वंचित रखने के लिए था जो पुरुष अपने लिए चाह रहे थे। ताराबाई ने अपनी पैनी आलोचनात्मक दृष्टि से 19वीं सदी के भारतीय इतिहास के एक महत्वपूर्ण मुद्दे राष्ट्रवाद बनाम सुधारवाद के

द्वंद्व को बेनकाब किया और ऐसा करनेवाली वह पहली भारतीय स्त्री थीं।

नवजागरण का आंदोलन पश्चिमोत्तर प्रांत में न किसी 'अज्ञात हिंदू औरत' को जन्म दे सका, न किसी ताराबाई को। 19वीं सदी में हिंदी की एक भी महत्वपूर्ण लेखिका सामने नहीं आई। यह तथ्य पश्चिमोत्तर प्रांत के नवजागरण पर अपने-आप एक टिप्पणी है।

बंग महिला

पश्चिमोत्तर प्रांत में हिंदी की पहली लेखिका पूरी 19वीं सदी बीत जाने के बाद सामने आई और उसका रचनाकाल 1904 से शुरू हुआ। गौरतलब है कि हिंदी की यह पहली लेखिका हिंदुस्तानी नहीं, बंगाली थी—'बंग महिला', जिनका असली नाम राजेंद्रबाला घोष था। अगर हम हिंदी की पहली लेखिका के रूप में मल्लिका को याद करें जिनसे भारतेंदु के घनिष्ठ संबंध थे, तब भी यह तथ्य अपनी जगह कायम रहता है कि हिंदी की पहली लेखिका कोई हिंदुस्तानी नहीं, बंगाली थी। मल्लिका के साथ कठिनाई यह है कि उनकी सभी रचनाएँ प्रकाशित नहीं हुईं, अधिकतर रचनाएँ पांडुलिपि के रूप में भारतेंदु के वंशजों के पास रह गईं जिन्हें शायद नागरीप्रचारिणी सभा कभी प्रकाशित करे। दूसरी कठिनाई यह है कि कुछ-एक रचनाएँ जो छपी थीं, उनकी ठीक-ठीक पहचान कर पाना मुश्किल है कि उनमें से कौन-सी मल्लिका की हैं और कौन-सी भारतेंदु की। मल्लिका की होने पर भी उस पर से भारतेंदु की छाप को अलग करने का सवाल बना रहेगा। सुधाकर पांडेय द्वारा संपादित *बंग महिला ग्रंथावली* से पता चलता है कि 'बंग महिला' का जन्म 1882 में बनारस के कोदई मुहल्ले में हुआ था और मृत्यु 1949 में। उनके पिता रामप्रसन्न घोष विद्वान आदमी थे, मिर्जापुर के रईस और जोर्डन कंपनी में बड़े अफसर थे। चार-पाँच गाँवों की जमींदारी भी थी। ये लोग 1858 में बंगाल के चंदननगर से बनारस आ गए। माँ नीरदवासिनी कलकत्ता में पली, घर में शिक्षित हुई, बँगला की कहानी-लेखिका थीं। 'बंग महिला' के चार भाई उस जमाने में बी.ए. पास और ऊँची नौकरियों पर थे। मिर्जापुर में रहनेवाले हिंदी के तीन महत्वपूर्ण लेखकों—रामचंद्र शुक्ल, काशीप्रसाद जायसवाल और केदारनाथ पाठक—का 'बंग महिला' के यहाँ उठना-बैठना होता था। सदा परदे में रहनेवाली, कुलीन कायस्थ जाति की 'बंग महिला' बँगला भाषा में भी 'प्रवासिनी' नाम से कविताएँ और गद्य लिखती थीं। उनके पति पूर्णचंद्र देव छपरा जिले में सरकारी अफसर थे, जिनकी मृत्यु 1916 में हुई जब 'बंग महिला' 34 साल की थीं। दो बच्चे पैदा होकर मर गए। 'अज्ञात हिंदू औरत' और ताराबाई शिंदे की तरह गैरब्राह्मण और नि:संतान बंगमहिला ने भी पूरा जीवन विधवा के रूप में बिताया। बंगाली कुलीन कायस्थ विधवाओं के परंपरागत धर्म का पालन करते हुए वह पत्थर के बर्तनों में खातीं, जमीन पर सोतीं, सफेद कपड़े पहनतीं और कभी परदे से बाहर न आतीं। अपने घर आनेवाले हिंदी लेखकों से भी वे परदे के उस पार रहकर ही बातचीत करतीं। उनकी रचनाएँ उस समय की महत्वपूर्ण पत्रिकाओं—*समालोचक, नागरीप्रचारिणी पत्रिका, सरस्वती, आनंद कादम्बिनी, भारतेंदु* इत्यादि में छपीं। रामचंद्र

शुक्ल ने इनकी कई रचनाओं का अपनी ओर से 'परिवर्तन-संशोधन और परिवर्धन' करके *कुसुम* नामक संग्रह संपादित किया जो 1911 में इंडियन प्रेस (प्रयाग) से छपा। 'बंग महिला' ने मौलिक रचनाएँ कम लिखीं, अनुवाद ज्यादा किए। स्त्रियों से संबंधित उनके कई लेख जैसे *गृह, गृहचर्या, पतिसेवा, स्त्रियों की शिक्षा, संगीत और सुई का काम* तथा *हमारे देश की स्त्रियों की दशा* वगैरह मिलते हैं। इनमें से *गृह* और *पतिसेवा* अनुवाद हैं। *हमारे देश की स्त्रियों की दशा* एक दूसरे लेख के आधार पर लिखा गया था। ये सभी लेख 1904 से 1908 के बीच छपे। साहित्य जगत में इस परदानशीन औरत के साहस का एक उदारहण 1904 में गुलेरीजी के *समालोचक* में छपा *हिंदी के ग्रंथकार* लेख था। हिंदी में यह 'बंग महिला' का शायद पहला लेख था, लेकिन इन लेख ने, "हिंदी जगत में तहलका मचा दिया।" बांग्ला और हिंदी, दोनों की साहित्यिक गतिविधियों से वाकिफ 'बंग महिला' ने इस लेख में मूल लेखक की इजाजत के बगैर बँगला से हिंदी में अनुवाद करके अपने नाम से छपाने या इससे मिलती-जुलती साहित्यिक चोरी की दूसरी घटनाओं को सामने रखकर 'साहित्यिक नैतिकता' के सवाल को उठाया था। इस सिलसिले में हिंदी के कई धुरंधर लेखकों—बाबू श्यामसुंदर दास, महावीरप्रसाद द्विवेदी और किशोरीलाल गोस्वामी तक को नहीं बख़्शा।[124]

हालाँकि 'बंग महिला' का लेखन 1904 से शुरू होने के कारण 19वीं सदी से संबंधित इस अध्ययन के दायरे में नहीं आता, फिर भी दो वजहों से उनकी स्त्रीचेतना को जाँचना जरूरी है। एक तो हिंदी की सबसे पहली उल्लेखनीय लेखिका होने के नाते और दूसरे, हिंदी के जिन लेखकों से उनके निकट के संबंध थे—शुक्लजी, जायसवालजी और केदारनाथ—वे सभी 19वीं सदी के हिंदी नवजागरण की परंपरा से जुड़े हुए थे और उसी की उपज थे। बंग महिला के सबसे नजदीक रहे केदारनाथ पाठक ने 19वीं सदी के आखिरी दशक में हुए हिंदी आंदोलन में सक्रिय भाग लिया था। इसलिए इनकी संगति से 'बंग महिला' की चेतना किसी-न-किसी रूप में हिंदी नवजागरण की परंपरा का भी अंग ठहरती है।

सीमंतनी उपदेश और *स्त्री-पुरुष तुलना* के मुकाबले 'बंग महिला' की रचनाओं से स्पष्ट है कि बुनियादी तौर पर वे स्त्री संबंधी परंपरागत दृष्टिकोण की समर्थक थीं। 1904 से 1908 के बीच लिखे गए अपने एक महत्वपूर्ण लेख *गृहचर्या* में उन्होंने स्त्रियों की पारंपरिक छवि और भूमिका का समर्थन करते हुए लिखा कि नारी दया की मूर्ति होती है और उसे यह उचित है कि लज्जा और नम्रता को सदा अपना आभूषण समझे। जिस स्त्री को लज्जा नहीं, वह स्त्री-पद पाने के योग्य नहीं। स्त्री-जाति का बहुत बोलना और हँसना उचित नहीं। सतीत्वधर्म ही स्त्रियों का प्रधान धर्म है। स्त्रियों का सबसे आवश्यक और उपयोगी काम अपने घर में गृहस्थी की देखभाल करना है। चाहे जज साहब की गृहणी हो अथवा डिप्टी साहब कीं, स्त्रीमात्र का कर्त्तव्य है कि अपने हाथ से रसोई बनावे। घर में कलह न हो, इसकी मुख्य जिम्मेदारी भी स्त्री की ही है।[125] इन विचारों से साफ है कि बंगाल, महाराष्ट्र या पंजाब में जो स्त्री-चेतना उभर रही थी, 'बंग महिला' में वह नहीं मिलती। स्त्री की पहचान

और उसकी भूमिका के बारे में उनका दृष्टिकोण परंपरावादी था। उनकी चेतना ने पुरुष-धर्माचार्यों द्वारा थोपे गए झूठे आदर्शों को आत्मसात कर रखा था। इन आदर्शों के जायज होने में उन्हें संदेह न था। मनु की दी हुई स्त्री संबंधी व्यवस्था का समर्थन करती हुई वह लिखती हैं कि ईश्वर ने स्त्री-जाति को 'कोमल और दुर्बल' बनाया है जो आत्मरक्षा में समर्थ नहीं होती। इसलिए वह "आजीवन पिता, पति या पुत्र-रूप में पुरुष के अधीन रहती है।" 'बंग महिला' पितृसत्तात्मक समाज में स्त्री की पराधीनता का कारण सामाजिक और सांस्कृतिक न मानकर प्राकृतिक बतलाती हैं जो एक बेबुनियाद धारणा थी। इस पराधीनता पर उनकी टिप्पणी है—"यह नारी-जाति के लिए दुख की बात नहीं है।" उन्होंने पश्चिमोत्तर प्रांत की भद्रवर्गीय हिंदुस्तानी औरतों के रहन-सहन को फूहड़ पाया। "इस प्रांत की स्त्रियाँ शैय्या-बिछौने के संबंध मे बड़ी उदासीन होती हैं।" आगे विस्तार से लिखा कि इस प्रदेश की स्त्रियाँ दो-चार सौ रुपए गोटे-किनारी की साड़ियों या लहँगों में भले ही खर्च कर देंगी, किंतु सोने के लिए सुजनी और कड़ी तकिया ही काफी समझेंगी। मच्छरों से बचने के लिए मसहरी का प्रयोग नहीं करतीं। मैली हो गई चादर जल्दी नहीं बदलतीं। तकिए बहुत कम रखती हैं, जो रहते हैं, वे गंदे रहते हैं। बिस्तरों से बच्चों के पेशाब की बदबू आती है। हिंदुस्तानी औरतों के रहन-सहन की इस आलोचना के पीछे अपने 'सुसंस्कृत बंगाली' होने का गर्व झलकता है। लेकिन इससे भी ज्यादा महत्व की बात है कि यह आलोचना स्त्रियों को उनके पारंपरिक कामों में ही निपुण बनाने के लिए की जा रही थी। 'अज्ञात हिंदू औरत' ने स्त्रियों के जिस जेवर-प्रेम की आलोचनात्मक जाँच-पड़ताल की, उसके प्रति 'बंग महिला' में किसी तरह की आलोचनात्मक दृष्टि नहीं मिलती। उलटे वह उसे मान्यता देते हुए लिखती हैं—"अवश्य गहने कपड़ों से समाज में मान मिलता है।"[126] स्त्री-जीवन के बहुत से मुद्दों पर 'अज्ञात हिंदू औरत' और ताराबाई शिंदे से 'बंग महिला' की कोई तुलना नहीं हो सकती। 'अज्ञात हिंदू औरत' और ताराबाई शिंदे पुरुषों द्वारा खींची गई सभी सीमाओं को तोड़कर स्त्रियों को बाहर आने का आह्वान कर रही थीं, 'बंग महिला' बहुत-सी सीमाओं को मानकर चलने को तैयार थीं। यह महाराष्ट्र और पंजाब के नवजागरण से पश्चिमोत्तर प्रांत का फ़र्क था। बनारस-मिर्जापुर में जन्मी-रही हिंदी की यह पहली लेखिका इसका सबूत है कि हिंदी नवजागरण ने स्त्री के लिए किसी नई चेतना का आधार तैयार नहीं किया था।

दूसरे प्रांतों की नवजागरणकालीन लेखिकाओं के मुकाबले 'बंग महिला' पिछड़ी हुई थीं, पर पश्चिमोत्तर प्रांत के पुरुष-सुधारकों के मुकाबले? जाहिरा तौर पर और बुनियादी तौर पर पिछड़ी हुई स्त्री-चेतना के बावजूद 'बंग महिला' के लेखन में ऐसी कुछ बातें दिखाई देती हैं जो उनके अंदर के असंतोष को प्रकट करती हैं। पुरुषों के स्त्री संबंधी रवैये को कोई बुनियादी चुनौती न देने पर भी वह उनके प्रति आलोचनात्मक हैं—भले ही वह आलोचना बहुत मुखर या उग्र नहीं है। परंपरावादी होकर भी उन्होंने स्त्री समस्या के कुछ ऐसे पक्षों को उजागर किया जिन पर हिंदी नवजागरण के पुरुष-लेखकों ने बहुत कम या बिल्कुल नहीं सोचा था।

1908 की *सरस्वती* में उनका लेख *हमारे देश की स्त्रियों की दशा* छपा जो असल में सत्यदेव परिव्राजक के एक लेख *अमेरिका की स्त्रियाँ* से प्रेरित होकर लिखा गया था। इस लेख में 'बंग महिला' ने इस सवाल की ओर ध्यान खींचा कि भारत की ललनाएँ यूरोपियन महिलाओं की बराबरी क्यों नहीं कर पातीं? जवाब में उन्होंने कई कारण बताए। मुख्य कारण परदे का चलन था। "पर्देवाली स्त्रियों को कदापि स्वाधीनता नहीं मिल सकती। इसी कारण उन्हें शिक्षा भी नहीं मिलती। उच्च शिक्षा के साथ स्वाधीनता का घनिष्ठ संबंध है।"[127] उन्होंने लिखा कि ब्राह्मोसमाजियों और पारसियों में पर्दे का अधिक ख्याल न होने के कारण उनकी स्त्रियाँ प्राय: शिक्षित होती हैं। उच्च शिक्षा प्राप्त करने के लिए कम-से-कम घर से विद्यालय तक जाने और अध्यापक से पाठ लेने या उनके पास परीक्षा देने की स्वाधीनता की बड़ी जरूरत है। किंतु हिंदू परिवार की कुलवधुओं को ये दोनों अधिकार मिलना बहुत कठिन है। "हिंदू नारी को उच्च शिक्षा पाना और उस शिक्षा का उपभोग करना, दोनों बातें असंभव-सी जान पड़ती हैं।" उसी दौर में गुजरात और महाराष्ट्र में हिंदू स्त्रियों में शिक्षा का प्रचार बढ़ रहा था। वहाँ कई स्त्रियाँ ऊँचे दर्जे की शिक्षिता थीं—इसका भी मुख्य कारण वहाँ परदे की प्रथा का न होना था। अगर 'बंग महिला' 1908 में स्त्रीशिक्षा के लिए पर्दा हटाने का सुझाव दे रही थीं तो इसका मतलब यही था कि 19वीं सदी के दौरान पश्चिमोत्तर प्रांत में स्त्रीशिक्षा की सिर्फ मुँहजुबानी वकालत होती रही—उसके लिए गंभीरता से जरूरी उपाय करने की परवाह किसी ने नहीं की। भारतेंदु स्त्रीशिक्षा का समर्थन करते थे पर इसकी राह में एक बड़ी रुकावट पर्दा प्रथा की समस्या पर उन्होंने शायद ही कभी ध्यान दिया। गौरतलब है कि भारतेंदु ने लड़कियों की नैतिक-धार्मिक शिक्षा पर जोर दिया था पर 'बंग महिला' ने लड़कियों के लिए किसी खास तरह की शिक्षा का आग्रह नहीं किया। एक बी.ए. पास पुरुष की पत्नी का निरक्षर होना सचमुच दुख की बात है—यह मानते हुए उन्होंने इस दोष का कुछ जिम्मेदार बी.ए. पास पुरुष को भी माना। ऐसे पति के 'दुर्भाग्य' की चिंता करते हुए भी उन्होंने लिखा—"पति महाशय उच्च शिक्षित होने पर भी यदि अपनी सचिव, सखी, शिष्या, सहधर्मिणी की ज्ञानोन्नति न कर सके तो देशभक्ति की उनसे क्या आशा की जाय?" इन पंक्तियों के पीछे छिपे व्यंग्य को और पुरुषों के सुधार आंदोलन—जिसे 'देशोन्नति' का आंदोलन भी कहा जाता था—के प्रति निराशा और अविश्वास को देखा जा सकता है।

प्रतापनारायण मिश्र भले ही स्त्रियों को मूर्ख और दयनीय समझते रहे हों और भारतेंदु यूरोपीय स्त्रियों के आगे हिंदुस्तानी स्त्रियों की हीनता पर दुखी हुए हों, 'बंग महिला' हिंदुस्तानी स्त्री की दुर्दशा के कारणों को इन दोनों की तुलना में कहीं ज्यादा गहराई से समझती थीं। भारतीय ललनाएँ क्यों अपने पतियों के साथ सभ्य स्त्रियों जैसा बर्ताव नहीं कर पातीं, इसका कारण बताते हुए वे लिखती हैं कि सभ्य देश की स्त्रियाँ विद्या में, बुद्धि में, यहाँ तक कि एक पति छोड़ दूसरा पति करने में भी पुरुष की बराबरी कर सकती हैं। इसके अलावा उनमें 'पूर्वानुरागमूलक विवाह' प्रचलित होने से पति-पत्नी में 'सखा-सखी का भाव' उत्पन्न हो जाता है। "हिंदू वनिता पति के साथ विद्या, बुद्धि, वय इत्यादि किसी बात में

भी बराबरी नहीं कर सकती। विवाह के उपरांत हिंदू बालिका जिस गुरु-भाव से पति को देखती है, वह भाव चिरकाल तक उसके मन में बना रहता है। इस बात का सबसे अच्छा प्रमाण यह है कि हिंदू नारी पति का नाम नहीं लेती।''[128] इन पंक्तियों में स्त्रीधर्म को नकारा नहीं गया है, पर पति-पत्नी के संबंधों को सुधारने की, उनमें बराबरी लाने और सखा-सखी भाव होने की आकांक्षा प्रकट हुई है। 'बंग महिला' की यह अकांक्षा भी छिपी नहीं रहती कि स्त्री-पुरुष का विवाह पुर्वानुराग पर आधारित होना चाहिए ताकि उनमें गुरु-शिष्या की जगह सखा-सखी का भाव पैदा हो। 19वीं सदी में शायद ही किसी हिंदी-लेखक ने पति-पत्नी संबंधों में बराबरी, पूर्वानुराग और सखा-सखी भाव पर जोर दिया हो। इसके विपरीत भारतेंदु जैसे पुरुष-लेखक स्त्रियों को कुलधर्म, पतिधर्म और देहधर्म सिखाने पर ही जोर देते थे और जब उन्हें अपने दांपत्य जीवन में सखा-सखी भाव का अभाव महसूस होता था तो उसकी तलाश बाहर दूसरी स्त्रियों में करते थे। वे ऐसे संबंधों को व्यक्तिगत रूप से, चोरी-छिपे जीने का मौका मिले तो जीने को तैयार थे। इसे खुलकर समाज का आदर्श बताने का साहस उनमें न था क्योंकि उन्हें घर में एक ऐसी आज्ञाकारिणी स्त्री भी चाहिए थी जो सखा-सखी भाव भूलकर घर का सारा कामकाज चुपचाप कर्त्तव्य भाव से करती रहे। दूसरे, बाहर समाज में वे परंपरागत धर्म के रक्षक नेता भी थे। स्वार्थों के इस द्वंद्व में फँसकर, आध्यात्मिक जगत में तो वे राधा-कृष्ण के सखा-सखी भाव पर श्रृंगारिक पदों की रचना करते थे, पर लौकिक जगत में संबंधों के अलग ही आदर्शों पर जोर देते थे। यही वजह थी कि भारतेंदु ने एक मुसलमान युवक के साथ अंग्रेज युवती के प्रेमविवाह का खुलकर विरोध किया था।[129]

पश्चिमोत्तर प्रांत में ''स्त्रीशिक्षा का पूरा अभाव है'', यह बताते हुए 'बंग महिला' ने *स्त्रियों की शिक्षा* (1915) नामक लेख में इन तर्कों का खंडन किया कि पढ़ने-लिखने से स्त्रियाँ मेम साहिबा बन जाएँगी, घर का कामकाज नहीं करेंगी, निर्लज्ज हो जाएँगी या फिर उन्हें नौकरी तो करनी नहीं है, इसलिए पढ़ने की क्या जरूरत? शिक्षित स्त्री की जो भूमिका उन्होंने बताई, वह वही है जो उस समय के आम पुरुष-सुधारक चाहते थे। जैसे, ''स्त्री के शिक्षित होने से पति को भी बहुत-कुछ सहायता मिल सकती है।'' घरेलू खर्च का हिसाब, नौकरों का वेतन, धोबी के कपड़ों का हिसाब रखने के अलावा शिक्षित स्त्री बच्चों को शिक्षित करने और माँ-बाप को पत्र लिखने का काम भी कर सकती है। शिक्षित स्त्री की यह भूमिका और मॉडल पुरुषों की जरूरतों से पैदा हुआ था। 'बंग महिला' भी पुरुष-सुधारकों की तरह लड़कियों की शिक्षा का प्रबंध करने के लिए ब्रिटिश शासन से प्रार्थना करती हैं क्योंकि प्रांत में लड़कों की शिक्षा का प्रबंध भी ब्रिटिश शासन ने ही किया था।

जो बात 'बंग महिला' के लेखन में खासतौर पर गौर करने लायक है, वह है स्त्रीधर्म को ईमानदारी से निभानेवाली औरत की विडंबना। इस प्रसंग में 1908 से पहले का उनका लेख *गृहचर्या* महत्वपूर्ण है। इसमें स्त्रियों को अपने परंपरागत कर्त्तव्यों को निपुणता के साथ करने की शिक्षा देते हुए उन्होंने पुरुषों को भी स्त्रियों के प्रति उनके कर्त्तव्यों की याद दिलाई है। यह याद दिलाना उतना महत्वपूर्ण नहीं है जितना इसके पीछे छिपी हुई तीखी वेदना।

'बंग महिला' जैसी परंपरागत आदर्शों में ढली स्त्री के लिए यह कहना निश्चय ही गहरी पीड़ा से भरा होगा कि "बहुत-से मनुष्य नारी जाति को घृणा की दृष्टि से देखते हैं।" उस घृणा से आहत होकर लेखिका 'मूर्ख' स्त्रियों की बेइज्जती करनेवाले पुरुषों को याद दिलाती हैं कि किसी एक मूर्ख स्त्री की ही दया से वे आज समाज में मनुष्य कहलाने के योग्य हुए हैं। "नारी में यदि और कुछ भी गुण व महत्व न हो, तो भी वह केवल एक मातृधर्म के लिए सबके सम्मान की भाजन है।"[130] यहाँ मातृपूजा की बंगाली संस्कृति भी झलक रही है, इसके बावजूद यह पीड़ायुक्त चेतना ही है जो परंपरागत धर्म के निर्वाह के अंदर से पैदा हो रही थी। स्त्री को आजीवन पिता, पति और पुत्र के अधीन रखने की व्यवस्था को नारी जाति के लिए दुख की बात न माननेवाली लेखिका इसे जरूर दुख की बात मान रही थीं कि "निज अधीन जानकर भी स्त्री जाति से पशुवत व्यवहार करना बड़ा ही नीचता का काम है।" पुरुष के व्यवहार के लिए 'नीचता' शब्द का प्रयोग इस परंपरावादी लेखिका के मन में दबे असंतोष के ताप को प्रकट करता है। स्त्री-पुरुष के बीच भूमिकाओं को 'प्राकृतिक' मानते हुए भी वह स्त्री के प्रति पुरुष के रवैये पर एतराज करती हैं, "जब प्रकृति के नियमानुसार बाहर का काम पुरुष में और घर का काम स्त्री में विभक्त हो गया है, तब क्यों पुरुष स्त्री को हीन समझते हैं ?"[131]

आधुनिक हिंदी की सबसे पहली लेखिकाएँ—मल्लिका और बंग महिला—दोनों बंगाली थीं, पर क्या वे बँगला में लिखे जा रहे नवजागरण के साहित्य से भी परिचित थीं ? इस सिलसिले में मल्लिका के बारे में जानकारी नहीं मिलती। लेकिन 'बंग महिला' के किए अनुवादों से साफ है कि वह बंगला में चल रही नवजागरण की लहर से वाकिफ थीं। उन्होंने बँगला के जिन रचनाकारों को अनुवाद के लिए चुना, उनमें रवींद्रनाथ ठाकुर, बंकिम, हरिहर सेठ, अविनाशचंद्र दास, रामानंद चटर्जी, जलधर सेन, देवेंद्रनाथ दास और देवेंद्रनाथ सेन शामिल थे। 19वीं सदी में बंगाल के नवजागरण ने कई स्त्री-लेखिकाओं को जन्म दिया था। केशवचंद्र सेन की माँ शारदा सुंदरी देवी (जन्म 1811) ने—जो 19 साल की उम्र में विधवा हो गई थीं और जिन्होंने सास-ससुर से काफी यातना पाई थी—अपनी मानसिक दृढ़ता से सार्वजनिक जीवन में महत्वपूर्ण स्थान बनाया था। बाद में उन्होंने बोलकर अपनी आत्मकथा लिखवाई जो 'बंग महिला' के रचनाकाल के दौरान 1913 में छपी। इससे भी महत्वपूर्ण थी रास सुंदरी देवी की आत्मकथा *आमार जीबोन* जो 1870 के दशक में दो खंडों में छप चुकी थी। सबसे महत्वपूर्ण 1846 से 1873 तक लिखी गई कैलाशवासिनी की डायरी थी जिसमें उसने अपने सुधारक पति प्यारीचाँद के साथ वैवाहिक जीवन के अंदर विकसित हुए अपने गहरे मित्रतापूर्ण संबंधों की कहानी लिखी जो 19वीं सदी के स्त्री-पुरुष संबंधों में एक नया अध्याय था। अपने भाई किशोरीचाँद मित्रा की तरह प्यारीचाँद मित्रा भी ब्राह्मोसमाज और ड्रिरोजियों के विचारों से प्रभावित थे। नवजागरण के नए मूल्यों को उन्होंने सबसे पहले अपने पारिवारिक जीवन में उतारा और अपनी पत्नी को न सिर्फ शिक्षित किया बल्कि उसके अंदर भी नवजागरण की चेतना जगाकर पत्नी को मित्र बनाया। कैलाशवासिनी

की डायरी 19वीं सदी में सामने नहीं आई। वह उसकी मृत्यु के कई दशक बाद 1953 मे छपी। कैलाशवासिनी भद्रवर्गीय बँगला नवजागरण की अनुपम उपलब्धि थी। उसकी शिक्षा, जैसा कि मालविका कार्लेकर ने लिखा है, सिर्फ घरेलू खर्च का हिसाब लिखने या अपने बच्चों का होमवर्क करा देने तक सीमित नहीं थी। वह पति के साथ मिलकर धार्मिक, सामाजिक मुद्दों पर विचार करती तथा परंपरा और सुधार के बीच अपने स्त्री जीवन की कशमकश पर भी सोचती थी। पति की नौकरी छूट जाने पर उसने खुद कमाई करके परिवार चलाने का प्रस्ताव रखा था।[132] उनकी बेटी नीरदमोहिनी बसु एक महत्वपूर्ण लेखिका के रूप में उभरी जिसकी रचना का 'बंग महिला' ने अनुवाद किया। स्त्री-लेखन बंगाल में 1850 से शुरू हो चुका था। 1880 के बाद वहाँ स्त्रियों ने उपन्यास समेत हर विधा में लिखना शुरू किया और खुद स्त्री-पत्रिकाएँ निकालनी शुरू कीं। रवींद्रनाथ की बहन स्वर्णकुमारी देवी ने अपनी दो बेटियों के साथ मिलकर *भारती* पत्रिका निकाली। इन सबसे परिचित होने के कारण ही 'बंग महिला' में स्त्री-चेतना की कुछ ऐसी विशेषताएँ दिखाई देती हैं जिनका संबंध हिंदी नवजागरण से नहीं था। फिर भी, लगता है, बँगला नवजागरण के असर से कहीं ज्यादा दबाव उन पर अपने आसपास के यानी पूरब के हिंदुस्तानी समाज का और कुलीन बंगाली कायस्थों के रीति-रिवाजों का पड़ा। पश्चिमोत्तर प्रांत के पूरबी जिलों के रूढ़िवादी माहौल में 'बंग महिला' की चेतना के मूल्यवान पक्षों का विकास नहीं हो सका। मल्लिका के बाद वह हिंदी की अकेली रचनाकार थीं जो हिंदी पुरुष-लेखकों की दुनिया में एक दुर्लभ घटना थी। बंगाल के सुधार आंदोलन से जुड़े कई व्यक्तियों ने साहस करके अपनी माँ, बहन, पत्नी या बेटियों को शिक्षित बनाकर सुधार आंदोलन से जोड़ा। ऐसे कुछ उदाहरण महाराष्ट्र या पंजाब में भी मिल जाते हैं। पश्चिमोत्तर प्रांत में भी मुस्लिम नवजागरण के तहत सैयद मुमताज अली (1860-1935), जो सरकारी अफसर थे और देवबंद में शिक्षित होने पर भी सैयद अहमद के सुधार आंदोलन से प्रभावित हुए, स्त्री-प्रश्न पर बाकी सुधारकों से काफी आगे थे। 1890 के दशक में उन्होंने स्त्रियों के अधिकारों की वकालत करते हुए *हकूक-उन-निस्वान* किताब लिखी थी जिसमें मुस्लिम पर्सनल लॉ पर पुनर्विचार करने की जरूरत बतलाते हुए उन्होंने स्त्री को पुरुष के मुकाबले कम दर्जे का मानने की धार्मिक व्यवस्था का विरोध किया। कहते हैं कि इस किताब की पांडुलिपि को पढ़कर सैयद अहमद ने गुस्से में इसे फाड़कर फेंक दिया था।[133] मुमताज अली की खास बात यह थी कि उन्होंने सुधारों की राह में पत्नी को अपना हमसफर बनाया। पहले से कुछ शिक्षित मुहम्मदी बेगम को उन्होंने विवाह के बाद और शिक्षित किया। फिर दोनों ने मिलकर 1898 में एक स्त्री पत्रिका *तहज़ीब-उन-निस्वान* (लाहौर) निकालनी शुरू की जो उर्दू में इस ढंग की पहली कोशिश थी। मुहम्मदी बेगम खुद इस पत्रिका का संपादन करती थीं और उन्होंने कई उपन्यास भी लिखे। पत्रिका में अक्सर स्त्रियाँ लिखती थीं। इसके छः साल बाद 1904 में अलीगढ़ कालेज से निकले शेख अब्दुल्ला ने अपनी पत्नी वाहिदा जहाँ के साथ मिलकर *खातून* पत्रिका निकाली। हिंदी में इस ढंग की पहली कोशिश 1909 में

(*स्त्रीदर्पण*) और फिर 1922 में (*चाँद*) हुई। मल्लिका को बढ़ावा देनेवाले भारतेंदु या 'बंग महिला' को प्रोत्साहन देनेवाले केदारनाथ पाठक और रामचंद्र शुक्ल ने अपने परिवार की किसी स्त्री को कैलाशवासिनी जैसा बनाना तो दूर, मल्लिका या 'बंग महिला' जैसी लेखिका बनने के लिए भी उत्साहित किया हो, इसका कोई सबूत नहीं मिलता। इन लेखकों का पारिवारिक वातावरण ऐसा कभी नहीं रहा जिसमें नई चेतना की स्त्रियों का विकास हो सके या स्त्रियों की सृजनात्मक प्रतिभा को बढ़ावा मिले। यशपाल ने *झूठा-सच* में उत्तर प्रदेश की संस्कृति का चित्रण करते हुए अवस्थी जैसे लोगों को दिखाया जो अपनी पत्नी को घर में बैठाकर रखते थे और दूसरी जातियों (पंजाबी, बंगाली वगैरह) की शिक्षित लड़कियों से कहते थे कि आइए, मिलकर कुछ सामाजिक काम करें। सौ-सवा सौ साल बाद आज यह हालत भले ही न हो, पर 19वीं सदी के हिंदी नवजागरण में एक भी लेखक ऐसा नहीं दिखता जिसने अपनी माँ-बहन या बहू-बेटियों को सुधार आंदोलन में आगे बढ़ाया हो।

व्यक्तिगत और सार्वजनिक

19वीं सदी में हुए राजनीतिक सुधार और सामाजिक सुधार आंदोलन के बीच फ़र्क पर गौर करते हुए चार्ल्स हिमसेथ ने लिखा है कि राजनीतिक सुधार ऐसा सार्वजनिक काम था जिसका उसमें शामिल भारतीयों के निजी जीवन से कोई लेना-देना नहीं होता था। वह एक किस्म की छद्म पेशेवर व्यस्तता थी जिसका पारिवारिक या व्यक्तिगत जीवन से संबंध नहीं होता था। इसके विपरीत सामाजिक और धार्मिक सुधारों का शिक्षितों के निजी जीवन से घनिष्ठ संबंध होता था।

चार्ल्स हिमसेथ के ये विचार मुख्यत: बंगाल, महाराष्ट्र और किसी हद तक पंजाब के सुधार आंदोलन पर आधारित थे जहाँ सुधारों के लिए होनेवाले संघर्षों ने ब्राह्मों, आर्यों और प्रार्थनासमाज के सदस्यों के निजी और पारिवारिक जीवन में काफी खलबली मचाई थी। पश्चिमोत्तर प्रांत में ऐसी खलबली बहुत कम दिखाई दी। इस प्रांत में सुधारकों की कथनी और करनी के बीच, उनके सार्वजनिक और पारिवारिक जीवन के बीच गहरी खाई की शिकायत कई लेखकों ने की। बालकृष्ण भट्ट ने लिखा कि आर्यसमाज, ब्राह्मोसमाज या थियोसॉफी के सुधारक-सदस्यों के घरों में उनकी स्त्रियाँ भूत-प्रेत पूजती थीं और अपनी पाँच साल की कन्या की सगाई करने के लिए आसमान सिर पर उठाए रहती थीं।

पश्चिमोत्तर प्रांत में आर्यसमाज एक हद तक अपवाद था जिसके सदस्यों के व्यक्तिगत और पारिवारिक जीवन में सुधार आंदोलन के असर से हलचल-भरी घटनाएँ मिलती हैं, लेकिन ऐसा असर पछाँही जिलों में ही मिलता है[134], पूरबी जिलों में नहीं। सुधारों के सिलसिले में कथनी और करनी, घर और बाहर का फ़र्क सबसे ज्यादा हिंदी नवजागरण से जुड़े लेखकों में मिलता है जो सुधार आंदोलन के दबाव से कुछ सामाजिक सुधारों की बात करने लग गए थे पर अपने व्यक्तिगत जीवन में अभी भी उनसे दूर थे। इस फर्क के शिकार बड़े-बड़े लेखक थे। हिंदी नवजागरण के सबसे बड़े नेता भारतेंदु कलकत्ता के बेथून

कालेज में पश्चिमी ज्ञान-विज्ञान और अंग्रेजी शिक्षा की डिग्री हासिल करनेवाली बंगाली लड़कियों को इनाम भेजकर अंग्रेजों को अपनी आधुनिकता से प्रभावित करते थे, पर खुद अपनी बेटी को उन्होंने ऐसी शिक्षा दिलाना पसंद नहीं किया। बेटी का विवाह उन्होंने प्रचलित प्रथा के अनुसार 11-12 साल की उम्र में किया जो उन दिनों काफी समझी जाती थी। विवाह में अश्लील गालियाँ गाने की प्रथा पर उन्होंने जरूर रोक लगाई थी। पर खुद अपने प्रांत में वे लड़कियों को ज्ञान-विज्ञान की आधुनिक अंग्रेजी शिक्षा देना बेकार का काम समझते थे।

ऐसा नहीं है कि दूसरे प्रांतों के सुधारकों में ऐसे अंतर्विरोध न मिलते हों, खासकर स्त्रीप्रश्न और जातिप्रथा के मामले में। भारतीय नवजागरण के सबसे प्रभावशाली समझे जानेवाले सुधारक केशवचंद्र सेन ने अंग्रेज सरकार और कूचबिहार रियासत, दोनों को एक साथ खुश करने के लिए अपनी तेरह साल की बेटी का ब्याह कूचबिहार के राजा से कर दिया था जो अभी सोलह साल का भी नहीं हुआ था। ऐसा करके उन्होंने खुद अपना बनाया *ब्राह्मोविवाह विधान* तोड़ा था जिसके मुताबिक ब्याह के लिए लड़की की उम्र से कम से कम 14 साल और लड़के की 16 साल होनी जरूरी थी। सुधारकों में ऐसे अंतर्विरोध कमोबेश सभी प्रांतों में थे। पश्चिमोत्तर प्रांत से उनका फ़र्क यह था कि जहाँ और प्रांतों में ऐसे अंतर्विरोध उजागर होने पर उसकी सामाजिक आलोचना होती थी, बहस छिड़ती थी, सफाई देनी पड़ती थी और संबंधित व्यक्ति को काफी तनाव और द्वंद्व से गुजरना पड़ता था, वहाँ पश्चिमोत्तर प्रांत में ऐसा कुछ भी नहीं होता था। एक जूँ तक नहीं रेंगती थी। वजह बहुत साफ थी—हिंदी के ये लेखक किसी प्रभावशाली सुधार आंदोलन के अंग नहीं थे। उनकी सुधार चेतना अपेक्षाकृत सतही थी। किसी सांगठनिक दबाव या अनुशासन के अभाव में इन लेखकों के आदर्श और आचरण में फर्क आ जाना बहुत आसान था। केशवचंद्र सेन ने जब अपने ही बनाए सिद्धांत को तोड़कर बेटी का ब्याह किया तो ऐसा उन्होंने एक असामान्य प्रलोभन में पड़कर किया जिसकी उन्हें भारी कीमत चुकानी पड़ी। इस घटना से संगठन के ज्यादातर नए लोग उनके खिलाफ हो गए। हर जगह उनकी आलोचना हुई और सुधार आंदोलन में उनका नेतृत्व हमेशा के लिए खत्म हो गया। यहाँ तक कि (कुछ और मुद्दों के साथ) उनके संगठन का विभाजन भी हो गया। पर भारतेंदु के अंतर्विरोध पर किसी ने उँगली नहीं उठाई। शायद भारतेंदु को स्वयं भी अपने ऐसे किसी अंतर्विरोध का कभी अहसास तक नहीं हुआ।

सच पूछिए तो भारतेंदु का व्यक्तित्व एक सुधारक का व्यक्तित्व था ही नहीं। उनमें कवियों की सी स्वच्छंदता थी, रईसों जैसी शौकीनी और तुनकमिजाजी थी, सामंतों जैसी संरक्षण और आश्रय देने की प्रवृत्ति थी। बेशक भारतेंदु स्वप्नशील थे और 'जातीय उन्नति' के लिए उनके पास कुछ योजनाएँ थीं। लेकिन उन योजनाओं को पूरा करने की तैयारी गंभीरता के साथ उन्होंने शायद ही कभी की हो। सिर्फ साहित्यिक क्षेत्र में ही अपने कुछ स्वप्नों को वे साकार कर सके। पुरानी साहित्यिक परंपरा से जुड़े रहने के बावजूद हिंदी

साहित्य में कई आधुनिक प्रवृत्तियों की शुरुआत उन्होंने ही की। उनकी पत्रकारिता गंभीर और ऊँचे स्तर की थी जिसके जरिए कई प्रतिभाशाली लेखकों को उन्होंने आगे बढ़ाया। सबसे बड़ी बात, जैसाकि रामचंद्र शुक्ल ने लिखा है, उन्होंने साहित्य को अपने समय से जोड़ा। अपने वक्त के असर से धार्मिक और सामाजिक सुधारों के लिए भी वे प्रयत्न करना चाहते थे, पर एक सुधारक में अपने सिद्धांतों के प्रति जो गंभीर निष्ठा होती है, उस निष्ठा के मुताबिक जीवन जीने का जैसा साहस और जिम्मेदारियों का बोध होता है, भारतेंदु में उसकी कमी थी। ईश्वरचंद्र विद्यासागर से भारतेंदु की तुलना करें तो ये कमियाँ अच्छी तरह साफ हो जाएँगी। यह तुलना दोनों की उपलब्धियों की नहीं है क्योंकि ऐसी कोई तुलना हो ही नहीं सकती। यह तुलना उस साहसपूर्ण आचरण की भी नहीं है जो अपनी निष्ठा के अनुरूप विद्यासागर के यहाँ मिलता है लेकिन भारतेंदु में नहीं। यह तुलना सिर्फ उनके व्यक्तित्व और जीवनशैली की है जिसके कारण भारतेंदु एक सुधारक बन ही नहीं सकते थे। भारतेंदु की पारिवारिक पृष्ठभूमि के उलटे विद्यासागर एक गरीब ब्राह्मण परिवार से आए थे जिनके पास किसी तरह की पैतृक संपत्ति और धन नहीं था। फिर भी शहरी मध्यवर्गीय जीवन की तीन चीजों—शिक्षा, नौकरी और प्रकाशन—का सही ढंग से इस्तेमाल करते हुए उन्होंने अपने जीवन में पर्याप्त समृद्धि हासिल कर ली थी जबकि अत्यंत समृद्ध परिवार में जन्मे भारतेंदु दीवालिया होने की ओर खिसकते गए। *री-राइटिंग सोशल हिस्ट्री* में सुमित सरकार ने लिखा है कि 1840 के दशक में फोर्ट विलियम कालेज के हेडपंडित विद्यासागर का वेतन 50 रु. मासिक था। इसमें से 20 रु. वे अपने गाँव बीरसिंघा में पिता को भेजते थे जिनका लंबा-चौड़ा संयुक्त परिवार था। बाकी बचे रुपयों में वे कलकत्ता में अपने तीन भाइयों, पाँच भतीजों, पुराने नौकर और कुछ देशी लड़कों की शिक्षा की फीस चुकाते हुए कई सदस्योंवाले परिवार के साथ रहते थे। बाद में वे संस्कृत कालेज के प्रिंसिपल और ज्वाइंट इंस्पेक्टर ऑफ स्कूल्स भी बने जिससे उनकी आमदनी काफी बढ़ गई। अपने समय के कई जमींदारों और ऊँचे सरकारी हाकिमों से उनके अच्छे संबंध हो गए जिनका इस्तेमाल उन्होंने अपनी सुधार योजनाओं को आगे बढ़ाने में किया। जब विद्यासागर को लगा कि अंग्रेज सरकार अब उनके सुझावों पर इतना ध्यान नहीं देती, तो उन्होंने अपनी सरकारी नौकरी के अलावा एक प्रिंटिंग प्रेस, एक प्रकाशन संस्था और एक पुस्तक विक्रय केंद्र भी खोल लिया और इन सबसे अपनी आर्थिक स्थिति इतनी मजबूत कर ली कि वे सरकारी नौकरी छोड़कर (उन्होंने अपने सभी सरकारी पदों से इस्तीफा दे दिया), सरकारी मदद के बिना भी अपनी सुधार योजनाओं को चलाते रह सकें, जबकि हमारे हिंदी नवजागरण का रईस युवा नेता सरकारी खरीद के अभाव में अपनी पत्रिकाओं को भी जारी नहीं रख सका। 1860 के दशक में विद्यासागर बंगाल के अत्यंत प्रभावशाली व्यक्ति बन चुके थे। वेतन और किताबों की बिक्री से उनकी मासिक आय तीन-चार हजार रुपए थी जिसका सबसे बड़ा हिस्सा उन्होंने विधवाविवाह आंदोलन को आगे बढ़ाने में खर्च किया। समृद्धि और प्रसिद्धि में इतने ऊपर उठकर भी विद्यासागर अपनी सादी कठोर जीवनशैली से भटके नहीं जबकि दूसरी ओर भारतेंदु ने, जो

अपने एकमात्र प्राइमरी स्कूल को भी अपने पैरों पर खड़ा नहीं कर पाए थे, अपनी हजारों रुपए की संपत्ति रईसी, शौकीनी और वाहवाही लूटने में उड़ा दी। भारतेंदु के बारे में यह धारणा फैली हुई है कि उन्होंने अपना सारा धन हिंदी सेवा के लिए, पत्र-पत्रिकाएँ निकालने और गरीबों की मदद करने में फूँक दिया। यह धारणा सिर्फ अंशतः सही है। सार्वजनिक हित के कुछ कामों में मदद करने के अलावा (जिसका एक उद्देश्य अंग्रेजों को प्रभावित करना भी होता था, जैसाकि रईसों में चलन था), पत्र-पत्रिकाएँ निकालने के लिए उन्होंने अपना पैसा जरूर लगाया और कई किताबें भी अपने खर्च से छपवाईं। उनके जैसे रईस के लिए यह खर्च बहुत भारी भी नहीं था। लेकिन उनकी संपत्ति इन्हीं कामों में नहीं फुँक गई थी। इससे संबंधित सारे तथ्य उनके जीवनीकारों ने दे रखे हैं, लेकिन पिछले 50-60 सालों से भारतेंदु की एक खास छवि खड़ी करने के लिए उन तथ्यों का जिक्र करना हिंदी आलोचकों ने लगभग छोड़ दिया है; बल्कि एक आलोचक ने तो इसे भारतेंदु का 'डी-क्लास' होना बतलाया। 19वीं सदी के व्यापारी-महाजन वर्ग के लोग अपनी हैसियत दिखाने के लिए जिस तरह के अनाप-शनाप खर्च करते थे, भारतेंदु ने ऐसे खर्चे खुले हाथों से किए जबकि उनकी पारिवारिक आमदनी लगातार घटती जा रही थी। ध्यान रखना चाहिए कि भारतेंदु किसी भी उत्पादक कार्य से नहीं जुड़े थे; यहाँ तक कि वे व्यापारी भी नहीं रह गए थे जो उनका खानदानी पेशा था। व्यापार उनके पिता के समय से ही बहुत कम रह गया था। भारतेंदु की पारिवारिक आमदनी का मुख्य आधार जमींदारी, मकानों का किराया और महाजनी के कारोबार से मिलनेवाला ब्याज था। इसी आमदनी के बल पर वे सामंतों की तरह विभिन्न संस्थाओं को संरक्षण तथा कवियों-कलाकारों और ब्राह्मणों को पुरस्कार देते रहते थे जिससे उनको वाहवाही मिलती थी। ये लोग जिसका खाते थे, उसका गाते थे। उनके जीवनीकारों ने उन्हें उचित ही 'आश्रयदाता' कहा है और फलाँ कवित्त बनाने के लिए फलाने को कितनी रकम पुरस्कार में दी और फलाने ब्राह्मण को उन्होंने कैसी दुशाला भेंट की—इनके एक के बाद एक हवाले दिए जाते रहे। भारतेंदु ने बेशकीमती उपहार लोगों में खूब बाँटे जिन्हें हासिल करनेवालों में गरीब कम, अक्सर अच्छे-खासे लोग ही होते थे—काशी के प्रसिद्ध ब्राह्मणों से लेकर विजयानगरम के महाराजा तक इसमें शामिल थे। भारतेंदु ने पत्र-पत्रिकाएँ और किताबें भी छापकर मुफ़्त बँटवाईं जो रईसी का ही एक ढंग था। उन्होंने साक्षरता फैलाने के लिए इतने प्रयत्न नहीं किए और न किताबें खरीदकर पढ़ने की संस्कृति बनाने की कोशिश की। किताबें विद्यासागर ने भी लिखीं और छपवाईं, लेकिन बंगाल में साक्षरता, शिक्षा और किताबें खरीदकर पढ़ने की संस्कृति को उन्होंने आगे बढ़ाया। भारतेंदु जिन किताबों को अपने पैसों से छपवाते थे, उनकी कुछ प्रतियाँ बिकती थीं, कुछ बाँटी जाती थीं, कुछ पड़ी रहती थीं। यह भारतेंदु के लेखकीय जीवन की विडंबना है कि जीते-जी और मरने के बाद भी उनका गुणगान करनेवाले तो बहुत हुए, उनकी किताबें खरीदकर पढ़नेवाले बहुत कम निकले। भारतेंदु की मौत के फौरन बाद बाबू रामदीन सिंह ने छह खंडों में उनकी ग्रंथावली छापनी शुरू की थी। भद्दी भूलों से भरी उस

ग्रंथावली के कुछ खंड सिर्फ तभी छप सके जब औपनिवेशिक सरकार ने उसकी 80 प्रतियाँ खरीदना मंजूर किया। दो साल बाद सरकारी खरीद बंद हो गई तो बाकी खंडों के लिए बनारस-इलाहाबाद समेत पूरे देश में सिर्फ 12 ग्राहक ग्रंथावली खरीदने के लिए तैयार हुए।[135] दूसरों पर रुपया लुटाने के अलावा भारतेंदु अपने पर भी काफी खर्च करते थे। नाच-रंग और वेश्याबाजी के अलावा अपने शारीरिक शृंगार पर भी वे हजारों रुपए फूँक देते थे। प्रतिभा अग्रवाल ने उनकी शौकीनमिजाजी का वर्णन करते हुए लिखा है—"रागरंग को वे काफी महत्व देने लगे थे··· कभी कहीं गाना सुनने बैठ जाते तो कभी नाच देखने। ···शृंगार की कविताएँ पढ़ना और लिखना, दोनों बचपन से चालू था, उसमें मन खूब रमता था, पूरा रस लेते थे। फिर जब रईसी और मर्दानगी को चुनौती दी जाती, तब रुकना बेइज्जती की बात होती, फलस्वरूप वे उस गलत रास्ते पर लुढ़कते ही गए। और बेहताशा खर्च! ···फिर शौकीनी, जिसका अंत न था। तरह-तरह के, नित नए ढंग के कपड़े। न जाने कितने डिजायन के अंगे थे, न जाने कितनी टोपियाँ थीं, जो कोई नया कपड़ा लेकर आ गया, नई डिजायन लेकर आ गया, उसे निराश नहीं करते थे। अपना सिलवाया, भाई का सिलवाया और बचा तो आस-पास वालों को दे दिया। इत्र की शौकीनी का तो पूछना ही क्या! हर समय इत्रदान भरा रहता। जब निकलते, तब इत्र जरूर लगाते। मौसम के अनुसार जाड़ों में मुश्क और हिना, गर्मियों में गुलाब और खस। पान के परम शौकीन। मुँह हर समय पान की सुवासित गिलौरियों से भरा रहता। डिबियों में तरह-तरह के जर्दे, किमाम आदि और बगल में पीकदानी। चौदह-पंद्रह वर्ष की उम्र में ही पूरा ठाठ था। बड़ों-बड़ों को मात करते थे।" ···मदिरा और कामिनी, दोनों का सेवन करने लगे थे। ये दुर्गुण रईसों का भूषण माने जाते थे।[136]

यह जीवनशैली किसी सुधारक की नहीं हो सकती। आश्चर्य नहीं कि मामूली धोती-कुर्ता और चप्पल पहनकर आजीवन सुधार आंदोलन में लगे रहनेवाले विद्यासागर ने भारतेंदु की असंयत जीवनशैली की आलोचना की थी।[137]

भारतेंदु के स्त्री-संबंध उनके सुधारक रूप के सतहीपन को और भी स्पष्ट करते हैं। उनकी पत्नी अनपढ़ और कुरूप थी, उससे भारतेंदु का मन नहीं मिलता था—इस आधार पर मल्लिका के साथ उनके संबंधों को उचित ठहराया जाता है जिसे उन्होंने 'धर्मपूर्वक' अपनाने का दावा किया था। लेकिन ठाकुर किशन सिंह की लड़की—जो मुसलमान और वेश्या आलीजान बन गई थी—जिसे भारतेंदु ने 'शुद्ध' करके हिंदू माधवी बनाया और अलग घर में रखवाया—उसे तो धर्मपूर्वक अपनाने का दावा भी नहीं मिलता? "जब समय-सुविधा मिलती, चले जाते। ···माधवी अब गीत वगैरह लिखने लगी थी, विशेषकर ठुमरी की उपयुक्त बंदिशें। हरिश्चंद्र उन्हें स्वर देते और दोनों साथ-साथ गाते। ···माधवी के पास थोड़ी-बहुत जमा पूँजी थी, ···बाकी जरूरत हरिश्चंद्र पूरी करते।"[138] लेकिन 'धर्मपूर्वक' अपनाई गई मल्लिका का हाल बेहाल था। 1882-83 में अपनी असंयत जीवनशैली के कारण भारतेंदु बीमार पड़ने लगे और ज्यादातर अपने घर में ही रहने लगे तो मल्लिका को भूखों मरने की

नौबत आ गई। हारकर उन्होंने भारतेंदु को पत्र लिखा, ''खर्च के लिए बार-बार लिखते हमको शर्म लगता है और न लिखें तो भूखे मरें। ···आज यदि खर्च न भेजिएगा, सो कोई तरह काम नहीं चलेगा।''[139] मल्लिका ने पत्र में 21 रु. मांगे थे और कुछ पिछले महीने के। मरने से पहले भारतेंदु ने अपने भतीजे कृष्णचंद्र को पत्र लिखा कि मेरे मरने के बाद 'दीन-हीन' मल्लिका की रक्षा करना और मेरे बाकी बचे कर्जे भी उतार देना। भारतेंदु का यह पत्र किसी समाजसुधारक के बजाय कृष्णा सोबती के उपन्यासों में चित्रित पुरानी हवेलियों में मर रहे किसी शाहजी की वसीयत जैसा लगता है। महत्वपूर्ण सवाल यह है कि एक लेखक या समाजसुधारक के रूप में भारतेंदु ने अपने स्त्री-संबंधों से क्या किसी ऐसे अनुभव-सत्य को उपलब्ध किया जिसे सामाजिक बदलावों के लिए उन्होंने सार्थक पाया हो? लेखक और सुधारक, दोनों अपने जीवन-अनुभवों से ही सत्य की प्राप्ति करते हैं। विद्यासागर ने विधवाविवाह आंदोलन किसी शास्त्र की व्यवस्था के कारण नहीं, अपने अनुभवों से हासिल सत्य के आधार पर किया था। जबकि भारतेंदु के लेखन में हमें ऐसा कुछ नहीं मिलता जिससे कहा जा सके कि अपने स्त्री-संबंधों से उन्होंने ऐसा अनुभव-सत्य हासिल किया था जिससे स्त्री-पुरुष संबंधों में बदलाव के लिए या सामाजिक-पारिवारिक व्यवस्था में सुधार के लिए कोई सैद्धांतिक निष्कर्ष निकल सके। उनकी पारिवारिक ट्रैज़ेडी को देखते हुए लगता है कि मल्लिका के साथ रिश्ते के अनुभव-सत्य के आधार पर हिंदी में स्त्री-पुरुष संबंधों का उन्हें सबसे पहला आधुनिक लेखक और सुधारक होना चाहिए था। लेकिन भारतेंदु में हमें ऐसी कोई चेतना नहीं मिलती। लोकमत के आगे घुटने नहीं टेकने और अपने विचारों पर डटे रहने की जो हिम्मत और सत्यनिष्ठा एक सुधारक में होती है, वह भारतेंदु में बहुत कम थी। विद्यासागर के बेटे नारायणचंद्र ने अपने पिता के आंदोलन से प्रभावित होकर एक विधवा से विवाह करने का फैसला अपनी मर्जी से किया तो विद्यासागर को खुशी हुई, लेकिन उनके छोटे भाई शंभुचंद्र को अपने समधी से धमकी मिली कि अगर तुम्हारे बड़े भाई ने अपने बेटे का विवाह किसी विधवा से किया तो तुम लोगों से अपना संबंध हमें तोड़ना पड़ेगा। इस धमकी से भयभीत शंभुचंद्र ने विद्यासागर को दुहाई दी कि वे विधवा लड़की के साथ बेटे के विवाह का फैसला बदलकर उसकी बेटी के पारिवारिक जीवन की रक्षा करें। विद्यासागर इस दबाव के आगे जरा भी नहीं झुके।[140] लेकिन भारतेंदु को दरभंगा में किसी दस्सा अग्रवाल के घर भोजन करने के इल्जाम में बनारस की बीस्सा अग्रवाल बिरादरी ने प्रायश्चित करने को कहा तो दस्सा-बीस्सा के बीच छुआछूत में विश्वास न करने के बावजूद भारतेंदु ने उस फैसले को मान लिया। शुरू से पूजा-अनुष्ठान संबंधी छोटे-छोटे कर्मकांडों और बाहरी आचरण को कट्टरता से निभानेवाले भारतेंदु आगे चलकर आर्यसमाजी और दूसरे प्रभावों से इन कर्मकांडों और बाह्याचारों को सुधारकों के ढंग पर निरर्थक कहने लगे थे। *वैष्णवता और भारतवर्ष* (1884) में उन्होंने ''बाह्य व्यवहार और आडंबरों को कम करने और आंतरिक उपासना की उन्नति करने'' के अलावा व्रत-स्नान आदि को ज्यादा महत्व नहीं देने के लिए कहा। लेकिन जिस बाहरी आचरण को छोड़ने का उपदेश वे दूसरों को दे रहे थे,

उस आचरण का निर्वाह खुद नियमपूर्वक करते रहे। शिवनंदन सहाय ने सिद्धांत और आचरण के फर्क के सिलसिले में भारतेंदु की एक आत्म-स्वीकृति को उद्धृत किया है कि "हम कर्म मार्ग को सर्वथा व्यर्थ समझते हैं, किंतु जिस कुल या जाति में हम उत्पन्न हैं उसके लोगों को दुख होगा, इसी ध्यान से हम यावत कर्म करते हैं।"[141]

ऐसे उदाहरण महाराष्ट्र में भी मिलते हैं जब रानाडे जैसे सुधारकों ने अपने आदर्श और सिद्धांत को छोड़कर लोकमत से समझौता किया। 31 साल की उम्र में रानाडे विधुर हो गए। लोगों ने यकीन जाहिर किया कि अगर रानाडे फिर से विवाह करेंगे तो जरूर किसी विधवा स्त्री से करके समाज सुधार का उदाहरण पेश करेंगे। उनके रूढ़िवादी पिता को भी यही डर था। लिहाजा पिता ने जल्दी से एक भद्र परिवार की ग्यारह साल की कुँआरी लड़की ढूँढ़कर उनका ब्याह पक्का कर दिया। रानाडे इससे बहुत क्षुब्ध हुए और पिता से बहुत तर्क-वितर्क किया। पिता ने उन पर इतना दबाव डाला—दो-दो परिवारों की प्रतिष्ठा की ऐसी दुहाई दी—कि आखिर रानाडे पिता की मर्जी के आगे झुक गए। इसी तरह जब उनके सुधारक मित्र विष्णु शास्त्री पंडित ने एक विधवा से विवाह किया और रानाडे ने इस विवाह के लिए उन्हें अपने घर में भोज देना तय किया तो पिता ने धमकी दी कि अगर उनके घर में विधवाविवाह का भोज होगा तो वे घर छोड़कर हमेशा के लिए चले जाएँगे। रानाडे सारी रात सो न सके। वे पिता के घर छोड़ जाने और अपने आदर्श के बीच द्वंद्व में पड़े हुए मानसिक यातना झेलते रहे। आखिरकार सुबह हुई तो उन्होंने अपना चुनाव पिता के पक्ष में किया। भारतेंदु और रानाडे, दोनों ने समझौते किए—फिर भी उनके बीच बड़ा फर्क था। रानाडे अपने सिद्धांत पर चलते थे, चलने की भरसक कोशिश करते थे। कड़ा विरोध होने पर, काफी दबाव पड़ने पर उन्होंने समझौते किए। भारतेंदु ऐसे किसी विरोध और दबाव के बिना ही लोकमत को संतुष्ट रखने के लिए प्रथाओं के मुताबिक चलते रहे। फिर, रानाडे ने सिर्फ समझौता नहीं किया, उस समझौते के अंदर रहकर भी उन्होंने सुधारों के लिए लड़ाई लड़ी। ग्यारह साल की लड़की से रानाडे ने मजबूर होकर ब्याह किया, लेकिन ब्याह के बाद उन्होंने बालिकावधू को अपनी शिष्या बनाया। उसे न सिर्फ लिखाया-पढ़ाया, बल्कि उसके अंदर भी सामाजिक सुधारों की वही चेतना पैदा कर दी जिसे वे पूरे समाज में लाना चाहते थे। उनकी पत्नी रमाबाई न सिर्फ सुधार आंदोलन में उनकी साथिन बन गई, बल्कि उसने खुद स्त्रियों को संगठित करके सुधार आंदोलन में रानाडे से स्वतंत्र अपना व्यक्तित्व बनाया। यहाँ तक कि ईसाई मिशनरियों के यहाँ चाय पीकर प्रायश्चित करने के एक मामले में उसने पति रानाडे की आलोचना भी की। ऐसे उदाहरण भारतेंदु या हिंदी नवजागरण के दूसरे लेखकों के यहाँ नहीं मिलते।

महाराष्ट्र के सुधारक बंगाल की तुलना में ज्यादा व्यावहारिक थे। उन्होंने सुधारों के लिए संघर्ष किया, सुधारों का प्रचार किया, एक हद तक उन्हें अपने जीवन में भी उतारा। लेकिन बाकी हिंदू समाज से अलग-थलग न पड़ जाएँ, इस ख्याल से सामाजिक प्रथाओं के खिलाफ एकदम से बगावत कभी नहीं की। बंगाल में सुधारों के लिए ब्राह्मोसमाजियों या

डिरोजियोपंथियों में जैसा भावावेश था, रूढ़िवादी कर्मकांडों और प्रथाओं के खिलाफ जैसा विद्रोही भाव और पुराने संस्कारों को उखाड़ फेंकने का जैसा साहस था, मराठी सुधारक उससे भरसक बचते रहे। पश्चिमोत्तर प्रांत में, खासकर हिंदी नवजागरण में तो उसका लेशमात्र भी नहीं मिलता। ब्राह्मोसमाज से प्रभावित राजनारायण वसु महत्वपूर्ण बँगला-लेखक थे। 1874 में उन्होंने नवजगारण संबंधी अपने संस्मरणों की एक किताब *शेकाल आर एकाल* प्रकाशित की। इसमें उन्होंने 1840 के दशक में रूढ़िवादी बंगाली समाज में जातिबंधन और खान-पान संबंधी कट्टरता को तोड़ने में डिरोजियोपंथियों की भूमिका को याद किया है। वास्तविक जीवन में समाज की सामूहिक ताकत और परंपराओं के खिलाफ खड़े होकर, सुधारों पर आचरण करने के लिए जिस सत्यनिष्ठा, मानसिक दृढ़ता और साहस की जरूरत होती है, वह उन डिरोजियोपंथियों में ही थी जिनके बारे में आज भी हिंदी साहित्य में बहुत कम और अधकचरी जानकारी मिलती है। राजनारायण वसु ने लिखा है कि ब्राह्मोसमाज के आंदोलन और अंग्रेजी शिक्षा ने शिक्षित लोगों के विचारों को तो जरूर बदला, लेकिन व्यवहार को उतना नहीं बदला। इसे बदलने का बीड़ा डिरोजियोपंथियों ने उठाया। ब्राह्मोसमाज के और मुख्यत: डिरोजियोपंथियों के कारण ही भद्रवर्गीय बंगाली समाज में स्त्री-शिक्षा, स्त्रियों का घरों से बाहर निकलना, सही उम्र में पहुँचकर विवाह करना और जातिप्रथा को तोड़ना संभव हो सका। 19वीं सदी में सरकारी दफ़्तरों में अंग्रेज और भारतीय, दोनों घूस लेते थे और वसु ने डिरोजियोपंथियों की तारीफ करते हुए लिखा कि सरकारी नौकरियों में रहते हुए उन्होंने कभी रिश्वत नहीं खाई।[142] पंजाब में ब्राह्मों, देवों और आर्यों ने, बंगाल में ब्राह्मों और डिरोजियोपंथियों ने और महाराष्ट्र में कुछ प्रार्थनासमाजियों ने धार्मिक-सामाजिक प्रथाओं के खिलाफ जो साहसपूर्ण संघर्ष किया, उसे हिंदी नवजागरण के लेखकों ने हमेशा व्यर्थ का बचकानापन और सिड़ीपन ही समझा। इनकी तुलना में देवबंद के धार्मिक सुधारकों ने या कुछ अलीगढ़-नेताओं ने आदर्शों को अपने जीवन में कहीं ज्यादा उतरा। सैयद अहमद ने *कुरआन* की विवेकपूर्ण टीका लिखी और इस्लाम की पारंपरिक धार्मिक धारणाओं को चुनौती दी, तो हिंदोस्तान से लेकर अरब देशों तक के उलेमाओं ने उनके खिलाफ फतवा जारी किया, उन्हें काफिर कहा; लेकिन सैयद ने झुककर न कभी माफी माँगी, न अपनी टीका वापस ली।

वास्तव में कुछ सुधारों का समर्थन करते हुए भी हिंदी नवजागरण एक तरह की आत्मप्रवंचना का शिकार था। उसकी आत्मप्रवंचना को सुधार के केंद्रीय मुद्दे —स्त्री-प्रश्न—पर बहुत साफ देखा जा सकता है। एक प्रतिनिधि उदाहरण *भारत जीवन* (बनारस) के 5 मई, 1884 के अंक में छपा वह लेख है जो उस जमाने के हिंदी-लेखकों की आम चेतना को व्यक्त करता है। लज्जा को स्त्रियों की और भारतवासियों की अनेक समस्याओं का मूल कारण बताते हुए इसके लेखक ने लिखा है कि इसी कारण स्त्रियाँ अशिक्षित हैं और वे बाहर के सार्वजनिक जीवन में भाग नहीं लेतीं जैसे प्राचीनकाल में दशरथ के साथ उसकी रानियाँ लेती थीं। ''इससे साफ मालूम होता है कि मुसलमानों की अमलदारी ही से यहाँ ऐसी

लज्जा फैली है। जहाँ-जहाँ इन अत्याचारियों का जोर-जुल्म न था वहाँ-वहाँ कितने स्थानों में अब भी वह पुरानी चाल ज्यों की त्यों आज तक चली आती है। दक्षिण देश में इन मूर्खों का इतना प्रवेश न हुआ था, सो वहाँ आज तक ऐसी लज्जा का नाम तक नहीं है।·· हमारी इस लज्जा के विषय में जो कुछ पुरानी चाल-चलन थी सो सबकुछ आजकल विलायत में बरती जाती है। पर पाठकगण यह समझें कि जैसे यूरोपियन लोग साथ-साथ बग्गियों में हवा खाते फिरते हैं वैसे आप लोग भी घूमें।" आखिरी पंक्ति में लज्जा को बनाए रखने की जरूरत बताते हुए लेखक ने लिखा कि अपने यहाँ तो जहाँ लज्जा चाहिए, वहाँ है नहीं और जहाँ नहीं चाहिए, वहाँ है।

लज्जा से अशिक्षा पैदा होती है या अशिक्षा से लज्जा—इस द्वंद्वभरे चक्कर को अभी छोड़ दें, तो भी उद्धरण में निहित आत्मप्रवंचना छुपती नहीं। लज्जा को बुरी बताने से शुरू करके लज्जा को जरूरी ठहराने तक की इस यात्रा के अंदर एक ओर अपनी हीनता की स्थिति को छुपाने के लिए, दूसरी ओर आधुनिकता का स्वांग भरने के लिए, दो मिथक गढ़ लिए गए हैं। ये मिथक 19वीं सदी के हिंदी नवजागरण की आम चेतना में धँसे हुए थे और खास अहमियत रखते थे। एक ओर शत्रु के रूप में *अत्याचारियों* और *मूर्खों*—मुसलमानों की अमलदारी थी जिसके कारण सामाजिक प्रगति में हिंदू पिछड़ गए। यह पहला मिथक था। दूसरी ओर अंग्रेजों की प्रगतिशीलता के आगे सिर झुकाते हुए भी उसे अपनी ही प्राचीनकालीन प्रगतिशीलता बतलाना था। यह दूसरा मिथक था। आजकल विलायत में जो कुछ बरता जाता है, वह हमारी ही पुरानी संस्कृति है—19वीं सदी के औपनिवेशिक हिंदुस्तानी का यह कथन किसी प्राचीन गौरव की याद कम दिलाता, विडंबनापूर्ण और दयनीय ज्यादा लगता है। विडंबना यह भी है कि इस दावे के बाद भी विलायत के बर्ताव को—जो अपनी ही "पुरानी चाल-चलन थी"—अपनाने की हिम्मत नहीं। उससे दूर ही रहने का निर्देश है। हिंदी नवजागरण की यह पाखंडपूर्ण जटिलता थी।

हिंदी के बड़े-बड़े लेखक इस जटिलता से ग्रस्त रहे। अपने नाटक *नीलदेवी* की भूमिका में भारतेंदु सजी-सँवरी अंग्रेज स्त्रियों को अपने-अपने पतियों के साथ घूमते हुए देखते हैं तो उन्हें "इस देश की सीधी-साधी स्त्रियों की हीन अवस्था" याद आती है। वे हिंदुस्तानी स्त्रियों को अंगरेज स्त्रियों की तरह योग्य, समर्थ और सुशिक्षित बनाना चाहते हैं, पर यह नहीं चाहते कि उनकी स्त्रियाँ लज्जा को तिलांजलि देकर अपने पतियों के साथ घूमें। रामकटोरा बाग में भारतेंदु शाम को यार-दोस्तों की महफिल सजाते थे और उसमें मल्लिका को अपने साथ बिठाते थे। इसमें उन्हें कभी लज्जा महसूस नहीं हुई। बस, ब्याहता पत्नी का पति के साथ बाहर घूमना ही सबसे बड़ी अनैतिकता थी जिसकी कल्पना भी ये पुरुष-सुधारक नहीं कर पाते थे। *नीलदेवी* की भूमिका में भारतेंदु ने भले ही स्त्री का 'स्वत्व' पहचानने की बात लिखी हो, पर नाटक के अंदर नीलदेवी की जो भूमिका दिखाई गई है, उससे जाहिर है कि भारतेंदु हिंदुस्तानी स्त्री को योग्य और समर्थ इस अर्थ में नहीं बनाना चाहते थे कि एक व्यक्ति के रूप में वह अपने-आपको पहचाने और मनुष्य के रूप मे अपने

अधिकारों को समझे। वे स्त्री को योग्य और समर्थ बनाते हैं—'दुष्ट यवनों' से 'आर्यकुल' के गौरव की रक्षा के लिए, मुसलमान शासकों से बदला चुकाने के लिए। *नीलदेवी* स्त्री के सुधार की चेतना का नहीं, स्त्री के राजनीतिक इस्तेमाल का नाटक है। स्त्री की योग्यता को जैसे *भारत जीवन* के लेखक ने मुसलमानी अमलदारी के संदर्भ में मापा, वैसे ही भारतेंदु ने भी। दोनों अंग्रेजों की श्रेष्ठता के आगे सिर झुकाते हैं, पर उनकी तरह पति-पत्नी को बग्गी में हवा खिलाने से भागते हैं। स्त्रियाँ पढ़ने-लिखने के लिए घर से बाहर निकलें और सभा-समितियों में पुरुषों के साथ भाग लें—बंगाली भद्रवर्ग में इस मूल्य को 1860 के दशक में ब्राह्मोसमाज ने कायम किया था। पश्चिमोत्तर प्रांत में 19वीं सदी के आखिरी दशकों की सच्चाई यह थी कि अंगरेज स्त्री-पुरुषों के आपसी संबंधों और उनके परस्पर व्यवहार का असर शहरों में उभर रही नई शिक्षित पीढ़ी पर पड़ रहा था और शिक्षित हिंदुस्तानी युवक भी अब गौना कराके आई पत्नी को साथ लेकर वैसे ही बाहर घूमना चाहता था। यह प्रवृत्ति बड़े कुटुंबों के अंदर सामंती संस्कृति के मातहत बने स्वामी और दासीवाले स्त्री-पुरुष संबंधों की जगह उभर रहे नए भावात्मक और वैयक्तिक रिश्तों की एक छोटी-सी चाह थी जिसका सार्वजनिक स्वागत करने के लिए हिंदी नवजागरण का बड़ा से बड़ा लेखक भी तैयार नहीं था। 'द्वितीय भारतेंदु' समझे जानेवाले प्रतापनारायण मिश्र ने अपनी पीढ़ी के नैतिक मूल्यों की तारीफ करते हुए बताया कि हम तो अपने बड़े-बूढ़ों की लाज से अपनी स्त्री के साथ खुलके बात भी बहुत कम करते थे और नई पीढ़ी के युवकों का हाल यह है कि "तुम चाहते हो कि हम अपनी बबुआइन को ले के सैर करने पावें तो मानों बैकुण्ठ मिल जाय।"[143]

इस प्रसंग में बालकृष्ण भट्ट *भारत जीवन* के लेखक और भारतेंदु से बहुत अलग नहीं दिखते। रूस में अब स्त्रियाँ भी फौज में भर्ती होने लगी हैं—यह अति-आधुनिक खबर *हिंदी प्रदीप* (अप्रैल, 1882) में देते हुए उन्होंने लिखा कि ऐसा होना "यहाँ भी संभव था, पर मुसलमानों की सभ्यता नहीं होने देती।" यहाँ भी स्त्रीप्रश्न का इस्तेमाल मुसलमानों के खिलाफ किया गया। 'मुसलमानों की सभ्यता' के पीछे अपने पिछड़ेपन को छुपाने की कोशिश जितनी साफ है, अपने आधुनिक बन सकने की संभावना का निराधार दावा भी उतना ही साफ है। दलितों का एक उदाहरण देकर स्त्रियों के इस प्रसंग को आगे नया मोड़ दिया गया है जो मुसलमान विरोधी राजनीति से अलग स्त्रीप्रश्न पर बालकृष्ण भट्ट के असली तात्पर्य को स्पष्ट करता है। इससे उनका दलित संबंधी तात्पर्य भी साफ हो जाता है। लिखते हैं, "सन् 57 के गदर में देखा गया कि कोरी, चमारों, धुनिया, जुलाहों, हिजड़ों के जी में भी बहादुरी का बीज जमा, पर जब काम पड़ा तो उन लोगों के मुँह से सिवा इसके कि आपकी सलामती रहे, बोलबाला रहे, बलैया लूं, आप ही का दिया टुकड़ा खानेवाला हूँ—और कुछ न निकला। अपनी-अपनी जान लेकर भागे।" इस गढ़े हुए दलित विरोधी किस्से में भद्रवर्गीय ब्राह्मण की अहम्मन्यता झाँक रही है जिसने वर्षों से अंग्रेजों की चाकरी बजा रही द्विज जातियों की स्वार्थपरता को बिल्कुल छुपा लिया है। इसी किस्से को फौज में भर्ती हो सकनेवाली स्त्रियों के साथ जोड़ते हुए वे आगे लिखते हैं—"हमारे ख्याल से तो स्त्रियां कैसी

पंडिता हो, केवल गृहस्थी के कामकाज और लड़कों का पालन-पोषण ही उनका मुख्य काम है। रहा इतना कि जो पढ़ी-लिखी, सुघर और सुशील हुईं, तो उन्हें गृहलक्ष्मी, गृहदेवता, जो कहो—सब सही। जिस पुरुष के पाले पड़ीं, उसके महाभाग्य। ···हम अपने देश में, खासकर इस मूढ़ समाज में तो कदापि यह आशा नहीं करते कि स्त्रियाँ कभी किसी योग्य होंगी और न इनका इस प्रकार स्वच्छंद हो जाना कि फौज में भरती की जायं, किसी तरह कल्याणकारी है।'' यानी जैसे 1857 के गदर में बहादुरी का दम भरने के बावजूद सामने पड़ने पर दलितों ने अंग्रेजों को सलाम ही किया, उसी तरह पढ़ी-लिखी हिंदुस्तानी औरत भले ही फौज में भरती होने लायक बन जाए, उसका असली धर्म तो बच्चे पालने में ही है। स्त्रीशिक्षा का स्त्री के लिए कोई उपयोग नहीं, उसकी शिक्षा सिर्फ पुरुषों को सौभाग्यशाली बनाने के लिए है। स्त्रियों को हर तरह की आधुनिक शिक्षा देने और उनसे अच्छा बर्ताव करने पर जोर देनेवाले बालकृष्ण भट्ट लिंगभेद के आधार पर होनेवाले भेद-भाव और गैरबराबरी में निहित अन्याय के प्रति यहाँ उतने ही संवेदनशून्य नजर आते हैं, जितने उनके दूसरे समकालीन। ऊपर के उद्धरण में ''स्त्रियाँ कैसी पंडिता हों'' वाक्यांश में पंडिता शब्द इत्तेफाक से आया नहीं लगता। अपनी आजीविका खुद कमानेवाली, अंतर्जातीय विवाह करने और अपने बलबूते पर खड़ी होकर स्त्रियों के लिए काम करनेवाली मराठी समाज-सुधारिका पंडिता रमाबाई की विद्वत्ता और ज्ञान के कारण उनके नाम के साथ पंडिता विशेषण अटूट रूप से जुड़ चुका था। पंडिता स्त्री का भी मुख्य काम बच्चे पालना है—दयानंद सरस्वती और आर्यसमाजियों ने ऐसा कभी नहीं सोचा। दयानंद सरस्वती रमाबाई से मेरठ में मिले थे। उनके पांडित्य से, उनकी सामाजिक जागरूकता से वे बहुत प्रभावित हुए। सुधार आंदोलन में वे एक सहयोगी के रूप में उनकी सक्रिय भूमिका चाहते थे—हालाँकि अपनी कठोर नैतिक आचारसंहिता के कारण वे रमाबाई के स्वतंत्र व्यक्तित्व के साथ चल नहीं सके। फौज में स्त्रियों का भर्ती होना यहाँ भी संभव था, इसका दावा करके आधुनिक बननेवाला और ऐसा न हो सकने के पीछे मुसलमानों की सभ्यता को कोसनेवाला लेखक जब पंडिता स्त्रियों का मुख्य काम बच्चे पालना और भात राँधना बतलाता है और इस काम से कहीं वे स्वच्छंद न हो जाएँ, इसका डर उसे सताता है, तो मुसलमान, दलित और स्त्री से जुड़ी उसकी यह चेतना एक बार फिर हमें पश्चिमोत्तर प्रांत में सुधारचेतना की पाखंडपूर्ण जटिलता की प्रतीति करा देती है।

जातिप्रथा और जाति-सभाएँ

ब्राह्मोसमाज, आर्यसमाज या प्रार्थनासमाज जैसी संस्थाएँ धर्म और समाज, दोनों में सुधार लाने पर जोर देती थीं। पश्चिमोत्तर प्रांत में इन संस्थाओं के पैर नहीं जम सके। बनारस, इलाहाबाद में कई संस्थाएँ उठ खड़ी हुईं जिन्होंने इनके धार्मिक सुधारों का विरोध किया। पश्चिमोत्तर प्रांत में ब्राह्मों या आर्यों के धार्मिक सुधारों से अलग रहकर सामाजिक सुधारों के लिए जो विशेष प्रयत्न हुए, वे जाति-सभाओं के जरिए हुए। जाति-सभाओं के जरिए सामाजिक

सुधार आंदोलन को जे.टी.एफ. जोर्डन ने पश्चिमोत्तर प्रांत के नवजागरण की अपनी खास विशेषता बतलाया है।[144] जातियों के आधार पर बनी संस्थाओं के जरिए सुधार आंदोलन उत्तर और दक्षिण भारत के दूसरे प्रांतों में भी हुए, पर ऐसी संस्थाएँ वहाँ नवजागरण की मुख्य संस्थाएँ न थीं। इसके अलावा, वहाँ ऐसी संस्थाएँ ब्राह्मण वर्चस्व के खिलाफ गैरब्राह्मण उत्पीड़ित जातियों के आंदोलन के रूप में उभरी थीं। मिसाल के लिए केरल में श्रीनारायण गुरु की ब्राह्मणवाद विरोधी संस्था *नारायण धर्म परिपालना* मुख्यत: ईड़वा जाति के लोगों की थी। कहीं-कहीं ऐसी संस्थाएँ उन जातियों में बनीं जिनकी अपनी कुछ खास समस्याएँ थीं, जैसे त्रावणकोर (केरल) के नायरों में, जो मातृसत्तात्मक समाज था और जिनकी कुँआरी लड़कियों पर नंबूदरी ब्राह्मणों का पहला अधिकार समझा जाता था। इसी तरह राजस्थान के राजपूतों में लड़कियों को पैदा होते ही मार देने की बुरी प्रथा थी जिसे खत्म करने के लिए वहाँ राजपूत सभा का गठन हुआ। लेकिन पश्चिमोत्तर प्रांत में बनी जाति-सभाएँ इन सबसे अलग ढंग की थीं। यहाँ जाति-सभाएँ ब्राह्मण वर्चस्व के खिलाफ उत्पीड़ित जातियों ने नहीं बनाईं। यहाँ जाति-सभाएँ खुद ब्राह्मणों ने और दूसरी द्विज जातियों ने ही बनाईं। ये जाति-सभाएँ जाति की किसी खास बुराई को दूर करने के लिए भी नहीं बनीं बल्कि शिक्षा जैसे आम सुधारों के लिए बनाई गईं। इसका एकमात्र अपवाद प्रांत के पूरबी जिलों में बाहर से आकर बसे खत्रियों की सभा थी जो स्यापे की प्रथा को दूर करने के लिए बनाई गई थी। इसकी एक इकाई बनारस में थी जिसकी बैठक की सूचना *हरिश्चंद्र चंद्रिका* में छपी थी। पश्चिमोत्तर प्रांत में सुधारों के लिए शुरू से ही जाति-सभाओं का आश्रय लिया गया क्योंकि यहाँ अलग-अलग जातियों को एक समुदाय में गठित करनेवाली सामाजिक शक्तियाँ नहीं थीं या बहुत कमजोर थीं। कलकत्ता के ब्राह्मोसमाज में कायस्थ भी थे, ब्राह्मण भी और वैद्य भी। बंबई प्रांत में कुछ जाति-सभाओं के होने के बावजूद *प्रार्थनासमाज* और बाद में *नेशनल सोशल कांफरेंस* सुधारों के लिए मुख्य मंच बना रहा। यह संस्था अखिल भारतीय थी और धार्मिक मामलों में हाथ नहीं डालती थी, इसके बावजूद यह पश्चिमोत्तर प्रांत में लोकप्रिय नहीं हो सकी।

पश्चिमोत्तर प्रांत में 19वीं सदी के आखिरी तीन दशकों में कई जाति-सभाएँ सामने आईं जो ब्राह्मणों, क्षत्रियों, वैश्यों और कायस्थों की थीं। इन जाति-सभाओं ने शिक्षा के लिए स्कूल भी अपनी-अपनी जाति के नाम पर खोले। खत्रियों, कायस्थों, अग्रवालों और राजपूतों के अलग-अलग स्कूल थे। बनारस में बाहर से आए बंगालियों, मराठियों और मारवाड़ियों ने अपने स्कूल अलग खोले। आगे चलकर बंगाल में *बंगाली* (बिपनचंद्र), महाराष्ट्र में *मराठा* (तिलक) और पंजाब में *पंजाबी* (लाजपत राय) नाम से पत्र निकले, लेकिन 19वीं सदी के पश्चिमोत्तर प्रांत में पत्रिकाएँ भी अपनी-अपनी जाति के नाम से निकाली गईं, जैसे *ब्राह्मण, क्षत्रिय, ब्राह्मण सर्वस्व, क्षत्रिय हितकारी, वैश्य हितकारी* और *कायस्थ समाचार*। बंगाली, पंजाबी या मराठा की तरह यहाँ कोई सामूहिक या जातीयता (नेशनलिटी) सूचक नाम देना मुमकिन नहीं हुआ। ताज्जुब नहीं कि रामचंद्र शुक्ल ने हिंदी साहित्य का इतिहास

लिखते हुए कवि-लेखकों की जाति का नाम जरूर दिया और कहीं-कहीं गोत्र का भी। आज भी हिंदी में पुराने और बड़े साहित्यकारों के नामों के साथ पंडित, लाला और बाबू जैसे जातिसूचक संबोधन जोड़ने की प्रथा चलती है। 19वीं सदी की इन जाति-सभाओं का इतिहास सिलसिलेवार बहुत कम मिलता है क्योंकि इनमें से ज्यादातर सभाएँ बेअसर थीं। लड़कों की शिक्षा जैसे मुद्दे को छोड़कर ब्राह्मण और क्षत्रिय सभाओं ने तो अक्सर महत्वपूर्ण सुधारों का विरोध ही किया। इन सभाओं में सबसे महत्वपूर्ण और प्रभावशाली संगठन *कायस्थ महासभा* था जिसने सच्चे अर्थों में सुधार आंदोलन चलाया था। इसके बाद किसी हद तक वैश्य सभा भी सुधारों के लिए सक्रिय रही। कैलीफोर्निया विश्वविद्यालय (बर्कले) की लूसी कैरोल ने 1971-72 के दौरान कायस्थ महासभा के कई पक्षों पर शोध करके पाँच-छः महत्वपूर्ण लेख लिखे जो कायस्थ महासभा के आंदोलन की विस्तृत जानकारी देनेवाले एकमात्र प्रामाणिक स्रोत हैं।

कायस्थ महासभा का आंदोलन

कायस्थ महासभा का आंदोलन कई दृष्टियों से महत्वपूर्ण था। इसके उभार की तुलना एक दृष्टि से किसी हद तक पंजाब में आर्यसमाज के उभार से की जा सकती है। पंजाब में आर्यसमाज के उभार के पीछे मुख्यत: वहाँ की सबसे गतिशील और शिक्षा तथा रोजगार के नए मौकों का आगे बढ़कर फायदा उठानेवाली खत्री जाति थी। पश्चिमोत्तर प्रांत में कायस्थ नाम की कोई एक जाति नहीं थी। खानदानी तौर पर प्रशासन में मुंशी (क्लर्क) का काम करनेवाली अलग-अलग जातियों का यह एक सामान्य नाम था। विभिन्न प्रांतों में कायस्थ जातियाँ कहीं क्षत्रिय, कहीं वैश्य और कहीं शूद्र समझी जाती थीं। परंपरा से प्रशासनिक कामों में एकाधिकार रखनेवाली इन जातियों के सामने पहली बार एक बड़ा संकट तब खड़ा हुआ जब अंगरेजी राज ने प्रशासनिक सेवाओं के लिए आधुनिक शिक्षा की योग्यता को अनिवार्य कर दिया और शिक्षा के दरवाजे सभी जातियों के लिए समान रूप से खोल दिए। अब ब्राह्मण, राजपूत और वैश्य भी सरकारी स्कूल-कालेजों में शिक्षित होकर सरकारी नौकरियों में आने लगे। शिक्षा महँगी हो जाने से साधारण आर्थिक हैसियतवाले कायस्थ शिक्षा में पिछड़ने लगे। सरकारी कामों में फारसी और उर्दू की जगह अंग्रेजी का प्रयोग बढ़ने से भी सरकारी नौकरियों में कायस्थों की संख्या घटने लगी। घर में थोड़ी-सी फारसी-उर्दू सीखकर सरकारी नौकरी पा लेनेवाले कायस्थों के सामने रोजगार का व्यापक संकट खड़ा हो गया और भविष्य अंधकारपूर्ण नजर आने लगा। इस ऐतिहासिक दौर में उनके सामने दो ही रास्ते थे—वे अपने समाज में आधुनिक शिक्षा के प्रचार का आंदोलन चलाएँ, दूसरे, सरकारी नौकरियों के अलावा रोजगार के दूसरे महत्वपूर्ण क्षेत्रों, जैसे—उद्योग, बैंकिंग और अन्य व्यवसायों में जाने के लिए जरूरी तकनीकी शिक्षा हासिल करें। मुख्य रूप से इन्हीं दो ऐतिहासिक जरूरतों को पूरा करने के लिए कायस्थ महासभा का आंदोलन उभरा जिसके साथ सामाजिक सुधार की चेतना भी लाजिमी तौर पर पैदा हुई।

इस आंदोलन की बुनियाद अवध प्रांत के मुंशी कालीप्रसाद ने डाली थी जो लखनऊ

में वकालत करते थे। कायस्थों में नई चेतना जगाने के लिए 1872 में उन्होंने *कायस्थ समाचार* नामक पत्र निकालना शुरू किया। कायस्थ लड़कों को आधुनिक शिक्षा देने के लिए 1873 में उन्होंने इलाहाबाद में *कायस्थ पाठशाला* कायम की। महज सात बच्चों से शुरू किया गया यह स्कूल 1895 तक इलाहाबाद विश्वविद्यालय से संबद्ध एक इंटर कालेज बन गया। यह पाठशाला अपने बंदोबस्त और शिक्षा के ऊँचे स्तर के लिए मशहूर हुई जिसकी खास बात यह थी कि अलीगढ़ कालेज के उलटे यहाँ का पूरा स्टाफ भारतीय था और सरकार से एक पैसे की भी मदद नहीं लेता था। अपनी मृत्यु से पहले 1886 में नि:संतान कालीप्रसाद ने अपनी अपार संपत्ति में से कुछ हिस्सा अपनी पत्नी और भाई की विधवा के लिए रखकर बाकी सारी संपत्ति—करीब पाँच लाख की— *कायस्थ पाठशाला ट्रस्ट* के नाम लिख दी ताकि पाठशाला का काम अच्छी तरह से चलता रहे। यह भारतेंदु के चौखंभा स्कूल से बिल्कुल उलटा मामला था। लखनऊ में उनके दो सहयोगी वकीलों—हरगोविंद दयाल और श्रीराम ने उनकी वसीयत से प्रेरित होकर 1887 में *कायस्थ महासभा* (कायस्थ कांफरेंस) की स्थापना की, जिसका मकसद कायस्थों में शिक्षा और सुधार के काम को आगे बढ़ाना था। डुमराँव राज (बिहार) के दीवान जयप्रकाश लाल, जो उस समय पूरे उत्तर भारत के सबसे प्रभावशाली कायस्थ नेता थे, इस महासभा के पहले अध्यक्ष बने। जयप्रकाश लाल का नवजागरण के आंदोलन से पुराना संबंध था। पंजाब में अलख जगानेवाले कन्हैयालाल अलखधारी से भी उनके संबंध थे। कन्हैयालाल के एक रिसाले से पता चलता है कि धार्मिक-सामाजिक सुधारों के लिए उनकी पत्रिकाओं और किताबों के प्रकाशन में जयप्रकाश लाल आर्थिक मदद करते थे। धीरे-धीरे कायस्थ महासभा सैकड़ों स्थानीय कायस्थ सभाओं का एक स्वैच्छिक संघ बन गई जिसकी केंद्रीय कार्यकारिणी *कायस्थ सदर सभा* के नाम से 1890 में लखनऊ में कायम हुई। लेकिन पाठशाला ट्रस्ट और महासभा के बीच, लूसी कैरोल के मुताबिक, अच्छे संबंध कभी नहीं रहे। महासभा एक व्यापक संघ था जिसका नेतृत्व बदलता रहता था पर ट्रस्ट पर कब्जा इलाहाबादवालों का था जो नहीं चाहते थे कि पाठशाला पर उनके नियंत्रण में कोई और दखल दे।

महासभा ने कायस्थों में आधुनिक शिक्षा फैलाने के कई उपाय किए। महासभा के अंदर अलग-अलग मुद्दों पर कमेटियाँ होती थीं। इनमें सबसे प्रभावशाली शिक्षा कमेटी थी और महासभा के सबसे ज्यादा साधनों को इसी पर खर्चा जाता था। एक *नेशनल फंड* भी कायम किया गया ताकि कायस्थ विद्यार्थियों को ऊँची शिक्षा के लिए इंग्लैंड भेजने में मदद की जाए। गरीब विद्यार्थियों और विधवाओं को भी इस फंड से मदद दी जाती थी। कायस्थों की नई शिक्षित युवा पीढ़ी अपनी सामाजिक-सांस्कृतिक समस्याओं के प्रति काफी सजग थी। कायस्थों में विवाह के लिए करार प्रथा चलती थी जिससे विवाह में खर्च बहुत ज्यादा होता था। बालविवाह, विधवाविवाह और स्त्रीशिक्षा जैसी समस्याओं के अलावा होली और शादी के मौकों पर शराब बहुत ज्यादा पी जाती थी। एक बड़ी समस्या विभिन्न कायस्थ जातियों के बीच एकता और समानता कायम करने की थी। कायस्थ जातियों के बीच

आपस में रोटी-बेटी का रिश्ता नहीं होता था। महाराष्ट्र के कायस्थ प्रभु, बंगाल के कायस्थ घोष, सिन्हा, मजुमदार वगैरह और पश्चिमोत्तर प्रांत के भटनागर, अस्थाना, माथुर और सक्सेना इत्यादि के बीच छुआछूत पूरी तरह मौजूद था। 1912 में जाकर एक बंगाली कायस्थ को संगठन का अध्यक्ष बनाया गया पर बंबई के प्रभुओं को 1929 तक संगठन में भी शामिल करने लायक नहीं माना गया। चार्ल्स हिमसेथ ने लिखा है कि कायस्थों के अंदर इन बंधनों को तोड़ना हिंदुओं के बीच जातिप्रथा तोड़ने से भी ज्यादा मुश्किल काम था। इसकी पुष्टि बेली द्वारा दी गई इस सूचना से होती है कि 1890 में बैरिस्टर रोशनलाल सक्सेना ने कायस्थों की ही एक जाति भटनागर में विवाह किया तो उन्हें जाति से बाहर निकाल दिया गया था।[145]

कायस्थ महासभा में कई प्रतिभाशाली और प्रभावशाली नेता थे जिनके बीच होनेवाले सैद्धांतिक विवाद संगठन की जीवंतता के सबूत थे। चार्ल्स हिमसेथ ने महासभा के अंदर दो विरोधी दलों का जिक्र किया है जिनमें से एक को उन्होंने सुधार समर्थक मानते हुए लिबरल कहा और दूसरे को शिक्षा समर्थक मानते हुए रूढ़िवादी (आर्थोडाक्स) कहा। जैसे नेशनल सोशल कांफरेंस के अंदर दो दलों के बीच टकराहट लगातार चलती थी, उसी ढंग की टकराहट की कल्पना उन्होंने महासभा के इन दो दलों के बीच की। महासभा का ज्यादा बारीकी से अध्ययन करनेवाली लूसी कैरोल ने 'रूढ़िवादी' और 'लिबरल' जैसे लेबलों से असहमति प्रकट की, लेकिन दो दलों का अस्तित्व मानते हुए लिखा कि असल में यह महासभा में चल रहा एक विचारात्मक संघर्ष था। एक ही उद्देश्य को पाने के लिए कुछ लोग शिक्षा पर ज्यादा जोर दे रहे थे जबकि कुछ दूसरे लोग सुधारों पर। शिक्षा पर जोर देनेवाले सुधारों के विरोधी नहीं थे और न ही सुधारों पर जोर देनेवाले शिक्षा के विरोधी थे। मिसाल के लिए डॉ. सच्चिदानंद सिन्हा, जिन्हें हिमसेथ ने सुधारवादी या लिबरल नेता बताया, पाठशाला ट्रस्ट के सेक्रेटरी और शिक्षा पर जोर देनेवाले ग्रुप के नेता थे। वास्तव में ये शिक्षाविद खुद बड़े सुधारक थे। महासभा के अंदर होनेवाला वैचारिक संघर्ष नवजागरण के दौर में होनेवाली सैद्धांतिक बहसों का एक क्लासिकल उदाहरण था। शिक्षा पर जोर देनेवालों का तर्क यह था कि "किसी भी टिकाऊ सुधार का एकमात्र जरिया शिक्षा ही है।" इनका कहना था कि अगर लोग शिक्षित हो जाएँ तो समाज सुधार उसके पीछे अपने आप होने लगेगा। समाज में सुधार लाने के लिए शिक्षा सबसे बेहतर उपाय है। सुधारवादियों का तर्क यह था कि समाज में शिक्षा फैलाने के लिए भी पहले कुछ सुधारों का होना जरूरी शर्त है। जैसे स्त्रियों की सामाजिक-पारिवारिक हालत को बदले बिना स्त्रीशिक्षा को फैलाया नहीं जा सकता। समुद्र-पार जाना धर्मविरोधी काम है, इस पारंपरिक धारणा से छुटकारा पाए बिना ऊँची शिक्षा हासिल नहीं की जा सकती और जिस गरीबी के कारण ज्यादातर बच्चे शिक्षा नहीं प्राप्त कर पाते, उस गरीबी का एक कारण शादी-ब्याह जैसे मौकों पर होनेवाली फिजूलखर्ची की प्रथाएँ भी हैं। शिक्षा का प्रबंध सरकार कर सकती है, पर हमारे समाज का सुधार सरकार नहीं करेगी।[146]

सुधारवादियों के उत्साही नेता गोरखपुर के ईश्वरशरण थे और वे भी इलाहाबाद में वकालत करते थे। शिक्षा पर जोर देनेवाले ज्यादातर विद्यार्थी थे जो आगरा के नारायणप्रसाद अस्थाना के नेतृत्व में *कायस्थ क्लब एसोसिएशन* के रूप में संगठित थे। इसी ग्रुप में लाहौर में वकालत करनेवाले लक्ष्मीनारायण भी थे जिन्होंने यूरोप-अमरीका के अपने अनुभवों के आधार पर साइंस की पढ़ाई पर जोर दिया और छोटे बच्चों की शिक्षा के लिए पहली बार देश में *किंडर गार्डेन* जैसी पद्धति का सुझाव दिया। लूसी कैरोल ने लिखा है कि शिक्षाविदों और सुधारवादियों के दल अपने-अपने कार्यक्रमों को आगे बढ़ाने और ज्यादा-से-ज्यादा संसाधनों को हासिल करने के लिए महासभा के सालाना जलसे पर कब्जा करने की कोशिश करते थे। 1896 में महासभा के अलीगढ़ सम्मेलन में वहाँ के कायस्थ नेताओं सोहनलाल और साँवल सहाय वर्मा ने, जो सैयद अहमद के शिक्षा आंदोलन से प्रभावित थे—कायस्थ विद्यार्थियों को वजीफा देने और स्त्रीशिक्षा पर जोर देने के लिए पैंफलेट निकाला। उन्होंने कायस्थों की शैक्षणिक दशा और जरूरतों के बारे में आँकड़े जमा करने, पाठ्यपुस्तकें तैयार करने और समुद्र-पार यात्रा का प्रचार करने से संबंधित प्रस्ताव सम्मेलन के सामने रखे। इस सम्मेलन के अध्यक्ष डुमराँव राज (बिहार) के मैनेजर शिवशरण लाल थे जिनके दामाद और दो बेटे उस वक्त इंग्लैंड में पढ़ रहे थे। इसी तरह गोरखपुर सम्मेलन में सुधार समर्थकों का कब्जा हो गया तो गया के वकील लक्ष्मीनारायण अखौरी के नेतृत्व में सभी कायस्थ जातियों के बीच सहभोज का प्रस्ताव पास किया गया। कारार की रकम घटाने, बारातियों द्वारा यात्रा का खर्च माँगने पर पाबंदी लगाने और पर्व-त्योहारों में फिजूलखर्ची रोकने के प्रस्ताव पास किए गए। बालविवाह के खिलाफ आवाज उठाई गई।[147]

कायस्थ महासभा के आंदोलन का एक महत्वपूर्ण मुद्दा शराबबंदी का था। कायस्थों में शराब पीने की प्रथा, खासकर होली के मौके पर, भयंकर रूप से थी। पुरानी पीढ़ी के बुजुर्ग कायस्थ इस प्रथा का पालन धर्म की तरह करते थे, लेकिन नई पीढ़ी के शिक्षित युवक इससे नफरत करते और शर्म महसूस करते थे। कामताप्रसाद और श्यामकिशोर वर्मा के प्रयत्नों से शराबबंदी का आंदोलन कायस्थ सभाओं में काफी फैला। लूसी कैरोल ने जब इस आंदोलन की जड़ें खोजीं तो इसे उस वक्त इंग्लैंड में चल रहे शराबबंदी आंदोलन से जुड़ा हुआ पाया।[148] 1888 में लंदन की लिबरल पार्टी के दो सदस्यों—डब्ल्यू. एस. केन तथा सैमुएल स्मिथ के नेतृत्व में बने छोटे-से ग्रुप ने केन को भारत में अपने आंदोलन का प्रचार करने के लिए भेजा। केन को मसूरी के पादरी थॉमस इवांस और राष्ट्रीय कांग्रेस के कुछ सदस्यों से इस काम में मदद मिली। केन के इंग्लैंड लौट जाने के बाद पादरी इवांस ने इस आंदोलन को विभिन्न जाति-सभाओं के माध्यम से फैलाना तय किया। उसे सबसे ज्यादा सफलता कायस्थ महासभा में मिली। शराबबंदी आंदोलन का प्रस्ताव महासभा में इससे पहले पास हो चुका था, पर इवान्स ने आकर थोड़े समय में कई कायस्थ शराबबंदी क्लबों (कायस्थ टेंपरेंस क्लबों) की स्थापना कर दी । ये सभी क्लब लंदन के *टेंपरेंस एसोसिएशन* की भारतीय शाखा से संबद्ध हो गए। इन क्लबों के ज्यादातर सदस्य विद्यार्थी और विश्वविद्यालयों

से निकले शिक्षित युवक थे। इस आंदोलन से पुरानी चाल के बुजुर्ग कायस्थ सहमत नहीं थे। अजमेर टेंपरेंस क्लब के कायस्थ विद्यार्थियों ने 1894–95 की होली में शराबबंदी लागू करने की कोशिश की तो एक बुजुर्ग कायस्थ ने क्लब के सहायक सचिव गौरी सहाय के घर जाकर मारपीट की।[149] 1890 में कामताप्रसाद ने देशभर में बिखरी कायस्थ शराबबंदी संस्थाओं को मिलाकर एक अखिल भारतीय संगठन *कायस्थ टेम्पोरेंस सोसायटी ऑफ इंडिया* कायम की और उर्दू में *कायस्थ हितकारी* पत्र निकाला जो पूरी तरह से शराबबंदी आंदोलन को समर्पित था (उर्दू में होने के कारण बालकृष्ण भट्ट ने इस पत्र को हिंदू विरोधी बताया)। इस सोसायटी के रजिस्टर से पता चलता है कि 1894–95 में देश में कायस्थों के बीच कुल 42 शराबबंदी क्लब काम कर रहे थे जिनके 3473 सदस्यों ने लिखित रूप से शराब छोड़ने की प्रतिज्ञा की थी।[150]

महासभा के सुधार आंदोलन में कई योग्य और कर्मठ नेता उभरकर आए। इनमें दो व्यक्ति बहुत महत्वपूर्ण थे—स्वामी शिवज्ञान चाँद और डॉ. सच्चिदानंद सिन्हा। पंजाब के शिवज्ञान चाँद के बारे में पहली बार महत्वपूर्ण जानकारी लूसी कैरोल ने दी। शिवज्ञान महासभा के सबसे प्रमुख संगठनकर्ता और प्रचारक थे। अपने अंग्रेज अफसरों के खराब बर्ताव के विरोध में 1871 में उन्होंने पंजाब में इंस्पेक्टर ऑफ पोस्ट ऑफिस जैसे बड़े ओहदे से इस्तीफा दे दिया और आर्यसमाज के सक्रिय सदस्य बन गए। आर्यसमाजी नेताओं की 'संकीर्णता' और 'पक्षपात' की वजह से वे 1887 में पंजाब से लखनऊ आकर कायस्थ महासभा के सदस्य बने और फिर आजीवन इसके कर्मठ कार्यकर्ता बने रहे। उन्होंने भारत में घूम-घूमकर स्थानीय कायस्थ सभाओं को संगठित किया, महासभा के लिए चंदा जमा किया और आंदोलन की पत्र-पत्रिकाएँ निकालने में मदद की। पटने के महेशनारायण को भी 1889 में *कायस्थ गजट* (अंग्रेजी) निकालने में उन्होंने मदद की। 1887 से 1890 के बीच, महज तीन साल में उन्होंने तीन सौ कायस्थ सभाएँ कायम कीं। सुधारों का प्रचार करने के लिए कई विषयों पर पैंफलेट निकाले। शिकागो के विश्वधर्म सम्मेलन से प्रेरित होकर उन्होंने सभी धर्मों के लोगों को निकट लाने के लिए 1895 में *धर्ममहोत्सव* आंदोलन चलाया। लूसी कैरोल ने लिखा, "शिवज्ञान अपने समय के अत्यंत प्रभावशाली और लोकप्रिय सुधारक-प्रचारक थे। कायस्थ सम्मेलन में आने पर हजारों लोग उनकी जय-जयकार करते थे। वे धर्म को विवेकसम्मत बनाने और आधुनिक शिक्षा के जबर्दस्त हिमायती थे।"[151]

डॉ. सच्चिदानंद सिन्हा कायस्थ महासभा आंदोलन के सबसे आधुनिक भद्रवर्गीय सुधारक नेता थे। बिहार में आरा शहर के एक प्रभावशाली मध्यवर्गीय परिवार में जन्मे सिन्हा ने घर से भागकर इंग्लैंड में बैरिस्टरी की पढ़ाई की, जहाँ वे बिहार के दूसरे महत्वपूर्ण नेताओं, खासकर हसन इमाम और अली इमाम के निकट संपर्क में आए। बाद में इन्हीं दोनों के साथ मिलकर उन्होंने बंगाल से बिहार को अलग करने का आंदोलन चलाया। दूसरी जातियों की तरह कायस्थों में भी जाति के बाहर विवाह करने पर सख़्त पाबंदी थी। बैरिस्टर रोशनलाल के बाद सिन्हा ने इस पाबंदी को तोड़कर कायस्थ सुधार आंदोलन में

तहलका मचा दिया। उन्होंने लाहौर के मशहूर इंजीनियर कन्हैयालाल के प्रसिद्ध बैरिस्टर बेटे सेवाराम की बेटी से प्रेम-विवाह किया। बिहार और पश्चिमोत्तर प्रांत में किसी भद्रवर्गीय सुधारक द्वारा अपनी जाति या उपजाति के बाहर विवाह करने की शायद यह दूसरी महत्वपूर्ण घटना थी। बाद में महासभा के अंदर कुछ सदस्यों ने *कायस्थ इंटरमैरिज सोसायटी* कायम की जिसका मकसद कायस्थ कही जानेवाली जातियों के बीच आपस में प्रेम विवाह करने को बढ़ावा देना था—हालाँकि यह उस वक्त काफी मुश्किल काम था।

लूसी कैरोल के मुताबिक डॉ. सच्चिदानंद सिन्हा की राष्ट्रीय छवि *हिंदुस्तान रिव्यू* का संपादक बनने से उभरी। मुंशी कालीप्रसाद ने अपनी वसीयत में *कायस्थ समाचार* को इसी नाम से जारी रखने को लिखा था। 1889 में कायस्थ पाठशाला ट्रस्ट ने इसे रामानंद चटर्जी के संपादन में अंग्रेजी में निकालना शुरू किया। एक साल बाद जब दूसरी व्यस्तताओं के कारण चटर्जी ने इसका संपादन करना छोड़ दिया, तो ट्रस्ट ने इसका भार डॉ. सच्चिदानंद को सौंपा। सिन्हा संकीर्ण जाति भावना से काफी मुक्त थे। जाति, धर्म या संप्रदाय का ख्याल किए बिना उन्होंने इस पत्र को शिक्षित भद्रवर्ग की रुचियों और उभर रही राष्ट्रीय भावनाओं के मुआफिक ढालना शुरू किया। सिन्हा ने पत्र में कांग्रेस के द्वारा उठाए जा रहे राजनीतिक विषयों पर टिप्पणियाँ लिखना और कांग्रेस के दृष्टिकोण का समर्थन करना शुरू किया तो महासभा के कई सदस्य बिदक गए क्योंकि वे ऊँची सरकारी नौकरियों में थे और सरकार कांग्रेसी विचारधारा को नापसंद करती थी। सिन्हा पर इसका कोई असर नहीं पड़ा क्योंकि *कायस्थ समाचार* पाठशाला ट्रस्ट का था, महासभा का नहीं। खुद सिन्हा महासभा में ज्यादा दिलचस्पी नहीं लेते थे। इसीलिए लूसी कैरोल ने लिखा कि सिन्हा ने कायस्थ महासभा के आंदोलन का उपयोग सिर्फ अपनी राष्ट्रीय छवि बनाने के लिए किया।[152] जो हो, सिन्हा ने इस पत्र को व्यापक पहचान दी और इसे जाति के दायरे से मुक्त रखकर कयस्थों को राष्ट्रीय परिप्रेक्ष्य में सोचने-समझने को प्रेरित किया। सरकार ने 1903 के दिल्ली दरबार में संपादक के रूप में सिन्हा को निमंत्रित किया तो पत्र की प्रतिष्ठा और बढ़ गई और इसका नाम *हिंदुस्तान रिव्यू एंड कायस्थ समाचार* कर दिया गया। 1905 में अपेक्षाकृत रूढ़िवादी कायस्थों के नेता गोकुलप्रसाद—जो बनारस में भारतेंदु के मित्र हनुमानप्रसाद के बैरिस्टर बेटे थे—जब कायस्थ पाठशाला ट्रस्ट के अध्यक्ष चुने गए तो ट्रस्ट ने सिन्हा की संपादकीय नीतियों को नकारते हुए पत्र का प्रकाशन बंद कर देने का फैसला लिया। तब सिन्हा ने ट्रस्ट के मूल पत्र *कायस्थ समाचार* नाम को छोड़ दिया और सिर्फ *हिंदुस्तान रिव्यू* नाम से अपना स्वतंत्र पत्र निकालना जारी रखा। वे इसे 1922 तक निकालते रहे। हिंदी-आलोचक रामचंद्र शुक्ल का राष्ट्रीय राजनीति पर पहला अंग्रेजी लेख इस पत्र में सिन्हा ने ही छापा था।

कायस्थ महासभा और कायस्थ पाठशाला ट्रस्ट का आंदोलन पश्चिमोत्तर प्रांत में आर्यसमाज के बाद सुधार का सबसे जीवंत आंदोलन था। भारतेंदु और दूसरे सनातनी लेखकों की तरह कायस्थ महासभा ने आर्यसमाज के सुधारों का विरोध नहीं किया। उलटे, महासभा के कई सदस्य आर्यसमाज के सक्रिय सदस्य थे। महासभा के शिक्षा समर्थक गुट

के लक्ष्मीनारायण, जो 1890 के दशक में कायस्थ सदर सभा हिंद के सेक्रेटरी बने, लाहौर के आर्यसमाजी थे और कायस्थों के लिए डी.ए.वी. स्कूल-कालेजों जैसी संस्थाएँ कायम करना चाहते थे। 1904 के गोरखपुर सम्मेलन के अध्यक्ष गया के वकील लक्ष्मीनारायण अखौरी पक्के आर्यसमाजी थे जिन्होंने बरेली अनाथालय में पली एक कायस्थ लड़की से विवाह किया। महासभा के अलीगढ़ सम्मेलन (1907) में कायस्थ स्त्रियों के बीच भाषण देने के लिए जिन श्रीमती ज्योति स्वरूप को बुलाया गया, वह भी आर्यसमाजी थीं और देहरादून आर्यसमाज कन्या महाविद्यालय की संस्थापिका थीं। महासभा के सबसे बड़े संगठनकर्ता शिवज्ञान चाँद पुराने आर्यसमाजी थे। 1893 में वे महासभा के साथ-साथ आर्यसमाज के लिए भी फिर से काम करने लगे। महासभा के लाहौर सम्मेलन की स्वागत समिति के सदस्य बैरिस्टर रोशनलाल भी आर्यसमाजी थे। आर्यसमाज और महासभा के बहुत-से सुधार कार्य एक जैसे होते थे। श्यामकिशोर वर्मा शराबबंदी के लिए कायस्थ सभाओं और आर्यसमाजों, दोनों में समान रूप से व्याख्यान देते थे क्योंकि आर्यसमाजों में भी एक बड़ी संख्या कायस्थों की थी। कायस्थों को उस ब्राह्मोसमाज से भी कोई एतराज न था जो हिंदी नवजागरण के नेताओं के लिए विधर्मियों का संगठन था। कायस्थ पाठशाला ट्रस्ट ने ब्राह्मोसमाजी रामानंद चटर्जी को न सिर्फ अपने पत्र का संपादन कार्य सौंपा, बल्कि उन्हें अपनी पाठशाला का प्रिंसिपल भी बनाया। बैरिस्टर रोशनलाल की पत्नी हरदेई ब्राह्मोसमाजी थी। महासभा का जैसा संबंध ब्राह्मोसमाज और आर्यसमाज से था, वैसा ही नेशनल सोशल कांफरेंस से भी था क्योंकि ये चारों संस्थाएँ सुधार संस्थाएँ थीं। उनके बीच सुधार के मुद्दे और सुधार की भावना साँझी थी। महासभा के प्रतिनिधि सोशल कांफरेंस में नियमित रूप से जाते थे। हिंदी नवजागरण के लेखक जैसे आर्यों और ब्राह्मो के प्रति विरोधभाव रखते थे, वैसे ही सोशल कांफरेंस से भी रखते थे।

जाति-बिरादरी और जाति-सभा : सैद्धांतिक बहस

महाराष्ट्रीय सुधारकों के नेतृत्व मे 1887 में बनी नेशनल सोशल कांफरेंस अखिल भारतीय सुधारों के लिए बनी ऐसी संस्था थी जिसकी सदस्यता, राष्ट्रीय कांग्रेस की तरह, किसी जाति या धर्मविशेष से संबंध नहीं रखती थी। आर्यसमाज और ब्राह्मोसमाज को छोड़कर पश्चिमोत्तर प्रांत में सुधारों के लिए ऐसा कोई संगठन नहीं उभरा जो जाति या धर्म से निरपेक्ष हो। सोशल कांफरेंस के सम्मेलनों में विभिन्न जाति-सभाओं के प्रतिनिधि भाग लेते थे। फिर भी भंडारकर या रानाडे जैसे इसके नेता जाति-सभाओं को आलोचना की नजर से देखते थे। 19वीं सदी के भारतीय नवजागरण में जातिप्रथा का विरोध धीरे-धीरे शुरू हुआ था। राममोहन राय जातिप्रथा को देशभक्ति और राष्ट्रीय भावना के विकास में एक रुकावट समझते थे। जातिप्रथा के खिलाफ ब्राह्मोसमाज, आर्यसमाज और दूसरी सुधार संस्थाओं ने भी संघर्ष किया। इसलिए जब सुधारों के लिए जाति-सभाएँ बनने लगीं तो काफी वाद-विवाद हुआ। हिमसेथ ने जाति-सभाओं पर होनेवाली बहसों का परिचय दिया है। उनके मुताबिक जाति-सभाओं

के समर्थक कहते थे कि भारत में जाति एक वास्तविकता है, इसे मानकर ही सुधार किया जा सकता है, बल्कि सुधारों के लिए जाति के संगठन का इस्तेमाल करना चाहिए। बाहर से सुधार थोपे जाने का विरोध करते हुए इसे अंदर से सुधार करने का सिद्धांत कहा गया। इसके विरोधियों का कहना था कि जाति-सभाओं के जरिए विवाह का खर्च घटाने और इसी किस्म के कुछ दूसरे सुधारों को लागू करने में भले ही सफलता मिल जाए, पर सबसे बड़ा खतरा यह है कि जिस जातिप्रथा ने देश को बर्बाद किया है, उसी को इससे मजबूती मिलती है। खुद कायस्थ महासभा के नेता नारायणप्रसाद अस्थाना ने महासभा के कामों की समीक्षा करते हुए *हिंदुस्तान रिव्यू* में लिखा कि सुधारों के बावजूद जाति-सभाओं से विभिन्न जातियों में अलग-अलग रहने की भावना पनपती है; मैं ब्राह्मण हूँ, तुम वैश्य हो, वह कायस्थ है—ऐसी भावना मजबूत होती है और जातियों के बीच आपसी होड़ बढ़ती है।[153] सोशल कांफरेंस ने जाति-सभाएँ बनाने की प्रेरणा कभी नहीं दी, लेकिन सुधारों में लगी जाति-सभाओं को मान्यता जरूर दी। इनको सीमित उद्देश्यों के लिए उपयोगी मानते हुए भी रानाडे वगैरह इसकी सीमाओं के प्रति सजग थे।

हिंदी नवजागरण से जुड़े लेखक इस पश्न पर जाति-सभाओं के समर्थकों से भी ज्यादा पिछड़े हुए थे। वे और भी पीछे जाकर सीधे-सीधे जाति-बिरादरी की पंचायत जैसे संगठनों की हिमायत करते थे जो 19वीं सदी की जाति-सभाओं से बुनियादी रूप से अलग और पिछड़ी हुई चीज थी। कायस्थ महासभा जैसी जाति-सभाएँ उस तरह के परंपरागत जाति-संगठन नहीं थे जिनमें बुजुर्ग मुखिया पंचायत में झगड़ों का फैसला करते और कानून बनाते थे। जाति-सभाएँ इस अर्थ में आधुनिक थीं कि इनकी सदस्यता ऐच्छिक थी। यह जाति के शिक्षित लोगों का संगठन था जिसमें बहुमत के जरिए पदाधिकारी चुने जाते थे और कमेटियाँ काम करती थीं। हिंदी नवजागरण के लेखकों के सामने सुधारों के लिए ऐसे आधुनिक संगठन का कोई रूप नहीं था। इसलिए वे इनकी या दूसरे जाति-निरपेक्ष सुधार-संगठनों की समस्याओं को बिल्कुल नहीं समझते थे। यही कारण है कि अगर बालकृष्ण भट्ट को रानाडे और भंडारकर जैसे सुधारक 'होटलिए' लगते थे तो प्रतापनारायण मिश्र को इन संगठनों के कुछ प्रस्ताव महत्वहीन लगते थे। 1890 के सोशल कांफरेंस के सम्मेलन में पारित जिन चार प्रस्तावों पर मिश्रजी ने अपनी प्रतिक्रिया लिखी थी, उनमें से एक प्रस्ताव यह था कि "यदि कोई पुरुष समाज संशोधन का प्रण करके और इस सभा का मेम्बर हो के नियम विरुद्ध चले तो दंड पावै।" इस पर मिश्रजी ने टिप्पणी की, "खैर, यह एक मामूली बात है, कोई विशेषता नहीं।"[154] जाति-बिरादरी की पंचायतों के मुकाबले ऐच्छिक सदस्यता पर आधारित जाति-धर्मनिरपेक्ष संस्थाओं की एक बड़ी समस्या यह थी कि उनके अंदर उस ढंग से अनुशासन लागू नहीं किया जा सकता था जैसे जाति-बिरादरी की पंचायत अपने सदस्यों पर लागू कर लेती थी। ऐसी हालत में इन संस्थाओं के पास अपने प्रस्तावों को सभी सदस्यों पर लागू करने की ताकत कहाँ से आती? सोशल कांफरेंस जैसी संस्थाएँ भारत में अभी बनी ही थीं और इन्हें अपने अनुभवों से बहुत-कुछ सीखना था। जो बात प्रतापनारायण

मिश्र के लिए कुछ भी महत्व नहीं रखती थी, वह सिंध प्रांत के सुधारक दयाराम गिडमुल के लिए काफी महत्वपूर्ण थी। 1888 में उन्होंने इस समस्या को सामने रखा कि जाति या धार्मिक संगठनों जैसा अनुशासन स्वैच्छिक संगठनों में नहीं होने से ये संगठन अपने प्रस्तावों को ठीक से लागू नहीं कर पाते और इसलिए सुधार का आरंभिक उत्साह भी धीरे-धीरे कम हो जाता है। रानाडे ने इसके हल के लिए सुधार संस्थाओं के कानूनी रजिस्ट्रेशन का सुझाव दिया ताकि आमदनी और खर्च का हिसाब-किताब रखने की कानूनी जिम्मेदारी के अलावा संस्था के नियमों और प्रस्तावों का पालन करना भी अनिवार्य हो जाए। पहला रजिस्ट्रेशन दयाराम गिडमुल ने सिंध प्रांत की हिंदू सोशल रिफार्म एसोसिएशन का कराया। इस संस्था का मुख्य लक्ष्य हिंदू विवाह संबंधी सुधार करना और स्त्रीशिक्षा का प्रचार करना था। रजिस्टर्ड संस्था में इन दोनों मुद्दों पर पास हुए प्रस्तावों का उल्लंघन करनेवाले सदस्य पर 50 रु. से लेकर 500 रु. तक जुर्माना करने का नियम बना। इसके बाद से किसी भी उद्देश्य के लिए बनी संस्था का रजिस्ट्रेशन कराने का सिलसिला चल पड़ा।

अपने उसी लेख में मिश्रजी ने सोशल कांफरेंस की सुधार पद्धति का विरोध करते हुए उसका विकल्प सुझाया। उन्होंने लिखा कि ऊँची शिक्षाप्राप्त लोगों के नेतृत्व में सुधार करने के बजाय पहले अपने-अपने समुदायों के पारंपरिक नेताओं-पंडितों और उलेमाओं से मंजूरी लेनी चाहिए। ये नेता आगे बिरादरी के चौधरियों को प्रेरित करेंगे। मिश्रजी ने सुधारों के लिए ऐसे ढंग के माध्यम की वकालत की, जिससे सुधारों का होना ही खटाई में पड़ जाता था। यह जाहिर सी बात है कि पारंपरिक पंडित और उलेमा अक्सर नए सुधारों के हिमायती नहीं होते। वे अक्सर पुरानी परंपराओं की रक्षा करने पर ज्यादा जोर देते हैं। आखिर काशी धर्मसभा के पंडितों ने ब्राह्मोसमाज के नए विवाह-विधान का विरोध किया ही था! कुछ पंडित ऐसे भी होंगे जो नए सुधार का पक्ष लेंगे, पर इसकी क्या गारंटी कि दूसरे पंडित उस फैसले का विरोध करते हुए अपनी अलग व्यवस्था नहीं देंगे? मिश्रजी यहीं रुक नहीं गए। उन्होंने आगे बढ़कर सीधे-सीधे ब्राह्मणों की वकालत की और कहा कि सुधारों को आगे बढ़ाने की पहली शर्त समाज में ब्राह्मणों का नेतृत्व कायम करना है। "यह देश जब सुधरेगा, तब इसी के सुधारे सुधरेगा। उन्नत्याभिलाषियों के पक्ष में अन्यान्य उपायों की अपेक्षा यह उपाय अधिकतर शीघ्र एवं पुष्ट फलदायक है कि ब्राह्मणकुल का साहस बढ़ाया जाए।" हिंदूसमाज पर वर्चस्व रखनेवाले ब्राह्मणों को दयानंद सरस्वती ने हिंदूसमाज के पतन का कारण ठहराया था। विवेकानंद कहते थे कि ब्राह्मण कभी नहीं सुधरेंगे, उन्हें धक्के देकर हटाना होगा। आगे चलकर डॉ. अंबेडकर ने कहा कि बुनियादी सामाजिक परिवर्तनों के लिए ब्राह्मण कभी राजी नहीं होंगे। लेकिन मिश्रजी ने लिखा कि देश तभी आगे बढ़ेगा, जब ब्राह्मण जगेगा और ब्राह्मण तभी जगेगा जब उसे उसके सम्मान और गौरव की याद दिला दी जाए। इस याद दिलाने का एक दिलचस्प तरीका उन्होंने सुझाया—"ब्राह्मण लोग आपस में तथा अन्य ब्रह्मभक्तगण ब्राह्मणों को जब पत्रादि लिखा करें तो केवल 'पंडित' अथवा 'महाराज' तथा 'जी' वा 'महाशय' आदि ही न लिखके विद्वानों, सच्चरित्रों और

प्रतिष्ठित पुरुषों को 'श्रीमन्महर्षिकुमार' अथवा 'आर्य्यमान्य' इत्यादि ऐसे विशेषण अवश्य लिखा करें जिनसे उन्हें आत्मगौरव का स्मरण समय-समय पर होता रहे।···जहाँ यह प्रसन्न होके कुछ सजग हुए, वहाँ क्षत्रिय, वैश्यादि को जगाए बिना इनका जी आप न मानेगा और यही देश के सुधार की पहली सीढ़ी है।''[155]

इस नग्न ब्राह्मणवाद की रौ में बहते हुए मिश्रजी के दिमाग में सुधारों के न जाने कौन-से गुप्त मुद्दे छुपे हुए थे! अपने जमाने की हर नई बात को कोसनेवाले मिश्रजी ने शायद ही किसी सुधार का दृढ़ता से खुलकर समर्थन किया हो। सभी सुधारक मानते थे कि शादी-ब्याह का खर्च घटाने में जाति-बिरादरी का संगठन ज्यादा कारगर होगा। मिश्रजी जाति-बिरादरी के जरिए सुधार करने पर जोर दे रहे थे, पर शादी-ब्याह का खर्च घटाने जैसे मुद्दे का भी खुलकर समर्थन करने को तैयार नहीं थे! चूँकि फिजूलखर्ची न करने का प्रचार आर्यसमाजी करते थे, इसलिए मिश्रजी को वह पसंद नहीं आता था। अपने एक लेख में उन्होंने कई तरह से यह बतलाने की कोशिश की है कि यद्यपि आजकल शादी-ब्याह में ज्यादा रुपया खर्चना लोग बुरा समझने लगे हैं, पर वास्तव में यह इतना बुरा है नहीं। अतीत-मोह में लंबी साँस भरते हुए उन्होंने लिखा कि लगता है कि स्त्रियों के गीतों में *कंचनथार* और *सोने का गडुआ* जैसे शब्द अब सिर्फ यादगारी में रह जाएंगे। फिजूलखर्ची रोकने को उन्होंने एक विवेकसम्मत दृष्टिकोण या उपयोगी अर्थनीति से ज्यादा मजबूरी ही समझा, ''त्याग बिना अब निर्वाह नहीं दिखता।'' बड़ी कसक के साथ उन्होंने याद दिलाया कि अभी कल तक हमारे देशभाई इन मौकों पर रिश्तेदारों की प्रसन्नता के लिए सैकड़ों-हजारों रुपए लुटा देते थे। अंत में निष्कर्ष यह निकाला कि शादी-ब्याह में खुले हाथों खर्च करना ''आजकल गिरे दिनों के लिए अनुपयुक्त चाहे कह लीजिए, पर वास्तव में बुरा नहीं कहा जा सकता।''[156] बुरा इसलिए नहीं कि ''आपका रुपया लेके कहीं चले तो जाएंगे नहीं। देश का देश ही में रहेगा।'' सवाल है कि जब शादी-ब्याह में फिजूलखर्ची के मुद्दे पर भी सुधार लाने की गहरी जरूरत और दृढ़ इच्छा नहीं थी तो सुधारों के और कौन से गुप्त मुद्दे थे जिनके लिए समाज में ब्राह्मणों का नेतृत्व खड़ा करना जरूरी था?

सुधार किसके माध्यम से लाया जाए—इस बारे में भारतेंदु के विचार प्रतापनारायण मिश्र से बहुत अलग नहीं थे। उन्होंने ब्राह्मणों के अलावा स्पष्ट रूप से बिरादरी की पंचायतों और मुखियाओं की भूमिका पर जोर दिया। राजा शिवप्रसाद के मित्रों में एक मुंशी प्यारेलाल, एक बंगाली कायस्थ, इलाहाबाद के डिप्टी कलक्टर थे जिन्होंने शादी-ब्याह में फिजूलखर्ची को रोकने के लिए नगरपालिका के जरिए कानून बनाकर लागू करने की सिफारिश की थी। उन्होंने रोशनी और तामझाम पर खर्च घटाने के अलावा तवायफों के नाच-गान पर भी पाबंदी लगाने की बात कही। भारतेंदु ने तवायफों की ओर से रोजगार का सवाल उठानेवाला एक पत्र *कविवचनसुधा,* 26 दिसंबर, 1871 में छापकर इस योजना का मखौल उड़ाया—''यह मैंने मानी कि ब्याह में खर्च कम होने से लड़कियाँ न मारी जाएँगी, पर लड़कियों के ब्याह में कौन नाच कराता है? लड़केवालों के खरच से लड़कियां मरती ही नहीं, फिर हम

क्यों हलाल की जाती हैं ?" पत्र नाचने-गानेवालियों की ओर से छपा था और संपादकीय टिप्पणी में भी लिख दिया गया था कि "हम लोगों ने इस पत्र को केवल कौतुक समझकर छाप दिया है।" पर लगता है कि पत्र खुद भारतेंदु ने लिखा होगा जैसा वे अक्सर अपनी पत्रिका में करते थे। नाच-गान के प्रति भारतेंदु के लगाव के अलावा यह बात पत्र की भाषा से भी जाहिर है—"एक प्रियरत्न स्टार ऑफ इंडिया वा कोई जागीर पाने की लालच में मुनादी करता फिरता है कि ब्याह में नाच न कराओ।" यह कटाक्ष और भाषा भारतेंदु की ही हो सकती थी, नाचने-गानेवालियों की नहीं। कुछ महीने बाद भारतेंदु ने मुंशी प्यारेलाल की सुधार योजना की आलोचना करते हुए अंग्रेजी में एक पूरा संपादकीय लेख लिख डाला। 25 मार्च, 1872 के अंक में प्यारेलाल की योजना को असफल बताते हुए उन्होंने शादी-ब्याह में होनेवाली धूमधाम के प्रति अपना आकर्षण प्रकट किया। खर्च घटाने की योजना होने के बावजूद बारात के नाच और गाजे-बाजे अब भी अच्छे लगते हैं, "शादी की लंबी-चौड़ी बारात, झूमता हुआ हाथी, उस पर पड़ी चांदी की झालरें और साथ में शहनाई की गूंज—इन सबका हम शादी के मौसम में इंतजार करते रहते हैं।" आगे भारतेंदु ने लिखा कि प्यारेलाल की योजना इसलिए असफल हो गई क्योंकि समाज-सुधार इस तरीके से नहीं हो सकता। मुंशी प्यारेलाल लोगों के रीति-रिवाज नहीं बदल सकते क्योंकि वे धर्म की अटूट जंजीर से बँधे हुए हैं। भारतीय समाज असंख्य जातियों-संप्रदायों से बना है और हर एक जाति और संप्रदाय की प्रथाएँ, तौर-तरीके अलग-अलग हैं। "मुंशी प्यारेलाल की योजना उनकी अपनी कल्पनाशीलता की चीज थी जिसमें प्रांत के विभिन्न हिस्सों के लोगों की स्थानीय प्रथाओं और आदतों का हिसाब ठीक नहीं रखा गया।" भारतेंदु ने सुझाया कि समाज-सुधार के लिए सबसे पहले हमें संपन्न वर्ग के सनातनधर्म पर आस्था रखनेवालों को, भारतेंदु के शब्दों में Well-to-do orthodox class को, साथ लेना होगा। जाहिर है, इनमें बड़े पंडित और उलेमा भी आ जाते। भारतेंदु आगे सुझाते हैं कि ब्याह में खर्च घटाने के सुधार को लागू करने के लिए बिरादरी के मुखिया जिम्मेदारी लेंगे और वे ही खर्च की सीमा तय करेंगे जिसे न माननेवालों को बिरादरी सजा देगी। "Each community should select a head of it's own to watch over the proceedings and then allow that headman to adjust and settle disputes and quarrels that generally happen between two parties viz. bridegroom and the bride's party. Should anyone deviate from the prescribed rules of the community, of course, he will have to suffer much for his intentional negligence, and that suffering or punishment must be given by the members of the community and not by any outsider..."

बेशक यह कहना सही था कि शादी-ब्याह का खर्च घटाने का सुधार नगरपालिका के कानूनों से नहीं हो सकता क्योंकि विभिन्न जातियों में बँटा हुआ हिंदू समाज उस ढंग का नागरिक समाज (सिविल सोसायटी) नहीं था जो यूरोप में नगरपालिका के नियमों से शासित होता था। कुछ खास सीमित उद्देश्यों के लिए जाति-बिरादरी के संगठन की उपयोगिता से आधुनिक सुधारक भी इनकार नहीं करते थे। लेकिन इसके अंदर और इसके साथ जो तनाव और विरोध हैं, उन्हें भारतेंदु शायद ही समझते हों। जाति-बिरादरियों के इस्तेमाल से

जातिप्रथा को जो मजबूती मिलती थी, वह भारतेंदु की चिंता का विषय कभी नहीं बना। इसके साथ ही भारतेंदु एक और बड़े अंतर्विरोध से ग्रस्त थे। एक ओर वे जाति-बिरादरी के अपने-अपने नियमों और उनके चौधरियों की भूमिका पर जोर देते थे, दूसरी ओर वे भारत को नागरिक समाज में ढालना और उसे एक राष्ट्र के रूप में भी संगठित करना चाहते थे जिसके न सिर्फ रीति-रिवाज राष्ट्रीय हों बल्कि धर्म भी राष्ट्रीय हो। एक ओर वे जाति-बिरादरी के पक्ष में अंग्रेजों की बनाई नगरपालिका जैसी सार्वजनिक संस्था की भूमिका को खारिज करते थे, दूसरी ओर हिंदुओं को एक राष्ट्र बनाने के लिए उसी अंग्रेजी सभ्यता से राष्ट्रीय धर्म जैसी यूरोपीय अवधारणा को लेते थे। सुधार के इस रास्ते में एक अड़चन जाति-बिरादरी के विवेक और अधिकार क्षेत्र के साथ व्यक्ति-विवेक और स्वातंत्र्य के टकराहट की थी। अगर बिरादरी के विवेक से व्यक्ति का विवेक टकराए तो किसे सही माना जाए? भारतेंदु ने इस सवाल को नहीं उठाया, पर खुद उनके जीवन में यह सवाल उठ चुका था। भारतेंदु बनारस के बीसा अग्रवालों की बिरादरी के चौधरी थे। चौधरी की गद्दी उन्हें खानदानी तौर पर मिली हुई थी, इसलिए उस गद्दी पर उनके साथ उनके भाई भी बैठते थे। जनकपुर की यात्रा के दौरान भारतेंदु ने दरभंगा में अपने एक अग्रवाल मित्र के घर खाना खाया। खाना सही था, पर मित्र बीसा के बजाय दस्सा अग्रवाल थे और यही बात समस्या बन गई। खबर बनारस तक पहुँची तो बिरादरी ने दस्सा के घर बीसा के खाने पर एतराज किया। पंचायत हुई। बिरादरी के नियमों के मुताबिक इसका प्रायश्चित करने के लिए भारतेंदु को केशमुंडन की सजा दी गई। भारतेंदु ने बिरादरी के फैसले के आगे झुकते हुए सजा मंजूर की, लेकिन अपने विवेक को सही मानने के कारण विरोध में आगे से चौधरी की गद्दी पर बैठने से इनकार कर दिया।[157] बिरादरी और व्यक्ति-विवेक के बीच टकराहट के अलावा इस घटना से यह भी जाहिर होता है कि सुधार-चेतना को आगे बढ़ाने के बजाय बिरादरी उसे रोकने का काम भी कर सकती है।

जाति-बिरादरी के जरिए सुधार करने के हिमायती होने के कारण 1874 में भारतेंदु ने ठठेरीबजार (बनारस) में *वैश्य हितकारिणी सभा* कायम की। इसका मकसद वही था जो कायस्थ महासभा का था, पर महासभा की तुलना में यह बिल्कुल बेजान और असफल रही। इसके मुकाबले 1891 में इलाहाबाद के जज लाला बैजनाथ के नेतृत्व में कायम हुई *वैश्य महासभा* ज्यादा कारगर रही। कायस्थ महासभा के बाद पश्चिमोत्तर प्रांत में यही जातिसभा किसी हद तक महत्वपूर्ण थी। इससे सौ स्थानीय वैश्य सभाएँ जुड़ी हुई थीं। हिमसेथ ने इसकी जानकारी देते हुए बताया कि महासभा के सम्मेलनों में विवाह की उम्र बढ़ाने, दहेज प्रथा और ब्याह में नाच-गाने की प्रथा खत्म करने के प्रस्ताव पास हुए थे। सुधारों के प्रचार के लिए साहित्य भी छापकर बँटवाया गया। संस्था का मुखपत्र *वैश्य हितकारी* हिंदी और देवनागरी का समर्थक था। बैंकिंग, व्यापार और मैन्युफैक्चरिंग उद्योगों में लगे सदस्यों से कहा जाता था कि वे वैश्य युवकों को अपनी फर्मों में लगाएँ और प्रशिक्षित करें। यह संस्था सुधारों के लिए इससे आगे जाने को तैयार नहीं थी। इसने विधवाविवाह का

खुलकर कभी समर्थन नहीं किया और न ही वैश्य जातियों और उपजातियों के अंदर रोटी-बेटी के भेदभाव को खत्म करने का आह्वान किया। पश्चिमोत्तर प्रांत में ऐसी जाति-सभाएँ कितनी साहसहीन थीं, खासकर परंपरावादियों के गढ़ बनारस शहर में, इसकी एक मिसाल वैश्य महासभा के सदस्य श्रीप्रकाश द्वारा अपने पिता डॉ. भगवानदास की लिखी जीवनी में मिलती है। आज अखबार के पहले संपादक, राष्ट्रीय स्वाधीनता आंदोलन के नेता और आजाद भारत में उत्तर प्रदेश के राज्यपाल श्रीप्रकाश का परिवार बनारस के रूढ़िवादी बीसा अग्रवालों में अपेक्षाकृत प्रगतिशील परिवार था। इस प्रगतिशीलता की जड़ें *वैश्य महासभा* में न होकर आधुनिक शिक्षा और नवजागरण की दूसरी धाराओं से नजदीकी में थीं। उनके पिता, मशहूर दार्शनिक व सामाजिक कार्यकर्ता डॉ. भगवानदास ने क्वींस कालेज से एम.ए. किया था और 1890 के दशक में इलाहाबाद के डिप्टी कलक्टर बने थे। सोलह साल की उम्र में वे थियोसॉफिकल सोसायटी के सदस्य बने। बाद में उन्होंने कमच्छा (बनारस) में सेंट्रल हिंदू कालेज कायम किया और वर्षों तक वहाँ पढ़ाते रहे। कालेज में वे जो व्याख्यान दिया करते, उनमें हिंदूधर्म की रूढ़ियों की आलोचना होती। डॉ. भगवानदास के पिता माधवदास दयानंद सरस्वती और सैयद अहमद खाँ, दोनों के अच्छे मित्र थे। लेकिन बनारस के बीसा अग्रवालों को न तो 1874 की *वैश्य हिताकारिणी सभा* प्रभावित कर सकी, न 1891 की *वैश्य महासभा*। तरुण श्रीप्रकाश वैश्य महासभा के उत्साही सदस्य थे। 1905 में वैश्य महासभा का सम्मेलन बनारस में हुआ जिसमें भारत के कई प्रांतों के वैश्यों ने भाग लिया। बाहर से आए दूसरे प्रांतों के वैश्य-सुधारकों ने एक ही वैश्य जाति की उपजातियों के बीच विवाह संबंध बनाने और विधवाविवाह करने के समर्थन में आवाज उठाई। श्रीप्रकाश ने लिखा, ''किंतु, इन सबका काशी के अग्रवालों पर कोई प्रभाव नहीं पड़ा। मेरे कुल के सदस्यों के अतिरिक्त बहुत कम स्थानीय अग्रवालों ने इसमें भाग लिया।''[158] इसके थोड़े दिन बाद लक्ष्मीचंद्र नामक एक उत्साही और उद्योगी अग्रवाल युवक उच्च शिक्षा के लिए इंग्लैंड गया। वहाँ से लौटने पर उसके स्वागत में श्रीप्रकाश और उसके कुछ बीसा अग्रवाल मित्रों ने भोज दिया जिसकी सूचना अखबारों में भी छपी। इंग्लैंड से लौटे युवक के साथ खाना खाने की घटना से बीसा अग्रवाल बिरादरी में ''बड़ा कोलाहल मचा।'' श्रीप्रकाश ने लिखा है— ''बिरादरी की बैठकें हुईं जिनमें बड़े रोष और आवेश के वातावरण में इन नवयुवकों को ही नहीं, इनके सारे कुटुंब को बिरादरी से निष्कासित कर दिया गया। ...तीस वर्षों तक मेरे कुल के किसी नवयुवक, नवयुवती का विवाह काशी में नहीं हुआ।'' यह घटना 1909 की है। इसके बाद बनारस में वैश्य महासभा का संगठन भी टूट गया।

पश्चिमोत्तर प्रांत में सुधार के लिए बनी जाति-सभाओं ने या बिरादरी के संगठनों ने जातिप्रथा को कभी चुनौती नहीं दी और ये दे भी नहीं सकते थे। इनके नेता ज्यादा से ज्यादा अपनी जाति की उपजातियों के बीच भेदभाव को कम करना चाहते थे, पर इसके लिए भी उन्होंने उत्साह से काम नहीं किया। बरसों तक अपनी बिरादरी के चौधरी रहने के बावजूद भारतेंदु ने अग्रवालों के अंदर उपजातियों के भेदभाव को खत्म करने का प्रयत्न कभी नहीं

किया। हिंदी-लेखकों पर 19वीं सदी के नवजागरण का सबसे कम असर जातिप्रथा के मामले में पड़ा। दूसरे हिंदी-लेखकों के बनिस्बत कुछ आगे समझे जानेवाले बालकृष्ण भट्ट अगर एक जगह जातिप्रथा की आलोचना करते थे तो दूसरी जगह इसके समर्थक नजर आते। जहाँ आलोचना करते, वहाँ भी उनके विचार स्पष्ट रूप से नहीं उभरते। 1886 के एक लेख *जात-पांत* में उन्होंने 'जाति विवेक' को "महाअनिष्ट सर्वविध्वंसी केतु ग्रह" कहा। दूसरी ओर 1907 में लिखे एक लेख में कुलीनता पर जोर दिया जिसका जातिप्रथा से घनिष्ठ संबंध होता है। 'धनेन कुलम' यानी धन होने से नीच कुल में जन्म लेनेवाला भी कुलीन हो जाता है, इस सिद्धांत को भट्टजी ने 'अदूरदर्शियों' का बताया। आगे भट्टजी ने कुलीनता की तारीफ करते हुए लिखा, "शुद्ध रजवीर्य की औलाद विपत्ति की कसौटी से कसने पर कभी नहीं डगमगा पाएगी।"[59] इस विचार में कुलीनता की कसौटी के साथ-साथ उसके उद्गम को भी बता दिया गया है—शुद्ध रजवीर्य। रजवीर्य की शुद्धि तो तभी रह सकती है जब विवाह जाति के अंदर हो। *जात-पाँत* लेख में उन्होंने लिखा था, "अब इस जाति-पाँति के नियमों में परिवर्तन आवश्यक है।"[160] पर वे यह साफ नहीं करते कि कौन-से नियम बदले जाने चाहिए और वे कैसे बदले जाएँगे? वे खेद प्रकट करते हैं कि आजकल सभी वर्ण और जातियाँ अशुद्ध हो चुकी हैं! (जाति-विवेक महाअनिष्टकारी है तो फिर इस अशुद्धता के लिए खेद क्यों?) भट्टजी लिखते हैं कि जाति-वर्ण अशुद्ध हो जाने पर भी लोगों में "झूठा कुलाभिमान" बचा हुआ है। भट्टजी ने *कुलीनता के ऐंठन* का यह अच्छा पक्ष ढूँढ़ निकाला कि "इसी के कारण कुलीन व्यक्ति बुरे कर्मों से बचता है।" प्रतापनारायण मिश्र ने भी इसी नजरिए से ब्राह्मणों को ऊँचे आदरसूचक शब्दों से संबोधित करने को लिखा था ताकि उनमें अपनी उच्चता का गौरवबोध जगे और वे अच्छे कर्म करें। अभिजात वर्ग के प्रतिनिधि सैयद अहमद की तरह बालकृष्ण भट्ट ने भी कहा कि "कुलीन से संसार के उपकार की जितनी संभावना रहती है, उतनी ही नीच कुलवाले से हानि की। विलायत से जब तक कि 'कंपीटीटिव सिविल सर्विस' की प्रथा नहीं निकली थी तब तक जो हाकिम यहाँ आते थे, कुलीन घराने के होते थे। अब इस प्रथा के निकलने से जो हमारे शासक नियत होकर आते हैं, सो जिस क्रम के होते हैं, प्रगट है।"[161] कुलीन घराने के अंग्रेज गुलाम भारत के अच्छे हाकिम होते थे। सैयद अहमद के सख्त राजनीतिक विरोधी बालकृष्ण भट्ट जनतंत्र विरोधी कुलीनता के सवाल पर उनके पूरे अनुगामी निकले। सैयद अहमद ने शासन में साधारण जनों की हिस्सेदारी का विरोध करते हुए प्रशासनिक सेवाओं के लिए आयोजित प्रतियोगी परीक्षाओं का विरोध किया था। आम चुनाव के जरिए राजनीतिक प्रतिनिधि चुनने की प्रणाली का भी वे विरोध करते थे क्योंकि इससे शूद्र-चमार सभी किस्म के लोग उन जगहों तक पहुँच जाएँगे जो सिर्फ 'शरीफों' के लिए ही आरक्षित रहनी चाहिए। बालकृष्ण भट्ट इसी तर्क को दोहरा रहे थे और आज भी मंडल विरोधी द्विज जातियों के नेता इन्हीं तर्कों को दोहराते हैं।

राधाकृष्णदास ने जातिप्रथा के प्रति भारतेंदु की निष्ठा की तारीफ करते हुए लिखा है कि वे "जातिभेद को मानकर अपनी वैश्यजाति के ऊपर पूर्ण प्रेम रखते थे।"[162] *तदीय*

समाज के नियमों में भारतेंदु ने कम-से-कम वैष्णवों के अंदर जातिभेद न करने का विचार रखा था। पर *तदीय समाज* के अंदर इस नियम के पालन पर कभी जोर दिया गया हो, इसका कोई सबूत नहीं मिलता। बलियावाले भाषण में उन्होंने 'ऊँच जाति' के लोगों को 'नीची जाति' के लोगों से बुरा बर्ताव करके उनका दिल दुखाने से मना किया, पर ऊँची और नीची जाति की धारणा को सुरक्षित रखा। सच तो यह है कि भारतेंदु जातियों की ऊँची और नीची हैसियत में कोई फेरबदल करने के हिमायती भी न थे। 1876 में लिखे प्रहसन *ज्ञाति विवेकिनी सभा* में उन्होंने ब्राह्मणों द्वारा गड़ेरियों को क्षत्रिय घोषित करने का मखौल उड़ाया। गड़ेरिए क्षत्रिय तो बन जाते हैं, पर उनका गड़ेरियापन नहीं जाता। वे बड़ी दीनता के साथ खुद को पंडितजी की 'प्रजा' बतलाते हैं और उन्हें बिरहा गाकर सुनाते हैं। यहाँ सिर्फ दान-दक्षिणा लेकर नई जाति बना देनेवाले लोभी ब्राह्मणों पर ही कटाक्ष नहीं हैं। बनारस के प्रसिद्ध विद्वान पंडित बालशास्त्री ने जब अपनी शास्त्रीय व्यवस्था देकर कायस्थों को क्षत्रिय माना तो उस समय भी भारतेंदु ने *सबै जाति गोपाल की* (1873) लिखकर इसका मजाक उड़ाया था। उन्होंने जातियों की स्थिति में किसी भी तरह के रद्दोबदल का हमेशा विरोध किया। *खत्रियों की उत्पत्ति* (1878) लेख में उन्होंने अपनी नीची हैसियत को बदलने के संघर्ष में लगी हुई ट्रसर, जाट और कायस्थ जैसी जातियों के आंदोलनों का विरोध किया। शिक्षा और आर्थिक समृद्धि में आगे बढ़ने के साथ-साथ ये जातियाँ जातिप्रथा के ढाँचे में अपनी हैसियत को ऊँचा उठाने के लिए संघर्ष कर रही थीं। उनका विरोध करते हुए भारतेंदु ने लोक और शास्त्र का हवाला दिया—"...जैसा ट्रसर (जिनके वैश्यत्व में भी संदेह है क्योंकि उनके यहाँ फिर से कन्या का पति होता है) अपने को कहते हैं कि हम ब्राह्मण हैं। कायस्थ (जो शूद्र कमलाकर की रीति से संकर शूद्र हैं) कहते हैं कि हम क्षत्रिय हैं..."[163] यहाँ कोष्ठक के अंदर की पंक्तियाँ भारतेंदु की ही हैं।

19वीं सदी के नवजागरण ने जातिप्रथा विरोधी भावनाओं और आंदोलनों को जन्म दिया था। ब्राह्मोसमाज और आर्यसमाज ने जातिभेद की निंदा और उपेक्षा करते हुए धर्म के व्यापक आधार को अपनाया था। इनके असर से भारतेंदु जैसे लेखकों ने भी एक कदम आगे बढ़ाया, लेकिन उनकी बुनियादी धारणा में कोई महत्वपूर्ण फर्क नहीं आया। 'हिंदी नवजागरण' के लेखकों ने ऐसे हर आंदोलन का विरोध किया जो जातिप्रथा को गंभीर चुनौती देता हो। ब्राह्मो और आर्यसमाज से उनका एक मुख्य विरोध इसी बात का था कि ये दोनों संगठन खान-पान में जातिभेद को नहीं मानते थे। 19वीं सदी में हिंदी नवजागरण के एक बड़े पत्र *भारतमित्र* (कलकत्ता) के संपादक पं. दुर्गाप्रसाद मिश्र (1859-1910) ने—जो श्रीभारतधर्म महामंडल के प्रभावशाली सदस्य थे—अपनी एक महत्वपूर्ण रचना *श्रीभारतधर्म* में जातिप्रथा के नियमों का समर्थन करते हुए लिखा—"जब तक ये प्रतिबंध कायम रहे, हिंदू सुखी रहे। अब इनके ढीले पड़ने से ही दुख फैल रहा है।"[164]

चौथा अध्याय

हिंदी, नागरी और गोरक्षा

"हिंदुस्तानी जाति के गठन और उसके सांस्कृतिक विकास के लिए 19वीं सदी का हिंदी आंदोलन एक ऐतिहासिक आवश्यकता थी।"

—डॉ. रामविलास शर्मा

"19वीं सदी के आखिरी दशकों में और 20वीं सदी के शुरू में हिंदुस्तान के लोगों ने—हिंदुओं, मुसलमानों और अंगरेजों ने —जिन रास्तों का चुनाव किया, वे आखिरकार उन्हें हिंदुस्तान के बंटवारे तक ले गए।"

—पॉल ब्रास

युक्तप्रांत में मुस्लिम अलगाववाद के उभार का विवेचन करते हुए पॉल ब्रास ने बताया कि 19वीं सदी के हिंदुस्तान में हिंदू-मुस्लिम अलगाव को बढ़ानेवाली वस्तुगत परिस्थितियाँ उसी तरह मौजूद थीं जिस तरह उनकी साँझी संस्कृति और राष्ट्रीयता को मजबूत करनेवाली परिस्थितियाँ मौजूद थीं। उनके बीच भिन्नता के तत्व थे, तो एकता और समानता के सूत्र भी थे। लेकिन प्रभावशाली धार्मिक नेताओं और हिंदू-मुस्लिम पुनरुत्थानवादी आंदोलनों ने समानताओं के बजाय भिन्नताओं पर जोर देना तय किया। हिंदी-उर्दू विवाद की कटुता दिखाती है कि भाषाओं के बीच एकता और समानता होने पर भी उनके बोलनेवालों के बीच दूरियाँ रह सकती हैं। भाषाई समानता का कोई मतलब नहीं रह जाता अगर लोग भाषाओं के साथ अपने राजनीतिक उद्देश्यों या दूसरे मनोगत अभिप्रायों को जोड़ दें।[1]

18वीं सदी में, जब भारत में मुगल साम्राज्य टूट-बिखर रहा था और अंगरेजों की सत्ता मजबूत हो रही थी, सबसे पहले दिल्ली के शाह वली उल्लाह ने, जिनसे मुस्लिम पुनरुत्थानवादी नवजागरण शुरू हुआ, भारत में मुस्लिम सत्ता के राजनीतिक पतन का कारण भारतीय मुसलमानों के धार्मिक और सांस्कृतिक पतन को बताया। शाह वली उल्लाह ने मुस्लिम सत्ता को फिर से कायम करने के लिए मुसलमानों के धार्मिक-सांस्कृतिक जीवन की शुद्धता पर जोर दिया जिसका मतलब था हिंदुओं से उनका ज्यादा-से-ज्यादा सामाजिक-सांस्कृतिक अलगाव। राजनीतिक सत्ता कमजोर पड़ने से समाज की बागडोर संभालने के वास्ते उलेमा (मुल्ला, धार्मिक विद्वान) आगे आए जिन्होंने मजहब के बुनियादी उसूलों पर जोर देने के साथ-साथ हिंदुओं के मेल-जोल से इस्लाम में घुस आई 'खराबियों' को बाहर

निकालने का शुद्धतावादी सुधार आंदोलन शुरू किया। शाह वली उल्लाह के विचारों से उनके शिष्यों की कई अलग-अलग परंपराएँ फूटीं जिनमें वहाबी भी हुए, देवबंदी भी और एक तरह से अलीगढ़ तहरीकवाले भी। जब तक कंपनी राज को उखाड़कर फिर से मुस्लिम हुकूमत कायम करना मुमकिन लगता रहा, तब तक उन्होंने हिंदुओं को अपने साथ रखना जरूरी समझा। हिंदुओं से धार्मिक भिन्नता पर तब भी जोर दिया जाता था, पर राजनीतिक भिन्नता पर नहीं, क्योंकि राजनीतिक दुश्मन अँगरेज थे। 1857 में बुरी तरह कुचले जाने के बाद धीरे-धीरे अँगरेजी हुकूमत को कबूल कर लिया गया—हालाँकि देवबंदियों में अँगरेजी हुकूमत के प्रति छुपा विरोध भाव तब भी था और आगे भी बना रहा जिसके कारण उन्होंने आगे चलकर कांग्रेस का साथ दिया। लेकिन सैयद अहमद के नेतृत्व में शिक्षित भद्रवर्गीय मुसलमानों ने अँगरेजों का राजनीतिक विरोध नामुमकिन मानकर, उनके साथ दोस्ती और वफादारी में अपनी भलाई देखी। लिहाजा इस शिक्षित हिस्से के लिए हिंदुओं से धार्मिक भिन्नता के अलावा राजनीतिक भिन्नता भी महत्वपूर्ण होती गई। 1857 के बाद उभरी नई परिस्थितियों और कई तरह के बदलावों के बीच भद्रवर्गीय मुसलमानों को अपना अस्तित्व खोने का डर पैदा हो गया था। फ्रांसिस रॉबिंसन के मुताबिक इन परिस्थितियों और बदलावों में आधुनिक शिक्षा प्रणाली, सरकारी नौकरियों के लिए शैक्षणिक योग्यताएँ, प्रशासनिक सुधार, स्थानीय स्वशासन के तहत म्यूनिसिपैलिटी और जिला बोर्डों में प्रतिनिधिमूलक चुनाव प्रणाली, हिंदू पुनरुत्थानवादी आंदोलनों का उभार और अदालतों में हिंदी नागरी लागू करने की माँग मुख्य थी। हमेशा से सत्ता में रहने के आदी अभिजात और भद्रवर्ग को अल्पसंख्यक होने के नाते जनतांत्रिक सुधारों की बढ़ती हुई कांग्रेसी माँगों से भी अपना भविष्य अंधकारमय नजर आ रहा था। संकट से निकलने का उपाय इस वर्ग को यही सूझा कि राजनीतिक सुधार की जनतांत्रिक माँगों का विरोध किया जाए। अपने पुराने गौरव और राजनीतिक हैसियत की दुहाई दी जाए और उसी के बल पर सरकार से अपने लिए संरक्षण और विशेषाधिकारों की माँग की जाए। इसके बदले में सरकार को कांग्रेस के खिलाफ पूरा समर्थन दिया जाए। पॉल ब्रास के मुताबिक 19वीं सदी के भद्रवर्गीय मुसलमान हिंदुओं के साथ अपना साँझा भविष्य नहीं देखते थे क्योंकि बहुसंख्यक हिंदुओं के कारण ही उन्हें अपना राजनीतिक अस्तित्व खोने का डर था। लिहाजा उन्होंने अपने अतीत पर जोर दिया। अतीत पर जोर देने से ही उन्हें भारत के बाहर अपनी जड़ों का ख्याल ज्यादा रहा। इससे दूसरे हिंदुस्तानियों से, हिंदू समुदाय से उनका अलगाव बढ़ा। पुराने शाही खानदानों से निकले शिक्षित भद्रवर्गीय मुसलमानों की नुमाइंदगी करते हुए सैयद अहमद ने सिविल सर्विस के लिए होनेवाली प्रतियोगी परीक्षाओं का विरोध किया क्योंकि इससे हिंदू, खासकर शिक्षित बंगाली हिंदू, शासन में छा जाएँगे। अभिजात वर्ग की प्रशासनिक क्षमता और गुणों की सराहना करते हुए उन्होंने सरकार को सुझाया कि ऊँचे खानदान के शरीफ मुसलमान घरानों (और राजपूत भूस्वामियों) के सदस्यों को ही सिविल सर्विस के पदों पर मनोनीत करना चाहिए। सैयद ने लोकतंत्र और चुनाव प्रणाली को उस वक्त की परिस्थितियों में उचित नहीं माना, खासकर शिक्षा में हिंदुओं से पीछे छूट गए मुसलमानों के हितों के लिहाज से।

इसी वजह से उन्होंने म्यूनिसिपैलिटी और जिला बोर्डों के लिए होनेवाले चुनावों का भी समर्थन नहीं किया।

सैयद अहमद हिंदू-मुस्लिम एकता तो चाहते थे, पर पुराने शक्ति-समीकरण के तहत ही। इस शक्ति-समीकरण में मुस्लिम भद्रवर्ग ऊपर था, हिंदू भद्रवर्ग नीचे या उसके पीछे। पिछले कई सौ सालों से कई जगहों पर हिंदू अभिजात वर्ग जूनियर पार्टनर की हैसियत से मुस्लिम शासकों के साथ था। लेकिन अँगरेजी राज की बदली हुई परिस्थितियों में उभरा शिक्षित हिंदू भद्रवर्ग अब पुराने शक्ति-समीकरण के मुताबिक चलने को तैयार नहीं था। उसने पुराने शक्ति-समीकरण को बदलने की लड़ाई छेड़ी और अपना पलड़ा मजबूत करने के लिए राज्य को अपनी ओर झुकाने की कोशिश की। ऐसी हालत में मुस्लिम भद्रवर्ग ने किसी नए शक्ति-संतुलन को कबूल करने के बजाय अपनी सुरक्षा के लिए अलगाव का रास्ता चुना। सैयद अहमद अलगाववादी नहीं थे, लेकिन मुस्लिम हितों से संबंधित उनके दृढ़ विचारों की मंजिल लाजिमी तौर पर अलगाव के रास्ते की ओर थी। पश्चिमोत्तर प्रांत के मुस्लिम अभिजात और भद्रवर्ग ने, अलीगढ़ कालेज के नेताओं के नेतृत्व में, 1906 में वाइसराय को मेमोरियल दिया जिसमें कहा गया कि हालाँकि युक्तप्रांत की आबादी में मुसलमान सिर्फ 14.28 प्रतिशत हैं, लेकिन इस प्रांत की भौतिक, सामाजिक और सांस्कृतिक प्रगति में सदियों तक निभाई गई उनकी महत्वपूर्ण भूमिका से इनकार नहीं किया जा सकता। इस प्रांत का एक बड़ा हिस्सा भारत के मुसलमानों का हृदयप्रदेश समझा जाता है। "पिछली सदी तक वे इस प्रांत के शासक और भूस्वामी थे और अब भी वे इस प्रांत में महत्वपूर्ण हैसियत रखते हैं। उनके नागरिक अधिकारों को इन्हीं आधारों पर तय करना चाहिए न कि उनकी जनसंख्या के आधार पर।"[2] पॉल ब्रास का यह विचार गौरतलब है कि पुराने सामंती तत्वों से निकले इस भद्रवर्ग की विचारधारा सांप्रदायिक उतनी नहीं थी जितनी जनतंत्र विरोधी थी। हालाँकि उस वक्त जनतंत्र भी अंग्रेजी राज के मातहत बहुत सीमित और सतही था। 19वीं सदी का मुस्लिम अलगाववाद जनतांत्रिक माँगों के विरोध का नतीजा था। यह विरोध पुरानी राजनीतिक हैसियत और विशेषाधिकारों की सुरक्षा के लिए था।

इन्हीं परिस्थितियों में मुस्लिम भद्रवर्ग ने उर्दू को इस्लाम के साथ जोड़कर इसे अपनी धार्मिक अस्मिता का प्रतीक बनाया। हकीकत में उर्दू उनकी धार्मिक अस्मिता से कहीं ज्यादा उनकी भौतिक अस्मिता का, सरकारी नौकरियों पर उनके कब्जे का प्रतीक थी। उर्दू को इस्लाम से जोड़ने की प्रक्रिया भी दिलचस्प थी। 18वीं सदी के उत्तरार्ध से पहले उर्दू इस्लाम का प्रतीक कभी नहीं रही। उलटे वह एक गैरइस्लामिक जुबान समझी जाती थी। ज्ञान और कविता की भाषा फारसी थी और धर्म की भाषा अरबी, जिसे समझनेवाले आम मुसलमान तो क्या, पढ़े-लिखे मुसलमान भी बहुत कम थे। धार्मिक पतन को रोकने के लिए, आम आदमी तक धर्म की बुनियादी बातों को पहुँचाने के लिए, शाह वली उल्लाह ने पहली बार *कुरआन* का अरबी से फारसी में तर्जुमा किया तो परंपरावादी उलेमाओं ने इसकी बड़ी निंदा की क्योंकि फारसी मजहबी जुबान नहीं थी। लेकिन फारसी भी ऊपरी तबके के पढ़े-लिखे मुसलमान ही समझते थे। लिहाजा ज्यादा मुसलमानों तक *कुरआन*

को पहुँचाने के लिए शाह वली उल्लाह के बेटों—शाह रफ़ीउद्दीन और अब्दुल कादिर—ने उसका उर्दू में तर्जुमा किया। इसकी और भी निंदा की गई क्योंकि उर्दू तो खुदा की जुबान बिल्कुल नहीं थी। सैयद अहमद के साथी डिप्टी नजीर अहमद ने जब सामाजिक-धार्मिक सुधारों को फैलाने के लिए उर्दू में किताबें बनाईं तो यह फ़ब्ती कसी गई कि लगता है, खुदा ने भी डिप्टी नजीर से अब उर्दू सीख ली है।[3] यह हैसियत थी उर्दू की, जिसे मुस्लिम अस्मिता का प्रतीक बनाया जा रहा था। पहले सिर्फ देहली और बिहार-यू.पी के कुछ बड़े शहरों तक सिमटी हुई उर्दू भारतीय मुसलमानों के बीच 1860 के बाद ज्यादा फैली जब देवबंद के दारुल उलूम ने इसके माध्यम से सुधार का आंदोलन चलाना शुरू किया। भारत के विभिन्न प्रांतों में बसे साधारण मुसलमानों को एक जैसी धार्मिक शिक्षा देने के लिए कोई संपर्क भाषा नहीं थी। वे सभी अपने-अपने प्रांतों की भाषाएँ बोलते थे, सिर्फ कुछ बड़े खानदानों के उलेमा ही अरबी जानते थे। दारुल उलूम में धार्मिक शिक्षा पश्चिमोत्तर प्रांत की देशी जुबान उर्दू के माध्यम से दी जाने लगी। विभिन्न प्रांतों से आए मुसलमान वहाँ से धार्मिक शिक्षा के अलावा उर्दू को भी अपने साथ अपने प्रांतों में ले जाने लगे। इस तरह उर्दू के पूरे भारत में फैलने का सिलसिला शुरू हुआ जो दरअसल 19वीं सदी के मुस्लिम सुधार आंदोलन का एक हिस्सा था।

उर्दू को मुस्लिम अस्मिता का प्रतीक बनाने में सबसे ज्यादा हाथ इसके प्रांतीय राजभाषा होने का था। इसके जरिए भद्रवर्गीय मुसलमान आसानी से सरकारी नौकरियों पर अपना कब्जा रखते चले आ रहे थे। राजभाषा होने के कारण इसका अरबी-फारसीकरण भी बहुत हुआ। मुगलों के समय से चली आ रही राजभाषा फारसी को हटाकर 1837 में जब फारसीलिपि में लिखी जानेवाली हिंदुस्तानी (उर्दू) को राजभाषा बनाया गया, तब उसमें प्रशासन संबंधी पारिभाषिक शब्दावली बिल्कुल नहीं थी। लिहाजा फारसी में काम करने के आदी सरकारी मुलाजिमों ने समूची अरबी-फारसी पारिभाषिक शब्दावली उर्दू में जस की तस उतार दी, सिर्फ सर्वनाम और कुछ क्रियाएँ ही खड़ीबोली की रह गईं। देसी भाषा के नाम पर ऐसी मुश्किल जुबान की शिकायत प्रांत के राजस्व विभाग ने और खुद लेफ्टिनेंट गवर्नर ने समय-समय पर की। उन्होंने इसमें अरबी-फारसी शब्दावली कम करने को कहा क्योंकि यह प्रजा और सरकार के बीच संपर्क की भाषा थी। पर हालात में कोई बदलाव नहीं आया। इसमें अरबी-फारसी की शब्दावली जोड़ने का कुछ काम शुद्धतावादी धार्मिक आंदोलनों ने और कुछ साहित्यकारों ने भी किया। दकनी में—जो उर्दू और हिंदी, दोनों का पुराना रूप समझी जाती है—सूफी संतों ने सिरजनहार, जीव और माटी जैसे संस्कृत और हिंदी शब्दों का इस्तेमाल बेधड़क किया था। 19वीं सदी के नवजागरण के दौर में ऐसे देसी शब्दों को हटाकर उनकी जगह शुद्ध अरबी-फारसी शब्दों को लाया गया। इस तरह हिंदी से उर्दू का अलगाव कायम हुआ। यह अरबी-फारसीनिष्ठ उर्दू खास तौर पर पश्चिमोत्तर प्रांत के शहरी भद्रवर्गीय मुसलमानों की बोली बन गई जो हाट-बाजार में बोलचाल की आम उर्दू से भी उतनी ही दूर थी, जितनी हिंदी से। सरकारी दफ्तरों और अदालतों में काम करनेवाले शहरी हिंदुओं ने, खासकर कायस्थों और कश्मीरी ब्राह्मणों ने—इस अरबी-फारसीनिष्ठ उर्दू को

अपना लिया, हालाँकि भद्रवर्गीय मुसलमान उनकी उर्दू का मजाक उड़ाते रहे।

अलगाव की भावना : हिंदूजाति के गठन का प्रयास

कुछ लोग समझते हैं कि भारत में पहले मुस्लिम सांप्रदायिकता शुरू हुई, फिर उसकी प्रतिक्रिया में हिंदू सांप्रदायिकता।[4] यह समझ तथ्यों पर आधारित नहीं है। मुस्लिम अलगाववाद के जवाब में नहीं, बल्कि उसके साथ-साथ, शायद उसके भी पहले, हिंदू भद्रवर्ग ने अलगाव का रास्ता चुना। अगर सरकारी नौकरियों और स्थानीय शासन की संस्थाओं में हिंदुओं की बढ़ती भागीदारी से चिंतित मुस्लिम भद्रवर्ग ने अपने पुराने विशेषाधिकारों की रक्षा के लिए अलगाववाद का रास्ता चुना, तो मुस्लिम भद्रवर्ग की दादागिरी यानी 'बड़े भाई साहब' वाली पकड़ से छूटने और नागरिक जीवन में हर जगह छाई मुस्लिम संस्कृति के मुकाबले अपनी सांस्कृतिक आकांक्षाओं की मान्यता के लिए हिंदू भद्रवर्ग ने उनसे अपने अलगाव का रास्ता चुना। 19वीं सदी के नवजागरण में हुए हिंदू-मुस्लिम धार्मिक सुधार आंदोलनों की शुद्धतावादी और फंडामेंटलिस्ट किस्म की प्रवृत्तियों ने भी दोनों समुदायों के बीच अलगाव की भावना को बढ़ाया। पश्चिमोत्तर प्रांत में हिंदू भद्रवर्ग की अलगाव की भावना न सिर्फ हिंदी को संस्कृतनिष्ठ बनाकर उसे बोलचाल की जुबान से अलग और दूर करने के प्रयास में प्रकट हुई, बल्कि सीधे-सीधे मुस्लिम विरोध में भी प्रकट हुई। पश्चिमोत्तर प्रांत में हिंदी नवजागरण का शायद ही कोई नेता होगा जिसने मुसलमानों का विरोध करते हुए उनसे अलग रहने की इच्छा न प्रकट की हो। अगर राजा शिवप्रसाद ने मुसलमानों का सिंधु पार करना भारतवासियों के लिए अभिशाप का दिन माना, तो भारतेंदु हरिश्चंद्र ने भी गोरक्षा का मुद्दा उठाते हुए कुछ इसी ढंग की बात कही। बलियावाले भाषण में हिंदू-मुसलमान को एक साथ चलने के लिए उनका कहना सद्भावनापूर्ण होने पर भी बहुत अर्थपूर्ण नहीं लगता क्योंकि जिन मुद्दों के कारण उस वक्त हिंदू-मुसलमान एक साथ नहीं चल पा रहे थे, भारतेंदु ने उन पर खास विचार नहीं किया। जब भी ऐसे मुद्दे उभरकर सामने आते, जैसे गोरक्षा का मुद्दा, तो भारतेंदु भी मुसलमानों से अलगाव के लिए बेचैन हो उठते। मुसलमानों से अलग हो पाने में हिंदुओं की असमर्थता से परेशान होकर उन्होंने लिखा, ''कचहरी के अमला, वकील, मुख्तार, वेश्या और कारीगर, इन विविध रूपों में हम लोगों से मिल वे ऐसे हो रहे हैं कि छूटना कठिन।'' भारतेंदु कोई ऐसा माई का लाल ढूँढ़ना चाहते थे जो, ''इन कष्टों को सहकर इनका सहवास, इनका व्यवहार और इनका संबंध छोड़ दे।''[5] जो बात भारतेंदु को मुश्किल दिख रही थी, वह इक्का-दुक्का जगहों पर पहले घट चुकी थी और बाद में भी घटती रही। 1870 में बरेली में मुहर्रम और रामनवमी के जुलूस के रास्ते को लेकर हुए झगड़े में अपनी जिद पर अड़ते हुए हिंदुओं ने न सिर्फ एक पुरानी मस्जिद के पास मंदिर की नींव डाल दी, बल्कि मुसलमानों का बॉयकाट करते हुए उनको अपना सामान बेचने या उनसे खरीदने पर भी पाबंदी लगा दी; मुसलमान मजदूरों को काम पर रखने या उनकी कुछ जातियों को शादी-ब्याह में नाचने-गाने के लिए बुलाने से मना कर दिया; मुसलमान किसानों और शहरी गरीबों को कर्ज देना, मुस्लिम कसाइयों की दुकान से मांस

ख़रीदना और मुसलमानों के मुकदमे अपने (हिंदू वकीलों के) हाथ में लेना बंद कर दिया था।[6] खुद भारतेंदु ने 1881-82 के जिस गोरक्षा आंदोलन में आगे बढ़कर हिस्सा लिया और नेतृत्व दिया, उसमें इलाहाबाद और प्रतापगढ़ के हिंदू 1885 में गोरक्षा के मुद्दे पर मुसलमानों के साथ जमीन बंदोबस्ती के इंतजाम को तोड़ने के लिए राजी हो गए थे।[7]

हिंदी नवजागरण के दौरान उभरे इन अलगाववादी विचारों का असर स्कूल-कालेजों में शिक्षित हो रही युवा पीढ़ी पर भी पड़ रहा था। इलाहाबाद में छात्रों की एक सभा हुई, जिसकी रिपोर्ट *हिंदी प्रदीप* में सितंबर, 1883 में छपी। सभा में एक हिंदू छात्र ने अपने प्रांत के हिंदू-मुसलमान विवाद का हल इस तरह सुझाया—''हम अपनी गवर्नमेंट से प्रार्थना करते हैं कि पश्चिमोत्तर और औध में दो गवर्नर हुआ करें—एक हिंदुओं के लिए, दूसरा मुसलमानों के लिए।... इस अवस्था में दोनों को अपने अधीन प्रजा का ख्याल रहेगा।'' इसमें यह मान लिया गया कि मुसलमानों की भलाई सोचनेवाला गवर्नर हिंदुओं की भलाई नहीं सोच सकता और हिंदुओं की भलाई सोचनेवाला मुसलमानों की नहीं सोच सकता। लिहाजा गवर्नर भले ही अंग्रेज हो, पर हिंदुओं का अलग हो और मुसलमानों का अलग। छात्रों के दिमाग में ऐसा विचार अपने समाज के माहौल और बौद्धिक जगत के संपर्क से ही आया होगा। 1885 में छपी किताब *हिंदी और उर्दू की लड़ाई* में उसके लेखक सोहन प्रसाद ने बहुत मासूमियत के साथ यह कहा कि धार्मिक-सामाजिक दृष्टि से हिंदू-मुसलमानों का एक-दूसरे के नजदीक आना उचित नहीं। वाजिब यही होगा कि दोनों अपनी अलग-अलग राह पर चलें। 30-40 साल बाद रामचंद्र शुक्ल ने—जो इस हिंदी नवजागरण की देन और उसके शिखर, दोनों थे—पश्चिमोत्तर प्रांत की भाषा और साहित्यिक परंपरा में हिंदू-मुस्लिम धाराओं के अलगाव को स्वीकार करते हुए लिखा, ''यदि वे अपनी भाषा और अपने साहित्य की एक अलग परंपरा रखना चाहते हैं तो हमारे लिए यह प्रसन्नता की बात है।''[8] बालकृष्ण भट्ट ने अपने एक लेख में मुसलमानों को ''महा जघन्य, नीच और परले सिरे के दुष्ट'' बताकर उनके खिलाफ अपनी नफ़रत का इजहार किया। *हिंदी प्रदीप,* जुलाई, 1881 में अपने एक दूसरे लेख में समझ की कई तरह की भूलों का ज़िक्र करते हुए उन्होंने लिखा, ''आर्यों के एकांत विरोधी मुसलमानों को अपना भाई समझना भूल है।''

ये मुस्लिम विरोधी विचार भद्रवर्गीय द्विज हिंदुओं के थे। शूद्र और दलित कही जानेवाली जातियों में मुसलमानों के प्रति ऐसा भाव नहीं मिलता। वे धर्म-परिवर्तन से मुसलमान बनी जातियों के साथ हिल-मिलकर रहती थीं। खुद को ऊँचा समझनेवाली द्विज जातियों में शास्त्रों की बताई धार्मिक शुद्धता का कड़ाई से पालन होता था, जो गैर-द्विज जातियों से उनके अलगाव का एक बुनियादी कारण था। यही बात सैयद, शेख, मुगल और पठान आदि भद्रवर्गीय सुन्नी मुसलमानों के बारे में भी सच थी। शाह वली उल्लाह को जिस इस्लाम की शुद्धता की फिकर थी, वह अभिजात सुन्नियों का ही इस्लाम था। धर्म बदलकर मुसलमान बननेवालों के साथ उनके जो पुराने हिंदू तौर-तरीके और विश्वास लिपटे हुए आ जाते थे या फिर सैकड़ों सालों से हिंदुस्तान में रहते हुए अपने-आप जो हिंदू असरात पड़ते थे—शाह वली उल्लाह उसी से अभिजात और भद्रवर्गीय मुसलमानों को बचाकर रखना

चाहते थे। धार्मिक मेल-जोल को वे धार्मिक पतन का रास्ता समझते थे। शूद्र जातियों के गरीब और अशिक्षित हिंदू-मुसलमानों के बीच शास्त्रों पर ऐसा जोर नहीं था। वे या तो हिंदू और मुसलमान दोनों समान रूप से होते थे, या रूढ़ शास्त्रीय अर्थ में न हिंदू थे, न मुसलमान। वे एक-दूसरे के धार्मिक त्योहारों में हिस्सा लेते और एक जैसे देवी-देवताओं, पीरों-फकीरों की मनौतियाँ मानते थे। हिंदू-मुस्लिम शुद्धतावादियों को इसका एहसास नहीं था कि हिंदुस्तान में बसे 4635 समुदायों में से ''पैंतीस ऐसे समुदाय हैं जो हिंदू और इस्लाम दोनों धर्मों को मानते हैं। हिंदू और ईसाई दोनों धर्मों को एकसाथ माननेवाले समुदायों की संख्या 116 है। सोलह समुदाय ऐसे हैं जो एकसाथ हिंदू, इस्लाम और सिख धर्म पर विश्वास रखते हैं। जैन-हिंदू और बौद्ध-हिंदुओं के साथ भी यही बात है। 94 समुदाय ऐसे हैं जो क्रिश्चियन और आदिवासी, दोनों धर्मों को मानते हैं।''[7] शास्त्रों में बताए गए धर्म की ऊँची अटारी पर बैठे भद्रवर्गीय हिंदू और मुसलमान सुधारक निचले वर्गों की लोकप्रिय संस्कृति और बंधनहीन धार्मिक चेतना को नीची नजरों से देखते थे। हिंदी आंदोलन के एक कार्यकर्ता सोहन प्रसाद ने *हिंदी-उर्दू की लड़ाई* में हिंदुओं द्वारा पैगंबर और कब्रों की पूजा करने, ताजिया उठाने और राम-राम की जगह दुआ-सलाम करने की निंदा की है। उसने मुस्लिम स्त्रियों द्वारा माँग में सिंदूर भरने और हिंदुओं के असर से शादी-ब्याह में बाजा बजाने, स्त्रियों के द्वारा गीत गाने और रंग-बिरंगे ताजिए बनाने की भी निंदा की। हिंदू-मुसलमान को एकसाथ चलने के लिए कहनेवाले भारतेंदु ने भी इस धार्मिक लोकसंस्कृति को हिंदुओं के पतन का कारण मानते हुए *स्वर्ग में विचारसभा का अधिवेशन* में एक पात्र से कहलवाया कि ये लोग ''मुसलमानी पीर, पैगंबर, औलिया, शहीद, वीर, ताजिया, गाजी मियाँ, जिन्होंने बड़ी मूर्ति तोड़कर और तीर्थ पाटकर आर्यधर्म विध्वंस किया, उनको मानने और पूजने लग गए थे।'' इसी विचार के अनुरूप *तदीय सर्वस्व* के उपक्रम में उन्होंने 'स्थान-स्थान' में फैली 'भिन्नता' और 'मूलधर्म छोड़कर उपधर्मों में आग्रह' को आर्यों की राजनीतिक और भौतिक सत्ता के पतन का कारण बतलाया। यहाँ भारतेंदु हिंदुओं के छोटे-मोटे शाह वली उल्लाह नजर आते हैं। कहना न होगा कि भारतेंदु का 'आर्यधर्म' और 'मूलधर्म' भद्रवर्गीय द्विजों का शास्त्र-अनुमोदित धर्म ही था जिससे शूद्र और दलित जातियाँ न सिर्फ बाहर थीं, बल्कि उस धर्म को न मानने की दोषी भी थीं। कई बार निचले तबकों की लोकप्रिय संस्कृति का असर भद्रवर्ग के लोगों पर पड़ता है। 19वीं सदी के भद्रवर्गीय शुद्धतावादी लेखक-पत्रकार निचले तबकों के लोकधर्म से, धार्मिक मिश्रण और आदान-प्रदान के असर से अपने वर्ग के सदस्यों को बचाने के लिए कितने परेशान थे, इसका पता चलता है 9 जून, 1884 की *भारत जीवन* में छपी इस खबर से : ''हमारे काशी के पंडा महाशय बहराइच जाकर गाजी मियाँ का प्रसाद रेवड़ी-चिड़वा और शरबत ले आए हैं। यहाँ से छः-सात मुसलमान डफाली तथा गौन्हारियों को भी ले गए थे। अब वह प्रसाद यहाँ आपस में भी बाँटा है। बहराइचवालों को इस बात का भी घमण्ड है कि उनके गाजी मियाँ की पूजा के निमित्त काशी के लोग आते हैं, तिस पर भी ब्राह्मण पंडे। हा! हा! इस मूर्खता के अंधकार का कब विनाश होगा? कहाँ गणेशाय नमः और कहाँ 'गाजीमियां समर्पयामि'।'' जाहिर है

कि भद्रवर्गीय हिंदू-मुसलमान न सिर्फ आपस में अलगाव चाहते थे, बल्कि समाज के जिन तबकों में यह अलगाव नहीं था, उन्हें भी घसीटकर अपने साथ गोलबंद करना चाहते थे।

ये भद्रवर्गीय शिक्षित हिंदू-मुसलमान अपने वर्गीय हितों की रक्षा के लिए अँगरेजी राज पर दबाव डालते थे, उसकी नीतियों की आलोचना करते थे, साथ ही अपने आपको सच्चा राजभक्त बताने की होड़ में भी लगे हुए थे। दोनों की राजनीतिक हैसियत और आर्थिक हित सैकड़ों तरीकों से अँग्रेजी राज पर निर्भर करते थे, लिहाजा अँगरेजी राज को अपने-अपने पक्ष में झुकाने के लिए दोनों के बीच रस्साकशी चलती रहती थी। वे अँगरेजी राज को हराना नामुमकिन समझते थे और गैरजरूरी भी, लेकिन एक-दूसरे को हराना उन्हें बहुत जरूरी लगता था। दूसरे के मुकाबले खुद को ऊपर रखने के लिए वे अँगरेजी राज का पक्ष लेते थे और जब अँगरेजी राज उनका पक्ष न लेता तो वे उसकी आलोचना करते। सैयद अहमद ने अगर मुसलमानों से सरकार का वफादार बनकर रहने और 'हिंदू कांग्रेस' का साथ न देने के लिए कहा, तो राजा शिवप्रसाद ने 1857 के गदर पर और भारतेंदु ने वाइसराय लॉर्ड मेयो की हत्या पर मुसलमानों में राजभक्ति की कमी का इलजाम लगाया और हिंदुओं को स्वभावतः राजभक्त बतलाया। नागरी आंदोलन के दौरान हिंदू नेताओं ने किस बारीकी के साथ सरकार के मुस्लिम विरोधी 'मूड' का अपने पक्ष में इस्तेमाल किया, इसे हम आगे देखेंगे। हिंदू-मुस्लिम झगड़े में जब सरकार मुसलमानों का पक्ष लेती तो हिंदू भद्रवर्ग क्षुब्ध होता कि सरकार को न्याय-अन्याय से कोई मतलब नहीं रह गया। लेकिन जब मुसलमान सरकार से न्याय मांगते तो हिंदू भद्रवर्ग दहाड़कर कहता—सरकार पर इल्जाम मत लगाओ, वह पूरी तरह से न्यायशील है। मुरादाबाद के इंद्रमणी पहले सनातनी थे, फिर आर्यसमाजी हुए, पैसों की हेराफेरी करने के कारण वहाँ से भी निकाले गए। उन्होंने 1880-81 में इस्लामविरोधी कुछ किताबें लिखकर छपवाईं जिसके लिए मुसलमानों ने उन पर मुक़दमा चलाया। मुकदमे में मुसलमानों की जीत हुई। इससे दूसरे हिंदू नेताओं की तरह बालकृष्ण भट्ट को भी बहुत गुस्सा आया। जुलाई, 1881 के *हिंदी प्रदीप* में उन्होंने बड़े क्षोभ के साथ लिखा—"सरकार हम हिंदुओं का कभी पक्ष न करेगी और न्याय-अन्याय के ख्याल को उस समय हिंद के महासागर में डुबो देगी।" ऊँची पश्चिमी शिक्षाप्राप्त कलकत्ता के सैयद अमीर अली ने, जो पेशे से वकील और नेशनल मोहम्मडंस एसोसिएशन के सेक्रेटरी थे, लंदन की एक पत्रिका में *ए क्राई फ्रॉम दी इंडियन मोहम्मडन* लेख लिखकर सरकार का ध्यान बंगाली मुसलमानों की दुर्दशा की ओर खींचा। बंगाल में ज्यादातर मुसलमान गरीब काश्तकार थे जिन्होंने अपने शोषण के खिलाफ 1850-70 के दौर में व्यापक आंदोलन चलाया था, पर उनकी हालत में कोई खास सुधार नहीं हुआ। अमीर अली ने अपने लेख में चेतावनी दी कि अगर उनकी दशा न सुधारी गई तो वे भारत में ब्रिटिश शासन के लिए खतरा बन सकते हैं। बालकृष्ण भट्ट ने अमीर अली को देश की अच्छी-भली शांति भंग करनेवाला बतलाया और ऐसों से निपटने के लिए सरकार की प्रचंड शक्ति पर अपना भरोसा प्रकट किया—"हम कहते हैं, थोड़े-से मुट्ठी भर मुसलमान प्रचण्ड प्रतापशालिनी सरकार को क्या खतरा पहुँचा सकते हैं ? ऐसी-वैसी गीदड़-भभकी से कुछ होनेवाला नहीं है।" बंगाल के गरीब खेतिहर

मुसलमानों की बदहाली को दरकिनार करते हुए बालकृष्ण भट्ट ने ब्रिटिश सरकार की इनसाफ-पसंदगी में अपनी आस्था प्रकट की, "सरकार बराबर से हिंदू-मुसलमान दोनों के साथ उचित और न्याय कर रही है।"[10]

ब्रिटिश राज में पैदा हुई नई आर्थिक-राजनीतिक परिस्थितियों में सांप्रदायिक विचारधारा का विकास शिक्षित शहरी भद्रवर्ग कर रहा था। अंतर्विरोधों से भरे भारतीय समाज की गलत समझ पर आधारित सरकारी नीतियों ने भी उन्हें इसी ओर धकेला। मसलन, नई आर्थिक सुविधाएँ और राजनीतिक प्रतिनिधित्व देने के मामले में हिंदू-मुसलमानों के बीच अनुपात कायम करने से संबंधित सरकारी नीतियों ने लोगों को अपनी छोटी और स्थानीय पहचान बरकरार रखते हुए भी एक बड़ी पहचान बनाने के लिए, खुद को हिंदू या मुस्लिम समुदाय के रूप में संगठित होने को मजबूर किया। औपनिवेशिक भद्रवर्ग ने हिंदू और मुस्लिम हितों को एक-दूसरे से अलग साबित करने के लिए हर तरह के तर्क जुटाए। इससे सांप्रदायिक द्वेष तेजी से भड़का। पटने के कुछ भद्रवर्गीय मुसलमानों के जरिए गरीब बंगाली मुस्लिम काश्तकारों की लड़ाई का कुछ संबंध फंडामेंटलिस्ट वहाबी सुधार आंदोलन से भी हुआ था। वाइसराय के कहने से डब्ल्यू. डब्ल्यू. हंटर ने 1870 में बंगाली मुसलमानों के विद्रोह की जाँच-पड़ताल करके एक रिपोर्ट तैयार की, जिसमें उनकी अशिक्षा, गरीबी और जहालत को उनकी विद्रोही भावनाओं के लिए जिम्मेदार ठहराया गया। इस रिपोर्ट का सहारा पाकर कलकत्ता के कुछ भद्रवर्गीय मुसलमानों ने बंगाली मुसलमानों की शिक्षा और विकास के लिए विशेष फंड और रोजगार की माँग करते हुए लॉर्ड रिपन को एक मेमोरेंडम दिया। मार्च 1882 के *हिंदी प्रदीप* में बालकृष्ण भट्ट ने इस मेमोरेंडम पर तीखी प्रतिक्रिया की। अपनी संपादकीय टिप्पणी में उन्होंने सरकार से कहा कि मुसलमानों की मदद करना आस्तीन में साँप पालने जैसा है। "साँप को दूध पिलाने के माफिक इस बाँकी-टेढ़ी कौम को बढ़ाकर अंग्रेजी सरकार तथा हम भोले-भाले गरीब हिंदुओं को कितना क्लेश पहुँचने की संभावना है, इसका विचार लॉर्ड रिपन साहब को पहले कर लेना चाहिए।" यहाँ बालकृष्ण भट्ट ने 'मुस्लिम हितों' को 'हिंदू हितों' से सिर्फ अलग ही नहीं किया, उन्हें परस्पर विरोधी भी माना जो सांप्रदायिक चेतना की बुनियादी विशेषता है। 19वीं सदी में 'हिंदू हितों' और 'मुस्लिम हितों' के बीच सबसे खुला विरोध उन सरकारी नौकरियों के प्रसंग में प्रकट हुआ जिन्हें पाना शिक्षित मध्यवर्ग की सबसे बड़ी आकांक्षा होती थी। सभी ऊँची नौकरियों में मुसलमान काबिज होते चले जाते हैं, इसकी जितनी चिंता भारतेंदु को थी, उतनी ही बालकृष्ण भट्ट को भी। अमीर अली के लेख पर प्रतिक्रया करते हुए उन्होंने पश्चिमोत्तर प्रांत के सरकारी महकमों में मुसलमानों और हिंदुओं को मिले ओहदों का हिसाब करते हुए स्पष्ट रूप से लिखा कि "आबादी के हिसाब से हिंदू मुसलमान से सात गुना अधिक हैं, इसलिए सात बड़े ओहदों पर हिंदू हो जाने के बाद तब एक मुसलमान होना वाजिब है।" 'हिंदू हितों' और 'मुस्लिम हितों' के आधार पर अलगाव की जो भावना इलाहाबाद म्योर कालेज के छात्रों में पनप रही थी, वह भावना सरकारी नौकरियों के मामले में कितनी आम होती चली गई, इसकी एक मिसाल इटावा से निकलनेवाले पत्र *ब्राह्मण सर्वस्व* के अंक-5 में *एक उचित*

वक्ता के नाम से प्रकाशित अपील में मिलती है। इस अपील का शीर्षक था— *बस्ती जिले में हिंदू सब-इंस्पेक्टरों की आवश्यकता।* लिखा था—''बस्ती जिले में विशेषकर हिंदू प्रजा है और मुसलमानों की संख्या बहुत ही न्यून है और यदि कहीं है तो दुधार थाना में कुछ अधिक मुसलमान हैं, अन्यत्र बीश अंश से भी कम हैं। इस जिले में 26 थाने हैं और अनुमानत: 50/60 सब-इंस्पेक्टर और नायब सब-इंस्पेक्टर हैं, पर इतने पर भी केवल 7/8 हिंदू सब-इंस्पेक्टर होंगे और शेष मुसलमान ही हैं। इस जिले की पुलिस में यवनों की ज्यादती पाई जाती है। हिंदू प्रजा को इनके कारण से अधिक कठिनाई पड़ती है क्योंकि यवन लोग प्राय: पक्षपात रखते हैं और यथासंभव हिंदुओं को हानि पहुँचाने की चेष्टा करते हैं। न्यायशील गवर्नमेंट को इस ओर ध्यान देना चाहिए क्योंकि हिंदू और मुसलमान, दोनों उसके पुत्रवत प्रजा हैं और कम से कम आधी संख्या तो हिंदू इंस्पेक्टरों की होनी चाहिए। उचित तो यह है कि हिंदू इंस्पेक्टर दुधारा थाना को छोड़कर अन्यत्र सब जगह होना चाहिए।'' यह अपील कई दृष्टियों से गौरतलब है। हिंदुस्तान-पाकिस्तान बँटवारे के वक्त विभिन्न इलाकों में हिंदू-मुस्लिम आबादी का जैसा हिसाब लगाया गया, वह प्रवृत्ति अपने प्रारंभिक और स्थानीय रूप में यहाँ मौजूद है। लेखक ने खुद ही आगे बढ़कर दुधारा थाने में मुसलमान इंस्पेक्टर रखने के लिए कहा क्योंकि उसी थाने में मुस्लिम आबादी ज्यादा थी। यह मान लिया गया कि हिंदू आबादी के लिए इंस्पेक्टर हिंदू और मुसलमान आबादी के लिए मुसलमान ही हो सकता है। हिंदू-मुस्लिम अलगाव की इस भावना को देखते हुए ताज्जुब नहीं होना चाहिए कि पूरी 19वीं सदी से लेकर 20वीं सदी के पहले डेढ़ दशक तक—यानी 1916 में कांग्रेस-मुस्लिम लीग पैक्ट होने तक, पश्चिमोत्तर प्रांत के किसी हिंदी लेखक ने एक भी ऐसी महत्वपूर्ण कृति नहीं रची जिसमें हिंदू-मुस्लिम एकता दिखाई देती हो या महत्वपूर्ण मुस्लिम चरित्र सकारात्मक (पॉजिटिव) चित्रित हुए हों।

आपसी विरोध के इस माहौल में पश्चिमोत्तर प्रांत का हिंदू-मुस्लिम भद्रवर्ग ब्रिटिश राज के खिलाफ एकजुट होकर एक जातीय समुदाय में बदलने के बजाय एक-दूसरे के खिलाफ दो अलग-अलग जातीय समुदायों में गोलबंद हो रहे थे। एक ने अगर खुद को उर्दूभाषा और लिपि के साथ एक करते हुए अपनी अलग जातीयता बनाने की राह चुनी तो दूसरे ने हिंदीभाषा और नागरीलिपि को प्रतीक बनाकर अपनी अलग हिंदू जातीयता खड़ी करने की कोशिश की। दोनों का विकास एक-दूसरे के विरोध में हुआ। 'हिंदूजाति' को आगे कभी-कभी 'हिंदीजाति' भी कहा जाने लगा क्योंकि हिंदुत्व के अलावा उसके गठन का दूसरा मुख्य आधार हिंदीभाषा थी। हालाँकि 19वीं सदी मे 'हिंदीजाति' शब्द का इस्तेमाल कम हुआ है, फिर भी उसका वर्णन और संदर्भ हमेशा ऐसा रहा कि उसे हिंदूजाति और हिंदीजाति, दोनों कहा जा सकता था। हिंदुत्व और हिंदी, जातीय गठन के यही दो मुख्य आधार मान लिए गए और इन्हें आपस में अभिन्न बताया गया। हंटर आयोग को दिए गए बहुत से मेमोरियलों, पत्र-पत्रिकाओं में छपे लेखों और पत्रों के अलावा इस बात को 1911 की *सम्मेलन पत्रिका* में छपी अयोध्यासिंह उपाध्याय की कविता *जातीय भाषा* में भी देखा जा सकता है। कविता में हिंदी को हिंदुओं की *जातीय भाषा* मानते हुए कहा गया कि

जातियों का गठन जातीय भाषा से ही होता है। 19वीं सदी के पश्चिमोत्तर प्रांत में हिंदू या हिंदी जाति की अवधारणा दो स्तरों पर प्रकट हुई—एक तो प्रांतीय स्तर पर, दूसरे अखिल भारतीय स्तर पर। प्रांतीय स्तर पर इस जाति की अवधारणा में कई बार बिहार और मध्य प्रांत (मध्य प्रदेश) के भी उन हिस्सों को समेट लिया जाता था जहाँ हिंदी-नागरी लागू हो गई थी या होने के लिए संघर्ष चलता था। जातियों के बनने का कोई एक बँधा-बँधाया तरीका नहीं होता। जातीय निर्माण की शर्तें पूरी करनेवाले कारक जहाँ इतिहास के लंबे दौर में समाज के अंदर से स्वाभाविक तौर पर विकसित न हुए हों, वहाँ जातीय निर्माण की प्रक्रिया अक्सर किसी बाहरी शत्रु के खिलाफ एकजुट होने के रूप में मिलती है। यह एक ऐतिहासिक विडंबना है कि 19वीं सदी के पश्चिमोत्तर प्रांत में हिंदू या हिंदीजाति के गठन का प्रयास जिस बाहरी शत्रु के खिलाफ हो रहा था, वह बाहरी शत्रु अंग्रेजी राज इतना नहीं था, जितना मुसलमान था। यही बात इसके उलट मुस्लिम जातीयता के लिए भी सच थी। विरोधी पक्ष के रूप में मुसलमान को रक्खे बिना हिंदू या हिंदीजाति बनाने की कोशिश नामुमकिन थी। एक वास्तविक या काल्पनिक शत्रु को सामने रखते हुए कुछ वास्तविक या काल्पनिक सवाल उछाले गए, उनके सच्चे-झूठे उत्तर खोजे गए और मिथक खड़े किए गए जिन सबका उद्देश्य हिंदुओं को एक जाति के रूप में संगठित होने की जरूरत महसूस कराना था। अक्सर एक सवाल यह पूछा जाता था कि जैसे सैयद अहमद ने 'मुस्लिम हितों' की रक्षा की, वैसे 'हिंदू हितों' की रक्षा करनेवाला कोई क्यों नहीं दिखता ? एक दूसरा सवाल यह उठाया जाता था कि सरकार हमेशा मुसलमानों का ही पक्ष क्यों लेती है ? ये सवाल पूरी तरह से बेबुनियाद नहीं होते थे। इनमें सही और गलत, सच और झूठ, दोनों मिले-जुले होते थे। महत्वपूर्ण वह संदर्भ होता था जिसमें ऐसे सवाल उठाए जाते थे और सबसे महत्वपूर्ण इनके वे उत्तर होते थे जो सवालों के पीछे छुपे राजनीतिक उद्देश्यों को उजागर करते थे। अपने-अपने समुदाय के अंदर अपनी 'कौम' और विरोधी 'कौम' की चारित्रिक विशेषताओं की ऐसी बँधी-बँधाई तसवीर दिलो-दिमाग में बैठाने की कोशिश की जाती थी जो एक-दूसरे के प्रति पूर्वाग्रहों को मजबूत करने के अलावा भद्रवर्ग के राजनीतिक उद्देश्यों को भी पूरा करने में मददगार बन सके। सरकार क्यों हमेशा मुसलमानों का ही पक्ष लेती है, इस सवाल का जवाब देते हुए भारतेंदु ने *गोमहिमा* (1881) में तुलना करते हुए हिंदू और मुस्लिम 'कौम' की यह छवि पेश की है—"हमको एक अंगुली भूमि बैठने को नहीं, उनको रूम, ईरान, मिस्र, अरब, काबुल अनेक राज्य वर्तमान हैं—हम अत्यंत मृदु, वह अति कठोर। हमारी दासवृत्ति अभ्यसित, उनकी नवीन होने के कारण अनभ्यसित। हमारे धर्म का मूल शांति, उनका खड्ग। इधर आलस्य, उधर उद्योग। और सबसे मुख्य यह कि इधर फूट, उधर एका।"

इस छवि-गढ़न का उद्देश्य स्पष्ट था—सरकारी कृपा और संरक्षण की अगर किसी को जरूरत है तो वह हिंदुओं को है, न कि मुसलमानों को। अशिक्षित और गरीब बंगाली मुसलमानों की दशा सुधारने के लिए दिए गए मेमोरेंडम पर प्रतिक्रिया करते हुए बालकृष्ण भट्ट ने भी यह लिखा था कि ब्रिटिश राज में मुसलमानों की तरक्की पर कोई रोक नहीं है,

लेकिन "हिंदुओं को कहो तो हजारों रोक हैं··· निद्रव्य हैं, अक्ल से खारिज, समाज चौपट, धर्म की पाबंदी, आपस की फूट, मन-साहस-बुद्धि से क्षीण और दुर्बल जबकि मुसलमानों में एका बड़ा है, सब शरीक मजहब, समाज में कोई कैद नहीं, अपनी तरक्की का हर रास्ता खुला है।"[11] गढ़ी जा रही इन छवियों में तथ्य और सत्य कितना था, इस प्रश्न से भी ज्यादा महत्वपूर्ण सवाल इनके पीछे छुपे राजनीतिक इरादों का, एक-दूसरे के प्रति रवैये का था। उस रवैये की कुछ झलक तब मिलती है जब उसी टिप्पणी में भट्टजी सरकार से पहले इसको ठीक से सोच-समझ लेने को कहते हैं कि मुसलमानों की शिक्षा के उपाय कर देने से क्या-क्या हरज होंगे। यहाँ खुद को दीन-हीन बतानेवाला हिंदू यकायक शेर बन बैठता है। "ये लोग पढ़-लिखकर सबके सब महंत बन बैठेंगे तो साहब लोगों के लिए खानसामा, बावरची, दरजी, मेहतर फिर कहाँ से आवेंगे और हम लोगों को जुलाहा, धुनिया, डफालची, किंगिरिए, धोबी, चुनपट, कस्नाबा आदि का काम कौन देगा?"

हिंदू-मुसलमानों के शक्ति-सामर्थ्य की तुलना करते हुए भारतेंदु का यह कहना गौरतलब है कि हमको एक अंगुली भूमि बैठने को नहीं, उनको रूम, ईरान, मिस्र, अरब, काबुल अनेक राज्य वर्तमान हैं। यह तर्क कुछ सुधार के साथ कई प्रसंगों में आज भी कभी-कभी दोहराया जाता है। भारतेंदु का तात्पर्य बहुत स्पष्ट था—दुनिया में पहले से ही मुसलमानों के कई राष्ट्र कायम हैं, फिर भी वे भारत में आकर ठाठ से बसे हुए हैं जबकि हिंदू अपने राष्ट्र में रहकर भी प्रभुत्वहीन हैं। यह सच था कि 19वीं सदी के उत्तरार्ध में पश्चिमोत्तर प्रांत में भद्रवर्गीय मुसलमान ज्यादा बेहतर हैसियत में थे, हालाँकि उनकी यह हैसियत हिंदू भद्रवर्ग के लगातार विरोध और दूसरे राजनीतिक कारणों से धीरे-धीरे कम हो रही थी। लेकिन यह सच न था कि अरब-ईरान सब उनके लिए सुलभ थे। इसके विपरीत भारत में सदियों से बस चुके मुसलमानों के लिए भारत से बाहर कहीं जमीन न थी। इससे भी ज्यादा गौरतलब यह है कि हिंदुओं की राष्ट्रहीनता के संदर्भ में भारतेंदु ने मुसलमानों को निशाना बनाया, अंग्रेजों को नहीं, जबकि ये अंग्रेज ही थे जिन्होंने भारत पर कब्जा जमाकर हिंदू-मुसलमान, दोनों को बेदखल कर रखा था। भारतेंदु ने ईरान-अरब को याद किया, लेकिन इंग्लैंड, फ्रांस और पुर्तगाल को याद नहीं किया जहाँ से आए शासकों ने भारत को अपना उपनिवेश बना रखा था। इसके विपरीत *कविवचनसुधा,* 13 जुलाई, 1874 के संपादकीय में भारतेंदु ने अंग्रेजों को भारत में स्थाई रूप से बस जाने का सुझाव दिया था ताकि भारतवर्ष की उन्नति हो सके। अंग्रेज यहाँ रहते नहीं हैं, यहाँ से जो कमाते हैं उसे भी अपने देश भेज देते हैं, इसलिए भारत निर्धन होता जाता है। इस हालत को बदलने का एक उपाय भारतेंदु ने यह सुझाया था कि "यदि अंग्रेज लोग भारतवर्ष में रहकर अपना द्रव्य व्यय करके व्यापार करते तो कुछ काल पाकर भारतवर्ष पूर्ववत हो जाता, परंतु यह देश अंग्रेजों का प्रवास स्थान है, इससे कुछ नहीं हो सकता।"

हिंदुओं में एका लाने के लिए, उन्हें एक राजनीतिक समुदाय में बदलने के उद्देश्य से सबसे पहला संगठन *प्रयाग हिंदूसमाज* का बना। *हिंदी प्रदीप,* नवंबर, 1882 में छपे इसके उद्देश्यों के घोषणापत्र में कहा गया कि "मुसलमानों में यह एक बड़ी खूबी है कि मुसलमान

चाहे मद्रास का हो या पंजाब का हो—एक-दूसरे से बड़े हेलमेल के साथ पेश आते हैं। भला भारतवर्ष के हिंदुओं में ऐसा एका क्यों नहीं?'' भारतीय मुसलमानों के बारे में ऐसी बेबुनियाद धारणाएँ कायम किए बिना हिंदुओं को एक राजनीतिक समुदाय में बदलने की जरूरत समझाई नहीं जा सकती थी। 19वीं सदी में शुरू होनेवाली ऐसी धारणाएँ अगर 20वीं सदी को पार कर आज 21वीं सदी में भी जारी हैं तो इससे इन धारणाओं की ''ऐतिहासिक आवश्यकता'' का पता चलता है। इससे जाहिर होता है कि हिंदुओं को एक राष्ट्र में बदलने का राजनीतिक एजेंडा अभी तक पूरा नहीं हुआ। हकीकत में सभी मुसलमान कभी एक नहीं रहे—न भारत में, न भारत से बाहर। विभिन्न देशों से आए भारतीय मुसलमान हमेशा से विभिन्न खेमों में वैसे ही बँटे हुए थे, जैसे हिंदू। वे न सिर्फ सुन्नी और शिया जैसे परस्पर विरोधी धार्मिक संप्रदायों में बँटे हुए थे जिनके बीच कटुता की कमी नहीं थी, बल्कि सुन्नी भी चार उपसंप्रदायों में बँटे हुए थे जो एक-दूसरे से गहरे धार्मिक मतभेद रखते थे। शियाओं और सुन्नियों से अलग तीसरा संप्रदाय उन सूफियों का था जो अपनी बारी में फिर चार अलग-अलग परंपराओं में बँटे हुए थे। इस्लाम के अंतर्गत इन विभिन्न धार्मिक संप्रदायों में जैसे तीखे सैद्धांतिक मतभेद थे और हर वक्त वैचारिक सिर-फुटौव्वल चलती रहती थी, वैसी हिंदू धार्मिक संप्रदायों में आर्यसमाज से पहले नहीं दिखती। धार्मिक आधारों के अलावा भारतीय मुसलमान अपने मूल स्थानों के आधार पर भी एक-दूसरे से ऊँच-नीच का भेदभाव रखते थे। भारत में धर्म बदलकर मुसलमान हुए लोगों (कुछ राजपूत भूस्वामियों को छोड़कर) और बाहर से आए मुसलमानों के बीच इतनी चौड़ी खाई थी कि दोनों में संवाद कम ही होता था, सामाजिक संबंध और भी कम। बाहर से आए मुसलमानों के अंदर भी सैयद, शेख, मुगल और पठान के ऐसे भेद थे कि कोई पाबंदी न होने पर भी आपस में उनके पारिवारिक रिश्ते कम ही होते थे। इनके बीच ऊँच-नीच की भावना भी मौजूद थी। सैयद को अगर पैगंबर साहब की जाति से जुड़ा होने के कारण 'ब्राह्मण देवता' जैसी ऊँची हैसियत हासिल थी तो पठानों को जाटों जैसा बलशाली और भूस्वामी होने पर भी गँवार समझा जाता था। हिंदुओं को एक राजनीतिक समुदाय में बदलने के लिए ''मुसलमानों के बीच बड़ा एका है'' जैसी भ्रामक धारणा फैलाना जरूरी था, जैसे हिंदुओं की जनसंख्या घटते जाने का हौव्वा खड़ा करना जरूरी था।

19वीं सदी के आखिरी दो दशकों में और 20वीं सदी के पहले दशक में हिंदुओं की जातीयता के बारे में चिंता करना हिंदी नवजागरण के लेखकों का मानो अनिवार्य कर्त्तव्य हो गया था। राधाचरण गोस्वामी ने अपनी पत्रिका *भारतेंदु* में एक लेख लिखा—*हिंदुओं में जातीय भाव की आवश्यकता।* लेख में सबसे पहला सवाल यह उठाया गया कि क्यों ''एक हिंदू दूसरे हिंदू के लिए उस प्रकार प्राण विसर्जन नहीं करता जैसे एक अंग्रेज या मुसलमान अपनी जाति के लिए करता है।'' इसके तीन कारण बताए गए—जातिभेद, एक धर्म का न होना और एक शास्त्र का न होना। हिंदू जातीयता की यह आर्यसमाजी व्याख्या थी जिसने बालकृष्ण भट्ट को भी प्रभावित किया था, जिसके नतीजे में वे भी वेदों को राष्ट्रीयता का मूल आधार मानने लगे थे। पक्के सनातनी लोग जातिभेद के विरोधी न थे। एक ही शास्त्र (वेद)

को मानने के भी वे हिमायती न थे, लेकिन जातीयता के लिए एक धर्म, एक भाषा का होना वे भी उतना ही बुनियादी मानते थे जितना आर्यसमाजी। प्रतापनारायण मिश्र ने हिंदी, हिंदू, हिंदुस्तान का नारा इसी आधार पर दिया था। बालकृष्ण भट्ट ने *हिंदी प्रदीप* अप्रैल, 1880 में छपे अपने लेख *जातीयता* में जातीयता के तीन तत्व बतलाए—परस्पर सहानुभूति और विश्वास, एक भाषा तथा एक मत (धर्म)। लेखक जानता है कि इसमें बुनियादी बादवाले दो तत्व ही हैं, सहानुभूति और विश्वास उन्हीं की उपज है। "भारतवर्ष में जातीयता और सहानुभूति इसी कारण नहीं होती कि यहाँ मत और भाषा की विभिन्नता बहुत है।" मत हिंदू और भाषा हिंदी। इन दो तत्वों से बनी जाति को चाहे हिंदूजाति कह लें, चाहे हिंदीजाति कह लें। हिंदी और हिंदुत्व के आधार पर बनी जाति का जिक्र हिंदी-लेखक कई बार अखिल भारतीय स्तर पर करते थे, कई बार प्रांतीय स्तर पर। कई बार दोनों के बीच के भेद का पता नहीं चलता मानो प्रांतीय स्तर पर जो हिंदीजाति है, अखिल भारतीय स्तर की हिंदूजाति उसी का विराट रूप हो। न सिर्फ धर्मभाषा के रूप में हिंदी संस्कृत की जगह ले रही थी बल्कि भाषाविज्ञान के आधार पर भी संस्कृत की जगह अब हिंदी को दी जाने लगी। मसलन राधाकृष्ण दास ने अपने एक लेख में भारत की सभी आधुनिक भाषाओं को हिंदी से निकली बतलाया।[12] उन ऐतिहासिक कारणों को समझने की कोशिश बहुत कम हुई है कि क्यों पश्चिमोत्तर प्रांत का हिंदीभाषी समाज खुद को पूरे भारत राष्ट्र का प्रतिनिधि समझने लगा, जबकि और प्रांतों में, जैसे बंगाल, महाराष्ट्र या तमिलनाडु में अपनी-अपनी जातीयता का बोध ज्यादा प्रबल रहा है, भारतीयता का बोध कम। पश्चिमोत्तर प्रांत के हिंदी-उर्दूभाषियों में खुद को क्षेत्रीय रूप में देखने के बजाय अखिल भारतीय रूप में देखने की प्रवृत्ति ज्यादा दिखाई देती है। क्या क्षेत्रीय जातीयता की भावना का ऐतिहासिक विकास कम होने के कारण, उस खाली जगह को भरने के लिए ही, उनमें खुद को अखिल भारतीय रूप में देखने की मानसिकता पैदा हुई? इस सवाल पर सोचने की जरूरत है। बहरहाल जो लोग आज *हिंदीजाति* के सिद्धांतकार हैं, वे बड़े साफ शब्दों में हिंदीभाषी क्षेत्र और समुदाय को पूरे भारत की सबसे निर्णायक राजनीतिक ताकत बतलाते हैं और 'विशाल रूसी जाति' जैसी 'हिंदीजाति' की कल्पना करने में गौरव का अनुभव करते हैं। क्या यह महज इत्तेफाक है कि अमृतसर में *ऑपरेशन ब्लू स्टार* के बाद देश के विभिन्न हिस्सों में अपनी बैरकों से भागे सिक्ख सैनिकों को पकड़कर सजा देने की जिम्मेदारी सिर्फ हिंदीभाषी हिंदुओं ने ही संभाली और इंदिरा गांधी की हत्या के बाद सिक्ख विरोधी दंगे भी मुख्यत: हिंदीभाषी इलाकों में ही हुए?

बहरहाल, एक बात स्पष्ट है—जिस हिंदुत्व के आधार पर हिंदीभाषियों को एक जाति में बदलने की कोशिश चल रही थी, वह हिंदुत्व सिर्फ मुट्ठीभर द्विजों का था जो अल्पसंख्यक होने के बावजूद अपनी धार्मिक आत्मछवि के अनुरूप एक पूरी जाति गढ़ना चाहते थे। बालकृष्ण भट्ट ने विभिन्न प्रांतों के हिंदुओं के खान-पान, पहनावे वगैरह के फर्क को ध्यान में रखते हुए उन सबकी बुनियादी धार्मिक एकता के कुछ निश्चित तत्व बताए—एक ही आर्य जाति, एक ही स्मार्त धर्म, गौ पर दया भाव, साक्षर ब्राह्मणों का आदर, तीर्थों की यात्रा और उन आर्य ऋषियों के नाम जिन्हें लेकर गोत्रोच्चार होता है।[13] कहने की जरूरत नहीं कि

ये सारे तत्व जिस ब्राह्मणवादी धर्म के थे, वह साधनसंपन्न, खाते-पीते, लेकिन पूरी तरह से अल्पसंख्यक भद्रवर्गीय द्विजों में ही प्रतिष्ठित था।

पश्चिमोत्तर प्रांत में एक जातीयता बनाने या बन सकने के इतिहास के प्रसंग में इस महत्वपूर्ण फर्क को नजरअंदाज नहीं किया जा सकता कि औपनिवेशिक भारत के और किसी भी प्रांत में जातीयता को धार्मिक अस्मिता के आधार पर गठित करने का प्रयास नहीं किया गया—यहाँ तक कि उन प्रांतों में भी नहीं, जहाँ जातीयता का विकास भाषाई अस्मिता के आधार पर हुआ, जैसे असम और उड़ीसा में। वहाँ जातीयता का विकास बाहर से आए बंगालियों के दबाव का प्रतिरोध करते हुए, खासकर बँगला भाषा के विरोध के बीच से हुआ। वहाँ भाषाएँ जातीय अस्मिता का प्रतीक बनीं, लेकिन हिंदुत्व को जातीयता का आधार नहीं बनाया गया। इस प्रसंग में *ऑप्रेसिव प्रेजेंट* में सुधीरचंद्र ने लिखा है कि उड़ीसा में जीवन के हर क्षेत्र में छाए बंगालियों के प्रतिरोध में उड़ियाओं की जातीय चेतना विकसित हुई। उन्होंने समस्त उड़ियाभाषी क्षेत्रों के एकीकरण की माँग उठाई। बिना जाति, धर्म और क्षेत्र का भेदभाव किए उन्होंने समस्त उड़ियाभाषियों का एक संगठन *उत्कल सम्मिलनी* बनाया जिसके नेता विख्यात उड़िया लेखक मधुसूदन दास (1848–1934) ईसाई थे और उन्होंने भी भगवान जगन्नाथ को उड़िया अस्मिता का प्रतीक माना। इसके विपरीत 19वीं सदी के उत्तरार्ध में, पश्चिमोत्तर प्रांत के नवजागरण में भद्रवर्गीय हिंदू-मुसलमानों के बीच साँझे प्रतीकों का अभाव था। बढ़ते हुए अलगाववाद ने इस प्रांत में क्षेत्रीय आधार पर एक जातीय अस्मिता को पनपने ही नहीं दिया। एक ही खड़ीबोली से दो भाषाओं को गढ़ने और उन्हें अलग-अलग लिपियों में लिखने से यहाँ कोई एक भाषाई अस्मिता विकसित नहीं हो सकी। सांप्रदायिक दृष्टि ने इस अलगाव को और गहरा किया।

पश्चिमोत्तर प्रांत के अंदर पनप रही हिंदीभाषी हिंदू जातीयता का इसी प्रांत की उर्दूभाषी मुस्लिम कौम से अलगाव और विरोध का कैसा तीखा भाव था, इसे 1882 में इलाहाबाद हाईकोर्ट में एक जज की नियुक्ति के मामले में बालकृष्ण भट्ट की टिप्पणियों में देखा जा सकता है। शिक्षित भारतीयों को यह शिकायत शुरू से रही थी कि सरकार ऊँचे पदों पर भारतीयों की नियुक्ति नहीं करती, ये पद सिर्फ गोरी चमड़ीवाले अंग्रेजों को ही दिए जाते हैं। भद्रवर्ग की इस शिकायत को दूर करने के लिए सरकार ने पहले बंगाल प्रेसिडेंसी में शिक्षित बंगालियों को ऊँचे पदों पर बहाल किया। पहली बार किसी बंगाली को कलकत्ता हाईकोर्ट में जज बनाया गया। उससे पश्चिमोत्तर प्रांत में यह माँग उठी कि यहाँ भी किसी भारतीय को जज के ओहदे पर बैठाना चाहिए। जब यह खबर फैली थी कि लॉर्ड रिपन इलाहाबाद हाईकोर्ट में किसी भारतीय को जज बनाने के लिए तैयार हो गए हैं तो बालकृष्ण भट्ट ने, जो इस मामले में शुरू से दिलचस्पी ले रहे थे और अपनी पत्रिका में इस माँग को लगातार उठा रहे थे, *नेटिव जज* शीर्षक टिप्पणी लिखकर सुझाया कि इस पद पर उसी व्यक्ति को नियुक्त किया जाए "जिनकी योग्यता की परख कई बार भरपूर कर ली गई है।" पर अगली पंक्ति में उन्होंने यह भी लिखा कि "कोई मुसलमान या बंगाली कर दिए गए तो हमें क्या? हमारी गजभर छाती तभी हो सकती है जब हम किसी अपने जाति के हिंदू को

इस पर सुशोभित देखें।''[14] इस टिप्पणी से कई बातें जाहिर होती हैं। योग्यता की भरपूर परख जज बनने की कसौटी हो सकती है, लेकिन उम्मीदवार मुसलमान या बंगाली होने से यह कसौटी नहीं होगी। वास्तव में कसौटी यह थी भी नहीं। कसौटी थी—अपनी जाति का हिंदू हो। वह मुसलमान न हो, हिंदू हो, पर हिंदू भी बंगाली न हो, अपनी जाति का हो। अपनी जाति यानी हिंदीजाति। स्पष्ट है कि इस हिंदीजाति में बालकृष्ण भट्ट मुसलमानों को शामिल नहीं करते थे। अगले महीने प्रेस में यह खबर आई कि इलाहाबाद हाईकोर्ट में लॉर्ड रिपन जिस *नेटिव जज* को नियुक्त करने जा रहे हैं, वह एक 'मियाँ' हैं। इसके बाद रिपन ने सचमुच सैयद महमूद को जज नियुक्त कर दिया जो सैयद अहमद के बेटे थे और इंग्लैंड से बैरिस्टरी पास करके लौटे थे। अपनी अंग्रेजी-हिंदी शब्दावली में बालकृष्ण भट्ट ने इसके खिलाफ तीखी प्रतिक्रिया जाहिर की—''जो महाशय इस पद पर नियुक्त हुए हैं, वे जिस कम्यूनिटी समाज के रिप्रेजेंटेटिव प्रतिनिधि हैं, हिंदू हईं नहीं। अतएव हम हिंदुओं की हमदर्दी तो इन पर किसी तरह से हो ही नहीं सकती।''[15] हिंदी नवजागरण में हिंदीजाति की कैसी अवधारणा विकसित हो रही थी, उसे बालकृष्ण भट्ट की इस टिप्पणी में देखा जा सकता है।

कुछ लोग अपनी कल्पना में रूसी जाति जैसी बड़ी 'हिंदीजाति' में बिहारियों को शामिल मानकर चलते हैं। हिंदी को हिंदूधर्म से जोड़नेवाले पहले लेखक डॉ. राजेंद्रलाल मित्र ने भी पश्चिमोत्तर प्रांत के हिंदुओं के साथ बिहारियों के प्रजातीय, धार्मिक, सांस्कृतिक और भाषाई संबंधों की घनिष्ठता पर जोर दिया था। इसलिए ताज्जुब की बात है कि जिस समय पश्चिमोत्तर प्रांत में मुस्लिम विरोधी हिंदीजाति के गठन का प्रयास चल रहा था, उसी समय बिहार के भद्रवर्गीय हिंदू और मुसलमान एक ही बिहारीपन की भावना से भरकर आपस में सहयोग कर रहे थे। 19वीं सदी के आखिरी दशकों और 20वीं सदी के पहले दशक में शिक्षित बिहारी भद्रवर्गीय नेतृत्व में जो आंदोलन चल रहा था, वह न धार्मिक सुधारों के लिए था, न हिंदी-उर्दू विवाद का था। वह था बंगाल से बिहार को अलग करने का आंदोलन। बिहार का नवजागरण यही आंदोलन था। बिहार को बंगाल से अलग करने की माँग पहली बार 1880 के दशक में उठी। 1894 में पहली बार आंदोलन का मुखपत्र *बिहार टाइम्स* (बाद में *बिहारी* नाम से) निकलना शुरू हुआ तो आंदोलन के नेता डॉ. सच्चिदानंद सिन्हा ने लिखा कि यहीं से ''बिहार में नवजागरण का दौर शुरू हुआ।''[16] बिहार के संदर्भ में 'नवजागरण' (रेनेसाँ) शब्द का प्रयोग डॉ. सच्चिदानंद ने 1941 में किया जब हिंदी नवजागरण जैसी कोई अवधारणा मौजूद नहीं थी। 19वीं सदी के आखिरी दो दशकों में शुरू हुआ यह बिहारी नवजागरण उसी दौर में हो रहे पश्चिमोत्तर प्रांत के हिंदी नवजागरण से बुनियादी तौर पर भिन्न था—अपने चरित्र और उद्देश्य, दोनों में। शिक्षित बिहारी भद्रवर्ग किसी हिंदीजाति या हिंदूजाति का निर्माण नहीं कर रहा था बल्कि एक ऐसे बिहारीपन की बात कर रहा था जिसमें हिंदू बिहारी और मुसलमान बिहारी, दोनों एक साथ शरीक थे। शुरू में आंदोलन का नेतृत्व सिर्फ हिंदू कर रहे थे। 1907 में आंदोलन के सबसे सक्रिय नेता और सिद्धांतकार महेश नारायण की मृत्यु के बाद आंदोलन को व्यापक बनाने

के लिए मुस्लिम भद्रवर्ग को भी शामिल होने को कहा गया। वे फौरन शामिल हो भी गए, क्योंकि बिहार में ऊँची सरकारी नौकरियों के लिए होड़ हिंदू और मुस्लिम भद्रवर्ग के बीच नहीं थी बल्कि इन दोनों का मुकाबला शिक्षित बंगालियों से था जिन्होंने बिहार के सभी विभागों में सारे ऊँचे पदों को हथिया रखा था, जबकि कलकत्ता में कभी किसी बिहारी को ऊँचा सम्मान नहीं मिला था। बिहार आंदोलन में मुसलमानों की भागीदारी को याद करते हुए डॉ. सच्चिदानंद सिन्हा ने लिखा, ''मुस्लिम नेताओं ने उतनी ही महत्वपूर्ण और सम्माननीय भूमिका निभाई जितनी कुछ वर्ष पहले तक हिंदू निभाते आ रहे थे।'' हिंदू–मुस्लिम सहयोग का पहला नतीजा अप्रैल 1908 में पटना में आयोजित बिहार प्रांतीय सम्मेलन के रूप में सामने आया जिसकी अध्यक्षता अली इमाम ने की। इसमें मुहम्मद फ़खरुद्दीन ने बिहार को बंगाल से अलग करने का प्रस्ताव रखा जिसका ज्यादातर जिला प्रतिनिधियों ने समर्थन किया। इस सम्मेलन से दो साल पहले जब ब्रिटिश शासन ने बैरिस्टर शरफुद्दीन को कलकत्ता हाईकोर्ट में जज नियुक्त किया था तो पूरे बिहारी भद्रवर्ग ने इस पर गर्व महसूस किया था क्योंकि तब तक कोई बिहारी वकील कलकत्ता हाईकोर्ट बेंच तक नहीं पहुँच पाया था। सिन्हा ने लिखा कि ''उनकी नियुक्ति से पूरे बिहार में उत्साह की लहर दौड़ गई।''[17] इस घटना की तुलना इलाहाबाद हाईकोर्ट में सैयद महमूद की नियुक्ति पर बालकृष्ण भट्ट की प्रतिक्रिया से करें तो पश्चिमोत्तर प्रांत और बिहार की परिस्थितियों में फर्क के साथ–साथ दोनों के नवजागरण का फर्क भी समझ में आ जाएगा। इतना ही नहीं, 1910 में भारत सरकार में लॉ मेंबर के पद से लॉर्ड सिन्हा के इस्तीफे के बाद खाली होनेवाली जगह को भरने के लिए लॉर्ड मिंटो ने जब डॉ. सच्चिदानंद सिन्हा से किसी योग्य व्यक्ति का नाम सुझाने के लए कहा तो डॉ. सिन्हा ने उन्हें यह राय दी कि ''इस पद के लिए सबसे योग्य व्यक्ति निस्संदेह अली इमाम होंगे।''[18] वाइसराय के कई सहयोगी इस पद के लिए बंबई हाईकोर्ट के जस्टिस डाबर का नाम सुझा रहे थे। अली इमाम इस पद पर आना चाहेंगे भी या नहीं, इसमें शक था क्योंकि वे अपनी प्राइवेट प्रैक्टिस में कहीं ज्यादा कमा रहे थे। डॉ. सच्चिदानंद ने अली इमाम से जाकर अनुरोध किया और उन्हें इस पद को स्वीकार करने के लिए हर तरह से तैयार किया। डॉ. सिन्हा के मुताबिक, जिस एक तर्क से अली इमाम सबसे ज्यादा प्रभावित हुए, वह यह था कि भारत सरकार के लॉ मेंबर की हैसियत से वे बिहार को एक अलग प्रांत बनाने की संवैधानिक व्यवस्था में महत्वपूर्ण भूमिका निभा सकेंगे। अली इमाम ने इसी वजह से यह पद स्वीकार कर लिया। इस पर बिहार में खुशी की लहर दौड़ गई। पटना पहुँचने पर अली इमाम का भव्य स्वागत हुआ। आगे चलकर अली इमाम ने बिहार को बंगाल से अलग करने की कानूनी प्रक्रिया में सचमुच महत्वपूर्ण भूमिका निभाई। बिहार आंदोलन में हिंदू–मुस्लिम भद्रवर्ग की एकता को भी सभी व्यक्तियों ने बिहार के सार्वजनिक जीवन की एक महत्वपूर्ण विशेषता के रूप में सराहा। अली इमाम इस सहयोग के अकेले उदाहरण न थे बल्कि छपरा में जन्मे, मशहूर सरकारी वकील, विद्वान, समाजसुधारक और प्राच्यविद्याविशारद खुदाबख्श खाँ (1842–1908) और उनके अलावा मज़रुल हक (1866–1930) भी थे जो लंदन से बैरिस्टरी करके, कलकत्ता और अवध की अदालतों में अपना

सिक्का जमाने के बाद, 1896 से छपरा में प्रैक्टिस करने लगे थे। मजरुल हक गाँधीजी के साथ चंपारन गए। गाँधीजी के असर से सारी शानो-शौकत और विलासिता छोड़कर वे सादगी भरा जीवन बिताने लगे जिसकी याद बिहार के लोकगीतों में अब भी मिलती है—देस के खातिर मजरुल हक भइले फकिरवा (*मैला आँचल*)। उनका घर सदाकत आश्रम बिहार में गाँधीवादी आंदोलन का केंद्र बन गया। अली इमाम के भाई सैयद हसन इमाम (1871-1933) भी बिहार आंदोलन में और फिर राष्ट्रवादी आंदोलन में उतने ही सक्रिय रहे। डॉ. सिन्हा की तरह वे भी कांग्रेस के नरमदल में थे। पटना हाईकोर्ट के जज हसन इमाम ने बिहार में सामाजिक सुधारों पर जोर दिया और खुद अपनी दोनों बेटियों को परदे से बाहर निकालकर ऊँची शिक्षा दिलाई। इसके लिए रूढ़िवादियों की हर तरह की आलोचना का उन्होंने मुकाबला किया। ताज्जुब नहीं है कि बिहार आंदोलन के दौरान उभरी हिंदू-मुस्लिम एकता वहाँ ब्रिटिश विरोधी स्वाधीनता आंदोलन में भी दिखलाई पड़ी। पश्चिमोत्तर प्रांत में, जहाँ हिंदू और मुस्लिम भद्रवर्ग शुरू से अलगाववादी रास्तों पर चले और *मुस्लिम लीग* कायम करके मुस्लिम भद्रवर्ग ने मुसलमानों के लिए अलग निर्वाचन और आबादी में अपने अनुपात से ज्यादा सीटों के विशेषाधिकार की माँग उठाई, वहीं इसके विपरीत बिहारी मुस्लिम भद्रवर्ग ने मुस्लिम लीग के अंदर उनकी अलगाववादी माँगों का विरोध किया और 'हिंदू कांग्रेस' के साथ मिलकर चलने पर जोर दिया। 1909 में ढाका में मुस्लिम लीग की स्थापना के समय से ही मजरुल हक और अली इमाम ने पश्चिमोत्तर प्रांत के भद्रवर्गीय मुसलमानों की अलगाववादी राजनीति का विरोध किया। अली इमाम ने खुलकर कहा कि यू.पी. के मुस्लिम नेता जिन अलगाववादी माँगों को उठा रहे हैं, वे माँगें भारतीय मुसलमानों के हित में नहीं हैं। अलग निर्वाचन की माँग का विरोध करने पर कलकत्ता के सैयद अमीर अली ने उनके खिलाफ पैंफलेट छपवाकर बँटवाया जिसमें उन पर मुस्लिम समुदाय के विरोधी होने का इल्जाम लगाया गया। ऐसे आरोपों से घबराए बिना अली इमाम जीवनभर अलीगढ़ की अलगाववादी राजनीति का विरोध करते रहे।[19]

बिहार में हिंदू-मुस्लिम भद्रवर्ग का आपसी सहयोग सिर्फ राजनीतिक जीवन में नहीं, सांस्कृतिक जीवन में भी दिखाई पड़ता है। पटना, छपरा जैसे शहरों में मुस्लिम भद्रवर्ग अच्छी स्थिति में था और इसीलिए प्रांत में उर्दू का भी बोलबाला था। इसके बावजूद हिंदू-मुस्लिम भद्रवर्ग के बीच सांस्कृतिक संबंधों में वैसी कटुता नहीं दिखाई देती जैसी पश्चिमोत्तर प्रांत में थी। इसका एक उदाहरण *बिहार बंधु* साप्ताहिक पत्र था। 1872 से शुरू हुआ *बिहार बंधु* जैसा लंबी उम्र (50 साल) और बड़ी ग्राहक संख्यावाला कोई पत्र पश्चिमोत्तर प्रांत में नहीं निकला। यह मुख्यत: राजनीतिक पत्र था पर साहित्य समेत समाज के सभी क्षेत्रों से संबंधित सामग्री इसमें छपती थी। इसके संस्थापक केशवराम भट्ट का परिवार मूलत: महाराष्ट्र से था जो बनारस होते हुए बिहार के बिहारशरीफ में आकर बस गया था। केशवराम भट्ट डिप्टी इंस्पेक्टर ऑफ स्कूल्स थे। साहित्यिक रचनाओं के अलावा उन्होंने हिंदुस्तान का एक इतिहास भी लिखा था जिसे कुछ लोगों ने स्कूलों में राजा शिवप्रसाद के मुस्लिमविरोधी और ब्रिटिश राज की तरफदारी करनेवाले इतिहासग्रंथ की जगह पढ़ाने का आग्रह किया

था। केशवराम भट्ट के नाटकों में हिंदू और मुस्लिम, दोनों चरित्र होते थे और उनकी भाषा हिंदी नवजागरण के लेखकों से अलग उर्दू के प्रचलित शब्दों से मिलीजुली बोलचाल की ऐसी हिंदी होती थी जिस पर बालकृष्ण भट्ट नाक-भौं सिकोड़ते थे। ऐसी ही आसान भाषा उनके पत्र *बिहार बंधु* की भी थी। केशवराम भट्ट ने एक पत्र हिंदी में निकाला, एक उर्दू में। उनके द्वारा स्थापित हिंदी-पत्र *बिहार बंधु* के पहले संपादक मुंशी हसन अली (1852-1896) हुए, जबकि उनके उर्दू साप्ताहिक *मुशीरे-बिहार* के संपादक बाबू गोविंदचरण थे। भागलपुर में जन्मे मुंशी हसन अली केशवराम भट्ट के गहरे दोस्त थे, जैसे अली इमाम डॉ. सच्चिदानंद सिन्हा के गहरे दोस्त थे। पश्चिमोत्तर प्रांत में हमें हिंदी लेखकों-सुधारकों के ऐसे गहरे मुस्लिम दोस्त दिखाई नहीं देते। आधुनिक शिक्षाप्राप्त हसन अली पटना नार्मल स्कूल के हेडमास्टर थे जहाँ केशवराम भट्ट से उनकी दोस्ती हुई। हसन अली पंजाब के मिर्जा गुलाम शेख द्वारा शुरू किए गए कादियानी संप्रदाय के धार्मिक-सामाजिक सुधार आंदोलन के संपर्क में आए और उसके प्रचारक बन गए। उर्दू में उन्होंने कई उपन्यासों और साहित्यिक रचनाओं के अलावा इस्लाम से संबंधित धार्मिक रचनाएँ भी लिखीं। इन सबके अलावा हसन अली, जो अच्छी हिंदी जानते थे, खुद भी *मोती*चूर नाम से एक मासिक पत्रिका निकालते थे। *बिहार बंधु* पर शोध करनेवाली कुमारी छवि ने हसन अली के बारे में लिखा है—"उनके महान व्यक्तित्व का सबसे बड़ा प्रमाण यही है कि उर्दू-हिंदी, हिंदू-मुसलमान विवाद के घनघोर में, उर्दू लेखक के तौर पर परिचित होने के बावजूद बिहार के पहले हिंदी-पत्र के संपादन के लिए अपनी योग्यता के आधार पर वह चुने गए।"[20]

यह समझना गलत होगा कि बिहार में हिंदू-मुस्लिम भद्रवर्ग का आपसी सहयोग किन्हीं 'हितों' की कुर्बानी देकर कायम किया गया था। हिंदी और नागरी के अधिकारों का जो आंदोलन पश्चिमोत्तर प्रांत में चला, वह बिहार में भी हुआ और पश्चिमोत्तर प्रांत के मुकाबले बिहार में इसको सफलता पहले मिली। 1871 में ही बंगाल के लेफ्टिनेंट जॉर्ज कैंपबेल ने पटना और भागलपुर कमिश्नरी में अदालती कार्रवाई में और कुछ खास दस्तावेजों में नागरीलिपि के इस्तेमाल की इजाजत दे दी थी। अगले लेफ्टिनेंट गवर्नर रिचर्ड टेंपल ने इसके अमल में आई रुकावटों को दूर करने की कोशिश की तथा पुलिस और अदालत के मुलाजिमों के लिए भी हिंदी अक्षरों का जानना जरूरी ठहराया। 1880 में ऐश्ले ईडेन ने और भी आगे बढ़ते हुए 1881 में बिहार की अदालतों और दफ्तरों से फारसीलिपि को हटाकर उसकी जगह सिर्फ कैथी या नागरीलिपि के इस्तेमाल का हुक्म जारी कर दिया। उन्होंने स्कूलों में भी कैथी लिपि में पढ़ाई को बढ़ावा दिया। बिहार में हिंदी और नागरी के आंदोलन का नेतृत्व *बिहार बंधु* पत्र ने किया और इस आंदोलन की सफलता का श्रेय भी मुख्यत: इसी पत्र को है। यह तथ्य बहुत महत्वपूर्ण है कि बिहार में हिंदी और नागरी का आंदोलन खड़ा करने के लिए हिंदुत्व की शरण लेने की जरूरत नहीं पड़ी। हिंदी-उर्दू लिपियों की उपयोगिता और अरबी-फारसी शब्दों की कठिनता पर वाद-विवाद खूब हुआ, पर मुसलमानों के खिलाफ नफरत और उर्दू के खिलाफ अनर्गल प्रलाप का सहारा नहीं लिया गया जो पश्चिमोत्तर प्रांत के हिंदी आंदोलन की चारित्रिक विशेषता थी। हालाँकि बिहार में नागरी

आंदोलन का विरोध बिहारी मुस्लिम भद्रवर्ग ने भी किया, लेकिन गौरतलब है कि मुख्य विरोध कलकत्ते के मुसलमानों की संस्था *नेशनल मोहम्मडन एसोसिएशन* ने किया जो बिहार से बाहर की एक संस्था थी।[21] ध्यान देने लायक बात यह भी है कि जहाँ पश्चिमोत्तर प्रांत में उर्दू के खिलाफ संस्कृतनिष्ठ हिंदी का आंदोलन खड़ा किया गया, वहाँ बिहार में अयोध्याप्रसाद खत्री के नेतृत्व में खड़ीबोली हिंदी के ऐसे रूप का प्रचार चला जिससे उर्दू का विरोध नहीं, उसकी नजदीकी थी। खत्रीजी के खड़ीबोली आंदोलन का विरोध बिहार में नहीं हुआ। विरोध हुआ पश्चिमोत्तर प्रांत में। बिहार में नागरी के बदले या नागरी के साथ कैथी लिपि के इस्तेमाल का विरोध भी बिहारियों ने उतना नहीं किया, जितना पश्चिमोत्तर प्रांत के हिंदी-लेखकों ने किया। सवाल है कि बिहार में हिंदी-नागरी आंदोलन को सफल होने के लिए सांप्रदायिक होने की जरूरत क्यों नहीं पड़ी ? और कारणों के अलावा इसका यह भी एक कारण रहा कि बिहार में मुस्लिम भद्रवर्ग की स्थिति हू-ब-हू पश्चिमोत्तर प्रांत जैसी नहीं थी, इसलिए हिंदू भद्रवर्ग के साथ उसके शक्ति-समीकरण को बदलने की जरूरत भी यहाँ उतनी नहीं थी। यह कारण भी ध्यान खींचता है कि प्रश्चिमोत्तर प्रांत में हिंदी-नागरी आंदोलन के गढ़—बनारस और इलाहाबाद—दोनों प्रमुख हिंदू तीर्थ थे जहाँ ब्राह्मणवाद का जबर्दस्त असर हमेशा से मौजूद रहा जबकि बिहार में पटना शहर उलटे हिंदू-मुसलमानों की मिलीजुली सभ्यता का केंद्र था, खासकर इस्लामिक अध्ययन का। देवघर और गया में हिंदू तीर्थ होने के बावजूद पूरे बिहार में, मिथिला अंचल को छोड़कर, जहाँ बड़े ब्राह्मण भूस्वामियों का बोलबाला था, ब्राह्मणवाद का वैसा वर्चस्व कभी नहीं रहा जैसा पश्चिमोत्तर प्रांत में, खासकर इसके पूरबी जिलों में था।

हिंदीजाति के रास्ते की रुकावटें

19वीं सदी में हिंदी बोलनेवाले हिंदुओं की एक जाति बनाने में सिर्फ बिहारी भद्रवर्ग ही एक रुकावट नहीं था; रुकावटें और भी थीं—1. पश्चिमोत्तर प्रांत की कुछ हिंदू जातियाँ, खासकर कायस्थ और कश्मीरी ब्राह्मण—2. गैरब्राह्मण समुदायों में प्रचलित और खास कामों में प्रयुक्त होनेवाली कैथीलिपि—3. अपने कामकाज में उर्दू भाषा और लिपि के आदी राजेमहाराजे— जमींदार और बाहर से आकर बसे शिक्षित खत्री तथा—4. कविता के इलाके में ब्रजभाषा का दावा—ये कुछ महत्वपूर्ण रुकावटें थीं जिनसे हिंदी आंदोलनकारियों को निपटना था। भाषा को धार्मिक पहचान का प्रतीक बनाकर हिंदू-मुसलमान का ध्रुवीकरण करने के रास्ते में सबसे बड़ी अड़चन कायस्थ और कश्मीरी ब्राह्मण थे जो अपने घरों में बचपन से उर्दूभाषा और फारसीलिपि सीखते थे और बाहर समाज में मुसलमानों से हिल-मिलकर रहते थे। इन्हीं को दिखा-दिखाकर उर्दू को हिंदू-मुस्लिम भद्रवर्ग की साँझी भाषा कहा जाता था। इन दोनों जातियों के लोग मुगलकाल से सरकारी नौकरियों से जुड़े हुए थे। फारसी के बाद उर्दू को राजभाषा बनाने से इन्हें कोई फर्क नहीं पड़ा। ये उर्दू के कट्टर समर्थक बन गए। भारतेंदु ने हंटर आयोग से कहा था कि थोड़े से कायस्थों को छोड़ बाकी सभी हिंदुओं की भाषा हिंदी है। हिंदू-मुस्लिम तनाव और हिंदी-उर्दू विवाद के बढ़ते जाने

से कायस्थों की आलोचना होने लगी। इस आलोचना के दबाव से कुछ कायस्थ हिंदी के पक्ष में आने लगे। जैसे बनारस के धनी-मानी कायस्थ मुंशी हनुमानप्रसाद ने, जो भारतेंदु के दोस्त और कायस्थ पाठशाला (इलाहाबाद) के अध्यक्ष थे, हंटर आयोग के सामने उर्दू के खिलाफ हिंदी का समर्थन किया। लेकिन आम तौर पर ज्यादातर कायस्थ सरकारी नौकरियों पर कब्जा बनाए रखने के लिए उर्दू के समर्थक बने रहे। हिंदी आंदोलनकारियों ने इसे हिंदूसमाज के प्रति उनकी गद्दारी बतलाया। *हिंदी प्रदीप* अगस्त 1887 में बालकृष्ण भट्ट ने कायस्थों का उग्र विरोध करते हुए लिखा—"बाल्यावस्था ही से उर्दू, फारसी के अनुशीलन से इनकी समाज की समाज महामलेच्छ हो गई।" *भारत जीवन* के संपादक ने 17 मई, 1886 के अंक में धर्म, भाषा और प्रांत, सबको आपस में गड्डमड्ड करते हुए 'लाला लोगों' (कायस्थों) के उर्दूप्रेम की निंदा की—"अंग्रेज अंग्रेजी में, मुसलमान उर्दू में, हिंदू हिंदी में और बंगाली बंगला में निमंत्रण-पत्र छपवाते हैं अर्थात् जो जिस धर्म का है, वह तत्देश और प्रांत की भाषा में अपना-अपना निमंत्रण-पत्र बाँटते हैं। परंतु हमारे लाला भाई न जाने उर्दू में क्यों छपवाया करते हैं? भला क्या कभी किसी मुसलमान ने भी हिंदी या संस्कृत में कोई ऐसा पत्र छपवाया है?" इलाहाबाद, आगरा, लखनऊ वगैरह बड़े शहरों में रहनेवाले कश्मीरी ब्राह्मणों को उनके उर्दूप्रेम के कारण बालकृष्ण भट्ट ने 'अर्ध यवन' कहकर धिक्कारा। प्रांत में कश्मीरी ब्राह्मणों की संख्या बहुत बड़ी न थी, पर वे सरकारी दफ्तरों और अदालतों में ऊँची हैसियत रखते और सार्वजनिक जीवन में प्रभावशाली भूमिका अदा करते थे। भाषा विवाद में उनके रुख की अनदेखी करना नामुमकिन था। कायस्थ तो थोड़े-बहुत हिंदी के पक्ष में आ रहे थे, पर कश्मीरी पंडित, जो कश्मीरी मुसलमानों के साथ कश्मीरियत की साँझी जातीय भावना की पृष्ठभूमि से आए थे, हिंदी आंदोलन से बिल्कुल उदासीन रहे। उनके रवैये से चिढ़कर बालकृष्ण भट्ट ने उन्हें हिंदुओं का 'सिरदर्द' बताया। 16 अगस्त, 1882 को इलाहाबाद के मेयो हॉल में प्रयाग हिंदू समाज की ओर से हंटर आयोग को हिंदी के पक्ष में एक मेमोरियल दिया गया। उस मौके पर शहर के सभी प्रतिष्ठित रईस, वकील और अमला वर्ग, भट्टजी के शब्दों में "हिंदू मात्र" उपस्थित हुए, "सिवाय कश्मीरी पंडितों के जिनका एक पुतला भी वहाँ मौजूद न था।"[22] भट्टजी ने चिढ़कर लिखा कि "इन कश्मीरियों को शेख या मौलवी न कहकर पंडित क्यों कहते हैं?" हिंदी और हिंदूधर्म के संबंध की धारणा बालकृष्ण भट्ट के दिमाग में इस तरह घर करके बैठी हुई थी कि पश्चिमोत्तर प्रांत में रहकर हिंदी का समर्थन न करनेवाले किसी भी व्यक्ति को वे हिंदू मानने को तैयार नहीं थे। दूसरे प्रांतों से आकर बसे लोगों जैसे पंजाबी खत्रियों या कश्मीरी ब्राह्मणों की सांस्कृतिक परंपराओं को वे न समझते थे, न उनका आदर करते थे। भाषा को धर्म के साथ जोड़कर देखने तथा कश्मीरी समाज और संस्कृति के प्रति अज्ञान के कारण *हिंदी प्रदीप* जून 1882 में पत्रिका के एक लेखक ह.प्र. ने कश्मीरी पंडितों की जातीयता के खिलाफ घृणा से भरकर लिखा कि ये अपने को हिंदुस्तानी कहते ही नहीं हैं, और "अपनी विलायत कश्मीर—तीन लोक से मथुरा न्यारी—अलग ही मानते हैं, मानों कश्मीर हिंदुस्तान में हई नहीं; न वहाँ हिंदूमत प्रचलित है, न संस्कृत।" इन पंक्तियों से हिंदीभाषा के ऐसे हिंदू

आंदोलनकारी की झलक मिलती है जो अपने को पूरे हिंदुस्तान का प्रतिनिधि समझता है और भारत के विभिन्न प्रदेशों में रहनेवाली जातियों की सांस्कृतिक अस्मिता का स्वरूप तय करना अपना विशेषाधिकार समझता है।

पश्चिमोत्तर प्रांत के समाज सुधार में शिक्षित कायस्थ सबसे आगे थे। पंजाब से आकर बस गए शिक्षित खत्री भी, जिनमें से कई आर्यसमाजी थे, धार्मिक सुधारों में आगे थे। पंजाब में शिक्षा का माध्यम और पश्चिमोत्तर प्रांत में सरकारी कामकाज की भाषा उर्दू होने से खत्रियों और कायस्थों, दोनों में उर्दू का चलन स्वाभाविक था। लिहाजा उनके सामाजिक-धार्मिक सुधार आंदोलन के मुखपत्रों *कायस्थ समाचार* और *खत्री हितकारी* की भाषा परंपरागत रूप से चली आ रही उर्दू थी। *हिंदी प्रदीप,* अगस्त 1887 में बालकृष्ण भट्ट ने इन दोनों समुदायों को 'हिंदूपन की बुनियाद हिंदी' का 'मूड़ काटने' वाला बताया। एक दूसरी जगह उन्होंने हिंदू समाज सुधार के साथ उर्दू का विरोध अनिवार्य मानकर इन पत्रों के बारे में लिखा कि इन्हें देखकर "हमें हँसी आती है और मन होता है कि इन विक्षिप्तों को पकड़कर बरेली भेज दें जिन्हें खब्त सवार है कि हम उन पत्रों के द्वारा अपनी नीति का संशोधन करेंगे और कौमियत की गिनती में अव्वल समझे जाएँगे।"[23] इसमें कोई शक नहीं कि इन पत्रों के द्वारा इन जातियों के बीच सुधारों के काम में बहुत मदद मिली। पंजाब में सारे महत्वपूर्ण आर्यसमाजी सुधार उर्दू के माध्यम से हुए। वहाँ हिंदीभाषा ने धार्मिक-सामाजिक सुधार में इतनी भूमिका अदा नहीं की जितनी सांप्रदायिक विरोध को बढ़ाने में अदा की। बालकृष्ण भट्ट एक कल्पित राजनीतिक लक्ष्य के लिए कायस्थों और खत्रियों के वास्तविक हितों की उपेक्षा कर रहे थे। हिंदी नवजागरण के लेखकों के सामने मुख्य सवाल धार्मिक-सामाजिक सुधारों का था ही नहीं। मुख्य सवाल एक ही हिंदूधर्म माननेवाले सभी शिक्षितों को एक राजनीतिक-सांस्कृतिक समुदाय में बदलने का था। इस एकीकरण के लिए हिंदी पवित्र प्रतीक थी।

धर्म की रक्षा करना राजा का कर्त्तव्य था। अगर हिंदी का संबंध हिंदूधर्म से था तो फिर हिंदी की रक्षा और उन्नति करना भी राजाओं का कर्त्तव्य था। लेकिन हिंदू-नरेशों को कुछ कारणों से हिंदी से विशेष प्रेम न था। प्रतापनारायण मिश्र ने बड़े उत्साह से अपनी पत्रिका अलवर-नरेश को भेजी थी कि वे इसके ग्राहक बनकर और दूसरे तरीकों से भी *ब्राह्मण* की मदद करेंगे। लेकिन अलवर-नरेश ने उनकी पत्रिका वापस भिजवा दी कि उनके यहाँ तो सिर्फ उर्दू पत्र मँगाए जाते हैं। कुछ हिंदू-नरेश अंदर से हिंदी का पक्ष लेते हुए भी उसे अपने राज्य में लागू करने की हिम्मत नहीं जुटा पाते थे कि कहीं अंग्रेज सरकार नाराज न हो जाए। हिंदुओं के सिरमौर काशीनरेश इसके उदाहरण थे। वे नागरीप्रचारिणी सभा के संरक्षक थे। सभा ने उनसे अपने राज्य में हिंदी को प्रचारित करने के लिए कई बार पत्र भेजा, लेकिन काशीनरेश ने ऐसा नहीं किया।[24] ज्यादातर हिंदू राजेमहाराजे, ताल्लुकेदार और जमींदार अपनी रियासतों और इलाकों के इंतजाम से संबंधित लिखा-पढ़ी उर्दूभाषा और फारसीलिपि में करते थे। हिंदी-नेताओं ने इनको और अपने भाग्य को कोसा क्योंकि इनकी मदद की जरूरत उन्हें हमेशा पड़ती थी। 19वीं सदी के आखिरी दशक में लखनऊ

के पं. शिवनाथ शर्मा ने अपने प्रहसन *नागरी निरादर* में समाज के उन सभी वर्गों का दिलचस्प चित्रण किया है जो अपने अज्ञान से और अपनी उदासीनता से नागरी-निरादार करते थे। इनमें उर्दू से अपनी रोटी चलानेवाले कायस्थ वकीलों, मुलाजिमों तथा संस्कृत से जीविका चलानेवाले पंडितों के अलावा मटर सिंह जैसे राजा भी थे। नागरीसभा के मेंबर नागरीप्रचार के लिए राजा मटर सिंह से आर्थिक मदद पाने के इरादे से उनकी गढ़ी में पहुँचते हैं तो पहरेदार नागरीसभा को भी इंदरसभा की तरह परियों का नाच दिखानेवाली कंपनी समझता है। जब उसे मातृभाषा यानी मादरी जबान का हवाला दिया जाता है तो वह बिगड़कर कहता है, "महतारी जवान होगी तुम्हारी और तुम्हारे खानदान की।" सभा के मेंबर राजा से दान दिलवाने के लिए उनके पंडित उदरदास शास्त्री से निवेदन करते हैं तो वह साफ मना कर देता है कि ऐसे व्यर्थ कामों में हम राजा का दान नष्ट करना नहीं चाहते। सभासद फिर भी अनुरोध करते रहते हैं तो पंडित उन्हें समझाता है, "यदि आप किसी रंडी के मारफत राजा साहब से मिलें तो ठीक रहेगा क्योंकि रंडीविभाग के खर्च की कोई मिति नहीं है।" आखिरकार जब सभा के मेंबर राजा तक पहुँचकर हिंदी के प्रचार के लिए आर्थिक मदद माँगते हैं तो राजा मासूमियत से जवाब देता है—"हम तो उर्दू में बातचीत करते हैं।" सभा के मेंबर समझाते हैं कि "हिंदुओं की भाषा तो हिंदी है।" इस पर राजा का मुसाहिब राजा को बताता है, "हुजूर! हिंदी सिर्फ दिहातियों की बोली है।" नागरी आंदोलन के दौरान हिंदी के प्रति लोगों की सहानुभूति जगाने के लिए यह प्रहसन कई सालों तक लोकप्रिय बना रहा और नागरीप्रचारिणी सभा के जलसों में खेला जाता रहा।[25] बंगाल के विपरीत, जहाँ नवजागरण के आंदोलन में बहुत से बड़े जमींदारों ने भी उत्साह से भाग लिया था, पश्चिमोत्तर प्रांत में हिंदी और नागरी के प्रति राजाओं-जमींदारों की उदासीनता से हिंदीजाति के गठन की ऐतिहासिक जिम्मेदारी द्विज जातियों से बने सिर्फ छोटे-से शहरी मध्यवर्ग तक सीमित रह गई जो आधुनिक शिक्षा और आर्थिक विकास की कमी के कारण पहले से ही छोटा वर्ग था। इस छोटे-से द्विज मध्यवर्ग में भी एक हिस्सा अंग्रेजीप्रेमियों का, दूसरा हिस्सा उर्दूप्रेमियों का था। सिर्फ हिंदीप्रेमी हिस्सा व्यापक समाज पर कोई भी असर डालने के लिहाज से कितना छोटा रहा होगा, इसकी कल्पना की जा सकती है।

हिंदीजाति के गठन की राह में दूसरी रुकावट कैथीलिपि की थी जो पश्चिमोत्तर प्रांत, अवध और बिहार में कई जगह देवनागरी की प्रतिद्वंद्वी थी। कैथी को मुड़िया या महाजनी भी कहते थे जिसका इस्तेमाल घरेलू चिट्ठी-पत्री के अलावा मुख्यत: व्यापारिक कारोबार में होता था। पटवारी के कागज भी इसी लिपि में लिखे जाते थे। कस्बों और गाँवों की पाठशालाओं में इसे सिखाया जाता था और इसके जरिए पढ़ाई भी होती थी। कुल मिलाकर यह लिपि परंपरागत समाज की आर्थिक बनावट का अभिन्न अंग थी और उस समाज में एक आवश्यक भूमिका अदा करती थी। पर ब्राह्मणों के शास्त्र इस लिपि में न थे। वे सिर्फ देवनागरी में थे जिसमें संस्कृत भाषा लिखी जाती थी। इसलिए भी द्विज जातियाँ कैथी से सरोकार कम रखती थीं। भारतेंदु ने हंटर आयोग से कैथी सिखानेवाले देसी स्कूलों को उठा देने को कहा था। इस विरोध के बावजूद, चूँकि अंग्रेज पूरे भारतीय समाज का पूँजीवादी

रूपातंरण करने में असमर्थ थे, कैथी का चलन समाज में जारी रहा। इस सिलसिले में बिहार फिर पश्चिमोत्तर से अलग राह पर गया। वहाँ 1872 में पटना, भागलपुर डिवीजनों में निचली अदालतों में कैथीलिपि के प्रयोग का आदेश दिया गया और 1881 में पूरे बिहार में उर्दू की जगह नागरी और कैथी को लागू कर दिया गया। खुद युक्तप्रांत में कैथी को लेकर अवध प्रांत की स्थिति पश्चिमोत्तर प्रांत से कुछ अलग थी। क्रिस्टोफर किंग के मुताबिक 1870 तक अवध के स्कूलों में कैथी की पढ़ाई दूसरे दर्जे तक होती थी जिसे बंद कर दिया गया। 1875 में गाँवों के स्कूलों में इसे फिर से लागू किया गया। कैथी में गणित की पढ़ाई और ऊपर के दर्जों में इसके कुछ सुधरे हुए रूप को शुरू किया गया। 1888 तक कैथी अवध में चलती रही। हिंदी (नागरी) आंदोलनकारियों के दबाव से इसे फिर हटा देना पड़ा। पश्चिमोत्तर प्रांत में कैथी गाँवों के हल्काबंदी स्कूलों में 1847 तक अनिवार्य रूप से चलती थी। नागरी आंदोलन तेज होने पर 1870 के दशक में इसे हटा लिया गया। 1900 ई. में मैकडॉनल ने राजकाज और अदालतों में जब नागरी लागू करने का हुक्म निकाला, तब राजस्व विभाग ने कैथी को भी लागू करने की सलाह दी थी जिसे हिंदी आंदोलन के नेताओं के प्रति झुकाव रखनेवाले मैकडॉनल ने अनसुना कर दिया।[26]

यह तथ्य गौरतलब है कि कैथी का विरोध बिहारियों ने उतना नहीं किया जितना पश्चिमोत्तर प्रांत के नागरी आंदोलन के नेताओं ने किया। बिहार में कैथी लागू होने पर *भारत जीवन* (5 जून, 1884) में गया के सदानंद शुक्ल टिकारी ने लिखा कि ''जैसी कठिनता पहले हम लोगों को उर्दू के कारण पहुँचती थी, अब वैसी नहीं ··· ।'' नागरी समर्थक नेता कैथी को देवनागरी लिपि का ही एक बिगड़ा हुआ रूप मानते थे, पर उसके प्रयोग का विरोध करते थे। ज्यादातर लोग मानते थे कि जो शुद्धता और स्पष्टता नागरी अक्षरों में है, वह कैथी में कभी नहीं हो सकती। नागरी के जरिए हिंदीभाषी हिंदुओं को जोड़नेवाले आंदोलनकारियों के दृष्टिकोण को व्यक्त किया डॉ. राजेंद्रलाल मित्र ने। हंटर आयोग के सामने अपनी गवाही में उन्होंने कैथी का विरोध करते हुए कहा कि नागरीलिपि के जरिए बिहार और यू.पी. के लोग एक जाति, एक धर्म और एक रिश्ते में बँधते हैं जबकि कैथी उन्हें अलग करती है।[27] कैथी के विरोध में बालकृष्ण भट्ट ने ज्यादा व्यवस्थित ढंग से तर्क दिए। 1883 में जब कुछ हुक्कामों ने पश्चिमोत्तर और अवध के प्रांतों में नागरी की जगह कैथी को लागू करने का सुझाव इस तर्क से दिया कि इसे भी लोग जानते हैं और यह आसान है, तब बालकृष्ण भट्ट ने *हिंदी प्रदीप,* जुलाई 1883 में कैथी के विरोध में पाँच तर्क दिए—1. उर्दू के समान देवनागरी भी अमलों की घसीटी लिखावटी में बिगड़ते-बिगड़ते अंत में आप ही कैथी हो जाएगी। तब पहले कैथी के लिए ताकीद रखने की जरूरत क्यों है ? 2. कैथी न किसी तरह आसान है, न अधिक लोग इसे जानते हैं। 3. कैथी जाननेवाले देवनागरी सहज ही पढ़ लेते हैं पर देवनागरी के अभ्यस्त कैथी आसानी से नहीं पढ़ सकेंगे। 4. दिहात के चंद पटवारियों के सिवा कैथी कौन जानता है। 5. हिंदी प्रचलित रहने से हिंदी सब जान चुके हैं। कैथी में अब तक किसी को पढ़ने-लिखने का अभ्यास नहीं। भट्टजी ने यह डर भी जाहिर किया कि ''उर्दू अखबारवाले मियाँ भाई हमारे स्वच्छ और सुस्पष्ट देवनागरी अक्षरों पर यों ही भाँति-

भाँति का ताना मार रहे हैं, कैथी जारी होने से उनकी और भी चढ़ जावेगी।'' बालकृष्ण भट्ट देवनागरी की जगह फारसीलिपि को सहने के लिए तैयार थे, पर कैथी को नहीं। ''हमारी यही राय है कि अदालतों में अक्षरों का परिवर्तन होना हो तो देवनागरी अक्षर हों, नहीं तो उर्दू ही रहे। खाना गेहूँ, नहीं रहना एँहूँ।'' इसके बावजूद बिहार में कैथी का चलन पहले विश्वयुद्ध तक जारी रहा। नागरीप्रचारिणी सभा इसका विरोध लगातार करती रही, हालाँकि वह खुद पश्चिमोत्तर प्रांत की अदालतों में चलनेवाली कैथी की जगह नागरीलिपि चलाने में असमर्थ रही। वजह यह थी कि पूरबी जिलों में कचहरियों के मुलाजिम कैथी के प्रयोग से परिचित थे, नागरी के प्रयोग से नहीं। नागरीप्रचारिणी सभा के अलावा 1910 में बने प्रयाग हिंदी साहित्य सम्मेलन ने, जो हिंदी आंदोलन का ज्यादा उग्र राजनीतिक संगठन था, बिहार में कैथी के चलन का कड़ा विरोध किया। 1914 में *सम्मेलन पत्रिका* अंक-2 में नंदकुमार देव शर्मा ने कैथी अक्षरों को नागरीलिपि का बदला हुआ रूप मानकर भी बिहार में उसके प्रचलन को नागरी की बड़ी हानि बतलाया, ''कैथी नागरी के शार्टहैंड के संकेत हैं, परंतु इस पर भी वहाँ की अदालतों में कैथी के प्रचार होने से नागरी की जो हानि हो रही है, उसको कौन नहीं जानता? कई वर्ष हुए, जब इस लेख के लेखक ने··· अदालतों में कैथी के स्थान पर नागरी के प्रचार करने का आंदोलन किया था, *तब बिहारी भाई इस आंदोलन के विरोधी थे।* परंतु अब हमारे बिहारी भाई, अदालतों में नागरी के स्थान पर कैथी अक्षरों के प्रचलित होने से जो कठिनाइयां उपस्थित हो रही हैं, उनको अनुभव करने लगे हैं।''

जो बिहारी भाई कैथी की जगह नागरी लागू करने के आंदोलन के विरोधी थे, वे 35 सालों तक अदालतों में इसका प्रयोग करते रहने के बाद इसमें कठिनाई क्यों अनुभव करने लगे, इसका ठीक-ठीक पता नहीं लगता। एक अध्येता के मुताबिक बिहार के स्कूलों में और विषयों की पढ़ाई भी कैथी में होने से बनारस-इलाहाबाद के उन प्रकाशकों को कठिनाई होने लगी जो स्कूलों के लिए हिंदी पाठ्यपुस्तकें छापते थे। बिहार में स्कूली किताबें छपवाने के लिए वहाँ खुद सरकार ने कैथी के टाइप ढलवाए थे। इससे पश्चिमोत्तर प्रांत के प्रकाशकों की नागरीलिपिवाली स्कूली किताबों का बाजार काफी सीमित रह गया था। नागरी आंदोलन के नेताओं से इन प्रकाशकों के घनिष्ठ संबंध थे।[28] लेकिन इस छोटे से व्यवसायी वर्ग के हितों के अलावा बिहार में कैथी का चलन उठ जाने के कुछ और भी ज्यादा प्रबल कारण रहे होंगे।

हिंदीजाति के गठन की राह में एक रुकावट कविता की भाषा के लिए ब्रजी और खड़ीबोली के बीच होड़ भी थी। सिर्फ साहित्यिक दृष्टि से नहीं, बल्कि राजनीतिक दृष्टि से भी हिंदीभाषियों को एक समुदाय में संगठित करने के लिए उनके गद्य और पद्य की भाषा का एक होना जरूरी था। कुछ लोग इसके लिए खड़ीबोली का समर्थन करते थे जबकि कुछ लोग ब्रजभाषा का। काव्यभाषा के नाम पर होनेवाला यह विवाद इतना सरल न था जितना ऊपर से दिखता था। असल में इस विवाद में मुसलमान समाया हुआ था। राम और कृष्ण के भक्त हिंदुओं में अवधी और ब्रजी में कविता लिखने की परंपरा थी जबकि कविता के लिए खड़ीबोली का साहित्यिक प्रयोग मुसलमान कर रहे थे। मुसलमानों के हाथों छू दी गई इस

बोली को—जिसके आसान से आसान रूप में भी अरबी-फारसी के प्रचलित शब्द घुसे हुए थे—हिंदू अपनी कविता के लिए कैसे इस्तेमाल करते? 15-20 सालों तक इस सवाल ने नागरी आंदोलनकारियों के अंदर काफी विवाद मचाए रखा और उन्हें पूरी तरह से एक न होने दिया।

पाँचवीं रुकावट यह थी कि हिंदी सिर्फ शहरों के शिक्षित लोगों की भाषा थी। शहरों से बाहर ब्रजी, अवधी, भोजपुरी और मैथिली जैसी लोकभाषाएँ चलती थीं जिन्हें किनारे कर आधुनिक हिंदी को उन करोड़ों लोगों की जातीय भाषा बनाना था जो अपने गाँव-घरों में लोकभाषाएँ बोलते थे। इन लोकभाषाओं का कोई भी दावेदार सामने नहीं आया। नई हिंदी को जातीय भाषा बनाने की माँग करनेवाले नेता इन लोकभाषाओं को बोलनेवालों में से ही आते रहे। रामचंद्र शुक्ल ने इन लोकभाषाओं के पुराने साहित्य को आधुनिक हिंदी के साहित्य में समेटकर इन लोकभाषाओं को हिंदी की बोलियाँ मानने की जिस मिथ्या धारणा को जन्म दिया, वह हिंदी विद्यार्थियों के सामान्य बोध का अंग बन गई है। लेकिन इतने बरस बीत जाने के बाद, आज भी कोई इसकी गारंटी नहीं दे सकता कि ये लोकभाषाएँ कभी सिर नहीं उठाएँगी और अपनी मौत आप मर जाएँगी। आजादी के बाद हिंदी के काफी फैलने के बावजूद इन लोकभाषाओं को लेकर हुए कई क्षेत्रीय आंदोलनों ने इस गारंटी को और भी मुश्किल बना दिया है।

संक्षेप में ही सही, यह देखना दिलचस्प होगा कि हिंदीजाति के गठन की राह में आई इन अंदरूनी रुकावटों को हिंदी नवजागरण के भद्रवर्गीय नेताओं ने कैसे दूर किया। कुछ मुद्दों पर उन्हें सफलता मिली तो कुछेक पर वे असफल भी रहे। समस्याओं का जो हल उन्होंने निकाला, उसमें अंतर्विरोधों के अलावा मनोगत धारणाएँ भी शामिल रहीं जिनसे पैदा हुई मिथ्या धारणाएँ आज तक जारी हैं। हिंदी और नागरी के प्रति कश्मीरी पंडितों की उदासीनता को वे दूर नहीं कर पाए। कायस्थों की संख्या बड़ी थी और वे शिक्षित भी थे, लिहाजा उन्हें अपने साथ लाना जरूरी था। इसके लिए उन पर दबाव डाला गया और समझाया-बुझाया गया। बालकृष्ण भट्ट की पत्रिका में अक्सर लिखनेवाले महावीरप्रसाद इस काम में अगुआ बने। महावीरप्रसाद खुद कायस्थ थे और कई सालों तक छोटानागपुर में डिप्टी इंस्पेक्टर ऑफ स्कूल्स की नौकरी पर रहे। *हिंदी प्रदीप* के अलावा और कई पत्रिकाओं में उन्होंने कायस्थों को हिंदी और नागरी के पक्ष में लाने के लिए लिखा। हिंदीभाषी समुदाय बनाने की राजनीति में वे संख्याबल के महत्व को समझते थे। 20 अक्टूबर, 1884 के *भारत जीवन* में उन्होंने *कायस्थों से निवेदन* शीर्षक से टिप्पणी लिखी। इसमें कायस्थों को हिंदू होने के नाते हिंदी के पक्ष में आने के लिए कहा गया। ''यह प्राय: देखने में आता है कि हिंदी को सभी हिंदू मात्र अनुमोदन करते हैं पर कतिपय कायस्थ भ्राता उससे रूठे हैं। यह क्यों? जब हिंदी हिंदुओं की, हिंदुस्तानियों की, हिंदुस्तानवासियों की भाषा है, तब कायस्थ क्यों विरक्त होते हैं?⋯ यह जाति हिंदुओं में प्रधान, सभ्य, विद्यवान गिनी जाती है। इसके निकल जाने से अलव: हिंदुओं का पल्ला हल्का पड़ जाता है⋯ तो क्या ये हिंदू नहीं हैं?⋯ ये हिंदू आर्य संतान हैं।'' सरकारी नौकरी हासिल करने का स्वार्थ ही

कायस्थों के उर्दूप्रेम का मूल है, यह स्वीकार करते हुए एक साथ कई तरीकों से कायस्थों को समझाने की कोशिश की गई। नौकरी की तरफ से उन्हें निश्चिंत करते हुए कहा गया कि हिंदी लागू हो जाने से (और यह दिन जल्द आएगा) उन्हें उर्दू सीखने की जरूरत नहीं रहेगी। प्रेम से पुचकारा भी गया कि हिंदी को वे उर्दू से भी आसानी से सीख लेंगे। अंत में साफ लफ़्ज़ों में यह चेतावनी भी दे दी गई कि आनेवाले दिनों में बिना हिंदी के गुज़र नहीं होगी : "देखिए न, बिहार और छोटानागपुर की कचहरियों में कायस्थों की कैसी दशा है कि लोग तो हिंदी जारी होने से अपने भी दर्खास्त दे देते हैं, रसीद अपने ही पढ़ लेते हैं। कभी-कभी दर्खास्त में हम लोगों की भूल पकड़ते हैं कि मैंने तो ऐसे लिखने को कहा था··· । जो थोड़ी-सी कानूनी मारपेंच रह गई है, वह भी थोड़े दिनों में जाती रहेगी। तब हम लोगों का गुजारा कहाँ ?" दूसरी तरफ *हिंदी प्रदीप*, जून, 1882 में इलाहाबाद के धनाढ्य कायस्थ हरदेव प्रसाद ने हिंदी के पक्ष में लाने के लिए कायस्थों को डाँटा-फटकारा—"उनसे यह पूछना चाहिए कि तुम अपने घर में कौन-सी बोली बोलते हो ? और जब दस अनपढ़ भाइयों में बैठते हो, वहाँ कितनी फारसी-तुर्की छौंकते हो ?"

आंदोलन के दौरान नागरी ने कैथी को इस तरह से बेदखल किया कि अब उस इतिहास को कोई याद भी नहीं करता। इसकी मुख्य वजह शायद यह है कि समाज में कैथी के इस्तेमाल का क्षेत्र सीमित था। शिक्षा और ज्ञान-विज्ञान पर परंपरा से ब्राह्मणों और उन्हीं के शिष्यों का एकाधिकार रहने से कैथीलिपि में किताबें लिखी-पढ़ी नहीं जाती थीं। कैथी में कभी किसी ने अखबार नहीं निकाला। इसलिए बिहार में भी—जहाँ कैथी को सरकारी मान्यता मिली हुई थी—जब मेडिकल साइंस की किताबों को सरकार ने उर्दू से तर्जुमा करके कैथी में छापने का इरादा किया ताकि बाँकीपुर मेडिकल स्कूल में उन्हें कोर्स में लगाया जा सके, तो *बिहार बंधु*, 5 अप्रैल, 1885 में इससे असहमति प्रकट करते हुए लिखा गया कि डॉक्टरी की किताबें कैथी में छपवाने की राय पोख्ता करने से पहले इस पर अच्छी तरह से सोच-विचार कर लिया जाए, क्योंकि "··· कैथी सैकड़ों बरसों से जारी है पर कैथी सिर्फ खत-खुतूत और हिसाब-किताब के लिखने में व्यवहार करते हैं। किताबें और पुस्तकें बराबर नागरी ही में लिखने-पढ़ने का रिवाज फैला है।"[29]

कविता के लिए ब्रजभाषा बनाम खड़ीबोली विवाद में दो खास मुद्दे थे—एक कविता की लय और मिठास का मुद्दा, दूसरा राजनीतिक डर। लय और मिठास का मुद्दा तो बाद में जाकर हल हुआ, हिंदी आंदोलनकारियों ने पहले उस राजनीतिक डर को दूर किया जिसके कारण खड़ीबोली हिंदी को वे काव्यभाषा बनाना नहीं चाहते थे—यानी उर्दू से उसकी निकटता। इसे दूर करने के लिए खड़ीबोली हिंदी को उर्दू शब्दों से शुद्ध करके सुसंस्कृत बनाने की प्रवृत्ति उभरी और उसी के साथ उसमें लावनी (तब खड़ीबोली हिंदी सिर्फ लावनियाँ लिखने लायक भाषा समझी जाती थी) वगैरह लिखने के बजाय संस्कृत के वर्णिक छंदों (जो हिंदी की प्रकृति से बेमेल थे) का प्रयोग शुरू हुआ और इसके बाद मात्रिक छंदों का भी। यह काम महावीरप्रसाद द्विवेदी के नेतृत्व में पूरा हुआ। हिंदीजाति और उसका एक बड़ा हिंदीभाषी क्षेत्र बनाने के लिए और साथ ही उर्दू-फारसी के मुकाबले हिंदी

की प्राचीनता को भी साबित करने के लिए व्याकरणिक रूप से भिन्न ब्रजी, अवधी, मैथिली, भोजपुरी वगैरह भाषाओं के पुराने साहित्य को खड़ीबोली हिंदी के साहित्यिक इतिहास में समेट लिया गया हालाँकि इनके इधर के और समकालीन साहित्य से कोई नाता नहीं रखा गया।

भद्रवर्गीय नेतृत्व में हुए हिंदी आंदोलन के दौरान अंदरूनी रुकावटों को हल करने की इस सारी ऐतिहासिक प्रक्रिया को क्रिस्टोफर किंग ने लोकधर्म, लोकसाहित्य, लोकभाषाओं और लोकलिपियों का तिरस्कार करनेवाली बताया। उसके इस विचार में दम है, हालाँकि यह पूरी तरह से सच नहीं, जैसे कैथी के प्रसंग में। 19वीं सदी में हिंदुत्व, संस्कृतनिष्ठ हिंदी और नागरी के जरिए जिस एक राजनीतिक समुदाय के गठन की कोशिश की गई, उसी को आज कुछ मार्क्सवादी आलोचक धर्मनिरपेक्ष शब्दावली में पेश कर रहे हैं। वे बताते हैं कि सामाजिक विकास के क्रम में अवधी, ब्रजी, मैथिली वगैरह 'लघु जातियों' की भाषाएँ थीं जिनका वजूद अब 'हिंदी महाजाति' (हिंदी नेशनलिटी)के बनने-उभरने में गुम हो गया है या हो रहा है और हो जाएगा। इसे इतिहास के अटल नियमों की तरह बताया जाता है मानो यह ब्रह्मा का विधान हो। इस प्रश्न पर मिथ्या चेतना और मनोगत धारणाओं ने कुछ हिंदी-लेखकों में कैसा उन्माद पैदा कर दिया है, इसका अंदाजा आक्रामक तेवर के साथ लिखी गई इस टिप्पणी से लगता है जिसमें 'हिंदीजाति' को एक लक्ष्य या संभावना के बजाय एक सिद्ध हो चुकी वास्तविकता मानकर यह अंधराष्ट्रवादी प्रलाप किया गया है कि "हिंदीजाति इतनी विशाल जाति है कि यदि वह अकेली भी कमर कस ले तो न तो देश में अंग्रेजी रह सकेगी, न यह संविधान रह सकेगा, न यह चुनाव प्रणाली रह सकेगी।"[30] इन सारी कसरतों के बावजूद, आज 20वीं सदी के अंत में भी हिंदीजाति जैसी कोई जाति नहीं बन पाई है। वह क्यों नहीं बन पाई ? भारत के दूसरे प्रांतों से हिंदी-उर्दू प्रदेश की ऐतिहासिक स्थिति में यह भिन्नता क्यों दिखाई देती है ? हिंदीजाति के सिद्धांतकार इन वास्तविक प्रश्नों से कम जूझते हैं, हिंदीजाति के अपने कल्पनालोक में ज्यादा रमते हैं। हिंदी-उर्दू प्रदेश में एक जाति का बनना असंभव बात है, ऐसा नहीं कहा जा सकता। लेकिन इसके न बन सकने के कारणों और अब भी इसके सामने खड़ी समस्याओं पर गंभीरता से सोच-विचार करने के बजाय इसे सिद्ध तथ्य मानकर, इसके बारे में बड़े-बड़े दावे करके सिर्फ अपनी भाषाई और प्रादेशिक हीन भावना की भरपाई की जाती है।

चार्ल्स हिमसेथ ने लिखा है कि 19वीं सदी के हिंदुस्तान में एक नहीं बल्कि कई किस्म की राष्ट्रीयताएँ उभर रही थीं —कुछ जातिगत आधार पर, कुछ प्रांतीय आधार पर, कुछ धर्म के आधार पर तो कुछ अखिल भारतीय राजनीतिक आधार पर। यह अंतिम आधार कांग्रेस ने अपनाया था। इस दृष्टि से देखें तो साफ दिखाई देता है कि पश्चिमोत्तर प्रांत में हिंदी नवजागरण के नेता हिंदी को प्रतीक बनाकर हिंदूधर्म के आधार पर जाति (राष्ट्रीयता) के गठन की कोशिश कर रहे थे। वे इसमें सफल नहीं हुए। दूसरे राजनीतिक-सामाजिक कारणों के अलावा वे इसलिए भी सफल नहीं हुए क्योंकि आधुनिक हिंदी सिर्फ शहर के शिक्षितों को एकजुट करने में समर्थ थी; वह पूरे हिंदू समुदाय को, देहातों में विभिन्न लोकभाषाएँ बोलनेवाले लाखों लोगों को, एकजुट करने में सक्षम प्रतीक नहीं था। इसके

अलावा हर जाति के रहने के लिए अपना एक अलग स्वायत्त क्षेत्र होना चाहिए। पश्चिमोत्तर प्रांत में सिर्फ हिंदू नहीं थे, उनके साथ मुसलमान भी रहते थे। 19वीं सदी के अंत में इन दोनों धार्मिक समुदायों के भद्रवर्गीय नेता अपने साँझे भविष्य के बजाय अलगाव के रास्ते पर जोर दे रहे थे। वे धर्म के आधार पर भाषा और लिपि को प्रतीक बनाकर, दो अलग-अलग जातियों की धारणा विकसित कर रहे थे।

हिंदी के मार्क्सवादी आलोचकों ने भद्रवर्गीय हिंदी नवजागरण की विरासत को बिना किसी आलोचनात्मक जाँच-पड़ताल के अपना लिया। 19वीं सदी के हिंदी नवजागरण में जातीयता की जिस किस्म की अवधारणा उभर रही थी, मार्क्सवाद में जातीयता की वही अवधारणा नहीं है। मार्क्सवादी अवधारणा में जातियाँ सिर्फ धर्म के आधार पर नहीं बनतीं और न वह उनके साथ भाषा और लिपि के प्रतीक जोड़ देने से बन जाती हैं। मार्क्सवादी हिंदी आलोचक अपने इस अंतर्विरोध से बेखबर रहे कि एक ओर वे जातीयता के धर्मनिरपेक्ष आधारों को मान्यता देते हुए पश्चिमोत्तर प्रांत (या मौजूदा हिंदी-उर्दूभाषी क्षेत्र) में हिंदू-मुसलमान दोनों को एक ही *हिंदीजाति* के अंदर मानते हैं, दूसरी ओर उस विरासत को बिना किसी आलोचना के स्वीकार कर लेते हैं जो मुस्लिम-विरोध पर टिकी सिर्फ हिंदुओं की हिंदीजाति का आदर्श पेश करती थी। एक जातीयता के विकास के लिए आवश्यक धर्मनिरपेक्ष आधार यहाँ वस्तुगत रूप से कितना कमजोर रहा है, इसे आज भी जारी हिंदी-उर्दू विवाद की कटुता से समझा जा सकता है। इस सिलसिले में माइकेल लो ने बहुत महत्वपूर्ण बात कही है। बोल्शेविक क्रांति (1917) के बाद हुए विभिन्न जातीय आंदोलनों के अनुभवों से नतीजा निकालते हुए उन्होंने लिखा है कि जाति महज कुछ अमूर्त और बाहरी मापदंडों (क्राइटेरिया) का कुल जोड़ नहीं है बल्कि उसके गठन में आत्मगत या विषयीगत कारक (सब्जेक्टिव एलेमेंट) यानी "जातीय पहचान की चेतना, एक राजनीतिक राष्ट्रीय आंदोलन" भी कम महत्व नहीं रखता। इस आत्मगत तत्व पर जोर देते हुए लो ने लिखा कि कोई समुदाय जाति है या नहीं, इसे वस्तुगत नियमों के जाननेवाले सिद्धांतकार तय नहीं कर सकते बल्कि खुद वह समुदाय ही तय करता है।[31] जाहिर है कि अगर लोगों के अंदर एक जाति के रूप में रहने की राजनीतिक इच्छा न हो, तो इतिहास के बहुत सारे नियमों और वस्तुगत आधारों के रहते हुए भी वे एक जाति के रूप में ढल नहीं पाएँगे। अलग-अलग धर्मों को माननेवाले भी एक साथ रह सकते हैं, पर एक ही भाषा बोलते हुए और एक ही प्रदेश में रहते हुए भी अगर राजनीतिक रूप से एक समुदाय होने की चेतना नहीं है, एकजुटता के लिए साँझे प्रतीक नहीं हैं और अपने साँझे भविष्य में विश्वास नहीं है, तो उनकी एक जाति नहीं बन सकती।

नागरी आंदोलन

19वीं सदी में अलगाववादी माँगें मुस्लिम भद्रवर्ग के विशेषाधिकारों और ऊँची राजनीतिक हैसियत को बरकरार रखने के लिए उठाई जा रही थी। अरबी-फारसीनिष्ठ उर्दू को राजभाषा के रूप में बरकरार रखना उसी विशेषाधिकार का अंग था। इसके उलट हिंदीभाषी हिंदू

भद्रवर्ग अपने साथ होनेवाले अन्याय को दूर करने की माँग कर रहा था। नागरीलिपि में लिखी जानेवाली हिंदी को अदालतों और दफ्तरों में लागू करने की माँग एक जनतांत्रिक माँग थी। पॉल ब्रास ने सही नोट किया कि जब सैयद अहमद और दूसरे उर्दूभाषी भद्रवर्गीय नेता उर्दू के मुकाबले हिंदी को *गँवारू भाषा* कहते थे तो एक तरह वे इसी बात पर मुहर लगाते थे कि नफीस उर्दू विशेषाधिकारप्राप्त शरीफों (भद्रवर्ग) की भाषा है। पर मामला थोड़ा जटिल था। हिंदी की माँग उठानेवाले भी भद्रवर्ग के लोग थे और वे आम बोलचाल की हिंदी के स्वरूप को अपनी वर्गीय और जातिगत संस्कृति के अनुरूप ढाल रहे थे। उन्हें अंग्रेजी के बढ़ते कब्जे से वैसा विरोध नहीं था जैसा उर्दू के कब्जे से था। कुछ देशी-विदेशी विद्वानों ने हिंदी को हिंदू-मुस्लिम भद्रवर्गीय संघर्ष में सिर्फ एक प्रतीक के रूप में इस्तेमाल हुई चीज माना है। यह काफी हद तक सच होते हुए भी पूरा सच नहीं है। इसे भुलाना नहीं चाहिए कि प्रतीक बनने के लिए भी कुछ योग्यताओं का होना जरूरी होता है। अगर हिंदी को लागू करने की माँग एक जनतांत्रिक माँग न होती तो उसे प्रतीक बनाना भी मुश्किल होता। 19वीं सदी के हिंदीभाषी भद्रवर्ग के दिल में यह बात जमकर बैठी हुई थी कि मुसलमानों की तुलना में उनके साथ अन्याय किया जा रहा है। इनमें भाषाई अन्याय महत्वपूर्ण था। राजभाषा उर्दू होने के कारण हिंदू-घरों के बच्चे सिर्फ निचले दर्जों में ही हिंदी पढ़ते थे। आगे चलकर वे हिंदी को छोड़कर सारा जोर उर्दू सीखने पर लगाते थे ताकि उन्हें सरकारी नौकरी मिल सके। इससे ऊँची कक्षाओं में एक ओर हिंदी पढ़नेवालों की संख्या घटती जाती थी, दूसरी ओर ऊँची कक्षाओं के लिए हिंदी-किताबों की जरूरत नहीं होने से हिंदी का विकास नहीं हो पाता था। सिर्फ हिंदी माध्यम से शिक्षित होनेवालों को राजस्व या न्याय विभाग जैसे ऊँची तनख़्वाहवाले महकमों में नौकरी नहीं मिलती थी क्योंकि वहाँ उर्दू का या फिर अंग्रेजी का बोलबाला होता था। लाचार उन्हें शिक्षा विभाग में जाना पड़ता। शिक्षा विभाग में भी हिंदी के साथ कई तरह के अन्याय होते थे। स्कूल-कॉलेजों में फारसी-उर्दू के शिक्षकों की संख्या ज्यादा होती थी, संस्कृत और हिंदी-शिक्षकों की कम। तनख्वाह भी मौलवियों को ज्यादा मिलती, पंडितों को कम। 1878 में बालकृष्ण भट्ट ने एक चार्ट बनाकर इस भेदभाव को दर्शाया। चार्ट के मुताबिक इलाहाबाद के म्योर कालेज में मौलवी (फारसी-उर्दू के शिक्षक) को तीन सौ रुपए महीना मिलता था जबकि उसी कालेज के पंडित (संस्कृत-हिंदी के शिक्षक) को दो सौ रुपए। बनारस कालेज में मौलवी को महीने में 80 रु., पंडित को 60 रु., आगरा कालेज में मौलवी को 80 रु. और पंडित को 50 रु. तनख्वाह मिलती थी। ऐसा ही भेदभाव नीचे के स्कूलों में भी था।[32] उर्दू-हिंदी के विद्यार्थियों के बीच भी भेदभाव किया जाता था। *हिंदी प्रदीप,* अप्रैल, 1882 के मुताबिक एक ही लेखक की बनाई भूगोल की किताब उर्दू के विद्यार्थियों को तीन आने में बेची जाती थी और हिंदी के विद्यार्थियों को पाँच आने में, मानो "उन लोगों पर हिंदी पढ़ने के कारण दो आना जुर्माना होता है।" यही हालत अवध प्रांत में भी थी। किशोर लड़कों के मासूम दिलों पर ऐसे भेदभाव का कैसा असर पड़ता था और हिंदी-विद्यार्थियों के मन में कैसी हीनता की भावना पनपती थी—इसकी परवाह सरकार को नहीं थी। अगस्त, 1884 में

बनारस कालेज के छात्रों ने एक पत्र अपने प्रिंसिपल के जरिए शिक्षाविभाग के निदेशक को लिखा कि शिक्षाविभाग जैसे उर्दू और अंग्रेजी सुलेख (लिखावट) की प्रतियोगिता कराके विद्यार्थियों को इनाम देता है, उसी तरह हिंदी लिखावट की भी प्रतियोगिता होनी चाहिए ताकि हिंदी के छात्रों को भी इनाम मिल सके। अपने निवेदनपत्र में विद्यार्थियों ने लिखा कि कालेज में हिंदू विद्यार्थियों की संख्या मुसलमान लड़कों से कहीं ज्यादा है और हिंदी हमारी मातृभाषा है, इसलिए उसमें हमारी बहुत रुचि है। उन्होंने यह भी कहा कि हमारी भाषा किसी दूसरी भाषा से हीन नहीं है क्योंकि इसकी माता संस्कृत है जिसकी तारीफ यूरोपियन और अमरीकियों ने भी की है। कालेज के प्रिंसिपल डॉ. थिबॉण्ट थे और शिक्षाविभाग के निदेशक मिस्टर ग्रिफ़िथ। दोनों संस्कृत के विद्वान। लेकिन सरकारी नीति के तहत छात्रों का निवेदन नामंजूर कर दिया गया। कहा गया कि उर्दू और अंग्रेजी में चूँकि सरकारी कामकाज होता है, लिहाजा इसकी लिखावट के नमूनों पर इनाम लड़कों को सरकारी नौकरियों के लायक बनाने के वास्ते दिया जाता है। हिंदी पर इसे लागू नहीं किया जा सकता। जाहिर है, सरकार ने लड़कों के मन में भेदभाव के खिलाफ उठी भावना को समझने की कोशिश नहीं की। 15 सितंबर, 1884 के *भारत जीवन* में संपादक ने इस सारे मामले को सामने रखते हुए सरकारी नीति की आलोचना की। "यदि उर्दू में नमूना लिया जाता है तो निस्संदेह लिया जाए, परंतु हिंदी में भी क्यों न होय? ··· डायरेक्टर साहब का कहना तब ठीक समझा जाता यदि लड़केलोग उर्दू को उठाकर हिंदी के अक्षरों का नमूना चाहते, सो तो बात ही नहीं।" इस घटना ने हिंदीभाषी भद्रवर्ग को बेचैन किया, पर भेदभाव जारी रहा। बारह साल बाद 1896 में बदली हुई परिस्थितियों में काशी नागरीप्रचारिणी सभा ने इस भेदभाव को हिंदीभाषियों के बूते खत्म करने की कोशिश की। सभा ने हिंदी छात्रों की लिखावट के नमूनों पर खुद अपनी ओर से 10 रु., 8 रु. और 5 रु. इनाम देना तय किया और ऐसी प्रतियोगिताएँ आयोजित कराने के लिए शिक्षाविभाग से अनुरोध किया। हिंदू भद्रवर्ग से सहानुभूति रखनेवाले, प्रांत के नए लेफ्टीनेंट गवर्नर, मैकडॉनल के मातहत शिक्षाविभाग ने इसे मंजूर कर लिया और 1898 में उर्दू और अंग्रेजी के साथ पहली बार हिंदी सुलेख के नमूनों पर भी इनाम दिया गया।[33]

हिंदीभाषियों के साथ अन्याय का एक जबर्दस्त उदाहरण मार्च, 1883 के सरकारी गजट में छपा आदेश था। इसके मुताबिक कोई भी आदमी दस रुपए की और इससे ऊपर की जगह अंग्रेजी दफ़्तर में तब तक नहीं पा सकता जब तक कि उसने मिडल क्लास की परीक्षा में उर्दू या फासरी की परीक्षा भी पास न की हो। सिर्फ हिंदी की परीक्षा पास करनेवालों को, चाहे उन्होंने साथ में अंग्रेजी की परीक्षा भी क्यों न पास की हो, केवल उसी दफ़्तर में जगह मिलेगी जहाँ हिंदी दरकार हो। हिंदीभाषी भद्रवर्ग ने इस हुक्म के खिलाफ तीखी प्रतिक्रिया की। यह उनके साथ सरासर अन्याय था कि जिन दफ़्तरों में सिर्फ अंग्रेजी में काम होता था, वहाँ भी नौकरी पाने के लिए अब उन्हें उर्दू या फारसी की परीक्षा पास करनी होगी। इसमें कोई तुक न था। यह हिंदीभाषियों को उर्दू-फारसी पढ़ने के लिए खामख्वाह मजबूर करना था और अंग्रेजी दफ़्तरोंवाली नौकरियाँ भी उर्दूभाषियों के लिए सुरक्षित करना था। सभी हिंदी-संपादकों ने इस अन्याय और भेदभावपूर्ण सरकारी आदेश

पर क्षोभ प्रकट किया। *हिंदी प्रदीप* (अक्टूबर, 1883) में बालकृष्ण भट्ट ने याद दिलाया कि "पश्चिमोत्तर देश और अवध में ऐसे दफ़्तर बहुत कम हैं और नहीं के समान हैं जिनमें हिंदी में काम होता हो और उर्दू के दफ़्तर तो सब जगह बहुत-से हैं।" सरकारी नौकरी चाहनेवाले हिंदीभाषियों के लिए इसका नतीजा साफ था जिस पर किसी टिप्पणी की जरूरत नहीं। इसके कुछ ही सालों के बाद 1889 में इलाहाबाद विश्वविद्यालय से एक विषय के रूप में हिंदी की पढ़ाई खत्म कर दी गई। कहने के लिए उसके साथ उर्दू को भी हटा दिया गया, लेकिन बालकृष्ण भट्ट ने बताया कि इससे उर्दू का कुछ नहीं बिगड़ेगा, पर हिंदी मारी जाएगी। उर्दू विषय खत्म कर देने से फारसी पढ़नेवालों की संख्या बढ़ जाएगी क्योंकि सरकारी दफ्तरों की राजभाषा उर्दू जानने में वह हर तरह से पूरी सहायक है, लेकिन हिंदी को हटाने से संस्कृत पढ़नेवालों की तादाद नहीं बढ़ेगी। उस साल इलाहाबाद सेंटर में एंग्लोवर्नाकुलर की परीक्षा में कुल 221 विद्यार्थियों में से हिंदी के सिर्फ 17 विद्यार्थी थे। विश्वविद्यालय से हिंदी की पढ़ाई खत्म हो जाने से अगले साल परीक्षा देनेवाले हिंदी के विद्यार्थी इतने भी नहीं रह जाएँगे। इलाहाबाद विश्वविद्यालय के सीनेट और प्रशासन में सैयद अहमद के आदमियों का बोलबाला था। बालकृष्ण भट्ट ने अपने 'हिंदू भाइयों' से प्रार्थना की और चेतवनी दी—"जरा कान खोलकर सुनो, आँख पसार कर देखो, बड़ा धोखा खा रहे हो। मुसलमानों पर सब तरह की रियायत हो रही है। तुम सब दबाये जा रहे हो, अभी नहीं चेतते तो दिन-दिन पछताओगे।"[34]

पश्चिमोत्तर प्रांत में भाषाई भेदभाव और अन्याय के शिकार हिंदीभाषी भद्रवर्ग ने अपनी हालत की तुलना रूसी साम्राज्य के अंदर राष्ट्रीय उत्पीड़न के शिकार पोलिश लोगों के साथ की। *भारत जीवन,* 10 मार्च, 1884 में छपे एक लेख में रूसी अंधराष्ट्रवाद की शिकार पोलिश जाति की दुर्दशा का वर्णन करते हुए लेखक ने लिखा—"रूस ने पोलैण्ड को हराने के बाद उस देश और जाति को मिटाने के लिए आज्ञा निकाल दी थी कि कोई सरकारी काम पोलिश भाषा में न किया जाए, पाठशालाओं में केवल रूसी भाषा पढ़ाई जाए, जो पोलिश भाषा लिखी भी जाए तो केवल रूसी अक्षरों में। ठीक यही दशा सरकार हमारी भाषा की कर रही है।"

इस मार्मिक पत्र में अलग से ध्यान खींचने लायक बात यह है कि पोलिश भाषा-लिपि को रूसी भाषा-लिपि दबा रही थी जो उसके साम्राज्यवादी शासकों की भाषा-लिपि थी। लेकिन पश्चिमोत्तर प्रांत में हिंदी को उर्दू दबा रही थी जो शासकों की भाषा नहीं बल्कि प्रजा के ही एक हिस्से की भाषा थी। *भारत जीवन* का लेखक इस फर्क को समझता था और उसने आगे बढ़कर यह भी लिखा कि अगर अंग्रेज अपनी भाषा से हमें दबाते तो कोई बात भी थी और हम उसे अपनी पराधीनता समझकर सह जाते, लेकिन हमें दबाया जा रहा है उर्दू से, जिसे बर्दाश्त करना असंभव है।

19वीं सदी के हिंदी आंदोलन के बारे में परेशान करनेवाला सवाल यह है कि राजनीतिक रूप से सही होने और लोगों की जनतांत्रिक आकांक्षा से जुड़े होने पर भी इस मुद्दे की अभिव्यक्ति धार्मिक और सांप्रदायिक रूपों में क्यों हुई? अल्पसंख्यक भद्रवर्ग की जनतंत्र विरोधी, अलगाववादी माँगों का सांप्रदायिक रूप ग्रहण कर लेना समझ में आता है,

लेकिन बहुसंख्यक समुदाय ने अपनी जनतांत्रिक माँगों को धार्मिक और सांप्रदायिक तरीकों से क्यों उठाया ? यह जवाब संतोषप्रद नहीं लगता कि मुस्लिम भद्रवर्ग के सांप्रदायिक रूप से संगठित हो जाने के बाद हिंदू भद्रवर्ग के पास इसके सिवा और काई चारा नहीं था। ऐसा कहने का एक मतलब यह निकलता है कि सांप्रदायिकता का मुकाबला करने के लिए सांप्रदायिक होना जरूरी है। दूसरा मतलब यह निकलता है कि पहले मुसलमान सांप्रदायिक हुए, फिर उनकी प्रतिक्रिया में या उनका मुकाबला करने के लिए हिंदुओं को भी सांप्रदायिक बनना पड़ा। यह तथ्य नहीं था। कोई किसी की प्रतिक्रिया में सांप्रदायिक नहीं हुआ था। दोनों अपने-अपने ढंग से सांप्रदायिक रास्ते की ओर बढ़े थे। यों तो 19वीं सदी के पूरे भारतीय समाज की सोच धार्मिक पदावली में होती थी जिसमें हिंदू और मुसलमान, दोनों समान रूप से शामिल थे। अंग्रेजी राज कायम होने से पहले तक दोनों के बीच सामाजिक-सांस्कृतिक मेलजोल और साँझापन होने के बावजूद राजनीतिक विरोध और धार्मिक विद्वेष की प्रवृत्तियाँ भी कई स्तरों पर बनी हुई थीं। इसकी एक मिसाल 18वीं सदी में बना दुर्गा द्वारा महिषासुरवध का एक चित्र है जिसमें महिषासुर की आकृति में वास्तव में बख्तरबंद पहने, छोटी दाढ़ीवाले एक मुसलमान सेनापति को दर्शाया गया है।[35] लेकिन जहाँ तक सांप्रदायिकता का सवाल है, सैयद अहमद की शुरुआती कोशिशें सांप्रदायिक नहीं थीं। बाद में भी वे सांप्रदायिक उतने नहीं थे जितने जनतंत्र विरोधी थे। उनके साथ हिंदू अभिजात और भद्रवर्ग के लोग शामिल थे। कांग्रेस की जनतांत्रिक राजनीतिक सुधार की माँगों के खिलाफ हिंदू राजे-महाराजे और भू-स्वामी सैयद अहमद के साथ थे। सैयद अहमद ने जब भारतीय शासन और विधानसभाओं में भागीदारी के लिए चुनाव प्रणाली का विरोध किया और उसकी जगह सदस्यों को सरकार द्वारा नामजद करने का समर्थन किया तो इसमें उन्होंने हिंदुओं की नामजदगी का विरोध नहीं किया। उनका विरोध इस बात से था कि चुनाव प्रणाली लागू हो जाने से चुनकर आए दलित-शूद्र या दूसरी नीची समझी जानेवाली कौमों के लोग भी शासन के कामों में हिस्सेदारी करने लगेंगे और भद्रवर्गीय हिंदू-मुसलमानों को उनके साथ बैठना पड़ेगा। उन्होंने इस समानता का विरोध किया। यह उनका ठेठ आभिजात्य दृष्टिकोण था न कि सांप्रदायिक। मुस्लिम सांप्रदायिक माँगों का स्पष्ट उभार 1890 के दशक में हुआ और उनका संगठित रूप और भी बाद में सामने आया। हिंदू भद्रवर्ग का मुस्लिम विरोध—मुस्लिम हितों के खिलाफ हिंदू हितों की रक्षा करने का आह्वान—इससे बहुत पहले, 1860 के दशक से शुरू हो चुका था। झगड़े की असली जड़ दोनों के बीच पहले से चला आ रहा वह शक्ति-समीकरण था जिसे हिंदू भद्रवर्ग बदलना चाह रहा था जबकि मुस्लिम भद्रवर्ग बरकरार रखने की कोशिश कर रहा था। इस रस्साकशी में जीतने के लिए दोनों ही विदेशी राज्य के सामने अपना-अपना पक्ष रखते थे। औपनिवेशिक समाज में शुरू हुए सीमित और सतही जनतंत्र के ढाँचे तथा उससे संबंधित सरकारी नीतियों ने उन नई परिस्थितियों को पैदा किया जिनमें संख्याबल ने एक नया राजनीतिक महत्व हासिल कर लिया था। संख्याबल अब जनतांत्रिक दावों का प्रबल आधार बन गया था। हिंदू भद्रवर्ग अपना संख्याबल कैसे बढ़ाता ? ज्यादा से ज्यादा हिंदूजातियों को अपने पीछे गोलबंद करके, उनका प्रतिनिधि होने

का दावा करके ही वह अपने वर्गीय हितों को पूरे समुदाय की माँगों के रूप में पेश कर सकता था। एक पिछड़े हुए समाज में बाहर से थोपे गए जनतंत्र की राह शायद ऐसी ही विकृतियों से होकर गुजरती है जिसमें किसी धार्मिक समुदाय की जनसंख्या लोकतंत्र के राजनीतिक बहुमत या अल्पमत का रूप ग्रहण करने लगती है।

इन परिस्थितियों में नवजागरण के भद्रवर्गीय नेताओं ने हिंदी के प्रश्न को हिंदूप्रश्न के रूप में पेश किया। हिंदी को मिटाने की कोशिशें हिंदुओं को मिटाने के रूप में देखी और दिखाई गईं। पश्चिमोत्तर प्रांत में हिंदी या नागरी का प्रचार करनेवाली धर्मनिरपेक्ष (सेकुलर) संस्थाएँ बहुत कम बनीं। इनका प्रचार और आंदोलन ज्यादातर धार्मिक और अर्धधार्मिक संगठनों के जरिए चलाया गया। जो दो-तीन धर्मनिरपेक्ष संस्थाएँ बनी—जैसे काशी नागरीप्रचारिणी सभा या प्रयाग हिंदी साहित्य सम्मेलन—उनका भी दृष्टिकोण हिंदूवाद से प्रभावित रहा और धार्मिक संगठनों से उनके घनिष्ठ संबंध रहे। मसलन काशी नागरीप्रचारिणी सभा के तीन संस्थापकों में से एक बाकायदा आर्यसमाज के सदस्य थे, दूसरे आर्यसमाज के संपर्क में थे। न सिर्फ सभा के चलानेवाले प्रारंभिक सदस्यों का बल्कि एक संस्था के रूप में पूरी सभा का सनातनधर्म आंदोलन से घनिष्ठ संबंध रहा। नागरीलिपि को सरकारी मान्यता मिल जाने के तुरंत बाद 1902 में मथुरा में श्रीभारत धर्म महामंडल का अधिवेशन हुआ तो उसमें राधाकृष्ण दास और श्यामसुंदर दास को बाकायदा सभा के प्रतिनिधि के रूप में भाग लेने के लिए भेजा गया।[36] हिंदी साहित्य सम्मेलन अक्सर राजनीतिक हिंदुत्व की भाषा में बोलता रहा और इसके सभापतियों में काफी संख्या आर्यसमाजियों की रही। 19वीं सदी में हिंदी के प्रश्न पर जब भी संबोधन किया जाता, 'आर्य भ्राताओ' और 'हिंदू भाइयो' से किया जाता। हिंदी का सवाल साधारण जन के लोकतांत्रिक अधिकार के रूप में कम उठाया गया, ज्यादातर वह हिंदुओं की रक्षा और प्रतिष्ठा के सवाल के रूप में उठाया गया। हिंदी आंदोलन के लिए धार्मिक संगठनों की ओर देखने की प्रवृत्ति एक आम बात थी। इसका दिलचस्प उदाहरण *भारत जीवन*, 31 मार्च, 1884 में छपा पत्र है। इस पत्र में कानपुर के एक निवासी ने हिंदी आंदोलन के लिए बनारस के पंडितों से उसी तरह व्यवस्था माँगी जैसे धार्मिक प्रश्नों के लिए माँगी जाती थी। पत्र में इसका हवाला दिया गया कि 1883 में बनारस के पंडितों ने कचहरी में शालिग्राम की मूर्ति ले जाने के विवाद पर अपनी व्यवस्था दी थी। फिर पूछा गया, "तो क्या वे हिंदी के विषय में कोई व्यवस्था न देंगे?" पत्र-लेखक ने विश्वास प्रकट किया कि "जो लोग हिंदी के लिए आंदोलन कर रहे हैं, उन्हें इस व्यवस्था से बड़ी सहायता मिलेगी।" यानी हिंदी आंदोलन को आगे बढ़ाने और फैलाने के लिए, उसके पक्ष में जन-समर्थन जुटाने के वास्ते काशी के पंडितों की धर्मसभा से आशीर्वाद और आदेश मिलना चाहिए। इलाहाबाद विश्वविद्यालय में हिंदी की पढ़ाई खत्म कर दिए जाने पर आजमगढ़ के युवा कवि अयोध्याप्रसाद उपाध्याय ने क्षोभ प्रकट करते हुए *ब्राह्मण*, हरिश्चंद्र संवत् 5, 15 जुलाई में एक लेख लिखा। उन्होंने लोगों को इस घटना के विरोध में आवाज उठाने के लिए कहा। उन्हें लगा कि पश्चिमोत्तर प्रांत के लोग जड़ हो चुके हैं जो हिलाने से भी नहीं हिलते। लिहाजा अयोध्याप्रसाद ने लोगों को हिंदी के पक्ष में जगाने की जिम्मेदारी पत्र-पत्रिकाओं

के अलावा हिंदू धार्मिक संगठनों पर डाली। ''हिंदीभाषा का विषय ऐसा है कि प्रत्येक धर्मसमाज और आर्यसमाज के लिए भी उसकी आवश्यकता है। अतएव समस्त धर्मसमाजों और आर्यसमाजों एवं उनके उपदेशकों को भी इस ओर पूर्ण ध्यान देना चाहिए।'' हिंदी के प्रति कुछ करने के लिए अक्सर हिंदू चेतना को ललकारा जाता—''इस बहती डूबती में हिंदी को पार लगाइए, नहीं तो हिंदू के घर जन्म लेना वृथा है, हाय!''[37] हिंदी नवजागरण के लेखकों ने राजनीतिक लोकतंत्र के एक संवैधानिक प्रश्न को धार्मिक सांप्रदायिक प्रश्न में बदल दिया। जून, 1880 के *हिंदी प्रदीप* में हिंदी को 'हिंदूपन की बुनियाद' मानते हुए बालकृष्ण भट्ट ने हिंदी से लगाव न रखनेवालों के हिंदू होने में शक प्रकट किया—''अफसोस कि हम हिंदू कहलाते हैं, और हिंदी को नहीं चाहते, तो मुझे ऐसे लोगों के हिंदू होने में कुछ दाल में काला जान पड़ता है।''

19वीं सदी पूरी होते-होते हिंदी और हिंदू शब्द पर्यायवाची बन चुके थे। हिंदुओं में संघशक्ति पैदा करने का ऐतिहासिक कार्यभार नए बने प्रयाग हिंदी साहित्य सम्मेलन को सौंपते हुए पं. नंदकुमारदेव शर्मा ने अपने एक लेख में हिंदू और हिंदी शब्दों का इस्तेमाल एक-दूसरे पर्याय रूप में किया। ''हिंदुओं के गिरने का कारण संघशक्ति का अभाव है। सम्मेलन का प्रथम कार्य हिंदीभाषियों और हिंदीप्रेमियों में संघशक्ति का उत्पन्न करना है।''[38]

इतिहास के ऐसे दौर में, ताज्जुब नहीं कि हिंदी और नागरी का आंदोलन खड़ा करनेवाले प्रारंभिक सभी संगठन धार्मिक थे या धर्म से घनिष्ठ रूप से जुड़े हुए थे। *आर्यसमाज* (1875), *प्रयाग हिंदू समाज* (1880), *प्रतिनिधि मध्यभारत सभा* (1884) और *श्रीभारतधर्म महामंडल* (1887) ऐसे ही धार्मिक संगठन थे जिन्होंने हिंदी और नागरी की लड़ाई हिंदुओं को मजबूत बनाने और संगठित करने के लिए लड़ी थी। 1882 में जब हिंदी के पक्ष में हंटर आयोग को मेमोरियल देने की लहर चली, जो हिंदी आंदोलन की सबसे ऊँची लहर थी, तो मेमोरियल देनेवालों में धर्मनिरपेक्ष या साहित्यिक संस्थाएँ लगभग नहीं के बराबर थीं। हिंदी के पक्ष में सबसे ज्यादा मेमोरियल धार्मिक संगठनों ने दिए जिनमें आर्यसमाज की शाखाएँ सबसे आगे थीं। हंटर आयोग की रिपोर्ट के परिशिष्ट से पता चलता है कि पश्चिमोत्तर प्रांत और अवध प्रांत में आयोग को हिंदी के पक्ष में कुल 118 शहरों से मेमोरियल भेजे गए जिनमें से दो-तिहाई मेमोरियल अकेले आर्यसमाज की शाखाओं ने भेजे थे। उसके बाद अलीगढ़ की *सत्धर्मावलंबिनी सभा,* बनारस के सनातनी पंडितों की सभा और नैनीताल की *सत्यधर्मप्रचारिणी सभा* ने भेजे।[39] मेमोरियल भेजने के अभियान को संगठित करने में भी इन धार्मिक संस्थाओं की भूमिका महत्वपूर्ण थी। आयोग को सबसे पहला मेमोरियल *प्रयाग हिंदूसमाज* ने 16 अगस्त, 1882 को दिया जिसे औपचारिक रूप से प्रयाग के नागरिकों द्वारा दिया कहा गया। यह मेमोरियल मेयो हॉल में आयोजित आयोग की एक सभा में दिया गया था। शुरू में अपनी पहल से मेमोरियल भेजनेवालों की कमी रही। लिहाजा अक्टूबर, 1882 में बालकृष्ण भट्ट ने अपनी पत्रिका में विज्ञापन छापा कि ''हिंदी के निस्बत आवेदनपत्र (मेमोरियल) या दस्तखत जिन्हें भेजना हो, वे *प्रयाग हिंदूसमाज* के पास भेज दें। इस समाज के सभासद श्रीमान डॉ. हंटर के पास सुगमता के साथ भेज देंगे।'' आयोग को

मेमोरियल भिजवाने में सबसे महत्वपूर्ण भूमिका दयानंद सरस्वती ने निभाई जिनके निर्देश पर आर्यसमाजियों ने इस काम को संगठित रूप से किया। दयानंद सरस्वती के निर्देश पर फ़रुखाबाद आर्यसमाज ने मेमोरियल का एक आम मसौदा तैयार करके सैकड़ों की संख्या में छपवाकर रख लिया। जहाँ भी जरूरत पड़ती, छपा हुआ मेमोरियल भेज दिया जाता। कई जगहों पर लोगों को मेमोरियल भेजने का तरीका मालूम नहीं था। उन्हें पता नहीं था कि डॉक्टर हंटर कहाँ रहते हैं और मेमोरियल किस पते पर भेजा जाए। इन सबकी मदद के लिए फ़रुखाबाद आर्यसमाज ने कुछ दूसरी संस्थाओं के अलावा वृंदावन के राधाचरण गोस्वामी से भी संपर्क किया। अक्टूबर, 1882 के *हिंदी प्रदीप* में राधाचरण गोस्वामी ने विज्ञापन छपवाया कि हिंदी के पक्ष में बहुत-से मेमोरियल आयोग को पहुँच चुके हैं, पर अभी भी बहुत से शहर, कस्बे और गांव ऐसे हैं जिनसे मेमोरियल का जाना जरूरी है। "अतएव सर्वदेशोपकारिणी भाषावर्द्धिनी सभा अलीगढ़ की आज्ञा के अनुसार विदित करता हूँ कि जो महाशय हिंदीभाषा और देवनागरी अक्षरों के राजद्वार में प्रचार करने के लिए अपने मेम्बरों से बहुत-से सत्पुरुषों से हस्ताक्षर भिजवा सकें, वह छपे मेमोरियल, शिक्षा कमीशन का ठिकाना, हस्ताक्षर कराने की विधि आदि मुझसे मँगवा लें और जहाँ तक बने, इस शुभ समय को हाथ से न जाने दें।" अलीगढ़ की भाषावर्द्धिनी सभा बाबू तोताराम वर्मा की बनाई हुई संस्था थी। अगले महीने *हिंदी प्रदीप* में ही फ़रुखाबाद आर्यसमाज के लेखाध्यक्ष गणेशप्रसाद ने एक विज्ञापन छपवाया जिससे पता चलता है कि फ़रुखाबाद आर्यसमाज, राधाचरण गोस्वामी और भाषावर्द्धिनी सभा, तीनों आपस में संपर्क बनाकर काम कर रहे थे—"श्री राधाचरण गोस्वामी, वृंदावन, जिला मथुरा वा भाषावर्द्धिनीसभा, अलीगढ़ से छपे हुए मेमोरियल पते ठिकाने सहित मंगा लीजिए और उनमें हस्ताक्षर जोड़कर शिमला वा जहां शिक्षासभा के सभापति हों, भेज दीजिए।" इस विज्ञापन में यह चिंता प्रकट की गई थी कि भेजे जा रहे मेमोरियलों पर शहरों के मुकाबले गाँवों के लोगों के हस्ताक्षर बहुत थोड़े हैं। यह तथ्य हिंदी आंदोलन के शहरी चरित्र और उसकी सीमाओं को दिखाता है। गांवों के लोगों के हस्ताक्षर हासिल करने के लिए आर्यसमाजी नेता ने सुझाया कि अगर शहर के रईस लोग "अपने किसी पटवारी वा जमींदार अथवा अन्य मित्र द्वारा अथवा जिले के डिपुटी इंस्पेक्टर के द्वारा अथवा सब ग्राम-तहसीली मदरसों से इसका प्रयत्न करा देते," तो बहुत से मेमोरियल मिल सकते हैं। जाहिर है कि आर्यसमाज का जैसा सीधा संवाद शहर के रईसों से था, वैसा गाँव के जमींदारों, पटवारियों से नहीं। गाँवों के लोगों तक पहुँचने के लिए आर्यसमाज शहरी भद्रवर्ग और दूसरे प्रभावशाली संपर्कों पर निर्भर करता था।

यह तथ्य गौरतलब है कि पश्चिमोत्तर प्रांत और अवध प्रांत के मुस्लिम भद्रवर्ग ने उर्दू के पक्ष में मेमोरियल देने का कोई अभियान नहीं चलाया। उन्हें इसकी कोई जरूरत भी नहीं थी। उर्दू राजभाषा बनी हुई थी और हिंदी के मेमोरियलों से उसका कुछ बिगड़नेवाला नहीं था। सैयद अहमद ने खुद आयोग को जो मेमोरियल दिया, वह विश्वविद्यालय में उच्चशिक्षा के संबंध में था। पूरे प्रांत से उर्दू के पक्ष में सिर्फ दो मेमोरियल गए—एक अलीगढ़ से, दूसरा रुड़की से। भाषा के सवाल पर मेमोरियल युक्तप्रांत के बाद सिर्फ पंजाब से भेजे गए। वहाँ

भी भाषा का विवाद उठा हुआ था जिसे आर्यसमाज ने अपने उग्र सांप्रदायिक रवैये से और उलझा दिया था। वहाँ रहनेवाले बहुसंख्यक मुसलमानों ने उर्दू के पक्ष में 22 मेमोरियल भेजे जबकि चालीस प्रतिशत से भी कम आबादीवाले हिंदुओं के नाम से हिंदी के लिए 33 मेमोरियल आए। आर्यसमाजी नेता पंजाब में एक ओर उर्दू का विरोध करते थे, दूसरी ओर पंजाबीभाषा का भी विरोध करते थे। वे सांप्रदायिक आधार पर हिंदूपंजाबियों की मातृभाषा हिंदी को बनाने पर तुले हुए थे। इससे धर्म के आधार पर पंजाबियों की भाषा का बँटवारा हो गया। मुसलमान पंजाबियों की भाषा उर्दू, हिंदूपंजाबियों की भाषा हिंदी मान ली गई तो पंजीबीभाषा की रक्षा की जिम्मेदारी सिर्फ सिक्खों पर आ पड़ी। उन्होंने पंजाबीभाषा की रक्षा के लिए आयोग को 12 मेमोरियल भेजे।

दिलचस्प बात थी कि शिक्षा की व्यवस्था पर विचार करने के वास्ते बने हंटर आयोग को भाषा के सवाल पर मेमोरियल पूरे भारत में सिर्फ इन्हीं दो प्रांतों से मिले। कहना चाहिए कि इन प्रांतों से ज्यादातर मेमोरियल सिर्फ भाषा के सवाल पर ही आए जबकि और किसी प्रांत ने, यहाँ तक कि बंगाल के मुसलमानों ने भी—जहाँ कुछ दशक पहले बंगला के अरबी-फारसीकरण की प्रवृत्ति उभरी थी—भाषा के सवाल पर कोई मेमोरियल नहीं दिया। हंटर आयोग की रिपोर्ट के साथ दिए गए एपेंडिक्स से पता चलता है कि बंगाल में ज्यादातर मेमोरियल स्त्रीशिक्षा के प्रसार के लिए दिए गए। वहाँ एक मेमोरियल रेवरेंड कैंपबेल ने झारखंड के मुंडा-संथाल आदिवासियों की शिक्षा के लिए दिया। मद्रास और बंबई के प्रांतों में दिए गए ज्यादातर मेमोरियल उच्चशिक्षा से सरकार के पीछे हटने के विरोध में दिए गए। बाकी मेमोरियल वहाँ ग्रामीण स्कूलों के लिए जमीन का बंदोबस्त करने, उनको सरकारी अनुदान भेजने की गति से तेज करने, अनुदान देते समय विभिन्न स्कूलों के बीच भेदभाव न बरतने और फीस के मुताल्लिक थे। मद्रास में प्राइमरी और स्त्रीशिक्षा के प्रसार की माँग करते हुए और बंबई में कुछ खास विषयों में शिक्षा की उचित व्यवस्था न होने से इसका कमर्शियल क्लर्कों, एजेंटों और एकाउंटेंटों की संख्या पर पड़नेवाले असर की ओर ध्यान खींचते हुए मेमोरियल दिए गए। विभिन्न प्रांतों से भेजे गए मेमोरियलों में उठाए गए प्रश्नों के फ़र्क से इन प्रांतों की परिस्थितियों और उनके सामने खड़ी समस्याओं के फ़र्क का पता चलता है।

पश्चिमोत्तर और अवध प्रांत में उर्दू को हटाकर हिंदी लागू करने के लिए दिए गए तर्क सभी मेमोरियलों में एक जैसे थे। पहला तर्क यह था कि हिंदी हिंदुओं की भाषा है और प्रांत में हिंदुओं की संख्या ज्यादा है। हालाँकि हिंदुओं की धर्मभाषा हिंदी नहीं, संस्कृत थी, फिर भी मेमोरियलों में और आयोग के सामने दिए गए बयानों में भी हिंदी को हिंदुओं के धर्म की जानकारी देनेवाली भाषा बताया गया। यह एक नई बात थी जो 19वीं सदी में उभरे धर्मसुधार आंदोलन से पहले नहीं मिलती। आर्यसमाज ने संस्कृतभाषा सीखने-सिखाने पर जोर देने के बावजूद या उसी के साथ-साथ प्रामाणिक धर्मशास्त्रों को या उनमें लिखी बातों को हिंदी में प्रचारित करने पर जोर दिया था ताकि धर्म पर ब्राह्मणों का वर्चस्व टूटे और सभी लोग धर्म के तत्वों को जान सकें। पंजाब में ब्राह्मोसमाजी नेता इसी दृष्टि से हिंदी का प्रचार करते थे। दरअसल मुस्लिम सुधार आंदोलन ने धार्मिक सुधारों को व्यापक बनाने के लिए जैसे

अरबी-फारसी के बजाय देसी भाषा उर्दू को अपना माध्यम बनाया, उसी तरह आर्यसमाज और ब्राह्मोसमाज ने उत्तरभारत में धार्मिक सुधारों के लिए हिंदी को अपना माध्यम बनाया था। भारतेंदु ने इसी दृष्टि से संस्कृत में लिखे वैष्णवभक्ति के शास्त्रों का हिंदी में परिचय पेश किया था। 19वीं सदी के उत्तरार्ध में घटे इन परिवर्तनों के कारण भद्रवर्ग की चेतना में हिंदी अब उनके धर्म से जुड़ी भाषा बन गई थी। इस नई चेतना के आधार पर हिंदू बच्चों को उर्दू सिखाने का धार्मिक दृष्टि से भी विरोध किया जाने लगा, जैसे परंपरावादी धार्मिक मुसलमान अपने बच्चे को अंग्रेजी सिखाने का विरोध करते थे। राजा जयकिशन दास ने हंटर आयोग को दिए गए बयान में कहा, ''उर्दू हिंदुओं के लिए सही भाषा नहीं है।'' क्योंकि ''हिंदुओं को उर्दू से अपने धर्म की कोई जानकारी नहीं मिलती।'' उन्होंने यह भी कहा कि Urdu makes Hindu boys indolent and unthrifty.[40]

मेमोरियलों में हिंदी के पक्ष में कुछ और तर्क भी दिए गए। कहा गया कि गाँवों में रहनेवाले मुसलमान उर्दू नहीं हिंदी बोलते हैं। उर्दू के मुकाबले हिंदी सबकी समझ में आ जाती है और इसे आसानी से सीखा जा सकता है। मुसलमान राजाओं ने कई सौ साल तक कोशिश की, तब भी यहां की जनता ने फारसीलिपि को मंजूर नहीं किया। एक महत्वपूर्ण तर्क यह दिया गया कि हिंदू बच्चे प्राइमरी शिक्षा हिंदी में पाते हैं जबकि सरकारी कामकाज उर्दू में होता है। इससे मजबूरी में वे हिंदी छोड़कर उर्दू पढ़ने लगते हैं जिसके कारण हिंदी का विकास नहीं हो पाता। मेमोरियलों में शिक्षा की भाषा और सरकारी कामकाज की भाषा को एक करने की माँग की गई और इसके लिए हिंदी को सुझाया गया क्योंकि वह प्रांत के ज्यादातर लोगों की भाषा थी। मेमोरियल इस बारे में बहुत स्पष्ट नहीं थे कि वे लिपि बदलने की माँग कर रहे हैं या भाषा बदलने की अथवा दोनों की। उस दौर में हिंदी शब्द का प्रयोग अक्सर भाषा और लिपि, दोनों के अर्थ में किया जाता था। नागरी का प्रयोग भी लिपि और भाषा दोनों के अर्थ में होता था। शायद ज्यादातर मेमोरियल लिपि और भाषा, दोनों को बदलना चाहते थे, हालाँकि इसे स्पष्ट शब्दों में नहीं लिखा गया। किसी-किसी मेमोरियल में स्पष्ट रूप से सिर्फ लिपि बदलने की माँग की गई। जैसे मेरठ नागरीप्रचारिणी सभा ने स्पष्ट शब्दों में लिखा कि फिलहाल सिर्फ लिपि बदलने से काम चल सकता है—''जो गवर्नमेंट हिंदीभाषा को इस समय राजद्वारा भाषा बनाने में कुछ कठिनता समझती है तो उर्दू अक्षरों की जगह देवनागरी अक्षर कर देने की अत्यंत आवश्यकता है, ऐसा करने से कुछ हानि न होगी, किंतु पूरा-पूरा न्याय होगा।''[41] एक दिलचस्प तर्क, जो सभी मेमोरियलों और बयानों में समान रूप से आया, यह था कि हिंदी में जैसा लिखते हैं, वैसा ही पढ़ते हैं जबकि उर्दूलिपि ऐसी है कि उसमें लिखा हुआ कुछ का कुछ पढ़ लिया जाता है। उर्दूलिपि के खिलाफ यह सबसे लोकप्रिय तर्क था। मेरठ नागरीप्रचारिणी सभा ने अपने मेमोरियल में उर्दूलिपि में स्वर, व्यंजनों की कमी, एक ही स्वर के कई उच्चारणों और शब्दों के अर्थ में नुक़्तों की महत्वपूर्ण भूमिका की ओर ध्यान खींचकर उर्दूलिपि को पढ़ने में होनेवाले धोखे का वर्णन किया। प्रयाग हिंदूसमाज ने अपने मेमोरियल में ऐसे शब्दों का चार्ट बनाकर दिया जिन्हें कुछ का कुछ पढ़ा जा सकता है। भारतेंदु हरिश्चंद्र ने अपने लिखित बयान में बतलाया

कि थोड़े-से हेरफेर के कारण एक ही उर्दू शब्द को करीब 60 तरीकों से पढ़ा जा सकता है। बनारस के पंडितों ने अपने मेमोरियल में उर्दूलिपि को ऐसी *कामधेनु गाय* बतलाया कि जिसकी जो मर्जी, उससे दुह ले। अदालती भाषा की लिपि में इस भयानक खराबी के होने से क्या-क्या फ़रेब होते हैं, कैसे-कैसे जाल बनते हैं, मुकदमों में उलटफेर हो जाते हैं और भ्रष्टाचार फैलता है—इसकी कई मिसालें दी गईं। मेरठ नागरीप्रचारिणी सभा के मेमोरियल में विभिन्न अदालतों में चले ऐसे मुकदमों की फ़ेहरिस्त दी गई जिनमें सिर्फ उर्दूलिपि की वजह से—लिखे हुए को कुछ का कुछ पढ़ने से—मुकदमे के बुरे नतीजे निकले। मसलन लाहौर की एक अदालत में उर्दू में लिखे गए नाम घिनिया को घीता पुकारा गया। जवाब न मिलने पर अपील खारिज हो गई। अलीगढ़ में मजिस्ट्रेट ने बालदेव, हरप्रसाद और निरंजन को कैद की सजा दी थी, पर सरिश्तेदार ने निरंजन को छोड़ देने का हुक्म दिया। उर्दू में लिखा हुआ निरंजन पढ़ने में बिरहमन हो गया। बलदेव और हरप्रसाद बिरहमन थे। वे दोनों छूट गए, पर निरंजन नहीं छूटा। वह दो दिन तक कैद में रहा। फिर गलती सुधारी गई। उर्दूलिपि के कारण अर्थ का अनर्थ होने की कई कहानियाँ पत्र-पत्रिकाओं और किताबों में छपती रहती थीं जो कितनी सच्ची और कितनी गढ़ी हुईं थीं, कहना मुश्किल है। 18 अगस्त, 1884 के *भारत जीवन* में *उर्दू की बहार* शीर्षक से खबर छपी कि एक मुसलमान ने लखनऊ में रह रहे अपने भाई को पत्र लिखा कि आते समय अपने वालिद को पान के साथ खाने के लिए उम्दा चूना लेते आना। इसे पढ़ते समय इस तरह पढ़ा गया कि "अपने वालिद को माँ के साथ खाने के लिए उम्दा जूता लेते आना।" 1890 के दशक में छपे शिवनाथ शर्मा के प्रहसन *नागरी निरादर* के आखिरी अंक में राजा मटर सिंह की रियासत में जाने से पहले अंग्रेज कमिश्नर उन्हें सारा इंतजाम करके रखने के लिए उर्दू में चिट्ठी लिखता है। वहाँ पहुँचकर इंतजाम के नाम पर अपने खेमे में दो तवायफ़ों की मौजूदगी देखकर वह लालभभूका हो उठता है। पूछने पर पता चलता है कि हुजूर ने खुद अपनी चिट्ठी में इन्हें हाजिर रखने के लिए कहा था। चिट्ठी मँगाई जाती है। उसमें "दो कस्बियाँ हाजिर रखना" लिखा हुआ था। कमिश्नर नाराज होकर कहता है—"मैंने तो दो किस्तियाँ हाजिर रखने के लिए लिखा था।" नुक़्ता छूट जाने के कारण उसी को कस्बियाँ पढ़ा गया।

डॉ. हंटर वहाबी आंदोलन के दौरान मुसलमानों में पैदा हुए उग्र फिरंगी विरोध को शांत करने के लिए कई सालों से मुसलमानों को खास रियायतें देने की वकालत करते आ रहे थे। उनकी अध्यक्षता में बने आयोग के सदस्यों में सैयद अहमद और उनके बेटे जस्टिस महमूद शामिल थे जिनको पश्चिमोत्तर एवं अवध प्रांत की सरकार काफी मानती थी। हिंदी के पक्ष में सैकड़ों मेमोरियल और प्रभावशाली व्यक्तियों के बयान आने के बावजूद आयोग ने उस समय की सरकारी नीति के मुताबिक हिंदी को घास नहीं डाली। क्षुब्ध होकर प्रतापनारायण मिश्र ने लावनी लिखी :

हंटर ने जो हिंदी को हंटर मारा
बस टूट गया दिल, टुकड़े हुआ हमारा।[12]

आयोग द्वारा हिंदी का दावा ठुकरा देने से पैदा हुई निराशा ने उर्दू और मुसलमानों के

खिलाफ हिंदू भद्रवर्ग की कटुता और आक्रामकता को और बढ़ावा दिया। हिंदी आंदोलन की दूसरी बड़ी लहर 1894 के बाद शुरू हुई जिसने 1900 ई. में जीत हासिल की। 1883 से 1894 के दरमियान हिंदी के सवाल पर निराशाभरी कटुता और कुछ कर गुजरने की बेचैनी लगातार बनी रही जिसने यहाँ-वहाँ छिटपुट लड़ाइयों में हिंदी को जिताया।

गोरक्षा आंदोलन

हंटर आयोग के मैदान में हिंदी और नागरी के मोर्चे पर लड़ने के साथ-साथ, बल्कि उसके भी पहले से, हिंदी आंदोलनकारी एक और मोर्चे पर लड़ रहे थे जो उनके लिए हिंदी और नागरी से कम महत्वपूर्ण नहीं था। यह मोर्चा गोरक्षा का था।

19वीं सदी के उत्तरार्द्ध में, पश्चिमोत्तर प्रांत की विभिन्न हिंदू बिरादरियों को अपने पीछे गोलबंद करके एक हिंदूजाति (नेशनलिटी) बनाने की कोशिश कर रहे हिंदू भद्रवर्ग के लिए गोरक्षा का मुद्दा उतना ही या शायद उससे भी ज्यादा असरदार प्रतीक था जितना हिंदी और देवनागरी का। गोरक्षा का मुद्दा जितना धार्मिक था, उससे कहीं ज्यादा राजनीतिक था। अपनी राजनीतिक ताकत का प्रदर्शन करने के लिए मुस्लिम भद्रवर्ग खुलेआम गोकशी करता या उसे समर्थन देता था, तो उसको रोकने में मिलनेवाली सफलता या असफलता से हिंदू भद्रवर्ग की राजनीतिक ताकत की माप होती थी। पश्चिमोत्तर प्रांत में एक हिंदूजाति के गठन के लिए गाय का प्रतीक हिंदी या नागरी की तुलना में कहीं ज्यादा पुराना और व्यापक था। हिंदी और नागरी को हिंदुत्व का प्रतीक 19वीं सदी में 1860के बाद बनाया गया जबकि गाय सदियों से हिंदुओं की धार्मिक भावना का विषय थी। हिंदी या नागरी के प्रतीक से सिर्फ शहरों के शिक्षित समुदायों को गोलबंद किया जा सकता था, जबकि गाय का प्रतीक शहरी और देहाती, शिक्षित और अशिक्षित, सबको समान रूप से गोलबंद करने की क्षमता रखता था। यही वजह थी कि 19वीं सदी में जब औपनिवेशिक सत्ता में हिस्सेदारी और सार्वजनिक जीवन में अपनी सांस्कृतिक श्रेष्ठता कायम करने के लिए हिंदू-मुस्लिम भद्रवर्ग के बीच होड़ अपने चरम पर पहुँच रही थी, हिंदू भद्रवर्ग ने गोरक्षा के सवाल को सफलतापूर्वक उठाया।

पश्चिमोत्तर प्रांत में 19वीं सदी के आखिरी दो दशकों में गोरक्षा का मुद्दा पहली बार 1881-82 में उठाया गया, दूसरी बार 1892-93 में। पहली बार कुछ जगहों पर तनाव और दंगों के बावजूद यह वैचारिक स्तर पर ज्यादा रहा और इसमें हिंदी के सभी बड़े साहित्यकारों और संपादकों ने आगे बढ़कर हिस्सा लिया। दूसरी बार इसमें बड़े पैमाने पर हिंसक दंगे हुए और यह दूसरे प्रांतों में भी फैल गया। दोनों बार हुए आंदोलनों में एक विशेषता समान थी—गोरक्षा की माँग हिंदी और नागरी के साथ मिला दी गई। तीनों ही मुद्दों ने ऐसा मंच प्रदान किया जिस पर पश्चिमोत्तर प्रांत में हिंदू नवजागरण की परस्पर विरोधी धाराएँ एक साथ आ मिलीं। एक ओर दयानंद सरस्वती और उनका आर्यसमाज, दूसरी ओर सनातनी वैष्णव संस्थाएँ और उनसे जुड़े भारतेंदु, बालकृष्ण भट्ट, अंबिकादत्त व्यास वगैरह एकजुट हुए। दिलचस्प बात है कि 1884 में कांग्रेस का गठन होने के बाद पश्चिमोत्तर और अवध प्रांत में इन तीनों माँगों को कांग्रेस के मंच से दूसरी धर्मनिरपेक्ष माँगों के साथ-साथ उठाया जाने

लगा। इलाहाबाद में राजनीति की स्थानीय जड़ों की खोज करनेवाले सी.ए. बेली ने ऐसे कई विवरण दिए हैं जिनसे लगता है कि मुट्ठीभर शिक्षितों की संस्था समझी जानेवाली कांग्रेस को इस प्रांत में अपने जन्म के तुरंत बाद से, न सिर्फ शिक्षित शहरी इलाकों में, बल्कि अशिक्षित देहाती इलाकों में भी, जो व्यापक समर्थन मिलने लगा, उसका मुख्य कारण धर्मनिरपेक्ष राजनीतिक सुधार की माँगों के साथ इन धार्मिक माँगों को मिलाकर उठाना था।

1881-82 के गोरक्षा आंदोलन में सबसे महत्वपूर्ण भूमिका दयानंद सरस्वती और भारतेंदु हरिश्चंद्र की थी। इनमें भी गोरक्षा का अभियान सबसे पहले भारतेंदु हरिश्चंद्र ने शुरू किया था। 1877 के दिल्ली दरबार के समय उन्होंने गोरक्षा के लिए 60 हजार दस्तखतों के साथ एक मेमोरियल सरकार को दिया। जिस निवेदन पर लोगों के दस्तखत लिए गए, उसमें 17वीं सदी के कवि नरहर का बनाया गोरक्षा संबंधी एक छप्पय छापा गया था। कहते हैं उसी छप्पय को पढ़कर सम्राट अकबर ने अपने राज्य में गोकशी पर पाबंदी लगाई थी। इस मेमोरियल पर शायद सरकार ने कोई ध्यान नहीं दिया। इससे नाराज भारतेंदु ने सरकार पर बहुसंख्यक हिंदुओं के खिलाफ मुसलमानों और ईसाइयों का पक्ष लेने का इल्जाम लगाया।

1880 से पहले दयानंद के कामों और विचारों में गोरक्षा कभी भी प्रधान या महत्वपूर्ण मुद्दा नहीं रहा—बावजूद इसके कि *सत्यार्थ प्रकाश* में गोरक्षा के पक्ष में उन्होंने लिख रखा था। हिंदूधर्म और समाज में बुनियादी सुधारों के मुद्दों को पीछे छोड़कर अचानक 1881 में उन्होंने गोरक्षा के लिए आह्वान क्यों किया? इसका तात्कालिक कारण कुछ दिन पहले मिर्जापुर में गोरक्षा को लेकर हुआ एक मुकदमा था, पर ज्यादा गहरा कारण कुछ और था जिसकी ओर उनके जीवनीकार जे.टी.एफ. जोर्डन ने इशारा किया है। सनातन हिंदूधर्म और शास्त्र-पुराणों के खिलाफ दयानंद की आक्रामक आलोचना और शिक्षित समाज में उनकी बढ़ती लोकप्रियता का जवाब ढूंढ़ने के लिए बंगाल के रूढ़िवादी पंडितों ने कलकत्ता में एक बड़ी सभा बुलाई जिसमें देशभर से तीन सौ से भी ज्यादा पंडितों और उनके समर्थक राजाओं, रईसों और जमींदारों ने भाग लिया। पंडित महेशचंद्र न्यायरत्न द्वारा कलकत्ता विश्वविद्यालय के सीनेट हॉल में आयोजित इस सभा में ईश्वरचंद्र विद्यासागर और डॉ. राजेंद्रलाल मित्र को भी बुलाया गया था, पर वे आए नहीं।[43] सभा में दयानंद के उग्र धार्मिक सुधारों का विरोध करते हुए उन्हें ब्राह्मणग्रंथों को अप्रामाणिक बताने और वेदों की मनमानी व्याख्या करने का दोषी ठहराया गया और इस बिना पर उन्हें हिंदूधर्म से बाहर मानने का फैसला किया गया। जोर्डन का विचार है कि इसी के बाद पश्चिमोत्तर प्रांत में गोरक्षा आंदोलन खड़ा किया गया जिसका संबंध कलकत्ता की सभा से जरूर था। यह विचार सही लगता है। दयानंद इसके लिए बहुत सजग रहते थे कि उन्हें व्यापक हिंदूसमाज से अलग-थलग न किया जाए अन्यथा उनका आंदोलन ब्राह्मोसमाजियों की तरह एक अलग संप्रदाय बनकर रह जाएगा। पश्चिमोत्तर प्रांत में, जहाँ दयानंद ने अपने जीवन का सबसे ज्यादा समय लगाया, लाख कोशिशों के बावजूद उनके धार्मिक-सामाजिक सुधारों का जबर्दस्त विरोध कायम था। जीवन के आखिरी सालों में दयानंद ऐसे मुद्दों की तलाश में थे जिनसे आर्यसमाज व्यापक हिंदू समुदायों को अपने पीछे गोलबंद कर सके। इस सिलसिले में पश्चिमोत्तर प्रांत

में, खासकर इसके पूर्वी जिलों में, जो दयानंद के विरोधी सनातनियों का गढ़ था, हिंदी, नागरी और गोरक्षा—ये तीन मुद्दे महत्वपूर्ण थे। 1880-83 के बीच दयानंद ने इन मुद्दों को उठाया और अपने संगठन की सारी ताकत इनके पीछे झोंक दी। इन मुद्दों पर सनातनियों से उनका विरोध नहीं हो सकता था, इसलिए अलग-थलग पड़ जाने का भी डर नहीं था। इसके उलटे, इन मुद्दों को उठाने पर सनातनी भी आर्यसमाजियों की जबर्दस्त संगठन क्षमता के कारण, उनके पीछे आ सकते थे। गौरतलब है कि इन मुद्दों पर आंदोलन मुख्य रूप से पश्चिमोत्तर प्रांत में ही चलाया गया जहाँ दयानंद का आधार कमजोर था, पंजाब में नहीं, जहाँ आर्यसमाज काफी मजबूत था और आधे आर्यसमाजी खुद मांसाहारी थे।

पश्चिमोत्तर प्रांत में गोरक्षा आंदोलन खड़ा करने में दो किताबों ने महत्वपूर्ण भूमिका निभाई—1880 में छपी दयानंद की *गौकरुणानिधि* और 1881 में छपी भारतेंदु हरिश्चंद्र की *गो महिमा।* पौराणिक विश्वासों के विरोधी दयानंद अपनी तर्कशीलता और विवेकशीलता के कारण गाय को 'माता' मानना तो दूर, उसे दूसरे जानवरों से खास 'पवित्र' भी नहीं मानते थे। लिहाजा उन्हें सिर्फ गाय की नहीं, बल्कि सभी उपयोगी जानवरों की रक्षा के लिए कहना पड़ा। पर गोरक्षा आंदोलन के लिए गाय की रक्षा पर ज्यादा जोर देना जरूरी था। एक अर्थशास्त्री की तरह उन्होंने आँकड़े देकर साबित किया कि सारे पशुओं में गाय सबसे ज्यादा उपयोगी है। ''इसीलिए आर्यों ने गाय सर्वोत्तम मानी है।''[44] इससे पहले *सत्यार्थ प्रकाश* में उन्होंने लिखा था कि विदेशियों (मुसलमानों और ईसाइयों) के आने से पहले आर्यावर्त के लोग पशुहिंसा नहीं करते थे। *गौकरुणानिधि* में इसे दोहराते हुए उन्होंने लिखा कि यहां आनेवाले 'पशु हिंसक निर्दय' विदेशियों की संगति से इस देश के अज्ञानी लोग भी ''पशुओं की हिंसा करने और मांस खाने में प्रवृत्त होते जाते हैं।'' ये विदेशी दयानंद के मुताबिक 8वीं सदी में भारत आए। ''जितना दूध और घी आदि पदार्थ तथा बैल आदि पशु 700 (सात सौ) वर्ष के पूर्व मिलते थे, उतना दूध, घी और बैल आदि पशु इस समय दसगुणे मूल्य से भी नहीं मिल सकते, क्योंकि सात सौ वर्ष के पीछे इस देश में गवादि पशुओं को मारनेवाले मांसाहारी विदेशी बहुत आ बसे हैं।''[45]

दयानंद की किताब के तीन खंड हैं—समीक्षा, नियम और उपनियम। समीक्षा में गाय की खासतौर पर रक्षा करने के तर्क दिए गए। इसी सिलसिले में मांसाहारी भोजन के खिलाफ भी कई तर्क दिए। उन्होंने इसका खंडन किया कि मांस खाने से मनुष्य बलवान होता है या जहाँ कुछ और खाने को न मिले, वहाँ अथवा आपातकाल में मांस खाया जा सकता है। कुछ लोगों का कहना था कि हिंदुओं के धर्म में मांस खाना मना है तो वे न खाएँ, पर दूसरे लोग क्यों न खाएँ? इसका खंडन करने के लिए दयानंद ने धर्म की एक अत्यंत व्यापक परिभाषा की—''जिस-जिस व्यवहार से दूसरों को हानि हो वह-वह अधर्म है और जिस-जिस व्यवहार से उपकार हो वह-वह 'धर्म' कहलाता है।''[46] चूँकि गाय आदि पशुओं से मनुष्य-समाज को बेशुमार फायदे पहुँचते हैं, इसलिए—''जब एक आदमी की हानि से

चोरी आदि कर्म पाप में गिनते हो तो गाय आदि पशुओं को मारकर बहुतों की हानि करना महापाप क्यों नहीं?''

19वीं सदी के आखिरी दशकों में हुए गोरक्षा आंदोलन के व्यावहारिक रूप को समझने की दृष्टि से इस किताब की दो बातें ध्यान देने लायक हैं—एक, इसमें पशुओं की हत्या और मांसाहारी भोजन के लिए भारत में बाहर से आनेवालों को, खासतौर पर मुसलमानों को दोषी ठहराया गया। उसके बाद ईसाइयों को। कहा गया कि इनके असर से भारत के आर्यों ने भी मांस खाना शुरू किया। यह एक बेबुनियाद धारणा थी क्योंकि भारत में कई जातियों और वर्गों के बीच मांस खाने की प्रथा प्राचीनकाल से चली आ रही थी। बौद्ध बनने से पहले अशोक हिंदू था। बौद्ध बनने के बाद ही उसने अपने महल के रसोईघर में पशुओं को मारना बंद करने का हुक्म दिया। दूसरी बात, गाय की रक्षा के लिए दयानंद ने हिंदुओं को सिर्फ मांस खाने से नहीं रोका, बल्कि अगर कोई दूसरा गाय को मार रहा हो, तो उसे भी रोकने को कहा। ''आज तक जो हुआ सो हुआ। आंखें खोलकर सबके हानिकारक कर्मों को न कीजिए और न करने दीजिए।'' भगवान से प्रार्थना की—''जो इनको कोई न बचावे तो आप इनकी रक्षा करने और हमसे प्रार्थना कराने में शीघ्र उद्यत हूजिए।''[47] गोरक्षा के लिए बल-प्रयोग करने का यह संकेतपूर्ण निर्देश सदियों पहले पशुओं को हिंसा से बचाने के लिए गौतम बुद्ध के दिए निर्देशों से बहुत अलग किस्म का था। दयानंद की विचारधारा की इन दो बातों ने आगे होनेवाले गोरक्षा आंदोलन के व्यावहारिक कार्यक्रम की, खासकर उसमें हुए हिंसक दंगों की, जमीन पहले से तैयार कर दी।

किताब में दिए गए उपनियमों में गोरक्षा आंदोलन के उस संगठन का ढाँचा खड़ा किया गया जो गोरक्षा के कार्यक्रम को लागू कराता। उपनियमों के मुताबिक संगठन का संचालन वे सभासद करेंगे जो अपनी आय का शतांश संगठन को देंगे, पर—''राजा, सरदार, बड़े-बड़े साहूकार आदि को'' सभासद बनने के लिए शतांश देना जरूरी नहीं होगा। ''वे एक बार व मासिक व वार्षिक अपने उत्साह व सामर्थ्यानुसार दे सकते हैं।'' उपनियमों में इसका भी निर्देश है कि गोकृष्याद्रिरक्षिणी सभा (संक्षेप में गौरक्षिणी सभा) के पास जमा हुए धन को कैसे खर्च किया जाए। 34वें उपनियम में कहा गया कि ''संप्रति इस सभा के धन का व्यय गो आदि पशु लेने, उनका पालन करने, जंगल और घास के क्रय करने, उनकी रक्षा के लिए भृत्य व अधिकारी रखने, तालाब, कूप, बावड़ी अथवा बाड़ा के लिए व्यय किया जाए।''[48] इसमें ''गो आदि पशु लेने'' से मतलब यह था कि अगर कोई गाय कसाई के हाथ पड़ गई हो या पड़ जाने का डर हो, तो उसे हासिल कर लिया जाए। शायद यह काम उसे खरीदकर होना था। आगे आंदोलन में यह काम खूब हुआ, पर खरीदने की जगह ज्यादातर ताकत के बल पर। पशु की हत्या न होने पाए, इसकी गारंटी करने के लिए कहा गया कि गाय कसाई से लेकर हिंदू भाई को सौंप दी जाए जो उसका पालन-पोषण करे। अगर वह इसमें असमर्थ हो तो गाय गौरक्षिणी सभा को सौंप दी जाए। इसी निर्देश से आंदोलन के दौरान गोशालाएँ खोलने का कार्यक्रम निकला। दयानंद की किताब की खूबी यह है कि इसमें जो विचारधारा, सांगठनिक ढाँचा और कार्यक्रम सुझाया गया, पश्चिमोत्तर प्रांत

में और उसके बाहर भी, गोरक्षा आंदोलन बहुत-कुछ उसी के मुताबिक हुआ।

किताब लिखने के अलावा दयानंद ने जगह-जगह गौरक्षिणी सभाएँ कायम कीं। कई आर्यसमाजियों ने गौशालाएँ कायम कीं। हिंदी के लेखक काशीनाथ खत्री ने, जो नवजागरण के सबसे सक्रिय लेखक थे, इलाहाबाद के पास सिरसा में गोरक्षा पर सभाएँ कीं और गोशाला खोली। गोकशी पर पाबंदी लगवाने के लिए दयानंद ने आर्यसमाजियों के जरिए एक लाख दस्तखत करवाकर रानी विक्टोरिया, ब्रिटिश संसद और भारत के गवर्नर जनरल को मेमोरियल भेजने का अभियान चलाया। इस मेमोरियल में गाय के साथ-साथ बैलों और भैंसों की हत्या पर भी पाबंदी लगाने की माँग की गई थी। मेवाड़ और पटियाला की रियासतों के नरेशों ने, दूसरे राजा-महाराजाओं ने और बहुत से राजपूत सामंतों ने दयानंद के अभियान में व्यक्तिगत रूप से आर्थिक मदद की और दस्तखत किए, हालाँकि इन दस्तखत करनेवालों में बहुत से लोग, जोर्डन के मुताबिक, खुद मांसाहारी थे।

गोरक्षा आंदोलन के सिलसिले में छपी दूसरी महत्वपूर्ण किताब भारतेंदु हरिश्चंद्र की *गोमहिमा* थी जो 1881 के आखिरी महीनों में बनारस के लाइट यंत्रालय से छपी। भारतेंदु के जीवनीकारों ने इसे भारतेंदु का लिखा ग्रंथ कहा है। असल में यह गाय की महिमा बतानेवाले श्लोकों का संग्रह है। राधाकृष्ण दास के मुताबिक भारतेंदु ने इन श्लोकों का दूसरों से हिंदी अनुवाद कराके खुद उस अनुवाद को शुद्ध करके छपवाया था।[49] इस किताब में गाय की महिमा बतानेवाले श्लोकों को नंदी पुराण, आदित्य पुराण, देवी पुराण, स्कंद पुराण, भविष्य पुराण, कर्म पुराण, लिंग पुराण, ब्रह्म पुराण, महाभारत, याज्ञवल्क्य तथा व्यास की रचनाओं से जमा करके उनका हिंदी अर्थ दिया गया है। महज बाईस पृष्ठोंवाली इस किताब का सबसे महत्वपूर्ण हिस्सा अंत में *आर्यभ्राताओं* को संबोधित भारतेंदु का बयान है। दयानंद की किताब से इस किताब की समानता और भिन्नता गौर करने लायक है। सबसे महत्वपूर्ण समानता दोनों किताबों में गोहत्या के लिए मुख्यत: मुसलमानों को दोषी ठहराना है। दोनों ने गोरक्षा आंदोलन को खड़ा करने की प्रेरणा और थोड़ा-बहुत कार्यक्रम दिया है। फर्क यह है कि दयानंद की किताब ऐसे आधुनिक आंदोलनकारी की है जो अपने मुस्लिम-विरोधी आग्रहों के बावजूद खुद को, जहाँ तक हो सके, गैर-सांप्रदायिक रूप में पेश करने की कोशिश करता है और सारे मामले को किसी धर्मविशेष के बजाय पूरे राष्ट्र की आर्थिक समस्या के रूप में रखना चाहता है। ऐसा करने के लिए वह जरूरी तर्क देता है, आँकड़े जुटाता है, जबकि भारतेंदु की किताब ऐसे आंदोलनकारी की है जिसका मुस्लिमविरोध स्पष्ट झलकता है। यह आंदोलनकारी समस्या को सिर्फ भावात्मक दृष्टि से देखता है; तर्क और आँकड़ों के बजाय भावुकतापूर्ण अपीलें करता है और अंधविश्वासों से भरी ब्राह्मणवादी प्रथाओं की दुहाई देता है।

किताब में आर्यभ्राताओं को संबोधित बयान में भारतेंदु ने गोवध के लिए ईसाइयों को गौण रूप से, मुसलमानों को मुख्य रूप से दोषी ठहराया। पर शास्त्रों और पुराणों से उन्होंने

जिन श्लोकों को उद्धृत किया, उनसे उनके मुसलमानविरोध की कोई संगति नहीं बैठती क्योंकि वे सभी शास्त्र और पुराण मुसलमानों से पहले के बने हुए थे। कुछ मुसलमानों के समय में भी बने होंगे, पर उनसे उद्धृत किसी भी श्लोक में गाय के प्रसंग में मुसलमानों का जिक्र नहीं मिलता। इस सिलसिले में 'श्रुति' में आए *संपीडक* शब्द के जिक्र से साबित होता है कि गोवध या पशुओं पर हिंसा का मामला मुसलमानों के आने से शुरू नहीं हुआ था—जैसा भारतेंदु दावा करते हैं—बल्कि काफी पहले से चला आ रहा था।

दयानंद गाय की जिस आर्थिक उपयोगिता पर जोर देते हैं, वह भारतेंदु में कहीं नजर नहीं आती। अगर कहीं हैं भी, तो चलते ढंग से एक-आध पंक्ति में। दयानंद ने गाय की महिमा को खेतिहर देश के आर्थिक उत्पादन में उसकी भूमिका के कारण माना जो ज्यादा विवेकशील दृष्टिकोण था, जबकि भारतेंदु द्वारा जमा किए गए श्लोकों में गाय की महिमा से ज्यादा ब्राह्मणों को गाय दान में देने के माहात्म्य का वर्णन है। वास्तव में इस संग्रह का सारा जोर ज्यादा-से-ज्यादा गोदान करके पुण्य लूटने को प्रेरित करने पर है। जैसे :

1. "गोदान करनेवाला कभी नरक नहीं जाता।" श्लोक-7/ पृ. 2
2. "प्राणी एक गऊ के दान से स्वर्ग और दस के दान से गोलोक और सौ गउओं के दान से ब्रह्मलोक का निवासी होता है।" श्लोक 8 / पृ. 2
3. "बिन माँगी हुई गऊ को यज्ञ के अर्थ अग्निहोत्री को देवें तो मानों तीन बार द्रव्य परिपूर्ण पृथ्वी का दान किया अर्थात् इस महादान के फलों को वह नर एक गोदान ही से पाता है।" श्लोक 8 / पृ. 2
4. "वेदपाठी ब्राह्मण को चाहे एक ही गऊ दें तो यह गऊ उसके इक्कीस पीढ़ी के पुरखों को नरक से स्वर्ग पहुँचाती है।" श्लोक 10/3
5. "दक्षिणा के सहित गऊ योग्य को देना चाहिए। वह उसके अंतानंत श्रेणी के पूर्वपुरुषों को नरक से निकालती है।" 10/3

धूर्त और लालची ब्राह्मणों ने इन श्लोकों में, दान में तरह-तरह की गउएँ हासिल करने के अलावा साथ में सोना-चाँदी भी लपेट लेने की जुगत भिड़ा रखी थी जो नीचे के श्लोकों से जाहिर है :

6. "गोदान दाता और दाता के साथ पुरखों को स्वर्ग पहुँचाता है। सीधे स्वभाव की अच्छी झूल ओढ़े, स्वर्ण से मढ़े सींग और फूल को दोहनीवाली गऊ को वेदवेदांग पारंगत ब्राह्मणों को देने से अक्षय परम पुण्यलोकों में निवास दानकर्ता करता है।" 20/5
7. "चाँदी के खुर, सुवर्ण के सींगवाली, रोगरहित, वत्स सहित अच्छे वस्त्र ओढ़ी हुई, सरस स्वभाववाली बहुदुग्ध गऊ को जो दान करता है, वह नर गऊ के रोमतुल्य वर्ष ब्रह्मलोक में वास करता है।" 21-22/4

गोदान के इस प्रपंच को और भी पवित्रता प्रदान करने के लिए दान देने की प्रामाणिक विधियाँ भी साथ में बतलाई गईं :

8. "शिव के दक्षिण और उत्तर मुख गऊ खड़ी करे और पूर्व मुख वत्स और ब्राह्मण भी उत्तर मुख।"43/9

9. "दाता पूर्व मुख होकर ब्राह्मण का पूजन करे अर्थात् पूजनादि करके 'ग्रहण कीजिए' ऐसी प्रार्थना करे।" 45/9

इन श्लोकों से जाहिर है कि 19वीं सदी के आखिरी दशकों के गोरक्षा आंदोलन को उचित ठहराने के वास्ते पुराने हिंदू शास्त्रों और पुराणों में कोई प्रमाण नहीं मिलता। वहाँ तो ज्यादा-से-ज्यादा गउओं के साथ कुछ सोना-चाँदी भी हासिल कर लेने का लालच और प्रपंच मिलता है। ये श्लोक उस वर्ग के स्वार्थों को दर्शाते थे जिसके लिए गाय की भूमिका खेतिहर उत्पादन में इतनी नहीं थी जितनी कर्मकांडों में, जैसा कि संग्रह के एक श्लोक में कहा भी गया कि "गउओं से यज्ञ होते हैं और वे संपूर्ण पापों को नष्ट करती हैं।"—87/17 भारतेंदु ने एक ऐसा श्लोक भी शामिल किया जिसमें बुरी गाय को पालने योग्य बताने के लिए उसकी तुलना इस तरह की गई, "सदोष भी गऊ अपने घर में पालन-पोषण के योग्य हैं, जैसे ब्राह्मण दुःस्वभाव का भी पूज्य ही है और बड़ा ध्यानी शूद्र होय, सेवा ही के काम का होता है।"—87/17.

वर्ण और जातियों पर टिके जिस कर्मकांडी समाज के ये श्लोक थे, उस समाज में गाय की रक्षा किससे करनी थी? वहाँ मुसलमान न थे, ईसाई न थे। किसानों के वर्ग उभर रहे थे जो गाय को खेती के काम में लगाते थे। व्यापारी उभर रहे थे जो व्यापार का माल गाय-बैलों पर लादकर ले जाते थे। इन दो वर्गों के अलावा गाँव से बाहर रखे गए वे दलित भी थे जिन्हें खाने के लिए अनाज बहुत कम नसीब होता था। वे जानवरों का मांस खाते थे। धन-संपत्ति की तरह गायों का संग्रह करनेवाले ब्राह्मण असल में गायों की रक्षा इन्हीं किसानों, व्यापारियों और उन दलितों से करना चाहते थे जिन्हें वे दुष्ट और चांडाल कहते थे। गौरतलब है कि दयानंद ने गायों की रक्षा करने का तर्क सबसे ज्यादा किसानों के हित में दिया था, जबकि भारतेंदु के संग्रह के एक श्लोक में गायों को किसानों, व्यापारियों और दलितों से दूर रखने के लिए कहा गया—"घातुकों के हाथ गऊ न बेचना चाहिए तथा गउओं से जो हल चलाते हैं और जो नास्तिक अर्थात् गोमाहात्म्य नहीं माननेवाले जैसे कि मलेच्छ यवनादि ऐसों को भी गऊ न देनी चाहिए और जो गऊ से लादी-व्यापार करते हैं, उनको भी गऊ न देनी चाहिए" 12/2.

इस श्लोक में आए यवन और मलेच्छ चाहे जो भी रहे हों, गौरतलब है कि उन्हीं के साथ किसानों और व्यापारियों को भी रख लिया गया है। 'घातुकों' शब्द बतलाता है कि कसाई उस जमाने में भी थे। जाहिर है, गोरक्षा आंदोलन के लिए भारतेंदु कोई नया, आधुनिक और धर्मनिरपेक्ष आधार नहीं ढूँढ़ते। वे परंपरागत अंधविश्वासों के आधार पर ही, फिर वे कितने भी विवेकहीन क्यों न हो, गोरक्षा का आंदोलन खड़ा कर रहे थे। गाय समेत सभी उपयोगी पशुओं की रक्षा करना उचित था। लेकिन एक आधुनिक, धर्मनिरपेक्ष और विवेकपूर्ण दृष्टिकोण से अलग होकर उनके यहाँ गाय की रक्षा का मतलब गाय की भक्ति हो जाता है और वह भक्ति इस तरह की दिखती है—"अपने शरीर का रक्षण धर्मशास्त्र विहित है। परंतु गऊ के अर्थ प्राण भी छोड़ देना चाहिए। यही सच्ची गोभक्ति है जैसे महाराजा दिलीप ने की।" 100/19.

ऐसे भावुकतापूर्ण, उन्मादपूर्ण दृष्टिकोण से 19वीं सदी के आखिरी दशकों में ''गऊ के अर्थ प्राण छोड़ने'' का मतलब गोरक्षा के दंगों में मरना और मारना ही निकल सकता था।

श्लोकों के इस संग्रह से ज्यादा महत्वपूर्ण आर्यभ्राताओं को संबोधित भारतेंदु का वह आह्वान है जिसे *गोमहिमा* का विज्ञापन देते हुए बालकृष्ण भट्ट ने *हिंदी प्रदीप*, दिसंबर, 1881 में फिर से छापा। अपने संबोधन की शुरुआत भारतेंदु ने इस विचार से की कि जब से यवनगण इस देश में आए, तभी से गौओं का दुख शुरू हुआ। ''जब से यवनगण के कण्टकमय चरण इस आर्यभूमि में आए तब से गउओं पर जो दुख है, वह हम लोगों का जी ही जानता है।'' ऐसी शुरुआत करते ही पहली समस्या उनके सामने अंग्रेज हाकिमों की आई जो गोमांस खाने के लिए मशहूर थे। भारतेंदु उनसे मेल-जोल रखते थे; मुस्लिम शासन की तुलना में अंगरेजी शासन के समर्थक थे। भारतेंदु ने आर्यभ्राताओं को समझाया कि अंगरेजों का गोमांसा खाना इतना दुखदाई नहीं है जितना मुसलमानों का। क्योंकि, ''यद्यपि अंगरेज लोग भी गोभक्षक हैं, किंतु प्रथम तो मुसलमानों की अपेक्षा इनकी संख्या ही अति अल्प है। दूसरे, इनका बहुत-सा मांस विदेश से आता है। तीसरे, इनके अर्थ जो हत्या होती है, वह प्रकाश रूप से नहीं होती। केवल मुसलमानों की हत्या ऐसी है जिससे सतत हम लोगों को दुख होता है।''[50] इस लीपापोती के बाद भारतेंदु ने दुख प्रकट किया कि गोवध के मामले में अंगरेज भी मुसलमानों का पक्ष लेते हैं। इस पक्ष लेने का कारण क्या था? कारण यह नहीं था कि अंगरेज खुद भी गोवध करते थे। पक्ष लेने का कारण, भारतेंदु के मुताबिक, यह था कि मुसलमानों का आपस में एका था। वे ताकतवर थे, उनकी लड़ने-भिड़ने की परंपरा थी और हिंदोस्तान के आस-पास कई मुस्लिम देशों की मौजूदगी थी। मुसलमानों के मुकाबले हिंदुओं में फूट थी। वे शारीरिक रूप से कमजोर थे, शांत स्वभाव और दास मनोवृत्ति के थे।[51]

यह तर्क 19वीं सदी के हिंदू भद्रवर्ग के औपनिवेशिक बुद्धजीवियों का गढ़ा हुआ एक मिथक था जिसका इस्तेमाल वे अंग्रेजी शासन से अपने अंतर्विरोधों पर परदा डालने और मुस्लिम भद्रवर्ग से अपने संघर्ष में बाकी हिंदुओं को गोलबंद करने के लिए करते थे। यह तर्क देकर भारतेंदु इस नतीजे पर पहुँचे कि इस मामले में अंग्रेज सरकार से उम्मीद रखना बेकार है। सरकार नहीं सुनेगी। गोवध बंद कराने में राज्य का 'दंड' काम नहीं आएगा। लिहाजा हमें ''साम, दाम, भेद—केवल इन्हीं तीन नीतियों से काम लेना है।'' इन नीतियों के आधार पर उन्होंने गोरक्षा आंदोलन के लिए कार्यक्रम सुझाया, ''बड़ी-बड़ी गोशाला कीजिए, चंदा कीजिए। बहुत-सी गऊ खरीदिए। मुसलमानों के हाथ जोड़िए, समझाइए, लालच दीजिए, हिंदुओं ही के कारण तुम्हारी जीविका है, यह निश्चय करा दीजिए, इसका उदाहरण उनको प्रत्यक्ष करके दिखा दीजिए।'' आखिरी पंक्तियों का मतलब मुसलमानों का आर्थिक बॉयकाट करने से था। इस कार्यक्रम में मुसलमानों को गाय ले जाने या मारने से जबरन रोकने का निर्देश नहीं था जो दयानंद के यहाँ मिलता है। यह फर्क सनातनियों के मुकाबले ज्यादा संगठित और आक्रामक आर्यों की उग्रता का फर्क था। इतना ही महत्वपूर्ण फर्क मुसलमानों को हिंदुओं पर उनकी निर्भरता का एहसास करा देने के लिए उनके

आर्थिक बॉयकाट के आह्वान का था जो दयानंद में नहीं मिलता। इस तरह गाय और दूसरे उपयोगी जानवरों को हिंसा से बचाने के लिए विवेकपूर्ण दृष्टिकोण का प्रचार करने और उस आधार पर औपनिवेशिक सरकार से तर्कसंगत कानून बनाने के लिए कहने के बजाय दयानंद और भारतेंदु, दोनों ने, अंगरेज सरकार से टकराहट को गौण रूप में रखते हुए, मुसलमानों को गोरक्षा के सबसे बड़े दुश्मन के रूप में उभारा। उन्होंने मुद्दे को इस ढंग से उठाया कि वह मुसलमानों के खिलाफ हिंदुओं को गोलबंद करने का एक नारा बन गया। अगर नवजागरण के ये नेता सामाजिक वास्तविकताओं को देखते जिनमें न सिर्फ हिंदुओं के गाँवों में रहनेवाली कई दलित जातियां गोमांस खाती थीं, बल्कि मुसलमानों के आने से पहले भी हिंदू जातियों के बीच गोमांस कभी प्रचलित था और क्षत्रियों के अलावा कुछ हिस्सों में, जैसे मिथिला में, ब्राह्मण भी मांसाहारी थे—अगर वे इतिहास के इन तथ्यों पर गौर करते तो उन्हें मुसलमानों से इतनी नफरत न होती। गाय के बारे में बहुत-से अंधभक्तिपूर्ण विचारों के प्रचार के अलावा उन्माद भी फैलाया गया। *सत्यार्थ प्रकाश* में दयानंद ने गाय से लाखों लोगों को होनेवाले फायदे को आधार बनाकर गाय की हत्या को लाखों लोगों की हत्या के बराबर ठहराकर एक किस्म का उन्माद फैलाया। ऐसे ही भारतेंदु ने भी गाय के नाम पर हिंदुओं के 'आर्यरक्त' को खौलाने की कोशिश की। व्यावहारिक आंदोलन में इन सबका नतीजा यह निकला कि औपनिवेशिक शासन से विरोध प्रकट करने और कानून बनाने की माँग दूसरे नंबर पर चली गई, मुसलमानों के खिलाफ बल प्रयोग पहले नंबर पर आ गया।

दयानंद और भारतेंदु, दोनों अंगरेजी शासन के नरम आलोचक, पर समर्थक और मित्र थे। उस समय की भद्रवर्गीय राजनीति के अनुरूप दोनों ने गोरक्षा के मामले में सरकार पर भी दबाव डालने की नीति अपनाई। नवजागरण के भद्रवर्गीय मुस्लिम नेता भी इसी तरह अपने हितों के लिए समय-समय पर सरकार पर दबाव डालने की नीति अपनाते थे। अत्याचार और बीभत्स प्रथाओं से सभी पशुओं की रक्षा करने के वास्ते सरकार पर दबाव डालने के लिए पहले भी भारतेंदु ने काशी के प्रतिष्ठित नागरिकों की एक सभा बनारस के जगतगंज नार्मल स्कूल में बुलाई थी। उस सभा में किसी ने सुझाव दिया कि म्यूनिसिपैलिटी के कानूनों के जरिए पशुओं पर होनेवाले अत्याचारों को रोका जा सकता है। इस सुझाव के मुताबिक म्यूनिसिपैलिटी के उन कानूनों की शिनाख्त करके—जिनसे पशुओं की रक्षा होती थी—एक निवेदन स्थानीय प्रशासन को भेजा गया जिसे मजिस्ट्रेट ने मंजूर कर लिया।[52] इसी दबाव की नीति को लागू करते हुए भारतेंदु ने *गोमहिमा* में हिंदी पत्र-पत्रिकाओं के संपादकों और लेखकों का आह्वान किया—"सर्कार से भी, चाहे सुने, चाहे न सुने—हल्ला करते जाइए। अखबारों में भी धूम मचाते रहिए। महीने में एक लेख इसी पर सही। आपुस में सदा इसका चरचा रखिए। चाहे काम हो चाहे न हो, बके जाइए। हौरा रहेगा तो अवश्य कुछ होगा।"[53] आंदोलन की यह जानी-पहचानी पद्धति भद्रवर्गीय चरित्र के पूरी तरह मुआफिक थी। भद्रवर्ग हमेशा इसी बँधे-बँधाए (रुटीन) ढंग से आंदोलन चलाता है जिसमें उसका जीवन बिल्कुल अस्त-व्यस्त न हो जाए, दूसरे कारोबार बिल्कुल ठप्प न पड़ जाएँ।

भारतेंदु हिंदुओं के आलस्य और दास मनोवृत्ति से हमेशा दुखी रहते थे। पर वे जानते

थे कि धर्म से जुड़ा गाय का मुद्दा ऐसा है कि आलसी और दास स्वभाववाले भी तैश में आ सकते हैं। अपने बयान में उन्होंने अफसोस जाहिर किया कि वक्त के असर से हिंदुओं की धमनियों में बहनेवाला उनके पुरखों का खून ठंडा पड़ गया है, रुक गया है। "कालनीति के प्रभाव से भारतवर्ष के और विषयमात्र में आपलोगों का धमनीगत रक्तस्रोत शीतल और स्थगित है। केवल इसी के नाम से कुछ उत्तप्त और प्रधावित होता है। इसमें भी शिथिल हुआ तो इतिश्री और जीवन संचार आशा मात्र की समाप्ति है—इसको दूर तक सोच लीजिए।"[54] प्रचलित उर्दू शब्दों से शुद्ध की गई संस्कृतबोझिल हिंदी में उन्होंने आगे लिखा—"उसी आर्य तेजोमय रक्त को सतेज करने ही को यह संग्रह प्रकाशित होता है।" हिंदुओं के ठंडे और रुके हुए आर्यरक्त को 'सतेज' करने का उपाय भारतेंदु को सही सूझा कि वे हिंदुओं को याद दिला दें कि उनके पुरखों ने पुराण-शास्त्रों में इस विषय का कितना आग्रह कर रखा है। व्यावहारिकता दिखाते हुए अंत में उन्होंने यह भी लिखा कि अगर खुलेआम गोवध रुक जाए तो इसे भी वे आंदोलन की सफलता मान लेंगे, "और कुछ नहीं हो सकता तो प्रकाश वध निवारण हो जाए, तो भी हम कृतार्थ होंगे।"

आर्यभ्राताओं के नाम भारतेंदु का यह संबोधन 1881-82 के गोरक्षा आंदोलन के घोषणापत्र जैसा था। हिंदीभाषा और लिपि के अलावा भारतेंदु ने अपने जीवन में सबसे बड़ा आंदोलन गोरक्षा के लिए ही किया। पश्चिमोत्तर प्रांत के हिंदू नवजागरण के दौरान हुए ये तीनों बड़े आंदोलन अंगरेजों के नहीं, मुसलमानों के खिलाफ हुए। गोरक्षा आंदोलन को खड़ा करने के लिए भारतेंदु किस कदर कमर कसे हुए थे, इसका पता उस जमाने में हिंदी के सबसे बड़े प्रकाशक और *क्षत्रिय* पत्रिका के संपादक, खड्गविलास प्रेस के मालिक कुँवर रामदीन सिंह को लिखे उनके पत्र से चलता है। पत्र का मसौदा ऐसा है जिससे लगता है कि भारतेंदु ने इसे दूसरे हिंदू संपादको को भी भेजा होगा। पत्र में पहले "अबकी बकरीद पर" कई शहरों में हुई गाय की खुलेआम कुर्बानी, इससे हिंदुओं की हुई 'मानहानि', इस बारे में "पालिसी परतंत्र गर्वनमेंट" की निष्क्रियता और मुसलमानों की उग्रता का जिक्र किया गया। इसके बाद "हम लोगों का" यानी "जो भारतवर्ष में हिंदुओं के ही वीर्य से उत्पन्न हैं"—उनका कर्त्तव्य बताया गया। भारतेंदु ने लिखा, "इस पत्र द्वारा निवेदन है कि जहाँ तक हो सके, इस विषय में प्रयत्न कीजिए। भागलपुर, मिर्जापुर, काशी इत्यादि कई स्थानों में प्रकाश्य रूप से केवल हमारा जी दुखाने को हाँका ठोकी यह अत्याचार हुआ है जो किसी-किसी समाचार पत्र में प्रकाशित भी हुआ है। आप भी, अपने पत्र में इस विषय का भली-भाँति आंदोलन कीजिए। सब पत्र एकसाथ कोलाहल करेंगे, तब काम चलेगा। हिंदी, उर्दू, बंगाली, मराठी, अंगरेजी, सब भाषा के पत्रों में, जिनके संपादक हिंदू हैं, एक बेर बड़े धूम से इसका आंदोलन होना अवश्य है। आशा है कि अपने शक्य भर आप इस निवेदन में कोई बात न उठा रखेंगे।"[55]

इस पत्र में गोरक्षा के मुद्दे पर भारतेंदु की आंदोलनकारी मानसिकता साफ दिखाई देती है। भारतेंदु सिर्फ वैचारिक स्तर पर नहीं, संगठन और आंदोलन के स्तर पर भी गोरक्षा आंदोलन में काफी सक्रिय रहे। उनकी सक्रियता की पुष्टि उनके जीवनीकारों के उस बयान

से होती है जिसमें उन्होंने आंदोलन के नेता के रूप में दयानंद और भारतेंदु, दोनों को समान महत्व दिया है। शायद भारतेंदु के लिए यह बात कुछ बढ़ा-चढ़ाकर कही गई हो। उन्होंने लिखा है कि गोरक्षा आंदोलन के लिए जगह-जगह जो गौरक्षिणी सभाएँ बनाई गईं, उनके मुख्य सूत्रधार भारतेंदु और दयानंद थे।[56] भारतेंदु ने कहाँ-कहाँ गौरक्षिणी सभाएँ बनवाईं और आंदोलन के बौद्धिक नेता होने के अलावा संगठन और आंदोलन में व्यावहारिक रूप से क्या-क्या काम किए, इसकी पूरी जानकारी नहीं मिलती। फिर भी इसमें शक नहीं कि 1881-82 के गोरक्षा आंदोलन में भारतेंदु एक प्रमुख नेता थे। दिल्ली दरबार के समय दिए गए मेमोरियल, *गोमहिमा* और रामदीन सिंह को लिखे पत्र के अलावा भी कुछ ऐसे सबूत मिल जाते हैं जो बताते हैं कि उनकी प्रेरणा और प्रोत्साहन से, उनके दिशानिर्देशन में कई जगह गौरक्षिणी सभाएँ खुलीं और गोरक्षा के लिए प्रचारात्मक काम हुआ। जैसे तरुण राधाकृष्ण दास ने उनके प्रभाव से 1881 में गोरक्षा के मुद्दे पर *सारसुधानिधि* में कई लेख लिखे। काशी की एक प्रमुख सनातनी संस्था *ब्रह्मामृतवर्षिणी सभा* के भारतेंदु संरक्षक और मुख्य सलाहकार थे। इस संस्था ने गोरक्षा के मुद्दे को अपने हाथ में लिया। भारतेंदु की मौजूदगी में हुई इसकी एक सभा में गोरक्षा के लिए चंदा उगाहने के अलावा पं. राममिश्र शास्त्री को लखनऊ, बरेली, आगरा और मथुरा इत्यादि नगरों में गौरक्षिणी सभाएँ कायम करने के लिए भेजना तय हुआ। राममिश्र शास्त्री इन जगहों पर गए भी।[57] 23 मार्च, 1884 को इस सभा ने हैदराबाद के निजाम के स्वस्थ होने पर ईश्वर को धन्यवाद देते हुए निजाम बहादुर को पत्र भेजा कि वे इस खुशी के मौके पर अपने राज्य में गोवध का निवारण कर दें। यदि ऐसा हो जाए तो उस प्रांत के हिंदुओं के लिए फिर से अकबर का राज्य हो जाएगा।[58]

1884 में ही भारतेंदु ने *भारतमित्र* के कई अंकों में लगातार यह विज्ञापन छपवाया कि गोवध निवारण विषय पर जो कोई ऐसी रचना—काव्य, नाटक या उपन्यास—लिखेगा जो "आर्यजन के चित्त में घृणा, लज्जा और उत्साह बढ़ानेवाली हो," उसे 50 रुपए से सौ रुपए तक का पुरस्कार दिया जाएगा। यह पुरस्कार उस जमाने में साहित्याचार्य समझे जानेवाले वैष्णव आचार्य पं. अंबिकादत्त व्यास को मिला जिन्हें भारतेंदु अपनी *कवितावर्द्धिनी सभा* में पहले ही सुकवि की उपाधि दे चुके थे और जिनके छोटे भाई रमाशंकर व्यास ने हरिश्चंद्र को *भारतेंदु* की उपाधि देने का प्रस्ताव रखा था। अंबिकादत्त को यह पुरस्कार उनके लिखे नाटक *गोसंकट* के लिए मिला। अंबिकादत्त ने यह नाटक पुरस्कारवाले विज्ञापन से भी पहले, भारतेंदु के घर में हुई बैठक के दौरान, सीधे भारतेंदु से मिली प्रेरणा से लिखा था। नाटक पहली बार 1882 में *उचित वक्ता* में छपा, फिर भारतेंदु के मित्र रामदीन सिंह के खड्गविलास प्रेस में छपा। अंबिकादत्त व्यास साहित्यिक होने के नाते भारतेंदु मंडली में तो थे ही, वे मुख्यरूप से वैष्णवधर्म के आचार्य थे और पश्चिमोत्तर प्रांत में दयानंद सरस्वती के धार्मिक-सामाजिक सुधारों के खिलाफ लड़नेवालों की अगली कतार में थे। वैष्णवधर्म से संबंधित अपनी पत्रिका में वे दयानंद के मूर्तिपूजा-निषेध के खिलाफ, विधवाविवाह और शूद्रों को वेद पढ़ाने के खिलाफ लगातार लिखते रहते थे। गोरक्षा के मुद्दे पर सुधारक और सुधार-विरोधी, सब एक थे। अंबिकादत्त ने अपनी भूमिका में लिखा—" भैया आर्यसमाज,

मध्यहिंदूसमाज और सनातनसमाज—यह ग्रंथकर्ता तुम लोगों की पदधूलि है। इस छोटे ग्रंथ को स्वीकार करना।''

गोसंकट नाटक गोरक्षा आंदोलन को बढ़ाने-फैलाने की भावना से प्रेरित होकर लिखा गया था। इसमें पाँच-छः मुख्य पात्र हैं जो उस वक्त की हिंदू सामाजिक शक्तियों और प्रवृत्तियों का अचूक ढंग से प्रतिनिधित्व करते हैं—दो खत्री या अगरवाले व्यापारी, एक ब्राह्मण ब्रह्मचारी और एक राजपूज। वास्तविक समाज में भी यही जातियाँ तथा वर्ग गोरक्षा आंदोलन के सामाजिक आधार थे। नाटक में एक भद्रवर्गीय मौलवी साहब, एक दबंग गुंडा किस्म का पहलवान कल्लू और खाँ साहब, उनकी बेगम और नौकरानी गोरक्षा के विरोधीपक्ष की भूमिका में हैं। 19वीं सदी के आखिरी दशकों में मुसलमानों के प्रति हिंदू भद्रवर्ग की धारणाओं को और गोरक्षा को प्रतीक बनाकर मुस्लिम भद्रवर्ग के खिलाफ उभर रहे उसके विरोध को समझने के लिहाज से यह नाटक बड़े ऐतिहासिक महत्व का है। नाटक के शुरू में गाय के उपयोगी गुणों का वर्णन करने के बाद व्यापारी गोकुलदास कहता है कि गाय के प्राण लेना सब भारतवासियों के प्राण लेने के समान है (यह तर्क *सत्यार्थ प्रकाश* में आए एक वाक्य का रूपांतर भर है)। ब्रह्मचारी साधु आकर खबर देता है कि आज रात मुसलमान गोहत्या कर सकते हैं, हमें सावधान रहना चाहिए। लाला गोबरधन दास—''देखिए न, हम लोगों की तो यह भलमनसी कि निज मंदिरों के पास इनको मस्जिद बना लेने दें और रात-दिन बड़े मियाँ-बड़े मियाँ कहके बातें करते हैं और इनके ये कर्म हैं कि हमलोगों की माता सदृश्य गौ को...।''

ब्रह्मचारी—''साँप को दूध पिलाना उसके विष ही को बढ़ाना है।''

इस बीच कोई चिल्लाता है कि अरे दौड़ो। हम लोगों की पूज्य गौ मलेच्छों के हाथ जा पड़ी है।

दूसरे दृश्य में अगरवाले बनिये माथे पर रामानंदी तिलक लगाए बड़ी-सी मस्जिद के पास बूढ़े मौलवीसाहब के सामने हाथ जोड़ विनम्रतापूर्वक गोरक्षा के लिए प्रार्थना करते हैं।

मौलवी साहब—''एक छोटे-से जानवर के लिए आप लोगों ने इतना शोर मचा रखा है।''

सावजी—''क्या आपके कुरान में गौ की भी कुर्बानी लिखी है?''

मौलवी—''तुम क्या जानते हो कुरान की निस्बत।''

मौलवी साहब कल्लू मियाँ को बताते हैं कि ये सेठ कह रहे हैं कि आज गौ न मारी जाए। इस पर कल्लू कहता हैं, ''बीच बाजार तुम लोगों के सामने मारेंगे। तुम्हें जो करना हो, कर लेना।'' मुसलमान गाय को ले जाते हैं। नेपथ्य से आवाज आती है—''जो अपने को हिंदू समझता हो, शीघ्र दौड़के आवे। ये दुष्ट लोग बलपूर्वक इस गौ को बधिक के घर ले जाते हैं।''

तीसरा दृश्य। गोबरधन दास—''जिसके राज्य में रहते हैं, उसके आगे अपना दुख रोना चाहिए।''

गोहत्या की खबर सुनकर लोग धड़धड़ाकर ठठेरी गली में अपनी-अपनी दुकानें बंद करने लगते हैं। शोर सुनकर कल्लू मियाँ कहता है, ''शोर न करो, शोर न करो।... या खोदा! कहाँ हमलोगों का वह जमाना था कि इन हिंदू काफिरों से जूती उठवाते और चिलम भरवाते

थे, और अब यह जमाना आ गया है कि वे न कुछ बात पर इतना गुल और शोर मचाते हैं कि जिसका इन्तेहा नहीं।·· अफसोस कि वे हमारी तलवारों को याद नहीं करते।''

कल्लू ब्रह्मचारी से कहता है कि गाय के मालिक तो खाँ साहब हैं, फिर तुम क्यों मारने पर एतराज कर रहे हो? ब्रह्मचारी—''हम लोगों के मत की मुख्य पूजा के विषय में हम लोग क्यों न बोलेंगे?''

कल्लू—''भला जाइए, जाइए, आप अपने घर में गाय का मैल खाएँ या मूत पीएँ, हम तो अपनी होगी सो करेंगे।''

हिंदू लोग खाँ साहब की बीवी को कायल करके अपनी बात खां साहब तक पहुँचाना चाहते हैं। बड़ी बीवी ईद के सबब नए खुशबूदार हुक्के का मुलाहिजा करने की तैयारी में हैं। उनकी लौंडी हिंदुओं को बड़ी बीवी से मिलाने के लिए कुछ घूस लेती है और गंदे रुमाल से हाथ पोंछते हुए आकर बताती है कि बड़ी बीवी मुर्गी का कबाब बनवाने और एक पाव बटेर लेने में व्यस्त हैं। जब मैंने उनको आपकी अर्ज सुनाई तो वे गुस्से में भर उठीं। उसी वक्त खाँ साहब ने आकर कहा कि इन दिनों हिंदू रोज-ब-रोज शोख होते चले जाते हैं, इसलिए—''गाय हरगिज न छोड़ी जाएगी और हर तरह हिंदुओं को तकलीफ देने की कोशिश की जाए।''

तीसरे अंक में गोपीसिंह क्षत्रिय की पत्नी पिछली रात से गोपीसिंह के लौटने का इंतजार कर रही है। गोपीसिंह पिछली रात गोसंकट का हल्ला सुनकर अपनी तलवार निकालकर चला गया था, तब से लौटा नहीं। तभी गोपीसिंह आकर अपनी विजय की खबर सुनाता है—''कल का काम सफल हुआ। बधिक के घर से गौ को छुड़ा लाए हैं।'' वह बतलाता है कि अब सब मिलकर अकबर से फरियाद करने जाएँगे—''ये ऐसे महाराज नहीं हैं जो और यवन राजों की भाँति अपनी जाति का पक्ष लेकर अनीति करें।''

गोकशी के खिलाफ नालिश करने हिंदू बादशाह के पास चले जाते हैं तो उन्हें देखकर कल्लू कहता है—''जब इनके खून के गारे से मकान बनाए जाते थे, तीरथों के शहर के शहर कतल होते थे और जोरू-पतोहू, बहिन-बेटियाँ ली जाती थीं, तब भली बकरी बने थे और अब एक नामर्द पादशाह के सबब फिर ऐंठने लगे। सख्त तकलीफ देने के सिवा इनके सर करने की कोई तदबीर नहीं।''

गोकशी के खिलाफ बादशाह का फैसला डुगडुगी बजाकर सुनाया जाता है। कल्लू नाराज होता है—''लो सुनो। बस, मुसलमानों की बात गयी, इज्जत गयी और मजहब गया। हाय। हाय।''

गोबरधनदास खुशी मनाता है—''बादशाह को यही चाहिए कि वह सिर्फ इन्साफ का तरफदार रहे। मैंने मुसलमानों के मजहब की बहुत किताबें देखी हैं, पर साफ-साफ किसी में गोकशी का हुक्म नहीं मिलता है। जहाँ तक मैं सोचता हूँ, इसमें कोई शक नहीं कि ये हमलोगों को तकलीफ देने और दिक करने ही के लिए इतना बखेड़ा करते हैं।·· क्या इन्हें नहीं मालूम है कि मालूम होने पर भरसक इसे न होने देना ही हम लोगों का भी मजहब है? क्या ये इस सरकारी कानून को नहीं जानते कि किसी के मजहब में दस्तन्दाजी करना भारी कसूर है? क्या इन संगदिलों ने हम लोगों को पत्थर समझ रखा है कि ये गली-गली, रास्ते-

रास्ते पर गोकशी का निशान दिखलावेंगे और हम लोग अपना-सा मुँह ले आँख बचाते फिरेंगे? खैर, ये हम लोगों के साथ हजार बुराइयाँ करें, हम तो फिर यही कहेंगे कि ये अपने घर खुशी रहें और हम अपने घर।''

नाटक में दिखाए गए संबंधों के शक्ति-समीकरण में भद्रवर्गीय मुसलमान ऊपर हैं, हिंदू नीचे। नाटक दो अगल-अलग धार्मिक समुदायों के रूप में गोलबंद हो रहे हिंदू-मुस्लिम भद्रवर्ग के बीच इसी शक्ति-समीकरण को बदलने के तनावपूर्ण प्रयत्नों की गवाही देता है। इन प्रयत्नों की सफलता राज्य के रुख पर निर्भर करती थी। कुछ विचारकों द्वारा राज्य के बजाय समाज को ज्यादा महत्व देने के बावजूद यह गौरतलब है कि भारत में विभिन्न जातियों और धार्मिक समुदायों के बीच संबंधों या शक्ति-संतुलन को शांतिपूर्वक कायम रखने में राज्य की भूमिका हमेशा से महत्वपूर्ण रही। यह बात जितनी मुगल राज और अंग्रेजी राज के लिए सच थी, उतनी ही स्वतंत्र भारत के लिए भी है। 19वीं सदी के बनारस राज्य पर अपने महत्वपूर्ण अध्ययन में सांद्रिया फ्राइटैग ने बड़े बारीक ब्यौरों के साथ बनारस के विभिन्न वर्गों और समुदायों जैसे पुरोहित, व्यापारी, जुलाहे, बुनकर, हिंदू और मुसलमानों के बीच शक्ति-संतुलन बरकरार रखने में राज्य और उसके प्रतिनिधि काशीनरेश की भूमिका को दिखाया है। इसी भूमिका ने काशीनरेश को प्रजा की ओर से वह नैतिक मान्यता दिलाई जो अंग्रेजी राज कायम हो जाने के बाद भी बनी रही और उसका फायदा अपने लिए अंग्रेज भी समय-समय पर उठाते रहे। यह बात भी अकारण नहीं है कि नाटक में जो राज्य हिंदुओं का पक्ष लेकर न्याय करता है, वह हिंदुओं और अंग्रेजों का नहीं, एक उदार मुस्लिम बादशाह का है। भारतेंदु द्वारा अकबर की धार्मिक सहिष्णुता और उदारता को एक राजनीतिक चाल बताए जाने के बावजूद हिंदू भद्रवर्ग के मन में अकबर के लिए जगह बनी हुई थी। वह हिंदू चेतना में मुसलमानों के साथ सह-अस्तित्व का अकेला राजनीतिक प्रतीक बचा था। हिंदू भद्रवर्ग को जिस वजह से अकबर प्रिय था और कट्टर सुन्नियों को अप्रिय—वह हिंदुओं को भी शासन में ऊँचे पद और सांस्कृतिक सम्मान देने की उसकी नीति थी। ठीक यही वह मुद्दा था—शासन में ऊँची नौकरियों और सांस्कृतिक प्रतिष्ठा का—जिसके लिए 19वीं सदी का हिंदू भद्रवर्ग पश्चिमोत्तर प्रांत के मुस्लिम भद्रवर्ग से रस्साकशी कर रहा था और इस रस्साकशी में राज्य को अपनी तरफ झुकाने की इच्छा से वह अकबर को याद करता था।

नाटक में मुसलमानों के प्रति भद्रवर्गीय द्विज जातियों की धारणाएँ—जो लगभग मिथक का रूप लेकर आज तक जारी हैं—और खुद हिंदू भद्रवर्ग की आत्मछवियाँ—जो परंपरा बनकर हम तक चली आई हैं—बड़े सहज ढंग से प्रकट हुई हैं। हिंदुओं की नम्रता और मुसलमानों का दबंगपन, खासकर गुंडे के रूप में मुसलमान (कल्लू) की छवि, प्रेमचंद के साहित्य तक में कहीं-कहीं मिल जाती है। मांसाहारी मुसलमानों की स्त्रियाँ भी निर्दयी थीं। उनके नौकर-चाकर भ्रष्ट थे और साफ-सफाई से नहीं रहते थे। स्थाई बन चुकी इन छवियों जितनी ही दिलचस्प हिंदुओं की आत्मछवि भी है। नाटक का आखिरी वाक्य—''खैर, ये हम लोगों के साथ हजार बुराइयाँ करें, हम तो फिर भी यही कहेंगे कि ये अपने घर खुशी रहें और हम अपने घर।''—मुसलमानों के मुकाबले हिंदुओं के शांत स्वभाव, बड़प्पन और नैतिक उच्चता

को दिखलाता है। इस आत्मश्लाघा के साथ ही मुसलमानों के साथ हिंदू भद्रवर्ग के अलगाव की आकांक्षा को, उसके संपर्क और संवाद न रखने की इच्छा को भी दर्शाता है।

1890 के दशक में हिंदीभाषा और नागरीलिपि के आंदोलन का नेतृत्व करनेवाले मदनमोहन मालवीय ने अपने राजनीतिक जीवन की शुरुआत गोरक्षा के सवाल से की थी। भारतेंदु के राजनीतिक पक्ष का विकास मदनमोहन मालवीय में दिखाई देता है। दोनों के राजनीतिक व्यक्तित्व का विकास एक ही परंपरा के अंदर हुआ। हिंदी और नागरी के प्रचार के अलावा मदनमोहन मालवीय ने पश्चिमोत्तर प्रांत में और उसके बाहर भी गोरक्षा आंदोलन खड़ा करने में महत्वपूर्ण भूमिका निभाई। 1877 में मिर्जापुर में गोरक्षा के सवाल पर अपना पहला सार्वजनिक भाषण देने के अलावा मिर्जापुर में ही 1880 में गोरक्षा के मुद्दे पर भड़के विवाद और मुकदमे की पहली लंबी रिपोर्टिंग भी उन्होंने ही की, जो *हिंदी प्रदीप* नवंबर, 1881, में छपी। यह रिपोर्टिंग उस वक्त गोरक्षा के मुद्दे पर जगह-जगह होनेवाले उपद्रवों और मुकदमों के आम ढर्रे को समझने के लिहाज से महत्वपूर्ण थी। मिर्जापुर में बकरीद के मौके पर कुर्बानी के लिए रखी गाय को न मारने के लिए स्थानीय हिंदुओं ने गाय के मालिक अकबर अली खाँ से प्रार्थना की थी। उसके न मानने पर वे गाय को जबरन खोलकर ले गए जिसके कारण उन पर मुकदमा चला। हिंदू महाजनों ने पैसे देकर वह गाय खरीदनी चाही, पर अकबर अली ने नहीं बेची। मजिस्ट्रेट ने अपने फैसले में गाय अकबर अली के पास ही रहने दी, पर उसे अगले फैसले तक मारने से रोक दिया। इस बीच रिटायर होकर मजिस्ट्रेट के इंग्लैंड वापस चले जाने पर नया मजिस्ट्रेट आया। अकबर अली ने गाय कुर्बान करने की फिर से दरखास्त दी। हिंदुओं का प्रतिनिधित्व कर रहे महंत जयराम गिरी से मजिस्ट्रेट ने वह कानून दिखाने को कहा जिसमें गाय को मारना जुर्म लिखा हो। ऐसा कोई कानून नहीं था। मजिस्ट्रेट ने गाय मारने की इजाजत दे दी। हाईकोर्ट ने इसमें दखल देने से इनकार कर दिया।

मदनमोहन मालवीय ने लिखा, "इस सब वृत्तांतों को पढ़कर पाठक भली-भाँति जान सकेंगे कि मिर्जापुर के हिंदुओं ने कैसी नम्रता से अपने धर्म को बचाने का उपाय किया और करते हैं और अकबर अली कैसा हठरूढ़ हो व्यर्थ इन सबों को क्लेश देता है।" मालवीयजी ने लिखा कि समस्त पुराण और स्मृति सुन-सुनकर आबालवृद्ध हिंदू गौ की रक्षा करना अपना परम धर्म जानता है।..."माना कि पिनल कोड में ऐसा कानून नहीं है जो गोवध मना करता हो, तो भी वह दफा कहाँ चली जाएगी जिसमें कि कोई किसी मातावलंबी के चित्त को उसके सामने रहने पर वाचा या कर्मणा (By words or by action) दुखित न करे और यदि करेगा तो अवश्य दंडनीय है।" मुकदमे के दौरान जब हजारों हिंदू कचहरी के हाते में जमा थे, तब पुलिस एक बैल को नीलाम करने के लिए हाते में लेकर आई। "पुलिस के मुसलमान अधिकारी ने अपनी साहेबी और मुसलमानपन प्रकट किया।" ऐलान हुआ कि यह बैल कसाई के साथ जाता है, जिस हिंदू को लेना हो ले ले। "पाठकगण! ऐसे समय में जबकि हिंदू मुसलमान गौ संबंधी मुकदमे में एकत्र थे, इसके कहने की क्या

आवश्यकता थी ?··· इसके कहने में सिवाय साधु हिंदुओं के चित्त दुखाने के और क्या प्रयोजन था ?''

1880-82 में मिर्जापुर में गाय का मुद्दा हिंदू-मुसलमान के बीच वैसे ही प्रतिष्ठा का मुद्दा था जैसे करीब एक सदी बाद 1990-92 में अयोध्या में बाबरी मस्जिद का मुद्दा। बाबरी मस्जिद के मुद्दे पर मुसलमानों ने अपने साथ अन्याय महसूस किया, गोरक्षा के मुद्दे पर हिंदुओं ने किया था। दोनों जगह राज्य की भूमिका महत्वपूर्ण रही।

मदनमोहन मालवीय ने गोशाला और *च्यवन आश्रम* खोलने के अलावा काशी में गोरक्षामंडल कायम किया। वे नई बनी कांग्रेस के सबसे पहले बड़े नेता थे जिन्होंने गोरक्षा के मुद्दे को कांग्रेस के मंच से उठाया और इसे एक राष्ट्रीय प्रश्न बनाया। पश्चिमोत्तर प्रांत में कांग्रेस का प्रचार गोरक्षा के प्रचार के साथ वैसे ही मिल गया जैसे हिंदी और नागरी का प्रचार। 19वीं सदी के आखिरी दशक में पश्चिमोत्तर प्रांत में गोरक्षा और कांग्रेस के संबंधों की पड़ताल करते हुए बेली ने लिखा कि गोरक्षा का सवाल कांग्रेस आंदोलन की सफलता का पैमाना बन गया।[59] इलाहाबाद के व्यावसायिक घरानों, खासकर रानी की मंडी के खत्री महाजनों ने, जिनके साथ मदनमोहन मालवीय के घनिष्ठ संबंध थे, मालवीय के गोरक्षा आंदोलन को वैसे ही आर्थिक मदद दी जैसे उन्होंने हिंदी और नागरी के आंदोलन को दी थी।[60] गौरतलब है कि इलाहाबाद के यही महाजन कांग्रेस को भी चंदे में बड़ी रकमें देते थे। इस तरह पश्चिमोत्तर प्रांत में मदनमोहन मालवीय को केंद्र बनाकर कांग्रेस के अंदर हिंदी, नागरी, गोरक्षा और व्यावसायिक घरानों का एक पूरा चक्र बन गया। ठीक ऐसा ही चक्र इसके दस साल पहले भारतेंदु को केंद्र बनाकर कायम हुआ था —बस, वहाँ कांग्रेस नहीं थी। मदनमोहन मालवीय ने पश्चिमोत्तर प्रांत में जिस राजनीतिक नेतृत्व को विस्तृत रूप से खड़ा किया, उसकी चारित्रिक विशेषता या छवि यह थी—एक द्विज जाति का हिंदू जो छोटा जमींदार और वकील है, हिंदी-नागरी और गोरक्षा का प्रचारक और कांग्रेस का स्थानीय नेता है। पूरे पश्चिमोत्तर प्रांत के देहाती-कस्बाई इलाकों के हिंदुओं के बीच कांग्रेस का स्थानीय राजनीतिक आधार मुख्यत: इसी तरह के नेतृत्व पर टिका था। हिंदी-उर्दू प्रदेश में गोरक्षा का मुद्दा कांग्रेस के अंदर शुरू से ही एक राष्ट्रीय प्रश्न के रूप में कायम हो गया जिसकी उपेक्षा आगे भी कोई नहीं कर सका। गाँधीजी ने इसे बरकरार रखा और साबरमती में अखिल भारतीय गोरक्षा समिति कायम की। दूसरे नेताओं ने भी इसे मान्यता दी। 1945 में गोरखपुर की मशहूर हिंदी धार्मिक पत्रिका *कल्याण* के गो अंक में मालवीयजी और गाँधीजी ने गोरक्षा के समर्थन में लेख लिखे। उसी अंक में गोविंदबल्लभ पंत ने *गोरक्षा मुख्य कर्त्तव्य है,* जानकीदेवी बजाज ने *गोसेवा राष्ट्रीय धर्म है* और डॉ. राजेंद्रप्रसाद ने *गोपालन सनातन धर्म* है जैसे शीर्षकों से लेख लिखे। पश्चिमोत्तर प्रांत के हिंदू नवजागरण में भारतेंदु हरिश्चंद्र और मदनमोहन मालवीय के नेतृत्व में गाय के साथ हिंदी भी हिंदूधर्म का अभिन्न अंग बन चुकी थी। *कल्याण* के उसी अंक में प्रभुदत्त ब्रह्मचारी ने *हिंदू कौन है ?* प्रश्न उठाते हुए हिंदू संस्कृति की पहचान बताई—''हमारी संस्कृति के दो ही प्रतीक हैं—भाषा और गो में मातृभाव!''[61] ताज्जुब नहीं कि काशी नागरीप्रचारिणी सभा के संस्थापकों में एक डॉ.

श्यामसंदुर दास को नागरी का आंदोलन करने की प्रेरणा जिस शंकरलाल से मिली, वह कोई हिंदी साहित्यकार नहीं, बल्कि बनारस जिले में गोरक्षा आंदोलन का प्रमुख स्थानीय नेता और शायद आर्यसमाज का सदस्य था। पश्चिमोत्तर प्रांत में हिंदी और नागरी के आंदोलन में जैसे यहाँ आकर बस गए ब्राह्मोसमाजी या रूढ़िवादी सनातनी बंगालियों की भूमिका महत्वपूर्ण थी, उसी तरह पंजाब की ओर से आए खत्री-अगरवाले व्यापारी-महाजन परिवारों की भी प्रभावशाली भूमिका थी। 18वीं-19वीं सदी में पंजाब से आकर पश्चिमोत्तर प्रांत में बस जानेवाले महत्वपूर्ण महाजनों-व्यापारियों की सूची तैयार करते हुए बेली ने शंकरलाल के बारे में लिखा कि वे गर्ग अग्रवाल थे जिनके पुरखे पंजाब के करनाल जिले से 1808 ई. में आकर इलाहाबाद में बस गए थे। बीमा और महाजनी का कारोबर करनेवाले शंकरलाल हिंदू कार्यकर्ता थे जो पहले प्रयाग के माघ मेला आंदोलन में और फिर गोरक्षा के आंदोलन में काफी सक्रिय रहे।[62]

हिंदी और उर्दू की लड़ाई के मुकदमे में सोहनप्रसाद के पक्ष में आवाज उठानेवाले बनारस के पं. विजयानंद बनारस में चले गोरक्षा आंदोलन के दूसरे महत्वपूर्ण प्रचारक थे। हिंदुत्व और हिंदी के उग्र समर्थक विजयानंद ने 7 अप्रैल, 1884 को *भारत जीवन* में एक पत्र लिखा जिससे एक ''गौघाती दुष्ट यवन'' के हाथ से गाय की रक्षा के प्रयत्न का दिलचस्प वृत्तांत सामने आया। ''विगत गुरुवार की यह बात है कि यहाँ दुर्गा जी के समीप मुहल्ले नवाबगंज के तटस्थ एक सूने स्थान से निकलकर एक वृद्धा गो ग्वालियर के पण्डित सीताराम दीक्षित के बगीचे में सवेरे से जा बैठी थी। बाद में वह यवन ढूँढ़ता-ढूँढ़ता बगीचे के पास आकर लोगों से उस गो का पता पूछने लगा। संयोगवश उस समय चितईपुर के बाबू झुल्लू सिंह जी वहाँ उपस्थित थे। उन्होंने धोखा देकर उस यवन से पुछवाया कि वह गो कितने दाम की तेरी खरीदी थी। गुप्त भेद को तो वह जानता न था। साढ़े पाँच रुपैया उस गो का दाम उसने बतला दिया। पीछे से यह गुप्त भेद खोल दिया कि हाँ, सवेरे से यहाँ एक गैया बैठी है, परंतु वह गैया तुझे न मिलेगी। किंतु, अपना दाम तू ले ले। तब वह यवन अपने जातीय स्वभाव से हठ कर गैया ही को ले जाने की अपनी इच्छा प्रकट कर दाम लेने से इनकार करने लगा। परंतु जब उक्त बाबू साहब ने उसको अति कठिनाई से समझाया तो वह लाचार हो अपना दाम लेकर हाथ मलता अपने घर चला गया और वह गैया श्री बाबू साहब के द्वारा मान्यवर श्री कुंवर साहब की प्रसन्नता से रामनगर के राजकीय गोशाला में रख ली गई।'' इस वृत्तांत के बाद विजयानंद ने अपने पाठकों से अपील की—''इस अनुपम कार्य हेतु उक्त बाबू साहब को हम कोटिश: धन्यवाद देते हैं और आर्यधर्मावलम्बी सर्वसाधारण से हाथ जोड़कर सविनय यह प्रार्थना करते हैं कि आप लोगों को भी गोरक्षा के निमित्त विशेषत: ध्यान देना अति आवश्यक है।''

विजयानंद का वृत्तांत बताता है कि गोरक्षा के मुद्दे पर सांप्रदायिक ध्रुवीकरण इस हद तक हो चुका था कि किसी भी मुसलमान को गाय के संभावित हत्यारे के रूप में देखने की प्रवृत्ति चल पड़ी थी—चाहे वह मुसलमान गरीब हो, संपन्न हो या किसान हो; वह गाय से दूध बेचकर अपनी आजीविका चलाता हो या अपने परिवार की जरूरतें पूरी करता हो।

तब वह यवन अपने जातीय स्वभाव से हठ कर जैसा वाक्यांश बताता है कि हिंदुओं में मुस्लिम स्वभाव की एक आम धारण प्रचलित हो चुकी थी। *हिंदी प्रदीप* और *भारत जीवन* जैसे हिंदी पत्र जितना हिंदी और नागरी आंदोलन के मंच थे, उतना ही गोरक्षा आंदोलन के भी। पश्चिमोत्तर प्रांत में 19वीं सदी के आखिरी दशकों में जिस *हिंदूजाति* के गठन की प्रक्रिया चल रही थी, उसमें हिंदी और नागरी के साथ गाय का मुद्दा किस कदर शामिल हो चुका था, इसका एक उदाहरण सोहनप्रसाद की अवधी पद्य में लिखी गई विवादास्पद किताब *हिंदी और उर्दू की लड़ाई* थी। 1884 में *भारत जीवन प्रेस* से छपी इस जब्तशुदा किताब में हिंदी-उर्दू की लड़ाई के साथ गाय का मुद्दा भी शामिल था। किताब में अंग्रेजी जज के सामने हिंदीदेवी सिर्फ उर्दू के अत्याचारों का रोना नहीं रोती, वह गोहत्या पर भी शोक प्रकट करती है :

मारहिं गाय मलेच्छ सब, यही सोच उर छावा

अंग्रेजी जज उसे डाँटती है कि तुम सब हिंदू इसके लिए क्यों नहीं सर्कार से शिकायत करते ?

तुरंत बंद गोघात हो, उर्दू जाय निकार
गौरमिन्ट के द्वार पर, जाकर करहु पुकार

हिंदीदेवी अंग्रेजी जज के सामने उर्दू और गोरक्षा का मुद्दा उठाने के अलावा बालविवाह की बुरी प्रथा यानी समाज सुधार का मुद्दा भी उठाती है क्योंकि ऐसी प्रथाओं से हिंदूसमाज कमजोर होता था। हिंदी, नागरी, गोरक्षा और थोड़ा-सा समाज सुधार—ये सिर्फ सोहनप्रसाद के नहीं, पश्चिमोत्तर प्रांत में उन सभी सनातनी धार्मिक संस्थाओं के बुनियादी कार्यक्रम थे जिनसे 'हिंदी नवजागरण' के लेखक-संपादक जुड़े हुए थे। अपनी किताब में सोहनप्रसाद गाय के उद्धार के लिए राजा-महाराजाओं की ओर उसी तरह देखते हैं जैसे उस जमाने में हिंदी के उद्धार के लिए उनकी ओर देखा जा रहा था। किताब का समापन इन पंक्तियों से होता है :

मोहि पूर्ण विश्वास है जो दस बीस नरेस
इकमत होइ उबारहीं हिंदी, गाय व देस
यहि चिंता चित व्यापि गो झंखत हो दिन-रात
कब हिंदी उद्धार हो, कब बंद होइ गोघात

1880 से ज्यादातर हिंदी पत्र-पत्रिकाएँ गोरक्षा के मुद्दे पर लगातार लेख-कविताएँ छाप रही थीं। गोरक्षा के सवाल पर छपनेवाली सभी किताबों की बाकायदा नोटिस ली जाती और पत्रिकाओं में उनके परिचय और विज्ञापन छपते। ज्यादातर किताबों में गाय संबंधी भावुकतापूर्ण और विवेकहीन धारणाएँ, जो परंपरागत विश्वासों का रूप ले चुकी थीं, दोहराई जातीं। जैसे 15 जुलाई 1889 को प्रतापनारायण मिश्र के पत्र *ब्राह्मण* में छपी *गोरक्षा दीपिका* की समीझा में कहा गया—"हमारे देश का धन, धर्म, बल-वैभव, सब गऊ माता ही पर निर्भर करता है।" *ब्राह्मण* में छपे एक दूसरे लेख *गोरक्षा* में कहा गया कि "देव-पितर सभी गाय के अमृत समान दूध से तृप्त होते हैं। देश भर माता कहता है। जगतपूज्य ब्राह्मण से भी

पहले स्मरण की जाती है—गऊ ब्राह्मण।… पवित्रता यह कि उनका मल-मूत्र तक खाया जाता है।"[63] इसी पत्रिका में गदाधरप्रसाद नवीन की लावनी छपी :

हम नित प्रति ही तृण चरि बां बां उच्चारें
अपराध बिना ही हमें दुष्ट ये मारें

आंदोलन में प्रतापनारायण मिश्र भी सक्रिय थे, हालाँकि वे गोरक्षा के लिए आर्यसमाजियों की उग्रता से सहमत नहीं थे। गाय के प्रति करुणा और धर्मभाव उपजानेवाली लावनी मिश्रजी ने भी लिखी :

बां बां करि त्रिन दांत सो, दुखित पुकारति गाई है
बेगि बचावो दुहाई है, हे नाथ दुहाई है॥[64]

गाय को लेकर कहीं भी होनेवाले विवाद या उपद्रव की खबर हिंदी पत्र-पत्रिकाओं में जरूर छपती। 1880 के पूरे दशक में इन पत्र-पत्रिकाओं ने नागरी और गोरक्षा का अलख जगाए रखा मानो किसी बड़े आंदोलन की जमीन तैयार कर रहे हों। नब्बे के दशक में ऐसा ही हुआ भी—दोनों मुद्दों पर जबर्दस्त आंदोलन फूट पड़ा। 1892-93 में गोरक्षा के मुद्दे पर बड़े पैमाने पर हिंसक दंगे हुए जिनकी मिसाल पूरी 19वीं सदी में दूसरी नहीं मिलती। सनातनी संस्थाओं और आर्यसमाजों के संगठित प्रयत्नों से ये दंगे हिंदी-उर्दू प्रदेश से बाहर भी फैल गए। सबसे भयानक दंगे भोजपुरी इलाके में यानी पश्चिमोत्तर प्रांत के पूरबी हिस्सों और उससे सटे बिहार के जिलों में हुए जहाँ शुरू से आर्यसमाज का प्रभाव कम था और सनातनियों का ज्यादा; जैसे आजमगढ़, मऊ, बलिया, शाहाबाद, गाजीपुर इत्यादि। आंदोलन इतना व्यापक हुआ कि पहली बार उसमें जाति और वर्ग की सीमाएँ टूट गईं। हिंदुओं के सभी वर्गों और सभी जातियों ने उसमें भाग लिया हालाँकि नेतृत्व राजपूतों, भूमिहारों और ब्राह्मणों के हाथों में रहा। यहाँ मैं दंगों के दौरान उमड़नेवाली हिंसक भीड़ द्वारा मुसलमान किसानों-जमींदारों के घर जलाने, उनके भंडार लूटने और उनकी हत्याएँ करने के ब्योरे नहीं दूँगा। आंदोलन में उभर आए जन-संगठनों के ढाँचे और अनाज की शक्ल में चंदा उगाहने की व्यवस्थित प्रणाली का जिक्र नहीं करूँगा और न ही हिंदू जातियों की गौ संबंधी भावनाओं को जगाने और भड़कानेवाले चित्रों, प्रतीकों और खिलाई जानेवाली शपथों का वर्णन करूँगा। कई इतिहासकारों—आनंद यांग, सांद्रिया फ्राइटैग, पीटर रोब्ब और ज्ञानेंद्र पांडे वगैरह ने 1892-93 के गोरक्षा आंदोलन पर तफसील से लिखा है। इस पूरे इतिहास में एक बात काबिलेगौर है। पश्चिमोत्तर प्रांत में 19वीं सदी के दौरान उभरे सांप्रदायिक तनावों का अध्ययन करते हुए अपनी किताब *कलेक्टिव एक्शन एण्ड कम्यूनिटी* में सांद्रिया फ्राइटैग ने एक महत्वपूर्ण बात नोट की। उसने लिखा कि 1830 से 1900 ई. तक हुए हिंदू-मुस्लिम दंगों में क्रमशः एक विशेषता उभरकर सामने आती दिखाई देती है। वह यह कि शुरू के तनावों और दंगों में विभिन्न हिंदूजातियाँ कमोबेश जातियों के रूप में ही भाग लेती रहीं और अपनी जातिगत पहचान के साथ उनमें विभिन्न जातियों के बीच अंतर्विरोधों की चेतना भी मौजूद रही जो तनाव या दंगों में भी प्रतिबिंबित हुई। लेकिन बाद के दंगों में यह चीज लगातार कम होती गई और इसकी जगह उनमें शत्रु के खिलाफ एक व्यापक जातीय

समुदाय की चेतना उभरती गई। फ्राइटैग ने जिसे "व्यापक जातीय समुदाय" की चेतना कहा है, उसे हम *हिंदूजाति* की चेतना भी कह सकते हैं जो 1860 के बाद से राजा शिवप्रसाद और फिर भारतेंदु मंडली के लेखकों-संपादकों में तीखेपन के साथ दिखाई देती है और आर्यसमाज ने भी उसको अपने ढंग से उभारा। यहाँ इसका भी जिक्र करना जरूरी लगता है कि फ्राइटैग जिस ढंग की 'व्यापक जातीय समुदाय' की चेतना का जिक्र हिंदुओं के सिलसिले में करती हैं, उसी ढंग की सामुदायिक चेतना कुछ बाद में पश्चिमोत्तर प्रांत के मुस्लिम भद्रवर्ग ने भी मुसलमानों में उभारने की कोशिश की। बहरहाल, 19वीं सदी के उत्तरार्द्ध में पश्चिमोत्तर प्रांत में भद्रवर्गीय हिंदू-मुस्लिम नेता एक ही साथ रहनेवाले लोगों को अलग-अलग जातीय समुदायों में संगठित करने के प्रयास कर रहे थे और इस सिलसिले में उन्होंने दोनों के बीच एकता के सूत्रों पर जोर देने के बजाय उन प्रतीकों पर जोर देना जरूरी समझा जो उन्हें एक-दूसरे से अलग करते और एक-दूसरे के विरोध में खड़ा करते थे।

बीच का वक्त

जब हंटर कमीशन ने सैकड़ों मेमोरियल आने के बावजूद हिंदी के पक्ष में कोई सिफारिश नहीं की तो कुछ समय के लिए पस्ती का आलम छा गया। इसके बाद 1880 के दशक में हिंदी या नागरी को लेकर हालाँकि कोई बड़ा आंदोलन नहीं हुआ, फिर भी बिहार में हिंदी लागू हो जाने से प्रेरणा लेते हुए पश्चिमोत्तर प्रांत और मध्यप्रांत में भी हिंदी या नागरी के लिए छोटी-मोटी लड़ाइयाँ स्थानीय स्तर पर होती रहीं। कहीं-कहीं उन्हें जीत भी हासिल हुई जिससे हिंदी की लड़ाई को आगे बढ़ाने का उत्साह मिलता रहा। इसी माहौल में एक-दो देशी रियासतों ने भी अपने यहाँ उर्दू हटाकर हिंदी लागू कर दी। मार्च, 1884 में रीवा राज्य से उर्दू उठा दी गई और उसकी जगह हिंदी में लिखा-पढ़ी करने का हुक्म जारी हुआ।[65] जुलाई, 1885 में होशंगाबाद जिले में सभी सरकारी दफ़्तरों और कचहरियों में नागरीलिपि लागू कर दी गई। वहाँ जो सरकारी मुलाजिम पहले उर्दू में काम करते थे वही अब नागरी में भी काम करने लगे। इससे एक नागरी समर्थक को यह शिकायत हुई कि राजभाषा या लिपि बदलने पर भी नए लोगों (हिंदुओं) को रोजगार नहीं मिला—"आजकल नागरी में वही मनुष्य काम करते हैं जो उर्दू में करते थे।... इनके पल्टे अगर नागरी पास किए विद्यार्थी काम में लाए जाएँ तो अति उत्तम हो।"[66] इलाहाबाद में कुछ भद्रवर्गीय हिंदुओं ने प्रयाग मेले का नोटिस उर्दू और अंग्रेजी में लगाने का विरोध किया। उन्होंने नोटिस हिंदीभाषा और नागरीलिपि में लगाने की माँग की, क्योंकि मेला हिंदुओं का है।[67] प्रयाग हिंदूसमाज ने प्रयाग म्यूनिसिपैलिटी में नागरीलिपि में अर्जी देने की माँग मनवाने के लिए एक हस्ताक्षर अभियान चलाया जिसे सफलता भी मिली। इससे प्रेरणा लेते हुए बनारसवासियों को भी ऐसा अभियान चलाने का सुझाव दिया गया।[68] इन घटनाओं से उत्साहित होकर कई तरह के कामों में हिंदी लागू करने की आवाजें उठने लगीं। 2 जून, 1884 को *भारत जीवन* के संपादक ने व्यवसायी वर्ग द्वारा इनकम टैक्स जमा करने में होनेवाली देरी की वजह उर्दूलिपि को ठहराया। "हजारों लोग कचहरी में रुपयों की गठरी बाँधकर दौड़ रहे हैं। बिचारे

परसाल के डरे हुए हैं। परसाल जिन्होंने टिकस का रुपया जमा करने में देर की थी, उन लोगों को दुगुना और तिगुना हो गया था।'' संपादक ने बताया कि टैक्स जमा करने से संबंधित इश्तेहार (नोटिस) उर्दू अक्षरों में चिपकाया जाता है, उसे लोग समझ नहीं पाते जबकि हिंदी के जाननेवाले बहुत हैं। इसलिए ''हमारे जान से सबसे उत्तम तो यह है कि सरकार हिंदी अक्षरों में इश्तेहार छपवाकर महल्ले-महल्ले लगवा दे कि यदि अमुक तारीख के अंदर रुपया जमा न हो सकेगा तो ऐसा ऐसा दण्ड होगा।'' ऐसे ही माहौल में कुछ उम्मीद बाँधकर जून, 1884 में कानपुरवासियों ने छोटे लाट को एक मेमोरियल हिंदी के पक्ष में भेजा।[69] ऐसी छिटपुट लड़ाइयों के बावजूद हिंदी के पक्ष में कोई बड़ा आंदोलन खड़ा करने और उसमें जीत हासिल करने की संभावना नजर नहीं आ रही थी। हंटर आयोग ने एक तरह से हिंदी आंदोलन को पस्त कर दिया था। 1880 के दशक में सैयद अहमद खाँ अपनी बुलंदी पर थे। नई बनी राष्ट्रीय कांग्रेस द्वारा राजनीतिक सुधारों के लिए जनता को एकजुट करने और सरकार की आलोचना करने के खिलाफ सैयद ने *इंडियन पैट्रियॉटिक फ्रंट* नाम से एक मोर्चा खोल दिया था जिसमें कई बड़े भू-स्वामी और अभिजात वर्ग के हिंदू-मुसलमान समान रूप से शामिल थे। कुछ समय तक राजा शिवप्रसाद भी इसमें शामिल रहे। हिंदू संगठनों और हिंदी पत्र-पत्रिकाओं को दान देनेवाले राजे-महाराजे इसमें शामिल थे। कांग्रेस का असर धीरे-धीरे बढ़ रहा था और सरकार हिंदी को बढ़ावा देकर या उर्दू को हटाकर प्रभावशाली मुसलमानों को नाराज करने के लिए तैयार नहीं थी। औपनिवेशिक शासन की इस राजनीति और निराशापूर्ण स्थितियों की प्रतिक्रिया में हिंदी आंदोलन के अंदर उग्रता की प्रवृत्ति और बढ़ी। उर्दू और मुसलमानों के खिलाफ भावनाएँ और तल्ख़ होती गईं।

तल्ख़ी और हमलावर तेवर

24 मार्च, 1884 को *भारत जीवन* में एक लेख छपा— *हिंदी अक्षरों पर सरकार का कोप।* ''हमारे पाठकों से यह बात कुछ छिपी नहीं है कि शिक्षा कमीशन ने किस प्रकार हिंदी का तिरस्कार किया है।··· सैकड़ों मेमोरियल और लाखों हस्ताक्षर को रद्दीखाने में फेंक दिया। ···जब ऐसी अवस्था है कि सरकार आँख रहते न देखे और कान रहते न सुने, तो हमारा क्या कर्त्तव्य है ? क्या हम अपनी आँखें फोड़ डालें और उर्दू बीबी का अंधेर देखें ?··· नहीं-नहीं, यदि सरकार नहीं देखती तो हम दिखावें, यदि सरकार नहीं सुनती तो हम जोर से चिल्लावें जो उसके कान तक आवाज पहुँचे।''

ये पंक्तियाँ हंटर आयोग की सिफारिशों से पैदा हुई निराशा और कुछ करने की बेचैनी, दोनों को दिखाती है। आयोग के जरिए मुसलमानों द्वारा नीचा दिखाए जाने के बाद अब हिंदू भद्रवर्ग हाथ पर हाथ रखकर बैठने को तैयार नहीं था। हिंदी को लेकर एक अजीब तरह का भावोन्माद, जो हंटर आयोग के पहले शुरू हो चुका था, इस कदर बढ़ता गया कि उसकी गूँज 20वीं सदी के दूसरे-तीसरे-चौथे दशक में रामचंद्र शुक्ल के निबंधों तक पहुँची। इस भावोन्माद के तहत हिंदी को निहायत मनोगत अभिप्रायों के साथ जोड़ा जाने लगा। हिंदी आंदोलन की अब तक की असफलता के पीछे हिंदुओं की सच्ची-झूठी कमजोरियाँ ढूँढ़ी

जाने लगीं ताकि हिंदुओं को जग जाने और एक होने की जरूरत समझाई जा सके। 1880 के दशक में हिंदी पत्र-पत्रिकाओं में ऐसी लावनियों और ग़ज़लों की बाढ़ आ गई जिनमें हिंदी या नागरी के बिना हिंदूजाति का जीवन सूना दिखाया जाने लगा। हिंदी को हिंदुओं के पास बुजुर्गों की बची एकमात्र निशानी बताया गया जिसके खोने का डर पैदा हो गया था। प्रतापनारायण मिश्र ने ग़ज़ल लिखी :

होके हिंदू हिंदी ही के जब नहीं यह चारासाज़।
क्या उमेदें इनसे जुज नौमेदवारी हाय-हाय॥
वख़त काफिर नागरी भी छीनता है या खुदा।
थी बुजुर्गों की यही एक यादगारी हाय! हाय!
इल्मो-दौलत ताबो-ताकत इज्जतो-हुरमत सभी।
छोड़कर हमको सुए-दीगर सिधारी हाय! हाय!! [70]

एक हिंदी के न होने से शिक्षा, संपत्ति, शक्ति और सम्मान—सभी कुछ हिंदुओं को छोड़े जा रहे थे। भारतेंदु ने निजभाषा की उन्नति को सब उन्नति का मूल बताया ही था। 24 नवंबर, 1884 के *भारत जीवन* में छपे एक लेख में हिंदू समाज में पैदा हो गई सभी बुराइयों और कमियों का मूल कारण हिंदी के प्रचलित न होने को बताया गया। लेखक ने लिखा कि जब प्राचीन भारत के आर्यों की भाषा हिंदी उन्नति पर थी तो भारतवासी भी सुखी और संपन्न थे। बाद में (मुसलमानों के आने से) जब हम हिंदी को भूल गए तो हमारी दशा भी बुरी होती गई। "अगले समय में भारतवर्ष में हिंदी विद्या कैसी उन्नति पर थी।…सम्पूर्ण भूमंडल में भारतवर्ष धन, विद्या, ज्ञान, पराक्रम में श्रेष्ठ गिना जाता था। वही भारतवर्ष अब भ्रष्ट समझा जाता है।…वही हिंदी विद्या, जो हम लोगों की जड़ है, की बात तक नहीं पूछते। इसी कारण मूर्खता ने भारतवर्ष में अपना अटल राज्य फैला रखा है।…भाई-भाई में रात-दिन द्रोह बढ़ता जाता है।…कितने दुष्ट हम पर कैसे-कैसे अत्याचार कर रहे हैं।…प्राचीन आर्यों में जब एकमतता थी, तब यह देश कैसी उन्नति पर था और अब क्या हो गया है ? नाम के लिए तो आर्य कहलाते हैं, परंतु आर्यों का जो कर्म धर्म है, नाममात्र को भी नहीं। वरंच जानते ही नहीं कि आर्य धर्म क्या वस्तु है ? सो इसका कारण हम लोगों की फूटमत और हिंदी का निरादर है।" लेख में मान लिया गया कि भारतवर्ष में फैली मूर्खता, भ्रष्टाचार, भाई-भाई के बीच द्रोह और अपने धर्म के प्रति अज्ञान—सबका कारण हिंदी का न होना है। जो बातें दयानंद ने वैदिक धर्म के संदर्भ में कही थीं, उन्हीं को यहाँ हिंदी के नाम से चिपका दिया गया। हिंदी के प्रति ऐसी विवेकहीन धारणाएँ आम हो चली थीं। 1880 से ही बड़े-बड़े लेखक-संपादक ऐसी धारणाओं का प्रचार कर रहे थे। सितंबर 1880 में *हिंदी प्रदीप* में छपे एक लेख *नागरी और फारसी के गुणदोष* में फ़ारसीलिपि को निरंकुशता और भ्रष्टाचार की बुनियाद मानते हुए पूरे समाज में सिर्फ हिंदी के बल पर जनतंत्र और कानून का राज ले आने का दावा किया गया। लेख में कहा गया कि नागरी के फैलने से सबसे ज्यादा हानि ब्राह्मणों की होगी क्योंकि लोग संस्कृत में लिखी बातें अब हिंदी में पढ़ लेंगे। इसके अलावा गरीब आदमी सरकारी हाकिमों से डरना छोड़ देंगे, क्योंकि, "जब देशी

भाषाओं और देशी अक्षरों का सर्वत्र राजकाज में प्रचार हुआ तो छोटे-बड़े सब ढीठ हो जाएंगे। झट-पट सवाल लिखाय मुकदमा लगाया और अवसर पड़ने पर कह दिया कि फलाने कानून की फलानी दफ़ा से ऐसा हुक्म है। इससे साधारण लोगों का हौसला दिन-प्रतिदिन बढ़ता जाएगा। ···पुलिस वालों की गाली-धमकी एक भी न सहेंगे। तुरंत जवाब देंगे कि बस, आगे न बढ़िए। यह इख़्तियार आपको किस कानून की रू से मिला है। इससे साफ जाहिर होता है कि देशी भाषा और देशी अक्षरों के प्रचार से राजपुरुष के विस्तीर्ण अधिकार में संकीर्णता आएगी ··· वह तूम तड़ांग नादिरशाही जो फारसी पुस्तकों के द्वारा प्राप्त होती है, सबकी सब खो बैठेंगे।''

सरकारी हाकिमों की नादिरशाही को सिर्फ फारसी के जरिए संभव मानना और हिंदी से उसे असंभव बना देने का दावा क्या भद्रवर्ग की सिर्फ आत्मप्रवंचना थी ? वास्तव में किसी भी वर्गीय आंदोलन को सफल बनाने और उसका समर्थन जुटाने के वास्ते हमेशा विभिन्न वर्गों को उनके भी हितों के पूरा होने का आश्वासन दिया जाता रहा है, भले ही वह आश्वासन झूठा हो या सच्चा। 19वीं सदी का हिंदी आंदोलन इसका अपवाद नहीं था। हिंदी आंदोलन के भद्रवर्गीय नेता तरह-तरह के दावे कर रहे थे जो परस्पर विरोधी थे। एक ओर यह सहानुभूति दिखाई जा रही थी कि ''गरीब किसान जाड़ा, गरमी, बरसात में मेहनत करता, समय पर सरकार को लगान चुकाता है, हर गाँव में हिंदीदाँ पटवारी है, फिर भी उसे सरकारी कागज पढ़वाने के लिए कोसों दौड़ना पड़ता है।''[71] दूसरी ओर यह सुझाया जा रहा था कि ''यदि ब्रिटिश गवर्नमेंट अपने कीर्ति के झण्डे को चिरस्थायी किया चाहती है तो इस बात पर ध्यान दे और सच्चे विचार से यहाँ की भाषा हिंदी मानकर एजूकेशन दे।''[72] जो शहरी भद्रवर्ग गरीब किसानों के हितों का प्रवक्ता बन रहा था, वही दूसरी ओर भारत में ब्रिटिश गवर्नमेंट की कीर्ति को स्थायी करने के तरीके सुझा रहा था—मानो गरीब किसानों के हितों और ब्रिटिश गवर्नमेंट के बीच कोई विरोध न हो! मानो मेहनतकश किसानों की तकलीफ़ों का ब्रिटिश गवर्नमेंट से कोई संबंध न हो! एक ओर गरीब मेहनतकश किसान के कष्ट और दूसरी ओर ब्रिटिश गवर्नमेंट की कीर्ति—दोनों के बीच खड़ा भद्रवर्ग आगे जाकर कांग्रेस का नेता बना जिसने स्वतंत्र भारत में अंग्रेजी को राजभाषा बनाकर उस किसान को फिर कभी याद नहीं किया जिसका इस्तेाल वह हिंदी आंदोलन में कर रहा था।

उर्दू पतुरिया और गृहवधू हिंदी

1880-90 के दशक में हिंदी आंदोलनकारियों ने उर्दू की छवि एक ऐसी नाचने-गानेवाली वेश्या के रूप में फैलाई जो छल-कपट से लोगों को बस में किए रहती है और हिंदू घरों की वफादर स्त्रियों का जीवन दुखों से भर देती है। इसके उलट, हिंदी की छवि ऐसी आदर्श घरेलू स्त्री की बनाई गई जो बाहर की पतुरिया के दिए दुखों या सौत की मनमानियों को सहकर भी अपनी निष्ठा और अपने धर्म को नहीं छोड़ती। उर्दू की ऐसी छवि की शुरुआत भारतेंदु हरिश्चंद्र ने की थी जब उन्होंने ''हट्ठी-कट्ठी साढ़े तीन हाथ की पट्ठी उर्दू बीबी'' का स्यापा लिखा था। बाद में उन्होंने हंटर आयोग को दिए अपने बयान में इसे ''नाचने-

गानेवालियों और वेश्याओं की भाषा'' बतलाया जिसके पढ़ने-सुनने से हिंदू लड़कों का चरित्र बिगड़ जाता है। यह छवि हिंदी समर्थकों के बीच इतनी आम हो गई थी कि 1883 में बलभद्र मिश्र की *भाषा दीपिका* किताब में, जिसका परिचय *ब्राह्मण,* 15 अप्रैल, 1883 में छपा, एक पूरा अध्याय हिंदी को कुलांगना, उर्दू को वेश्या और संस्कृत को ऋषि के रूप में दर्शाने के लिए लिखा गया। खुद प्रतापनारायण मिश्र ने, जो भारतेंदु की तरह उर्दू में गजलें लिखते थे, अपने लेख *उर्दू बीबी की पूँजी* में उर्दू के साहित्य को गुणहीन वेश्या की बनावटी सुंदरता जैसा बतलाया—''वेश्या बहुत बन ठन के रहती है, सलीके से पेश आती है, पर उसकी असली पूँजी बहुत कम होती है। और अगर कोई 15 दिन तक उनके पास न जाए तो उन्हें शहर छोड़ देना पड़ता है। यही हाल उर्दू जान का है।'' मिश्रजी ने लिखा कि उर्दू की सारी सजावट के पीछे उसकी वास्तविक पूँजी बहुत कम है—आशिक, बाग, गुल, बुलबुल, सैयाद, खिलवत, जिलवत, शराब, कबाब, साकी, मुदरिब, नासिह, वाइज, आसमान वगैरह। ''इतनी ही बातें हैं जिन्हें उलटफेर के वर्णन किया करो, आप बड़े अच्छे उर्दूदाँ हो जाएँगे और कोई विद्या का विषय लिखना हो तो संस्कृत, बंगला, नागरी, अरबी, फारसी, अंगरेजी की शरण लीजिए, इन बीबी के यहाँ अधिक गुंजाइश नहीं है। ··· चाहे गद्य हो, चाहे पद्य हो, नाटक, अखबार, उपदेश ··· सब में यही बातें हैं।''[73] उर्दू साहित्य के बारे में मिश्रजी ने यह टिप्पणी तब लिखी जब उर्दू में मीर, सौदा और गालिब जैसे कवि हो चुके थे, हाली अपना *मुसद्दस* और मुहम्मद हुसेन आजाद *आबेहयात* लिख चुके थे, अब्दुल हलीम शरर और रतननाथ सरशार लिख रहे थे और सैयद अहमद के आंदोलन से जुड़े लेखक विभिन्न सामाजिक-सांस्कृतिक प्रश्नों पर नवजागरण का साहित्य लिखते हुए उर्दू गद्य का नया रूप निखार रहे थे। 19वीं सदी में हिंदी-उर्दू विवाद के दौरान बनाई गई उर्दू की छवि शिक्षित हिंदुओं के कुछ हिस्सों में आज तक जारी है। जाहिर है, यह विवाद सिर्फ भाषाओं के बीच नहीं था, इनके पीछे खड़े धार्मिक समुदायों के बीच, उनके भद्रवर्गीय नेताओं के बीच था जो भाषा को प्रतीक बनाकर एक-दूसरे के खिलाफ अपनी घृणा और विरोध का इजहार कर रहे थे। कई सालों तक हिंदी पत्र-पत्रिकाओं में उर्दू के खिलाफ लेखों, कविताओं, गजलों और व्यंग्यचित्रों का छपना जारी रहा। उर्दू के खिलाफ हिंदू भद्रवर्ग की बढ़ती हुई घृणा को *हिंदी प्रदीप* में छपी इस गजल में देखा जा सकता है :

(भूमिका—नाचना बी उर्दू का बीच हिंदुस्तान के और बयान करना अहवाल अपना साथ दिलचस्प तान के।)

शोला हूं, भुभूका हूं, शरारत से भरी हूं।
उर्दू है मेरा नाम, जवानों में परी हूं।
है स्याह मेरा रंग बदलता नहीं कभी
बहकाने भुलाने में जमाने से खरी हूं।
इंसां की अमल क्या है कि मुझ पर न हो मुश्ताक
हमशीरा हूं शैतान की, मैं जल्वेगरी हूं।
अंगरेजी अदालत में है मेरा बड़ा रुतबा

बतला तो दो भला मैं किसी से भी डरी हूं।
नाहक ही नागरी ने मेरी की थी शिकायत
हंटर-से साहिबों की मैं नस-नस में भरी हूं।
हिंदू की हिमाकत से मेरा बस नहीं चलता
कायस्थो-मुसलमां पै दिलो-जां से मरी हूं।
फंदे से मेरे कोई निकलने नहीं पाता
हर इक को फंसा लेती हूं, मैं जादूगरी हूं।
हिंदी के होश उड़ते हैं, एक मेरे नाम से
जाहिर है मेरा नाम खुद, मैं नामबरी हूं।
पोशीदा मेरा नाच किसी ने नहीं देखा
मैं स्याह परी स्याह परी स्याह परी हूं।

19वीं सदी के आखिरी दो दशकों में ऐसी गजलों के अलावा कई नाटक गद्य और पद्य में लिखे गए जिनमें उर्दू को ऐसी सौत के रूप में पेश किया गया जिसने कुटिल दरबारियों की मदद से खुद को राजा की पटरानी बना लिया था, जबकि राजा की पतिव्रता और असली रानी हिंदी अपने वाजिब अधिकारों से वंचित रह गई। ऐसे नाटकों में मेरठ के नागरी प्रचारक आर्यसमाजी पं. गौरीदत्त के *हिंदी-उर्दू का स्वांग* की नोटिस कई लेखकों ने ली है। मूलत: इटावा के रहनेवाले इलाहाबाद के वकील रतनचंद प्लीडर के *हिंदी-उर्दू का नाटक* का जिक्र किंग ने अपने अध्ययन में किया है, पर वह पर्याप्त नहीं है। इस मसले पर लिखे गए नाटकों में यह नाटक कुछ अलग स्वर रखता था। इसमें असली रानी हिंदी को उसका अधिकार दिलाने के लिए धोखे से बनी पटरानी उर्दू के खिलाफ मुकदमा दिखाया गया है। मुद्दैया मुसम्मात हिंदी, मुद्दायलेहा मुसम्मात उर्दू बीबी और जज सर एच. ए. स्वान। हिंदी के वकीलों में पंडित बुद्धिप्रकाश, पं. विद्याधर ओर लाला मुछंदरराम। उर्दू के वकीलों में मौलवी आकिल, मौलवी फाजिल और मौलवी अब्दुलगप्प। हिंदी का ख़ैरख्वाह पंडित सत्यानंद और उर्दू का ख़ैरख्वाह बुड्ढे खाँ जो असल में सर सैयद अहमद का प्रतीक लगता है। दो और चरित्र हैं खुदायराम और इलाहीदास जो कायस्थों के प्रतीक लगते हैं। अदालत में मुकदमा चलता है। मुछंदरराम किसी को कहता है—''वह लंबी दाढ़ी वाला बुड्ढा अपने पास बैठने वालों को क्या-क्या तरकीबें बता रहा है। इधर हमारे सीधे हिंदुओं को देखिए, कैसे चुपचाप बैठे हैं, मानो घोड़ा बेच सो रहे हों।'' मुसलमान सक्रिय हैं, हिंदू निष्क्रिय और ईश्वर पर भरोसा रखनेवाले। फिर भी मुकदमे से विचलित उर्दू बीबी घबराकर अपने आशिकों से पूछती है—''क्या ऐसी हालत में देखकर भी आपका दिल पाश-पाश नहीं होता?'' एक आशिक सर सैयद अहमद के प्रतीक बुड्ढे खाँ का ज़िक्र करते हुए उसे भरोसा दिलाता है, ''आज मैं तुम्हारी बाबत अपने दोस्त से जब कुछ गुफ्तगू करता था तो उन्होंने फर्माया कि उर्दू बीबी को बखूबी इतमीनान कर दो कि अगर्चे अब मैं बुड्ढा हूं लेकिन जो मजा मैंने उर्दू की सोहबत में जवानी में उठा लिया है, वह कभी भूल नहीं सकता। इसी सबब जब तक मेरे

तन में जान है, मैं कभी उस्के दूर हो जाने की सलाह नहीं दूंगा। शायद तुमको इस बात का भी बताना अवश्य है कि जिसको सरकार कहते हैं, वह सब बात इन हमारे दोस्त से सलाह करके करते हैं।… '' इस भरोसे से संतुष्ट होकर उर्दू बीबी गाती है :

मेरे सैयाँ भए कोतवाल अब डर काहे को।
जो कोई मुझको पकड़ने आवे वाको नोचूँगी बाल।
अपनी सोति को मुंह काला कर धर पकडूँगी बाल।

दूसरी ओर खुदायराम इलाहीदास से कहता है—''इन्हीं हिंदी देवी ने मुकदमा हमारी प्यारी उर्दू बीबी पर दायर किया है।'' इलाहीदास—''जी हाँ! देखिए इसकी सूरत! क्या ही गँवारपन झलक रहा है। कचहरी में जाकर और भी हमको रुसवा करेगी।'' सत्यानंद उनकी भर्त्सना करता है—''क्या आपकी अक्ल चरने गई है जो अपने और अपने देशबांधवों के लाभ पर कुछ भी दृष्टि नहीं जाती! क्या आपको इस बात में संदेह है कि यह हिंदी इस देश की मालिक है ? और आपके सदृश्य दस-बीस, सौ-दो सौ, हजार-दो हजार स्वार्थी लोगों ने इसका अनादर कर एक परदेसिन को बुला उसे राजा की रानी बना रखा है।'' सुनवाई के दौरान अंग्रेज जज सलाह देता है कि हिंदी-उर्दू आपस में समझौता कर लें। हिंदीदेवी का वकील पं. बुद्धिप्रकाश इससे इनकार करता है—''यह वह मुकदमा है जिसके ठीक न्याय होने से सब देश में शांति, सत्यता, न्याय, राजभक्ति और परस्पर की प्रीत फैलेगी।… राजा ने ही अपनी असली रानी को निकालकर उसे रानी बना लिया है। हम लोग असल रानी के दास हैं।'' वकील दावा पढ़ता है—''मुसम्मात हिंदीदेवी, पुत्री संस्कृत, जाति हिंदू, साकिन हिंदोस्थान बनाम उर्दू बीबी, पुत्री फारसी-अरबी, फिरंगी आदि, हाल बारिद हिन्दोस्थान।'' हिंदी के दावे को ठुकराते हुए उर्दू का वकील कहता है कि यह राजा का हक है कि वह चाहे जिस जुबान में अपना काम करे। अदालत इसे तय नहीं कर सकती। खुद हिंदीदेवी के मुताबिक उसके बेटे उसे गँवार कहते हैं तो वह पटरानी कैसे बन सकती है ?

इस नाटक की खासियत यह है कि हिंदी के न्यायपूर्ण दावे का समर्थन करते हुए भी इसमें वह उग्रता और घृणा दिखाई नहीं देती जो उस दौर के विवाद में आम हो चली थी। नाटक के अंत में कोई फैसला नहीं होता। जब हिंदी के पक्ष में पंडितजी उग्र होते हैं तो मुछंदर उनसे विनम्रता दिखाने को कहता है, अन्यथा उसे भी जवाँमर्दी दिखानी होगी। दूसरी ओर सैयद अहमद के प्रतीक बने बुड्ढे खाँ घर में उर्दू के वकील को ईमानदारी से काम लेकर अपना फायदा करते हुए दूसरे का भी फायदा करवाने की नसीहत देते हैं। लेखक ने भूमिका में भी अपना उद्देश्य बताते हुए लिखा कि इस नाटक में हिंदी-उर्दू, दोनों के गुणदोष दिखाने के बाद ''अंत में हिंदी का प्रचलित करना ठीक निश्चय किया गया है परंतु उसी के साथ यह भी सूचित किया गया है कि यदि इस समय इसका प्रचलित करना बहुत ही कठिन ज्ञात हो तो धीरे-धीरे उसे जारी करना चाहिए जिससे वह कठिनता जाती रहे।'' उग्र विरोध और टकराहट के बजाय न्याय के रास्ते पर धीरे-धीरे बढ़ने का यह आह्वान ही इस नाटक का अलग स्वर था। पर ऐसे नाटक बहुत कम लिखे गए। ज्यादातर नाटकों का स्वर

सांप्रदायिक कटुता लिए हुए था।

मुकद्दमा सोहनप्रसाद मुदर्रिस का

हिंदी-उर्दू विवाद की कटुता अपने सबसे भयंकर रूप में सोहनप्रसाद के नाटक *हिंदी और उर्दू की लड़ाई* में प्रकट हुई। भोजपुरी का असर लिए अवधी पद्य में लिखा गया यह नाटक *भारत जीवन प्रेस* से फरवरी, 1884 में छपा था। सोहनप्रसाद जिला गोरखपुर, कस्बा हाटा, स्कूल पड़री में मुदर्रिस (शिक्षक) था और हिंदी को मुद्दा बनाकर पहले से कुछ कविता करता आ रहा था। *हिंदी और उर्दू की लड़ाई* पद्य नाटक के मुखपृष्ठ पर उसने लिखा कि "हिंदी के सिवाय संसार में गुण खानि दूसरी विद्या दृष्टि में नहीं आती। तिस्में उर्दू तो औगुण की खान ही जान पड़ती है।" इस गुण-औगुण को नाटक में हिंदीदेवी और उर्दूवेश्या के परस्पर संवाद के जरिए प्रकट किया गया। सामान्य वार्तालाप से शुरू हुआ नाटक गाली-गलौज और मारपीट से होते हुए अदालत की देहरी तक पहुँचता है। शुरू में उर्दू हिंदी से पूछती है कि आजकल हिंदू लोग मुझसे नाराज क्यों हो रहे हैं? हिंदी विस्तार से बताती है कि तुम्हारे रोम-रोम में अवगुण भरे हुए हैं, इसीलिए आर्यजन तुमसे नाराज हैं। उन्हें तुमसे बहुत हानि हुई है। उर्दू इसका उलटा सच बतलाती है—ऊँची नौकरियाँ पाने के लिए हिंदू-मुसलमान, दोनों बड़े प्रेम से मुझको पढ़ते हैं :

पढ़ब जो उर्दू प्रेम से होइब तहसिलदार
ऐसे हिंदू लोग कहि आवहिं हमरे द्वार।
··· *खूब कमाई करत हैं, उर्दू पढ़ि-पढ़ि लोग।*

बहुत जल्दी यह बातचीत गाली-गलौज में बदल जाती है और विवाद भाषा के बजाय हिंदू और मुसलमान का हो जाता है :

रे उर्दू हत्यारिनी नीची जाति कुजाति
क्या बक बक बक करति है मों सैं तैं दिन राति ॥83 ॥
दफ़्तर तोरे हाथ में ताते भयउ उदंड
नीच जाति जब बढ़त है उनको होत घमंड ॥84 ॥
हिंदू रोजी कारने तोहिं पढ़ैं तजि मोहि
नाहिं तो पूछे आर्य कब आछत हमरे तोहि ॥85 ॥
फिरि मत ऐसे बोलिहो नहिं करिहों दुई टूक
आर्य राज है आज नहिं देतौं मुंह पर थूक ॥86 ॥

इस वाद-विवाद की एक विशेषता यह है कि उर्दूलिपि की खामियों को खुद उर्दू के मुँह से ऐसे कहलवाया गया मानों वह अपनी तारीफ कर रही हो। उर्दूलिपि में लिखा कुछ, पढ़ा कुछ जाता है और एक ही शब्द कुछ हेर-फेर के साथ विभिन्न अर्थ देता है—इसे उर्दू अपनी तारीफ के तौर पर पेश करती है। जवाब में हिंदी कहती है :

एक छाड़ि दूसर करै सो वेश्या कर काम
पतिव्रता गुन यह नहीं सुन तू वेश्या वाम ॥20 ॥

इस नाटक की सबसे बड़ी विशेषता हिंदू-मुस्लिम मेलजोल की निंदा करना है। 19वीं सदी के भारतीय नवजागरण की शुद्धतावादी फंडामेंटलिस्ट प्रवृत्तियों ने हिंदू-मुसलमानों के बीच अलगाव बढ़ाने का काम किया था। हिंदी नवजागरण के लेखकों ने हिंदू-मुस्लिम एकता के तत्वों पर न सिर्फ सबसे कम जोर दिया, बल्कि जब भी मौका मिला, इस एकता और समानता के तत्वों की निंदा ही की। एकता के बजाय उनके अलगाव को आदर्श मानते हुए सोहनप्रसाद ने हिंदू-मुसलमानों के बीच मेलजोल से पैदा हुई विशेषताओं को दोष और भटकाव बताते हुए एक-दूसरे से अलग-थलग रहने-चलने का आदर्श पेश किया। हिंदी को नीचा दिखाने के लिए उर्दू कहती है कि तुम्हारे लोग न सिर्फ अपनी भाषा को छोड़ उर्दू पढ़ते हैं, बल्कि अपने धर्म की बातों को भी छोड़कर मुसलमानों के संस्कार अपनाते हैं :

बिसमिल्ला अल्ला पढ़ैं कर्म धर्म सब त्यागि
मोरे मत में होइ रहे आपन मत परित्यागि ॥159॥
जितने हिंदू हिंद में सब कोउ सीखे सलाम
तोर रीति से प्रीति नहिं छोड़े दण्ड प्रणाम ॥152॥
पैगम्बर अरु पीर का सुमिरैं ध्यान लगाय
सदा ताजिया धरत हैं हारेचाक बनाय ॥160॥
हिंदू रोजा रहत हैं दिन भर करहिं उपास
अल्ला पीर मनावहीं मोहि तुम्हारी आस ॥170॥
देखत हैं जब नैन सो कहीं कब्र तुरकान
तुरत दंडवत करत हैं मोर करो कल्यान ॥171॥
घर-घर से सब जात हैं बहराइच अस्थान
काशी मथुरा अवधपुर कौन जात तुर्कान ॥172॥

मेल-जोल से पनपे इस धार्मिक आदान-प्रदान को अपने लिए सचमुच शर्म और हीनता की बात मानते हुए हिंदी कहती है :

मूरख हिंदू पूजहीं पीर ताजिया कब्र
जो निज मजहब जानिहीं तिन्हें लगत बड़ जब्र ॥153॥
अपने मत जो जानहीं कहैं बहुत पछताय
झंडा गाजी ताजिया फाड़िके देहुं जलाय ॥154॥
सज्जन जन नहिं भूलिकै करैं तुर्क को साथ
घृणा बिलोकत करत हैं दूर रहें सौ हाथ ॥155॥
आर्ज मता में है लिखा तुर्क संग बड़ पाप
परछाहीं मत कांड़हू पीछे दस पग नाप ॥156॥

हिंदी भी उर्दू को शर्माने के लिए उन बातों का ज़िक्र करती है जिन्हें मुसलमानों ने हिंदुओं के असर से अपना लिया था। मुसलमानों को अपना धर्म छोड़ देने के लिए धिक्कारते हुए हिंदी पूछती है :

तुरुक नारि सिर सिंदुर देहि संवारि संवारि

कह हदीस में है लिखा उत्तर देह बिचारि ॥161॥
रचै ताजिया तुर्क सब रंग बिरंग बनाय
कह हदीस में है लिखा हमसे देह बताय ॥163॥
बाजा ब्याह में बजत है गावहिं तिरिया गीत
करै तुर्क यह रस्म क्यों अपने मत विपरीत ॥165॥

इस आलोचना के क्रम में लगेहाथ इस्लाम के कुछ पुराने संतों और धार्मिक नेताओं की भी निंदा कर दी गई। इसके बाद दोनों एक-दूसरे से हाथापाई करते हुए, एक-दूसरे का झोंटा नोचने की धमकी देते हुए अपने झगड़े का फैसला कराने अँगरेजीजज के सामने जाती हैं। दोनों एक-दूसरे पर इलजाम लगाती हैं जिसमें उर्दू एक बार फिर अपने दोषों को गुण जैसा मानकर उन्हें हिंदी में न होने का आरोप लगाती है। अँगरेजीजज अपना फैसला हिंदी के हक में सुनाती है :

डिगरी हिंदी की करौं मैं अपने इजलास
डिसमिस दावा तोर है सुनु उर्दू बदमास ॥331॥
तुम हिंदी गुन आगरी काम तुम्हारे स्वच्छ
तेरो गुन क्या जानहीं उर्दू और मलेच्छ ॥334॥

यह फैसला सुनकर तुर्क रोते हैं, हिंदू खुश होते हैं। हिंदी अंगरेजीजज को प्रणाम कर, आर्यजनों को साथ लेकर घर लौटती है। ग्रंथकर्ता हिंदुओं से एकजुट और एकमत रहने का आह्वान करता है और कहता है कि उसके इस ग्रंथ को पढ़कर दुष्ट लोग गालियाँ देंगे, लेकिन जो समझदार हिंदू-मुसलमान हैं, वे मन लगाकर इसे पढेंगे।

सोहनप्रसाद की किताब का पहला विज्ञापन *भारत जीवन* में फरवरी 1885 में छपा। कुछ ही महीनों के बाद जून, 1885 में किताब के खिलाफ मजिस्ट्रेट के इजलास में मुकदमा ठोक दिया गया। गोरखपुर के कुछ मुसलमानों की ओर से मुहम्मद खाँ मुस्तगीस ने नालिश दायर की। इस्तगासे में ताजीरात हिंद की दफ़ा 504, 293, 298 और 500 लगाते हुए कहा गया कि जो गर्ज और मकसद इस किताब का जाहिर किया गया है, उससे साफ है कि इस किताब में किसी मजहबी बहस को ताल्लुक नहीं होना चाहिए, लेकिन मुलजिम ने बिला जरूरत महज बदनीयती और द्वेषभाव से मुसलमानों के धर्म का अपमान करने और उनकी धार्मिक भावनाओं को चोट पहुँचाने के इरादे से इस्लाम और उसके धार्मिक महापुरुषों के खिलाफ कई निरादर भरे वाक्य लिखे हैं। दरख्वास्त में सबसे कड़ा एतराज इस बात पर किया गया कि लेखक ने "मुसलमानों के पैगम्बर के जानिशान दोयम हजरत उमर फ़ारुकर जी अल्लाह वाला ऊनहू की शान मुबारक में नाशाइस्तह और बेहूदह अल्फाज़ कहे हैं" और "मुलजिम ने हजरत खलीफ़ह सानी रज़ी अल्लाह ··· ऊनहू की निस्बत खुल्लमखुल्ला बेशर्म जनाकार वगैरह ऐसे-ऐसे अल्फाज़ कहे हैं।··· किताब मजकूरह फ़ाहिश है और तौहीन से भरी हुई है।" लिहाजा "मुलजिम को सजा फ़रमाई जावे व जुमिलह किताबें जब्त होकर तलफ़ कराई जायँ।"[74]

मुकदमे की पहली तारीख 21 अगस्त, 1885 मुकर्रर हुई। सोहनप्रसाद पेश हुआ, पर

पुकार नहीं पड़ी। सुनवाई अगले दिन के लिए टाल दी गई। 22 अगस्त को करीब दो सौ मुसलमान कचहरी के हाते में जमा हो गए। उनके प्रतिनिधि ने मजिस्ट्रेट से फैसला जल्द करने की गुजारिश की।[75] इस बीच हाटा के एक मुसलमान मुदर्रिस मंसब अली ने चार आदमियों के साथ मिलकर सोहनप्रसाद के मदरसे में आकर उसके कमरे का ताला तोड़ दिया और वहाँ रखी किताब की सारी प्रतियाँ उठाकर ले गया। शहर से लौटने पर इसके खिलाफ सोहनप्रसाद ने गोरखपुर मजिस्ट्रेट के पास लिखित शिकायत की जिसमें कुल 323 रु. की किताबें चोरी चले जाने की बात कही गई। मजिस्ट्रेट ने अर्जी तहकीकात के लिए हाटा के तहसीलदार के पास भेज दी। तहकीकात से साबित हुआ कि मुद्दई ताला तोड़कर किताबें ले गया था। मंसब अली भी गिरफ्तार होकर गोरखपुर पहुँचा। उसका बयान था कि उसको डिप्टी इंस्पेक्टर ऑफ स्कूल्स ने रजिस्टर लाने का हुक्म दिया था। इस कारण उसने ताला तोड़कर रजिस्टर निकाला। किताब उसने एक नहीं ली।[76]

सोहनप्रसाद ने अपना वकील इलाहाबाद के काशीप्रसाद को बनाया जो आर्यसमाजी थे और प्रयाग हिंदू समाज के सेक्रेटरी थे। शायद इलाहाबाद से बार-बार गोरखपुर आने में परेशानी की वजह से बाद में उनकी जगह शहर गोरखपुर के ही गोरखप्रसाद को वकील बनाया गया। लेकिन मुकदमा लंबा नहीं खिंचा। नवंबर में मुकदमे की सुनवाई शुरू होने से पहले ही गोरखपुर कचहरी के हाते में मुकदमे से जुड़े हिंदू और मुसलमानों की एक बैठक हुई जिसमें कुछ शर्तों पर समझौता हो गया और मुकदमा खत्म हो गया।

इस पूरे कांड का सबसे दिलचस्प और महत्वपूर्ण हिस्सा हिंदी पत्र-पत्रिकाओं में सोहनप्रसाद की गुहार पर उसकी मदद के लिए हुआ आंदोलन था जिसमें सैकड़ों हिंदी समर्थकों ने भाग लिया। उसकी तुलना सिर्फ कुछ साल पहले मुरादाबाद के मुंशी इंद्रमणी द्वारा इस्लाम के खिलाफ लिखी किताबों पर मुकदमे के दौरान उभरे हिंदू समर्थन से की जा सकती है जिसमें दयानंद सरस्वती के नेतृत्व में आर्यसमाजियों ने पूरे देश में इंद्रमणी के लिए आर्थिक मदद का अभियान छेड़ा था और नतीजे में हिंदू-मुस्लिम सांप्रदायिक तनाव अपने चरम पर पहुँच गया था। हिंदी आंदोलन के अंदर मौजूद मुस्लिम विरोध का जैसा उग्र रूप सोहनप्रसाद की किताब में प्रकट हुआ था, उससे कहीं ज्यादा सोहनप्रसाद की मदद के लिए चले अभियान में प्रकट हुआ। इस अभियान में पश्चिमोत्तर प्रांत के नवजागरण का और खासतौर पर हिंदी आंदोलन का सांप्रदायिक चरित्र सबसे आक्रामक रूप में प्रकट हुआ। अभियान का मुख्य मंच था हिंदी नवजागरण के गढ़ बनारस से प्रकाशित बाबू रामकृष्ण वर्मा का साप्ताहिक पत्र *भारत जीवन*।

किताब के खिलाफ जैसे ही नालिश दायर हुई, सोहनप्रसाद ने *भारत जीवन* में लंबा पत्र लिखकर अपनी रक्षा और मदद के लिए गुहार मचाई। शुरू में उसने किताब के बारे में बहुत मासूमियत से पाठकों को यह बतलाया कि उसकी किताब में हिंदी और उर्दू की आपस में बातचीत के जरिए हिंदू-मुसलमानों को यह शिक्षा दी गई है कि ''अपने-अपने धर्मशास्त्रनुसार बर्तना चाहिए न कि हिंदुओं को मुसलमानों के धर्म पर और मुसलमानों को हिंदुओं के धर्म पर चलना चाहिए।''[77] निश्चय ही झगड़े की जड़ यह बात नहीं थी क्योंकि

हिंदुओं के धर्म पर मुसलमान न चलें—इस पर भला मुसलमानों को क्या एतराज हो सकता था? इसी मासूमियत से सोहनप्रसाद ने अपने पत्र में आगे भी लिखा—"यद्यपि इस पुस्तक में सिवाय बड़ाई मुसलमानों की निंदा कहीं नहीं की गई है, पर नहीं जान पड़ता कि मुसलमानों के समझ में क्यों ऐसा ध्यान बँध गया है कि हमारे ऊपर दावा कर बैठे हैं और कई एक दफ़ा ताजीरात हिंद के कायम कराए हैं।" झगड़े के असली मुद्दे को छुपाकर, लीपापोती कर, हिंदी जगत को गुमराह करने के बाद, सोहनप्रसाद ने पैंतरा बदला और हिंदुओं को जवाबी हमले के लिए उकसाया—"हम अपने हिंदू भाइयों से पूछते हैं कि मुसलमानों ने तुहफ़ुलहिंद इत्यादि सैकड़ों पुस्तकें हमारे मत विरुद्ध बनाया है और ईसाइयों ने हजारों पुस्तकें जैसे रामपरीक्षा, कृष्णपरीक्षा, शिवपरीक्षा, गुरुपरीक्षा, संतमत निरूपण इत्यादि छाप डाला। क्या इसमें हमारे मत की निंदा नहीं है? यदि है तो क्यों हमारे हिंदू भाई मौन होकर बैठे हैं? ··· जब मुसलमान हमारे पुस्तक के जलाने का उद्योग कर रहे हैं तो आप लोग मुसलमानों और ईसाइयों की पुस्तकें, जिसमें हमारे धर्म की निंदा भरी है, उसे जलाने को क्यों नहीं उद्यत होते?" आगे उसने हिंदुओं को धिक्काराते हुए, उन्हें शर्म महसूस कराते हुए खुद को धर्मवीर के रूप में पेश किया—"अगर आप हिंदुओं को इसमें उठने-बैठने में क्लेश होने का भय है तो मत उठिए, हमीं आपके दास इस धर्म कर्म में धंसते हैं। हमें अपनी नागरी की दुर्दशा देख नींद नहीं आती। गोवध देख हमारा कलेजा फटा जाता है। हमें अपने हिंदू भाइयों को क्रिश्चियन हो जाना देख दिन रात चैन नहीं पड़ता। क्या करूँ?" उसने हिंदी के पाठकों और समर्थकों से चंदा माँगते हुए उदयपुर, जयपुर, जोधपुर जैसी देशी रियासतों और अलवर, कश्मीर, कपूरथला तथा रीवाँ के हिंदूनरेशों को उनके अतीत की याद दिलाते हुए मदद माँगी, "यदि सर्वदा से राजा महाराजा अपने भारतवासियों की सुध लेते आए हों तो अब भी लें।" अपना यह पत्र सोहनप्रसाद ने कई पत्रिकाओं में छपने को भेजा।

सोहनप्रसाद की इस पुकार पर सबसे पहली प्रतिक्रिया एक 'आर्य हितैषी' की आई—"यवन ईसाइयों के अत्याचार पर सोहनप्रसाद का पत्र देखकर अत्यंत खेद हुआ। यह विषय आर्य संतानों के हृदय विदारक है।" उसने लिखा कि दूसरे धर्मोंवाले हिंदूधर्म की चाहे जितनी निंदा करें, उन्हें कोई सजा नहीं होती, पर जहाँ 'बिचारे हिंदू' कुछ बोले ("यद्यपि इसमें कुछ दोष भी नहीं") कि उन पर ताजीरात हिंद के दफा कायम कर दिए जाते हैं। इसमें "हमारी न्यायशील ब्रिटिश गवर्नमेण्ट" की कोई गलती नहीं है क्योंकि उसने तो इसके लिए वाजिब कानून बना रखे हैं, परंतु धर्माध्यक्षों (जजों) के यथोचित व्यवहार नहीं करने से ऐसे-ऐसे दोष उपस्थित होते हैं। "तिस्मैं भी अब न्यायालयों में मुसलमानों को बड़े-बड़े पद व प्रतिष्ठा मिलने लगे हैं। भला यह लोग कब अपने भाइयों का पक्षपात छोड़ आर्यों का यथार्थ न्याय करेंगे?"[78] इस पत्र लेखक की विरोध चेतना, विरोध पद्धति और शब्दावली गौर करने लायक है। उसने सारे प्रश्न को धार्मिक अत्याचार के रूप में देखा, उसे एक हिंदू पौराणिक उपमा के जरिए रखा और रक्षा के लिए संस्कृत पदावली में हिंदूनरेशों को पुकारा—"हे आर्य्यकुल भूषण, हे आर्य्यधर्म प्रतिपालक, हे मातृभूमि के गौरवरक्षा के

कारण ... पहले भी जब दुष्ट राक्षस आर्य्यों के धर्म-कर्म में बाधक होते थे तो आप ही लोगों के पूर्व्व पुरुषों से सहायता पाकर इस घोर विपत्तिजाल से परित्राण पाते थे ... उसी पवित्र कुलसम्भूत आप सभों के वर्तमान रहते यहाँ के गौ, ब्राह्मण तथा अन्यान्य प्रजागण पीड़ित होवें, आप इसके शान्ति का तनिक उद्योग न करें?'' अंत में उसने हिंदू राजाओं को रानी विक्टोरिया के पास अपना दूत भेजने का निवेदन करते हुए लिखा—''...तनिक उद्योग कीजिए, देखिए, अभी सब आर्य्य शत्रु ढीले पड़ते हैं।'' इस तरह जवाब में लिखे गए पहले ही पत्र से यह विवाद एक धर्मयुद्ध का आभास देने लगा।

बहुत जल्दी सोहनप्रसाद का मुकदमा हिंदूधर्म और इस्लाम के बीच एक शक्ति-परीक्षण का मुद्दा बन गया। वह मुसलमानों के खिलाफ हिंदुओं की एकता और प्रतिष्ठा का प्रश्न बन गया; आर्य्यधर्म की वर्तमान दशा को जाँचने की एक कसौटी बन गया। सोहनप्रसाद की पुकार हिंदूधर्म की पुकार बन गई। मुकदमे में मदद के लिए चंदा भेजने और समर्थन में पत्र लिखने का ताँता बँध गया। दाउदनगर से चंदा देनेवालों की एक पूरी सूची भेजनेवाले 'सत्यवक्ता' ने अपने पत्र में अफसोस के साथ लिखा कि उनके नगर के कई धनवानों ने बहुत थोड़ा चंदा दिया, कइयों ने तो कुछ भी नहीं दिया, ''हाय! हाय! हमारे आर्य्यधर्म की ऐसी दशा?''[79] बनारस जिले के बड़गाँव के मास्टर मुंशी लक्ष्मणप्रसाद ने सोहनप्रसाद को हौसला बँधाया—''भैया, मैं भी आपके विपत्ति का साथी हूँ। यदि हम लोग न आपकी सहायता करेंगे तो क्या मलेच्छ और ईसाई आपको उबारेंगे?'' कामठी (नागपुर) के डी.एम.वी. स्कूल के हेडमास्टर अंबाप्रसाद पांडे ने ''सेठ, साहूकारों, वकील और विशेषकर मास्टर लोगों'' से निवेदन किया कि वे इस 'धर्म्म कार्य' में आगे बढ़कर हिस्सा लें क्योंकि ''यदि पुस्तकें जला दी गईं तो हिंदू बंधुओं को महाशोक और लज्जा का कारण होगा।''[80]

गोरक्षा और रामनवमी के जुलूस के रास्ते को लेकर होनेवाले विवादों की तरह हिंदू प्रतिष्ठा का महत्वपूर्ण मुद्दा बन चुके इस मुकदमे में सोहनप्रसाद के समर्थन में छपनेवाले पत्रों में मुसलमानों को 'यवन', 'मलेच्छ', 'मियाँ भाई', 'मुसल्ले' और 'मलेच्छ मंडली' कहकर संबोधित किया जाता और हिंदुओं को आर्य्य कहकर। इन पत्रों में सोहनप्रसाद 'परम देशहितैषी' बन गए और उनकी मदद में आगे आनेवाले लोग ''उदार चरित परम देशहितैषी महाशय'' कहलाने लगे। दूर और पास, सभी जगहों से चंदा जमा होने लगा। चंदा सीधे सोहनप्रसाद को भेजा जाता या फिर *भारत जीवन* के पते पर। *भारत जीवन* ने इसके लिए बनारस बैंक में एक अलग खाता ही खोल लिया। एक पत्रलेखक ने लिखा कि चंदे के ''जमा-खर्च का हिसाब *भारत जीवन* में होना मुनासिब है।'' उसने ध्यान दिलाया कि जब मुंशी इंद्रमणी मुरादाबादी के केस में बहुत-सा चंदा *भारत जीवन* से होकर मिला था, तब ''मुंशीजी से हिसाब आर्यसमाज ने माँगा, सो नहीं दिया।''[81] सोहनप्रसाद ने अपील निकाली कि चंदा सीधे उनके वकील बाबू गोरखप्रसाद को भेजा जाए। विभिन्न शहरों में स्थानीय संस्थाओं और नागरिकों ने अपनी बैठकों में सोहनप्रसाद के लिए चंदा जमा करने के प्रस्ताव पास किए। दाउदनगर सुजन समाज ने बाबू लालजी प्रसाद कोठीवाल के कहने पर प्रस्ताव पास किया कि ''जो मनुष्य अपने धर्म का पक्ष करके दुख में पड़े, उसकी

सहायता अवश्य कर्त्तव्य है।"[82] आर्यसमाज के गढ़ अजमेर में कालेज के अध्यापकों और सरकारी पाठशाला के छात्रों की सभा हुई जिसमें "परम देशहितैषी एक आर्य्य भाई पर अकारण विपत्ति आते देख" द्रव्य इकट्ठा करने का उद्योग किया गया।[83] सबसे उत्तेजक पत्र पं. विजयानंद का छपा। बनारस में सनातनी ब्राह्मणों के एक गढ़ भदैनी मुहल्ले के निवासी पं. विजयानंद उस दौर में गोरक्षा और हिंदी आंदोलन की सबसे अगली कतार में थे। मुकदमे में सोहनप्रसाद के बचाव और समर्थन में उठे आंदोलन को और तेज करने के लिए पं. विजयानंद ने 14 सितंबर, 1885 के *भारत जीवन* में एक अपील छपवाई। *सात पाँच की लाठी, एक जने का बोझ* शीर्षक से छपी इस अपील में बाकायदा युद्ध की शब्दावली में उन्होंने लिखा—"हमारे निर्मम बैरी मुसलमान भाइयों ने गोरखपुर के मजिस्ट्रेट साहब की इजलास में हिंदुओं पर चढ़ाई की है। इन मुसल्लों की चढ़ाई सोहनप्रसाद के नाम से हिंदूजाति मात्र पर है न कि एक उन्हीं पर ··· । आप लोग जानते हैं कि इस भारत में मुसलमान भाई केवल तेरहवाँ हिस्सा हैं। यदि हिंदू सभी एक मन और एक जन होकर लड़ाई लड़ने को तैयार हों तो एक-एक मुसल्लों की छाती पर तेरह-तेरह हिंदू भूत सवार हो जाएँगे··· ।" पं. विजयानंद ने लिखा कि हिंदुओं की संख्या ज्यादा होने पर भी मुसलमान निडर बने हुए हैं तो इसकी वजह उनको यह गुमान है कि उनमें एका बहुत है, इसलिए हिंदू ज्यादा होकर भी क्या कर लेंगे? उनके इस भ्रम को दूर करना होगा। "अब तो ईश्वर की कृपा से हम लोगों का तिरोहित जातीय बल दिन दूना, रात चौगुना बढ़ रहा है। अब इनके नाने-मामे का राज नहीं है कि हम लोग उचित कहते हुए भी हलाल किए जाएँगे। अब तो यह राज्य न्यायप्रिय गवर्नमेण्ट का है।" विजयानंद के मुताबिक असली जरूरत केवल रुपयों की थी, "मुसलमान भाई आपस में चंदा करके जहाँ तक धन बटोरेंगे, उतने ही में हम हिंदू तेरह गुना बटोर सकते हैं।··· हम लोग एक-एक कंकरी उठाकर फेंक दें तो उतने ही में एक-एक मलेच्छ की छाती में तेरह-तेरह छेद हो सकते हैं।··· फिर ऐसे बल रहते भी यदि हम लोग एकमत नहीं होते तो हिंदू कहलाने को धिक्कार है।" विजयानंद ने हिंदी की सभी पत्र-पत्रिकाओं के ग्राहकों को 'हिंदू' मानते हुए उन्हें एक-एक या आधा-आधा आना चंदा *भारत जीवन* आफिस में भेज देने को कहा ताकि 'बड़ी विपत्ति' से 'जातीय गौरव' की रक्षा हो सके। विजयानंद की नजर में मुकदमे की हार-जीत से भी बड़ा सवाल जातीय गौरव की रक्षा का था—"हमें इस समय मोकदमे की हार-जीत पर उतना खेद वा हर्ष नहीं है जितना भावी दुख का खेद है। बुड्ढे के मरने का भय नहीं, किंतु यमदूतों के घर देख जाने का डर है।" आखिर में एक आना चंदे को "जातीय प्रतिष्ठा के रक्षार्थ भिक्षा" कहते हुए विजयानंद ने हिंदुओं को ललकारकर कहा—"देखें, आप लोगों में कहाँ तक हिंदूपन की ममता है।"

इतनी ही प्रभावशाली एक दूसरी अपील चंपारन में बगहा की *विद्याधर्म्मवर्धिनी सभा* के प्रधानमंत्री चंद्रशेखर मिश्र ने निकाली— *सोहनप्रसाद का मुकदमा और आर्य्यों का कर्त्तव्य।* यह *भारत जीवन* में 14 सितम्बर, 1885 को छपी। विजयानंद से चंद्रशेखर मिश्र की अपील का फ़र्क यह था कि जहाँ उग्र स्वामी विजयानंद ब्रिटिश गवर्नमेंट को 'न्यायप्रिय' मानकर संतुष्ट थे, चंद्रशेखर मिश्र ने ब्रिटिश शासन की आलोचना भी की। चंद्रशेखर ने सबसे पहले

सोहनप्रसाद के मुकदमे से आर्यों को पहुँचे कष्ट का जिक्र किया। इसके बाद मुस्लिम देशों की एकता और उनके मुकाबले हिंदुओं की निरीहता संबंधी प्रचलित धारणा को दोहराया। मुसलमानों का मुकाबला करने के लिए उन्होंने सरकार से न्याय पाने के भरोसे रहने के बजाय न्याय के लिए आंदोलन खड़ा करने पर जोर दिया। चंद्रशेखर ने लिखा कि "जो लोग यह आस लगाए बैठे हैं कि सर्कार पूरा न्याय करेगी ही, हम लोगों के आंदोलन की क्या जरूरत, उनकी यह आस निर्मूल है। टेढ़ जानि एका सब काहू, वक्र चंद्रमा ग्रसै न राहू।" हिंदुओं को क्यों राजनीतिक रूप से एकजुट हो जाना चाहिए, इसे समझाते हुए चंद्रशेखर ने लिखा, "मुसलमान जाति जबर्दस्त और कट्टर है, उसकी सहायता में अरब, रूम, मिसिर, पारस और अफगानिस्तान आदि देशों तथा हिंदुस्तान में भी हैदराबाद आदि के महाशय हैं, और इधर हिंदूजाति के बाहर के तो किसी प्रकार के सहायक हैं ही नहीं। भारतवर्ष में दशांश में भी एकता नहीं है, अव्वल निरीह, दरिद्र अलग ही ठहरे।" ब्रिटिश शासन को मुसलमानों का पक्षपाती ठहराते हुए उन्होंने अँगरेजी शासन में हिंदुओं के साथ हुए धार्मिक अन्याय के कई उदाहरणों की याद दिलाई, जैसे भारत में क्रिस्तानों का बढ़ना, शिक्षाविभागों का धर्म्मनाशक प्रबंध, हाईकोर्ट में शालिग्राम की मूर्ति लाने की आलोचना करने पर सुरेंद्रनाथ बैनर्जी पर मुकदमा और मुंशी इंद्रमणी की किताबों के खिलाफ केस। "अतएव यह कभी नहीं कह सकते कि सर्कार से केवल न्याय ही मिल जाएगा, कुछ विशेष आंदोलन की आवश्यकता नहीं।" सोहनप्रसाद के मुकदमे को आर्यों की धार्मिक निष्ठा जाँचने की कसौटी बनाते हुए चंद्रशेखर ने आह्वान किया, "यदि अपने पवित्र धर्म्म पर विश्वास हो, यदि असम्भव और अपवित्र अधर्म्मों से घृणा (नफरत) हो, हाँ, यदि स्वप्न में भी आर्य्य (हिंदू) बनना चाहते हो, यदि किसी एक शिरा (रग) में एक बूँद भी आर्य्य (हिंदू) रक्त प्रवाहित हो, तो आर्य्यों के लिए कोमल वाणी से हित कहनेवाले (सोहनप्रसाद) की तन-मन-धन से सहायता करने में न चूकिए।" 'नफरत', 'हिंदू' और 'रग' जैसे शब्द आम बोलचाल में ज्यादा प्रचलित होने पर भी चूंकि ये उर्दू के शब्द थे, लिहाजा चंद्रशेखर ने उन्हें कोष्ठक में रखते हुए उनके पहले संस्कृत पर्याय दिए। उन्होंने खेद प्रकट किया कि एक निरपराध को फँसाने के लिए 'मलेच्छ मंडली' सक्रिय हो गई है और हिंदू अपनी जाति को "अध:पतन और पददलित एवं दुर्दशाग्रस्त होते जाने" से बचाने का कोई प्रयत्न नहीं कर रहे। अपील का अंत इस वाक्य से हुआ कि "अपने धर्म्म, अपने मान की रक्षा हेतु धन दीजिए।"

विजयानंद और चंद्रशेखर मिश्र की अपीलों से सोहनप्रसाद के लिए चंदा भेजने की रफ्तार और भी तेज हो गई। पश्चिमोत्तर प्रांत के अलावा बंगाल, पंजाब, बिहार, राजस्थान, महाराष्ट्र, यहाँ तक कि आसाम तक से—जहाँ इधर के कुछ लोग रोजगार के लिए गए हुए थे—चंदा भेजा गया।[84] चंदा भेजनेवालों की सूचियां देखने से पता चलता है कि कुल मिलाकर करीब 479 व्यक्तियों ने चंदा भेजा। *भारत जीवन* के पते पर भेजी गई चंदे की कुल रकम पाँच सौ रुपयों की हुई जो उस मुकदमे के लिए काफी थी। चंदा भेजनेवालों में कई महत्वपूर्ण व्यक्ति थे, जैसे वृंदावन के राधाचरण गोस्वामी, जबलपुर के ऑनरेरी मजिस्ट्रेट सेठ बागरमलजी रईस, बेतिया के महाराजाधिराज, रायपुर के महाराजा नरहरदेव बहादुर

और महाराजा कालाकाँकर। इनके अलावा इटावा जिले में मलौसी की जमींदार ठकुरानी और एक अनाथ ब्राह्मणी ने भी चंदा भेजा। कुछ दूसरे महत्वपूर्ण लोगों ने चंदा तो नहीं भेजा, लेकिन अपना समर्थन जताया जो सोहनप्रसाद के लिए महत्वपूर्ण था। इनमें प्रयाग हिंदूसमाज के मंत्री काशीप्रसाद, प्रयाग आर्यसमाज के मंत्री पं. समर्थदान, बलिया आर्य देशोपकारिणी सभा के मंत्री पं. इंदिरादत्तजू और खड्गविलास प्रेस (बाँकीपुर) के मैनेजर बाबू साहिबप्रसाद सिंह थे। जिन संस्थाओं ने प्रस्ताव पास करके स्थानीय स्तर पर चंदा जमा करके भेजा, उनमें थे दाउदनगर सुजन समाज, अजमेर गवर्नमेंट कालेज, फ़र्रुखाबाद आर्यसमाज, विद्याधर्मवर्धिनी सभा, बगहा, विद्यावर्धिनी सभा, बलुआ, (गोरखपुर), आर्यसमाज कटनीमुखारा (जबलपुर), डिबेटिंग क्लब और एंग्लोवर्नाकुलर स्कूल, कामठी (नागपुर) और देश हितैषी सभा, छपरा (बिहार)।

पूरे आंदोलन की अगुआई *भारत जीवन* पत्र करता कहा। बाकी पत्रिकाएँ इतनी मुखर नहीं रहीं। कलकत्ते का *उचित वक्ता* अकेला पत्र था जिसने इस आंदोलन से अपनी असहमति जताई और सोहनप्रसाद की किताब को इस लायक नहीं माना कि उसके लिए आंदोलन चलाया जाए। दूसरी पत्रिकाओं की तरह *उचित वक्ता* ने भी शुरू में सोहनप्रसाद के पक्ष का समर्थन किया था, पर बाद में उसने यह समर्थन वापस ले लिया। 14 नवंबर, 1885 के अंक में *उचित वक्ता* के संपादक ने लिखा—"इस विषय में हमलोगों ने इस पुस्तक के बिना देखे जोर दिया था, परन्तु अब इस पुस्तक के देखने से साफ यही मालूम होता है कि यह झगड़ा वास्तव में हिंदी का नहीं है और न ऐसा ही है कि हिंदी के संपादक इसकी सहायता करने में बाध्य ही हैं।" यह बात *उचित वक्ता* ने जब लिखी तब तक मुकदमा खत्म हो चला था।

उचित वक्ता के इस रुख की *भारत जीवन* में कड़ी आलोचना की गई। उग्र सांप्रदायिक माहौल में अपने समुदाय की सांप्रदायिकता का जरा-सा भी विरोध करनेवाले की गर्दन कैसे पकड़ी जाती है, *भारत जीवन* में छपी आलोचना उसका एक उदाहरण था। 23 नवंबर, 1885 के अंक में सत्यवक्ता के नाम से छपी टिप्पणी में *उचित वक्ता* के संपादकीय को "समस्त आर्य्य समाज के चित्त में क्लेश और दुख" देनेवाला बताते हुए लिखा गया, "ये महाशय ऐसी आलोचना करते हैं कि मानों उस ग्रंथ में एक-एक वर्णों के आशय इनके रोम-रोम में चुभ गए हैं। ···इतने पत्र-संपादकों के रहते एक आप ही क्यों उबल पड़े ?" सोहनप्रसाद की किताब में अनर्गल आरोपों और गाली-गलौज को नजरअंदाज करते हुए 'सत्यवक्ता' ने बेधड़क होकर पूछा कि इसमें "ऐसी कौन-सी बात आपने देखी जो आपको लाइबिल लगी ?" *उचित वक्ता* ने किताब में मुस्लिम धार्मिक पुरुषों की निंदा की ओर ध्यान खींचा था। यह शिकायत बेबुनियाद नहीं थी। अदालत में दायर नालिश में भी मुख्य शिकायत हजरत उमर के चरित्र पर की गई टीका-टिप्पणी को लेकर थी। किताब में हिंदीदेवी इस्लाम से भटके हुए लोगों का ज़िक्र करते हुए उर्दू से कहती है :

उमर खलीफा अस पुरुष तुरुकन के सिरताज
चौदह भुअन में खोज अस मिलइ न कोउ बेलाज ॥158॥

परतिय गामी अधम जद तनिक न करहिं विचार
हिंदू भूप न सपन में परतिय रूप निहार ॥159॥
परतिय महल में छीनि के डारि लेंहि बदमाश
कहँ हदीस में है लिखा हमसे करो प्रकाश ॥160॥

हजरत उमर खलीफा को *हदीस* के खिलाफ चलनेवाला, सामान्य रूप से परस्त्रीगामी, दुनिया का सबसे बेशर्म, अधम और बदमाश कहा जा रहा था। लेकिन हिंदू राजा ? जीवन में तो दूर, स्वप्न में भी किसी दूसरी स्त्री का ख्याल नहीं लाते थे! सोहनप्रसाद ने न सिर्फ हिंदी के मुँह से यह टिप्पणी करवाई बल्कि उर्दू से इसकी हामी भी भरवा ली :

परतिय गामी तुर्क जो तिन्हें मुर्ख तुम जान
उमर आदि सब तुर्क को महाअधम करि मान ॥167॥

लेकिन सोहनप्रसाद ने अपनी रक्षा में मचाई गुहार के दौरान इन टिप्पणियों की कभी सफाई नहीं दी। वह इन पर खामोश रहा या इन्हें सही मानकर चलता रहा। *उचित वक्ता* की आलोचना का जवाब देते हुए 'सत्यवक्ता' ने लिखा कि इन टिप्पणियों को इतनी गंभीरता से लेने की जरूरत नहीं—"यदि छोटी-छोटी साधारण बातों पर आप ध्यान देंगे तब तो आपके समाचारपत्र के फाइल के फाइल लाइबल हो सकते हैं। इसलिए एक साधारण बात से दोषी आप नहीं ठहरा सकते। रह गई बात ताजिए वगैरह की, सो सोहनप्रसाद की आज्ञा नहीं है, किंतु उर्दू बीबी ने अपने गुन घमंड से जब यह कहा कि देख, तेरे हिंदू भी हमारे ताजिए कुरान वगैरह को मानते हैं और सर्बत रेवड़ी चढ़ाकर प्रसाद लेते हैं, तब हिंदी ने भली ही जवाब दिया कि जो हिंदू अपने मत के अधूरे होते हैं, वे ही ताजिए में 'हा हुसेन' करके छाती कूटते हैं!"'सत्यवक्ता' ने खुद को और सोहनदप्रसाद को हिंदुओं को सही राह पर चलानेवाले धार्मिक नेता की भूमिका में रखते हुए *उचित वक्ता* के संपादक को कायर बतलाया, "क्या हिंदू लोगों को कुराह जाते देख यदि हम उन्हें रोकें तो यही हमारा बड़ा अपराध है ?··· फिर आप अपने अनूठे विचार से भले ही दुम दबाकर भाग जाइए, पर व्यर्थ दूसरों के साहस को क्यों तोड़ते हैं ?" *उचित वक्ता* के संपादक को यह डाँट भी पिलाई गई कि आप सोहनप्रसाद को 'प्राइवेट पत्र' लिखकर अपनी राय बता सकते थे, "आपने एक साहित्यिक पत्र में ऐसा जघन्य लेख लिखकर दूसरों का जी क्यों दुखाया ?" दबी जुबान से एक पल के लिए यह भी मान लिया कि "इसमें संदेह नहीं कि कहीं-कहीं इस पुस्तक में कड़े-कड़े शब्द हैं," पर दूसरे ही पल इन्हें कानूनन आपत्तिजनक मानने से इनकार भी किया, "जिन बातों से लाइबल होने की आशा है, वैसे ढूँढ़े न पाइएगा।" सोहनप्रसाद की किताब की आलोचना करने के अपराध के लिए *उचित वक्ता* के संपादक को हिंदुओं से माफी माँगने के लिए कहा गया—"अपको उचित है कि इस लेख लिखने के अपराध की क्षमा आर्य्य मात्र से ही माँगें और अपनी भूल कबूल करें।" सांप्रदायिक उन्माद का विरोध करनेवालों को यह चेतावनी थी। यह एक स्पष्ट संकेत था—हिंदुत्व पर आधारित हिंदी आंदोलन के अंदर उभर रही फासिस्ट प्रवृत्ति का।

नवंबर में सोहनप्रसाद ने मुकदमे के अंत के बारे में जो जानकारी हिंदी पत्रिकओं को

दी, वह उसी तरह गुमराह करनेवाली थी, जैसे मुकदमे के शुरू होने की जानकारी। 30 नवंबर, 1885 के *भारत जीवन* में पत्र लिखकर उसने अपने मददगारों को बतलाया कि जब उसका वकील अदालत में मुकदमा लड़ने की तैयारी करने लगा, तब "यवन महाशयों के कमल मुख सूख गए" और वे संधि करना चाहने लगे। जब हिंदुओं ने उनसे कहा कि तुमने नालिश की थी, तुम्हीं वापस लो, तो मुसलमान बोले—"कुछ हम लोगों की भी खातिर होनी चाहिए। हमें और कुछ उज्र नहीं है, केवल यही प्रार्थना है कि उमर के निस्बत जो दोहे लिखे हैं, वह पाँच-चार दोहे जब दूसरी बेर पुस्तक छपे, तो निकाल दिए जाएँ।" इस पर कचहरी में हिंदू और 'यवनों' की एक बड़ी कमेटी हुई। मुसलमानों के "गिड़गिड़ाने और हाथ-पैर पकड़ने" से हिंदू भाइयों ने स्वीकार कर लिया कि "अच्छा, पांच-चार दोहे निकाल दिए जाएंगे।" संधि का एक मजमून तैयार किया गया। सोहनप्रसाद ने लिखा कि जब मजमून मुझे दिखाया गया तो मैंने कहा—"यह कभी न होगा। यदि उमर भी कब्र से निकल आएँ और उन दोहों को निकाल देने की प्रार्थना करें, तो भी हमें स्वीकार नहीं।" फिर भी, हिंदुओं के समझाने पर कि "दश के बूझे कीजै काज, हारे जीते नाहीं लाज," *मथुरा अखबार* में भी संपादक के द्वारा ऐसी ही सलाह देने तथा *चंपारन हितकारी* की भी यही राय होने के अलावा "बहुत-से मित्रों ने लिखा और हिंदूसमाज, आर्यसमाज ने भी ऐसा ही लिख भेजा," लिहाजा "हमको स्वीकार करना पड़ा।" इसके बाद संधि-पत्र तैयार करके मजिस्ट्रेट साहब को दे दिया गया। सोहनप्रसाद के मुताबिक मुसलमानों ने उनसे कहा कि 250 रु. की किताबें छपी होंगी। उसका मूल्य 300 रु. हम देते हैं। मँगा दो। हम उन दोहों को स्याही से काट देंगे। इस पर उन्हें जवाब मिला कि किताबें कहाँ-कहाँ गईं, पाठक उसे लौटाना चाहेंगे या नहीं—यह सब मुझे क्या पता! बहरहाल, सुलहनामा दाखिल हो गया और सबने अपने-अपने घर की राह ली।

सोहनप्रसाद का यह विवरण सुलहनामे के बारे में सही जानकारी नहीं देता और न ही दूसरी पत्रिकाओं में छपे विवरण से मेल खाता है। वर्नाकुलर प्रेस के बारे में होनेवाली नियमित रिपोर्टिंग से पता चलता है कि वास्तव में कोर्ट के बाहर हुए समझौते के तहत सोहनप्रसाद ने यह शर्त कबूल कर ली थी कि वह पहले संस्करण की बाकी बची सभी प्रतियों को जला देगा और अगर किताब का कोई अगला संस्करण छपता है तो उसमें से आपत्तिजनक दोहों को हटा देगा।[85] यही कारण है कि इसके बाद हिंदी पत्र-पत्रिकाओं में ऐसी कोई टिप्पणी, लेख या पत्र नहीं छपा जिसमें इस लड़ाई में सोहनप्रसाद की जीत का जश्न मनाया गया हो।

नागरी की जीत

19वीं सदी खत्म होने से सिर्फ दो साल पहले, 1898 में काशी नागरीप्रचारिणी सभा की ओर से मदनमोहन मालवीय के नेतृत्व में अदालतों और सरकारी दफ्तरों में नागरीलिपि लागू करने की माँग करते हुए लेफ्टिनेंट गवर्नर सर एंटनी मैकडॉनल को एक मेमोरियल दिया गया। यह माँग मान ली गई और दो साल के अंदर नागरीलिपि लागू करने का सरकारी हुक्म जारी हो गया। पश्चिमोत्तर प्रांत में पिछले बत्तीस सालों से चल रहे नागरी आंदोलन की यह

पहली बड़ी जीत थी। इस जीत के पीछे एक राजनीतिक पृष्ठभूमि थी जिसका ज़िक्र अक्सर नहीं किया जाता है।

आपस में लड़ रहे हिंदू-मुस्लिम भद्रवर्ग ब्रिटिश शासन का समर्थन पाए बिना अपनी लड़ाई जीत नहीं सकते थे। अगर अदालती भाषा की लिपि फारसी के बनने और बने रहने की वजह उसको मिला अंग्रेजों का समर्थन था तो नागरी की जीत का भी बहुत-कुछ संबंध युक्तप्रांत में मैकडॉनल के लेफ्टिनेंट गवर्नर बनकर आने से था। मैकडॉनल की हमदर्दी शुरू से हिंदू नेताओं के साथ रही थी। बंगाल प्रेसिडेंसी के मातहत बिहार में मैकडॉनल ने अपने इलाके में हिंदी और नागरी लागू करने का सराहनीय काम किया था। यह तथ्य पश्चिमोत्तर प्रांत के हिंदू नेताओं के ध्यान में था। मैकडॉनल का हिंदू-प्रेम उसकी राजनीतिक समझदारी का अंग था। शासन की नीतियाँ क्या हों, इस बारे में उसके कुछ अपने विचार थे। उसने बंगाल से बिहार को अलग करने के आंदोलन को बढ़ावा दिया था, जबकि बहुत-से अंग्रेज इसके विरोधी थे। अंग्रेजी शासन के समर्थक अखबार *पायोनियर* में छद्मनाम से आंदोलन के समर्थन में एक लेख छपा जिसे डॉ. सच्चिदानंद सिन्हा ने एंटनी मैकडॉनल का लिखा हुआ बताया।[86] मैकडॉनल की बिहार आंदोलन संबंधी नीति अंग्रेजी शासन ने भी कबूल की क्योंकि वह उस समय राजनीतिक रूप से ज्यादा उग्र बंगालियों के खिलाफ जाती थी। इतिहासकार सुरेंद्र गोपाल ने लिखा है, ''जब शिक्षित बिहारियों ने, खासकर कायस्थों और मुसलमानों ने, बिहार में रहनेवाले शिक्षित और नौकरीपेशा बंगालियों के खिलाफ आवाज उठाई, अंग्रेजी शासन ने उन्हें बढ़ावा दिया।''[87] बंगाल प्रेसिडेंसी के अपने अनुभवों के बाद मैकडॉनल 1894 के आखिर में युक्तप्रांत में आए तो उन्होंने इसे बंगाल की तुलना में पिछड़ा हुआ, भ्रष्टाचार में डूबा और अशिक्षित पाया। 1894-95 में पश्चिमोत्तर प्रांत में पड़े अकाल में मैकडॉनल ने राहत देने का काफी काम किया जिसके लिए उसकी तारीफ हुई। उसने म्यूनिसिपैलिटी के गैरसरकारी सदस्यों को भी सरकारी कामकाज और बजट की जाँच-पड़ताल करने का पूरा मौका देकर स्थानीय राजनीतिज्ञों के बीच लोकप्रियता हासिल कर ली। लेकिन मैकडॉनल का सबसे महत्वपूर्ण काम प्रशासनिक सुधार का था जिसके कारण वह हिंदू नेताओं में लोकप्रिय हुआ। बेली के मुताबिक उसने युक्तप्रांत की पुलिस में और दूसरे सरकारी महकमों में मुसलमानों की भरमार को गैरवाजिब करार दिया। उसे मुसलमान मुलाजिमों की राज्य के प्रति वफ़ादारी पर भी भरोसा कम था। 1896 के रूस-तुर्क युद्ध में तुर्की के प्रति भारतीय मुसलमानों का झुकाव देखकर वह चिंतित हुआ। भारत में अंग्रेजी राज को स्थिर रखने के लिए मुसलमानों को तरह-तरह की रियायतें देकर संतुष्ट रखने की नीति की जगह वह बहुसंख्यक हिंदुओं से संबंध बेहतर बनाने की वकालता करता था। 2 अगस्त, 1897 को वाइसराय एलगिन के नाम पत्र में उसने लिखा, ''मैं इस प्रांत में हिंदुओं की तुलना में मुसलमानों को तरजीह देने के हक में नहीं हूँ। मेरा यकीन है कि इस प्रांत के हिंदुओं के साथ अगर सही ढंग से हम बर्ताव करें तो उससे सरकार को बड़ी ताकत मिलेगी। राज्य की नौकरियों में उनके दावे की अनदेखी करना एक भयंकर राजनीतिक गलती होगी।''[88] मैकडॉनल ने, जहाँ तक हो सका, अपने इन विचारों पर अमल करना शुरू

किया। उसने प्रशासनिक सेवाओं में मुसलमानों का अनुपात घटाने की प्रक्रिया शुरू की, जो लंबे समय तक चली और जिसके दूरगामी नतीजे निकले। फ्रांसिस रॉबिंसन बताते हैं कि मैकडॉनल ने तहसीलदार और डिप्टी कलक्टर के ओहदे के लिए उम्मीदवारों की एक सूची इसलिए खारिज कर दी कि उसमें मुसलमानों की भरमार थी। पुलिस विभाग में हिंदुओं के मुकाबले मुसलमान इतने ज्यादा क्यों हैं ? इसकी जाँच करने के लिए उसने हुक्म निकाल दिया और निर्देश दिया कि किसी भी सरकारी महकमे में पाँच हिंदू के पीछे तीन से ज्यादा मुसलमान भर्ती न किए जाएँ। इस अनुपात को भी वह काफी उदार मानता था। उसके शासनकाल में फारसी को इलाहाबाद विश्वविद्यालय से हटा दिया गया। अलीगढ़ मुस्लिम कालेज के प्रति भी उसका रवैया कड़ा रहा, जैसा पहले किसी अंग्रेज हाकिम का नहीं रहा। युवा मुस्लिम पीढ़ी ने इन परिवर्तनों को भय और चिंता से देखा। मैकडॉनल के मुस्लिम विरोधी कदमों से मुस्लिम प्रेस में कोहराम मच गया।[८९]

मैकडॉनल के इन कदमों से भद्रवर्गीय हिंदुओं में नए सिरे से उत्साह पैदा हुआ। शिक्षित द्विजों में मैकडॉनल कितने लोकप्रिय हुए, इसका अंदाजा इस बात से लगाया जा सकता है कि हिंदी के सबसे बड़े आलोचक रामचंद्र शुक्ल ने, जो सिर्फ गाँधीजी के साथ ही नहीं, तिलक के साथ भी 'मिस्टर' संबोधन जोड़ते थे, मैकडॉनल को बड़े आदर और श्रद्धा के साथ "परम न्यायशील सर एंटनी मैकडॉनल" लिखा।[९०] हिंदी और नागरी के मुद्दे पर भी मैकडॉनल को हिंदुओं से हमदर्दी थी। मैकडॉनल के इस रवैये और सहानुभूति के कारण नई बनी नागरीप्रचारिणी सभा को जल्दी ही सरकारी अनुदान मिलने लगा। 1894 से 1897 तक नागरी का आंदोलन चलानेवाली इस संस्था को अंग्रेजी सरकार ने दबाने या नियंत्रित करने के बजाय बढ़ावा ही दिया।

इस बदली हुई राजनीतिक पृष्ठभूमि में, मैकडॉनल के मुस्लिम विरोधी रुख को देखते हुए, हिंदी आंदोलनकारियों ने बड़ी होशियारी के साथ अपनी योजनाएँ बनाईं। हिंदी के पक्ष में मेमोरियल देने के लिए उन्होंने फिर से हस्ताक्षर जमा करने का अभियान चलाया। इस बार इस अभियान का नेतृत्व नागरीप्रचारिणी सभा और मदनमोहन मालवीय ने किया। राधाकृष्ण दास और कारणों के अलावा भारतेंदु के फुफेरे भाई होने की वजह से भी नागरीप्रचारिणी सभा के बड़े नेता थे। वे ठेकेदार थे। अँगरेजी राज से अच्छे संबंध रखते थे और इस संबंध के कारण बनारस की कई बड़ी इमारतों, जैसे चौक कोतवाली, को बनाने का ठेका उन्हीं को मिला। हिंदी की सेवा में उनका स्वार्थ और परमार्थ दोनों था। काशी नागरीप्रचारिणी सभा की इमारत उन्हीं के कार्यकाल में बनी और सभा के मुख्य अधिकारी की हैसियत से इसे बनाने का ठेका भी उन्होंने खुद को ही दिया।[९१] हिंदी मेमोरियल के लिए उन्होंने 26,440 हस्ताक्षर जमा करवाए। इन्हें जमा करने के लिए कुछ लोगों ने काफी लगन और निष्ठा का परिचय दिया। रामचंद्र शुक्ल के मित्र केदारनाथ पाठक राधाकृष्ण दास के कहने से हस्ताक्षर जमा करने के लिए पछाँह की ओर गए। वे दो महीने तक घर लौटकर नहीं आए तो उनके बारे में फ़िक्र होने लगी। इस घटना का ज़िक्र करते हुए रामचंद्र शुक्ल ने उस वक्त के माहौल के बारे में लिखा है—"उन दिनों सूफी अंबालाल और मि. तिलक

आदि पर राजविद्रोह के अभियोग चल रहे थे। चारों ओर डिटेक्टिवों की धूम थी। थोड़े-से संदेह में भी लोग पकड़ लिए जाते थे।''[92] इस राजनीतिक सरगर्मी के माहौल में हिंदी के लिए हस्ताक्षर जमा करते हुए नाहक ''केदारनाथ पाठक भी डिटेक्टिवों के हाथ में पड़कर कई दिन हैरान हुए।'' इस हस्ताक्षर अभियान के अलावा हिंदी के पक्ष में छोटे लाट को प्रभावित करने की योजना ऐसी थी कि छोटे लाट जिन-जिन शहरों में जाते, उससे पहले ही वहाँ श्यामसुंदर दास पहुँचकर हिंदी के पक्ष में सभाएँ करते ताकि छोटे लाट के आने पर उनके सामने शहर के कुछ लोग हिंदी के लिए आवाज उठाएँ। मदनमोहन मालवीय ने हिंदी मेमोरियल के लिए हस्ताक्षर जुटाने के अलावा तथ्यों और आँकड़ों से नागरी का पक्ष मजबूत करने के वास्ते अंग्रेजी में एक किताब लिखनी शुरू की—*कोर्ट कैरेक्टर एंड प्राइमरी एजूकेशन इन युनाइटेड प्रोविंसेज़।* मेमोरियल के साथ यह किताब भी छोटे लाट को देने की योजना थी।

1897 का साल हस्ताक्षर जमा करने में बीत गया। मेमोरियल देने का वक्त नजदीक आने लगा। 14 फरवरी, 1898 को मदनमोहन मालवीय ने इलाहाबाद में मैकडॉनल को एक शानदार ईवनिंग पार्टी दी। कहने के लिए यह पार्टी उस वक्त पड़े अकाल में मैकडॉनल के राहत कामों पर उनका गुणगान करने के लिए दी गई थी, लेकिन असली मकसद, मालवीयजी के ही शब्दों में ''यह पार्टी नागरीलिपि के लिए सर एंटोनी की सहानुभूति प्राप्त करने की आंतरिक इच्छा से मैंने दी थी।''[93] पार्टी में बड़े-बड़े लोग बुलाए गए थे जिनमें प्रभावशाली अमीर और सत्ता में ऊँचे पदों पर बैठे लोग शामिल थे। पार्टी की भव्यता ऐसी थी कि ''रामलीला में रोशनी के जो हण्डे जलते हैं, सबसे मँगाकर ऐसी जगमगाहट पैदा कर दी गई थी कि अंग्रेजों का अनुमान था कि एक लाख रुपए खर्च हुआ होगा, पर कुल 4000 रु. खर्च हुआ था।''[94] उन दिनों बिजली नहीं होती थी और सिर्फ जगमगाहट के लिए उस जमाने में इतना बड़ा खर्च शुद्ध हिंदीभाषाप्रेमियों के बूते का नहीं था। इलाहाबाद के टंडन और दूसरे खत्री महाजनों ने, जिनसे मालवीयजी के घनिष्ठ संबंध थे, इस खर्च को उठाया होगा। खत्री महाजनों के घराने धार्मिक गतिविधियों के संरक्षक होने के नाते इलाहाबाद में रामलीलाओं का आयोजन अपने चंदे से करवाते थे। रामलीला की झाँकियों में काम आनेवाली रोशनी के इतने सारे हंडों का इंतजाम इसी कारण आसानी से हो गया होगा। पार्टी की चमक-दमक के बारे में और उसके परिणाम के बारे में खुद मालवीयजी ने संक्षेप में, बड़े चुने हुए शब्दों में, रामनरेश त्रिपाठी को बतलाया—''पार्टी बड़े शान की थी।'' और ''पार्टी की सफलता का गवर्नर पर अच्छा प्रभाव पड़ा।''[95] इस पार्टी में भाग लेने के लिए राधाकृष्ण दास बनारस से आए थे। जैसे भारतेंदु ने *रिपनाष्टक* कविता लिखी थी, वैसे ही राधाकृष्ण दास *मैकडॉनलाष्टक* कविता लिखकर लाट महोदय को अर्पित करने के इरादे से लाए थे। पर एक नवाब के विरोध करने के कारण कविता वहाँ पढ़ी नहीं जा सकी। बाद में कविता को डाक से लाट साहब के पास भेजकर ही संतोष करना पड़ा।[96]

ईवनिंग पार्टी से छोटे लाट को प्रभावित कर चुकने के बाद एक दिन मालवीयजी नागरीलिपि के लिए उनसे मिलने गए। लाट साहब ने कहा—''जरा ठहरकर आइए।''

कुछ दिन ठहरकर, 2 मार्च 1898 को मदनमोहन मालवीय एक प्रतिनिधिमंडल लेकर सोलह जिल्दों में बँधे साठ हजार दस्तखतोंवाला मेमोरियल मैकडॉनल को देने के लिए गए। नागरी का मेमोरियल देनेवाले इस प्रतिनिधिमंडल में हिंदी के लेखक या झंडा और झोला लेकर नागरी का प्रचार करते रहनेवाले कर्मठ कार्यकर्ता न थे। न इसमें वे किसान थे जो उर्दू में लिखा सम्मन नहीं पढ़ पाते थे और जिनको नागरीलिपि पुलिसराज से छुड़ाकर लोकतंत्र में ले जानेवाली थी। इस प्रतिनिधिमंडल मे थे बड़े-बड़े राजे-महाराजे, रायबहादुर, रईस और बड़े व्यावसायिक घरानों के सेठ-साहूकार। भाषा और लिपि के आंदोलन से इनका क्या संबंध था? ये लोग हिंदी की राजनीति को संरक्षण क्यों देते थे? कुछ दूसरे सार्वजनिक मुद्दों की तरह भाषा और लिपि का मुद्दा भी क्या इनके लिए सत्ता के ऊँचे पदों पर बैठे शासकों से संपर्क साधने, मेलजोल बनाए रखने और खुद को ताकतवर बनाने का एक माध्यम नहीं था? बहरहाल, हिंदी आंदोलन के शिक्षित भद्रवर्गीय नेता बहुत शुरू से ही अपने आंदोलन को प्रतिष्ठा दिलाने और आर्थिक मदद हासिल करने के इरादे से इन्हीं उच्च वर्गों और सामंतों की ओर देखते आ रहे थे। मालवीयजी के नेतृत्व में छोटे लाट को हिंदी का मेमोरियल देनेवाले प्रतिनिधिमंडल में थे—अयोध्यानरेश प्रतापनारायण सिंह, मांडा के राजा रामप्रताप सिंह, आवागढ़ के राजा बलवंत सिंह, मरसान (अलीगढ़) के राजा घनश्याम सिंह।[97] इनके अलावा थे रायबहादुर सिद्धेश्वरीप्रसाद नारायण सिंह, रायबहादुर कृष्णसहाय, ऑनरेबुल रायबहादुर श्रीराम, इलाहाबाद के सर सुंदरलाल और बनारस के रईस माधोलाल। आखिरी दो नाम, बेली के मुताबिक, पश्चिमोत्तर प्रांत में आकर बस गए गुजराती नागर ब्राह्मणों के थे जो बड़े महाजन, सेठ और जमींदार होने के अलावा काशी नागरीप्रचारिणी सभा की केंद्रीय समिति के सदस्य भी थे। प्रतिनिधिमंडल के बाकी सदस्यों में रामपुर (प्रतापगढ़) के राजा रामपाल सिंह के अलावा मथुरा के सेठ राजा लक्ष्मणदास भी शामिल थे जो 19वीं सदी के उत्तरार्द्ध में उत्तरभारत के तीन बड़े सेठों में एक थे। सेठ लक्ष्मणदास और उनके पिता सेठ लक्ष्मीचंद ने 1857 के गदर में विद्रोहियों के हमलों से अंग्रेजों को बचाने के लिए अपने खर्चे से जासूसी का एक तंत्र खड़ा किया था।[98] शायद इसी के एवज में अंग्रेजों ने उन्हें राजा की उपाधि दी थी।

जब यह प्रतिनिधिमंडल छोटे लाट की कोठी पर पहुँचा तो उनमें झगड़ा पैदा हो गया कि आगे कौन चलेगा? रामनरेश त्रिपाठी को मालवीयजी ने बतलाया—"आगे-पीछे का झगड़ा उनका खानदानी था।" कौन राजा सबसे आगे चलेगा, इसका हल नहीं हो पाया क्योंकि कोई भी राजा आगे चलता तो इसमें दूसरे राजाओं की इज्जत घटती। आखिरकार उन राजाओं ने अपना झगड़ा यूँ निपटाया कि "मालवीयजी आगे चलें, ये ब्राह्मण हैं, इससे सबसे श्रेष्ठ हैं।" इस तरह प्रतिनिधिमंडल उस दिन छोटे लाट को हिंदी का मेमोरियल देने में सफल रहा।

18 अप्रैल, 1900 ई. को मैकडॉनल की प्रांतीय सरकार ने सरकारी दफ़्तरों और अदालतों में नागरी का दावा मानते हुए एक प्रस्ताव पास किया—"सभी मनुष्य प्रार्थनापत्रों और अर्जी-दावों को अपनी-अपनी इच्छा के अनुसार नागरी या फारसी अक्षरों में दे सकते

हैं।'' इस प्रस्ताव में उर्दू और हिंदी भाषा में कोई फर्क नहीं किया गया; उन्हें एक जुबान समझते हुए सरकारी कामकाज की लिपि के रूप में फारसी के साथ-साथ नागरी को भी कानूनी मान्यता दे दी गई। लेकिन प्रस्ताव के चौथे पैराग्राफ का जो तीसरा अनुच्छेद था, वह बहुत महत्वपूर्ण था। इसमें कहा गया था कि पूरी तरह अंग्रेजी में काम करनेवाले दफ़्तरों को छोड़कर, दूसरे किसी भी दफ़्तर में ऐसे व्यक्ति की नियुक्ति नहीं हो सकती जो नागरी और फ़ारसी, दोनों लिपियों को अच्छी तरह पढ़ने-लिखने की योग्यता न रखता हो।[99] इस अनुच्छेद से उन मुसलमानों को तुरंत नौकरी से हाथ धोना पड़ता जो सिर्फ फ़ारसीलिपि जानते थे और नागरी से अनजान थे। नागरी सीखने में मुस्लिम भद्रवर्ग की कोई दिलचस्पी नहीं थी। सामाजिक-सांस्कृतिक दृष्टि से इसे वह एक हेठा काम समझता था। प्रांतीय शासन ने जब यह प्रस्ताव पुष्टि के लिए केंद्र की भारत सरकार को भेजा तो उसने भद्रवर्गीय मुस्लिम हितों का ख्याल रखते हुए प्रस्ताव के इस तीसरे अनुच्छेद को ''जरूरत से ज्यादा कड़ा'' बताया और युक्तप्रांत की सरकार को पत्र लिखकर यह संशोधन करने का सुझाव दिया कि अनुच्छेद तीन को कुछ नरम बनाते हुए इसे इस रूप में रखा जाए कि इस प्रस्ताव के पारित होने के बाद अंग्रेजी दफ़्तरों को छोड़कर किसी भी दफ़्तर में ऐसे व्यक्ति की नियुक्ति नहीं होगी जो इनमें सिर्फ एक ही लिपि जानता हो। उसे अपनी नियुक्ति के एक साल के भीतर उस दूसरी लिपि में भी योग्यता हासिल करनी होगी।[100] मैकडॉनल ने इसे मान लिया और इस सुझाव को मूल प्रस्ताव के चौथे पैरा के तीसरे अनुच्छेद की जगह दे दी गई।

नागरी लागू करने के सरकारी हुकुम का हिंदी पत्र-पत्रिकाओं ने जोरदार स्वागत किया। महीनों तक इसकी चर्चा होती रही। हिंदू भद्रवर्ग ने खूब खुशियाँ मनाईं। जश्न मनानेवालों में इलाहाबाद के एक व्यावसायिक घराने का मालिक सेठ जगतनारायण भी था। जगतनारायण अंग्रेजों का वफ़ादार और इलाहाबाद म्यूनिसिपैलिटी में टंडन घराने का राजनीतिक प्रतिद्वंद्वी था। बेली ने लिखा है कि जगतनारायण ने नागरी की जीत और बोअर युद्ध में अंग्रेज उपनिवेश प्रिटोरिया की जीत—दोनों का जश्न एक साथ मनाने के लिए इलाहाबाद के महाजनों को काफी खर्चीली पार्टी दी।[101] जुलाई महीने में मैकडॉनल बनारस आए तो नागरीप्रचारिणी सभा ने बनारस के रेलवे स्टेशन को खूब सजाया। नागरी की जय और श्रीमान की जय के बैनरों के बीच से वे मैकडॉनल को ले गए और म्यूनिसिपैलिटी की ओर से उनका अभिनंदन किया गया। इलाहाबाद में खत्री महाजनों के धन से मालवीयजी ने हिंदू विद्यार्थियों के लिए एक बोर्डिंग बनवाया जिसका नाम मैकडॉनल के नाम पर रखा गया। बेली बताते हैं कि नागरी का हुक्म जारी होने के पहले से ही मैकडॉनल की सहानुभूति का फायदा लेते हुए हिंदी और नागरी से संबंधित संस्थाओं ने एक अर्ध-सरकारी टेक्स्टबुक कमेटी में प्राइमरी और लोअर सेकेंडरी स्कूलों की किताबों को खुद तय करने में राजनीतिक सफलता हासिल कर ली थी और इसी आधार पर उन्होंने अपनी पसंद की कई हिंदी किताबों को पाठ्यक्रम में रखवा लिया था।[102] नागरी का हुक्म जारी हो जाने के बाद, खासकर 1903 से, हिंदी नेताओं ने राजा शिवप्रसाद की भाषानीति को उलटते हुए शिक्षाविभाग की किताबों से अरबी-फारसी के

शब्दों को हटाना और पाठ्यपुस्तकों को संस्कृतनिष्ठ हिंदी में तैयार कराना शुरू किया। रॉबिंसन के मुताबिक इस बदलाव को हरकोट बटलर ने भी नोट किया।[103]

यह तथ्य गौरतलब है कि अदालतों-दफ़्तरों में नागरी को मान्यता देने के लिए फारसीलिपि को हटाया नहीं गया, जिसकी माँग हिंदी आंदोलनकारी कर रहे थे, बल्कि फारसी के साथ-साथ नागरी को भी मान्यता दी गई। पश्चिमोत्तर प्रांत के मुस्लिम भद्रवर्ग ने नागरी को मिले इस हक का भी विरोध करते हुए आसमान सिर पर उठा लिया। मैकडॉनल की मुस्लिम विरोधी नीतियों से पहले ही खफा मुस्लिम भद्रवर्ग ने नागरी को मिली मान्यता में अपने लिए आगे आनेवाले खतरों की संभावना को भाँपा। उसने इस हुक्म के खिलाफ व्यापक आंदोलन छेड़ दिया। दो साल पहले सैयद अहमद की मौत हो चुकी थी। लिहाजा उनके दोस्त और अनुयायी अलीगढ़ कालेज के सेक्रेटरी मोहिसुन उल मुल्क ने उर्दूभाषी भद्रवर्ग की ओर से नागरी के खिलाफ मोर्चा सँभाला। राजा शिवप्रसाद के मेमोरेंडम के बाद 1870 में सैयद अहमद द्वारा कायम की गई संस्था को—जो अब तक सो रही थी—उर्दू डिफेंस एसोसिएशन के रूप में जिंदा किया गया। नवाब छतारी की अध्यक्षता में हुई सभा में तय किया गया कि इस सरकारी हुक्म पर विचार करने और छोटे लाट को एक मेमोरियल देने के लिए पूरे उत्तर-भारत के मुसलमानों का सम्मेलन बुलाया जाए। इलाहाबाद और लखनऊ में बड़ी-बड़ी सभाएँ हुईं। लाहौर तक आंदोलन फैल गया। नागरी को मान्यता देने के खिलाफ युक्तप्रांत के सभी जिलों में सभाएँ हुईं। इस आंदोलन में युक्तप्रांत के कई कायस्थों और कश्मीरी ब्राह्मणों ने भाग लिया। फर्रुखाबाद, रुदौली (बाराबंकी) और रायबरेली में, जहाँ कायस्थ काफी थे, कायस्थों ने आगे बढ़कर हिस्सा लिया। प्रांतीय कांग्रेस के बड़े कश्मीरी नेता अजुध्यानाथ के बेटों—पं. अमरनाथ और केदारनाथ ने आंदोलन में महत्वपूर्ण भूमिका निभाई।[104] अगस्त महीने में लखनऊ में एक प्रभावशाली सम्मेलन हुआ जिसमें पंजाब, बंबई, मध्यप्रांत और युक्तप्रांत—इन चार प्रांतों के करीब चार सौ प्रतिनिधियों ने हिस्सा लिया। जाहिर है, इस बार नागरी के विरोध और उर्दू के समर्थन में सिर्फ अलीगढ़ कालेजवाले नहीं थे, हालाँकि नेतृत्व उन्हीं का था। रॉबिंसन ने लिखा है कि इस आंदोलन में आगरा के जमींदार, अवध के ताल्लुकेदार, उलेमा, वकील और कांग्रेस के मुस्लिम नेता शामिल थे। प्रांत के लेफ्टिनेंट गवर्नर मैकडॉनल ने इस आंदोलन के प्रति कड़ा रवैया अपनाया। उसने आंदोलन के नेता मोहिसुन उल मुल्क को बुलाकर कड़ी चेतावनी दी कि वे आंदोलन से अलग हो जाएँ वरना उन्हें अलीगढ़ कालेज के सेक्रेटरी पद से हाथ धोना पड़ेगा। अलीगढ़ कालेज के सेक्रेटरी का पद शिक्षित मुसलमानों के बीच प्रभाव के लिहाज से बड़े महत्व का था। लिहाजा वे चुपचाप आंदोलन से अलग हो गए। सरकार की कड़ी निगाह को देखते हुए संपत्तिशाली वर्गों के दूसरे प्रतिनिधियों, जैसे अवध के ताल्लुकेदारों और आगरा के जमींदारों ने भी, खुद को किनारे कर लिया। इन वर्गों की इस दगाबाजी से सरकारी नौकरियों में जाने की तैयारी कर रही युवा मुस्लिम पीढ़ी को बड़ा धक्का लगा। वे अपने बुजुर्गों की सरकारपरस्त नीतियों के बिल्कुल खिलाफ हो गए। सैयद अहमद ने आजीवन उन्हें अँगरेज सरकार के प्रति वफादार बने रहने का पाठ पढ़ाया था और यकीन दिलाया था

कि इसके बदले में सरकार भी मुसलमानों के हितों का ख्याल रखेगी। अब सरकार ने जो रुख अख़्तियार किया, उससे सैयद अहमद की सीख झूठी साबित हो रही थी। युवा मुस्लिम पीढ़ी के अंदर जोश उमड़ पड़ा। अपने हितों की रक्षा के लिए उन्हें सरकार के खिलाफ आंदोलन करने की जरूरत महसूस हुई। वक्त की करवट देखिए कि अलीगढ़ कालेज की युवा पीढ़ी—जिसे अपने हितों की रक्षा के लिए सरकार के पक्ष में कांग्रेस के खिलाफ तैयार किया गया था, उसी ने अपने हितों की रक्षा के लिए अब सरकार के खिलाफ कांग्रेस के साथ मिलना तय किया ताकि एक बड़े और संगठित मंच से, हिंदुओं की मदद से मुस्लिम हितों की रक्षा की लड़ाई लड़ी जा सके। कई दूसरे लोगों ने सरकार पर दबाव डालने के इरादे से कांग्रेस से अलग रहकर मुस्लिम लीग बनाने का रास्ता अपनाया। मैकडॉनल के कदमों से भद्रवर्गीय मुसलमानों में जो नाराजगी फैली, उसे दूर करने के लिए और शिक्षित मुसलमानों को कांग्रेस के खिलाफ बनाए रखने के लिए सरकार ने 1909 में मुस्लिम लीग की पृथक निर्वाचन और आरक्षण की माँग को मान लिया। इस तरह उसने पहले हिंदू भद्रवर्ग की नागरी की माँग को मानकर उसका समर्थन हासिल किया, फिर मुस्लिम भद्रवर्ग को रियायतें देकर उसे संतुष्ट किया जिससे मुस्लिम अलगाववादी राजनीति को बढ़ावा मिला। स्वतंत्र भारत में कांग्रेस की सरकार भी इसी तरह की राजनीति करती रही।

हालाँकि नागरी की माँग एक वाजिब जनतांत्रिक माँग थी, लेकिन हिंदू भद्रवर्ग ने अपने वर्गचरित्र और वर्गहितों के अनुरूप उस माँग को जिस तरीके से उठाया, उसमें आंदोलन का निशाना अँगरेजी सरकार को नहीं बनाया गया जो नागरी को अब तक उसके हक से वंचित रखती आई थी। उल्टे नागरी के आंदोलन से सरकार को वाहवाही मिली कि उसने नागरी को मान्यता दी। यह अकारण नहीं है कि काशी नागरीप्रचारिणी सभा के नए भवन के गृहप्रवेश उत्सव में अंग्रेज हाकिमों का तो भव्य स्वागत किया गया लेकिन अयोध्याप्रसाद खत्री जैसे नागरी आंदोलनकारी, जो मुस्लिमविरोधी नहीं थे, हँसी और उपेक्षा के शिकार बने रहे। नागरी की जीत मुस्लिम भद्रवर्ग पर हिंदू भद्रवर्ग की जीत के रूप में सामने आई न कि विदेशी सरकार पर भारतीय जनता की। पहले भी, नागरी जहाँ भी लागू की गई—बिहार में, रीवाँ में या होशंगाबाद में—पश्चिमोत्तर प्रांत के हिंदी नेताओं ने इसे हमेशा 'यवनों के मुखमर्दन' के रूप में ही देखा था।

1900 ई में नागरी को अदालतों में मान्यता मिल जाने से क्या हिंदी को कोई फायदा हुआ? क्या 'हिंदुओं' को कोई फायदा हुआ?

जहाँ तक हिंदुओं की बात है, उन्हें तत्काल कोई फायदा नहीं हुआ। नागरीलिपि फारसीलिपि को हटाकर उसकी जगह नहीं आई थी। वह राजकाज की एकमात्र लिपि मुकर्रर नहीं हुई थी। लिहाजा सरकारी नौकरी हासिल करने के लिए हिंदू जैसे पहले उर्दूभाषा और लिपि सीखते थे, वैसे आगे भी सीखते रहे। इसे सीखे बिना—सिर्फ नागरी के बल पर—उन्हें नौकरी नहीं मिल सकती थी। जहाँ तक मुस्लिम भद्रवर्ग की बात है, उसकी

दिक्कत जरूर बढ़ गई। अब उन्हें नागरीलिपि सीखना जरूरी हो गया। लेकिन यह बात सिर्फ उसूलन थी; अमल में उन्हें खास दिक्कत नहीं हुई। ऐसी जानकारी मिलती है कि 1900 ई. के सरकारी आदेश से हालात में कोई खास तब्दीली नहीं आई। फ्रांसिस रॉबिंसन ने लिखा है कि नागरी समेत मैकडॉनल के इन प्रशासनिक सुधारों का कोई तत्काल असर नहीं दिखाई दिया। पहली बात तो यह कि इन प्रशासनिक सुधारों को ठीक से लागू करने में अब भी कई रुकावटें मौजूद थीं। खुद कई अँगरेज अफसर इन सुधारों के खिलाफ थे जिससे इन सुधारों का असर कम हो गया। दूसरी ओर माल का महकमा इस तरह की शैक्षणिक योग्यताओं या परीक्षाओं का विरोध करता था क्योंकि इससे उसे अपने काम लायक आदमी नहीं मिल पाएँगे। जिले के हाकिम किसी अनजान शिक्षित आदमी को नौकरी देने के बजाय अपने यहाँ पहले से काम कर रहे पुराने मुलाजिमों के बेटों या रिश्तेदारों को रखने में ज्यादा यकीन करते थे। सच बात तो यह थी कि एक शिक्षा विभाग को छोड़कर कोई भी सरकारी विभाग भर्ती के लिए शैक्षणिक योग्यता पर जोर नहीं देता था। सरकारी नौकरियों में खास-खास धार्मिक और जातीय समूहों के वर्चस्व को तोड़ने में भी मैकडॉनल को बहुत सफलता नहीं मिली और जो मिली, वह धीरे-धीरे लंबे समय के बाद मिली।[105]

जहाँ तक आम आदमी का सवाल है, जिसका तर्क देकर फारसीलिपि के खिलाफ नागरी का आंदोलन खड़ा किया गया था—उसे कचहरी में अपनी दरख़्वास्त नागरी में देने की आजादी मिल गई थी। लेकिन वह इस आजादी का करता क्या? दरख्वास्त देता कैसे और उसमें लिखता क्या? तथ्य यह था कि कचहरियों में नागरी में काम करनेवाले वकील और मुहर्रिर थे ही नहीं, दरख़्वास्त लिखता कौन? 1900 ई. का सरकारी हुक्म जारी होने से काफी पहले नागरीप्रचारिणी सभा ने अंग्रेजी में एक पुस्तिका छापकर बँटवाई थी—*शुड नागरी बी इण्ट्रोड्यूस्ड इन कोर्ट्स?* इसमें अदालतों में नागरी लागू करने की जरूरत के बारे में बताया गया था। अब सरकार ने नागरी लागू कर दी थी, फिर भी अदालतों में नागरी का चलन शुरू नहीं हुआ क्योंकि वहाँ उसका प्रयोग करनेवाला कोई था ही नहीं। सभी मुहर्रिर और वकील—चाहे वे हिंदू हों या मुसलमान—सिर्फ फारसीलिपि के प्रयोग के आदी थी। यह ठीक आज जैसी हालत थी कि हिंदी के इस्तेमाल की इजाजत होने पर भी अदालतों में लिखा-पढ़ी का सारा काम अंग्रेजी में ही होता है। इस हालत को बदलने के लिए तब नागरीप्रचारिणी सभा ने एक योजना बनाई। योजना के मुताबिक युक्तप्रांत के सभी शहरों में नागरी में दरख़्वास्त लिखनेवाला एक लेखक नियुक्त करना तय हुआ जिसे हर महीने तनख्वाह दी जाती। अपने साठ सालों के क्रियाकलापों का सिंहावलोकन करते हुए सभा ने अपनी रिपोर्ट में कबूल किया कि उसकी यह योजना बिल्कुल नाकामयाब रही। बनारस को छोड़कर वह और कहीं भी ऐसा लेखक नियुक्त नहीं कर पाई।[106] बनारस में भी उस लेखक से कितनों ने या किसी ने भी दरख्वास्त लिखवाई या नहीं, इसका पता नहीं चलता।

नागरी का हुक्म जारी हो जाने के बाद भी ज्यादातर शहरों में लोग इस हुक्म से अनजान ही रहे। इससे नागरीप्रचारिणी सभा को लगा कि शायद इसलिए भी वकील और अमले उर्दू और फारसीलिपि में अपना काम जारी रखे हुए हैं। सभा ने इस बारे में अपनी

एक कमेटी बनाकर उसके प्रतिनिधियों को विभिन्न शहरों में भेजना तय किया ताकि वहाँ कचहरी और दफ्तरों के लोगों से मिलकर, नए हुक्म के बारे में बताकर, उन्हें फारसी की जगह नागरी में काम करने के लिए प्रेरित किया जा सके। हालाँकि हिंदी आंदोलनकारी हिंदी और नागरी की उपेक्षा के लिए सबसे ज्यादा राजा-महाराजाओं को ही कोसते थे (नागरीप्रचारिणी सभा के भवन का शिलान्यास करनेवाले काशीनरेश के दरबार में नागरी का नहीं, फारसीलिपि का प्रयोग होता था), लेकिन हिंदी और नागरी की मदद के लिए मुँह भी सबसे ज्यादा इन्हीं का जोहते थे। सभा का एक प्रतिनिधिमंडल राधाकृष्ण दास की अगुआई में नागरीप्रचार के लिए अयोध्या गया। रात को स्टेशन पर उतरकर इसके सभी सदस्य सबसे पहले महाराजा के महल में गए। वे महाराजा द्वारा भेजी गई गाड़ी में बैठकर गए और महाराजा के स्वर्गद्वारवाले मकान में ठहरे।[107] इन भद्रवर्गीय लोगों ने कचहरियों में कामकाजी लोगों को नागरी के इस्तेमाल के लिए कितना प्रेरित किया होगा, इसका अंदाजा लगाया जा सकता है।

दिक्कत सिर्फ यह नहीं थी कि अदालतों में नागरी लिखनेवाला कोई नहीं था। दिक्कत यह भी थी कि वे नागरी में लिखते क्या? नागरी का आंदोलन खड़ा करनेवालों ने कविता और नाटक-निबंध भले लिखे हों, लेकिन हिंदी और नागरी में समाज के विभिन्न क्षेत्रों में कामकाज शुरू किया जा सके—इसकी तैयारी उन्होंने बहुत कम की थी। हिंदी में उन फारसी शब्दों का कोई पर्याय नहीं था जो अदालती भाषा में इस्तेमाल होते थे। यही वजह थी कि युक्तप्रांत से भी पहले जिन दो-एक रियासतों में नागरी लागू की गई, वहाँ शब्दावली पूरी तरह से अरबी-फारसी की ही बनी रही, नागरी में उसे सिर्फ लिखा जाता था।[108] 1900 ई. के सरकारी आदेश के बाद युक्तप्रांत में भी यही स्थिति रही। अदालती भाषा की शब्दावली अरबी-फारसी ही बनी रही। हिंदी में पारिभाषिक शब्दावली तैयार करने या अदालती भाषा का हिंदीकरण करने की जिम्मेदारी किसकी थी? औपनिवेशिक सरकार की या हिंदी आंदोलनकारियों की? हिंदी की इस बुनियादी कमी की ओर राधाकृष्ण दास और श्रीधर पाठक बहुत पहले ध्यान खींच चुके थे। फिर भी, भारतेंदु समेत यही लोग उस हिंदी को राजभाषा बनाने पर जोर दे रहे थे जिसका उस वक्त तक न अपना ढंग का कोई व्याकरण था, न कोई शब्दकोश। अपनी पारिभाषिक शब्दावली उर्दू के पास भी नहीं थी जो राजभाषा बनी हुई थी। उसने अरबी-फारसी की सारी कठिन शब्दावली अपने गले में पहन ली थी जिसे कचहरीवाले तबके और कुछ सरकारी मुलाजिमों को छोड़कर शायद ही कोई समझता हो, आम आदमी के समझने की बात तो बहुत दूर रही। इस दिशा में एक महत्वपूर्ण प्रयास या प्रयास का विचार बीच में उभरा जरूर था, पर फिर वह कहाँ डूब गया, पता नहीं चला। 1886 में प्रयाग हिंदूसमाज ने *हिंदी अदालतनामा* तैयार कराने के लिए एक बहुत ही व्यावहारिक योजना बनाई थी। 15 मार्च, 1886 के *भारत जीवन* में इस योजना की सूचना हिंदूसमाज के मंत्री काशीप्रसाद ने छपवाई। इसमें कहा गया कि "एक किताब अदालतनामा हिंदी अक्षरों में, जिसमें अर्जी, तमस्सुक, रहननामा, बयनामा आदि अदालत संबंधी कागजों के नमूने हों और अदालत में जो-जो शब्द बोले जाते हों, वही रहें, उनके बदले संस्कृत के

शब्द बनाकर न भरे जाएँ। जहाँ कहीं बहुत ही कठिन शब्द हों, जैसे शहादत, इस जगह गवाही लिखना उचित होगा, इसके स्थान में साक्षी न लिखा जाए। यह किताब तैयार करके जुलाई, 1886 ई. तक प्रयाग हिंदूसमाज के मंत्री के पास प्रयाग में भेजें और जिसकी किताब समाज को पसंद होगी, उसको समाज से 25 रु. इनाम दिया जाएगा और किताब पर समाज का स्वत्व होगा।'' जाहिर है, इस योजना की भाषानीति राजा शिवप्रसाद की भाषानीति से मेल खाती थी। पर ऐसी किताब किसी ने बनाई या नहीं, इसका पता नहीं चलता और न इस योजना का आगे कभी कोई ज़िक्र हुआ।

हिंदी के लेखक अपनी साहित्यिक रचनाओं में और स्कूली पाठ्यक्रम की किताबों में हिंदी को संस्कृतनिष्ठ बना रहे थे, पर अदालत और प्रशासन के काम आनेवाली शब्दावली का विकास करने की ओर किसी ने गंभीर प्रयत्न नहीं किया। यह काम रातोंरात नहीं हो सकता था। इसका सिलसिला लंबा चलता, पर ऐसी कोई प्रक्रिया शुरू ही नहीं हुई। 19वीं सदी के हिंदी आंदोलन में जितना उत्साह 'यवनों के मुखमर्दन' में था, उतना हिंदी की सामाजिक उपयोगिता को बढ़ाने में नहीं था। इसलिए यह शक होना वाजिब है कि हिंदी नवजागरण के भद्रवर्गीय द्विज नेताओं के लिए हिंदी का सवाल जनभाषा के अधिकार और विकास का नहीं, सिर्फ एक प्रतीक के तौर पर उसके इस्तेमाल का था जिसके जरिए वे हिंदुओं को गोलबंद करके मुस्लिम भद्रवर्ग के खिलाफ खुद को प्रतिष्ठित कर सकें। नागरीप्रचारिणी सभा ने हिंदी में अदालती शब्दों का एक कोश तैयार करने की योजना बनाई थी। इस कोश को तैयार करने की बेहद सुस्त रफ़्तार अपने-आपमें बहुत-कुछ बताती है। यह कोश 1922 में जाकर तैयार हो सका, लेकिन उसके शब्द कोश से बाहर निकलकर अदालतों में भी किसी काम आए या नहीं, इसका पता नहीं चलता। अब तो शायद सभा को भी उस कोश की याद नहीं आती होगी।

इन सब वजहों से यह स्वाभाविक था कि नागरी का आदेश जारी हो जाने के बाद भी व्यवहार में फारसीलिपि ही चलती रही। 1947 तक युक्तप्रांत की राजभाषा फ़ारसीलिपि वाली उर्दू बनी रही। आज भी बिहार या उत्तर प्रदेश (युक्तप्रांत) के गाँवों के अशिक्षित किसान तक अदालती भाषा के कई पुराने शब्दों वल्द, वालिद, मौजा साकिन वगैरह का इस्तेमाल करते दिखाई देते हैं। 1900 ई. के आदेश के दस साल बाद हिंदी आंदोलन को और तेज करने के लिए नागरीप्रचारिणी सभा ने प्रयाग हिंदी साहित्य सम्मेलन को जन्म दिया जो अपने उर्दू और मुस्लिम विरोध में सभा से कहीं ज्यादा उग्र और आक्रामक तेवर लेकर उभरा। राजनीति में इलाहाबाद का महत्व बढ़ने के साथ-साथ हिंदी आंदोलन का केंद्र भी बनारस से हटकर इलाहाबाद हो गया। नागरीप्रचारिणी सभा पुराने हस्तलिखित ग्रंथों की खोज और ऐसे ही दूसरे अकादमिक कामों तक सिमटकर रह गई।

19वीं सदी के उत्तरार्ध में पश्चिमोत्तर प्रांत के हिंदू-मुस्लिम भद्रवर्ग ने अपने बीच साँझे तत्वों पर जोर देने के बजाय अपने अलगाव पर जोर देने का रास्ता चुना था। उस रास्ते की मंजिल

1947 में सामने आई। स्वतंत्र भारत में सरकारी दफ्तरों और अदालतों से फारसीलिपि और उर्दू को निकाल बाहर किया गया, पर उसकी जगह हिंदी ने नहीं, अंग्रेजी ने ली। केंद्र में आज हिंदी वैसे ही दूसरी राजभाषा है, जैसे 1900 ई. में युक्तप्रांत में नागरी दूसरी लिपि थी। तब वह उर्दू के बाद थी, आज वह अंग्रेजी के बाद है। दफ़्तरों और अदालतों में आज भी हिंदी में नहीं, अंग्रेजी मे काम होता है। हिंदू-उर्दू प्रदेश के जिस शहरी भद्रवर्ग ने हिंदी के हथियार से उर्दू के खिलाफ धर्मयुद्ध लड़ा था, आज उस वर्ग को अंग्रेजी के आगे हिंदी की हीनदशा से कोई खास परेशानी नहीं होती। हिंदी की प्रतिष्ठा के लिए आज वे अंग्रेजी के पीछे खड़े किसी समुदाय का 'मुखमर्दन' करने के इच्छुक नहीं लगते। सच बात तो यह है कि अंग्रेजी के द्वारा हिंदी का हक छीना जाना उन्हें इतना विचलित नहीं करता। वे अंग्रेजी के जरिए अपना 'कैरियर' बनाने के लिए राजी हैं। उनका सारा झगड़ा, बस, उर्दू और मुसलमान से था। हिंदी की पारिभाषिक शब्दावली बनाने के नाम पर एक भद्रवर्गीय ब्राह्मण ने जिस शब्दावली को तैयार किया—जिसे राज्य ने अपनी ताकत से लाद रखा है—उसे हिंदी की शब्दावली कहना मुश्किल है। वह हिंदी में से हिंदी शब्दों को हटाकर जबरन गढ़े हुए संस्कृत शब्दों को ठूँसने का प्रयत्न है। दर्जनों संस्कृत धातुओं, उपसर्गों और प्रत्ययों के बल पर गढ़ी गई वह बनावटी शब्दावली है जिसका हिंदी की प्रकृति से कोई मेल नहीं। यह नवजागरण काल में उभरी शुद्धतावादी प्रवृत्तियों की तार्किक परिणति है। 19वीं सदी में हिंदू-मुस्लिम भद्रवर्ग ने एक-दूसरे से अलगाव के बजाय अगर मेल-मिलाप का रास्ता चुना होता तो आज हिंदी-उर्दू प्रदेश में एक जातीयता के निर्माण की राजनीतिक संभावना मौजूद रहती और इसी के अनुरूप राजभाषा की स्थिति होती। अयोध्याप्रसाद खत्री और राजा शिवप्रसाद का ऐतिहासिक महत्व यह था कि घनघोर शुद्धतावाद और अलगाववाद के युग में, इन दोनों की भाषानीति में मेल-मिलाप का रास्ता बचा हुआ था, समझौते की गुंजाइश बनी हुई थी। उस भाषानीति पर चलकर अगर उर्दू ने सरकारी भाषा के रूप में देवनागरी को अपना लिया होता और हिंदी में प्रचलित अरबी-फारसी शब्दावली को धीरे-धीरे हटाया न जाता, तो आज उर्दू अपनी मौत न मर रही होती और न हिंदी में बहुत सारे अंग्रेजी शब्दों के कृत्रिम प्रतिरूप गढ़ने की नौबत आती। हिंदी आंदोलन में हिंदू भद्रवर्ग के उन तर्कों को याद करें जिनमें जाड़ा, गर्मी और बरसात झेल रहे किसान की समझ में आने लायक भाषा की माँग की जाती थी और कहा जाता था कि नागरी लागू हो जाने से आम आदमी भी इतना कानून जान जाएगा कि वह पुलिस और कचहरी से डरना छोड़ देगा। वे दावे आज झूठे साबित हो गए। उन्हें इतिहास की विडंबना नहीं समझना चाहिए—वे हिंदी आंदोलन के भद्रवर्गीय चरित्र के छल-कपट थे। आज भी सरकारी दफ्तरों के आगे वह देहाती ठिठका खड़ा है जो *परीक्षक प्रश्नास्पद प्रलेख कार्यालय* का लगा बोर्ड बार-बार पढ़कर भी कुछ समझ नहीं पाता। इस शब्दावली को शहर का आम शिक्षित साधारण मध्यवर्ग भी कितना समझता है ? उर्दू से हिंदी को दूर करके, एक ओर अंग्रेजी का वर्चस्व कबूलने और दूसरी ओर हिंदी में बनावटी संस्कृत शब्दावली ठूँसनेवाला यह द्विज भद्रवर्ग किसके स्वार्थों की

राजनीति कर रहा है ? वह समाज के किन वर्गों और किन जातियों की सांस्कृतिक आकांक्षाओं को व्यक्त करता है ? एक ओर सांस्कृतिक राष्ट्रवाद की दुहाई, दूसरी ओर पश्चिम के साम्राज्यवाद के आगे समर्पण! यह चारित्रिक विशेषता क्या 19वीं सदी में हिंदी आंदोलन के अंदर भी किसी-न-किसी स्तर पर मौजूद नहीं थी ?

हिंदी आज केंद्र में अंग्रेजी के साथ और पाँच-छ: राज्यों में अकेले राजभाषा के पद पर कई दशकों से कायम है। एक हद तक वह शिक्षा का माध्यम भी बन चुकी है। फिर भी, हिंदीभाषी राज्यों में जो रुतबा अंग्रेजी को हासिल है, वह हिंदी को नहीं। तथाकथित हिंदीजाति के गठन और उसके सांस्कृतिक विकास में 19वीं सदी के हिंदी आंदोलन की ऐतिहासिक भूमिका का कितना भी दावा क्यों न किया जाए, हकीकत यही है कि हिंदीभाषी भद्रवर्ग पर अंग्रेजी की श्रेष्ठता का आतंक आज भी कायम है। शिक्षित समाज में वह अंग्रेजी बोलने में शान समझता है, हिंदी बोलने में नहीं। हिंदी आज भी सांस्कृतिक हीनता की भाषा है, सांस्कृतिक गौरव की नहीं। तो फिर वास्तविक इतिहास में हिंदी नवजागरण ने और उसके प्राणतत्व हिंदी आंदोलन ने क्या हासिल किया ?

देश के बँटवारे से हिंदी-उर्दू प्रदेश में सामाजिक-राजनीतिक शक्ति-समीकरण अपने आप बदल गया। शहरी मुस्लिम भद्रवर्ग का सबसे सक्षम बौद्धिक हिस्सा पाकिस्तान चला गया। इससे रस्सा अपने आप हिंदू भद्रवर्ग की ओर खिंच गया। लेकिन हिंदी नवजागरण का हिंदू या हिंदीजाति बनाने का ऐतिहासिक एजेंडा पूरा नहीं हुआ और न हो सकता था। इसलिए एक ओर हिंदू आक्रामकता, दूसरी ओर आहत मुस्लिम अहं के साथ या उसके बावजूद किसी-न-किसी शक्ल में रस्साकशी अब भी चल रही है। एक ही खड़ीबोली पर आधारित आधुनिक हिंदी-उर्दू के बीच की दूरी दरअसल एक ही प्रांत में रहते हुए भी हिंदू-मुस्लिम भद्रवर्ग के बीच जो अलगाव की भावना है, उसे प्रतिबिंबित करती है। अलगाव पर जोर देनेवाले दृष्टिकोण को और उससे पैदा होनेवाले भाषाई शुद्धता के आग्रह को छोड़कर, साँझे प्रतीकों को अपनाए बिना उनमें एक जातीयता की भावना का विकास नामुमकिन है। हिंदी की शुद्धता का आग्रह शुरू से भद्रवर्गीय हिंदुत्व की राजनीति से जुड़ा रहा है। उर्दू आज भी मुस्लिम अलगाववाद की शिकार है। अनवर अजीम का लेख *उर्दू : ए विक्टिम ऑफ कल्चरल जेनोसाइड ?* इसका सबूत है जिसमें उन्होंने नई पीढ़ी के मुस्लिम बच्चों के हिंदी पढ़ने पर एक तरह से अफसोस जाहिर किया है।[109] अलगाववादी मानसिकता के कारण ज्यादातर मुस्लिम बुद्धजीवी जितना जोर अपनी धार्मिक पहचान पर देते हैं, उतना अपनी प्रादेशिक पहचान पर नहीं, जो हिंदुओं से उनकी साँझी पहचान है। यह उनकी असुरक्षा की भावना के अलावा उनमें आत्मविश्वास की कमी को भी जाहिर करता है। नई मुस्लिम पीढ़ियाँ धीरे-धीरे इस मानसिकता से मुक्त हो रही हैं (पर आक्रामक हिंदू सांप्रदायिक ताकतें उन्हें मुक्त होने नहीं देतीं)। फारसीलिपि और कठिन अरबी-फारसी शब्दावली, इन दो वजहों से उर्दू को हिंदू-मुसलमानों की साँझी जुबान मानना तो दूर रहा, वह सभी मुसलमानों की भी साँझी जुबान नहीं बन सकती। एक भारतीय भाषा के रूप में उर्दू का

संस्कृत और दूसरी भारतीय भाषाओं के साथ लेन-देन का न संबंध रखना उर्दू के भविष्य के लिए घातक साबित हुआ है। अलगाव पर जोर देनेवाले ज्यादातर हिंदू-मुस्लिम भद्रवर्गीय नेताओं ने गाँधीजी की सुझाई *हिंदुस्तानी* का यह कहकर विरोध किया था कि हिंदुस्तानी एक गढ़ी हुई भाषा है। हिंदुस्तानी को राजा शिवप्रसाद, अयोध्याप्रसाद खत्री और देवकीनंदन खत्री की परंपरा से जोड़ा जा सकता है। अगर हिंदुस्तानी एक गढ़ी हुई भाषा है तो उतनी ही गढ़ी हुई आधुनिक हिंदी और उर्दू भी हैं। तब सवाल यह है कि इनमें से कौन-सी गढ़ी हुई भाषा हमारे लिए ठीक होगी ? यह चुनाव बहुत कुछ चुनाव करनेवाले के उद्देश्य पर निर्भर करता है। अगर शुद्ध हिंदी और खालिस उर्दू को गढ़नेवाले शुद्ध हिंदू और खालिस मुस्लिम कौम की कल्पना करके चल रहे थे, तो हिंदुस्तानी को गढ़नेवाले एक साँझी जातीयता की कल्पना कर रहे थे। आज हिंदुस्तानी किसी के भी एजेंडे में नहीं है। इसलिए रस्साकशी चल रही है। सामंती संस्कारों से ग्रस्त, पूँजीवादी विचारधारावाले भद्रवर्ग की राजनीतिक शक्ति और उसके नेतृत्व को खत्म किए बिना इस रस्साकशी का अंत नहीं दिखता। इस रस्साकशी ने हिंदी-उर्दू प्रदेश में धर्म और समाज सुधार के सवाल को—जो नवजागरण की आत्मा है—बहुत पीछे धकेल दिया है।

उपसंहार

बंगाल और महाराष्ट्र के मुकाबले पश्चिमोत्तर प्रांत में नवजागरण बहुत कमजोर रूप में प्रकट हुआ, खासकर इसके पूर्वी इलाकों में। इसका कारण 19वीं सदी में इस प्रांत की खास ऐतिहासिक परिस्थितियाँ थीं जिन्हें ध्यान में रखे बिना न तो यहाँ मुस्लिम अलगाववाद के उभार को समझा जा सकता है, न हिंदू नवजागरण ने जो रूप यहाँ अख्तियार किया उसे समझा जा सकता है। इस प्रांत में मुस्लिम अभिजातवर्ग अपनी कम संख्या के बावजूद सामाजिक, सांस्कृतिक व राजनीतिक दृष्टि से जैसी प्रभावशाली हैसियत रखता था, वैसी किसी दूसरे प्रांत में नहीं। अंग्रेजों के हाथों सत्ता खोने के बाद जो नए बदलाव आए, उनका सामना करने के लिए यहाँ मुस्लिम नवजागरण की दो धाराएँ सामने आईं—एक तो वहाबी और देवबंद आंदोलन के रूप में जो फिरंगियों के प्रति शत्रुता का खुला या छुपा भाव रखते हुए धार्मिक शुद्धता पर जोर दे रही थी। दूसरी धारा सैयद अहमद के नेतृत्व में, धर्म के प्रति आलोचनात्मक रवैया रखते हुए, पश्चिमी शिक्षा से लाभ उठाने की थी ताकि शिक्षित भद्रवर्गीय मुसलमान शासन में ऊँचे पद पा सकें और सार्वजनिक जीवन में उनकी हैसियत बरकरार रहे। इस उद्देश्य में उनकी होड़ शिक्षित हिंदू भद्रवर्ग से हुई जो सरकारी नौकरियों में अपने वाजिब हिस्से की माँग के अलावा नागरिक जीवन में भी अपनी अलग सांस्कृतिक पहचान कायम करने के लिए आगे आया। बहुसंख्यक हिंदुओं के आगे टिक नहीं पाने की संभावना से आशंकित मुस्लिम भद्रवर्ग ने अपने पुराने विशेषाधिकारों की रक्षा के लिए अलगाववाद का रास्ता चुना। यह अलगाववादी विचारधारा, 19वीं सदी में, सीमित रूप में बंगाल को छोड़कर, किसी दूसरे प्रांत में नहीं पैदा हुई। मिसाल के तौर पर पश्चिमोत्तर प्रांत से महाराष्ट्र की परिस्थितियों के फ़र्क को नोट करते हुए असगर अली इंजीनियर ने पाया कि महाराष्ट्र में पश्चिमोत्तर प्रांत जैसा मुस्लिम अलगाववाद और उस ढंग का मुस्लिम नवजागरण भी पैदा नहीं हुआ क्योंकि वहाँ अभिजात मुसलमानों ने न सत्ता खोई थी, न उनमें असुरक्षा का भाव पैदा हुआ था। वहाँ निजाम का शासन बरकरार रहा और ज्यादातर गुजराती मुसलमान व्यापारी थे जिन्हें अंग्रेजी शिक्षा और सरकारी नौकरियों की जरूरत नहीं थी।[1]

मुस्लिम अलगाववाद, सरकारी नौकरियों के लिए होड़ और मुस्लिम सांस्कृतिक प्रभुत्व से हिंदू भद्रवर्ग की मुक्त होने की इच्छा—इसी ऐतिहासिक संदर्भ में पश्चिमोत्तर प्रांत में हिंदू नवजागरण हुआ जिसमें मुस्लिम विरोध उसकी एक केंद्रीय प्रवृत्ति रही। अपने ऐतिहासिक संदर्भ की इस विशिष्टता के कारण यह नवजागरण बिहार से भी भिन्न रहा। बिहार में सरकारी

नौकरियों और सांस्कृतिक प्रभाव के लिए होड़ हिंदू-मुस्लिम भद्रवर्ग के बीच न होकर इन दोनों की होड बंगाली भद्रवर्ग से थी। वहाँ बंगाली भद्रवर्ग के खिलाफ हिंदू-मुस्लिम भद्रवर्ग एक ही बिहारीपन की भावना से भरकर आपस में सहयोग कर रहे थे।

भारतीय नवजागरण बंगाल में 1820 के दशक में शुरू हुआ और महाराष्ट्र में 1830 के दशक में। करीब पचास सालों तक यह नवजागरण इन दोनों प्रांतों के भद्रवर्गीय प्रबुद्ध समाज में हलचल मचाता रहा। 1870 का दशक पूरा होते-होते इस नवजागरण की पहली ऊँची लहर—जो धर्म और समाज को सुधारने के महान साहसिक प्रयासों के रूप में थी—करीब-करीब खत्म हो चली थी। 1880 से उसके खिलाफ हिंदू प्रतिक्रिया की शक्तियाँ प्रबल रूप से उठ खड़ी हुईं। प्रतिक्रिया की ये शक्तियाँ बंगाल में बंकिम और भूदेव मुकर्जी के नेतृत्व में और महाराष्ट्र में कई चितपावन ब्राह्मणों समेत तिलक के नेतृत्व में उभरी थीं। नवजागरण का पहले जैसा तेज बुझ चला था। पश्चिमोत्तर प्रांत में जो भी और जैसा भी नवजागरण आया, दुर्भाग्य से वह इसी दौर में आया। ब्राह्मोसमाज और आर्यसमाज—भारतीय नवजागरण की ये दो मुख्य शक्तियाँ थीं। पश्चिमोत्तर प्रांत में ब्राह्मोसमाज मुख्यत: बाहर से आए कुछ शिक्षित बंगालियों तक सीमित रहा। आर्यसमाज का असर प्रांत के पछाँही जिलों में, जहाँ ब्राह्मणों का वर्चस्व कमजोर था, मुख्यत: जाटों, कायस्थों और वैश्यों के बीच रहा। पूरबी जिलों में, जहाँ काशी और प्रयाग जैसे हिंदूतीर्थ थे, परंपरावादी धर्म काफी संगठित थे और उन्हें काशीनरेश का संरक्षण प्राप्त था। लाख कोशिशों के बाद भी आर्यसमाज यहाँ पैर नहीं जमा सका। यहाँ सनातनी और वैष्णव बुद्धजीवियों ने आर्यसमाज के हमलों से पारंपरिक धर्म की रक्षा के लिए संगठित होकर आंदोलन चलाया। इस प्रांत में आर्यसमाज अपने उग्र धार्मिक सुधारों का स्वर मंद करने और ऐसे लोकप्रिय मुद्दे उठाने को मजबूर हुआ जिनका संबंध उसके बुनियादी सुधारों से उतना नहीं था। ये मुद्दे मुख्यरूप से हिंदी, नागरी और गोरक्षा के थे जिन्हें सनातनी नेता पहले से उठा रहे थे; इसलिए इन पर उनसे विरोध की संभावना नहीं थी। ये मुद्दे हिंदू भद्रवर्ग के साथ हो रहे अन्याय का प्रतिकार करने के लिए उठाए गए थे। ये तीनों मुद्दे जायज लोकतांत्रिक माँगें थीं, पर हिंदू भद्रवर्ग ने इन लोकतांत्रिक माँगों को भी सांप्रदायिक ढंग से उठाया। इन माँगों के पीछे लोगों को एकजुट करने के लिए हिंदुत्व का सहारा लिया गया और हिंदुओं में मुस्लिम विरोधी भावनाएँ भड़काई गईं। इसके साथ ही, ब्रिटिश शासन से विरोध मोल न लेना पड़े, इसका भी ख्याल रखा गया। पश्चिमोत्तर प्रांत में हिंदू-मुस्लिम भद्रवर्ग के बीच चले आ रहे शक्ति-समीकरण को बदलने के लिहाज से भाषा और लिपि के मुद्दे बहुत महत्वपूर्ण थे क्योंकि अदालतों और दफ्तरों में प्रचलित उर्दू भाषा-लिपि को हटाए बिना सरकारी नौकरियों में हिंदू भद्रवर्ग की हिस्सेदारी बढ़ नहीं सकती थी। लिहाजा ये मुद्दे दोनों समुदायों के भद्रवर्ग के बीच ताकत आजमाइश के मुद्दे बन गए और उनकी धार्मिक अस्मिता के प्रतीक भी बन गए। इन्हीं परिस्थितियों में पश्चिमोत्तर प्रांत में हिंदू-मुस्लिम सांप्रदायिक विचारधारा का जन्म और विकास हुआ जिसमें परस्पर विरोधी होने के बावजूद सनातनी और आर्यसमाजी, दोनों

ने अपनी विचारधारा, संगठन और आंदोलन के जरिए समान रूप से हाथ बँटाया।

हिंदी नवजागरण एक भ्रामक नाम है। कुछ हिंदी लेखकों द्वारा एक मुहावरे की तरह चलाए गए इस शब्द का, उनकी चर्चाओं से बाहर, कहीं कोई अस्तित्व नहीं। जिसे हिंदी नवजागरण कहा जाता है, वह दरअसल ब्राह्मोसमाज और खासकर आर्यसमाज के धार्मिक सुधारों के खिलाफ, उनकी प्रतिक्रिया में हुआ, सनातनी बुद्धजीवियों का आंदोलन था जिसमें उस समय के सभी बड़े हिंदी लेखकों और संपादकों ने आगे बढ़कर हिस्सा लिया—हालाँकि इन लेखकों की चेतना पर भी उस सुधार आंदोलन का कुछ प्रभाव पड़ा जिसके नतीजे में उन्होंने भी कुछ सुधारों का सीमित रूप से समर्थन किया। उनके आंदोलन को नवजागरण कहना धार्मिक-सामाजिक सुधारोंवाली भारतीय नवजागरण की धारा से उन्हें गड्डमड्ड कर देना होगा। भारतीय नवजागरण मुख्यत: धर्म और समाज के सुधार का आंदोलन था जबकि हिंदी नवजागरण का मुख्य लक्ष्य यह कभी नहीं रहा। उलटे इसके नेता धर्म के परंपरागत स्वरूप में बुनियादी सुधारों का विरोध करते थे। सामाजिक सुधारों के मामले में सबसे प्रधान मुद्दे स्त्रीप्रश्न पर उनका नजरिया पिछड़ा हुआ और दुविधाग्रस्त था। आर्यसमाज या ब्राह्मोसमाज की तरह उन्होंने स्त्रीशिक्षा का उत्साहपूर्ण आंदोलन कभी नहीं चलाया। बालविवाह का विरोध करते हुए भी उन्होंने इसके खिलाफ कोई प्रभावशाली प्रचार नहीं चलाया। विधवाविवाह के प्रश्न पर, एक-आध अपवाद को छोड़कर, या तो वे इसके विरोधी रहे या दुविधाग्रस्त रहे। उन्होंने स्त्रीचेतना के किसी नए आधार को प्रोत्साहित नहीं किया। यही वजह है कि 19वीं सदी के तथाकथित हिंदी नवजागण में स्त्रीचेतना की दृष्टि से ऐसी कोई महत्वपूर्ण हिंदी लेखिका नहीं हुई जिसकी तुलना उसी दौर की बंगाली या मराठी लेखिका से की जा सके। वास्तव में उस दौर में आर्यसमाजी सुधार आंदोलन का विरोध करते हुए लेखक जो लड़ाई लड़ रहे थे, उसका सही नाम हिंदी नवजागरण के बजाय *हिंदी आंदोलन* होना चाहिए क्योंकि उन लेखकों-संपादकों का मुख्य लक्ष्य यही था। धार्मिक सुधारों के खिलाफ 1870 में *काशी धर्मसभा* कायम करने से भी पहले 1867 में उन्होंने अदालतों से उर्दूलिपि हटाने और उसकी जगह नागरी लागू करने के लिए सरकार को मेमोरेंडम दिया था। यहीं से हिंदी आंदोलन की शुरुआत हुई थी। उस जमाने में *हिंदी* या *नागरी* शब्द का प्रयोग भाषा और लिपि दोनों के अर्थ में होता था और उनका आंदोलन भी दोनों के लिए था। जो लोग भाषा और लिपि का आंदोलन चला रहे थे, उन्हीं लोगों ने गोरक्षा आंदोलन का भी नेतृत्व किया। हिंदी साहित्य के दो प्रमुख गढ़ों बनारस और इलाहाबाद को केंद्र बनाकर जो आंदोलन पच्चीसों साल तक चलता रहा, वह किसी धार्मिक या सामाजिक सुधार के लिए नहीं बल्कि भाषा और लिपि के लिए था। इसलिए उसे हिंदी आंदोलन कहना हर दृष्टि से उचित होगा। इस आंदोलन के नेताओं ने जैसे राजनीति और अर्थनीति पर अपने विचार प्रकट किए, उसी तरह अपने समय में चल रहे धार्मिक-सामाजिक सुधारों के संबंध में भी प्रतिक्रिया की। महत्वपूर्ण होते हुए भी वह उनका केंद्रीय मुद्दा नहीं था। केंद्रीय मुद्दा भाषा और लिपि का ही था जो प्रांत के हिंदू-मुस्लिम भद्रवर्ग के बीच रस्साकशी का सबसे

मुख्य मुद्दा बना।

अदालतों-दफ़्तरों में हिंदी लागू करने की माँग इस अर्थ में एक वाजिब और लोकतांत्रिक माँग थी कि यह व्यापक जनता की जरूरतों को पूरा करती थी। लेकिन हिंदू भद्रवर्ग ने इस माँग को सत्ता में अपनी हिस्सेदारी के लिए मुस्लिम भद्रवर्ग के साथ चली आ रही होड़ के संदर्भ में उठाया था और हिंदी का इस्तेमाल एक धार्मिक प्रतीक के रूप में किया ताकि इसके जरिए बहुसंख्यक हिंदू जनता को अपने पीछे गोलबंद किया जा सके। 19वीं सदी में हिंदी और उर्दू को हिंदुत्व और इस्लाम का प्रतीक बनाने के लिए बाकायदा बरसों तक प्रयास किए गए जबकि एक-डेढ़ सदी पहले तक उर्दू नाम की कोई भाषा ही नहीं थी और हिंदी जुबान अरबी-फारसी शब्दों से मिश्रित उस भाषा को कहते थे जिसमें ज्यादातर मुसलमान शायरी करते थे और हिंदू उससे दूर रहकर अपनी ब्रजभाषा में कविता करते थे। हिंदी आंदोलन के दौरान हिंदी को हिंदुत्व का प्रतीक बनाकर पश्चिमोत्तर प्रांत और उसके इर्द-गिर्द प्रदेशों के हिंदीभाषियों को एक राजनीतिक समुदाय में बदलने की कोशिश की गई जिसे 19वीं सदी में *हिंदूजाति* कहा गया। इसी को इधर कुछ वामपंथी आलोचक *हिंदीजाति* कहने लगे हैं। यह विरासत को आँख मूँदकर, बिना किसी आलोचनात्मक दृष्टि के अपनाना है—वह भी वामपंथियों द्वारा! पश्चिमोत्तर प्रांत में हिंदी-उर्दू को प्रतीक बनाकर हिंदू-मुसलमानों की दो अलग-अलग जातीयताओं की जो भावना पनपी, उसका नतीजा आखिरकार देश के विभाजन में हुआ। लेकिन विभाजन के बाद भी इस प्रांत में एक जातीयता के विकास का सवाल नहीं सुलझा। यह कहना बेबुनियाद है कि 19वीं सदी के हिंदी आंदोलन ने 'हिंदुस्तानी जाति' के गठन में महत्वपूर्ण भूमिका अदा की। पहली बात, ऐसी कोई जाति बनी ही नहीं। दूसरे, यहाँ 'हिंदीजाति' नाम बचाकर हिंदुस्तानी जाति कहा गया है। अगर हिंदुस्तानी जाति से मुराद हिंदू और मुस्लिम, दोनों की साँझी जातीयता से है, तो कहना पड़ेगा कि ऐसी जाति के गठन का लक्ष्य हिंदी आंदोलन ने अपने सामने कभी रखा ही नहीं। इसके उलटे, उसने हिंदी को हिंदूमात्र के साथ जोड़ने पर जोर दिया था। हिंदी आंदोलनकारी अपना आधार व्यापक साबित करने के लिए कभी-कभी तर्क दिया करते थे कि गाँव के मुसलमान भी उर्दू नहीं, हिंदी बोलते हैं। यहाँ हिंदी शब्द का इस्तेमाल वे ब्रजी, अवधी वगैरह के अर्थ में करते थे जबकि हिंदी आंदोलन से उनका मतलब सिर्फ खड़ीबोली हिंदी से था, ब्रजी-अवधी से नहीं। फिर, इस तर्क को उन्होंने अपने व्यावहारिक आंदोलन में कभी लागू नहीं किया। 80 प्रतिशत मुसलमानों की भाषा किसी-न-किसी अर्थ में अगर हिंदी थी, तो अपने लेखों और मेमोरियलों में बार-बार वे हिंदी को हिंदुओं की भाषा क्यों कहते रहे? उन्होंने हिंदी आंदोलन को हिंदुओं और मुसलमानों का संयुक्त आंदोलन क्यों नहीं बनाया? अगर वे ऐसा करते तो हिंदी आंदोलन का स्वरूप सांप्रदायिक न होकर वर्गीय होता। लेकिन ऐसा नहीं हुआ। वर्गीय चेतना जगाना धार्मिक, सांप्रदायिक या जातीय चेतना जगाने की तुलना में हमेशा काफी कठिन होता है। हिंदी आंदोलन के नेताओं का—जिनका संबंध राजा-महाराजाओं से रहता था और जो मदद के लिए हमेशा उन्हीं सामंतों का मुँह

ताकते थे—न यह लक्ष्य था, न ऐसा वर्गचरित्र था। मार्क्सवाद के नाम पर हिंदीजाति की मनमानी धारणा गढ़ने के मुकाबले इस मुद्दे पर प्रेमचंद का दृष्टिकोण गौरतलब है। गलतफ़हमी का जरा भी शिकार हुए बिना और बिना किसी सैद्धांतिक आग्रह-दुराग्रह के, सैयद अहमद पर लिखे गए एक लेख में हिंदी-उर्दू विवाद से जुड़े जातीयता के प्रश्न पर टिप्पणी करते हुए उन्होंने लिखा कि 19वीं सदी में नागरी या हिंदी आंदोलन का मकसद उर्दू को एकबारगी मिटा देने का नहीं था। ''पर सैयद के मन में यह शंका बस गई कि हिंदू मुसलमानों को नीचा दिखाना चाहते हैं। संभव है, कुछ और भी कारण उपस्थित हों, जिनसे इस धारणा की पुष्टि हुई हो कि हिंदू-मुसलमान का एक होना अनहोनी बात है। दोनों जातियों में ऐतिहासिक और धर्मगत बिलगाव पहले से ही मौजूद था। नए झगड़े उठ खड़े हुए और संयुक्त राष्ट्रीयता का लक्ष्य सुदीर्घकाल के लिए हमारी आंखों से ओझल हो गया।''[2] युक्तप्रांत में चले हिंदी आंदोलन के प्रसंग में प्रकट किए गए ये विचार भारत के राष्ट्रीय संदर्भ में भी लागू होते थे। उसी लेख में प्रेमचंद ने आगे लिखा, ''कितने दुख की बात है कि उस समय उभय पक्ष की अनुदारता और अदूरदर्शिता ने आपस के उस मेल-मिलाप और सहिष्णुता के रास्ते में रोड़े अटका दिए, जिसकी नींव पर ही संयुक्त राष्ट्रीयता की इमारत उठाई जा सकती है।'' युक्तप्रांत में एक जातीयता के विकास में हिंदू-मुस्लिम अलगाव की भावना सबसे बड़ी रुकावट थी जो आज भी किसी-न-किसी रूप में कायम है। इसके अलावा आधुनिक हिंदी और उर्दू, दोनों सिर्फ शहरों में प्रचलित भाषाएँ रही हैं जो अपने शुद्ध रूप में सिर्फ शिक्षित मध्यवर्ग में बोली जाती हैं। ब्रजी, अवधी वगैरह बोलनेवाली व्यापक देहाती जनता का इन भाषाओं से हार्दिक लगाव कभी नहीं रहा। फारसीलिपि और कठिन अरबी-फारसी शब्दावली के सहारे बनावटी ढंग से उर्दू को एक अलग भाषा के रूप में कायम रखने की सारी कोशिशों के बावजूद उर्दू फल-फूल नहीं पा रही है। पूँजीवादी विकास, शिक्षा तथा प्रेस के जरिए एक जैसी भाषा के प्रसार से हिंदी के व्यापक ग्रामीण समुदायों की भाषा बन जाने की संभावना अगर हो भी, तो इसमें अभी सैकड़ों बरस लगेंगे। जनपदीय कही जानेवाली ब्रजी, अवधी, मैथिली और भोजपुरी जैसी भाषाएँ, जिन्हें करोड़ों लोग बोलते हैं, ऐतिहासिक विकासक्रम में किन्हीं अटल नियमों से अपने आप खत्म हो जाएँगी या अपने हकों की लड़ाई नहीं लड़ेंगी—यह कहना मुश्किल है।

इतिहास में प्रश्नों का संप्रदायीकरण होता रहा है—किन्हीं लक्ष्यों को हासिल करने के लिए, किन्हीं वर्गों के नेतृत्व में, किन्हीं प्रतीकों के प्रचार के जरिए। उद्देश्य पूरा हो जाने के बाद उन प्रतीकों की अहमियत खत्म हो जाती या घट जाती है और उन पर थोपे हुए विशेष अर्थ गायब हो जाते हैं। ढाका विश्वविद्यालय में इतिहास के प्रोफेसर रफीउद्दीन अहमद ने अपनी एक किताब में इसका बहुत अच्छा विवेचन किया है।[3] उनके मुताबिक 19वीं सदी के उत्तरार्ध में बंगाल के छोटे से गैरबंगाली मुस्लिम भद्रवर्ग (बाहर से आए उर्दूभाषी बिहारियों, हिंदुस्तानियों) ने बंगाली हिंदू भद्रवर्ग के मुकाबले अपनी राजनीतिक ताकत बढ़ाने के लिए इस्लाम को एक प्रतीक बनाया था। उसने उस वक्त बंगाल के देहाती इलाकों

में मुस्लिम किसानों के बीच चल रहे धार्मिक सुधार आंदोलन में शुद्ध इस्लाम के प्रतीकों पर जोर दिया जबकि बंगाली मुस्लिम किसानों की भाषा-संस्कृति अपने पड़ोसी हिंदुओं के काफी नजदीक थी। इस्लामी प्रतीकों के प्रचार के जरिए बंगाली मुसलमानों को बंगाली हिंदुओं से दूर करके गैरबंगाली मुस्लिम भद्रवर्ग ने अपने साथ उनकी एकता पर जोर दिया। इस सिलसिले में बंगाली मुसलमानों के बीच उर्दू का प्रचार बढ़ा और उनकी बँगला का भी उर्दूकरण हुआ। जब यह ऐतिहासिक उद्देश्य पूरा हो गया और 1947 में पूर्वी बंगाल, पूर्वी पाकिस्तान में बदल गया, तो इस्लाम, उर्दू और उर्दूनिष्ठ बँगला के प्रतीक अर्थहीन हो गए और इन प्रतीकों की धुंध में छिपे हुए सामाजिक अंतर्विरोध उभर आए। 1947 के बाद उर्दू और इस्लामी संस्कृति की जगह अब बँगला भाषा और बँगला संस्कृति ने ले ली और इन्हें प्रतीक बनाकर वहाँ उसी गैरबंगाली मुस्लिम भद्रवर्ग के खिलाफ आंदोलन उठ खड़ा हुआ जिसने 19वीं सदी में इस्लामी प्रतीकों पर जोर दिया था। इस दृष्टि से देखें तो 19वीं सदी के हिंदी आंदोलन के कई प्रतीक यहाँ भी 1947 के बाद अर्थहीन हो गए। 1947 के बाद इस प्रांत के शिक्षित भद्रवर्ग ने हिंदी के सार्वजनिक प्रयोग पर जोर देना बंद या बहुत कम कर दिया क्योंकि उर्दू को हटाया जा चुका था और अंग्रेजी के वर्चस्व से शिक्षित हिंदू भद्रवर्ग को ऐसा कोई विरोध नहीं था जैसा उर्दू से था। आज हिंदुत्व का आंदोलन खड़ा करने के लिए भी हिंदी के प्रतीक की जरूरत नहीं पड़ती। उसकी जगह दूसरे प्रतीकों ने ले ली है। लेकिन किन्हीं राजनीतिक लक्ष्यों को हासिल करने के लिए एक बार जब मिथक या प्रतीक गढ़ लिए जाते हैं और लंबे समय तक उनका इस्तेमाल जारी रहता है, तो उद्देश्य पूरा हो जाने के बाद भी, उन प्रतीकों की स्मृति बनी रहती है जो अपना काम करती है। उन प्रतीकों का इस्तेमाल लोगों को एकजुट करने के लिए अब नहीं किया जाता, पर उनका अर्थ हमारे सामान्यबोध का अंग बन चुका होता है। यही वजह है कि हिंदी हिंदुओं की और उर्दू मुसलमानों की भाषा है यह धारणा आम हो चुकी है जबकि यह सरासर बेबुनियाद धारणा है। पश्चिमोत्तर प्रांत में हिंदू-मुस्लिम भद्रवर्ग के बीच पुराना शक्ति-समीकरण अब उलट चुका है, फिर भी सभी ऐतिहासिक उद्देश्य पूरी तरह हासिल नहीं किए जा सके। इस प्रांत में आज भी कोई हिंदू या हिंदीजाति नहीं बन पाई। मुस्लिम भद्रवर्ग कमजोर होकर भी, आत्मविश्वास की कमी और एक सकारात्मक दृष्टिकोण के अभाव में, उर्दू के नाम पर कुछ अलगाववादी माँगें अब भी बीच-बीच में उठाता रहता है। लिहाजा यहाँ 19वीं सदी का ऐतिहासिक एजेंडा किसी-न-किसी रूप में—बदले हुए मुद्दों या प्रतीकों के जरिए—आज भी जारी है। आज भी हिंदी-उर्दू विवाद को छूते ही सतह के नीचे दबी कटुता उभर आती है। हिंदू-मुस्लिम भद्रवर्ग के बीच होड़ के मुद्दों ने—जिनकी अभिव्यक्ति तथाकथित हिंदी नवजागरण में हुई —इस प्रदेश में धार्मिक-सामाजिक सुधारों के सवाल को गौण बना दिया था।

पश्चिमोत्तर प्रांत में हुए नवजागरण की अपनी विशेषता सुधारों के लिए बनी जाति-सभाएँ थी। ज्यादातर जाति-सभाएँ शादी-ब्याह में कम खर्च जैसे सुधारों से आगे नहीं बढ़ीं

और सिर्फ लड़कों की शिक्षा पर जोर देती रहीं ताकि वे सरकारी नौकरी पा सकें। लेकिन अपने खास ऐतिहासिक संदर्भ के कारण *कायस्थ महासभा* का आंदोलन प्रभावशाली साबित हुआ जिसने कुछ सामाजिक सुधारों के साथ आधुनिक शिक्षाप्राप्त भद्रवर्गीय कायस्थों को बदली हुई परिस्थितियों के अनुरूप खुद को ढालने में मदद की और इस तरह नए औपनिवेशिक ढाँचे में भी उनकी हैसियत को बरकरार रखा। अपनी सुधार चेतना के कारण कायस्थ महासभा के कई सदस्य आर्यसमाज के भी करीब आए।

अपने कड़े विरोध के बावजूद पश्चिमोत्तर प्रांत में नवजागरण की सबसे मुख्य शक्ति आर्यसमाज ही रहा। प्रांत के पछाँही जिलों में उसका संगठन व्यापक था, हालाँकि पंजाब जैसा सृजनात्मक नहीं। पूरबी जिलों में—जहाँ हिंदी आंदोलन का गढ़ था—परंपरावादियों के व्यापक विरोध के कारण उसे सफलता नहीं मिली। ब्राह्मोसमाज की तरह आर्यसमाज का भी सामाजिक आधार पश्चिमी शिक्षाप्राप्त शहरी भद्रवर्ग था जो बदली हुई परिस्थितियों में, अपनी शिक्षित अभिरुचियों और जरूरतों के मुताबिक, धर्म और परंपरा के स्वरूप को फिर से तय करना चाहता था। यह वर्ग युक्तप्रांत में बहुत सीमित होने के कारण यहाँ ब्राह्मो या आर्यसमाज को उत्साही अनुयायी कम मिले, खासकर पूरबी जिलों में, जहाँ ब्राह्मणवाद का बोलबाला था। पछाँही जिलों में, जहाँ ब्राह्मणों की हैसियत कमजोर थी, जाटों जैसी बहुसंख्यक जाति और कायस्थ, वैश्य जैसी मँझोली जातियों में अपनी सामाजिक-सांस्कृतिक हैसियत को ऊँचा उठाने की आकांक्षा ने आर्यसमाज को फैलने का काफी मौका दिया। ब्राह्मोसमाज में परंपरागत धर्म के खिलाफ साहस भरा ऐसा विद्रोही भाव था जो उसे बाकी हिंदूसमाज से अलग-थलग कर देता था। आर्यसमाज में परंपरागत धर्म के खिलाफ साहस भरे विद्रोह के साथ-साथ एक व्यावहारिक दृष्टिकोण भी था जिसके कारण वह अलग-थलग पड़ने से बचता था। आर्यसमाज शिक्षित व्यक्ति को उसकी परंपरा के अंदर से आधुनिक होने का रास्ता दिखाता था; सिर्फ सामाजिक दृष्टि से ही नहीं, धार्मिक दृष्टि से भी। 19वीं सदी के औपनिवेशिक समाज में ईसाइयत की चुनौती से जूझ रहे आधुनिक शिक्षाप्राप्त भद्रवर्ग को आर्यसमाज ने एक नई किस्म की धार्मिकता प्रदान की जो पुराणों की चमत्कारिक कथाओं और शास्त्रों के जड़ प्रमाणों के बजाय नैतिकता, विवेक और तर्क पर जोर देती थी, हालाँकि यह तर्क कुछ स्थूल ढंग का था और नैतिकता कुछ मामलों में काफी संकीर्ण थी। आर्यसमाज ने धर्म को सामाजिक दृष्टि से उपयोगी और धार्मिक व्यक्ति को अनुशासित, कर्मठ और उद्यमी बनाने का प्रयास किया। लेकिन इन आधुनिक प्रवृत्तियों के साथ-साथ आर्यसमाज में पुनरुत्थानवादी और शुद्धतावादी प्रवृत्तियाँ भी मौजूद थीं। तर्कशीलता और बुद्धि-विवेकशीलता के साथ-साथ इसमें वेदों को लेकर एक अतार्किक हठधर्मिता भी थी। अपनी श्रेष्ठता को लेकर दूसरे धर्मों के प्रति इसमें एक आक्रामक रवैया था। राष्ट्रवाद संबंधी अपनी संकीर्ण विचारधारा के कारण और ऊँची सरकारी नौकरियों से जुड़े अपने सदस्यों की वर्गीय स्थिति के कारण भी आर्यसमाज राष्ट्रीय स्वाधीनता आंदोलन से दूर रहा; हालाँकि वह इस दूरी को एक शैक्षणिक और धार्मिक संस्था होने के नाते उचित ठहराता

था। पश्चिमोत्तर प्रांत के खास ऐतिहासिक संदर्भ में इन प्रवृत्तियों की परिणति मुस्लिम विरोधी हिंदू राष्ट्रवाद की विचारधारा को मजबूत करने में हुई जिसे हिंदी आंदोलन से जुड़े सनातनी संगठन और लेखक-पत्रकार पहले से हवा देते आ रहे थे। इतिहास के दौरान आर्यसमाज का स्वरूप बदलता गया। उसका प्रखर सुधारवादी रूप मंद पड़ता गया और आक्रामक सांप्रदायिक रूप बढ़ता गया। आर्यसमाज के अंदर मौजूद परस्पर विरोधी प्रवृत्तियों के प्रति एक आलोचनात्मक दृष्टिकोण रखने की जरूरत थी ताकि इसकी सांप्रदायिक और पुनरुत्थानवादी प्रवृत्तियों के खिलाफ लड़ते हुए इसकी आधुनिक प्रगतिशील प्रवृत्तियों को मजबूत किया जाता। लेकिन ऐसा नहीं हुआ। प्रेमचंद शायद ऐसे अकेले लेखक थे जिन्होंने आर्यसमाज के विकास को आलोचनात्मक दृष्टिकोण से देखा। प्रेमचंद आर्यसमाज के बाकायदा सदस्य रहे थे और उनके साहित्य में मिलनेवाली तर्कशील सुधार चेतना पर आर्यसमाजी विचारधारा का असर साफ है। आर्यसमाज की आलोचना करते हुए उन्होंने इसके अंदर सही और गलत प्रवृत्तियों के बीच भेद करने की और उसके विकास की दिशा पर विचार करने की ओर ध्यान खींचा। आर्यसमाजियों द्वारा यज्ञों और हवनों पर हजारों रुपए फूँक देने की उन्होंने आलोचना की, लेकिन उनकी आलोचना और भी ज्यादा बुनियादी प्रश्नों की ओर इशारा करती थी। स्वामी दयानंद सरस्वती के निर्वाण के पचास वर्ष पूरे होने के मौके पर अजमेर में हुए समारोह पर टिप्पणी करते हुए, 1933 में, उन्होंने निर्भीकतापूर्वक यह सवाल उठाया कि आर्यसमाज किस रास्ते पर जा रहा है? "स्वामीजी के निर्वाण के पचास वर्ष बीत जाने पर यह आवश्यक है कि जिस संस्था को उस महान पुरुष ने जन्म दिया, उसके प्रमुख नेता एकसाथ बैठकर यह विचार करें कि जिस मार्ग पर वे अपनी संस्था को ले जा रहे हैं, वही वर्तमान दशा में सबसे अच्छा मार्ग है या उसमें कुछ रद्दोबदल करने की जरूरत है? और अगर जरूरत है तो क्या है?"[4] इस महत्वपूर्ण सवाल के पीछे *रंगीला रसूल* जैसी किताबों से उठे विवाद और शुद्धि आंदोलन के राजनीतिक रूप ग्रहण कर लेने से हुए भयंकर सांप्रदायिक दंगों का संदर्भ रहा होगा। कहने की जरूरत नहीं कि जिस संस्था या आंदोलन के अंदर आत्मसमीक्षा का साहस और दृष्टि नहीं होगी, वह खुद को गलत दिशा में जाने से रोक नहीं सकता। आर्यसमाज आत्मसमीक्षा की यह शक्ति खो चुका था। इस दौरान यानी 1940 के दशक में उसके बहुत-से कार्यकर्ता राष्ट्रीय स्वयंसेवक संघ में शामिल होते गए और आर्यसमाज के मंदिरों-दफ़्तरों में संघ की शाखाएँ लगने लगीं। उस वक्त आर्यसमाज के नेताओं ने इस विकासक्रम को रोकने की एक कोशिश जरूर की थी, लेकिन वह कोशिश सिर्फ औपचारिक थी।[5] इसीलिए पचास साल बाद आर्यसमाजी नेता भी आज उसी मुकाम के करीब पहुँच रहे हैं जहाँ 1940 के दशक में उनके कार्यकर्ता पहुँचे थे।[6] भारतीय नवजागरण की सबसे मुख्य और प्रभावशाली विचारधारा की यह परिणति एक कटु सत्य है। आर्यसमाज आज भी एक बड़े संगठन के रूप में जिंदा है और उसकी बहुत-सी संस्थाएँ—स्कूल, कालेज, अस्पताल और अनाथालय वगैरह—समाज के लिए उपयोगी काम कर रही हैं, लेकिन आज वह समाज में किसी जागरण की शक्ति नहीं है। उसके अंदर

बदलाव लाना नामुमकिन है। देश के सामने आज जो सांस्कृतिक चुनौतियाँ पेश हैं, उनका मुकाबला नवजागरण की पुरानी संस्थाओं के जरिए उनका पुनरुद्धार करके नहीं किया जा सकता। इन सांस्कृतिक चुनौतियों का मुकाबला आज वही विचारधारा कर सकती है जो इन चुनौतियों को जन्म देनेवाली ताकतों—अमरीकी साम्राज्यवाद, बहुराष्ट्रीय कंपनियों और उनके भारतीय दलालों—के चरित्र को सही ढंग से समझती हो और इनके खिलाफ लड़ने का आह्वान करे।

तो फिर, आज 19वीं सदी के नवजागरण की प्रासंगिकता क्या है ? दो बातें ऐसी हैं जिनके लिए 19वीं सदी के नवजागरण को याद करने और उसे बार-बार समझने की जरूरत पड़ेगी। जो समस्याएँ आज इतनी विकराल बनकर हमें आंतकित कर रही हैं—हिंदू राष्ट्रवाद या सांस्कृतिक राष्ट्रवाद, सांप्रदायिक-धार्मिक फंडामेंटलिज़्म, मुस्लिम अलगाववाद और हिंदी-उर्दू विवाद—इन सबका जन्म 19वीं सदी के नवजागरण के दौर में हुआ। खुद नवजागरण के समर्थकों और उसके विरोधियों, दोनों के आंदोलनों ने इन प्रवृत्तियों को जन्म दिया या उन्हें पाला-पोसा था। आज की प्रतिक्रियावादी सांप्रदायिक शक्तियों के संबंध विभिन्न तरीकों से नवजागरणकालीन संस्थाओं से जुड़े हुए हैं। अगर विभिन्न जगहों पर आर.एस.एस. के कई कार्यकर्ता आर्यसमाजी संगठनों से आए हैं तो कपूरथला के श्रीसनातनधर्म के भवन में बजरंगदल को अपना कार्यालय खोलने की सुविधा मिली हुई है। हमारे सामने खड़ी कई विकराल समस्याएँ 19वीं सदी में शुरू हुई प्रवृत्तियों के विकसित और परिणत रूप हैं जिनकी जड़ों तक पहुँचने के लिए हर बार नवजागरण के चरित्र को जाँचना-परखना होगा। लेकिन इस नकारात्मक पक्ष के साथ एक और पक्ष भी है जो इसका अंतर्विरोधी है। वह है धर्म और परंपराओं के प्रति नवजागरण का तीव्र आलोचनात्मक रवैया जो इन दिनों इतना दुर्लभ हो गया है। अपने धर्म के बुनियादी सिद्धांतों के बारे में, सदियों पुरानी धार्मिक प्रथाओं और पूज्य धर्मग्रंथों के बारे में नवजागरण के नेताओं ने, खासकर, ब्राह्मोसमाजियों और आर्यसमाजियों ने, जिस निर्भीकता से सवाल उठाए, उनकी आलोचना की, उन्हें खारिज किया—वह एक महान सराहनीय बौद्धिक इतिहास है। मौजूदा दौर में, जब बात-बात पर धार्मिक भावनाओं के आहत होने का शोर उठाकर किसी भी तरह की धार्मिक आलोचना को असंभव बना दिया गया है—नवजागरण की यह मूल्यवान विरासत, अपने धर्म के प्रति बुद्धि-विवेकसम्मत आलोचना का निर्भीक स्वर—19वीं सदी के मुकाबले आज और भी ज्यादा जरूरी हो गया है।

परिशिष्ट–1

कानपुर–निवासियों द्वारा हिंदी के पक्ष में छोटे लाट को दिया गया मेमोरियल जो *भारत जीवन* में 19 जून, 1884 के अंक में छपा

अशेष गुणसम्पन्न महामान्य महामहिम शीलश्रीयुत सर ऐलफ्रेड कामिन्स लायल के.सी.बी.सी.आई.आई. पश्चिमोत्तर प्रदेश तथा अवध के लेफ्टीनेंट गवर्नर महाशय प्रबल प्रतापेषु।

सविनय निवेदनमिदम।

हम रईस प्रार्थी जिला कानपुर के आपसे विनय करते हैं कि हम लोगों की दीन दुर्दशा पर ध्यान दीजिए। न्यायशील सर्कार की यह इच्छा है कि प्रजा को कष्ट किसी प्रकार न हो। हमलोगों को मूर्ख न रहने देना, यही न्यायशील सर्कार अंगरेज का मत चला आया है। हमलोगों को बहुत आनंद हुआ था कि जब सर्कार से शिक्षा कमीशन के बैठने की आज्ञा हुई यह सोचकर कि अब हमलोगों की दीन दशा पर शिक्षा कमीशन अपना मत आप तक यथोचित प्रकाश करैगी। पर बड़े शोक की बात है कि हमलोगों के विषय में अर्थात् जो–जो हम आपके प्रार्थियों ने पुकारा था, कुछ ध्यान न दिया गया। यहाँ पर हिंदी उर्दू की जगह याने देवनागरी अक्षर फारसी अक्षरों की जगह सब सर्कार के दफ़्तरों में हो जावे—यही हमलोगों की पुकार थी। जो–जो बुराइयाँ उर्दू के जारी रहने से होती जाती हैं, उनके वर्णन करने का आपके सामने, जो खुद भलीभाँति जानते हैं, कुछ प्रयोजन न था। पर हमलोगों को उर्दू से बहुत दिक्कत उठानी पड़ती है। इससे आपसे, जो हमारे पिता सादृश्य हैं, संक्षेप में कहते हैं।

1. 1854 ई. के डिस्पैच में इस बात पर बड़ा जोर दिया गया था कि हमलोगों को साधारण शिक्षा उनकी अपनी बोली में देनी चाहिए। उर्दू, कि जिसमें आजतक उत्तरी हिंदुस्तान में शिक्षा दी जाती है, लोगों की बोली नहीं है। हमारी मातृभाषा और देशी बोली, जो हमारे घरों में स्त्री–पुरुष लड़के–बाले नित्यप्रति बोलते–चालते हैं, हिंदी है, किंतु उर्दू नहीं है। हमलोगों को हमारी मातृभाषा में शिक्षा नहीं दी जाती है। हमारी प्रथम शिक्षा हिंदी ही के द्वारा उचित है और सर्वसाधारण मनुष्यों में हिंदी ही के द्वारा शिक्षा फैल सकती है।

2. हिंदी, याने जो हमलोगों की बोली है और देवनागरी अक्षरों में लिखी जाती है, बंगाली, गुजराती और मरहट्ठी की तरह संस्कृत की एक शाखा है। पर बंगाल, गुजरात,

महाराष्ट्र देशों में उनकी प्रत्येक भाषा दफ्तरों में प्रचलित है और सर्वसाधारण शिक्षा इन्हीं में दी जाती है। इसलिए हम आपसे प्रार्थना करते हैं कि उसी तरह यहाँ भी दफ़्तरों में देवनागरी अक्षरों में लिखा-पढ़ी होवे।

3. शिक्षा कमीशन की रिपोर्ट से यह प्रत्यक्ष प्रकट होता है कि हिंदी के द्वारा प्रथम शिक्षा चाहनेवाले अधिक मनुष्य हैं क्योंकि दो लाख मनुष्यों के अनुमान से दो सौ मेमोरियल इसी प्रयोजन से शिक्षा कमीशन की सेवा में पहुँचे। और उर्दू को केवल लाचार होकर इस कारण सीखते हैं कि देश के दफ़्तरों में उर्दू लिखी-पढ़ी जाती है। और उर्दू का जो कुछ प्रचार हुआ, वह तभी से हुआ जब से यह दफ़्तरों की बोली ठहराई गई है।

4. हिंदी में बहुत सुगम शब्द, जो सबको समझ पड़ते हैं, होते हैं और यह देवनागरी अक्षरों मे लिखी जाती है। उर्दू में आधे से अधिक फारसी और अरबी के शब्द बोले जाते हैं जो सबकी समझ में नहीं आते, केवल फारसी और अरबी पढ़े मनुष्य समझते हैं और यह फारसी और अरबी अक्षरों में लिखी जाती है।

5. मुसलमानों के राज्य के पहले यहाँ पर इन्हीं देवनागरी अक्षरों में सब काम होता था।

6. यद्यपि मुसलमान और सर्कार अंगरेजी ने उर्दू को दफ़्तर की भाषा बनाकर, इसकी पाठशाला बिठाकर, इसके फैलाने के बड़े-बड़े उपाय किए, तथापि सर्वसाधारण मनुष्यों ने इसको अंगीकार न किया और न करना चाहते हैं। केवल बड़े-बड़े नगरों में कुछ लोग उर्दू बोलते है, शेष सब हिंदू और मुसलमान गाँवों और कसबों में हिंदी ही बोलते-चालते हैं। जब कभी कोई सर्कारी कागज उर्दू में लिखा हुआ उनके पास पहुँचता है तो उसके पढ़ाने को गाँव-गाँव भटकते फिरते हैं। हिंदी में यह कष्ट कभी नहीं देखने में आ सकता क्योंकि हर एक गाँव और कसबों में एक-दो आदमी हिंदी पढ़े-लिखे होते ही हैं।

7. शिक्षा विषयक डैरेक्टर साहब की रिपोर्ट से और मर्दुमशुमारी की किताबों से यह साफ निश्चय हो जाएगा कि अब भी लाखों हिंदू-मुसलमान सहस्त्रों ईसाई हिंदी पढ़े हुए हैं। बड़े-बड़े नगरों में उर्दू पढ़े केवल वही मनुष्य हैं जो कचहरियों में नौकरी करते हैं वा जिनका काम कचहरी में पड़ता है।

8. ईसाई लोगों की पुस्तकें इन्हीं देवनागरी अक्षरों में उपदेश के लिए बनी हैं। इससे साफ प्रकाश पाया जाता है कि हिंदी जाननेवाले लोग बहुत हैं।

9. प्रेसिडेण्ट शिक्षा कमीशन श्रीमान हंटर साहब ने लाहौर में अपनी वक्तृता में कहा था कि मेमोरियल अधिकतर हिंदी के लिए दिए गए हैं और विपक्ष में बहुत कम। और जिन्होंने हिंदी के वास्ते दिया है, वह सर्वसाधारण लोग और जिन्होंने उर्दू के लिए दिया है, वह सर्कारी नौकर हैं और जिनको सर्कार अमला क्लास कहती है। इससे भी साफ जाहिर है कि हम सब लोग हिंदी ही चाहते हैं।

10. मुफस्सिल में जो तहसीली और हल्काबंदी पाठशाला जारी है, उनमें अधिकतर हिंदी ही पढ़ाई और लिखाई जाती है। इस विषय में इन्स्पैक्टर और डैरेक्टर स्कूल से पूछ लिया जाय और नार्मल स्कूलों में भी ज्यादा हिंदी ही में शिक्षा दी जाती है। इसलिए आपसे

प्रार्थना है कि सर्कार का बड़ा लाभ होगा यदि दफ़्तरों में हिंदी जारी करने की आज्ञा दी जावे, नहीं तो इतना रुपया, जो इन मदरसों में खर्च होता है, व्यर्थ जाता है।

11. जो सर्कार यह चाहती है कि सर्कार की शिक्षा सर्वसाधारण मनुष्यों में फैल जाय, सर्कार की प्रजा पढ़ी-लिखी हो जावे, गाँव का गंवार कचहरी का कागज ऐसे ही पढ़ ले जैसा अब कचहरी का कागज कचहरीवाला ही पढ़ सकता है—तो सर्कार का यह प्रयोजन हिंदी को सर्वसाधारण के लिए प्रथम शिक्षा बनाकर अंग्रेजी के साथ इसको दूसरी भाषा नियत करने में सिद्ध हो सकता है। साधारण शिक्षा का प्रचार उर्दू के द्वारा कभी नहीं हो सकता।

12. दफ़्तरों में फारसी और अरबी के स्थान में देवनागरी अक्षर कर देने की जितनी आवश्यकता समझी गई है, उनमें बड़ी आवश्यकता यह है कि जब दफ़्तरों में देवनागरी अक्षरों का प्रचार हो जाएगा, सर्वसाधारण में शिक्षा फैल जाने का आप ही एक कारण हो जायेगा। और दफ़्तरों में देवनागरी अक्षरों का प्रचार बड़ी सुगमता के साथ हो सकता है। वही नौकर, वही परवाना, वही रूबकार हिंदी में लिखे हुए को छ महीने का समय पाकर सीख सकता है क्योंकि देवनागरी अक्षर बड़े सुगम हैं और बड़ी जल्दी आ सकते हैं।

13. हमलोग आपसे प्रार्थना करते हैं कि सेण्ट्रल प्रोविन्सेज़ अर्थात् मध्यदेश में और बिहार में जहां कि अभी हाल में हिंदी जारी हुई है और जिला तराई और राज्य रीवां वहां भी हिंदी का प्रचार कर दिया गया है, आप सब रिपोर्ट इस विषय की संक्षेप में देखें।

14. देवनागरी अक्षर ऐसे सुगम हैं कि हिंदू, मुसलमान, ईसाई तीन दिन में 48 अक्षर 12 मात्रा सीखकर, लिखने-पढ़ने लगते हैं और छ महीने में तो इतना अभ्यास हो सकता है जैसा अब कचहरीवालों को उर्दू अक्षरों को लिखने-पढ़ने में छः वर्ष लगते हैं।

15. सब हिंदू मुसलमान अपनी बही खाता देवनागरी व उसी के अदल-बदल के अक्षरों में लिखते हैं।

16. पटवारियों के कागज अधिकतर इन्हीं देवनागरी अक्षरों में लिखे जाते हैं।

17. उर्दू के अक्षरों में बड़े-बड़े दोष हैं। अलग-अलग अक्षरों का जो उच्चारण होता है, वह उनको शब्द मिलाने से और का और हो जाता है। लिखा कुछ जाता है और पढ़ा कुछ जाता है। एक बिंदु के छोड़ने वा जोड़ देने से इधर का जगत उधर हो जाता है। अब उर्दू में जाल तो बड़ी सुगमता से होता है और सर्कार कुछ बंदोबस्त नहीं कर सकती। इसलिए आपसे प्रार्थना करते हैं कि जड़ से ही काट डालिए ताकि फिर पेड़ अर्थात् उर्दू ही नहीं रहेगी तब जाल काहे को होगा और सर्कार का एक बड़ा भारी उपकार होगा। उर्दू अक्षरों में बहुतों का उच्चारण एक-सा और सूरत भिन्न-भिन्न होती है।

18. उर्दू अक्षरों में तीन मात्रा और तैंतीस व्यंजन हैं। देवनागरी अक्षरों में बारह मात्रा और तैंतीस व्यंजन हैं। मात्राओं में तीन भेद ह्रस्व, दीर्घ, प्लुत। यही कारण है कि अरबी, तुरकी, अंगरेजी, किसी बोली का श्ब्द हो, जैसा उच्चारण होता है वैसा ही पढ़ा जाता है। आपसे प्रार्थना है कि नक्शा देखिए जिसमें यह थोड़ा-सा प्रकार दिया गया है कि किस तरह उर्दू कई-कई तरह से से पढ़ी-लिखी जाती है

शब्द	*उर्दू में कितनी तरह से पढ़ा जा सकता है*
निरंजन	निरज्जन, बिरहमन
प्यारेलाल	प्यारेलाल, बिहारीलाल
बच्चन	थम्मन, भइमन, वच्चन
साहेब दर्यापार हों	
गो किश्ती मौजूद है	कसबी मौजूद न रहे
नवात सुफेद	बनात सुफेद
मुरैथा	मुड़ैना, मुरनिया, मुरथा, मुरंतिया, मुरटा, मुरहटा, मुहना
आलू बुख़ारा	उल्लू बिचारा
बेनी ने माना	नबी ने मारा, तैने मारा
पारबती	नारायनी
तमस्सुक	नमक, तमक
होली फुकवा दी	होली फिकवा दी
एक साहब छतमरा	
पहीदन काको	जमराही डंका पढ़ते थे
और खुगौर कुहनट को	चुकरघंट

19. जब शिक्षा कमीशन इलाहाबाद के मेयो हाल में बैठी थी तब प्रेसिडेण्ट ओनरेबुल डाक्टर हण्टर साहब को कहना पड़ा था कि हिंदी की पश्चिमोत्तर प्रदेश में बड़ी चाह है।

20. उसी समय ओनरेबुल जस्टिस सैयद महमूद ने भी कहा था कि यद्यपि मैं मुसलमान हूँ, लेकिन यहां के लोगों की राय प्रकाश करता हूँ। वह सब लोग यही चाहते हैं कि हिंदी सब जगह प्रचलित होवे और उर्दू जो टेढ़ी-मेढ़ी लिखी जाती है, मेरी राय में न रहनी चाहिए।

21. आपसे प्रार्थना करते हैं कि हिंदी के जारी होने के लिए कमिश्नर, मजिस्ट्रेट और सेशन्स जजों की राय ली जावे।

22. शिक्षा कमीशन के सामने लगभग चालीस आदमियों ने पंजाब से शिक्षा विषयक साक्षी दी थी और उसमें से आधे से ज्यादा पुरुषों ने उर्दू के स्थान पर हिंदी प्रचलित करने के लिए जोर दिया था। विशेषकर पंजाब के लार्ड पादरी ने भी इस पर अच्छी तरह साक्षी दी थी।

23. अब आपसे हमलोगों की यही प्रार्थना है कि आप ऊपर की लिखी हुई बातों और शिक्षा कमीशन की रिपोर्ट पर विचार करते समय हिंदी पर पूरा-पूरा ध्यान दीजिए और हिंदी और देवनागरी अक्षरों को कचहरी में वर्त्तन की आज्ञा दे दीजिए। और हम सबलोग, आपकी प्रजा, आपके चिरंजीवी होने की प्रार्थना करते हैं।

परिशिष्ट–2

गोमहिमा के अंत में भारतेंदु की अपील

आर्य्य भ्राता गण!

जब से यवन गण के कण्टक मय चरण इस आर्य भूमि में आए तब से गउओं पर जो दुःख है वह हम लोगों का जी ही जानता है। यद्यपि अंगरेज लोग भी गो भक्षक हैं किंतु प्रथम तो मुसलमानों की अपेक्षा इनकी संख्या ही अति अल्प है, दूसरे इनका बहुत सा मांस विदेश से आता है, तीसरे इनके अर्थ जो हत्या होती है वह प्रकाश रूप से नहीं होती। केवल मुसलमानों की हत्या ऐसी है जिससे सतत हम लोगों को दुःख होता है। विशेष दुःख इस बात से होता है कि अंगरेज लोग भी इन्हीं का पक्ष करते हैं। इसका कारण अति स्पष्ट है। हमको एक अंगुल भूमि बैठने को नहीं, उनको रूम ईरान मिस्र अरब काबुल अनेक राज्य वर्तमान हैं। हम अत्यंत मृदु वह अति कठोर। हमारी दास वृत्ति अभ्यसित, उनकी नवीन होने के कारण अनभ्यसित। हमारे धर्म्म का मूल शान्ति उनका खड्ग। इधर आलस्य उधर उद्योग। और सबसे मुख्य यह कि इधर फूट उधर एका। कचहरी के अमला वकील मुखतार वैश्या और कारीगर इन विविध रूपों में हम लोगों में वे मिल ऐसे रहे हैं कि छूटना कठिन। ऐसा तो कोई ही माई का लाल होगा जो इन कष्टों को सहकर इनका सहवास, इनका व्यवहार और इनका संबंध छोड़ दे। किंतु हम लोगों को यथा साध्य यत्न तो करना ही चाहिए। अब प्रश्न यह है कि इसका उपाय क्या है? प्रथम उपाय हमलोगों को असाध्य। सर्कार सुनती नहीं। साम दाम भेद केवल इन्हीं तीन नीतियों से काम लेना है। बड़ी-बड़ी गोशाला कीजिए। चन्दा कीजिए। बहुत सी गऊ खरीदिए। मुसलमानों को हाथ जोड़िए, समझाइए, लालच दीजिए, हिंदुओं ही के कारण तुम्हारी जीविका है यह निश्चय करा दीजिए, इसका उदाहरण उनको प्रत्यक्ष करके दिखला दीजिए। सर्कार से भी, चाहे सुने चाहे न सुने, हल्ला करते जाइए, अखबारों में भी धूम मचाए रहिए। महीने में एक लेख इसी पर सही, आपस में सदा इसका चरचा रखिए, चाहे काम हो चाहे न हो, बके जाइए, बस यही सब उपाय हैं। सर्कारी कान कोलाहल से बड़ी अरुचि रखते हैं। हौरा रहेगा तो अवश्य कुछ होगा। कालनीति के प्रभाव भारतवर्ष के और विषयमात्र में आप लोगों का धमनी गत रक्त स्रोत शीतल और स्थगित है। केवल एक इसी के नाम से कुछ उत्तप्त और प्रधावित होता है। इसमें भी शिथिल

हुआ तो इतिश्री और जीवन संचार आशा मात्र की समाप्ति है, इसको दूर तक सोच लीजिए। उसी आर्य्य तेजोमय रक्त को सतेज करने ही को यह संग्रह प्रकाशित होता है। लीजिए और देखिए कि आप के यावत् पूर्व्व पुरुष मात्र को इस विषय का कितना आग्रह था। और कुछ नहीं हो सकता तो प्रकाश वध निवारण हो जाय, तो भी हम कृतार्थ होंगे। इति!!

हरिश्चंद्र॥

•••

संदर्भ

पहला अध्याय

शिक्षा पर औपनिवेशिक राज्य का नियंत्रण और स्त्रीशिक्षा

1. अरविन्द पोद्दार, *रेनेसाँ इन बंगाल : क्वेस्ट एंड कन्फ्रंटेशन, 1800–1860*, इंडियन इंस्टिच्यूट ऑफ एडवांस्ड स्टडी, 1970, शिमला, पृ. 88–89
2. *आर्यसमाज का इतिहास, खंड–3*, संपादक डॉक्टर सत्यकेतु विद्यालंकार और प्रोफेसर हरिदत्त वेदालंकार, आर्य स्वाध्याय केंद्र, 1983, दिल्ली, पृ. 125
3. वही, पृ. 126
4. कृष्ण कुमार, *पॉलिटिकल एजेण्डा ऑफ एजूकेशन : ए स्टडी ऑफ कोलोनियलिस्ट एंड नेशनलिस्ट आइडियाज़*, सेज पब्लिकेशन, 1991, दिल्ली, पृ. 138
5. *आर्यसमाज का इतिहास–3*, पृ. 137
6. वही, पृ. 135
7. वही, पृ. 136
8. अरविन्द पोद्दार, वही, पृ. 90
9. वही, पृ. 176
10. वही, पृ. 179
11. हफीज़ मलिक, *सर सैयद अहमद खाँ एंड मुस्लिम मॉडर्नाइज़ेशन इन इंडिया एंड पाकिस्तान*, कोलम्बिया यूनिवर्सिटी प्रेस, 1980, न्यूयार्क, पृ. 189
12. वही, पृ. 190
13. वही, पृ. 201
14. *राइटिंग एंड स्पीचेज़ ऑफ सर सैयद अहमद खाँ*, संपादक शान मुहम्मद, नचिकेता पब्लिकेशन, 1972, बम्बई, पृ. 84
15. वही, पृ. 90
16. वही, पृ. 40
17. वही, पृ. 172
18. वही
19. वही, पृ. 173
20. कृष्ण कुमार, पृ. 41
21. वही, पृ. 116
22. चार्ल्स एच. हिमसेथ, *इंडियन नेशनलिज़्म एंड हिंदू सोशल रिफार्म*, प्रिंस्टन यूनिवर्सिटी प्रेस, 1964 न्यू जर्सी, पृ. 277
23. श्रीब्रजरत्न दास, *भारतेंदु हरिश्चंद्र*, हिन्दुस्तानी एकेडमी, 1962, इलाहाबाद; पृ.98 और राधाकृष्णदास, *भारतेंदु बाबू हरिश्चंद्र का जीवन चरित्र*, हिंदी समिति, उत्तरप्रदेश शासन, 1976, लखनऊ, पृ. 48
24. *भारतेंदु समग्र*, संपादक हेमंत शर्मा, हिंदी प्रचारक संस्थान, 1989, वाराणसी, पृ. 1010

25. डब्ल्यू. डब्ल्यू. हंटर, *इंडियन एजूकेशन कमीशन रिपोर्ट,* गवर्नमेंट प्रेस, 1883, कलकत्ता; पृ. 371-72
26. हिमसेथ, वही, पृ. 298
27. वही, फुटनोट
28. उमा नेहरू, *हमारे समाज सुधारक,* रामेश्वरी नेहरू द्वारा संपादित *स्त्री दर्पण पत्रिका,* इलाहाबाद, जनवरी, 1919
29. हंटर कमीशन, रिपोर्ट, पृ. 525
30. *भारतेंदु समग्र,* पृ. 1013
31. *आर्यसमाज का इतिहास-3,* पृ. 223
32. वही, पृ. 225
33. वही
34. अरविंद पोद्दार, वही, पृ. 181
35. मालविका कार्लेकर, *कादम्बिनी एंड दी भद्रलोक : अर्ली डिबेट्स ओवर वुमेन एजूकेशन इन बंगाल; इकानॉमिक एंड पॉलिटिकल वीकली,* बंबई, 26 अप्रैल, 1986
36. *महात्मा फुले : साहित्य और विचार,* संपादक हरि नरके, महात्मा फुले चरित्र साधने प्रकाशन समिति, महाराष्ट्र शासन, 1993, मुम्बई; पृ. 101-02
37. *आर्यसमाज का इतिहास-3,* पृ. 226
38. वही, पृ. 237
39. मधु किश्वर, *आर्यसमाज एंड वुमेन्स एजूकेशन : कन्या महाविद्यालय जालंधर; इकनॉमिक एंड पॉलिटिकल वीकली,* बम्बई, 27 अप्रैल, 1991
40. हंटर कमीशन रिपोर्ट, पृ. 527
41. वही, पृ. 326
42. नीता कुमार, *वुमेन एजूकेशन एंड सोशल चेंज इन ट्वेंटीएथ सेंचुरी बनारस; इकनॉमिक एंड पालिटिकल वीकली,* 27 अप्रैल, 1991
43. *आर्यसमाज का इतिहास-3,* पृ. 238

दूसरा अध्याय

इतिहास का खलनायक और हिंदी की नई चाल

1. बाबू शिवप्रसाद, *इतिहासतिमिरनाशक-3,* मेडिकल हाल प्रेस, 1873, बनारस, पृ. 84
2. वही पृ. 89
3. चंद्रशेखर शुक्ल, *रामचंद्र शुक्ल,* वाणी वितान, 1962, वाराणसी; पृ. 31
4. फ्रांसिस रोबिंसन, *सेपरेटिज़्म एमंग इंडियन मुस्लिम,* विकास, 1975, दिल्ली
5. वही पृ. 120
6. वही पृ. 39
7. डेविड लेलेवेल्ड, *अलीगढ़ फर्स्ट जेनरेशन,* प्रिंस्टन यूनिवर्सिटी प्रेस, 1978, न्यू जर्सी, पृ. 109
8. रोबिन्सन की किताब में उद्धृत, पृ. 102
9. शिवप्रसाद की गवाही, डब्ल्यू.डब्ल्यू. हंटर, *दी इंडियन एजूकेशन कमीशन, 1882; नॉर्थ वेस्ट प्रोविंसेज़ एंड अवध; प्रोविंशियल रिपोर्ट, एवीडेंस टेकन बिफोर दी कमेटी एंड मेमोरियल एड्रेस्ड टू दी एजूकेशन कमीशन;* गवर्नमेंट प्रेस, 1883, कलकत्ता, पृ. 326; आगे से सिर्फ एवीडेंस।
10. वही।
11. रोबिंसन, पृ. 22-23

12. वही, पृ. 74
13. लेलेवेल्ड
14. हंटर कमीशन, *एवीडेंस,* पृ. 327
15. वही
16. वही
17. बाबू शिवनंदन सहाय, *हरिश्चंद्र,* हिंदी समिति, उ.प्र. शासन, 1975, लखनऊ, पृ. 107
18. डॉ. धीरेंद्रनाथ सिंह, *आधुनिक हिंदी के विकास में खड्गविलास प्रेस की भूमिका,* बिहार राष्ट्रभाषा परिषद, 1986, पटना, पृ. 251
19. हजारीप्रसाद द्विवेदी, *हिंदी साहित्य : उद्भव और विकास,* राजकमल, 1982, दिल्ली; पृ. 222
20. रामचंद्र शुक्ल, *हिंदी साहित्य का इतिहास,* काशी नागरीप्रचारिणी सभा, 21वां संस्करण, वाराणसी; पृ. 302
21. *इतिहासतिमिरनाशक-2,* पृ. 16
22. वही, पृ. 22
23. रामचंद्र शुक्ल, *चिंतामणि-3,* सं. नामवर सिंह, राजकमल, 1985, दिल्ली, पृ. 71
24. शिवनंदन सहाय, पृ. 245
25. लक्ष्मीसागर वार्ष्णेय, *आधुनिक हिंदी साहित्य,* 1941, इलाहाबाद।
26. *अयोध्याप्रसाद खत्री स्मारक-ग्रंथ,* बिहार राष्ट्रभाषा परिषद, 1960, पटना, पृ. 86
27. राधाकृष्णदास, *भाषा कविता की भाषा,* निबंध, *नागरीप्रचारिणी पत्रिका,* छठा भाग, 1902, वाराणसी; पृ. 7
28. *बाबू अयोध्याप्रसाद के स्मरण,* विश्वनाथ त्रिपाठी द्वारा संपादित *चंद्रधर शर्मा गुलेरी : प्रतिनिधि संकलन,* नेशनल बुक ट्रस्ट, 1997, दिल्ली, पृ. 138-9
29. बाबू शिवप्रसाद, *गुटका अथवा हिंदी सेलेक्शन्स,* मेडिकल हाल प्रेस, 1867, बनारस, भूमिका।
30. वही
31. उमेशनंदन सिन्हा, *हिंदी के उन्नायक और रक्षक राजा शिवप्रसाद सितारेहिंद; ना.प्रा. पत्रिका,* वर्ष, पृ. 93
32. *गुटका अथवा हिंदी सलेक्शन,* भूमिका।
33. बाबू शिवप्रसाद, *भूगोलहस्तामलक,* संस्कृत प्रेस, 1859, कलकत्ता, पृ. 3
34. बाबू शिवप्रसाद, *विद्यांकुर,* 26वां संस्करण, नवल किशोर प्रेस, 1915, लखनऊ, पृ. 82
35. बाबू शिवप्रसाद, *सैण्डफोर्ड और मरटन की कहानी,* दूसरा संस्करण, मुंशी नवल किशोर प्रेस, 1912, लखनऊ, पृ. 85
36. *निवेदन राजा शिवप्रसाद सितारेहिंद का सज्जन आर्य पुरुषों से,* मेडिकल हाल प्रेस, 1888, बनारस, पृ. 1
37. शिवनंदन सहाय, पृ. 107-08
38. *हिंदी प्रदीप,* अगस्त, 1882
39. *सभापतियों के भाषण भाग-1,* सं. लक्ष्मीशंकर व्यास, हिंदी साहित्य सम्मेलन, 1987, प्रयाग पृ. 105
40. वही, पृ. 106
41. रामविलास शर्मा, *भारतेंदुयुग और हिंदीभाषा की विकास परंपरा,* राजकमल, 1975, दिल्ली, पृ. 195 और 198-99
42. *भारतेंदु समग्र,* पृ. 1096
43. वही, पृ. 1090
44. वही, पृ. 1091
45. वही, पृ. 559
46. शिवप्रसाद, *मानवधर्मसार,* दूसरा संस्करण, पृ. 19
47. *भारतेंदु समग्र,* पृ. 791-92
48. रायकृष्ण दास, *भारतेंदु संस्मरण, धर्मयुग,* साप्ताहिक (बम्बई) 19 सितम्बर, 1976
49. *भारतेंदु समग्र, पृ. 576*

50. *कविवचनसुधा,* 31 अगस्त, 1874
51. *भारतेंदु समग्र,* पृ. 691
52. *सभापतियों के भाषण,* भाग-1, पृ. 155
53. बालकृष्ण भट्ट, *हिंदी की दशा और पत्रकारिता,* सं. धनंजय भट्ट, 'सरल', हिंदी साहित्य सम्मेलन, 1983, प्रयाग, पृ. 155
54. शिवनंदन सहाय, पृ. 75
55. ब्रजरत्न दास, पृ. 109
56. राधाकृष्णदास, पृ. 56-57; ब्रजरत्नदास, पृ. 103 और शिवनंदन सहाय, पृ. 266
57. हंटर कमीशन, *एवीडेंस,* पृ. 327 और राधाकृष्णदास, पृ. 57
58. वसुधा डालमिया, *दी नेशनलाइज़ेशन ऑफ हिंदू ट्रैडीशंस : भारतेंदु हरिश्चंद्र एंड नाइन्टींथ सेंचुरी बनारस,* ऑक्सफोर्ड यूनिवर्सिटी प्रेस, 1997, दिल्ली, पृ. 242
59. डेविड लेलेवेल्ड, पृ. 137
60. वही, पृ. 138
61. रोबिंसन, पृ. 72-73
62. वही
63. वही, पृ. 103
64. वसुधा डालमिया, पृ. 200; वसुधा ने लिखा है कि *बनारस अखबार* में उर्दू को अदालती भाषा बनाए रखने के पक्ष में लेख छपा था। लेकिन इस प्रसंग में उन्होंने *बनारस अखबार* से कोई उद्धरण नहीं दिया। उनकी धारण सिर्फ *उर्दू का स्यापा* की भूमिका पर टिकी लगती है।
65. *भारत जीवन,* 4 दिसम्बर, 1884
66. राधाकृष्ण दास, पृ. 57
67. शिवनंदन सहाय, पृ. 269
68. श्री बजरत्न दास, पृ. 304, शिवनंदन सहाय, परिशिष्ट, पृ. 16 और *राधाकृष्णदास ग्रंथावली,* सं. श्यामसुंदर दास, इंडियन प्रेस, 1930, प्रयाग, पृ. 499
69. *भारत जीवन,* 24 नवम्बर, 1884
70. शिवनंदन सहाय, पृ. 282
71. वही, पृ. 270
72. वही, पृ. 369
73. रामचंद्र शुक्ल, *श्री राधाकृष्णदास,* ना.प्र.सभा, 1986, वाराणसी, पृ. 24
74. *भारतेंदु समग्र,* पृ. 603
75. *ब्राह्मण,* 15 सितम्बर, 1888, पृ. 6
76. *भारतेंदु समग्र,* पृ. 629
77. शिवनंदन सहाय, पृ. 314
78. जॉन आर. मैकलेन, *इंडियन नेशनलिज़्म एंड दी अर्ली कांग्रेस,* प्रिंस्टन यूनिवर्सिटी प्रेस, पृ. 197
79. श्री ब्रजरत्न दास, पृ. 110
80. *इतिहासतिमिरनाशक-3,* पृष्ठ 101
81. डेविड लेलेवेल्ड, पृ. 106
82. श्री ब्रजरत्नदास, पृ. 87
83. *हिंदी प्रदीप,* दिसंबर, 1880
84. *हिंदी प्रदीप,* जून, 1883
85. *हिंदी प्रदीप,* 6 जनवरी, 1882
86. *ब्राह्मण,* 15 अप्रैल, 1883
87. *ब्राह्मण,* 15 जून, 1883

88. *हिंदी प्रदीप,* जून, 1883
89. *हिंदी प्रदीप,* जनवरी, 1882
90. *हिंदी प्रदीप,* दिसंबर, 1883
91. नीलकांत द्वारा संपादित *हिंदी कलम-2* (इलाहाबाद) में छपा इक्तिदार आलम खां का लेख *अलीगढ़ आंदोलन, इतिहास और संस्कृति* तथा शीरीं मुसवी का लेख *आधुनिक भारतीय इतिहासलेखन का विकास।*
92. *भारतेंदु समग्र,* पृ. 732
93. *श्री राधाकृष्णदास,* पृ. 90
94. वही, पृ. 91
95. वही
96. *इतिहासतिमिरनाशक-3,* पृ. 19
97. वही, पृ. 23
98. *हिंदी की दशा और पत्रकारिता,* पृ. 39-40
99. *श्री राधाकृष्णदास ग्रंथावली,* 1880 ई., पृ. 507, पृ. 302
100. *श्री राधाकृष्णदास,* पृ. 31
101. *सांस्कृतिक परिप्रेक्ष्य में भारतीय जीवन* (महामना मालवीय स्मारक व्याख्यान ग्रंथ) संपादक मंडल : आचार्य सीताराम चतुर्वेदी, आचार्य केशवचंद्र मिश्र, श्री रामनारायण उपाध्याय, श्री राम नक्षत्र त्रिपाठी; भारतीय प्रकाशन मंदिर, 1965, लखनऊ, पृ. 89
102. *चिंतामणि-3,* पृ. 72
103. पॉल आर. ब्रास, *लैंग्वेज, रिलीजियन एंड पॉलिटिक्स इन नॉर्थ इंडिया* में उद्धृत, कैंब्रिज यूनिवर्सिटी प्रेस, 1974, पृ. 134-35
104. *भारतेंदुयुग और हिंदीभाषा की विकास परंपरा* में इसी नाम के बहुत महत्वपूर्ण निबंध में रामविलास शर्मा ने उस ऐतिहासिक-राजनीतिक संदर्भ को जानने की कोशिश बिल्कुल नहीं की जिसमें भाषाई अलगाव की यह प्रक्रिया घट रही थी। ऐसी जानकारी उनकी तथाकथित हिंदी जाति की अवधारणा पर सवाल खड़े कर देती। उन्होंने हिंदी-उर्दू के बीच की दूरी बढ़ने का मुख्य कारण जनपदीय प्रयोगों के उठते जाने को समझ लिया जो अंशतः सही, पर गौण कारण था। उन्होंने उर्दू के अरबी-फारसीकरण और हिंदी के संस्कृतकरण के पीछे काम करनेवाले सामाजिक-राजनीतिक कारणों की खोजबीन नहीं की जो भाषाई अलगाव के मूल कारण थे।
105. पॉल ब्रास, पृ. 67-68
106. *भारत जीवन,* 30 जून, 1884
107. ना.प्र. पत्रिका, छठा भाग, 1902; पृ. 9
108. कृष्ण कुमार, पृ. 195
109. डॉ. धर्मवीर, *हिंदी की आत्मा,* पहला अध्याय, समता प्रकाशन, 1987, शाहदरा।
110. डॉ. बच्चन सिंह, *आधुनिक हिंदी साहित्य का इतिहास,* लोकभारती, 1978, इलाहाबाद, पृ. 78
111. अमृतराय, *आधुनिक भावबोध की संज्ञा,* हंस प्रकाशन, 1987, इलाहाबाद, पृ. 168
112. *भारतेंदुयुग और हिंदीभाषा की विकास परंपरा,* पृ. 268

तीसरा अध्याय

धर्म और समाज सुधार

1. श्रीराधाकृष्णदास, पृ. 45
2. पॉल ब्रास, पृ. 145
3. हंटर कमीशन, एवीडेंस, पृ. 130
4. वही

5. हिमसेथ, पृ. 48-49
6. *कविवचनसुधा,* 21जून, 1872; *हिंदी प्रदीप,* अप्रैल, 1880 और *ब्राह्मण,* 19 जुलाई, 1890
7. शिवनाथ शास्त्री, *हिस्ट्री ऑफ ब्राह्मोसमाज,* साधारण ब्राह्मोसमाज, 1993, कलकत्ता, पृ. 524-26
8. *लेक्चर राजा शिवप्रसाद सितारेहिंद का,* बनारस लाइट यंत्रालय, 1885 पृ. 6
9. शिवनंदन सहाय, पृ. 89
10. *हिंदी प्रदीप,* जुलाई-अगस्त, 1895
11. *आर्यसमाज का इतिहास-5,* पृ. 348
12. सी.ए. बेली, *दी लोकल रूट्स ऑफ इंडियन पॉलिटिक्स, इलाहाबाद, 1880-1920,* क्लारेंडो प्रेस, 1975, ऑक्सफोर्ड, पृ. 105
13. *आर्यसमाज का इतिहास-4,* पृ. 283-84
14. *आर्यसमाज का इतिहास-1,* पृ. 574
15. जे.टी.एफ. जोर्डन, *दयानंद सरस्वती : हिज़ लाइफ एंड आइडियाज़,* ओ. यू.पी., 1978, दिल्ली, पृ. 194
16. *आर्यसमाज का इतिहास-2,* पृ. 224
17. विजयेन्द्र स्नातक, *चतुरसेन शास्त्री,* साहित्य अकादमी, 1994 नई दिल्ली। चतुरसेन शास्त्री का जीवन परिचय लिखते हुए विजयेन्द्र स्नातक ने पछाहीं जिले बुलंदशहर के देहाती इलाकों में सुधारों के लिए आर्यसमाजी जोश का वर्णन किया है। चतुरसेन के पिता और गाँव के जमींदार ठाकुर महावीर सिंह, दोनों आर्यसमाजी बन गए थे। दोनों ने जोश के साथ आर्यसमाज का प्रचार आरंभ किया, ''यहाँ तक कि मंदिरों, मठों और देवस्थानों से महादेव या चामुंडा, भैरव आदि की मूर्तियाँ रातोंरात चुराकर गंगा में या निकट के तालाब में फेंक देना, विवाह आदि कृत्य भी पौराणिक रीति पर न होने देना, इनके जोशीले काम बन गए थे। इनके पिता लाठी के धनी थे। ··· कभी-कभी नमस्ते कहलाने के लिए भी लाठी का प्रयोग कर देते थे। ××× हिंदू-मुसलमान, हरिजन-अछूत जो भी उनकी दुकान के आगे होकर गुजरता, नमस्ते कहता। आर्यसमाज का प्रचार वे डंडे से भी करते थे और जबान से भी। सभा में भाषण तो नहीं देते थे, पर गाँव-देहात के दस-बीस जनों के बीच कड़कती भाषा में कुरीतियों, रूढ़ियों के विरुद्ध बोलते थे। मुरारीलाल शर्मा और इनके पिता ने मिलकर आसपास के देहातों की काया पलट कर दी थी। आर्यसमाज उस चौहद्दी में फैल गया था और बाद में सिकन्दराबाद आर्यसमाज का प्रमुख केंद्र बन गया। ··· गुरुकुल खुला, समाज बना, संध्या-हवन, भजन-उपदेश, व्याख्यान-संस्कार आदि की धूम मच गई।''—पृ. 4-5
18. *रामनारायण मिश्र स्मृतिग्रंथ,* सं. विष्णुचंद्र शर्मा, काशी ना. प्र. सभा, 1984, वाराणसी, पृ. 137
19. *आर्य समाज का इतिहास-2,* पृ. 248
20. क्रिस्टोफर आर. किंग, *वन लैंग्वेज, टू स्क्रिप्ट्स : दी हिंदी मूवमेंट इन नाइनटींथ सेंचुरी नार्थ इंडिया,* ओ.यू.पी., 1994, बंबई, पृ. 116
21. बेली, पृ. 106
22. *भारत जीवन,* 24 मार्च, 1884
23. बेली, पृ. 112
24. बेली, पृ. 109
25. *भारत जीवन,* 5 जनवरी, 1884
26. डॉ.सुरेशचंद्र शुक्ल, *पं. प्रतापनारायण मिश्र : जीवन और साहित्य,* युगवाणी प्रकाशन, 1964, लखनऊ, पृ. 32-33
27. *राधाचरण गोस्वामी की चुनी हुई रचनाएँ,* सं. कर्मेंदु शिशिर, परिमल प्रकाशन, इलाहाबाद, पृ. 85
28. केनेथ डब्ल्यू. जोंस, *आर्यधर्म : हिंदू कांशसनेस इन नाइनटींथ सेंचुरी पंजाब,* मनोहर, 1989, दिल्ली, पृ. 27-28
29. श्रद्धाराम फुल्लौरी, *भाग्यवती,* सं. दिग्दर्शनचरण जैन, 1988, दिल्ली।
30. एम.एन. श्रीनिवास, *आधुनिक भारत में सामाजिक परिवर्तन,* राजकमल, 1992, दिल्ली, पृ. 29-30
31. रामचंद्र शुक्ल, *श्रीराधाकृष्णदास,* ना.प्र. सभा, 1986, वाराणसी, पृ. 87

32. *भारतेंदु समग्र*, पृ. 932
33. *हिंदी प्रदीप*, अगस्त, 1881
34. *प्रतापनारायण मिश्र ग्रंथावली*, सं. विजयशंकर मल्ल, ना. प्र. सभा, 1992, वाराणसी
35. वही, पृ. 264
36. कर्नल अल्काट और थियोसॉफी वाले लेक्चर में राजा शिवप्रसाद ने कहा, ''पीछे स्वामी दयानंद ने वेदों का डंका बजाया लेकिन जब मैंने उनको यहाँ एक माननीय मुसलमान दोस्त के मकान पर तीस-चालीस मुसलमानों के सामने वेद पर लेक्चर देते और वेद पढ़ते देखा और सुना, ईश्वर की माया याद आई।''—*लेक्चर राजा शिवप्रसाद सितारेहिंद का*, पृ. 20
दूषण मलिका में भारतेंदु ने लिखा, ''आपने जो पुस्तक छपवाई है, उसमें वेद के मंत्र हैं। सो वेद के मंत्र शूद्रों तथा मलेच्छादिकों के हाथ में देने से आपको दोष हुआ कि नहीं ?'' *भारतेंदु समग्र*, पृ. 930
37. *निवेदन राजा शिवप्रसाद सितारेहिंद का सज्जन आर्यपुरुषों से*, बनारस, पृ. 9
38. *हिंदी प्रदीप, फरवरी, 1880*
39. *प्रतापनारायण मिश्र ग्रंथावली*, पृ. 195
40. वही, पृ. 352
41. वही, पृ. 236
42. वही, पृ. 234
43. *भारतेंदु समग्र*, पृ. 816
44. वही, पृ. 836
45. *भारत जीवन*, 1892
46. *भारतेंदु समग्र*, पृ. 934
47. अमिय पी. सेन, *हिंदू रिवाइवलिज्म इन बंगाल, 1872-1905 : सम एस्सेज़ इन इंटरप्रेटेशन*, ओ.यू.पी., 1993, दिल्ली, पृ. 30
48. शिवनंदन सहाय, पृ. 90; भारतेंदु के नाम केशवचंद्र सेन का पत्र शिवनंदन सहाय ने अपनी किताब के परिशिष्ट में पृ. 15 पर दिया है।
49. *कल्याण* (गोरखपुर) का *हिंदू संस्कृति अंक*, वर्ष 24, अंक 1, संवत् 2050; हिंदूधर्म के महात्माओं और स्वामियों के बारे में लिखते हुए इस अंक के संपादकों ने स्वामी दयानंद सरस्वती के जीवन और कार्यों का परिचय महज आधे पेज में समेट दिया है। उनसे अपने सैद्धांतिक मतभेदों को कबूलते हुए भी हिंदूधर्म के रक्षक के रूप में उनके ऐतिहासिक महत्व को स्वीकार किया है। संपादकों ने लिखा है, ''हिंदुत्व पर होनेवाले आक्रमणों का उन्होंने प्राणपण से विरोध किया। एक विद्वान नेता के शब्दों में — 'आर्यसमाज हिंदूधर्म का चौकीदार है।' स्वामीजी ने सच्चाई से प्रयत्न किया हिंदूधर्म की रक्षा का। इसमें संदेह को स्थान नहीं है।''—पृ. 859-60
50. श्रीराधाकृष्णदास, पृ. 68
51. वही
52. वसुधा डालमिया, पृ. 370
53. श्रीराधाकृष्णदास, पृ. 69
54. श्रीराधाकृष्णदास, पृ. 65
55. *भारतेंदु समग्र*, पृ. 877
56. वही
57. जुर्गन लुट्ठ, *फ्रॉम कृष्णलीला टू रामराज : ए कोर्ट केस एंड इट्स कांसेक्वेंसेज फॉर दी रिफॉर्मेशन ऑफ हिंदूइज़्म*, वसुधा डालमिया और एच. वॉन स्टाइटनक्रोन द्वारा संपादित *रिप्रेजेंटिंग हिंदूइज़्म : दी कंस्ट्रक्शन ऑफ रिलीजियस ट्रैडीशन्स एंड आइडेंटिटी* में शामिल निबंध, सेज पब्लिकेशन, 1995, नई दिल्ली, पृ. 145
58. वही

59. *कविवचनसुधा,* 10 अगस्त, 1875
60. वही
61. *भारतेंदु समग्र,* पृ. 858
62. अमृता शोधन, *वुमेन इन महाराजा लाइबेल केस : ए री-इक्ज़ामिनेशन; इंडियन जर्नल ऑफ जेंडर स्टडीज़,* 4:2, 1997, पृ. 136
63. *भारतेंदु समग्र,* पृ. 316
64. वही, पृ. 974
65. वही, पृ. 969
66. डॉ. ओमप्रकाश केजरीवाल, *भारत के अतीत की खोज,* मनीषा प्रकाशन, 1998, दिल्ली, पृ. 51
67. वसुधा डालमिया, पृ. 398
68. *भारतेंदु समग्र,* पृ. 974
69. वही, पृ. 976
70. वही
71. *बालकृष्ण भट्ट : प्रतिनिधि संकलन,* सं. सत्यप्रकाश मिश्र, नेशनल बुक ट्रस्ट, 1995, दिल्ली, पृ. 81
72. *भट्ट निबंधावली, भाग-2,* सं. धनंजय भट्ट 'सरल', ना.प्र. सभा, दूसरा संस्करण, संवत् 2030, काशी, पृ. 44
73. *बालकृष्ण भट्ट : प्रतिनिधि संकलन,* पृ. 94
74. वही, पृ. 80
75. *भट्ट निबंधावली, भाग-2,* पृ. 93
76. *बालकृष्ण भट्ट : प्रतिनिधि संकलन, पृ. 121-22*
77. *भट्ट निबंधावली, भाग-2,* पृ. 90
78. *प्रतापनारायण मिश्र ग्रंथावली,* पृ. 275त्र
79. *आर्यसमाज का इतिहास-4,* पृ. 425
80. *प्रतापनारायण मिश्र ग्रंथावली,* पृ. 345
81. हिमसेथ, पृ. 160
82. *प्रतापनारायण मिश्र ग्रंथावली,* पृ. 285-86
83. वही, पृ. 345उ७
84. *बालकृष्ण भट्ट : प्रतिनिधि संकलन,* पृ. 88
85. वही
86. लाला काशीनाथ खत्री, *बाल विवाह,* भारतजीवन यंत्रालय, 1885, बनारस, पृ. 14
87. *भारत जीवन,* 21 जुलाई, 1884
88. जोर्डन, पृ. 103
89. भगवती प्रसाद शर्मा, *नवजागरण और प्रतापनारायण मिश्र,* राधा पब्लिकेशन, 1994, नई दिल्ली, पृ. 224
90. *प्रतापनारायण मिश्र ग्रंथावली,* पृ. 275
91. अपनी किताब *दि ऑप्रेसिव प्रेजेंट* (ओ.यू.पी., 1992) में पृ. 98 पर सुधीरचंद्र ने *भारत दुर्दशा रूपक* नाम के दो नाटकों का जिक्र किया है, जिनमें से एक नाटक के आधार पर उन्होंने मिश्रजी को विधवाविवाह का समर्थक बताया है, लेकिन इस नाम का मिश्रजी का कोई अतिरिक्त नाटक है ही नहीं। प्रयाग हिंदी साहित्य सम्मेलन में मिले जिस नाटक का उन्होंने जिक्र किया है, उसका मुखपृष्ठ नहीं था जिस पर लेखक का नाम होता है। सिर्फ कैटलॉग में दी गई प्रविष्टि के आधार पर—जो गलत भी हो सकती है, खासकर तब जब मुखपृष्ठ ही न हो—उन्होंने इसे मिश्रजी का लिखा नाटक मान लिया। मिश्रजी के बाकी लेखन से इसकी संगति बैठती है या नहीं, इसकी भी जाँच उन्होंने नहीं की। गौरतलब है कि मिश्रजी के और किसी भी अध्येता ने इस नाम से उनकी किसी किताब का जिक्र नहीं किया।
92. *प्रतापनारायण मिश्र ग्रंथावली,* पृ. 225

93. वही
94. वही
95. *दी ऑप्रेसिव प्रेज़ेंट,* पृ. 99
सुधीरचंद्र ने लिखा है कि विधवा की सहमति के बिना केश न काटने के प्रस्ताव से मिश्रजी को कोई विरोध नहीं था—"विद दिस प्रतापनारायण मिश्र हैज़ नो क्वॉरल।" (पृ. 95) यह सरासर बेबुनियाद टिप्पणी है। उलटे मिश्रजी ने अपने लेख में ठीक इसी का विरोध किया है।
96. शिवनंदन सहाय, पृ. 250
97. *भारतेंदु समग्र,* पृ. 311
98. लेख के साथ लेखक का नाम नहीं है। शिवनंदन सहाय ने इसे भारतेंदु का लिखा ग्रंथ कहा है (पृ. 250)। प्रतापनारायण मिश्र ने भी विधवाविवाह के प्रश्न पर भारतेंदु के लिखे एक लंबे निबंध का कहीं जिक्र किया है।
99. *राधाचरण गोस्वामी की चुनी हुई रचनाएँ,* पृ. 117
100. हिमसेथ, पृ. 82-83
101. सुमित सरकार, *राइटिंग सोशल हिस्ट्री,* ओ.यू.पी., 1997, दिल्ली, पृ. 270
102. वही, पृ. 273
103. लूसी कैरोल, *लॉ, कस्टम एंड स्टैचुटरी सोशल रिफार्म : दी हिंदू विडोज़ री-मैरिज ऐक्ट ऑफ 1856; दी इंडियन इकनॉमिक एंड सोशल हिस्ट्री रिव्यू,* 20, 4 (1983)
104. हिमसेथ, पृ. 85 पर उद्धृत
105. वही, पृ. 86
106. वही, पृ. 58
107. *राधाचरण गोस्वामी की चुनी हुई रचनाएँ,* पृ. 129
108. *बालाबोधिनी,* नवंबर, 1875
109. पं. गौरीदत्त, *देवरानी-जेठानी की कहानी,* ऋषभचरण जैन एवं संतति, 1986, दिल्ली, पृ. 21
110. *प्रतापनारायण मिश्र ग्रंथावली,* पृ. 133
111. हिमसेथ, 171
112. सुधीरचंद्र, *हूज़ लॉज ? नोट्स ऑन ए नाइनटींथ सेंचुरी हिंदू केस ऑफ कंजुगल राइट्स; रिप्रेज़ेंटिंग हिंदूइज़्म* में शामिल निबंध; पृ. 155
113. नजीर अहमद, *मिरात-उल-उरूस,* साहित्य अकादमी, 1982, दिल्ली, पृ. 21
114. *प्रतापनारायण मिश्र ग्रंथावली,* पृ. 133
115. बाबू साहिब प्रसाद सिंह, *स्त्रीशिक्षा की पहली किताब,* खड्गविलास प्रेस, 1883, बांकीपुर, पृ. 46
116. *प्रतापनारायण मिश्र ग्रंथावली,* पृ. 134
117. केनेथ डब्ल्यू. जोंस, *आर्यधर्म : हिंदू कांशसनेस इन नाइनटींथ सेंचुरी पंजाब,* मनोहर, 1989, दिल्ली, पृ. 107, फुटनोट।
118. रोजालिंद ओहॉनलेन, *ए कम्पैरिज़न बिटविन वुमेन एंड मेन : ताराबाई शिंदे एंड दी क्रिटीक ऑफ जेंडर रिलेशंस इन कॉलोनियल इंडिया,* ओ.यू.पी., 1994, मद्रास, भूमिका, पृ. 19
119. वही, पृ. 80
120. वही, पृ.84
121. वही, पृ. 93
122. वही, पृ. 85
123. वही, पृ. 93
124. *बंग महिला ग्रंथावली,* सं. सुधाकर पांडेय, ना.प्र. सभा, 1988, काशी, पृ. 58-59
125. वही, पृ. 104, 107
126. वही, पृ. 108

127. वही, पृ. 121
128. वही, पृ. 122
129. 13 जुलाई, 1874 की *कविवचनसुधा* में भारतेंदु ने यह खबर छापी कि करांची में एक अंग्रेज लड़की ने मुसलमान प्रेमी से विवाह करने के लिए अपना धर्म बदलना चाहा। लड़की ने अपने माता-पिता की मर्जी के खिलाफ अपने प्रेमी से गंधर्व विवाह कर लिया था और स्पष्ट कह दिया था ''जब तक यह शरीर वर्तमान है, तब तक हम उसको अपने प्राण से अधिक स्नेह करेंगे।'' भारतेंदु ने इस प्रेम-प्रसंग के मानवीय पक्ष को कोई महत्व नहीं दिया और सारी घटना को अपनी मुस्लिम विरोधी राजनीति के चश्मे से देखा। उन्होंने अंग्रेजों को ललकारा कि जिन मुसलमानों को किरिस्तान बनाने के लिए पादरी घूमते रहते हैं, वे ही उनकी बहू-बेटी को निकालकर 'भ्रष्ट' करने लगें, इससे और अधिक लज्जा की बात क्या होगी? एक अंग्रेज की प्रतिक्रिया थी कि उस मुसलमान युवक को फाँसी देकर उसके शरीर के टुकड़े-टुकड़े कर देने चाहिए। भारतेंदु ने अपनी राय दी कि उसे दंड न देकर ''केवल स्त्रियों की स्वाधीनता कुछ न्यून कर दी जाए और युवती विवाह न होने पाय।''
130. *बंग महिला ग्रंथावली,* पृ. 102
131. वही, पृ. 103
132. मालविका कार्लेकर, *ट्रांसफौर्मिंग वुमेनहुड टू पर्सनहुड,* कृष्णकुमार द्वारा संपादित *डेमोक्रेसी एंड एजूकेशन इन इंडिया* में शामिल निबंध; रैडिएंट पब्लिकेशन।
133. गेल मिनॉल्ट, *मेकिंग इनविज़िबुल वुमेन विज़िबुल; साउथ एसिया,* वॉल्यूम 9, अंक-1, जून, 1986
134. इसका एक संकेत नैनीताल जिले के दक्षिणी हिस्से, तराई के जसपुर गाँव में मिलता है, जहाँ 1875 में छपे *सत्यार्थ प्रकाश* का पहला संस्करण पढ़ने के लिए सुखदेव प्रसाद को अपने परिवार के लोगों से छुपना पड़ता था। ''पंडित सुखदेव प्रसाद के कुटुंबी लोग कट्टर पौराणिक थे। उनके भय से पंडितजी *सत्यार्थ प्रकाश* को पढ़ते हुए अपने घर के दरवाजे बंद कर लेते थे ताकि कोई अन्य व्यक्ति उन्हें इस क्रांतिकारी ग्रंथ को पढ़ते देख न ले।''—*आर्यसमाज का इतिहास, खंड-1,* पृ. 566; इससे ज्यादा महत्वपूर्ण उदाहरण खुद स्वामी श्रद्धानंद का अपने पिता से विरोध का है।
135. *प्रतापनारायण मिश्र ग्रंथावली,* पृ. 223 और *श्रीराधाकृष्ण दास,* पृ. 35-36
136. प्रतिभा अग्रवाल, *प्यारे हरिचंद जू,* प्रवीण प्रकाशन, 1997, दिल्ली; पृ. 61 और 86
137. रायकृष्ण दास, *भारतेंदु संस्मरण-3, धर्मयुग* (बंबई), 12 दिसंबर, 1976
138. *प्यारे हरिचंद जू,* पृ. 78
139. वही, पृ. 155
140. *सुमित सरकार,* पृ. 233-34, फुटनोट
141. शिवनंदन सहाय, पृ. 288
142. राजनारायण वसु, *शेकाल आर एकाल* (बंगला), बंगीय साहित्य परिषद, 1956, कलकत्ता
143. *प्रतापनारायण मिश्र ग्रंथावली,* पृ. 187
144. जे.टी.एफ. जोर्डन, *हिंदू रिलीजियस एंड सोशल रिफार्म इन ब्रिटिश इंडिया,* ए.एल. बाशम द्वारा संपादित *ए कल्चरल हिस्ट्री ऑफ इंडिया* में शामिल निबंध, क्लैरेंडन प्रेस, 1975, ऑक्सफोर्ड, पृ. 376
145. बेली, पृ. 117
146. लूसी कैरोल, *आइडियोलॉजिकल फैक्शंस इन ए कास्ट एसोसिएशन— दी कायस्थ कांफरेंस : एजूकेशनिस्ट्स एंड सोशल रिफारमर्स; साउथ एशिया,* सितंबर, 1978, पृ. 15
147. वही, पृ. 18-20
148. लूसी कैरोल, *ओरिजिंस ऑफ दी कायस्थ टेम्पोरेंस मूवमेंट; दी इंडियन इकानॉमिक एंड सोशल हिस्ट्री रिव्यू,* वाल्यूम 11, नं. 4, दिसंबर 1974
149. वही, पृ. 439
150. वही, पृ. 443
151. लूसी कैरोल, *स्वामी शिवज्ञान चांद, कायस्थ कांफ्रेंस आर्गेनाइजर; दी इंडियन इकानॉमिक एंड सोशल*

हिस्ट्री रिव्यू, जनवरी-मार्च, 1975, पृ. 323
152. लूसी कैरोल, *कायस्थ समाचार : फ्रॉम ए कास्ट टू ए नेशनल न्यूजपेपर; दी इंडियन इकानॉमिक एंड सोशल हिस्ट्री रिव्यू,* वॉल्यूम 10, नं. 3, सितंबर, 1973
153. हिमसेथ, पृ. 291
154. *प्रतापनारायण मिश्र ग्रंथावली,* पृ. 225
155. वही, पृ. 350
156. वही, पृ. 287
157. *प्यारे हरिचंद जू,* पृ. 142
158. श्रीप्रकाश, *डॉ. भगवानदास,* मीनाक्षी प्रकाशन, 1970, मेरठ, पृ. 34-35
159. *बालकृष्ण भट्ट : प्रतिनिधि संकलन,* पृ. 139
160. वही, पृ. 36
161. वही, पृ. 82
162. राधाकृष्ण दास, पृ. 60
163. *भारतेंदु समग्र,* पृ. 695
164. *दी ऑप्रेसिव प्रेज़ेंट,* उद्धृत, पृ. 131

चौथा अध्याय

हिंदी, नागरी और गोरक्षा

1. पाल ब्रॉस, पृ. 128
2. वही, पृ. 170 पर उद्धृत
3. बारबरा डैली मेटकॉफ, *इस्लामिक रिवाइवल इन ब्रिटिश इंडिया; देवबंद, 1860-1900,* प्रिंस्टन यूनिवर्सिटी प्रेस, 1982, न्यू जर्सी, पृ. 38 और 48
4. प्रभा दीक्षित, *सांप्रदायिकता के स्रोत,* मैकमिलन, 1980, दिल्ली, पृ. xviii और 126
5. भारतेंदु हरिश्चंद्र, *गोमहिमा,* लाइट यंत्रालय, 1881, बनारस, पृ. 21
6. सांद्रिया फ्राइटैग, *कलेक्टिव एक्शन एंड कम्यूनिटी : पब्लिक एरीना एंड दी इमरजेंस ऑफ कम्यूनलिज़्म;* ओ.यू.पी., 1990, दिल्ली, पृ. 109
7. बेली, पृ. 112
8. *चिंतामणि-3,* पृ. 241
9. डॉ. कुमार सुरेश सिंह, *मैं और मेरा समय; कथादेश पत्रिका* (दिल्ली), जुलाई, 1997, पृ. 13
10. *हिंदी प्रदीप,* सितंबर, 1882
11. *हिंदी प्रदीप,* मार्च, 1882
12. *राधाकृष्णदास ग्रंथावली,* पृ. 74
13. *हिंदी प्रदीप,* नवंबर, 1882
14. *हिंदी प्रदीप,* मार्च, 1882
15. *हिंदी प्रदीप,* मई, 1882
16. डॉ. सच्चिदानंद सिन्हा, *सम एमीनेंट बिहार कंटेंपरेरीज़,* हिमालय पब्लिकेशन, 1944, पटना, पृ. xi
17. वही, पृ. xxviii
18. वही, पृ. xxvii
19. वही, पृ. 108-09 और 111
20. *हिंदी पत्रकारिता की विरासत,* सं. कुमारी छवि, संकल्प प्रकाशन, 1998, पटना, पृ. 44
21. क्रिस्टोफर किंग, पृ. 74
22. *हिंदी प्रदीप,* जून, 1882

23. बालकृष्ण भट्ट : *हिंदी की दशा और पत्रकारिता*, पृ. 164
24. *पं. रामनारायण स्मृतिग्रंथ*, पृ. 18
25. सं. कुमारी छवि, पृ. 139
26. क्रिस्टोफर किंग, पृ. 154-55
27. वही, पृ. 68
28. क्रिस्टोफर किंग, पृ. 68 और कृष्णकुमार, पृ. 138
29. *हिंदी पत्रकारिता की विरासत*, पृ. 124
30. रामकृपाल पांडे, *स्वतंत्र भारत और हिंदी जाति; पश्यंती* (दिल्ली), जनवरी-मार्च 1994; पृ. 124
31. माइकेल लो, *मार्क्सिज्म एंड नेशनल क्वेश्चन*, रोबिन ब्लैकबर्न द्वारा संपादित *रेवोल्यूशन एंड क्लास स्ट्रगल : ए रीडर इन मार्क्सिस्ट पॉलिटिक्स* में शामिल निबंध; फोण्टाना / कोलिन्स, 1977, पृ. 156-77
32. *हिंदी की दशा और पत्रकारिता*, पृ. 37
33. *नागरीप्रचारिणी पत्रिका, तीसरा भाग*, 1899
34. *हिंदी की दशा और पत्रकारिता*, पृ. 57
35. सिरोही पेण्टिंग, अर्ली एटींथ सेंचुरी, ए.सी.सी. नं. 76-273, राज्य संग्रहालय, शिमला
36. *श्रीराधाकृष्णदास*, पृ. 64
37. *भारत जीवन*, अक्टूबर, 1884
38. *सम्मेलन पत्रिका*, भाग 3, अंक 2, 1914
39. *हंटर कमीशन रिपोर्ट, एपेंडिक्स*
40. *हंटर कमीशन रिपोर्ट, एपेंडिक्स* पृ. 229
41. वही, पृ. 480-89
42. *भारत जीवन*, 19 जून, 1884
43. जोर्डन ने इन दोनों के बारे में कुछ नहीं लिखा है। लेकिन डॉ. भवानीलाल भारतीय ने अपनी किताब *आर्यसमाज के पत्र और पत्रकार* (परोपकारिणी सभा, 1980, अजमेर) में शाहजहाँपुर से प्रकाशित *आर्य दर्पण* पत्रिका, नवंबर, 1880 के अंक में छपी कलकत्ता की सभा की रिपोर्ट के हवाले से इनका नाम लिया है। इस हवाले के मुताबिक ईश्वरचंद्र विद्यासागर और डॉ. राजेंद्रलाल मित्र सभा में नहीं आए थे, लेकिन "अपनी लिखित सम्मति प्रेषित कर सभा में होनेवाले निश्चयों का अनुमोदन किया था।"—पृ. 23; इस रिपोर्ट पर कुछ शक होता है क्योंकि विद्यासागर और डॉ. मित्र, दोनों ब्राह्मोसमाजी न होने पर भी उनके काफी नजदीक थे और ब्राह्मोसमाज मूर्तिपूजा तथा दूसरी धार्मिक रूढ़ियों का विरोध करता था।
44. स्वामी दयानंद सरस्वती, *गौ करुणानिधि;* आर्य प्रकाशन, 1998, दिल्ली, पृ. 7
45. वही, पृ. 10
46. वही, पृ. 14
47. वही, पृ. 21
48. वही, पृ. 30-31
49. श्रीराधाकृष्णदास, पृ. 81
50. *गोमहिमा*, पृ. 20-21
51. वही
52. *भारतेंदु हरिश्चंद्र पेपर्स*, ए.सी.सी नं. 922, फाइल नं. 5, तीनमूर्ति लाइब्रेरी, नई दिल्ली
53. *गोमहिमा*, पृ. 20-21
54. वही
55. *भारतेंदु हरिश्चंद्र पेपर्स*, वही और *भारतेंदु समग्र*, पृ. 1071; मूल पत्र के आखिरी वाक्य में आया शब्द *'शक्य' भारतेंदु समग्र में* संपादक की गलती से *शंका* छप गया है
56. शिवनंदन सहाय, पृ. 86, श्रीराधाकृष्णदास, पृ. 65
57. *श्रीराधाकृष्णदास*, पृ. 18

58. *भारत जीवन,* 24 मार्च, 1884
59. बेली, पृ. 132
60. *हिंदी प्रदीप,* 17 सितंबर, 1888
61. *कल्याण* (गोरखपुर), अंक 1, वर्ष 20, 1945, पृ. 385
62. बेली, पृ. 287
63. *ब्राह्मण,* 15 सितंबर, ह. सं. 3
64. *ब्राह्मण,* 15 जुलाई, ह. सं. 4
65. *भारत जीवन,* 3 मार्च, 1884
66. *भारत जीवन,* 13 जुलाई, 1885
67. *भारत जीवन,* 21 अप्रैल, 1884
68. *भारत जीवन,* 3 अगस्त, 1885
69. *भारत जीवन,* 30 जून, 1884
70. *भारत जीवन,* 28 अप्रैल, 1884
71. *हिंदी प्रदीप,* जनवरी, 1880
72. *हिंदी प्रदीप,* अगस्त, 1882
73. *ब्राह्मण,* 15 सितंबर, ह. सं. 3, खंड 4, संख्या 12
74. नकल दरख्वास्त, *भारत जीवन,* 16 नवंबर, 1885
75. *भारत जीवन,* 7 सितंबर, 1885
76. वही
77. *भारत जीवन,* 6 जुलाई, 1885
78. वही, 3 अगस्त, 1885
79. वही, 16 अगस्त, 1885
80. वही, 5 अक्टूबर, 1885
81. वही, 24 अगस्त, 1885
82. वही, 10 अगस्त, 1885
83. वही, 17 अगस्त, 1885
84. जिन शहरों से चंदा भेजा गया, उनके नीचे लिखे नाम *भारत जीवन* के विभिन्न अंकों में आए :— अजमेर, फर्रुखाबाद, नागपुर, जौनपुर, रावलपिंडी, जलपाईगुड़ी, दरभंगा, गोरखपुर, जबलपुर, प्रयाग, आगरा, डिब्रूगढ़, बाँकीपुर, चंपारन, कानपुर, लाहौर, कांगड़ा, बलिया, मथुरा-वृंदावन, रांची, छपरा, मुजफ्फरपुर, गिरीडीह, बेतिया, मुरादाबाद, बस्ती, गाजीपुर, दिलदारनगर, बरेली, अलवर, कलकत्ता, उन्नाव, बनारस, टिकारी, पुणे, बेतूल, इटावा, शिमला और लखनऊ
85. क्रिस्टोफर आर. किंग, *इमेज ऑफ वरचू एंड वाइस,* केनेथ डब्ल्यू. जोंस द्वारा संपादित *रिलीजियस कंट्रोवर्सीज इन ब्रिटिश इंडिया : डायलॉग इन साउथ एसिया लैंग्वेज* में शामिल निबंध, स्टेट यूनिवर्सिटी प्रेस
86. *सम एमीनेण्ट बिहार कंटम्परेरीज,* पृ. XV
87. सुरेन्द्र गोपाल, *सोशियोलॉजिकल कंटूर्स ऑफ पटना एट दी टर्न ऑफ प्रेजेण्ट सेंचुरी,* कयूमुद्दीन अहमद द्वारा संपादित *पटना थ्रू एजेज : ग्लिंप्स ऑफ हिस्ट्री, सोसाइटी एंड इकॉनमी* में शामिल निबंध, कॉमनवेल्थ पब्लिशर्स, 1988, नई दिल्ली, पृ. 131
88. बेली, पृ. 157
89. रॉबिन्सन, पृ. 135
90. *श्रीराधाकृष्णदास*
91. वही, पृ. 68
92. वही, पृ. 48

93. रामनरेश त्रिपाठी, *तीस दिन मालवीयजी के साथ,* सस्ता साहित्य मंडल, 1942; पृ. 132
94. वही
95. वही
96. *राधाकृष्णदास,* पृ. 51
97. *तीस दिन मालवीयजी के साथ,* पृ. 132; प्रतिनिधिमंडल में शामिल सभी व्यक्तियों के नाम काशी नागरीप्रचारिणी सभा के *विगत साठ वर्षों का सिंहावलोकन, परिशिष्ट क* में दिए गए हैं।
98. ए.एस. कलसी, *परीक्षागुरु (1882) : दी फर्स्ट हिंदी नावेल एंड दी हिंदू एलीट; मॉडर्न एसियन स्टडीज़; 26, 4 (1992), ग्रेट ब्रिटेन,* पृ. 780
99. रॉबिन्सन, पृ. 44
100. वही, फुटनोट में उद्धृत
101. बेली, पृ. 159
102. वही, पृ. 153
103. राबिन्सन, पृ. 141
104. वही, पृ. 136
105. वही, पृ. 45
106. *विगत साठ वर्षों का सिंहावलोकन,* ना.प्र. सभा, काशी, पृ. /
107. *श्रीराधाकृष्णदास,* पृ. 63
108. कृपाशंकर सिंह, *हिंदी-उर्दू-हिंदुस्तानी : हिंदू-मुस्लिम सांप्रदायिकता और अंग्रेजी राज, 1900-1947* प्रासंगिक प्रकाशन, 1992, दिल्ली, पृ. 10
109. अनवर अजीम, *उर्दू : ए विक्टिम ऑफ कल्चरल जेनोसाइड ?,* जफ़र इमाम द्वारा संपादित *मुस्लिम इन इंडिया* में शामिल लेख, ओरिएण्ट लांगमेन, दिल्ली, पृ. 266

उपसंहार

1. असगर अली इंजीनियर, *इस्लाम एंड मुस्लिम्स : ए क्रिटिकल री-असेसमेंट;* प्रिंटवेल पब्लिकेशन, 1985, जयपुर, पृ. 286-87
2. प्रेमचंद, *विविध प्रसंग-3,* हंस प्रकाशन 1978, इलाहाबाद, पृ. 150
3. रफ़ीउद्दीन अहमद, *दी बंगाल मुस्लिम्स, 1871-1906, क्रेस्ट फॉर आइडेंटिटी,* आक्सफोर्ड यूनिवर्सिटी प्रेस, 1981, दिल्ली; पृ. 185
4. प्रेमचंद, *कलम, तलवार और त्याग-2,* सरस्वती प्रेस, 1973, दिल्ली, पृ. 114
5. *सार्वदेशिक आर्यप्रतिनिधि सभा के निर्णय,* सार्वदेशिक आर्य प्रतिनिधि सभा, दिल्ली, पृ. 13
6. बाबरी मस्जिद ढहाकर रामजन्मभूमि मंदिर बनाने का रास्ता साफ करनेवाले विश्व हिंदू परिषद के महामंत्री अशोक सिंघल को सम्मानित करने के लिए 21 मार्च 1994 को दिल्ली में राष्ट्रीय स्वयंसेवक संघ के झंडेवालान कार्यालय में एक समारोह हुआ जिसमें आर.एस.एस. के नेताओं, कुछ भाजपा विधायकों और दूसरे संगठनों के साथ सार्वदेशिक आर्यप्रतिनिधि सभा के अध्यक्ष स्वामी आनंदबोध सरस्वती और स्वामी राघवानंद ने भी भाग लिया और सिंघल की तारीफ की— *जनसत्ता* (दिल्ली), 2 मार्च 1994